Knaur

Von Jo Beverley sind außerdem erschienen:

... doch die Liebe war stärker
Prinz der Schatten
Lord des Feuers
Maskenspiel der Leidenschaft

Über die Autorin:

Jo Beverley lebt in Ottawa (Kanada). Sie gehört zu den wichtigsten amerikanischen *Romance writers* und hat zahlreiche Preise gewonnen. Einige ihrer Romane standen auf der Bestsellerliste der *New York Times*.

JO BEVERLEY

Schamloser Engel

Roman

Aus dem Amerikanischen
von Elisabeth Hartmann

Knaur

Die amerikanische Originalausgabe erschien 1993
unter dem Titel *My Lady Notorious* bei Avon Books, New York

Besuchen Sie uns im Internet:
www.droemer-weltbild.de

Deutsche Erstausgabe September 2000

Redaktion Regine Weisbrod
Umschlaggestaltung Zero Werbeagentur, München
Umschlagabbildung © Pino Daeni/Agentur Thomas Schlück GmbH
Satz MPM, Wasserburg
Druck und Bindung brodard & taupin, La Flèche
Printed in France
ISBN 3-426-69069-1

2 4 5 3 1

Erstes Kapitel

Die große wappengeschmückte Kutsche holperte durch vom scharfen Novemberfrost steinhart gefrorene Fahrrinnen über die Straße nach Shaftesbury. Drinnen, die glänzend polierten Stiefel auf den Sitz gegenüber gelegt, hatte es sich ein junger Herr mit trägem Blick in einem dunkelblauen, mit silberner Spitze abgesetzten Anzug bequem gemacht. Seine Züge waren glatt, braungebrannt, männlich-hübsch, doch für aufwendige Kleidung hatte er offenbar nicht viel übrig. Die silberne Spitze zierte nur die Knopfleiste seiner Jacke, sein Schmuck bestand lediglich in einem Saphirring an seiner entspannten rechten Hand und einer Tuchnadel mit Perle und Diamant in den weichen Falten seiner Halsbinde. Sein ungepudertes rotbraunes Haar war natürlich gewellt, aber in einem ordentlichen, oben und unten mit schwarzen Schleifen versehenen Zopf gebändigt.
Diese Frisur war das Werk seines Kammerdieners, eines Mannes mittleren Alters, der, ein kleines Schmuckkästchen fest umklammert auf dem Schoß haltend, aufrecht neben seinem Herrn saß.
Als die Kutsche wieder einmal ächzend schwankte, seufzte Lord Cynric Malloren und beschloß, an der nächsten Station ein Pferd zu mieten. Er mußte dieser verdammten Enge entkommen.
Ein Rekonvaleszent zu sein war die Hölle.
Es war ihm endlich gelungen, seinen fürsorglichen Bruder, den Marquis von Rothgar, davon zu überzeugen, daß er

reisefähig war, allerdings war ihm lediglich eine zwei Tage dauernde Fahrt nach Dorset zu seiner Schwester und ihrem neugeborenen Baby gestattet worden. Und nur in diesem monströsen Gefährt samt Decken für seine Beine und heißen Steinen für die Füße. Jetzt reiste er wie eine gebrechliche alte Großmutter wieder zurück in die Obhut seines Bruders.

Der laute Befehl brach als willkommene Abwechslung in seine Langeweile ein. Es dauerte einen Moment, bis Cyn klar wurde, daß er doch tatsächlich überfallen werden sollte. Sein Kammerdiener erblaßte, bekreuzigte sich und stammelte französische Gebete. Cyns Augen verloren den trägen Ausdruck.

Er straffte sich und warf einen raschen Blick auf seinen Degen samt Scheide auf dem Sitz gegenüber. Der kam nicht in Frage. Er glaubte nicht an Geschichten von Straßenräubern, die mit ihren Opfern ums Gold fochten. So zog er lieber eine doppelläufige schwere Pistole aus dem Polster neben sich und prüfte eilig, ob sie auch geladen war.

Der Degen war die elegantere Waffe, doch in dieser Situation leistete die Pistole bessere Dienste.

Die Kutsche stellte sich quer und hielt an. Cyn sah hinaus und betrachtete die Szene. Es war schon spät, und die Tannen am Straßenrand warfen im Licht der tiefrot untergehenden Sonne lange Schatten, dennoch konnte Cyn die beiden Straßenräuber deutlich sehen. Einer drückte sich weiter hinten unter die Bäume und stand, eine Muskete im Anschlag, Schmiere. Der andere, in unmittelbarer Nähe der Kutsche, war mit zwei eleganten Duellpistolen bewaffnet. Diebesgut? Oder handelte es sich um einen echten Gentleman der Landstraße? Sein dampfendes Pferd war ein edles Tier.

Cyn beschloß, zunächst noch niemanden zu erschießen. Das Abenteuer kam ihm so gelegen, daß er es nicht unnötig abkürzen mochte, und außerdem stellte der weiter entfernte Schurke im schwindenden Licht zugegebenermaßen selbst für Cyn ein unsicheres Ziel dar.

Beide Räuber trugen weite schwarze Mäntel, Dreispitze und hatten mit weißen Tüchern die untere Gesichtshälfte verdeckt. Sie zu beschreiben würde im Falle ihres Entkommens nicht einfach sein, doch tief im Herzen war Cyn ein Spieler, wenngleich er selten Geld zum Einsatz brachte. Und das Spiel hatte begonnen.

»Steig ab«, befahl der Mann an der Kutsche grob.

Kutscher und Pferdeknecht kletterten gehorsam vom Bock. Auf einen weiteren Befehl hin legten sie sich bäuchlings ins gefrorene Gras am Straßenrand. Der zweite Räuber näherte sich, um sie in Schach zu halten.

Die Kutsche schwankte, als die sich selbst überlassenen Pferde zu tänzeln begannen. Cyns Kammerdiener Jerome schrie erschrocken auf. Ohne den Blick von den beiden Räubern zu wenden, streckte Cyn die Hand aus, um sich abzustützen. Das Gespann war jedoch zu erschöpft, um durchzugehen, wie sich herausstellte.

»Und jetzt, ihr da drinnen«, bellte der erste Schurke, beide Pistolen auf den Schlag gerichtet. »Raus. Und keine Mätzchen.«

Cyn erwog, den Mann zu erschießen – aus dieser Entfernung hätte er mit Sicherheit sein rechtes Auge getroffen –, doch er hielt sich zurück. Dadurch würden andere gefährdet, und weder sein Stolz noch seine Wertsachen wogen ein unschuldiges Leben auf.

Er legte seine Pistole neben sein Schwert, öffnete den Schlag und stieg aus. Er wandte sich seinem Kammerdiener zu, um ihm behilflich zu sein, denn dieser hatte ein schlimmes Bein, dann ließ er seine Tabaksdose aufschnappen, warf das Spitzengeriesel an seinem Handgelenk zurück und nahm eine Prise. Er schloß die Dose und wandte sich den Pistolen des Räubers zu. »Wie kann ich Euch behilflich sein, Sir?«

Diese Reaktion schien den Mann zu überraschen, doch er erholte sich rasch. »Zunächst einmal könnt Ihr mir das hübsche Döschen aushändigen.«

Cyn hatte Mühe, ernst zu bleiben. Der Dieb hatte, vielleicht aufgrund seiner stoischen Reaktion auf den Überfall, vergessen, seine Stimme zu verstellen. Jetzt klang sie gebildet und ziemlich jung, wie die eines halbwüchsigen Jungen. Der Wunsch, den Burschen hängen zu sehen, verflüchtigte sich, dafür gewann Cyns Neugier die Oberhand.

Er ließ die Dose erneut aufschnappen und trat näher. »Möchtet Ihr meine Marke versuchen? Eine angenehme Mischung ...«

Er hatte nicht beabsichtigt, dem Räuber den Büchseninhalt ins Gesicht zu werfen, doch der Junge war nicht dumm und wich auf seinem Pferd nach rückwärts aus. »Keinen Schritt näher. Ich will die Dose – samt der angenehmen Mischung – und Euer Geld sowie den Schmuck und andere Wertgegenstände.«

»Gewiß«, sagte Cyn mit lässigem Schulterzucken. Er nahm Jerome das Kästchen aus den Fingern, das Tuchnadeln, Manschettenknöpfe und anderen Schnickschnack enthielt, und legte auch die Tabaksdose hinein. Aus seinen Taschen kramte er noch ein paar Münzen und Scheine hervor und gab sie hinzu. Mit mildem Bedauern streifte er den Saphirring ab und löste die Nadel aus der Halsbinde; beides hatte einen gewissen ideellen Wert für ihn. »Ihr braucht diesen Plunder eindeutig nötiger als ich, guter Mann. Soll ich das Kästchen an den Straßenrand stellen? Dann könnt Ihr es Euch holen, sobald wir fort sind.«

Es folgte verdutztes Schweigen. Dann: »Legt Euch verdammt noch mal zu Eurem Diener in den Dreck!«

Cyn zog die Augenbrauen hoch und schnippte einen Fussel von seinem Jackenärmel. »Ach, lieber nicht. Ich möchte mich nicht schmutzig machen.« Er blickte dem Mann gelassen ins Gesicht. »Wollt Ihr mich dafür umbringen?«

Der Finger des Mannes krümmte sich um den Abzug, und Cyn fürchtete schon, zu weit gegangen zu sein, doch kein Schuß ertönte. Nach kurzem verblüfften Schweigen sagte

der junge Mann: »Legt Eure Wertsachen in die Kutsche und steigt auf den Bock. Ich nehme den Wagen, und Ihr dürft mein Kutscher sein, Mr. Großkotz.«
»Das ist neu«, bemerkte Cyn mit hochgezogenen Brauen. »Aber sind gestohlene Kutschen nicht ein bißchen zu auffällig?«
»Maul halten, oder ich stopf es Euch!«
Cyn hatte das sichere Gefühl, daß der Straßenräuber allmählich die Geduld verlor – eine Reaktion, die er seit jeher provozierte.
»Tut, was ich Euch sage!« bellte der Schurke. »Und sagt Euren Leuten, sie sollen sich auf der Suche nach Hilfe viel Zeit lassen. Werden wir eingeholt, seid Ihr als erster tot.«
Cyn wandte sich gehorsam an seine Diener. »Geht weiter nach Shaftesbury und sucht Unterkunft im *Crown*. Wenn ihr nach ein, zwei Tagen nichts von mir hört, schickt Nachricht zum Familiensitz, dann kümmert mein Bruder sich um euch. Macht euch wegen dieser Sache hier keine Sorgen. Der Junge erlaubt sich bloß einen Spaß, und ich habe Lust, mich daran zu beteiligen.« Er richtete das Wort an den Kutscher. »Hoskins, wenn Jeromes Bein ihm zu schaffen macht, mußt du vorangehen und dafür sorgen, daß er abgeholt wird.«
Dann wandte er sich wieder dem Straßenräuber zu. »Ist es erlaubt, daß ich meinen Mantel und meine Handschuhe anziehe, Sir, oder habt Ihr eine Art Folter im Sinn?«
Der Mann zögerte, bevor er sagte: »Nun macht schon. Aber glaubt nicht, daß ich Euch auch nur eine Sekunde aus den Augen lasse.«
Cyn holte seinen Mantel aus der Kutsche und zog ihn an, dann streifte er die schwarzen Handschuhe aus weichem Leder über, wobei er bedauernd feststellte, daß eine längere Betätigung als Kutscher ihr Ruin sein würde. Eine Sekunde lang erwog er, zur Pistole zu greifen, besann sich jedoch eines Besseren. Er wollte diesen Streich noch ein Weilchen genießen.

So stieg er auf den Kutschbock und nahm die vier Zügelpaare in seine erfahrenen Hände. Schnell hatte er an den verschiedenen Mustern erkannt, welches Paar zu welchem Pferd gehörte. »Und jetzt, guter Mann?«
Der Wegelagerer blickte ihn aus schmalen Augen böse an. »Ihr seid ganz schön dreist.« Als Cyn nichts darauf erwiderte, band der Junge sein Pferd hinten an die Kutsche und stieg zu Cyn auf den Bock. Eine Pistole steckte er in seine Tasche, die andere richtete er auf Cyn. »Ich weiß nicht, was Ihr im Schilde führt, aber Ihr legt mich nicht herein. Fahrt los.«
Cyn trieb die Pferde an. »Ich lege Euch nicht herein«, versprach er. »Aber ich hoffe inbrünstig, daß der Abzug Eurer Pistole nicht übermäßig empfindlich ist. Diese Straße ist ausgesprochen holperig.«
Einen Augenblick später zielte die Pistolenmündung nicht mehr auf seine Brust. »Fühlt Ihr Euch jetzt sicherer?« höhnte der Bursche.
»Aber ja. Wohin fahren wir?«
»Das geht Euch nichts an. Ich sag Bescheid, wenn Ihr abbiegen sollt. Und jetzt haltet erst einmal den Mund.«
Cyn gehorchte. Er spürte die Wut und Verblüffung seines Widersachers und hatte keine Lust, ihn zum Schießen zu reizen. Nein, er wollte den Dummkopf überhaupt nicht reizen. Viel lieber hätte er ihn auf beide Wangen geküßt, als Dank dafür, daß er Abwechslung in die Eintönigkeit seiner Tage gebracht hatte. Er hatte es satt, in Watte gepackt zu werden.
Er blickte vorsichtig um sich und stellte fest, daß der zweite Schurke vorausgeritten war. Das war riskant, aber vermutlich dachten beide, daß er schon stillhalten würde, solange eine Pistole auf ihn gerichtet war.
Schon möglich. Er war in Gönnerlaune.
Von seinen Geschwistern bemuttert zu werden, wäre vielleicht erträglich gewesen, wenn er sich seine Verletzung im Kampf zugezogen hätte, aber wegen eines albernen Fie-

bers ...! Und jetzt wollten sie ihm einfach nicht glauben, daß er sich ausreichend erholt hatte, um wieder zu seiner Truppe stoßen zu können. Er hatte mit dem Gedanken gespielt, den vorgefaßten Plan umzuwerfen und Hoskins zu befehlen, den Weg nach London einzuschlagen, wo er einen Militärarzt hätte konsultieren können. Das jedoch hätte wenig Sinn gehabt, denn auf ein Wort von Rothgar hätte dieser bestimmt noch Nachwirkungen seiner Krankheit festgestellt.
Genauso wie auf ein Wort von Rothgar rascher Transport zum Familiensitz gewährleistet war, samt erstklassiger medizinischer Betreuung auf der Reise, während bessere Männer ihr Fieber in überfüllten Krankenhäusern in Plymouth ausschwitzten oder dort gar starben. Oder auch unter primitivsten Bedingungen in Akadien. Vielleicht steckte Rothgar sogar dahinter, daß er von Halifax nach Hause verschifft worden war.
Zum Teufel mit Rothgar und seiner übertriebenen Fürsorglichkeit!
Kein vernünftig denkender Mensch käme auf die Idee, den furchterregenden Marquis, Cyns ältesten Bruder, als Glucke zu bezeichnen, doch nach dem Tod der Eltern hatte er seine fünf Geschwister unter die despotischen Fittiche genommen, und Gott stehe jedem bei, der versuchen sollte, ihnen ein Härchen zu krümmen. Das galt sogar für die Schicksalsmacht des Krieges.
Rothgar schien zu glauben, Cyn ganz besonders streng behüten zu müssen. Das lag zum Teil daran, daß er das Nesthäkchen der Familie war, zum Teil aber auch an seiner verdammten äußeren Erscheinung. Obwohl Cyn das Gegenteil zur Genüge unter Beweis gestellt hatte, bestand man darauf, ihn als zart zu bezeichnen – selbst seine Angehörigen, die es doch zweifellos besser wußten.
Als einziger in der Familie hatte er die Zartgliedrigkeit seiner Mutter geerbt, die grüngoldenen Augen, das rotbraune Haar und die langen, dichten Wimpern. Seine Schwestern, allen

voran seine Zwillingsschwester, hielten dies für eine himmelschreiende Ungerechtigkeit.
Cyn ebenfalls. Als Junge hatte er gehofft, mit zunehmendem Alter etwas grobschlächtiger zu werden, doch mit vierundzwanzig, als Veteran von Quebec und Louisbourg, war er immer noch abscheulich hübsch. Mit nahezu jedem neuen Offizier im Regiment mußte er sich duellieren, um seine Männlichkeit unter Beweis zu stellen.
»Biegt da drüben ab.« Die Stimme des Wegelagerers riß Cyn aus seinen Gedanken. Gehorsam lenkte er die Pferde in die schmale Straße, direkt in den Sonnenuntergang hinein.
Er blinzelte in das grelle Licht. »Ich hoffe, wir haben es nicht mehr so weit«, bemerkte er. »Bald wird es dunkel, und heute nacht ist kaum mit Mondlicht zu rechnen.«
»Es ist nicht weit.«
In der zunehmenden Kälte dampften die Pferde. Cyn ließ die Peitsche knallen, um die müden Tiere anzutreiben.
Der Junge lehnte sich zurück und streckte die gespreizten Beine lässig von sich, um älter und gefährlicher zu erscheinen. Das war ungeschickt. Sein Mantel hatte sich geöffnet, und die auffällig schlanken Beine bestätigten Cyns Verdacht, daß er es mit einem Halbwüchsigen zu tun hatte. Er sah allerdings auch, daß die Pistole nach wie vor schußbereit gehalten wurde, und mußte dem Jungen im stillen sein Lob aussprechen.
Dumm war er nicht.
Was mochte den Burschen zu dieser Eskapade veranlaßt haben? Eine Wette? Spielschulden, die er Papa nicht eingestehen mochte?
Cyn glaubte sich nicht ernsthaft in Gefahr, und für ernsthafte Gefahr hatte er ein feines Gespür entwickelt. Seit seinem achtzehnten Lebensjahr war er Soldat und hatte in Kriegen gekämpft.
Er dachte an den Aufruhr in seiner Familie, als er ausgerissen war, um sich freiwillig zu melden. Rothgar hatte sich gewei-

gert, ihm ein Offizierspatent zu kaufen, und so hatte Cyn sich anwerben lassen. Der Marquis hatte ihn schließlich wieder nach Hause geschleift, doch nach Kämpfen, die alle Anwesenden schockiert zurückließen, hatte Rothgar schließlich nachgegeben und seinem Bruder den Fähnrichsrang in einem guten Regiment gekauft. Cyn hatte es nie bereut. Ihn verlangte nach Abenteuern, doch im Gegensatz zu zahlreichen anderen Sprößlingen der Aristokratie fand er keinen Geschmack an sinnlosem Gemetzel.

Er warf seinem Widersacher einen Blick zu. Vielleicht täte die militärische Laufbahn diesem jungen Lümmel gut. Ein merkwürdiger Gedanke kitzelte sein Unterbewußtsein, als er den Burschen musterte. Dann wußte er es. Er bezwang das Zukken seiner Lippen und konzentrierte sich auf die Pferde, während er seine neue Erkenntnis auf sich wirken ließ. Der fehlenden Ausbuchtung an der Schnittstelle der Schenkel nach zu urteilen, war Cyns Widersacher eine Frau.

Er begann zu pfeifen. Weiß Gott eine vielversprechende Situation.

»Hört auf mit dem Unfug!«

Cyn war folgsam und betrachtete seinen Gefährten nachdenklich. Frauen bedienten sich selten eines so barschen Tons, und der ordentliche Haarbeutel dieses Wesens sowie der Dreispitz ließen keine hochgesteckten langen Locken zu. Ob er sich doch irrte?

Wie zufällig ließ er den Blick wieder tiefer schweifen und fand seinen Verdacht bestätigt. Sie trug modisch enge Kniehosen, unter denen sich keine männliche Ausstattung verbarg. Und obwohl die Beine der Frau schlank und muskulös waren, zeichneten die Hosen und die feinen Strümpfe doch eindeutig weibliche Rundungen ab.

»Wie weit noch?« fragte er und ließ das müde Leitpferd leicht die Peitsche spüren, damit es sie alle heil über eine besonders schwierige Wegstrecke brachte. »Diese Straße ist verteufelt schlecht.«

»Bis zu dem Haus dort drüben. Lenkt die Kutsche in den Obstgarten, wo sie nicht zu sehen ist. Die Pferde können dort grasen.«

Cyn betrachtete die Tordurchfahrt, wo die Wagenspuren tief wie Gräben waren, und fragte sich, ob seine Kutsche das schaffte. Er schob seine Besorgnis beiseite. Die Frage, was dieses Abenteuer als nächstes bereithielt, war viel zu verlockend.

Mit Peitsche und Zurufen drängte er das erschöpfte Gespann weiter durch die Toreinfahrt. Nur mit Mühe konnte er sich auf dem Bock halten, als das Gefährt in die Fahrrinnen geriet und wieder hinaus holperte. Die gequälte Achse kreischte bedrohlich, brach aber nicht. Mit dem Gefühl, etwas geleistet zu haben, hielt er die Pferde unter den Bäumen an und hätte gern gewußt, ob das Weib wohl eine Vorstellung von seiner ungewöhnlichen Geschicklichkeit hatte. Seine aus Schultagen datierende Leidenschaft fürs Kutschieren hatte sich endlich einmal bezahlt gemacht.

»Nicht schlecht«, sagte sie undankbar.

Alles, was er über dem Tuch von ihrem Gesicht ausmachen konnte, waren die harten grauen Augen. Wahrscheinlich bildeten ihre Lippen einen verkniffenen, schmalen Strich.

»Warum starrt Ihr so?« fuhr sie ihn an.

»Es empfiehlt sich, mir Euer Gesicht einzuprägen, damit ich es den Behörden beschreiben kann.«

Sie richtete den Lauf ihrer Pistole auf sein Gesicht. »Ihr seid ein Narr, wißt Ihr das? Was sollte mich daran hindern, Euch zu erschießen?«

Völlig entspannt sah er ihr in die Augen. »Fairneß. Oder seid Ihr der Typ, der einen Mann ohne Grund niederschießt?«

»Wenn es um Kopf und Kragen geht, ist das für mich Grund genug.«

Cyn lächelte. »Ich gebe Euch mein Wort, daß ich nichts unternehmen werde, um den Behörden bei Eurer Verhaftung behilflich zu sein.«

Die Pistole senkte sich, und sie starrte ihn an. »Wer zum Teufel seid Ihr?«
»Cyn Malloren. Und wer zum Teufel seid Ihr?«
Ihm entging nicht, daß sie beinahe in die Falle getappt wäre und ihren richtigen Namen genannt hätte, aber im letzten Moment besann sie sich. »Ihr könnt mich Charles nennen. Cyn, was ist das für ein Name?«
»Die Abkürzung von Cynric. Cynric war ein angelsächsischer König.«
»Von den Mallorens habe ich gehört...« Sie erstarrte. »Rothgar.«
»Der Marquis ist mein Bruder«, bestätigte er. »Ich kann nichts dafür.« Wahrscheinlich wünschte sie sich jetzt inbrünstig, sie hätte ihn am Straßenrand liegengelassen. Rothgar war ein Mann, den man sich besser nicht zum Feind machte.
Sie erholte sich jedoch rasch. »Ich beurteile Euch nach Eurem eigenen Handeln, Sir, das schwöre ich Euch. Schirrt jetzt die Pferde aus.«
Cyn salutierte ironisch. »Aye, aye, Sir.«
Er stieg vom Kutschbock und zog den Mantel und die eng auf Taille gearbeitete Jacke aus. Bevor er sich an die Arbeit machte, stopfte er das Spitzengeriesel an seinen Handgelenken in den Ärmel, damit es keinen Schaden nahm.
Die Sonne war untergegangen; das Licht war spärlich. Trotz der schweren Arbeit spürte Cyn die feuchte Kälte. Das Ausschirren dauerte eine Weile, und sie kam ihm nicht zu Hilfe, sondern saß nur da, die Pistole im Anschlag. Einmal nur blickte sie über seine Schulter hinweg und sagte: »Geh zurück ins Haus, Verity. Hier ist alles in Ordnung. Wir kommen gleich nach.«
Cyn blickte sich um und sah den Schimmer eines hellen Gewands, das sich auf das Häuschen zubewegte. Er hätte wetten mögen, daß es sich um den zweiten Straßenräuber handelte. Die Situation faszinierte ihn mehr und mehr.
Was trieben zwei junge Frauen, offenbar von guter Herkunft, in diesem Pächterhäuschen?

Warum überfielen sie Kutschen?
Und was um alles in der Welt wollten sie mit seiner Kutsche?
Er rieb die Pferde mit Büscheln von trockenem Gras ab und legte die Decken über ihre Rücken, die Hoskins für eventuelle Wartezeiten bereithielt. »Sie könnten Wasser gebrauchen«, sagte er.
»Hinter der Obstwiese fließt ein Bach. Sie werden ihn schon finden. Wir gehen jetzt ins Haus. Ihr tragt die Beute.«
Cyn griff nach seinem Mantel und seiner Jacke, machte sich aber nicht die Mühe, sie wieder anzuziehen. Dann ging er zur Kutsche und holte das Schmuckkästchen. Nachdenklich musterte er die Pistole. Es wäre lächerlich einfach gewesen, sie zu ergreifen und seinen Widersacher zu erschießen. Doch er ließ die Waffe liegen und überlegte, ob er diesen Entschluß wohl würde bereuen müssen.
Binnen einer halben Stunde wußte er, daß die Antwort Ja lautete.
Er lag mit gespreizten Armen und Beinen, Hände und Füße sorgfältig an massive Pfosten gefesselt, auf einem Messingbett und sah wütend zu den drei über ihn geneigten Frauen auf. »Wenn ich mich befreit habe, drehe ich Euch allen den Hals um.«
»Deswegen seid Ihr ja gefesselt«, sagte die Frau, die immer noch vorgab, ein Mann zu sein. »Wir hätten keinen Augenblick Ruhe, wenn Ihr frei wärt.«
»Ich habe Euch mein Wort gegeben, daß Ihr von mir nichts zu befürchten habt.«
»Nein, das habt Ihr nicht. Ihr habt gesagt, Ihr würdet uns nicht den Behörden ausliefern. Aber womöglich führt Ihr anderes im Schilde – zum Beispiel etwas gegen meine Schwester und ihre Kinderfrau.«
Cyn musterte sie versonnen. »Charles« erwies sich als faszinierendes Rätsel. Sie hatte Mantel, Hut und Mundtuch abgelegt, als sie das Häuschen betrat. Kurz darauf hatte sie sich gedankenverloren auch der Perücke entledigt. Das verstand

er. Er mochte auch keine Perücken; sein eigenes Haar war ihm lieber.
Auch ohne das Mundtuch wirkte sie einigermaßen überzeugend als junger Mann. Ihr Anzug aus braunem Samt saß gut, und falls darunter ein Busen schwoll, war er angemessen unter den Rüschen ihres Hemds verborgen.
Ihr Kopf war nicht geschoren, doch ihr Haar, nur leicht gewellt, lag wie eine glatte goldbraune Kappe an ihrem Schädel an. Das war eine außergewöhnliche Frisur für eine Frau, sah aber nicht so schockierend aus, wie man vermutet hätte – vielleicht, weil die Dame nicht eben über weiche Züge verfügte. Sie war ein hübscher Junge.
Ihre Haut war natürlich glatt, was ihr das Aussehen eines Sechzehnjährigen verlieh, wenngleich sie wohl eher Anfang Zwanzig sein mochte. Ihre Stimme war von Natur aus ziemlich tief. Falls sie einmal entspannt lächelte, waren ihre Lippen gewiß hinreißend, doch jetzt war ihr Mund verkniffen und böse. Cyn hatte keine Ahnung, warum sie so verflixt böse auf ihn war.
Ihre Gefährtinnen waren ähnlich rätselhaft.
Verity, vermutlich ihre Schwester, hatte langes, welliges, glänzend honigblondes Haar und einen weichen, femininen Mund. Im Gegensatz zu Charles verfügte sie über eine üppige Figur. Wahrscheinlich hatte Charles ihre Brüste gewickelt, doch nicht einmal Eisenbänder hätten Veritys großzügige Formen verborgen, die in einem weiten Ausschnitt und lockerem Brusttuch offenherzig zur Schau gestellt wurden. Ihr Kleid allerdings war eher einer Dienstmagd angemessen als einer hochgeborenen Dame.
Verity war offenbar der Inbegriff der femininen Frau. Zum Beweis war sie entschieden nervöser und weichherziger als ihre Schwester. »Wir können ihn nicht ewig so liegen lassen«, sagte sie.
»Natürlich nicht, aber ich will, daß wir vor ihm sicher sind, solange wir essen und die Abreise vorbereiten.«

»Aber La ... Aber Charles«, wandte die Kinderfrau ängstlich ein. »Ihr dürft nicht fort, wie Ihr wißt.«
Diese Frau war alt, sehr alt. Sie war klein und etwas gebückt, trug eine Brille mit Halbgläsern und hatte weiches, silbriges Haar. Und sie war Cyns Untergang gewesen. Als Charles ihm befohlen hatte, sich aufs Bett zu legen und sich fesseln zu lassen, hatte er sich geweigert. Die alte Frau folgte jedoch dem Befehl, ihn aufs Bett zu werfen, und die Angst, er könnte ihre zarten Vogelknochen brechen, hatte ihn hilflos gemacht.
Der Versprecher war ihm nicht entgangen. Die alte Dame hätte das Mädchen beinahe Lady Soundso genannt. Also tatsächlich hochgeboren, und doch war die eine überzeugend als Mann verkleidet und die andere als Dienstmädchen.
»Es ist mir völlig gleichgültig, ob ich fort darf oder nicht«, sagte Lady Charles. »Bisher hatte ich keinen Anlaß, von hier fortzugehen, dafür aber jeden Grund, mich zu verstecken. Das hat sich inzwischen geändert. Wahrscheinlich komme ich irgendwann hierher zurück. Wohin sonst sollte ich mich wenden?«
»Du kannst bei Nathaniel und mir wohnen«, sagte Verity.
»Vielleicht«, antwortete Charles, und ihre Züge wurden etwas weicher. »Aber er wird genug damit zu tun haben, auf dich und William aufzupassen, Liebste.« Von oben ertönte eine quäkende Stimme. »Da ist er schon wieder. Furchtbar hungrig, der Kleine, wie?«
Verity hastete eine enge Treppe hinauf, und Cyn machte sich bewußt, daß eine seiner beiden Wegelagerinnen Mutter war, und zwar, wie es schien, noch nicht lange. Das erklärte auch ihre überaus üppigen Formen. Unbehagen und Ärger wichen erneuter Faszination. Er freute sich darauf, diese Geschichte seinen Offizierskollegen zu erzählen. Im Winterquartier war Seemannsgarn stets hochwillkommen.

Die ältere Frau verschwand in der Küche, dem einzigen zusätzlichen Raum im Erdgeschoß. Cyn vermutete noch ein Zimmer unter dem Dachgiebel, in dem die Schwestern und das Baby schliefen. Dieser Raum, das Schlafzimmer der alten Dame, wurde als behelfsmäßiger Salon genutzt und beherbergte zudem eine Anzahl von Bündeln, Kisten und Portmanteaus.

Warum waren die Schwestern hier, und warum durfte Charles nicht fort?

Das Mädchen kramte in einer Truhe und beachtete ihn nicht.

»Bekomme ich etwas zu essen?« fragte Cyn.

»Irgendwann.«

»Was habt Ihr mit mir vor?«

Sie richtete sich auf und trat ans Bett. Dort stellte sie einen Fuß auf die Bettkante und stützte den Ellbogen aufs Knie. Cyn hatte das sichere Gefühl, daß sie ihre Machtposition genoß.

»Vielleicht lassen wir Euch einfach so hier liegen.«

Er sah ihr in die wütenden grauen Augen. »Warum?«

»Warum nicht?«

»Ich habe Euch nicht das geringste getan. Vielmehr habe ich nach Möglichkeit vermieden, daß meine Leute Zeter und Mordio schreien.«

»Warum?«

Inzwischen erschreckte es ihn, daß sie ihm so sehr mißtraute und so große Angst vor ihm hatte. Aus diesem Grund war er auch gefesselt worden. Nicht aus Grausamkeit, sondern aus Angst. Dank seiner täuschend zarten Erscheinung war Cyn nicht gewöhnt, daß Frauen Angst vor ihm hatten.

Er wählte seine Worte mit äußerster Sorgfalt. »Ich hatte das Gefühl, Ihr seid nicht schlecht und wolltet mir nichts ernsthaft Böses. Ich will Euch nicht am Galgen sehen. Nein, ich möchte Euch vielmehr helfen.«

Sie setzte den Fuß wieder auf den Boden und wich auf verräterische Art zurück: »Warum?«

»Vermutlich habt Ihr einen guten Grund für Euer Tun, und ich bin überreif für ein Abenteuer.«

Sie sah ihn voller Empörung an. »Ihr seid überreif fürs Irrenhaus.«

»Das glaube ich nicht. Ich halte nur nicht viel von Langeweile.«

»Langeweile hat auch ihre guten Seiten, glaubt mir.«

»Ich habe sie bislang nicht kennengelernt.«

»Dann könnt Ihr Euch glücklich schätzen.«

Zum ersten Mal fragte er sich, ob sie ernsthaft in Schwierigkeiten stecken mochte. Er hatte eigentlich eher einen mädchenhaften Streich vermutet, bezweifelte nun jedoch, daß diese energische junge Frau angesichts von Kleinigkeiten so bitter wirken würde.

»Ihr seid in Gefahr, nicht wahr?«

Ihre Augen weiteten sich, aber sie sagte nichts.

»Um so mehr Grund habt Ihr, mir zu vertrauen und Euch helfen zu lassen.«

Sie hob ruckartig den Kopf. »Ich traue keinem M ...« Sie fing sich und vollendete den Satz: »Menschen.«

Er aber wußte, daß sie hatte sagen wollen: *»Ich traue keinem Mann.«*

»Mir könnt Ihr trauen.«

Sie lachte kurz und bitter.

Er wartete, bis er Gelegenheit hatte, in ihre verhangenen Augen zu blicken. »Auf dem Sitz in der Kutsche liegt eine geladene Pistole. Anfangs habe ich sie nicht benutzt, weil Eure Schwester meine Leute mit der Waffe bedrohte. Als ich Eure Beute holte, habe ich die Waffe nicht benutzt, weil ich es nicht wollte. Ich bin ein hervorragender Schütze. Ich hätte Euch mit Leichtigkeit entwaffnen, zum Krüppel schießen oder töten können.«

Sie blickte ihn finster an, machte auf dem Absatz kehrt und ging. Er hörte die Haustür schlagen und wußte, daß sie zur Kutsche ging, um sich zu vergewissern.

Wenig später trat auf Zehenspitzen die alte Frau ein, eine Schnabeltasse in der Hand. »Ihr könnt sicher etwas zu trinken vertragen, Mylord«, sagte sie und ließ ihn behutsam von dem erschreckend starken, süßen Tee trinken. So mochte er ihn gewöhnlich nicht, aber er war trotzdem dankbar.
Als er fertig war, tupfte sie mit einem schneeweißen Tuch ein paar Tröpfchen ab. »Macht Euch keine Sorgen«, sagte sie und tätschelte seine gefesselte Hand. »Niemand wird Euch etwas zuleide tun. Ch ... Charles ist in letzter Zeit ein wenig gereizt.« Sie schüttelte den Kopf, und Angst trübte ihre Augen. »Das alles war so schrecklich ...«
Wieder hatte er das Gefühl, daß es hier nicht um Kleinigkeiten ging.
»Wie soll ich Euch nennen?«
»Ach, einfach Nana. So nennen mich alle, warum nicht auch Ihr? Tun Euch die Hände weh? Ich habe Euch doch nicht zu stramm gefesselt, oder?«
»Nein«, versicherte er ihr, obwohl seine Hände kribbelten wie von tausend Nadelstichen. Er wollte nicht, daß Charles zurückkam und ihn frei vorfand, denn dann würde sie vermuten, daß er sie lediglich aus dem Haus hatte haben wollen. Er versuchte, Nana weitere Informationen zu entlocken. »Und wie soll ich Miss Verity nennen?«
»Oh«, sagte die alte Dame, die weiß Gott nicht auf den Kopf gefallen war, »Verity reicht, meint Ihr nicht? Ihr müßt mich jetzt entschuldigen, Mylord, das Essen steht auf dem Feuer.«

Chastity Ware eilte durch den dunklen Obstgarten zu der schattenhaften Kutsche. In der Küche hatte sie im Vorbeigehen nach den Duellpistolen und der Muskete gegriffen. Es war höchste Zeit, diese und die Pferde zurückzugeben. Doch in erster Linie, das mußte sie sich eingestehen, ging es ihr darum, die Behauptung ihres Gefangenen zu überprüfen.
In ihrem Kopf brodelten düstere Gedanken. Was war nur in

sie gefahren, daß sie ausgerechnet Cyn Malloren entführen mußte?
Die Kutsche zu behalten war vernünftig, auch wenn der Einfall ihr ganz plötzlich gekommen war. In einem Privatfahrzeug würden Verity und der Säugling bedeutend angenehmer reisen als in der Postkutsche.
Und es war auch sinnvoll gewesen, ihn zum Kutschieren zu zwingen. Sie hatte nicht selbst lenken können, weil sie den Mann nicht aus den Augen lassen durfte. Darauf, daß Verity, ganz gleich, in welcher Notsituation, auf einen Menschen schoß, konnte sie sich nicht verlassen.
Trotzdem hätte es gereicht, ihn ein kleines Stückchen kutschieren zu lassen, um ihn dann in der Einöde abzusetzen. Sie konnte ein Gig lenken. Einen Vierspänner zu dirigieren war bestimmt nicht sehr viel anders.
Ein dreistes Mannsbild war das letzte, was sie jetzt gebrauchen konnte.
Im Grunde war es gerade seine unerträgliche männliche Arroganz gewesen, die sie so reizte.
Da hatte er gestanden, in Blau und Silber und schäumender Spitze, unanständig schön und von ihren Pistolen nicht im geringsten beeindruckt. Als er ihr eine Prise Schnupftabak anbot, hatte es sie gedrängt, seiner Selbstsicherheit einen Schlag zu versetzen, ihn im Dreck liegen zu sehen. Doch, wie er richtig vermutet hatte, wäre sie nicht in der Lage gewesen, ihn niederzuschießen. Dann hatte er ihr auch noch allen Wind aus den Segeln genommen, indem er diese freundlichen Worte zu seinen Dienstboten sprach. Wenn sie seinen Befehlen gehorchten, würde ihre Verfolgung sich verzögern oder sogar überhaupt nicht stattfinden.
Zu gern hätte sie gewußt, was für ein Spielchen er trieb, aber immerhin hatte sie ihn für eine Weile außer Gefecht gesetzt. Und das ging ihm gewaltig gegen den Strich! Mit einem grimmigen Lächeln öffnete sie den Schlag der Kutsche.
Im Inneren war es dunkel, und Chastity mußte nach der

Waffe tasten, doch sie fand sie auf dem Sitz, wie Cyn gesagt hatte. Sie nahm die Pistole an sich und sah im fahlen Licht des Viertelmondes, daß beide Läufe geladen und schußbereit waren. Natürlich hatte der Mann nur aufgeschnitten mit seiner Behauptung, er hätte sie entwaffnen, verwunden oder töten können – schließlich war sie selbst bewaffnet –, doch sie mußte zugeben, daß er im Falle eines Versuchs eine Chance gehabt hätte.

Die Einsicht, daß sie ihm durch ihre Unvorsichtigkeit diese Chance eingeräumt hatte, ließ sie erzittern. Voller Verzweiflung schloß sie die Augen. Vielleicht war sie der Aufgabe, die sie sich gestellt hatte, doch nicht gewachsen. Aber sie mußte ihre Schwester und ihren Neffen in Sicherheit bringen.

Verity war erst gestern eingetroffen, wenngleich ihre Probleme schon viel früher eingesetzt hatten. Ihr Gatte, Sir William Vernham, ein Mann mittleren Alters, war vor knapp zwei Monaten, nur wenige Tage nach der Geburt seines Sohnes, gestorben. Sein Tod hatte zwischen dem Onkel des Kindes, Henry Vernham, und dem Großvater – Veritys und Chastitys Vater, dem Earl of Walgrave – einen erbitterten Kampf um die Vormundschaft für das Kind ausgelöst.

Henry hatte das erste gerichtliche Scharmützel für sich entscheiden können und war nach Vernham Park gekommen, um das Heft in die Hand zu nehmen. Schon bald war in Verity die Angst erwacht, daß ihrem Kind Gefahr drohen könnte, denn Henry war nicht zu trauen. Würde Veritys kleiner Sohn sterben, stünden ihm Titel und Vermögen zu. Ihre Ängste hatten sich noch gesteigert, als Henry versucht hatte, sie von ihrer Familie und ihren Freunden zu isolieren. Da hatte sie mit dem Säugling die Flucht ergriffen und war in dieses Häuschen gekommen.

Jetzt fürchtete sie Henry und wagte es nicht, bei ihrem Vater Schutz zu suchen. Earl Walgrave würde sie zwar gewiß behüten, aber gleichzeitig flugs eine neue Ehe arrangieren, die ihm zum Vorteil gereichte. Nachdem sie das erbärmliche

Leben mit William hatte ertragen müssen, war Verity nun entschlossen, keinen anderen als ihren Freund aus Kindertagen zu ehelichen, nämlich Major Nathaniel Frazer. Chastity war entschlossen, ihr dabei zu helfen.
Das Problem war nur, daß die Schwestern praktisch über keinen roten Heller verfügten und daß bereits intensiv nach Verity gesucht wurde.
Vor zwei Tagen hatte Henry Vernham das Pächterhäuschen aufgesucht, um Chastity und Nana zu verhören – Chastity hatte kaum Zeit gehabt, wieder in ihre Frauenkleider zu schlüpfen. Sie hatten ihn ohne Schwierigkeiten davon überzeugen können, daß sie nichts von Veritys Aufenthaltsort wußten, denn zu dem Zeitpunkt war sie noch nicht eingetroffen. Ihre Bestürzung und Sorge waren echt gewesen.
Unter dem Eindruck der Erinnerung an diese Konfrontation mit Henry Vernham ballte Chastity die Hände zu Fäusten, denn er war nicht nur der Alptraum ihrer Schwester, sondern zudem der Mann, der ihr eigenes Leben zerstört hatte und schuld daran war, daß sie nun mit geschorenem Kopf und in Männerkleidern hier leben mußte. Sie hatte sich geweigert, auch nur ein Wort mit ihm zu sprechen – wäre sie ihm gegenübergetreten, hätte sie ihm zweifellos den Hals umgedreht –, doch zum Abschied hatte er einen Spruch angebracht, der ihr beinahe jegliche Entschlußkraft geraubt hätte.
»Gewiß bereut Ihr inzwischen, daß Ihr meinen Antrag abgelehnt habt, Lady Chastity, doch nun ist es zu spät, Euch eines Besseren zu besinnen. Wißt Ihr, inzwischen seid Ihr einfach nicht mehr tragbar.«
Sie hatte gekocht vor Wut; hätte sie in diesem Moment eine Pistole zur Hand gehabt, wäre der Mann jetzt tot. Als Verity ankam und ihre Geschichte erzählte, war Chastitys Zorn dann abgeklungen und hatte nüchterner Überlegung Platz gemacht. Vernham durfte nicht auch noch Verity ruinieren.
Ihnen blieb keine Zeit, um ausgeklügelte Pläne zu schmieden

oder gründlich zu überlegen, denn Vernham konnte jeden Augenblick zurückkommen. Allerdings wußten sie, daß sie zum Überleben Geld benötigten und es sich beschaffen mußten. Die Entführung der Kutsche war das Ergebnis eines spontanen Entschlusses gewesen. Jetzt erkannte Chastity, daß es ihrer aller Tod bedeuten konnte.

Zum Teufel mit Cyn Malloren. Warum war er nicht der dicke, ängstliche Kaufmann gewesen, den sie sich erhofft hatten?

Chastity betrachtete das prächtige vergoldete Wappen auf dem Kutschenschlag und wünschte dem Besitzer die Hölle an den Hals. Dann lächelte sie und löste einen scharfen Stein aus der Mauer des Obstgartens. Es bereitete ihr große Befriedigung, die Farbe und Vergoldung auf beiden Türen abzuschaben.

Kaum war sie fertig, verließ sie das Gefühl der Zufriedenheit allzu abrupt, und sie schleuderte den Stein von sich. Es war schon richtig gewesen, das Wappen zu entfernen – schon morgen würde man im ganzen Land Ausschau nach der Kutsche der Mallorens halten –, doch was sie fühlte, war nicht recht. Sie lehnte den Kopf an das Gefährt, kämpfte mit den Tränen und fluchte stumm auf die Männer, die die Ursache für ihre Verbitterung waren.

Ihr Vater, ihr Bruder und Henry Vernham.

Ein Fluch entfuhr ihr in die dunkle ländliche Nacht: »In die tiefste Hölle mit allen Männern!«

Doch dann riß sie sich zusammen. Sie brauchte einen kühlen Kopf und mußte wachsam sein, um sie alle zu besiegen.

Sie vergewisserte sich, daß die Pistole gesichert war, und schob sie in ihre Manteltasche. Sie überlegte, ob sie den Degen auch an sich nehmen sollte, tat es dann aber doch nicht.

Die Reitpferde am Zügel, näherte sie sich ihrem eigentlichen Zuhause, Walgrave Towers. Das große Haus lag in vollkommener Dunkelheit, denn von ihrer Familie war niemand in der Residenz. Ihr Vater und ihr älterer Bruder verbrachten den Großteil ihrer Zeit in London und suchten jetzt wahrscheinlich nach Verity; ihr jüngerer Bruder, Victor, ging noch zur Schule. Sie brachte die Pferde in den Stall und schlüpfte durch eine Seitentür ins Haus.

Hier herrschte Stille, bis auf das Ticken der Uhren in den verlassenen Räumen, doch für Chastity schrie es in diesem Haus von Schmerz und bitteren Erinnerungen. Frischen Erinnerungen. Als Kind war sie hier nicht unglücklich gewesen. Ihr Vater war gewöhnlich nicht zu Hause, und ihre verschüchterte Mutter war allem Ärger aus dem Weg gegangen. Doch vor wenigen Monaten hatte ihr Vater Chastity hierhergebracht. Hier hatte er versucht, sie in die Ehe mit Henry Vernham zu zwingen.

Ohne Licht fand Chastity in die Waffenkammer, wo sie mit Hilfe von Feuerstein und Zunder eine Kerze anzündete. Sie entlud und reinigte die Duellpistolen und legte sie zurück in den mit Samt ausgeschlagenen Kasten. Ihr älterer Bruder würde außer sich sein vor Zorn, wenn er erfuhr, daß seine gönnerhafte Ausbildung der kleinen Schwester sie zu ihrem Plan befähigt hatte. Chastitys Hände hielten inne, als sie sich an ihre letzte Begegnung mit Fort erinnerte – an seinen Zorn, an seine grausamen, verletzenden Worte ...

Sie preßte die Lippen zusammen und fuhr in ihrer Arbeit fort, reinigte die Muskete und stellte sie zurück in den Ständer. Sie war nicht sonderlich vorsichtig. Die Diener wußten zweifellos, daß sie im Hause war und was sie hier trieb, doch sie würden es ignorieren, wenn sie konnten. Sie bildete sich gern ein, es läge daran, daß sie sie wenigstens ein bißchen mochten. Zynisch sagte sie sich jedoch, daß sie lieber nicht in den erbitterten Kampf ihrer Herrschaft hineingezogen werden wollten.

Die Atmosphäre in diesem Haus war bedrückend, sie mußte schnellstens nach draußen. Sie blies die Kerze aus und hastete die dunklen Flure entlang zur Tür im Westturm, hinaus an

die frische Luft und in die Freiheit. Auf den Männergang achtend, den sie eingeübt hatte, schritt sie zurück zum Pächterhäuschen.
Sie mußte sich beeilen, um rechtzeitig zurück zu sein, bevor ihre weichherzige Schwester und deren Kinderfrau sich wegen dieser hübschen, freundlich wirkenden Viper, die ihr in die Falle gegangen war, zum Narren machten.

Zweites Kapitel

Chastity fand Nana unschuldig in der Küche beschäftigt. »Das Essen ist gleich fertig, meine Liebe«, sagte die alte Kinderfrau. »Wirst du ihn losbinden, oder muß ich ihn füttern?«

Obwohl Nanas Tonfall freundlich klang, hörte Chastity doch den Tadel heraus. »Wir können ihm nicht trauen, Nana, und wir alle haben zuviel zu tun, um ihn ständig im Auge behalten zu können. Er könnte fliehen und die Beamten geradewegs hierherführen.«

Nana hob den Blick von ihrem Kochtopf. »Das hättet Ihr Euch vielleicht überlegen sollen, bevor Ihr ihn herbrachtet.«

Chastity hob das Kinn. »Ich brauche einen Kutscher.«

»Ah.« Die alte Frau nahm Teller von der Anrichte und fing an, den Tisch zu decken. Chastity bemerkte, daß sie vier Gedecke auflegte, und Veritys Kind, gerade erst zwei Monate alt, war wohl kaum in der Lage, am Tisch Platz zu nehmen.

»Ich denke, Ihr könnt ihm trauen, Lady Chastity«, sagte Nana.

Chastity seufzte. »Vergiß nicht, ich heiße Charles.«

Sie verließ die Küche, um sich mit ihrer Schwester zu beraten. Auf dem Weg durch das zweite Zimmer würdigte sie ihren Gefangenen keines Blickes, legte nur seine Pistole auf eine Kiste und eilte dann leichtfüßig die steile Treppe hinauf. Verity hatte gerade ihr Baby trockengelegt und kleidete es nun unter zärtlichem Geplapper und Kitzeln wieder an.

Chastity fuhr sie an: »Ich verstehe nicht, wie du dich so benehmen kannst, wenn du bedenkst, wer sein Vater ist.«
»Ich denke nicht an seinen Vater«, sagte Verity schlicht. Sie knüpfte das letzte Bändchen des Schlafanzugs, hob das Baby hoch und legte es ihrer Schwester in den Arm. »Schau ihn dir an. Er hat nicht das geringste mit Sir William Vernham zu tun.«
Das weiche Bündel im Arm, geriet Chastity unwillkürlich in den Bann des Babys. »Er *ist* Sir William Vernham«, betonte sie und schnitt Grimassen, die dem Kind zu gefallen schienen.
Verity hielt in ihrer Aufräumarbeit inne. »Ich weiß. Aber er ist anders.« Grimmig fügte sie hinzu: »Er wird ein völlig anderer Mann sein. Dafür sorge ich. Und nachdem Sir William nun tot ist, dürfte das entschieden einfacher sein.«
Chastity blickte ruckartig auf. »Sprich so etwas niemals in Gegenwart anderer aus, Verity, sonst könnte dein Schwager auf die Idee kommen, von Mord zu reden.«
Verity erbleichte. »Wie könnte er das tun? William starb an einem Herzanfall in den Armen seiner Geliebten.«
»Schon, aber um ihre Ziele zu erreichen, sind Männer zu allem fähig, und Vernham ganz besonders. Die Behörden würden dir wahrscheinlich einen Giftanschlag unterschieben, mit einem Mittel, das sich nicht nachweisen läßt.«
»Nicht alle Männer sind grausam«, wandte Verity sanft ein, »Nathaniel ist ein guter Mensch.«
»Das mag sein, aber wenn es eine Gerechtigkeit auf der Welt gäbe, hättest du ihn heiraten dürfen.«
»Ach, Chastity ...«
»Vater wußte, daß du Nathaniel liebst, und hat dich trotzdem gezwungen, Sir William zu heiraten – einen fetten alten Gutsherrn mit einem Haufen Geld und keiner Spur von Stil.« Sie lehnte das Baby an ihre Schulter und klopfte ihm sacht den Rücken.
Verity nagte an ihrer Unterlippe. »Es ist die Pflicht einer

Tochter, den Mann zu heiraten, den der Vater vorgesehen hat.«

»So heißt es, aber es wäre doch schön, in einem solchen Opfer wenigstens einen Sinn erkennen zu können. Vater hat nicht nur dich mit Sir William verheiratet, sondern auch versucht, mich zur Ehe mit dessen Bruder zu zwingen. Was hätte er durch eine solche Verbindung gewonnen?«

Verity warf die schmutzigen Windeln und Tücher in einen Eimer. »Ich weiß es nicht«, gab sie zu.

»Eines ist klar«, sagte Chastity. »Du hast deine Pflicht getan. Nicht einmal im Traum solltest du daran denken, Vater noch einmal zu Willen zu sein. Du sollst Nathaniel heiraten.«

Verity nickte. »Dazu bin ich fest entschlossen, wenngleich mich mein Gewissen plagt. Ich wollte, ich hätte deine Entschlußkraft.«

»Glaub mir«, sagte Chastity und schauderte. »Das Wissen um deine unglückliche Ehe gab mir damals die Kraft, mich Vater zu widersetzen. Sir William war ein niederträchtiger Kerl, und sein Bruder ist, wenn auch nach außen hin glatter und geschliffener, aus demselben Holz geschnitzt. Ich kann mir durchaus vorstellen, daß er plant, einen Säugling umzubringen.«

»Aber ich verstehe nicht, woher du den Mut genommen hast, Vater zu widersprechen. Schau mich doch an. Ich kann mich seinem Willen nur entziehen, indem ich weglaufe.«

Chastity stand auf, legte das schläfrige Kind behutsam in sein Bettchen und deckte es zu. Dann ging sie hinüber zu dem winzigen Giebelfenster und sah blicklos in den vom Küchenfenster her beleuchteten Garten hinunter. »Ich weiß ehrlich nicht, ob ich mutig genug gewesen wäre, Verity, wenn ich gewußt hätte … Nie im Leben hätte ich gedacht, daß er so weit gehen würde. Aber als ich einmal angefangen hatte, mich zu wehren, konnte ich irgendwie nicht wieder aufhören …«

Verity nahm ihre Schwester in die Arme, und die beiden

jungen Frauen klammerten sich aneinander. »Noch vor zwei Jahren«, sagte Verity, »waren wir glücklich und voller Hoffnung. Was ist nur geschehen?« Doch dann riß sie sich zusammen. »Wir müssen jetzt zum Essen hinuntergehen.« Sie griff nach dem Eimer und warf einen Blick auf ihre Schwester. »Findest du nicht, daß du ein Kleid anziehen solltest, Liebste? Schließlich ist ein Mann im Haus.«
Chastity wischte sich die Tränen ab und straffte sich. »Ganz sicher nicht. Es wäre nicht klug, ihn wissen zu lassen, daß er es mit drei Frauen zu tun hat.«
»Ach, Chastity«, protestierte Verity, »er ist ein Gentleman.«
»Wieso zum Teufel glaubst du, daß das zu seinen Gunsten spricht? Sir William war ein Gentleman. Henry Vernham und Vater sind angeblich Gentlemen. Und abgesehen davon, daß er ein Gentleman ist, handelt es sich bei unserem Gefangenen auch noch um einen Malloren. Das sind schöne, faszinierende Männer, die dir aber eher die Kehle durchschneiden würden, als dir auf der Straße Platz zu machen. Laß dich bloß nicht von Cyn Mallorens schönen Wimpern einlullen.«
Verity lachte leise. »Aber sie sind wirklich erstaunlich, wie? Vor einem Mann, der so aussieht, kann ich eigentlich keine Angst haben.«
Chastitys Ton war barsch. »Bestimmt haben schon zahlreiche andere diesen Fehler begangen. Und es ist ein tödlicher Fehler.«
»Wirklich, Chastity. Du kannst ihn nicht für so gefährlich halten. Fasanenschießen ist wahrscheinlich die einzige Art von Blutvergießen, die er bisher erlebt hat.«
Chastity schüttelte den Kopf. »Er ist gefährlich, Verity. Ich fühle es. Versuch bitte, mich stets Charles zu nennen, oder wenigstens Chas. Und gib niemals unseren vollen Namen preis. Rothgar und Vater sind seit Jahren Todfeinde. Wenn Cyn Malloren erfährt, daß wir Ware heißen, bricht die Hölle los.«
Verity schüttelte den Kopf, sagte aber nichts mehr. Sie sah

nach William, blies die Kerze aus und ging voran zur Treppe. Dort blieb sie zögernd stehen. »Chas, was ist, wenn er noch einmal versucht, dich zu verheiraten?«
»Vater?« Chastity lachte rauh. »Das ist das einzig Gute an der Geschichte. Durch meinen Widerstand hat er sich dazu hinreißen lassen, mich gründlich zu ruinieren. Kein Mann wird jemals die berüchtigte Chastity Ware heiraten wollen.«

Cyn sah ihr nach, als sie den Raum durchquerte und die Treppe hinaufstieg. Sie hatte die Pistole gefunden, und so nahm er an, daß sie nun von seinen guten Absichten überzeugt war. Doch sie wirkte nicht eben sanftmütiger.
Er wollte sie so gern lächeln sehen. Er wollte, daß sie mit ihm sprach, ihm ihre Probleme anvertraute, damit er ihre Bürde schultern konnte. Zu seiner Verwunderung hatte er innerhalb kürzester Zeit ein sehr warmes Gefühl für die mutige junge Frau und ihre unkonventionelle Erscheinung entwickelt.
Die Frisur, die an glattes Otterfell erinnerte, war ausgesprochen merkwürdig, zeigte jedoch ihren wunderschön geformten Kopf. Warum war ihm nie aufgefallen, wie schön so ein Kopf sein konnte? Er genoß die Vorstellung, diesen glatten Schädel zu streicheln, genauso wie die, mit der Hand durch üppige seidenweiche Locken zu fahren.
Dieser Haarschnitt betonte außerdem die klaren, kräftigen Linien ihres Gesichts – die glatte, hohe Stirn, die feine, gerade Nase, das feste Kinn. Selbst diese unauffälligen grauen Augen waren, als Bestandteil des Gesamtbildes, unvergeßlich. Sie entsprach eindeutig nicht dem landläufigen Schönheitsideal der Frauen, aber er selbst ging auch selten mit dem landläufigen Geschmack konform.
Ihre Haltung war die eines geschmeidigen, stolzen Mannes – gerade Schultern, fester Schritt. Das fand er erstaunlich erotisch, und er bedauerte, daß sie die Männerkleider wahr-

scheinlich nur zum Zweck des Überfalls angezogen hatte. Wie sie wohl in einem Kleid aussah?
Er sollte es nicht erfahren. Als sie die Treppe wieder hinunterkam, trug sie immer noch Hosen.
Die beiden Schwestern durchquerten sein Zimmer, und er sagte: »Charles, habt Ihr Euch jetzt davon überzeugen können, daß ich Euch nichts Böses will?«
Sie wandte sich ihm zu. »Solange Ihr aufs Bett gefesselt seid, Mylord, bin ich überzeugt davon.«
»Dann hättet Ihr wohl Angst vor mir, wenn ich frei wäre?«
Sie stemmte die Hände in die Hüften. »Ganz gewiß nicht. Aber warum sollte ich es darauf ankommen lassen?«
Sie war herrlich. »Aus Gründen der Fairneß«, erwiderte er freundlich. »Ich habe nichts Unehrenhaftes getan.«
Sie lächelte. »Straßenräuber zu unterstützen ist nicht eben ehrenhaft, Mylord.«
Er erwiderte ihr Lächeln aufrichtig. »Verzeiht. Ich wußte ja nicht, daß Ihr Euch nach dem Galgen sehnt. Bei erster Gelegenheit werde ich Euch behilflich sein.«
»Ich weiß. Deswegen seid Ihr ja gefesselt.«
Er unterdrückte ein Lachen. Die Wortgefechte mit ihr waren der größte Spaß seit Monaten. Was für eine Frau. Und schon hatte er eine neue Waffe gefunden. »Merkwürdige Art, einen Mann zu fesseln«, sagte er. »Seid Ihr einer von der Sorte, die gern einen männlichen Körper betrachten, Charles?«
Von seinen Worten getrieben, betrachtete sie ihn tatsächlich, und verräterische Röte stieg ihr in die Wangen. Sie sah ganz und gar weiblich aus, noch dazu auf unschuldige, verwirrte Art. Und das verursachte ihm eine Erektion.
»Hört auf, alle beide«, sagte Verity, die sich, ein Fleischmesser in der Hand, dem Bett näherte. Die Ausbuchtung in seinen Hosen registrierte sie mit einem kaum merklichen Hochziehen der Augenbrauen. »Ich finde, der Mann hat recht«, wandte sie sich an ihre Schwester. »Er hat nichts getan, was

eine solche Behandlung rechtfertigen würde. Er kann mit uns essen.«

»Verity, laß das!« fuhr Charles sie an. Doch Verity hatte die Stoffstreifen, die Cyn ans Bett fesselten, bereits durchtrennt, und dankbar richtete er sich auf und massierte seine tauben Handgelenke.

»Mein lieber Mann«, sagte er, erfreut darüber, nun auf gleicher Ebene mit ihr streiten zu können, »ich weiß die Freundlichkeit Eurer Schwester zu schätzen, doch wenn Ihr der Herr in diesem Hause seid, solltet Ihr Euer Weibervolk dann nicht ein bißchen besser unter Kontrolle haben?«

Ihre Augen blitzten. »Soll ich vielleicht eine Peitsche zu Hilfe nehmen?«

Cyn zwinkerte Verity zu. »Ist Eure Schwester denn so ungezogen?«

»Ach, hört endlich auf, Mylord«, sagte Verity, die sich das Lachen verbeißen mußte. »Ihr reizt ihn absichtlich. Wenn Ihr so weitermacht, muß ich Euch wieder fesseln.«

Er hob die Hände, zum Zeichen, daß er sich geschlagen gab, und folgte den Schwestern in die aromatisch duftende Küche. Wie lange mochte es noch dauern, bis jemandem ein unverzeihlicher Fehler unterlief, der Charles als ... – ja, als was? Charlotte? – auswies. Verstohlen musterte er das Mädchen mit dem eisigen Gesicht. Charles paßte entschieden besser zu ihr als Charlotte.

Nana strahlte, als sie Cyn ohne Fesseln sah, und wollte ihm einen Platz am Kopf des Tisches zuweisen. »Nein, nein«, wehrte Cyn ab und wies auf Charles. »Als Oberhaupt der Familie steht Euch dieser Platz zu.« Rücksichtslos seinen beträchtlichen Charme einsetzend, lächelte er reihum alle an. »Dürfte ich wohl Euren Familiennamen erfahren?«

»Nein«, sagte Charles kurz angebunden und setzte sich. »Seid froh, daß Ihr etwas zu essen kriegt.«

Nana stellte einen großen Topf mit Kaninchenragout auf den Tisch.

»Noch dazu so köstliches Essen«, bemerkte Cyn mit einem glücklichen Lächeln.
Nana strahlte. »Es macht einfach Spaß, für einen Mann zu kochen.«
Cyn warf einen fragenden Blick in Charles' Richtung. »Aber diese jungen Burschen, die gerade erst ausgewachsen sind, haben doch gewöhnlich einen mächtigen Appetit.«
Charles wurde rot. »Ich bin kein junger Bursche.«
»Ich bitte vielmals um Verzeihung, Sir. Ich weiß wohl, bei manchen Männern dauert es länger, bis der Bartwuchs einsetzt ...«
»Reicht mir Euren Teller, Mylord«, bat Verity hastig und füllte ihm eine große Portion von dem Ragout auf. »Kartoffeln?«
Für den Rest der Mahlzeit verbot Cyn sich edelmütig weitere Neckereien.
»Nun«, sagte er, als sie vor gefüllten Teetassen saßen, »berichtet mir doch bitte von Euren Schwierigkeiten, damit ich Euch helfen kann.«
»Warum solltet Ihr?« fragte Charles kalt.
»Wie ich schon sagte, ich giere nach Abenteuern. Ohne Abenteuer kann ich nicht leben. Ich wollte schon immer ein fahrender Ritter sein.«
Es war Verity, die darauf einging. »Aber wie kommt Ihr darauf, daß ich eine bedrängte Maid sein könnte, Mylord?«
Er sah sie an. »Seid Ihr es denn nicht?«
Sie lächelte traurig. »Eine Maid ist gewöhnlich eine Jungfrau, und das bin ich ganz gewiß nicht. Bedrängt fühle ich mich allerdings durchaus ...«
»Nicht, Verity!« fiel Charles ihr scharf ins Wort. »Vertrau ihm nicht. Warum bloß mußt du immer so vertrauensselig sein? Wenn du es ihm verrätst, schlägt er sich auf die Seite der anderen.«
»Was sollen wir denn tun?« fragte Verity. »Wir brauchen jemanden für die Kutsche, und mir ist wohler, wenn ...«

Die Worte *wenn ein Mann an unserer Seite ist* standen nahezu hörbar im Raum, und Cyn sah das böse Funkeln in Charles' Augen. Handelte es sich hier lediglich um ein wildes gelangweiltes Mädchen, das ein Mann sein wollte? Hoffentlich nicht.

»Ihr würdet Euch besser fühlen, wenn ein älterer Mann mit mehr Erfahrung Euch beisteht«, ergänzte er, ohne mit der Wimper zu zucken. »Lieber Charles, grämt Euch doch nicht deswegen. Es ist klar, daß Ihr Euer Bestes tut, um Eurer Schwester zu helfen, doch es ist niemals klug, ein aufrichtig gemeintes Hilfsangebot auszuschlagen. Ich bin fast zehn Jahre älter als Ihr und verfüge über Erfahrungen, die Euch noch fehlen. Sagt mir, wohin Ihr reisen wollt, und ich tue, was in meinen Kräften steht, um Euch sicher dorthin zu bringen.«

»Nach Maidenhead«, sagte Verity fest. »Mein künftiger Ehemann, Major Nathaniel Frazer, ist dort stationiert.«

War er der Vater des Kindes? Verity trug einen Ehering, doch das mußte nichts zu bedeuten haben. »Das dürfte kein Problem darstellen. Ich muß allerdings dazu sagen«, erklärte er vorsichtig, »daß ich bei der Sache eigentlich überhaupt keinen Haken sehe.«

»Außer Geld«, bemerkte Charles gedehnt.

»Ah. Deshalb also der Überfall auf meine Kutsche.«

»Genau.«

Niemand schien bereit zu sein, ihm weitere Informationen zukommen zu lassen, und so hakte Cyn noch einmal nach. »Ich verstehe, daß es verlockend ist, in meiner ausgesprochen bequemen Kutsche zu reisen, doch in ihren Besitz zu gelangen war immerhin mit gewissen Risiken verbunden. Wäre es da nicht klüger gewesen, sich mit der Postkutsche zu begnügen oder auch mit diesen beiden Vollblütern, die Ihr geritten habt?«

»Die Pferde gehören nicht uns«, erklärte Verity. »Hätten wir sie behalten, wäre die Hölle los gewesen. Allerdings stimme ich Euch zu: es wäre klüger gewesen, die Postkutsche zu nehmen.«

»Ja«, mischte Charles sich unvermittelt ein. »Du hast recht. Morgen bedienen wir uns der Kutsche seiner Lordschaft, um nach Shaftesbury zu fahren, wo wir uns dann einen Platz in der Postkutsche besorgen.« Sie blickte Cyn eiskalt an. »Das heißt, wenn wir Euch bis dahin trauen können, Mylord.«

»Ihr könnt mir bis in die Hölle trauen und wieder zurück«, sagte er schlicht, »aber nur, wenn Ihr mich an Eurem Abenteuer teilhaben laßt. Das lasse ich mir nicht nehmen.«

»Verdammt, das hier ist kein Spiel!«

»Dann ist echte Gefahr damit verbunden?«

»Ja.«

»Aus welcher Richtung?«

Sie aber preßte die Lippen zusammen und klärte ihn nicht auf.

»Ich finde wirklich, wir sollten es ihm sagen, Lieber«, drängte Verity.

»Darüber sprechen wir später.« Charles machte der Diskussion ein Ende, indem sie aufstand. »Im Augenblick erhebt sich allerdings die Frage, wo er schlafen soll.«

Cyn konnte nicht widerstehen. »Vielleicht bei Euch, Sir?«

Charles erstarrte, und Verity verschluckte sich an ihrem Tee.

»Ist das ein Problem?« fragte Cyn, an Charles gewandt. »Ich versichere Euch: ich schnarche nicht.«

»Aber ich«, erwiderte sie hastig.

»Ach so. Sagt mir, Sir, wo schlaft Ihr denn überhaupt?«

»Oben«, antwortete sie unvorsichtig. Die Röte ihrer Wangen verriet ihre Erregung, und sie fügte hinzu: »Wir haben den Raum durch einen Vorhang unterteilt.«

»Da Eure Schwester und ihr Kind zum Glück einen sehr tiefen Schlaf haben.« Auf ihren verständnislosen Blick hin fügte er hinzu: »Wegen Eures Schnarchens.«

Nur mit äußerster Mühe konnte Cyn sich eines Grinsens enthalten. Lieber Himmel, wenn Augen tatsächlich hätten

Feuer sprühen können, dann wäre er jetzt ein Häuflein Asche. Diese blitzenden Augen, diese reinen, festen Lippen und die zornige Röte ihrer Wangen verliehen ihr eine erstaunliche Schönheit.
Eine Woge purer Lust überrollte ihn unvermittelt, verbunden mit dem Wunsch, sie hier und jetzt ihrer Kleider zu entledigen und die weiblichen Geheimnisse unter dem Männergewand zu lüften, diese Augen vor Leidenschaft statt vor Wut brennen, diese Wangen vor Erregung glühen zu sehen. Zum Glück lag er nicht mehr mit gespreizten Armen und Beinen gefesselt auf dem Bett, sonst hätte die Reaktion seines Körpers sie zweifellos in Ohnmacht sinken lassen. Eilig senkte er die Wimpern, faßte aber erneut den Entschluß, dieses Abenteuer bis zum Ende auszukosten.
Rasch wurde entschieden, daß Cyn in der Küche schlafen sollte, doch leider stand nur eine einzige Decke als Unterlage zur Verfügung. Nachdem es sich als unumgänglich erwiesen hatte, daß die drei ihm würden vertrauen müssen, erhielt er die Erlaubnis, zur Kutsche zu gehen und seinen Reisekoffer zu holen. Aus einigen Kleidungsstücken und seinem Mantel bereitete er sich ein annehmbares Bett, ein bedeutend besseres sogar, als ihm manches Mal in seinem Regiment zur Verfügung gestanden hatte. Immerhin war es in der Küche angenehm warm und trocken.
Nana und Verity trugen das Geschirr ab. Charles ging nach draußen und holte Wasser vom Brunnen, dann setzte sie sich und las ein Buch. Auch Cyn machte es sich bequem.
Er zog seine Stiefel aus und reinigte sie mit einem Lappen. Wer wußte schon, wie lange sie auf Jeromes liebevolle Pflege würden verzichten müssen? Er hängte seine Jacke und seine Weste über eine Stuhllehne. Dann löste er die Schleifen, die seinen Zopf hielten, und kämmte sein Haar. Nach kurzem Zögern – schließlich waren Damen zugegen – band er sein Halstuch los und knöpfte sein Hemd auf.
Nana und Verity beachteten ihn nicht, doch Charles sah

genau zu. Cyn sah, wie sie den flackernden Blick aus ihrem Buch hob, doch ansonsten zeigte sie keine Reaktion. Er mußte sich etwas Besseres einfallen lassen.
Nana ging zu Bett. Verity sorgte sich noch ein paar Minuten um Cyns Wohlergehen, dann ging sie ebenfalls nach oben. Cyn gähnte und schlüpfte in sein behelfsmäßiges Bett. Er wartete gespannt darauf, wie das Mädchen sich nun verhielt. Sie klappte das Buch zu und nahm vor seinem Lager Aufstellung. Da er nicht mehr gefesselt war, bereitete es Cyn keine Schwierigkeiten, zu ihr aufblicken zu müssen. Er verschränkte die Hände hinter dem Kopf und lächelte so verführerisch, wie es ihm möglich war, zu ihr auf. »Möchtet Ihr vielleicht doch mein Schlafquartier mit mir teilen?«
Sie rang nach Luft und trat einen Schritt zurück, hatte sich jedoch im nächsten Augenblick wieder gefangen. »Ich wollte lediglich klarstellen, Mylord, daß ich Euch töte, falls Ihr falsch spielt. Die anderen zwei sind weichherzig, ich aber nicht.«
Kein loses Mädchen, schade, schade. »Habt Ihr schon einmal jemanden getötet, Charles?«
Ihre Lippen zitterten verräterisch. »Nein.«
»Ich aber.«
»Es fällt mir schwer, das zu glauben.«
»Ach ja? Ich bin Captain im achtundvierzigsten Regiment.«
Sie vergaß, den Mund zu schließen.
»Zur Zeit bin ich auf Genesungsurlaub, aber ich habe dem Tod schon oft genug ins Auge geblickt. Das Töten ist nicht so einfach, wie Ihr denkt, es sei denn, man hat einen zwingenden Grund.«
Jede Spur von Schwäche verschwand aus ihrem Gesicht. »Dann dürfte es mir nicht schwerfallen.« Sie löschte die Kerzen und ließ ihn im milden Schein des abgedeckten Feuers zurück.
Cyn war jäh ernüchtert. Er blickte zu den Balken an der dunklen Decke auf. Wer, so fragte er sich, mochte das Mädchen so tief verletzt haben, daß sie bereit war zu töten? Wer

war schuld daran, daß sie kein Geld besaß, sich als Mann verkleidete und Angst hatte? Ohne die Antworten zu wissen, machte er ihre Angelegenheit zu der seinen.
Er hatte seine bedrängte Maid gefunden, doch Verity war es nicht. Es war Charles, schwierig, zornig und wunderschön.

Drittes Kapitel

Nana weckte ihn am nächsten Morgen, als sie in der Küche umherhuschte, Wasser kochte und Eier aus dem Hühnerstall holte. »Ihr müßt noch nicht aufstehen, Mylord«, versicherte sie rasch, doch er hatte sich bereits aus seinem Behelfsbett erhoben und räumte es aus dem Weg.

Er stellte fest, daß er in den Monaten der Abwesenheit von seinem Regiment verweichlicht war. Früher hatte es ihm nichts ausgemacht, in seinen Mantel gewickelt auf dem Boden zu schlafen, um gleich nach dem Aufwachen in den Kampf zu ziehen. Jetzt aber fühlte er sich steif und zerschlagen und sehnte sich nach einem warmen Bad und frischen Kleidern. Je eher er ins Berufsleben zurückkehrte, desto besser.

»Könnte ich ein wenig warmes Wasser zum Rasieren haben?« fragte er, und die alte Frau stellte es bereitwillig zur Verfügung.

Er rasierte sich vor einem kleinen, gesprungenen Spiegel an der Küchenwand und war froh, daß sein Bartwuchs nicht sonderlich kräftig war, denn er war an diese Arbeit nicht gewöhnt. Die Rasur erledigte gewöhnlich Jerome, selbst wenn Cyn bei seinem Regiment war.

Jerome war die einzige Annehmlichkeit, die Cyn sich von Rothgar hatte mitgeben lassen, als er zur Armee ging. In seinen sechs Jahren beim Militär hatte Cyn Karriere gemacht. Er hatte sich seine Beförderungen erarbeitet, statt sie zu kaufen. Rothgar hatte ihm allen Ernstes vorgeschlagen, ihm ein Regiment zu kaufen, doch Cyn hatte abgelehnt und seinem Bruder und sich selbst bewiesen, daß er auf eigenen Füßen stehen konnte.

Bis jetzt.

Er zog sich selbst eine Grimasse im Spiegel, immer noch empört darüber, daß eine Lungenentzündung ihn niedergestreckt hatte.

Er erinnerte sich an seine hilflosen Bemühungen, auf den Beinen zu bleiben, obwohl er sich von Tag zu Tag elender gefühlt hatte, was er sich jedoch nicht eingestanden hatte. Danach verschwammen die Erinnerungen; die rauhe Pflege von seiten seiner Männer, das grobe Militärhospital in Halifax, das Rattenloch auf dem Schiff, wo er am liebsten gleich gestorben wäre ...

Und dann plötzlich, wie in einem Traum, hatte er sich in Rothgar Abbey in der Obhut seiner Familie befunden – Rothgar, Brand, Bryght und Elfled, seine Zwillingsschwester, die besorgteste von allen. Schwach, gequält von der Frage, ob er würde sterben müssen, hatte er Trost in seinem Vaterhaus und bei seiner Familie gefunden, bei den vertrauten Gerüchen, Geräuschen und Gesichtern seiner Kindheit.

Doch kaum war er auf dem Wege der Genesung, hatte die Fürsorge seiner Geschwister ihn nur noch gereizt. Lieber Himmel, er wußte nicht, was Genesung in ihren Augen bedeutete, doch offenbar war es ein dermaßen idealer Zustand, daß ihn kein Sterblicher je erreichte. Es wurde bereits von Abdanken und der Ergreifung eines anderen Berufs gesprochen.

Das allerdings hielt er für verdammt unwahrscheinlich.

Seine Hand verkrampfte sich, und er schnitt sich am Kinn. Er verbiß sich einen Fluch und griff nach einem Taschentuch, um das Blut abzutupfen. Ohne weiteres Mißgeschick beendete er die Arbeit und hoffte, daß dies ein gutes Omen für das bevorstehende Abenteuer sein möge. Als er sich umdrehte, das Tuch auf die blutende Stelle gedrückt, bemerkte er,

daß Charles in die Küche gekommen war. Er ertappte sie dabei, wie sie ihn anschaute. Sie errötete, senkte den Blick und hob dann kühn den Kopf.
»Zittern Eure Hände heute morgen?« höhnte sie.
»Gewöhnlich lasse ich mich von meinem Kammerdiener rasieren. Damit habt Ihr wahrscheinlich noch keine Probleme. Seid froh. Es ist furchtbar lästig. Manchmal sehne ich mich zurück nach den bartlosen Zeiten.«
In böser Absicht warf er das blutige Taschentuch zur Seite und trat an seinen Koffer, um ein frisches Hemd herauszunehmen. Dem Mädchen den Rücken zukehrend, zog er lässig das alte aus.
Er reckte sich und drehte sich dabei leicht, um Charles aus den Augenwinkeln beobachten zu können. Die Röte in ihren Wangen verriet sie wieder einmal, wie sie selbst wohl wußte. Sie konzentrierte sich darauf, ein Bauernbrot in Scheiben zu schneiden. Entweder lag ihr diese Arbeit nicht, oder sie war abgelenkt, denn anstelle von Scheiben brachte sie nur Brokken und grobe Keile zustande.
Cyn bemerkte, daß er sie im Spiegel beobachten konnte, und gab vor – noch immer mit bloßem Oberkörper –, den kleinen Schnitt an seinem Kinn zu begutachten. Er sah, wie sie vorsichtig aufblickte, um ihn daraufhin unter gesenkten Wimpern zu beobachten. Wieder reckte er sich, wohl wissend, daß dies über reine Neckerei hinausging. Er spreizte sich wie ein radschlagender Pfau.
Jetzt betrachtete sie ihn unverhohlen. Er konnte die schweren Geschütze auffahren. Auf seiner Brust prangte eine Narbe, und erfahrungsgemäß konnte keine Frau diese unbeachtet lassen. Sie stammte von einer Bagatellverletzung, von einem langen Hautritz mit einem Säbel, doch sie sah höchst dramatisch aus. Da Nana sich mit im Raum befand, war der rechte Zeitpunkt allerdings noch nicht gekommen, um ihre Wirkung auf seine bedrängte Maid zu erproben.
Cyn streifte das frische Hemd über und drehte sich um.

Charles war überaus beschäftigt mit dem Bestreichen der verunglückten Brotscheiben.
»Nett von Euch, dem Weibervolk zur Hand zu gehen«, bemerkte Cyn anerkennend, während er frische Rüschen an seinen Handgelenken befestigte. »Viele junge Männer halten so etwas für unter ihrer Würde.«
Ihre fleißigen Hände hielten inne, um jedoch sogleich die Arbeit wieder aufzunehmen. »Viele junge Männer sind Esel.«
Ihre Hände waren, wie Cyn feststellen konnte, gerade knochig genug, um für die eines Halbwüchsigen durchgehen zu können, aber auch nur gerade. Wenn sie auf Abenteuer aus war, sollte sie lieber Handschuhe tragen.
»Wie wahr.« Er wartete auf eine Reaktion, doch es erfolgte keine. Er schüttelte den Kopf. Sie war die vorsichtigste Frau, die ihm je über den Weg gelaufen war. »Ich gehe mal eben zur Toilette.«
Als Cyn zurückkam, war auch Verity, das Baby auf dem Arm, in der Küche. Nana stand am Herd und briet Eier und Speck. Vermutlich hätte Charles unter normalen Umständen der alten Frau geholfen. Die passive Rolle sagte ihr sichtlich nicht besonders zu. Es erforderte eine gewisse Übung, ein fauler Kerl zu sein.
Cyn ging zu Verity, um das Baby zu bewundern. Nach seinem Besuch bei Hilda, seiner älteren Schwester, und ihrem neugeborenen ganzen Stolz hatte er einige Erfahrung. Überrascht stellte er fest, daß dieser Säugling fast genauso klein war. »Er kann höchstens ein paar Monate alt sein.«
»Neun Wochen«, sagte Verity und strich mit schützender Hand über den weichen blonden Flaum auf dem Köpfchen des Kindes.
»Ein bißchen jung für die Reise.«
Die Hand hielt inne. »Es war unumgänglich.«
Cyn sah ein, daß er die sanfte Verity nicht in die Enge treiben durfte. Statt dessen ärgerte er Charles, indem er Nana zur

Hand ging, ihr die angewärmten Teller reichte und sie gefüllt wieder zum Tisch trug. Nach kurzem Zaudern kam Charles ebenfalls zur Hilfe. Sie füllte kochendes Wasser in die Teekanne, stellte Marmelade und Gelee bereit und holte den Krug Milch, der zum Kühlen auf der Fensterbank stand. Sie bewegte sich, als wären all diese Handreichungen ihr zutiefst vertraut, doch Cyn enthielt sich einer Bemerkung.

Während alle aßen, ergriff Cyn das Wort. »Nun? Seid Ihr bereit, mir Eure Geschichte zu erzählen?«

Nach kurzer Verständigung mit ihrer Schwester sagte Charles: »Wir sagen Euch soviel, wie Ihr wissen müßt.« Sie fixierte ihn mit einem kalten Blick. »Wahrscheinlich denkt Ihr, Veritys Kind sei außerehelich empfangen.«

Diese Erklärung lag auf der Hand. »Ist es nicht so?«

»Nein. Er ist völlig legitim, der Sohn seines Vaters, geboren zwei Jahre nach einer Hochzeit am Hannover Square.«

Cyn ging nicht auf den herausfordernden Tonfall ein. »Das ist gewiß eine große Erleichterung für alle Betroffenen.«

»Der Vater ist tot.«

Cyn musterte Verity, die keine Trauerkleidung trug und darauf brannte, zu ihrem Verlobten zu gelangen. Er zog die Brauen hoch.

»Herrgott«, sagte Verity, »ich wüßte gern, warum du nicht in der Lage bist, eine einfache Geschichte zu erzählen.« Sie blickte Cyn an. »Mein Mann ist vor etwa zwei Monaten gestorben. Mein Schwager ist der Vormund des Kindes. Als er kam, um die Verantwortung für uns beide zu übernehmen, stellte ich fest, daß ich ihm nicht vertrauen kann, und deshalb bin ich jetzt auf dem Weg zu dem Mann, der uns beide beschützen wird.«

Eine Reihe von Fragen schossen ihm durch den Kopf. Cyn stellte zunächst die heikelste. »Ihr habt diesen Beschützer als Euren Verlobten bezeichnet. Wie könnt Ihr so kurz, nachdem Ihr Witwe wurdet, schon wieder verlobt sein?«

Verity errötete heftig. »Nathaniel und ich waren einander

versprochen, doch mein Vater verweigerte uns seinen Segen. Die Regeln von Sitte und Anstand sind in keiner Weise verletzt worden, doch unser Versprechen gilt nach wie vor.«

Charles mischte sich ein. »Ihr seht, es handelt sich lediglich darum, Verity und William sicher nach Maidenhead zu geleiten.«

Das bezweifelte Cyn. »Und die Sache mit der Vormundschaft?«

»Sobald Verity und Nathaniel verheiratet sind, werden wir beantragen, daß Nathaniel die Vormundschaft über das Kind zugesprochen wird.«

Cyn ahnte, daß entschieden mehr hinter dieser Angelegenheit steckte, als er erfuhr. »Und wenn das Gericht zu dem Schluß kommt, daß die überstürzte Flucht und Heirat sowohl Veritys als auch Nathaniels Untauglichkeit als Verantwortliche für das Kind beweisen?«

Verity erblaßte und drückte den Säugling an sich. »Das können sie nicht tun!«

»O doch. Ich weise nur darauf hin, daß es vielleicht klüger wäre, nach Hause zurückzukehren und Eurem Nathaniel Nachricht zukommen zu lassen, daß er kommen und Euch auf eine konventionellere Art beistehen möge.«

Die Schwestern tauschten einen Blick, Cyn spürte förmlich die Angst, die im Raum hing. Charles meldete sich dann zu Wort. »Verity würde nie die Erlaubnis erhalten, Nathaniel zu heiraten, und sie fürchtet, Henry V ...« Sie unterbrach sich, um dann gesammelter fortzufahren: »Sie fürchtet, der Bruder ihres Mannes plant, das Kind zu töten.«

Cyn erkannte in Veritys Blick, daß Charles die Wahrheit sprach. »Warum?«

»Weil er dann alles erben würde.«

Cyn dachte nach, während sich Stille ausbreitete. Habgier konnte eine gewaltige treibende Kraft sein, und vermutlich war es einem ehrgeizigen Mann unerträglich, ein neues kleines Leben zwischen sich und dem gesamten Erbe stehen zu sehen.

Andererseits wußte er, daß viele Frauen nach einer Geburt ein bißchen merkwürdig wurden.

Er wandte sich an Verity. »Wie ist Euer Gatte gestorben?«

Sie senkte den Blick. »An Herzversagen.«

»Wie war sein Name?«

»Nicht antworten!« fuhr Charles rasch dazwischen. Sie drehte sich zu Cyn um. »Mit welchem Recht nehmt Ihr sie ins Verhör? Wir haben Euch das Wichtigste berichtet. Helft uns oder laßt es bleiben, ganz, wie es Euch beliebt.«

Cyn traf seine Entscheidung, ohne lange überlegen zu müssen. »Natürlich helfe ich Euch.« Er glaubte nicht, daß es eine schwierige Aufgabe sein würde, nur eine Reise von etwas mehr als hundert Meilen. Leicht in drei Tagen zu bewältigen. »Ich garantiere Euch, daß ich Euch sicher in Maidenhead abliefern werde. Allerdings wüßte ich gern, mit welcherart Verfolgung wir zu rechnen haben. Sucht Henry, der Vormund, etwa jetzt schon die Straßen nach Euch ab?«

»Ja.«

»Aber er ist nicht auf die Idee gekommen, hier nachzusehen?«

Charles strafte sein hörbares Unverständnis mit einem bösen Blick. »Er kam vor drei Tagen hierher. Wir konnten ihn davon überzeugen, daß wir nichts wußten, weil es der Wahrheit entsprach. Verity mußte den Weg zu Fuß zurücklegen und traf erst ein, als Henry schon wieder gegangen war.«

Cyn betrachtete die junge Mutter mit neuer Achtung. Angesichts ihrer weichen Sanftmut hätte er nie geglaubt, daß sie, ein Baby im Arm, im kalten November zu einem so anstrengenden Fußmarsch fähig sein würde. Er begann, seine Selbstgefälligkeit in Frage zu stellen. Verity zumindest glaubte eindeutig an eine wirkliche Bedrohung. Jetzt bemerkte er auch die leise Verzweiflung, mit der sie ihr Kind an sich drückte.

»Weiß er von Maidenhead?« fragte Cyn.
Charles gab ihm die Antwort. »Wir glauben es nicht.«
Cyn wandte sich Verity zu. »Wohin werdet Ihr Euch denn seiner Vermutung nach gewendet haben?«
Sie hob die Schultern. »Ich hoffe, daß er nicht den geringsten Anhaltspunkt hat. Er hat eindeutig damit gerechnet, daß ich hierherkommen würde. Vielleicht vermutet er, daß ich nach London gehe. Von meinem Leben vor der Hochzeit mit seinem Bruder kann er nichts wissen.«
»Was ist mit Eurer Familie?« fragte Cyn. »Können sie Euch nicht helfen?«
Die Schwestern wechselten erneut einen vielsagenden Blick. Charles antwortete. »Warum würde ich wohl in diesem Häuschen leben, wenn ich eine Familie hätte, die mir nützen könnte?«
»In Ungnade gefallen?« vermutete Cyn. »Womöglich von der Schule gewiesen?«
Der Hieb saß, wenngleich sie es gut zu verbergen wußte. »Ganz recht, Mylord. Wir wollen die Familie nicht um Hilfe bitten, weil sie nicht zulassen würden, daß Verity Nathaniel heiratet.«
Cyn hatte sich eine Überlebensstrategie zugelegt, die ihm schon oft gute Dienste erwiesen hatte: Nimm immer das Schlimmste an und handle entsprechend. Er stand auf und schritt in dem kleinen Zimmer auf und ab. »Der Vormund des Kindes hat die Gerichte auf seiner Seite. Zweifellos hat er in Poststationen und größeren Gasthäusern Eure Beschreibung hinterlassen oder sogar Handzettel verteilt. Selbst wenn er nichts von Maidenhead weiß, werden die Zollstraßen gewiß streng kontrolliert. Mit der Postkutsche würdet Ihr nicht weit kommen.«
Charles warf ein: »Wir wollten uns verkleiden.«
»Und wie?«
Wieder tauschten die Schwestern einen Blick voller Unbehagen. »Verity wird sich als Amme verkleiden«, erklärte Charles. »Und wir werden ihr das Haar schwarz färben.«

»Und Ihr?«
»Ich benötige keine Verkleidung.«
Cyn neigte sich über den Tisch. »Henry der Schreckliche wird wiederkommen, um hier nach dem Rechten zu sehen. Wenn er Euch nicht antrifft, weiß er, daß er nach Euch suchen muß.«
Sie sah ihm in die Augen. »Bis dahin werden wir längst in Maidenhead sein.«
Da Cyn Verity nun begleiten würde, bestand die naheliegende Lösung darin, daß Charles zu Hause blieb, aber abgesehen davon, daß das Mädchen nicht damit einverstanden sein würde, wollte Cyn es auch nicht. Er mußte noch so manches über seine bedrängte Maid in Erfahrung bringen.
Er nahm seine Wanderung durchs Zimmer wieder auf und erwog die verschiedenen Möglichkeiten. »Henry der Schreckliche sucht also nach einer blonden Dame mit einem Kind. Sobald er hier hereingeschaut hat, weiß er, daß er nach besagter Dame *und* ihrem jungen Begleiter sucht.« Er wartete auf den Widerspruch, der jedoch nicht erfolgte.
Er musterte Charles. »Wie schade, daß Ihr Euch nicht als Dame ausgeben könnt ...« Er achtete nicht auf Veritys zuckende Lippen und Nanas ersticktes Prusten, sondern gab vor, das Mädchen eingehend zu mustern. »Nein, ich glaube, das schafft Ihr nicht. Ich kann mir Euch nicht als geziertes Mädchen vorstellen.«
Charles errötete tief. »Gott sei Dank!«
»Nun denn, könntet Ihr den Pferdeknecht spielen?«
Charles horchte interessiert auf und nickte.
»Seid Ihr sicher?«
»Ja. Ich kann gut mit Pferden umgehen. Wollt Ihr dann der Kutscher sein?«
»Nein. Ich werde nach Shaftesbury reiten und hoffen, daß Hoskins sich noch im *Crown* aufhält. Er kann uns kutschieren.«
»Er wird eine Menge Fragen stellen.«

»Ganz gewiß«, sagte Cyn. »Besonders, wenn er erfährt, daß ich in Röcken zu reisen gedenke.« Wohlwollend blickte er in die drei verdutzten Gesichter. »Wir werden ganz sicher jeden Verfolger hinters Licht führen, denn ich werde die Mutter des Kindes sein.«

»*Ihr* wollt Euch als Frau verkleiden?« fragte Charles fassungslos.

»Es sei denn, Ihr besteht auf der ehrenvollen Rolle.« Cyn klimperte mit seinen langen Wimpern. »Aber ich glaube, es ist besser, wenn ich es tue. Ich bin hübscher als Ihr, und ich kann mich geziert geben.«

Er fand höllisches Vergnügen an dem inneren Kampf, der sich in ihrem Gesicht widerspiegelte. Die sehr natürliche Gekränktheit, die die Herabsetzung ihres Aussehens hervorrief, wich einem Aufblitzen von boshafter Belustigung – zweifellos bei dem Gedanken, ihn in Röcken und Mieder zu sehen.

In diesem Punkt traf er den Nagel auf den Kopf. Chastity war verwundert und verärgert über diesen verdammten Kerl, der in ihr Leben eingedrungen und auf dem besten Wege war, die Zügel in die Hand zu nehmen. Sie hoffte, daß das Schnüren ihm zur Qual wurde und daß er in Röcken möglichst lächerlich aussah.

Was ihre vermeintliche Häßlichkeit und Untauglichkeit für die Rolle einer Frau anging, hatte er ja keine Ahnung. Beide Töchter des Earls of Walgrave waren zu perfekten Damen erzogen worden und beherrschten sämtliche weiblichen Künste. Wie sonst sollte ihr Vater darauf hoffen können, sein politisches Netz durch ihre Verheiratung zu stärken?

Lord Cyn, so sagte sie sich, war keineswegs hübscher als sie. Während ihrer Londoner Zeit hatte Chastity als *belle* gegolten. Die halbe Stadt hatte ihr zu Füßen gelegen, einschließlich – auf seine etwas unterkühlte Art – Cyns Bruder, der Marquis of Rothgar, die beste Partie des Jahrhunderts.

Unvermittelt erkannte sie die humorvolle Seite des Unter-

nehmens, und sie preßte die Lippen zusammen, um nicht lachen zu müssen. Sie spielte den hübschen Jungen, er die schöne Dame. Sie wünschte sich, allein mit Verity zu sein und ihrer Heiterkeit freien Lauf lassen zu können. Es war so lange her, daß sie gelacht hatte.
Cyn bemerkte das Zucken ihrer Lippen und das Blitzen in ihren Augen und wünschte sich, sie hätte ihrer Belustigung Ausdruck verliehen. Wahrscheinlich war sie wunderschön, wenn sie lachte.
Er machte sich daran, seine Entführerinnen dahingehend zu überreden, daß sie ihn nach Shaftesbury reiten ließen, wo er sich mit seinen Dienern besprechen und Frauenkleidung kaufen wollte. Widerstrebend ging Charles los, um ein Pferd zu besorgen – vermutlich aus den Stallungen des großen Hauses, in dem die Damen dem Recht nach wohnten.
Sie kam mit zwei Reitpferden zurück.
»Ihr wollt mich begleiten?« fragte Cyn. »Haltet Ihr das für klug?«
»Ich halte es für angebracht, Euch im Auge zu behalten, Mylord.«
»Man wird Euch bestimmt erkennen.«
Sie wirkte belustigt. »Wieso glaubt Ihr, daß das ein Problem darstellen könnte? *Ich* bin nicht auf der Flucht, sondern Verity.«
»Trotzdem«, beharrte Cyn, »wäre es vielleicht besser, wenn niemand auf die Idee kommen kann, Euch mit mir in Verbindung zu bringen. Wenden wir uns Eurer Verwandlung in einen Stallburschen zu. Besitzt Ihr auch weniger elegante Kleidung?«
»Nein«, erwiderte sie wenig hilfreich.
»Dann will ich mal sehen, was die Kutsche zu bieten hat.« Raschen Schritts machte er sich auf den Weg zum Obstgarten. Beim Anblick der verschandelten Kutsche blieb er stehen. »War das wirklich nötig?«
»Ich dachte, man würde nach Eurer Kutsche suchen.« Chastity ärgerte sich über das nervöse Zittern in ihrer Stimme.

Er bedachte sie mit einem kühlen Blick. »Ihr seid ein Teufelskerl, wie? Wolltet Ihr mich damit treffen? Die Kutsche gehört meinem Bruder, nicht mir. Wenn Rothgar das erfährt, werdet Ihr vierzehn Tage nicht mehr sitzen können.« Er nahm das Fahrzeug näher in Augenschein. »Wir müssen Farbe kaufen, damit Ihr den Schaden beheben könnt. Eine schlichte Kutsche fällt nicht auf, wohl aber eine vandalisierte.«
Ohne ihre Antwort abzuwarten, stieg er auf und griff in die Kiste unter dem Sitz. Er zog ein Bündel hervor und ließ es zu Boden fallen. »Das gehört Harry«, bemerkte er und sprang wieder ab. »Dem echten Stallburschen. Er ist ein bißchen größer als Ihr, aber nicht viel.« Er schnürte das Bündel auf und zog ein grobes Hemd, ein Paar geflickte Hosen und ein Halstuch heraus. »Sogar einigermaßen sauber«, stellte er fest und warf ihr die Kleidungsstücke zu. »Welch ein Glück. Ihr müßt allerdings mit Eurem Hut und Mantel und mit Euren eigenen Stiefeln vorliebnehmen. Wenn Ihr klug seid, bearbeitet Ihr sie ein bißchen.«
»Es wird mir ein Vergnügen sein.« Chastity drehte sich um. »Ich geh zurück zu Nana und zieh mich um.«
Cyn lehnte sich mit verschränkten Armen an die Kutsche. »Seid Ihr einfach nur von Natur aus schamhaft«, fragte er, »oder hegt Ihr etwa einen verqueren Verdacht? Ich kann Euch versichern, Charles, daß mein Geschmack, meine Bettgefährten betreffend, den Konventionen entspricht.«
Chastity spürte, daß sie schon wieder rot wurde, und fluchte innerlich. »Ich habe nichts anderes erwartet«, sagte sie und trat den Rückzug an. »Wie Ihr sagtet, ich bin eben schamhaft.«
Seine Stimme folgte ihr: »Sagt mal, seid Ihr sicher, daß Ihr zur Schule gegangen seid?«
Chastity stapfte ins Haus und schlug die Tür hinter sich zu. »Hätte ich diesen Kerl doch bloß am Straßenrand zurückgelassen!«
Verity hob den Blick von der Kiste, die sie gerade einpackte.

Ihre Augen blitzten. »Ich glaube, er wird sich als vorteilhaft erweisen. Kein Mensch sucht nach einer brünetten älteren Dame mit Kind und Amme.«
»*Ich* hätte die Mutter spielen können.«
»Du bist nicht alt genug, um nicht für mich gehalten werden zu können, und dann ist da dein Haar. Perücken sind so riskant. Viele Männer rasieren sich heute noch den Schädel und tragen Perücken, aber Frauen doch nicht.«
Chastity strich über den seidigen Flaum auf ihrem Kopf, wo noch vor kurzer Zeit glänzende Locken gewesen waren.
»Ach, Chastity«, sagte Verity, stand auf und trat zu ihr. »Tut mir leid, daß ich davon gesprochen habe. Es wird nachwachsen, Liebste.«
»Es wächst bereits«, antwortete Chastity, »aber ich werde nie vergessen, wie es war, als Vater es abschnitt. Und was er gesagt hat ...« Sie schauderte, dann schüttelte sie die bösen Erinnerungen ab. »Aber verstehst du: Vater hat mir einen Gefallen getan. Als Frau sehe ich lächerlich aus, als Junge aber ganz passabel, und niemand ist bisher mißtrauisch geworden. Wer würde schon auf den Gedanken kommen, daß eine Frau ihr Haar so kurz schneiden könnte?«
»Vater wird zur Besinnung kommen ...«
»Nein«, fiel Chastity ihr scharf ins Wort. »Rede nicht von ihm. Er hat mich so gut wie verstoßen, und ich spreche mich los von ihm.«
Verity seufzte. »Er hat es sicher nur gut gemeint.«
»Das glaube ich nicht. Er wollte seinen Willen durchsetzen, wie immer.«
»Aber er ist unser Vater, Liebste ...«
»Warum hast du dich dann nicht an seine väterliche Brust geworfen?«
Verity griff nach einem Paar Strümpfe und rollte sie auf. »Zugegeben, nachdem er dich dermaßen schlecht behandelt hat, kann ich ihn nicht mehr so lieben, wie es einer Tochter zukäme.«

Chastity umarmte sie, wohl wissend, wie schwer es für die konventionelle Verity war, sich gegen den Vater aufzulehnen. Bis sie selbst das Vertrauen in den mächtigen Earl of Walgrave verloren hatte, hatte schon einiges geschehen müssen. »Aber du tust das Richtige. Glaub mir, Vater ist nicht unfehlbar, und er ist auch nicht der Unbestechliche, als den man ihn bezeichnet.«

Verity überraschte sie. »Ich fürchte, du hast recht. Ich habe nachgedacht über das, was du gestern gesagt hast. Ich sehe tatsächlich keinen Sinn in meiner Heirat mit Sir William, und im Zusammenhang mit Vaters Versuch betrachtet, dich mit Henry zu verehelichen, ist sie geradezu absurd. Verliert er etwa mit zunehmendem Alter den Verstand?«

Chastity lachte. »Ganz bestimmt nicht! Vater ist so schlau wie eh und je und hat zweifellos seine Gründe – die, wie immer, mit seiner Machtgier zusammenhängen. Du weißt doch selbst, wie besessen er ist, seit Prinz Frederick vor zehn Jahren gestorben ist.«

Sie lächelte finster unter der Erinnerung. Der Earl of Walgrave war genauso alt wie Frederick, der Prince of Wales, und eng mit ihm befreundet gewesen. Er hatte in seinem geballten Ehrgeiz voll und ganz auf ihn gesetzt, wollte abwarten, bis der alte König starb und Frederick den Thron bestieg. Leider war Frederick rücksichtsloserweise vor seinem Vater gestorben und hatte seinen kleinen Sohn als Erben hinterlassen. Dieser kleine Sohn, inzwischen König George III., stand völlig unter dem Einfluß seiner Mutter, der Prinzessin Auguste, und des attraktiven Schotten Lord Bute. Der Earl of Walgrave war seiner Macht verlustig gegangen.

»Armer Vater«, sagte Chastity mit hohnvollem Mitleid. »Er hätte sich eben mehr um Auguste kümmern sollen, nicht wahr?«

»Ja, statt sie sich zur Feindin zu machen, indem er die Zeit ihres Gatten übermäßig in Anspruch nahm. Aber für Vater haben Frauen ja noch nie gezählt.«

Chastity überlegte angestrengt. »Nachdem seine Pläne so arg durchkreuzt wurden, ist es wohl nicht verwunderlich, daß Vaters Verhalten so ... extrem geworden ist. Das erklärt allerdings nicht die Verbindung mit den Vernhams. Vermutlich hatte Sir William einen gewissen Einfluß, den er in die Waagschale werfen konnte.«
Verity verstaute die Strümpfe in der Kiste. »Einfluß auf wen? Auguste könnte ihn nicht weiterbringen. Ihre Feindseligkeit ist zu tief verwurzelt, und sie hängt sehr an Bute.«
Chastity zog die Brauen hoch und lächelte. »Man könnte sagen, sie ist unsterblich verliebt.«
»Chastity!«
»Meinst du nicht? Dann bist du die einzige in der modernen Welt. Und Bute ist ein schöner Mann, trotz seines Hasenherzens und seines Spatzenhirns.«
Verity kämpfte gegen ein verräterisches Lachen und verlor. »Wirklich, Chastity. Du mußt doch zugeben, daß Vaters Empörung über einen derartigen königlichen Berater verständlich ist. Bute könnte sich als Katastrophe für unser Land erweisen, und doch hat er den jungen König und seine Mutter unter Kontrolle.«
»Und Vater würde alles tun, um diese Situation zu beheben ...«
»Aber Chastity, wie sollten Sir William und Henry ihm dabei wohl von Nutzen sein?«
»Kaum vorstellbar, nicht wahr?« entgegnete Chastity. »Vater hat mal verlauten lassen, er suche nach dem Beweis dafür, daß Bute mit den Jakobiten sympathisiert, daß er 1745 Prinz Charles unterstützt habe. Man sagt, sehr viele hätten mit den Jakobiten geliebäugelt, als es noch so aussah, als könnten sie die Stuarts wieder auf den Thron heben.«
Verity verzog den Mund. »Und wurden dann strenggläubige Gefolgsleute des Hauses Hannover, als der Aufstand niedergeschlagen war. Ich verabscheue derartige eigennützige Scheinheiligkeit.«

»War Sir William nicht einer der Sonderbeauftragten, die die englischen Jakobiten aus ihren Verstecken locken sollten?«
»Ja«, bestätigte Verity schaudernd. »Er erzählte gern haarsträubende Geschichten davon, die mein Mitleid selbst mit diesen Schuften weckten. Er hat es eindeutig genossen, Macht ausüben und andere Menschen terrorisieren zu können, und vermutlich hat er ein Vermögen gemacht, indem er gelegentlich ein Auge zudrückte. Jedenfalls hat er sich in ebenjener Zeit von einem kleinen Landjunker zum reichen Salonlöwen gemausert.«
»So ein Scheusal«, sagte Chastity, in Gedanken bereits weit fort. »Vielleicht ist es das! Vielleicht hatte er Beweise gegen Bute, und Vater hat uns als Köder benutzt, um daranzukommen. Bute ist schließlich Schotte.«
Verity hielt in ihrer Arbeit inne, um über diese Möglichkeit nachzudenken, und schüttelte dann den Kopf. »Nein, Chas, das glaube ich nicht. Bute ist ziemlich einfältig, aber treu. Er ist Schotte, doch nicht alle Schotten sind Jakobiten, ganz gleich, was auch geredet wird.«
Chastity seufzte. »Ich fürchte, du könntest recht haben.« Sie reichte Verity einen Stapel Windeln. Etwas knisterte darin. Sie zog ein schwer versiegeltes Dokument heraus. »Was um alles in der Welt ist das?«
Verity senkte schuldbewußt den Blick. »Ach, das.«
Chastity betrachtete das Dokument von allen Seiten. Es bestand offenbar aus mehreren Blättern Papier und war viermal gefaltet und versiegelt. Sie sah ihre Schwester an.
»Ich wußte nicht, was ich tun sollte«, erklärte Verity nervös. »Vor einiger Zeit hat Sir William mir dieses Dokument gezeigt und auch den Ort, wo er es aufbewahrte, und ich mußte feierlich schwören, es im Falle seines Todes auf direktem Weg zu Oberrichter Lord Mansfield zu bringen. William zwang mich, auf die Bibel zu schwören ...«
»Verity«, sagte Chastity streng, die ihre gewissenhafte

Schwester nur zu gut kannte, »nach London gehst du erst, wenn du mit Nathaniel verheiratet und in Sicherheit bist.«
»Aber ja«, sagte Verity, allerdings ziemlich bedrückt. »Ich versuche ja schon, mir einzureden, daß ich immerhin *in Richtung* London unterwegs bin.«
»Genau.« Chastity warf einen Blick auf das Dokument. »Was mag das sein?«
»Ich weiß es nicht. Aber da Sir William offenbar nicht wollte, daß es seinem Bruder in die Hände fiel, vermute ich, daß es einen Zusatz zu seinem Testament enthalten könnte ...«
»In dem Henry als Vormund abgesetzt wird?« fragte Chastity scharf. »Laß mal sehen ...«
Verity entriß ihr die Papiere. »Das dürfen wir nicht! Ach, Chastity, es ist bestimmt ungültig, wenn die Siegel gebrochen sind!«
»Aber ...« Chastity unterbrach sich. »Ich glaube nicht, daß das viel ausmacht. Hauptsache ist, daß wir dich zu Nathaniel bringen. Dann können wir entscheiden, wie wir mit diesem Dokument verfahren.«
»Vielleicht sollten wir Lord Cyn fragen.«
»Himmel, nein«, wehrte Chastity ab. »Wer weiß denn, was die Papiere beinhalten? Wir wollen einem Malloren doch keine Waffe in die Hand geben. Versteck das Dokument gut. Ich gehe jetzt nach oben und ziehe mich um.«
Als Chastity fort war, brachte Verity die Papiere in Sicherheit und überdachte seufzend die schlimme Situation ihrer Schwester. Sie selbst durfte wenigstens darauf hoffen, daß sich ihr Leben zum Besseren wandelte, aber nichts auf der Welt konnte Chastitys Welt wieder in Ordnung bringen.
Daß der Earl of Walgrave Chastitys Heirat mit Henry Vernham befohlen hatte, war schon merkwürdig genug, aber daß er dabei einen so wertvollen Köder wie seine Tochter zu opfern bereit gewesen war, war unglaublich.
Verity hatte die letzten Wochen ihrer Schwangerschaft auf dem Lande verbracht, als der Skandal passierte. Sie hatte die

Geschichte von ihrem Mann gehört, gewürzt mit Ärger und widersinnigem Humor. Sir William hatte geschäumt vor Wut, weil Chastity seinen Bruder abgewiesen hatte, und zeichnete deshalb ein besonders negatives Bild. Jetzt hatte Verity den wahren Sachverhalt von Chastity erfahren.

Henry Vernham war zehn Jahre jünger als sein Bruder. Während William ungehobelt und habgierig war, wirkte Henry aalglatt und berechnend. Er sah nicht übel aus, verfügte jedoch nur über geringen Einfluß und hatte einen unbedeutenden Posten bei Gericht inne. Er war im Grunde ein Nichts und hätte sich niemals anmaßen dürfen, Lady Chastity Ware zu erobern, wenn seine Familie nicht gewisse Beziehungen gehabt hätte.

Er hatte sie jedoch nicht nur kennengelernt, sondern sogar die Kühnheit besessen, um ihre Hand anzuhalten. Und der mächtige Earl of Walgrave hatte ihm nicht etwa ins Gesicht gelacht, sondern Chastity befohlen, den Antrag anzunehmen.

Sie weigerte sich, nahm die Sache zunächst gar nicht ernst. Der Zorn des Earls hatte sie in dieser Hinsicht schnell eines Besseren belehrt, doch Chastity weigerte sich nach wie vor. Stoisch hatte sie die kleinlichen Strafen und Gardinenpredigten über ihre Pflichten hingenommen und nicht einmal mit der Wimper gezuckt, als ihr die Teilnahme am jährlichen großen Ball der Wares verboten wurde, da sie Vernham nicht als Partner akzeptiert hatte.

Chastity hatte sich mit Freuden in ihr Zimmer einsperren lassen, da ihr dadurch erspart wurde, den ganzen Abend mit Henry Vernham zu tanzen und von ihm begrapscht zu werden.

In aller Ruhe war sie zu Bett gegangen, doch gegen Mitternacht wachte sie auf, als ihr Vater, ein halbes Dutzend Gäste im Schlepptau, in ihr Zimmer stürmte. Erschrocken fuhr sie hoch und bemerkte erst jetzt, daß Henry Vernham neben ihr im Bett lag – splitternackt. Auf Anhieb war ihr klar, daß diese

Intrige nur unter Mitwirkung ihres Vaters möglich gewesen war. Ihre Tür war von außen verriegelt gewesen.
Zweifellos hatte er erwartet, daß sie sich nun nicht länger gegen die Heirat sträubte. Was blieb einer jungen Dame anderes übrig? Chastity jedoch hatte lauthals ihre Unschuld beteuert und sich weiterhin geweigert. Die Angelegenheit wurde höchst unangenehm, da alle Welt das Schlimmste vermutete und der Earl die Kontrolle über sich selbst verlor. Doch selbst Prügel und Nahrungsentzug hatten Chastity nicht umstimmen können.
Schließlich hatte der Earl aufgegeben. Er verstieß seine Tochter und verbannte sie in das Pächterhäuschen. Indem er sie mittellos fortschickte, ihr nur gröbste Kleidung gestattete und ihr wunderschönes Haar abschnitt, sorgte er dafür, daß sie im Exil blieb.
Das war kaum nötig gewesen, denn wohin hätte die berüchtigte Chastity Ware sich schon wenden können? Die Töchter des Earls of Walgrave waren nicht ausgebildet, einen Beruf zu ergreifen, und kein Mann, der etwas auf sich hielt, würde ihr jemals seinen Namen geben. Und das war eine Schande, fand Verity, denn Chastity war immer ein fröhliches Mädchen gewesen, wie geschaffen zur Ehefrau und Mutter.
Chastity erschien in ihrer neuen Verkleidung. Sie hatte die weiten Hosen, die ihre Beine kräftiger erscheinen ließen, mit einem Gürtel festgezurrt. Das grobe Hemd verbarg ihre Formen, der schlanke Hals wurde durch das Tuch kaschiert. Sie trug eine mausbraune Perücke und darüber einen zerbeulten flachen Hut.
»Wunderbar!« rief Verity aus. »So bist du viel besser verkleidet als in dem eleganten Anzug! Lord Cyn hatte recht.«
»Klar, daß du das sagst«, murrte Chastity, aber sie lächelte.
Ein neues Problem ängstigte Verity. »Chas, was meinst du, ob Vater weiß, daß ich fort bin?«
Chastity sah ihre Schwester scharf an. »Wahrscheinlich, es sei

denn, Henry Vernham deckt dein Verschwinden aus seinen eigenen abwegigen Gründen.«
»O Gott. Warum sollte Henry das tun? Er will doch nur William, um den Besitz unter Kontrolle zu bekommen. Oder vielleicht noch schlimmer ...« Verity schauderte. »Henry der Schreckliche! Das paßt zu ihm. Ich mag Lord Cyn.«
»Du magst jeden«, bemerkte Chastity finster. »Ist in dem Portmanteau noch Platz für meinen Anzug?«
Verity nahm die Kleidungsstücke entgegen. »Ich mag nicht jeden. Henry kann ich überhaupt nicht leiden. Aber Lord Cyn ist mir sympathisch, und ich fühle mich sicher bei ihm, zumal er Offizier ist. Unser Plan ist äußerst riskant, Liebste, aber wenn ihn überhaupt jemand durchführen kann, dann er, dessen bin ich sicher.«
»Er macht nur zu seinem eigenen Vergnügen mit, Verity!«
Verity schüttelte den Kopf. »Du solltest lernen, ein wenig hinter die Fassade zu blicken. Vergiß nicht, er ist Offizier, wie Nathaniel.« Sie unterbrach sich in ihrer Arbeit. »Aber ich mache mir Sorgen wegen Vater, Chas. Er weiß von Nathaniel und kann problemlos herausfinden, wo er stationiert ist ...«
»Und dank seiner Beziehungen«, fügte Chastity leise hinzu, »kann er beinahe das ganze Land auf uns hetzen.«
»Chas, wir *müssen* Lord Cyn sagen, wer wir sind und worauf er sich eingelassen hat. Vater könnte ihn mit einem einzigen Wort ruinieren.«
Chastitys Augen weiteten sich vor Schreck. »Aber dann weiß er auch, wer ich bin! Ach, was hat das schon zu bedeuten, wenn es um deine Sicherheit geht ...«
»Nein«, sagte Verity hastig. »Was würde es uns schon einbringen?« Sie wußte, wie sehr Chastity sich davor fürchtete, als die berüchtigte Chastity Ware erkannt zu werden.
Sie sahen einander an. »Es dürfte egal sein«, sagte Chastity. »Ich bin sicher, daß wir Maidenhead erreichen können, ohne daß Vater uns in die Quere kommt ...«
»Ja, das glaube ich auch«, bestätigte Verity fest und biß sich

dann auf die Unterlippe. »Aber was ist mit Nathaniel? Wenn Vater eine Gefahr für Lord Cynric Malloren darstellt, um wieviel bedrohlicher ist er dann für Nathaniel? Er könnte seine Karriere zerstören. Es sind schon Offiziere unehrenhaft entlassen worden, weil sie bei den Wahlen gegen die Regierung gestimmt haben ...« Verity umklammerte Chastitys Hände. »Und was wird aus dem Kind? Glaubst du, er könnte mir William nehmen? Lieber würde ich sterben!«
»Das kann er sicher nicht«, beschwichtigte Chastity sie. »Nathaniel würde es niemals zulassen. Und du läßt seinen wahren Charakter außer Acht, wenn du glaubst, er wäre nicht bereit, seine Karriere für dein Lebensglück zu opfern. Doch dazu wird es niemals kommen«, fügte sie eilig hinzu, im Wissen, daß Verity zu jedem Opfer bereit war, um ihrem Liebsten Kummer zu ersparen. »Nathaniel ist ein hochangesehener Offizier, und zudem herrscht Krieg. Wenn ihr erst verheiratet seid, hat kein Mensch eine rechtliche Handhabe mehr, um euch das Kind wegnehmen zu können.«
In Wahrheit war sie ihrer Sache keineswegs so sicher, wie sie sich gab, und angesichts der Vorstellung, daß sie den Earl of Walgrave ein weiteres Mal herausfordern mußte, wurden ihre Knie weich. Aber blieb ihr denn eine Wahl?
Was sie brauchten, war ein Fürsprecher von ebenso großem Einfluß wie Walgrave. Ihn zu suchen hieß nach den Sternen greifen.

Viertes Kapitel

Chastity ritt mit Lord Cyn nach Shaftesbury und hielt die Augen offen, um jeden Versuch einer Hinterhältigkeit im Keim zu ersticken. Trotz seiner deutlich zur Schau getragenen Bereitschaft, ihnen zu helfen, traute sie ihm nicht über den Weg. Seine Lebenseinstellung war zu leichtfertig, und er schaffte es immer wieder, die unerhörtesten Dinge als vernünftig darzustellen.

In erster Linie zum Beispiel, daß sie überhaupt in die Stadt ritten.

Und daß sie ihm einen Teil seines Geldes zurückgab.

Schließlich, so sagte er, beabsichtigte er tatsächlich, Kleider zu kaufen, und es würde recht merkwürdig aussehen, wenn der Stallknecht dafür bezahlte. Dieser Argumentation hatte sie sich nicht entziehen können, doch immer wieder überkam sie das beunruhigende Gefühl, daß ihr auf kluge Weise die Zügel aus der Hand genommen wurden.

Sie stellten die Pferde im Stall des *Crown* unter und fanden Cyns Kutscher dort im Schankraum. Hoskins war ein faßförmiger Mann mit dem roten, wettergegerbten Gesicht eines Menschen, der den größten Teil seines Lebens auf dem Kutschbock verbrachte.

»Hab die anderen zur Abbey geschickt, Mylord, denn in der Postkutsche nach Exeter waren gerade ein paar Plätze frei.« Er trank das Bier aus, das Cyn ihm spendiert hatte, und wischte sich mit dem Ärmel den Mund ab. »Hab mir aber gedacht, daß ich besser bleiben sollte, falls Ihr Hilfe braucht.

Außerdem kann ich wohl schlecht ohne meinen Wagen zu Hause auftauchen, oder?« Er warf Chastity einen unfreundlichen Blick zu, doch nichts darin ließ vermuten, daß er sie für eine Frau oder gar für einen echten Schurken hielt.
Sie nahm einen Schluck aus ihrem Becher, so groß, wie sie es sich eben zutraute, und gab sich Mühe, wie ein dreister junger Bursche zu wirken.
»Dann wird mein Plan dir gefallen, Hoskins«, sagte Cyn. »Ich möchte, daß du uns kutschierst.«
»Das ist mein Beruf, Mylord«, willigte der Mann ein, kniff aber die Augen zusammen. »Das, und Euch an Schandtaten zu hindern.«
Cyn grinste. »Und wie willst du das bewerkstelligen?«
»Das weiß der Himmel. Ihr seid ein Galgenvogel.«
Cyn versetzte ihm einen Schlag auf den Rücken. »Nur Mut. Es ist nicht so schlimm, wie du denkst, und ganz bestimmt kein todeswürdiges Verbrechen. Zuallererst solltest du dir ein Pferd mieten, damit du mit uns zurückreiten kannst. Und dann«, fügte er mit argloser Miene hinzu, »kaufst du einen Topf Farbe, die möglichst zu unserer Kutsche paßt. Sie ist ein bißchen zerkratzt. Halte dich in einer Stunde bereit, mit uns zurückzureiten. Mein Freund und ich müssen noch ein paar Einkäufe tätigen.«
Cyn schleifte Chastity aus dem Schankraum, bevor die erschrockenen Fragen des Mannes auf ihn herniederprasseln konnten. Chastity wehrte sich gegen die Hand, die ihren Arm hielt, doch der Griff war eisern. Erst, als sie das Gasthaus verlassen hatten, ließ er sie los.
»Glaub mir, Junge«, sagte er, »es ist besser, wenn du ihm nicht sagst, wie die Kutsche jetzt aussieht. Zumal der Schaden auf Eure Kappe geht.«
»Es sind ja nur ein paar Kratzer.«
»Ich habe schon erlebt, daß Hoskins wegen eines Vogelkleckses auf dem Lack die Nerven verlor. Wenn er sieht, was Ihr angerichtet habt, will er Blut sehen.«

»Warum wollt Ihr ihn dann unbedingt mitnehmen?«
»Wir brauchen jemanden, der die Kutsche lenkt. Keine Sorge. Wenn er versucht, Euch zu verprügeln, verteidige ich Euch unter Einsatz meines Lebens.« Er warf einen Blick auf den Straßennamen an einem der Gebäude und bog in eine Gasse ein.
Chastity hatte geglaubt, Grund zur Heiterkeit zu haben, wenn Cyn so kurzfristig Damenkleider in einer fremden Stadt aufzutreiben versuchte. Doch nicht seine, sondern ihre eigene Unerfahrenheit trat dabei zutage.
Die Damen Walgrave pflegten immer nur dieselbe Schneiderin in Shaftesbury aufzusuchen, und Miss Taverstock durfte jeweils nur die schlichtesten Kleider für sie herstellen. Cyn hatte sich beim Gastwirt erkundigt und die Anschrift eines Secondhand-Ladens in Erfahrung gebracht.
Fasziniert tauchte Chastity in Stadtteile ein, die ihr völlig unbekannt waren. Dort gab es Gassen mit kleinen Läden und enge, gewundene Straßen, über die Wäscheleinen gespannt waren. Manche Häuser waren düster und bedrohlich, andere zeigten der Welt ein freundliches Gesicht. Vor den erstgenannten lungerten schmutzige Schurken, vor letzteren saßen Frauen und bereiteten eine Mahlzeit oder strickten, während sie ihre Kinder hüteten und mit den Nachbarn plauderten.
Einige Straßen waren trocken und frisch, andere stanken von den Abwässern im Rinnstein.
Mrs. Crupleys Geschäft zeigte eine schmale, verblichene Front am Eingang einer besonders heruntergekommenen Gasse. Chastity warf einen Blick auf den stinkenden Haufen in der Mitte dieses dunklen Durchgangs – bestehend unter anderem aus einer toten Katze – und dankte Gott, daß ihr der Weg hindurch erspart blieb. Offenbar waren sie an Rand der respektablen Stadtbezirke von Shaftesbury angelangt. Daß in einem solchen Laden etwas Brauchbares zu finden wäre, bezweifelte Chastity.
Sie traten ein, und Chastity rümpfte die Nase über den

muffigen Geruch nach Schimmel und abgestandenem Schweiß. Der Raum war vollgestopft mit Kleidungsstücken, Kopfbedeckungen, Schuhen und Accessoires. Die Ware lag in Regalen längs der Wand und in Kisten auf dem Boden, doch der Großteil der Kleidungsstücke hing an quer durch den Raum gespannten Seilen.

Mrs. Crupley saß in einem Schaukelstuhl in Türnähe neben dem Ofen. Sie hielt eine Katze auf dem Schoß und einen Becher in der Hand. Chastity vermutete, daß er Gin enthielt. Allerdings mußte sie lächeln, als sie sah, wieviel Freude die mollige Frau mittleren Alters an ihrer eigenen Ware hatte. Sie trug ein Gewand aus üppiger gelber Seide und Spitze, seit mindestens zwanzig Jahren aus der Mode geraten und hoffnungslos fleckig. Auf ihren drahtigen grauen Locken saß ein kunstvoll gearbeitetes Spitzenhäubchen im Queen-Anne-Stil.

»Guten Tag auch«, sagte die Frau. »Was kann ich für Euch tun, meine Lieben?«

Mrs. Crupley kannte sich gut in ihrem Laden aus. Als Cyn ohne nähere Erklärung Kleidung von guter Qualität für eine etwas größere, kräftig gebaute Frau verlangte, stellte sie ihren Becher ab, schickte die verärgerte Katze fort und begab sich in den hinteren Teil ihres Ladens. Chastity und Cyn kämpften sich den Weg durch nicht enden wollende Wäscheleinen frei, um ihr folgen zu können.

»Die guten Sachen bewahre ich hier hinten auf«, sagte die Frau, »außer Reichweite von Tagedieben.«

In den trüben, muffigen Tiefen des Raums angelangt, begann sie, Stücke von den Leinen zu nehmen und deren Vorzüge zu preisen. »Das hier ist ganz reizend«, sagte sie und hielt ihnen ein blaues Seidenkleid unter die Nase, ängstlich auf eine Reaktion bedacht. »Die höchstgestellte Dame des Landes könnte es anziehen, so, wie es ist.«

Chastity war eher skeptisch, denn das Kleid war unter den Achseln recht fadenscheinig und stellenweise stark verblaßt.

Aber groß genug war es. Riesig geradezu. Eine zierlichere Frau konnte sich allerdings etwas Annehmbares daraus schneidern lassen. Sie, die so etwas nie nötig gehabt hatte, begann sich für die Möglichkeiten von Kleidung aus zweiter Hand zu interessieren.

Schließlich stand ihr mit großer Wahrscheinlichkeit eine armselige Zukunft bevor.

Sie rechnete damit, um Rat gefragt zu werden, doch Cyn beachtete sie gar nicht. Da fiel ihr wieder ein, daß er sie ja für einen jungen Mann hielt. Außerdem war er offenbar tatsächlich nicht auf Hilfe angewiesen. Mehrere Abendkleider ließ er zurückgehen sowie ein paar schäbige Fetzen, die Mrs. Crupley anscheinend für den letzten Schrei hielt, und entschied sich statt dessen für zwei häßliche Säcke von ausgezeichneter Qualität.

Eines war ein braunes Reisekleid, abgesetzt mit einem Zopfmuster in Beige, das andere ein offenes Sackkleid in Preußischblau, das über einem gefütterten grauen Unterrock und einem mit blauem und schwarzem Zopfmuster verzierten Mieder getragen wurde. Dazu wählte er noch einen dunkelblauen Umhang mit Kapuze und einen schlichten Strohhut.

Mrs. Crupley hielt sichtlich nicht viel von seiner Wahl und bedauerte die arme Frau, die so etwas Langweiliges würde tragen müssen, und so unternahm sie noch einen letzten Versuch. »Das hier würde mit neuem Schleifenbesatz ganz hübsch aussehen«, gurrte sie und strich über einen flachen Hut. »Gelb oder leuchtend grün, schlage ich vor. Dafür muß ich wohl mindestens Sixpence berechnen.« Sie musterte Cyn mit listigem Blick. »Alles zusammen anderthalb Guineen.«

Er handelte sie skrupellos auf achtzehn Shilling herunter, nachdem sie noch eine schäbige schwarze Perücke und einen mächtigen Muff dazugelegt hatte. Voller Staunen sah Chastity die zufriedene Miene der Frau, als sie das Geld einstrich.

Draußen auf der Gasse sagte sie: »Achtzehn Shilling für so viele Sachen! Ihr habt die arme Frau übers Ohr gehauen!«

Cyn lachte. »Sie hat entschieden mehr bekommen, als sie sich erhofft hatte. Wenn wir noch mehr bezahlt hätten, wäre sie mißtrauisch geworden. Leute, die so arm sind, daß sie abgelegte Kleidung kaufen, achten auf jeden Penny.« Er warf ihr einen nachsichtigen Blick zu und legte ihr eines der beiden unförmigen, in Zeitungspapier gewickelten Bündel in die Arme. »Ihr wißt noch nicht viel vom Leben, nicht wahr, Charles?«

Chastity fauchte ihn an. Doch er war bereits mit ausgreifenden Schritten vorangegangen. Chastity folgte ihm eilends und kam nicht umhin, seinen Orientierungssinn zu bewundern. Sie selbst hätte ohne Hilfe wohl kaum zum *Crown* zurückgefunden.

Plötzlich blieb Cyn vor einem der Läden stehen, die sie so faszinierten, vor einem kleinen Putzmachergeschäft, vollgestopft mit Waren – Garn, Bändern, Hauben, Damenunterwäsche. Chastity folgte ihm in den engen Raum.

Cyn, der erschreckende Kenntnisse in diesen Dingen und keinerlei Verlegenheit zeigte, kaufte ein Nachthemd, ein spitzenbesetztes Hemdchen, zwei Paar Baumwollstrümpfe und Strumpfbänder mit rosa Schleifchen.

Mit blitzenden Augen hielt er die Strumpfbänder vor Chastity in die Höhe. »Was meinst du, Charles? Werden sie meiner Schwester gefallen?«

Chastity wußte, daß ihr die Röte ins Gesicht stieg. »Solange sie ihre Strümpfe halten«, sagte sie, »wird sie schon zufrieden sein. Wozu sind die Dinger sonst nütze?«

Cyn zwinkerte dem Mädchen hinter dem Ladentisch zu. »Nein, diese verschämten jungen Bengel.« Das Mädchen kicherte. Chastity knirschte mit den Zähnen.

Cyn schaute sich in dem Raum unter den ausgestellten Stücken um. Sein Lächeln wurde breiter. »Wie ich sehe, habt Ihr sogar Seidenstrümpfe vorrätig. Zeigt mir doch bitte ein Paar von diesen da, meine Liebe.«

Die junge Frau stieg auf eine kleine Leiter, reichte eine

Schachtel herunter und öffnete sie. Darin befanden sich Strümpfe in allen möglichen Farben, sogar gestreifte. »Sie sind von feinster Qualität, Sir«, sagte das Mädchen, das unter Cyns Aufmerksamkeit rosig erglühte. »Schaut Euch nur diese kunstvolle Stickerei an.«
Cyn hob bewundernd ein Strumpfpaar auf, sehr schick, aus rosa Seide mit eleganten roten Streifen. »Oh, ich glaube, in solchen Dingen sollte man nicht geizig sein«, bemerkte er liebevoll und grinste Chastity an.
Sie erwiderte seinen Blick voller Zorn.
»Himmel«, wandte Cyn sich an das Ladenmädchen. »Jetzt hab ich den Burschen verärgert. Er scheint nicht viel von Seidenstrümpfen zu halten. Sagt mal, meine Liebe, wie denkt Ihr darüber?«
Das Mädchen, so dachte Chastity angewidert, war keiner anderen Gedanken als anzüglicher fähig. Und wie ein Mann so schamlos intime Kleidungsstücke vor Fremden zur Schau stellen konnte ...
»Ach, Sir!« plapperte das Ladenmädchen. »Ich finde sie einfach wundervoll.«
Wieder bewunderte Cyn die Strümpfe. »Ich nehme dieses Paar. Und fünf Yards von dem breiten gelben Band, bitte.«
Chastity rang nach Luft. Cyn sah zuerst sie und dann das Ladenmädchen an. »Ich fürchte, Gelb gefällt ihm nicht. Ein Junge mit puritanischer Einstellung. Vielleicht nehme ich doch lieber dieses braungestreifte.«
Als sie den Laden verließen, lachte Cyn.
Chastity bedachte ihn mit einem bösen Blick. »Sir, Ihr habt nicht eine Spur von Anstand im Leib.«
»Stimmt. Habt Ihr etwas gegen gestreifte Seidenstrümpfe? Ein wohlgeformter Knöchel würde sich so gut darin machen!«
»Derartiges interessiert mich nicht«, antwortete Chastity eisig. Sie stapfte voraus und hoffte, den richtigen Weg eingeschlagen zu haben.

Er holte sie ein, und Lachen schwang in seiner Stimme mit. »Ihr interessiert Euch nicht für die Knöchel der Damen? Ihr seid wirklich ein seltsamer Bursche.«
Chastity kam zu dem Schluß, daß sie den Fehdehandschuh besser nicht aufhob. Außerdem mußte sie ihm sowieso wieder die Führung überlassen, weil sie die Orientierung verloren hatte.
Trotz seines raschen Schritts entging Lord Cynric Malloren nichts. Als sie sich dem *Crown* näherten, betrat er ein Geschäft für Seifen und Schönheitswässerchen. Es war ein völlig anderes Ambiente, eines, das Chastity bedeutend vertrauter war. Walgrave Towers hatte jahrelang Seife und Cremes bei Travis & Mount bestellt. Aber was zum Teufel wollte Cyn Malloren hier?
Wiederum ohne eine Spur von Verlegenheit kaufte er ein Töpfchen Rouge, ein Schächtelchen mit hellem Puder und, nachdem er an mehreren Proben geschnüffelt hatte, ein kleines Fläschchen Parfüm. Mr. Mounts begeistertem Blick nach zu urteilen mußte es immens teuer sein.
Wieder draußen, fragte Chastity: »Warum vergeudet Ihr soviel Geld, wenn Ihr uns wirklich helfen wollt?«
»Es ist nicht vergeudet. So eine Maskerade muß gründlich vorbereitet sein, und ich versichere Euch, wir verfügen über reichlich Geld. Ihr solltet Euch nicht so viele Sorgen machen, Charles.« Er lächelte sie betörend an. »Vielleicht habt Ihr Hunger. Bestimmt hat doch selbst ein so ungewöhnlicher Junge wie Ihr einen süßen Zahn?«
Was hätte Chastity sagen können außer Ja, denn sie liebte nun mal Süßigkeiten. Ihr Herz vollführte einen freudigen Hüpfer, als sie sah, wohin er seine Schritte lenkte. Trotzdem mußte sie protestieren. »Für Kuchen haben wir weder Zeit noch Geld.«
Er war bereits bei Dunn & Carr, Bäcker und Konditoren, eingetreten. Chastity stellte fest, daß es hier noch besser duftete als in dem Seifengeschäft.
Wenig später traten sie mit einer Tüte Gebäck zurück auf die

Straße. Cyn zog zwei Kuchenstückchen aus seiner Tüte. Indem er rückwärts die Straße entlangging, schob er Chastity eines in den Mund.

Chastity nahm es an. Cyn erinnerte sie an einen Schuljungen auf einem Ausflug, und für einen Augenblick fühlte sie sich ihm verwandt – von gleichem Geschlecht, von dem gleichen prahlerischen Selbstvertrauen, der gleichen unbeschwerten Einstellung zum Leben. Lächelnd nahm sie den Kuchen in eine Hand, um ihn genüßlich zu verzehren. Er war köstlich, noch ofenwarm.

Cyn nahm einen Bissen von seinem Stück, wobei er immer noch rückwärts ging. Chastity biß ihrerseits ab. Er fing ihren Blick ein, und sie ertappte sich dabei, daß sie seine Lippen betrachtete, als er erneut zubiß und kaute. Er hatte wunderschöne, perfekt geschwungene Lippen ...

Seine Halsmuskeln bewegten sich beim Schlucken. Seine Zunge schlüpfte hervor. Langsam leckte er die goldbraunen Krumen von diesen schönen Lippen, woraufhin sie feucht glänzten.

Schläfrig, sinnlich, senkte er die Lider und lächelte.

Chastity spürte ihr Herz heftig klopfen, sie vergaß, den Mund zu schließen.

Dann fiel ihr auf, daß sie vor dem Gasthaus angelangt waren und wie Statuen dort standen und einander ansahen. Sie wußte, daß sie sich bewegen mußte, fühlte sich aber gefangen in einem Netz – in einem klebrigen, warmen Netz. Sie hatte nur einen Bissen von ihrem Kuchen gegessen, schmeckte ihn jedoch noch süß auf der Zunge.

»Köstlich, luftig-leicht, warm«, sagte er leise, als wollte er sie auffordern, noch einmal in den Kuchen zu beißen. »Das Leben bietet so herrlich schlichte und doch betörende Freuden. Genieße sie mit mir, Charles ...« Langsam schob er sich den Kuchenrest in den Mund.

Chastity bemerkte, daß sie folgsam noch einmal abgebissen hatte und synchron mit Cyn kaute ... Beinahe hätte sie sich

verschluckt. Ein heißer Schwindel erinnerte sie scharf daran, daß sie nicht gleichen Geschlechts waren. Und auch nicht die gleiche Lebenseinstellung teilten.
Er war der Feind. Er war ein Mann. Er sollte doch, verdammt noch mal, ihr Gefangener sein!
Sie schluckte den großen Brocken herunter, betrachtete ratlos den Rest des Kuchens und ließ ihn in den Schmutz fallen. Dann stapfte sie in das Gasthaus.
Cyn sah ihr nach, etwas verwundert, aber nicht entmutigt. Er hatte einen flüchtigen Blick auf das Feuer in ihr erhaschen können. Mit ihr zu schlafen mußte hinreißend sein, aber aus irgendeinem Grunde hatte sie Angst vor Männern. Vielleicht hatte ein Liebhaber sie betrogen.
Geschick und Geduld würden sie schon heilen. Er verfügte über beides und über drei Tage, um beides einzusetzen.
Als er ihr folgte, überlegte er, daß das Spielchen vielleicht einfacher wäre, wenn er der Maskerade ein Ende setzte, doch dann würden sich neue Barrieren des Anstands zwischen ihnen aufrichten. So, wie die Dinge lagen, würden die Möglichkeiten zahlreicher und amüsanter sein.
Während sie die Vorbereitungen zum Aufbruch trafen, zog er in Erwägung, Erkundigungen über einen Besitz fünf Meilen außerhalb von Shaftesbury, nördlich der Straße, einzuziehen. Innerhalb von Minuten würde er den Familiennamen erfahren. Er tat es nicht.
Er unterließ es zum Teil aus Vorsicht. Falls jemals Fragen gestellt werden sollten, durfte sich niemand an sein Interesse an der Familie seiner Maid erinnern.
Zum anderen Teil unterließ er es aus Donquichotterie. Er wollte, daß Charles selbst ihm eines Tages die ganze Wahrheit gestand.
Vorzugsweise im Bett.

Chastity, Cyn und Hoskins fanden Verity bei ihrer Rückkehr im Pächterhäuschen außer sich vor Sorge vor. Sie war überzeugt gewesen, daß Henry Vernham sie gestellt oder zumindest gesehen hätte. Chastity übernahm es, ihre Schwester zu beruhigen, und Cyn führte Hoskins zur Kutsche und zu den Pferden.

Den vier Pferden ging es bei Gras und Wasser recht gut, und der Kutscher murrte nur mäßig. Allerdings verschlug es ihm die Sprache, als er den Schaden an der Kutsche sah.

»Wer zum Teufel war das?« wollte er wissen und strich mit schmerzverzerrtem Gesicht über die Kratzer.

»Ich weiß nicht«, log Cyn. »Vielleicht verstehst du es besser, wenn ich dir erzähle, was hier vorgeht.«

Hoskins hörte mit feindseliger Miene zu. »Wenn dieser junge Bengel meiner Kutsche das angetan hat, geb ich ihm die Peitsche.«

»Nein, das wirst du nicht tun. Du überläßt ihn mir.«

Der Mann schüttelte den Kopf. »Und was wollt Ihr dem Marquis sagen? Ihr könnt doch nicht einfach so verschwinden.«

»Doch, das kann ich. Ich bin kein Kind mehr, Hoskins. Wenn meine Befehle befolgt wurden, weiß mein Bruder, daß ich mich auf ein Abenteuer eingelassen habe. Und das entspricht der Wahrheit.«

»Auf ein Abenteuer, das nach Ärger riecht. Wer ist diese junge Frau, die so dringend nach Maidenhead muß, noch dazu in aller Heimlichkeit?«

»Ich weiß es nicht genau«, gab Cyn zu, »aber sie ist eine Lady, und ich bin Kavalier. Hör gut zu, Hoskins. Ich weiß nicht, ob wir allen Ernstes verfolgt werden oder nicht, aber ich habe die Absicht, die Sache ernst zu nehmen. Und ich will nicht, daß du aus Nachlässigkeit irgend etwas verrätst.«

»Ich kann den Mund halten, Master Cynric, wie Ihr wohl wißt.«

Cyn wußte, daß es ein schlechtes Zeichen war, wenn Hoskins ihn Master Cynric nannte. »Ja, das weiß ich«, beschwichtigte er ihn. »Nun zu der Reise. Ich verkleide mich als Frau, als die

Mutter von Veritys Kind. Verity wird die Amme spielen. Charles ist der Stallbursche.«

Cyn hatte mit Einwänden gegen seine Frauenrolle gerechnet, doch der Kutscher hatte andere Sorgen. »Wehe, wenn der Bengel meiner Kutsche zu nahe kommt«, bemerkte er kampfeslustig.

»Zum Kuckuck, Mann! Er wird keinen weiteren Schaden anrichten, das verspreche ich dir.«

»Ich will ihn nicht in der Nähe meines Wagens oder meiner Pferde sehen«, wiederholte Hoskins und strich erneut mit der Hand über die Kratzer auf der glänzenden Kutsche.

Cyn seufzte. Er konnte seinen Willen durchsetzen, fürchtete aber, Hoskins könnte seine Wut an Charles auslassen. Schließlich wußte der Mann ja nicht, daß es sich um ein Mädchen handelte. »Nun gut«, sagte er, »dann geben wir ihn als meinen Bruder aus. Aber dann hast du alle Hände voll zu tun.«

»Ich schaff das schon«, knurrte Hoskins. »Wo ist die Farbe?«

Cyn überließ den Kutscher seinen Reparaturarbeiten. Als er ins Haus kam und die drei Frauen in der Küche antraf, sagte er: »Ich an Eurer Stelle würde einen großen Bogen um Hoskins machen, Charles. Er würde Euch am liebsten den Hals umdrehen.«

Sie errötete. »Wir können doch wohl schlecht mit Rothgars Wappen auf der Kutsche über Land reisen?«

»Warum nicht? Ich komme freiwillig mit, und kein Mensch bringt mich mit Euch in Verbindung.«

Sie sah aus wie jemand, der um nichts in der Welt einen Fehler eingestehen mochte. »Wie soll ich ihm aus dem Weg gehen, wenn ich doch den Stallburschen spiele?«

»Den spielt Ihr nicht mehr. Ihr seid mein jüngerer Bruder. Am besten sucht Ihr Euch dafür elegantere Kleidung zusammen.«

Sie sprang auf. »Muß ich Euch daran erinnern, Sir, daß Ihr unser Gefangener seid? Würdet Ihr bitte aufhören, uns herumzukommandieren?«

Cyn setzte sich. »Gut. Ich lege die ganze Angelegenheit in Eure Hände.«
Sie sah ihn wütend an. »Ich reise als Stallbursche.«
»Wie Ihr wollt. Als Stallbursche untersteht Ihr allerdings der Befehlsgewalt des Kutschers, und Hoskins ist nicht eben seiner Sanftmut wegen bekannt. Zudem war er immer übertrieben stolz auf die glänzende Lackierung seiner Kutsche.«
Sie schluckte, gab jedoch nicht nach. »Ihr werdet ihm befehlen, mich nicht anzurühren.«
»Tatsächlich?«
»Ja.«
Er zuckte mit den Schultern. »Nun gut, aber er ist der Kutscher meines Bruders, nicht meiner. Er hat uns allen das Kutschieren beigebracht und uns die Ohren lang gezogen, wenn er es für nötig hielt. Genauso wird er mit Euch verfahren. Aber das ist wohl nicht so wichtig«, fügte er lässig hinzu. »In der Schule habt Ihr bestimmt schon so manche Tracht Prügel eingesteckt, und schlimmer wird es unter Hoskins' Fuchtel auch nicht werden.«
Verity mischte sich ein: »Charles, mein Lieber, überleg es dir. Es bringt uns gar nichts ein, den armen Mann noch mehr zu verärgern.«
Charles warf sich auf einen Stuhl. »Also gut, was soll's.« Sie spießte Cyn mit gewittrigen Blicken auf. »Aber auf dieser Reise erteile ich die Befehle.«
Cyn verbiß sich eine scharfe Erwiderung. Was war aus der entzückenden Frau geworden, die sich so über einen warmen Kuchen gefreut hatte? Dann aber sagte er sich, daß sie gekränkt war und wahrscheinlich schrecklich verängstigt. Er mußte seinen bedauerlichen Drang, sie zu reizen, unter Kontrolle halten.
»Wie Ihr wollt«, sagte er so beherrscht wie möglich. »Aber ich habe entschieden mehr Lebenserfahrung als Ihr, und Hoskins wird wohl nur Befehle von mir annehmen. Außerdem war ich der Meinung, daß auch Verity ein Wörtchen mitre-

den dürfte, da es sich schließlich um ihre Angelegenheit handelt und sie zudem auch älter ist als Ihr.«
»Natürlich werde ich mich mit Verity absprechen. Was glaubt Ihr denn?«
»Junge Männer mißachten ihre Schwestern oft genug«, zog er sie auf und verzog dann das Gesicht. Soviel zu seinen guten Absichten.
»Ich nicht«, erwiderte Chastity und stand auf. »Ich besorge noch ein paar Kleidungsstücke.« An der Tür blieb sie stehen und fragte widerwillig: »Fällt Euch noch etwas ein, was wir brauchen werden? Waffen vielleicht?«
Daß sie ihren Stolz überwand, beeindruckte ihn. »Mir fällt nichts mehr ein. Wir haben die Pistole und meinen Degen. Das dürfte reichen. Schließlich ziehen wir nicht in den Krieg.« Dann aber fügte er hinzu: »Wartet! Zu meiner überzeugenden Verkleidung als Frau fehlt mir noch Schmuck. Könnt Ihr welchen besorgen?«
»Ich tu, was ich kann.«
Eine Stunde später kehrte sie mit weiteren Hemden und einem Paar hoher Stiefel zurück. Sie brachte auch ein in Leder gebundenes Schmuckkästchen. Es war ein schönes Stück mit einem soliden Schloß, eindeutig zur Aufbewahrung wertvollen Schmucks gedacht. Doch es enthielt nur eine spärliche Sammlung billiger Klunker.
Die nächstliegende Erklärung bestand darin, daß die Frauen völlig mittellos waren und alle Wertgegenstände verkauft hatten. Doch diese Vermutung befriedigte ihn nicht, denn sie erklärte nicht die teure Männerkleidung, die beiden Vollblutpferde und das Paar silberbeschlagener Pistolen. Cyns Neugier juckte wie Flohbisse.

Fünftes Kapitel

Früh am nächsten Morgen rüsteten sie zum Aufbruch. Hoskins begab sich nach draußen, um die Pferde anzuschirren. Cyn nahm den Kampf mit seinen Frauenkleidern auf. Charles schlüpfte in ihren eleganten Anzug und half ihrer Schwester, bis Cyn hinterhältig fragte, ob das denn nicht unanständig wäre. Daraufhin kam sie widerstrebend auch ihm zu Hilfe.

Er achtete sorgsam darauf, sie nicht in Verlegenheit zu bringen, und als sie in die Küche kam, trug er bereits Unterhosen, allerdings auch die gestreiften Strümpfe und die Strumpfbänder. Sie sah ihn an und brach in Gelächter aus. Es war ein überaus weibliches Lachen, doch Cyn enthielt sich eines Kommentars und genoß es lediglich.

Rosig überhaucht vor Heiterkeit, sah sie köstlich aus. Trotz der Kleider und des Haars war sie in Cyns Augen nichts anderes mehr als ausgesprochen weiblich. Und das war gefährlich. Er richtete seine ungeteilte Aufmerksamkeit auf sein Hemd.

Als er den Blick wieder hob, lachte Chastity nicht mehr, sondern starrte voller Entsetzen auf seine Narbe. »Woher kommt die, um Himmels willen?« fragte sie.

»Von einem Säbel«, antwortete er lässig, begierig zu sehen, wie sie reagierte. Die brennend rote Narbe zog sich wie eine Schärpe über seine Brust. Frauen, die in den Genuß kamen, sie zu sehen, konnten sich nicht enthalten, sie zu berühren. Die meisten waren ihrem Verlauf mit dem Finger gefolgt,

manche auch mit dem Mund. »Zum Glück hat der Hieb mich nur gestreift, und der Schnitt war nicht tief.«
Er sah, wie ihre Hand hochzuckte, aber schnell wieder unter Kontrolle gebracht wurde.
»Also seid Ihr wirklich Soldat«, bemerkte sie.
»Habt Ihr daran gezweifelt?«
»Ihr seht nicht aus wie einer.«
Er seufzte erheitert. »Ich kann nichts für meinen betörenden Charme.«
Sie war immer noch fasziniert von der Narbe und kam einen Schritt näher heran. »Das muß entsetzlich geblutet haben.«
»Ja, wie ein aufgeschlitzter Weinschlauch. Meine beste Uniform war völlig versaut.«
Da sie sich nicht mehr von der Stelle rührte, schloß er die Lükke zwischen sich und ihr mit einem lässigen Schritt. Nach einer Weile mußte er aber zu seinem Bedauern einsehen, daß sie sich nicht würde hinreißen lassen, den Weg der Narbe von der linken Schulter bis zur rechten Hüfte nachzuzeichnen.
Er zog sich das weiße Hemd über den Kopf und band die Schleifen am tiefen Ausschnitt, dann kämpfte er sich in das Reisekleid hinein. Der Bequemlichkeit auf Reisen halber war es aus einem Stück gefertigt. Geschlossen würde es aussehen wie ein weiter Sack über einem mit Zopfmuster verzierten Korsett, doch das Korsett war schon Teil des Mieders und wurde im Rücken unter dem weiten Gewand eng geschnürt. Derartige Kleidung war auf Reisen tatsächlich sehr praktisch, doch der größte Vorzug bestand in Cyns Augen im Fehlen von Fischbein.
Er versuchte, die Bänder eigenhändig zu schnüren, fand sie jedoch nicht unter dem schweren, weiten Rock. »Ich kann die Bänder nicht greifen. Bitte helft mir, Charles.«
Ihr Widerwille war nicht zu übersehen, aber sie nahm hinter ihm Aufstellung. Sie hob seinen Rock hinten an. »Ich finde sie nicht. Sie müssen nach vorn gerutscht sein.«
Sie griff um seinen Oberkörper herum, und die flüchtigen

Berührungen ließen ihn erschauern. »Hab sie«, meldete sie schließlich, »aber ich glaube, sie sind vorne gebunden.«
Ihre Hände folgten den Bändern nach vorn. Plötzlich zuckte sie zurück. »Ich kann sie nicht lösen«, sagte sie mit erstickter Stimme. »Ihr müßt das Kleid ausziehen.«
»Ach, sicher könnt Ihr das«, sagte Cyn beiläufig. »Das ist viel einfacher, als all den Plunder wieder auszuziehen.« Auch seine Stimme klang erstickt, allerdings vor unterdrücktem Lachen. Wußte sie, wohin sich ihre Hände verirrt hatten? Er vermutete es.
Ihr Schweigen weckte den Verdacht, daß sie sich weigern würde, doch dann umfingen ihre Arme ihn erneut. Sie trafen sich vorn, bekamen die verknoteten Bänder zu fassen und begannen, daran zu nesteln. Sie gab nicht im geringsten acht darauf, was ihre Hände berührten.
Cyn holte tief Luft. Der Schuß ging nach hinten los, bei Gott! Die kleine Füchsin wußte genau, was sie tat.
Sie hatte seinen Rock hinten hochgeschlagen, und sein Gesäß preßte sich an ihren Leib. Mit den Armen umschlang sie seine Taille, und immer wieder streiften ihn ihre Hände, während sie versuchte, die Knoten zu lösen …
Die ersten Anflüge von Lust erhitzten sein Hirn. Er konnte sich vorstellen, wie er sich langsam in ihren Armen umdrehte und sie küßte, mit ihr gemeinsam zu Boden sank und ihren Mund erforschte, ihre Brüste, die Wärme zwischen ihren Schenkeln; er konnte sich die dunkle Eindringlichkeit ihres Blicks vorstellen, wenn er in sie hineinschlüpfte …
Sein eigenes Schaudern mahnte ihn, daß er schon fast zu weit gegangen war. Sein aufgerichteter Penis drängte gegen den Stoff seiner Unterhosen, als suchte er die Wärme ihrer locker aufliegenden Hände. Diese erstarrten. Cyn spürte Chastitys Panik.
Und wenn, dachte er in verzweifeltem Optimismus, eine beabsichtigte Verführung vorlag und ihre Anspannung auf ihr Begehren zurückzuführen wäre?

Er befreite sich aus ihren Armen und drehte sich um. Nein. Sie war hochrot im Gesicht. Entsetzt. Verängstigt.
Cyn zwang sich zur Ruhe, bemühte sich, regelmäßig zu atmen. »Regt Euch nicht auf, Junge. Das ist eine ganz natürliche Reaktion auf solch eine Fummelei. Nehmt es nicht persönlich.«
Er wandte sich ab und hob seinen Rock vorn an, um die Arbeit zu beenden. »Wir hätten eigentlich wissen müssen, daß ich diese Knoten von vorn ganz gut allein lösen kann.« Er schob die Bänder nach hinten. »So. Wenn Ihr sie jetzt nur noch schnüren wollt, sind wir fertig.«
Sie war genauso begeistert wie jemand, der seinen Kopf in den Rachen eines hungrigen Tigers stecken sollte, doch sie nahm wieder hinter ihm Aufstellung, hob seinen Rock und griff nach den Bändern. Im nächsten Augenblick war der Knoten geknüpft, und sie wich zurück. Cyn wünschte sich von Herzen, daß die Gefühle, die sie geweckt hatte, genauso schnell weichen würden.
Wie sollte er sie einschätzen? Einmal war sie dreist und frech, dann wieder prüde.
»Sagt mal«, begann er leichthin, »Seid Ihr noch Jungfrau, Charles?«
»Ja!« Sie errötete noch heftiger als zuvor. »Aber das geht Euch nichts an.«
»Natürlich nicht«, beschwichtigte er sie. »Ich wollte Euch nur meine Dienste anbieten, um der Sache abzuhelfen.«
Sie riß Mund und Augen auf. Ihm war klar, daß sie zeitweise ihre Rolle vergessen hatte, sich aber seines körperlichen Zustands sehr deutlich bewußt war. »Was um alles in der Welt soll das heißen?«
Er lächelte freundlich. »Nur, daß ein älterer Mann einen Jungen oft unter die Fittiche nimmt und ihm zeigt, worum es geht. Ihn einer geeigneten Frau vorstellt. Wenn wir schon auf Abenteuer ausziehen ...«
Er sah, wie sie mit einem Ruck in die Wirklichkeit zurückfand

und, wie er hoffte, wenigstens einen Hauch von Enttäuschung verspürte. Eisige Kälte breitete sich zwischen ihnen aus. »Wir sind mit einer sehr ernsten Angelegenheit befaßt, Mylord. Für Besuche in Freudenhäusern bleibt uns keine Zeit.«

»Und wenn doch?«

Bevor sie es verbergen konnte, wurde er das freche Glimmen in ihren Augen gewahr. »Mag sein, daß ich auf Euer Angebot zurückkomme. Doch jetzt sollten wir Euch erst einmal fertig ankleiden.«

Cyn war begeistert von ihrer kleinen Ungezogenheit. Sie wirkte viel zu sachlich, und er ahnte, daß das nicht ihre wirkliche Natur war. Wahrscheinlich war sie tief im Herzen ein wildes Wesen, ihm ähnlich, doch aus irgendeinem Grund hatte sie Angst. Er mußte endlich aufhören, sie zu quälen.

»Wie sehe ich aus?« fragte er und drehte sich vor ihr um die eigene Achse.

Sie zog eine Grimasse. »Vorn wie ein Brett und hinten wie gehobelt.«

Cyn blickte an sich herab. Die Röcke hingen schlaff, das Mieder warf Falten auf seiner flachen Brust. Es war eindeutig für eine großzügig ausgestattete Dame gefertigt. Niemand würde jemals glauben, dieses Kleidungsstück könnte für ihn persönlich geschneidert sein.

»Der graue Unterrock könnte dem Rock ein bißchen mehr Fülle verleihen«, sagte er, »aber ich weiß nicht, was wir mit dem Mieder machen sollen. Ob es sich ändern läßt?«

»Zweifellos, aber nicht binnen einer Stunde. Moment mal.«

Sie ging hinaus, und Cyn nutzte die Zeit, um seinen Körper wieder unter Kontrolle zu bringen. Er atmete tief und ruhig durch und zwang sich zu kalten, unlustvollen Gedanken.

Als sein Körper sich wieder in einen eher passiven Zustand versetzt hatte, überdachte er voller Befriedigung den Vorfall mit seiner bedrängten Maid. Sie kamen wahrhaftig gut voran. Ob sie wirklich Jungfrau war? Das würde ihn vor Proble-

me stellen, allerdings nicht vor unüberwindliche. Sie war ganz eindeutig kein konventionelles Fräulein.
Es zeugte vielleicht nicht gerade von fairem Sportsgeist, sie im Glauben zu lassen, er ahnte nichts von ihrem wahren Geschlecht, aber sie hatte eben bewiesen, daß sie selbst auch nicht abgeneigt war, die Situation auszunutzen. Er lächelte zufrieden und freute sich auf ihre Rückkehr.
Mühsam stieg er in den grauen gefütterten Unterrock. Als er schließlich die Bänder verknotet hatte, glaubte er, in den Stoffmengen ersticken zu müssen. Er trat die Röcke aus dem Weg, als er versuchte, auf und ab zu schreiten, und überlegte, ob so ein Reifrock nicht vielleicht doch seine Vorteile hatte. Immerhin verhinderte dieser, daß sich die Röcke um die Beine wickelten.
Er dachte nicht daran, gebrauchte Schuhe zu tragen, und schlüpfte lieber in seine eigenen. Es waren seine Abendschuhe – aus weichem schwarzen Leder mit hohen roten Absätzen und silbernen Schnallen. Zwar trugen Damen kaum noch solche Schuhe, aber man würde ihn deswegen höchstens für altmodisch halten.
Er ging noch ein wenig umher, um sich an das Kleid zu gewöhnen. Ob Charles auch zunächst üben mußte, als sie in Männerkleider schlüpfte? Inzwischen bewegte sie sich weiß Gott mit großer männlicher Sicherheit.
Seine Maid kehrte mit einem großen Korb zurück und reichte ihm ein Halstuch. »Bindet das um.«
Es war ein grobes, schlichtes Stoffdreieck, nicht zu vergleichen mit den durchsichtigen, rüschigen Dingern, die seine Schwestern trugen. Folgsam legte er es sich um die Schultern und fragte sich: Wohin mit den losen Enden?
Chastity schnalzte ungeduldig mit der Zunge. »Ach, nun setzt Euch schon.« Er nahm auf einem Stuhl Platz, und sie stopfte das Tuch geschickt hinten in den Nackenausschnitt, kreuzte die Zipfel auf seinem Schlüsselbein und schob sie unter das Mieder. Er enthielt sich einer Bemerkung über

derartige Kenntnisse in der Damenmode und genoß vergnügt ihre Berührung.

Als sie fertig war, blickte er an sich herab. Das Mieder wirkte immer noch schlaff. »Was schlagt Ihr vor? Taschentücher? Ich fürchte, für diese mächtigen Hohlräume habe ich nicht genug.«

»Nein. Sie würden ohnehin zu klumpig aussehen.«

»Mein lieber Charles«, sagte Cyn empört, »was glaubt Ihr wohl, wer meinen Busen streicheln dürfte?«

Sie strafte ihn mit einem angewiderten Blick. »Jedermann, wenn Ihr Euch als Frau genauso benehmt wie als Mann. Ihr seid reichlich unverschämt, Lord Cyn. Seht her.« Sie deutete auf ihren Korb, in dem sich ungesponnene Wolle befand. »Nanas nächste Wolldecke«, erklärte sie und reichte ihm eine Handvoll. »Schiebt das unter das Mieder.«

Er setzte sich und zupfte an dem Mieder. »Ich schätze, ich muß die Wolle unters Hemd stecken, damit sie nicht verrutscht.« Nachdem er einige Hände voll verstaut hatte, sagte er: »Es wäre bestimmt besser, wenn Ihr das machtet und die Wolle ein wenig formen würdet. Ihr könntet wenigstens sehen, was Ihr tut.«

Sie musterte ihn mißtrauisch, kam jedoch pflichtschuldigst näher und schob die weiche graue Wolle zwischen Hemd und Haut, Handvoll auf Handvoll. Hin und wieder hielt sie inne, um das Material der Form des Mieders anzupassen.

Cyn wußte, daß es unklug war, sich so berühren zu lassen, doch es war seine zweite Natur, in solchen Fragen unklug zu handeln. Er lehnte sich entspannt auf seinem Stuhl zurück und betrachtete Chastitys ernstes Gesicht.

Himmel, war sie schön. Ihre Haut war glatt wie Seide, die Linien von Nase und Kinn waren perfekt wie die einer Marmorskulptur. Ihre Wimpern waren nicht so dicht und lang wie seine, aber die Reinheit ihres dunklen Schwungs bildete den einzig möglichen Rahmen für ihre klaren grauen Augen.

Er kam sich schäbig vor wegen seiner wollüstigen Gedanken im Hinblick auf solch ein jungfräuliches Wesen, solch eine Madonna.
Und sie konzentrierte sich. Sie öffnete die Lippen. Die Zunge schlüpfte hinaus, um die Oberlippe zu befeuchten. Cyn hielt den Atem an.
Sie sah ihm ins Gesicht. »Habe ich Euch weh getan?«
»Nein«, antwortete er und schluckte. »Es hat gekitzelt.«
Sie musterte ihn voller Mißtrauen. Er bemerkte ihren flüchtigen, verräterischen Blick auf seinen Schritt, doch körperliche Reaktionen waren gut verborgen unter gefütterter Seide und schwerem Tuch. Er lächelte nichtssagend, und sie machte sich wieder an die Arbeit.
Cyn wußte selbst nicht, warum er so darauf versessen war, diese Quälerei fortzusetzen. Bevor sie fertig wäre, wäre er mit seinen Nerven am Ende.
Chastity hielt beunruhigt Ausschau nach der Wiederkehr von Cyn Mallorens Lust, doch dann wurde ihr klar, daß nicht er es war, vor dem sie sich hüten mußte. Seine Haut brannte wie Feuer an ihren Händen. Mit jedem Atemzug stieg ihr ein Moschusgeruch in die Nase, der ihren Mund austrocknen ließ und sie veranlaßte, sich die Lippen zu lecken ...
Das konnte doch nicht wahr sein! Männer waren wie Tiere; ihre Lust war leicht geweckt. Frauen waren entschieden zurückhaltender. Sie gerieten doch nicht in Hitze, wenn sie bloß die Brust eines Mannes berührten!
Energisch rief sie ihre ungebührlichen Sinne zur Ordnung und klopfte Cyns Busen in Form.
Cyn bemühte sich sehr um ein gelangweiltes Aussehen. Das war nicht leicht. Seine Maid drückte sich an ihn, atmete unregelmäßig, und ihre Lippen waren voll und feucht und sehnten sich nach Küssen.
Und er mochte darauf wetten, daß sie es nicht einmal wußte. Ihre Hände zitterten auf seiner Haut, und einen verlorenen, verräterischen Moment lang sah sie ihm in die Augen ...

Dann fing sie sich wieder und rückte von ihm ab. »So. Ich finde, das sieht ganz echt aus.«

Cyn seufzte voller Bedauern um das, was hätte sein können, und blickte an sich herab. »Du liebe Zeit!« rief er. »Ich werde für Aufruhr sorgen!«

Chastitys Denken war umnebelt von ungehörigem Verlangen, doch seine Bemerkung entlockte ihr ein Lachen. »Nicht, wenn Ihr ihn rausstreckt und drohende Blicke werft«, sagte sie. »Dann bezeichnet man Euch als Schlachtroß. Und das wäre besser für Euch. Wenn irgendwer Euren Busen anfaßt, wird er gleich merken, daß er nicht echt ist.«

Er musterte sie mit einem frechen Glitzern in den Augen. »Ich glaube, Ihr habt mich an der Nase herumgeführt, Charles. Woher wißt Ihr denn, wie sich ein Busen anfühlt?«

Chastity fiel so schnell keine schlagfertige Antwort ein. »Wißt Ihr, was das Problem ist?« fragte sie schnell.

»Nein.«

»Wir werden Euren Busen morgen neu schaffen müssen.«

Sie sah die Belustigung in seinen Augen, bevor er aufstand. »Wer schön sein will, muß leiden«, bemerkte er gedehnt und drehte sich noch einmal um sich selbst. »Nun, was meint Ihr? Geht's so?«

Und, Himmel hilf!, sie selbst würde dieses Spielchen auch morgen wieder genießen. Zweifellos war sie verrückt geworden.

Sie lenkte ihre Aufmerksamkeit wieder auf ihre Arbeit und betrachtete Cyn von oben bis unten.

»Einigermaßen«, urteilte sie stirnrunzelnd. »Aber ich fürchte, als Frau seid Ihr nicht so hübsch, wie Ihr es Euch erhofft hattet.«

»Wollt Ihr die Rollen tauschen?«

Sie schwieg und lächelte.

Cyn betrachtete sich in dem kleinen Spiegel. »Ich habe vergessen, eine Haube zu kaufen. Eine ältere Ehefrau muß eine Haube tragen.«

»Ich hole Euch eine«, sagte sie und entfernte sich.
Er wäre nicht hübsch? Cyn mußte feststellen, daß sie recht hatte. Sein Kinn war ein bißchen zu kantig, seine Wangen zu schmal. Vorsichtig trug er Rouge auf und freute sich zu sehen, daß er ausnahmsweise einmal zu männlich aussah.
Er stäubte seinen braunen Halsausschnitt und das Gesicht mit dem hellen Puder ein, rieb dann ein wenig Rouge auf die Lippen und blickte schmollend in den Spiegel. Er zog das Band aus seinem Haar und kämmte die rostbraunen Wellen, bis sie sein Gesicht umschmeichelten. An den Schläfen zupfte er ein paar Löckchen frei, wie er es bei seinen Schwestern gesehen hatte.
Dann griff er nach dem Parfüm und tupfte ein wenig hinter die Ohren. Es war ein schwüler, herber Geruch, der einem Mann, der ihm zu nahe kam, die Sinne verwirren mußte. Das und sein mächtiger Busen würden dazu führen, daß er zehnmal pro Tag seine Ehre würde verteidigen müssen.
Das Parfüm hatte er allerdings hauptsächlich in der Hoffnung gekauft, daß seine Maid es eines Tages für ihn tragen würde. Kurz gestattete er sich die Vorstellung ihres nackten, schweißglänzenden Körpers, dessen Duft sich mit dem Parfüm mischte ...
Als er sie zurückkommen hörte, drehte er sich um und spitzte die roten Lippen. »Küßchen, Seemann?«
Chastity erschrak über seine erstaunlich weibliche Erscheinung. Er hatte sein Haar bauschig frisiert und Rouge auf die Wangen gelegt, aber es lag nicht allein an der Schminke und der Figur. Es lag in der Art, wie er dastand, den Nacken leicht gebeugt, und mit den Wimpern klimperte. Er war ein talentierter Schauspieler.
Wieder wurde ihr klar, wie gefährlich er war. Als sie ihm die schlichte Baumwollhaube reichte, schwor sie sich, in Zukunft allen Wortgefechten aus dem Weg zu gehen.
Er ergriff die Haube mit spitzen Fingern und betrachtete sie, wie eine enttäuschte Dame es getan hätte. »Keine Rüschen?

Keine Spitze? Entsetzlich langweilig«, bemerkte er mit heiserer und doch sehr weiblicher Stimme. »Aber sie paßt wohl zu dem genauso langweiligen Halstuch. Wem gehören diese tristen Kleidungsstücke?«

Die Frage wollte Chastity nicht beantworten. »Was anderes habe ich nicht zu bieten«, sagte sie barsch. »Verity hat kaum mehr als die Kleider, die sie am Leibe trägt. Wenn Euch die Schmucklosigkeit stört«, fügte sie zuckersüß hinzu, »könnt Ihr die Haube ja während der Fahrt in der Kutsche besticken. Das ist eine angemessene Beschäftigung für eine gestandene Ehefrau.«

»Das wäre eine Katastrophe«, sagte er und paßte sich dabei ihrem Tonfall an. »Vermutlich könnt selbst Ihr die Nadel besser führen als ich, Sir.« Er drehte sich um und setzte vor dem Spiegel die Haube auf. Sie war so geschnitten, daß sie das Haar vollständig hätte bedecken müssen, doch er schob sie sich weit in den Nacken, so daß vorn ein paar Löckchen darunter hervorlugten. Als er die Bänder unter dem rechten Ohr verknotet hatte, sah selbst dieser traurige Kopfputz irgendwie schick aus.

Chastity mußte feststellen, daß ehrenhafte Beschlüsse nicht immer leicht in die Tat umzusetzen waren. Sie hatte sich geschworen, Wortgefechten mit ihm aus dem Weg zu gehen, war jedoch immer noch gefährdet. Sie und Cyn berührten einander nicht, sahen sich nicht einmal an, und er sah von Minute zu Minute weiblicher aus, und doch war ihr nahezu schwindlig.

Es war unmöglich, daß sie so empfand. Noch nie in ihrem Leben hatte sie so auf einen Mann reagiert, und neuerdings haßte sie doch alle Männer. Sie fragte sich, ob Frauen nicht womöglich doch in Hitze gerieten, wie Stuten zum Beispiel. So fühlte sie sich jedenfalls. Als wäre sie eine nervöse Stute, die zum ersten Mal einen Hengst witterte.

Aber dabei war er weiß Gott nicht der erste Mann, dem sie begegnete.

Doch kein Mann hatte bisher so ein Gefühl in ihr hervorgerufen wie dieser Cyn Malloren, der das nicht einmal beabsichtigte.
Das war unvernünftig, unmöglich.
Das war unvorstellbar gefährlich und durfte nicht sein.
Um Himmels willen, nicht einmal ihr kurzes Geplänkel mit Rothgar hatte diese Wirkung auf sie gehabt, und Rothgar war der Mann, vor dem Mütter ihre Töchter warnten. In gleichem Maße männlich-attraktiv, wie Cyn schön war, hatte er eine Aura von dunkler Macht, die unheimlich anziehend wirkte.
Chastity betete stumm zu Gott, er möge Cyn niemals herausfinden lassen, daß sie eine Frau war, denn dann würde er womöglich seinen geballten Charme auf sie loslassen, und sie wäre verloren.
Cyn betrachtete die schlichte, schmucklose Haube mit einer abschätzigen Grimasse. Vermutlich gehörten sie und das Halstuch seiner Maid, aber warum um alles in der Welt trug sie wohl so häßliche Kleider? Sie paßten viel besser zu den Insassen einer Besserungsanstalt.
Diese Kleidungsstücke zusammen mit ihrer Verkleidung als Mann legten den Schluß nahe, daß sie ihre Weiblichkeit verabscheute. Man brauchte sie sich nur anzusehen. Ihr Gesicht war so warm wie eine marmorne Totenmaske.
Warum zum Teufel fühlte er sich zu so einem merkwürdigen Wesen hingezogen? Warum erregte sie ihn mehr als die geübteste Hure oder die hinreißendste Dame? Bestimmt lag es an der langen Abstinenz. Seit den Tagen vor seiner Krankheit hatte er keine Frau mehr gehabt. Vielleicht war diese Reaktion als Beweis seiner vollständigen Genesung zu werten.
In diesem Fall brauchte er nur ein bereitwilliges loses Mädchen, und schon würde die Besessenheit von seiner bedrängten Maid vorüber sein.
Doch es fiel ihm schwer, sich vorzustellen, daß irgendeine

Frau außer dieser hier ihn würde erregen können. Und das war aufs höchste bedenklich.
Er kramte in der traurigen Schmucksammlung und befestigte ein Paar Ohrringe aus bemaltem Blech an seinen Ohrläppchen. Den Rest verschmähte er und verlangte statt dessen nach seinem eigenen Schmuck. Den verteilte er auf seinem nüchternen Gewand, bevor er sich der Dekoration des flachen Strohhutes zuwandte.
Er wand das braungestreifte Band um das flache Rund und formte es vorn zu einer kunstvollen Schleife, die er mit seiner Tuchnadel feststeckte. Das restliche Band fädelte er durch die Schlitze zu beiden Seiten, setzte sich das Schmuckstück auf den Kopf und knüpfte die Bänder unterm Kinn zu einer großen Schleife.
Chastity staunte über seine Geschicklichkeit. »So kleidet Ihr Euch wohl ziemlich häufig, wie?«
Er drehte sich um und schenkte ihr ein beunruhigend weibliches Lächeln. »Nein, aber ich habe im Laufe der Zeit schon zahlreiche Damen an- und ausgekleidet.« Er klimperte mit seinen unverschämt schönen Wimpern. »Keine Sorge, Charles. Ihr seid auch einmal an der Reihe.«
Chastitys Körper reagierte auf eine Bedeutung, die ganz bestimmt nicht in seinen Worten enthalten war. Einen Augenblick lang beraubte sie die Vorstellung, wie seine langen braunen Finger sie aus ihren Kleidern schälten, ihrer Sinne.
Er berührte sie am Arm, und sie zuckte zusammen. Offenbar merkte er es nicht, denn er schob sie lediglich sanft vor sich her und zur Tür hinaus. »Mal sehen, was Verity zu meiner Verwandlung sagt.«
Als sie den Salon betraten, hob Verity den Blick und riß die Augen auf. »Du liebe Zeit! Wenn ich es nicht wüßte, würde ich nie darauf kommen!«
»Hoffentlich geht es allen anderen genauso.« Cyn musterte Verity.
Sie war der Inbegriff eines reichlich schlampigen Dienstmäd-

chens in ihrem schlichten Ärmelhemd, den Rock aus billigem gestreiften Material und einem ärmellosen geschnürten Mieder von praktischer und häßlicher Schlammfarbe. Dazu trug sie eine Schürze und ein vorn geknotetes Halstuch. Eine Haube bedeckte fast ihr gesamtes Haar. Haube, Halstuch und Schürze erinnerten auffällig an die Entsprechungen, die Cyn angelegt hatte.

»Ich fürchte«, sagte er sanft, »daß man mich für eine sehr strenge Herrin halten wird, wenn mein Dienstmädchen in den abgelegten Kleidern des Waisenhauses am Ort herumläuft.«

Veritys Gesicht verriet ihm, daß er der Wahrheit ziemlich nahe kam. Aber welcher Wahrheit?

»Etwas Besseres haben wir nicht«, sagte Charles scharf. »Ist sie Eurer Meinung nach unkenntlich genug?«

Veritys Haar war mit Fett statt mit Farbe dunkel getönt, und es drang strähnig unter der Haube hervor. Die Veränderung war bemerkenswert.

»Ich denke, es geht so«, sagte er. »Wenn wir jemandem gegenüberstehen, der Verity sehr gut kennt, reicht es nicht, aber die hauptsächliche Gefahr besteht wahrscheinlich darin, daß Handzettel verteilt und ausgehängt und die Behörden verständigt worden sind. Sie suchen nach einer jungen blonden Frau mit einem Kind. Ich bin dunkelhaarig und sehe als Frau bestimmt um einiges älter aus als meine vierundzwanzig Jahre. Wie alt? Paarunddreißig?«

Verity nickte lächelnd. »Wir schaffen es, nicht wahr?«

Er lächelte zurück, als wäre sie einer seiner frischen Rekruten, dem er vor seiner ersten Schlacht Mut zusprechen mußte. »Ganz sicher.«

Spontan streckte sie die Hände aus. Er nahm sie, und Verity gab ihm einen leichten Kuß auf den Mund. »Danke. Ich bin froh, daß wir Euch gefunden haben.«

»Gefangen haben«, berichtigte Chastity scharf.

Cyn wandte sich seiner finster blickenden Maid zu. Er packte sie bei den Schultern, und bevor sie sich's versah, hatte er sie geküßt, wie Verity ihn geküßt hatte. Sie fuhr zurück und rieb sich die Lippen.

»Mein lieber Sir«, sagte Cyn mit einem Beben in der Stimme, das ihm aufgrund seines verhaltenen Lachens nicht schwerfiel, »ich bitte tausendmal um Vergebung. Ich habe mich von meiner Rolle hinreißen lassen.«

»Wenn Ihr Euch noch einmal so hinreißen laßt«, fuhr seine Maid ihn an, »dann dreh ich Euch den Hals um.« Sie ergriff einen Portmanteau und stapfte hinaus zur Kutsche.

Gegen Mittag war Cyn zu der Überzeugung gelangt, daß sein Abenteuer todlangweilig war. Wo war die Herausforderung? Wo waren die Gefahren? Wo waren die Drachen, die er bekämpfen sollte?

Den Hut hatte er schon abgelegt, als sie kaum die Kutsche bestiegen hatten, doch die Haube mußte er ertragen, für den Fall, daß ein Passant zufällig in den Wagen blickte. Die Vorhänge wollten sie nicht schließen, weil sie sich dadurch womöglich verdächtig gemacht hätten. Jetzt löste Cyn die Bänder seiner Haube und ließ sie offen hängen.

»Warum zum Teufel«, fragte er, »gibt es überhaupt Hauben aus derart grobem Stoff?« Trotz seiner Gereiztheit sprach er leise, um das schlafende Baby nicht zu wecken.

»Weil sie länger halten«, erklärte Charles mitleidlos. »Der Stoff wird weicher, wenn er etwa zwanzigmal gewaschen wurde.«

»Es wäre entschieden besser, wenn der Stoff vor dem Verkauf schon weicher gemacht würde.«

»Dann wäre er teurer.«

Neugier regte sich in Cyn. »Woher stammen diese Hauben?«

»Sie lagen irgendwo bei uns herum«, wich Charles aus und lächelte kalt. »Tut mir leid, daß wir nichts zu bieten hatten, was Eurer empfindlichen Haut angenehmer wäre, Mylord.«

»Warum nicht?«

Sie warf ihm einen tadelnden Blick zu. »Warum sollten wir teure Kleidung vorrätig haben?«

Cyn blickte Verity an, die sehr besorgt wirkte. »Weil Ihr und Eure Schwester aus gutem Hause stammt. Eure Kleider, Sir, wirken zwar etwas altmodisch, stammen aber von einem Modeschneider. Deshalb würde ich vermuten, daß auch etwa vorhandene Frauenkleider von guter Qualität sein müßten.«

Charles' rote Wangen verrieten ihre Aufregung, doch sie antwortete ganz ruhig. »Verity ist in Verkleidung geflüchtet, und ich trage gewöhnlich mit Sicherheit keine Hauben.«

Cyn gab nicht auf. »Woher kommen dann diese Sachen?«

Charles biß die Zähne zusammen. »Nana und ich haben sie für das Magdalenen-Heim in Shaftesbury gefertigt.«

Das war eine einleuchtende Erklärung, doch Cyn glaubte sie nicht. Er lehnte sich zurück und fächelte sich mit seinem Strohhut Luft zu. »Wie wohltätig«, brummte er. »Besonders von Euch, Sir.«

Sie biß sich auf die Lippe.

Verity war es, die in die Bresche sprang. »Er streicht mehr Lorbeeren ein, als ihm zustehen. Ich bin sicher, sein einziger Beitrag bestand darin, den Stoff zuzuschneiden.«

Die Kutsche bog auf einen Gasthof ein, und das Gespräch endete, ohne daß Cyn etwas Neues erfahren hätte.

Der Pferdewechsel ging langsam vor sich, denn Hoskins war ja ohne Hilfe. Zwar bewegten sie sich noch auf der für Cyn bestimmten Route, aber er hatte beschlossen, nicht die von Rothgar bereitgestellten Pferde in Anspruch zu nehmen. Hoskins hatte Befehl, die Gasthäuser, in denen er bekannt war, zu meiden.

Soweit Cyn informiert war, hielt Rothgar sich in London auf, nicht in der Abbey, doch sobald er vom Verschwinden seines Bruders erfuhr, würde er wohl gleich einen Suchtrupp ausschicken. Unter diesen Bedingungen war es nicht angebracht, eine gut sichtbare Spur zu hinterlassen. Cyn hatte

keine Lust, sich ein zweites Mal vom Marquis retten zu lassen.
Jetzt aber mußten sie an jeder Station Postpferde mieten und Postillione, die sie versorgten. Hoskins beschwerte sich, daß diese Pferde alte Klappergäule wären.
Kurzum, keiner von ihnen war mit dem Stand der Dinge zufrieden.
Cyn suchte den Hof des Gasthauses unbemerkt nach Fahndungsplakaten und überaufmerksamen Beobachtern ab. Nichts. Vielleicht fand gar keine Suche statt. Die Chancen, daß sie Maidenhead binnen zwei Tagen ohne jeglichen Zwischenfall erreichten, standen gut.
Wie langweilig.
Dann aber sah er Veritys leichenblasses Gesicht. Bei jedem Halt, wann immer ein Reiter sie auf der Straße überholte, verkrampfte sie sich vor Angst. Je eher sie zu Nathaniel kam, desto besser.
Als sie weiterfuhren, erwachte das Baby und fing an zu weinen. Innerhalb von Sekunden wurde aus dem Wimmern ein regelrechtes Gebrüll – erstaunlich durchdringend für ein so kleines Wesen. Veritys Gesicht war rosig überhaucht, als sie das Kind unter einem Tuch an die Brust legte. Cyn wandte höflich den Blick ab, obwohl überhaupt nichts zu sehen war. Doch er fand die Vorstellung von einem Baby an der Brust faszinierend, und die Wirkung wurde noch erhöht durch die leise schlürfenden Geräusche des Kindes.
Er fragte sich, wie es wohl wäre, der Mutter seines Kindes beim Stillen zuzusehen, wie es wohl wäre, an den Brustspitzen zu saugen und Milch zu schmecken. Er blickte verstohlen zu Charles hinüber.
Cyn blinzelte, verdutzt über seine Gedankengänge. Kinder? Ehe? Solche Dinge hatten keinen Platz in seinem Leben. Eheleben und Soldatentum paßten nicht zusammen. Wie die Veteranen zu sagen pflegten: Wenn ein Soldat die Mütze aufsetzt, sollte er wissen, daß für seine Familie gesorgt ist.

Wie auch immer, wenn er überhaupt an Heirat denken sollte, wäre er verrückt, seine Maid in Bedrängnis in Erwägung zu ziehen. Sie verfügte über nur wenige weibliche Vorzüge. Aber Herrgott, es wäre bestimmt schön, eine derart mutige Frau zu haben ...

Das Schlürfen hörte auf, und das Baby fing erneut an zu brüllen. Verity gurrte und plapperte und klopfte den Rücken des Kindes. Es strampelte und schrie, hochrot im Gesicht und wütend. Verity war nahezu genauso rot. Cyn blickte aus dem Fenster, als berührte ihn der Lärm gar nicht, hätte sich aber am liebsten die Ohren zugehalten.

Das Brüllen wurde ein bißchen gemäßigter, und er warf einen Blick ins Kutscheninnere. Charles hatte das Kind übernommen und hielt William mit einer Sicherheit, die man von einem jungen Mann nicht erwarten würde. Das Baby hatte sich beruhigt und wimmerte nur noch hin und wieder, vielleicht in Vorbereitung auf den Schlaf. Sie alle seufzten erleichtert auf.

Doch William hatte anscheinend nur kurz Pause gemacht, um Atem zu schöpfen. Plötzlich streckte er die Beinchen und schrie noch lauter als zuvor, wie unter unerträglichen Schmerzen, und hörte nicht wieder auf.

Verity war den Tränen nahe. »Ach, es tut mir so leid. Wahrscheinlich hat er Blähungen, und ich kann ihm offenbar nicht helfen ...«

Cyn verstand zwar nichts von Säuglingen, wohl aber von Pferden, Hunden und blutjungen Rekruten, und er hatte den Eindruck, daß Verity im Augenblick mehr Schaden anrichtete denn half. »Gebt ihn mir«, sagte er etwas schärfer als beabsichtigt.

Verity zögerte, doch er nahm ihr das brüllende Kind ohne viel Aufhebens aus den Armen. Er staunte über die Kraft des sich windenden kleinen Burschen, und da er mehr von der Decke als von dem Kind zu fassen bekommen hatte, wäre William beinahe zu Boden gefallen. Rein zufällig landete er

statt dessen bäuchlings auf Cyns Knie. Das Kind stieß auf, spuckte auf Cyns Rock und war still.
Alle drei starrten auf den Säugling und rechneten jeden Augenblick damit, daß der ohrenbetäubende Lärm von neuem einsetzte. Stille herrschte, und William hatte augenscheinlich nicht einmal etwas gegen seine absonderliche Lagerung einzuwenden. Cyn drehte ihn behutsam um. Das Kind sah aus wie ein Engelchen und schien sogar dankbar zu lächeln, während es in tiefen Schlaf sank.
Verity beugte sich vor und tupfte mit einem Lappen Cyns Rock ab, wobei sie sich immer wieder entschuldigte. »Ich habe ihn nervös gemacht«, sagte sie. »Bestimmt hatte er deshalb Bauchweh. Gewöhnlich ist er so ein liebes Kind.« Sie richtete sich wieder auf. »Ich habe solche Angst ...«
Charles legte ihre Hand über Veritys. »Nicht doch, Liebes. Sieh mal, wir sind schon in der Nähe von Salisbury, und bisher deutet nichts darauf hin, daß wir verfolgt werden. Wir haben uns wegen nichts geängstigt.«
»Hoffentlich!«
»Wir machen bald Mittagsrast.« Charles blickte Cyn herausfordernd an, doch als er keinen Widerspruch einlegte, fragte sie etwas gemäßigter: »Schaffen wir es heute noch bis Basingstoke, Mylord?«
»Nur mit äußerster Mühe«, sagte Cyn. »Die Straße ist schlecht, und außerdem sehe ich keinen Grund zur Eile.«
Die Schwestern wechselten einen Blick. »Bis wohin dann?«
»Die Straße zwischen Andover und Basingstoke ist sehr abgelegen und nach Einbruch der Dunkelheit allzu trügerisch. In Worthing gibt es ein Gasthaus, in Whitchurch ein weiteres. Beide sind gut. Ich schlage vor, wir warten ab, wie weit wir ohne Gefahr kommen.«
»Wieso kennt Ihr diese Straße so gut?« fragte Charles mißtrauisch.
»Ich bin erst vor wenigen Tagen hier entlanggefahren. Ein einsamer Reisender hat nicht viel anderes zu tun, als die

Karte zu studieren.« Er zog eine Karte aus einer Tasche seitlich des Sitzes und reichte sie ihr.
Sie betrachtete sie und fand Salisbury. »Seid Ihr von Rothgar Abbey gekommen?«
»Ja.«
»Wo genau liegt das?«
»Nicht weit von Farnham.«
»Also verlassen wir bei Basingstoke die Euch bekannte Route?«
»Ja.«
»Kommen wir morgen in Maidenhead an?« fragte Verity.
»Das hängt von den Straßenverhältnissen ab. Ich schlage vor, daß wir uns ab Basingstoke nach Norden wenden und in Reading auf die Straße nach Bath abbiegen. Sie dürfte besser sein als diese hier.«
Sie hatte offenbar keine Lust, Einwände zu erheben, was ihn wunderte. Wurde Charles etwa endlich weich?
Frieden nach dem totalen Aufruhr würde wohl jeden Menschen weich stimmen.
Cyn senkte den Blick auf den Säugling, erstaunt, wie angenehm es war, das Zwerglein im Arm zu halten. Er hatte Hildas Tochter oft genug gesehen, doch ihm als Mann war sie nie anvertraut worden. Das weiche, nachgiebige Bündelchen, das Auf und Ab seines Atems, die Bewegungen der träumerisch saugenden Lippen faszinierten ihn.
Das Baby schlich sich in sein Herz und weckte erneut Gedanken an eigene Kinder.
»Halt!«
Der Befehl ertönte völlig überraschend. Charles streckte die Hand nach der Pistole aus. Verity griff nach ihrem Kind.
Cyn hielt das Baby fest. »Schaut arglos drein, zum Kuckuck!« Ein Raubüberfall war es eindeutig nicht, wohl eher eine Militärkontrolle. Der Schlag wurde unsanft aufgerissen. Cyn fuhr mit verdutztem Gesicht zu dem Geräusch herum. »Bitte!« flüsterte er. »Das Baby schläft.«

Der junge Offizier stutzte, dann verengten sich seine Augen. Cyn war fest davon überzeugt, daß er nach einer Mutter mit Kind Ausschau hielt.

Erschwerend kam hinzu, daß Cyn Lieutenant Toby Berrisford sehr gut kannte.

Sechstes Kapitel

Verzeihung, Madam«, sagte Toby leise und wurde rot. Aufgrund seiner hellen Haut und seines roten Haars neigte er zum Erröten, doch Cyn wußte, daß er sich dadurch niemals in seiner Amtsausübung beeinträchtigen ließ. »Ich habe Befehl, nach einer jungen Mutter mit einem zwei Monate alten Kind Ausschau zu halten. Ich muß Euch bitten, mir Euren Namen zu nennen.«

»Ich heiße Sarah Inchcliff«, antwortete Cyn liebenswürdig. »Mrs. Richard Inchcliff aus Goole in Yorkshire. Ich muß zugeben, Sir, daß mein Baby tatsächlich nur etwas älter als zwei Monate ist, aber es schmeichelt mir sehr, daß Ihr mich für jung haltet.« Er lächelte Toby frech an. »Die Dreißig habe ich schon weit hinter mir gelassen, und das hier ist mein sechstes Kind. Warum sucht Ihr nach dieser Frau?«

Toby musterte Cyn unschlüssig, eher verwundert als mißtrauisch. »Die junge Frau hat durch den Tod ihres Gatten den Verstand verloren und ist mit ihrem Kind durchgebrannt. Es steht zu befürchten, daß sie dem Säugling Schaden zufügen könnte.«

Verity stieß einen wimmernden Laut aus. »Ja«, sagte Cyn rasch, »schrecklich, nicht wahr? Aber wenn sie doch geistig verwirrt ist, wie soll sie dann in einer Privatkutsche reisen?«

»Vielleicht hat sie sich irgendeiner irregeleiteten Person genähert, Madam, und auch diese könnte gefährdet sein. Wer weiß, wozu diese Verrückte fähig ist?« Er blickte Cyn immer noch forschend an. »Verzeiht, Madam, aber kennen wir uns?«

Cyn sah Toby verständnislos an. »Ich glaube kaum, Lieutenant, aber man sagt, ich wäre meinen Vettern sehr ähnlich. Mein Mädchenname war Malloren.«
Tobys Miene hellte sich auf. »Genau! Ihr seht fast genauso aus wie Lord Cyn, versteht Ihr?«
»Das schmeichelt mir«, sagte Cyn und fügte dreist hinzu: »Er ist über alle Maßen hübsch.«
»Nicht wahr?« Toby grinste. »Und er versteht sich auf die Frauen. Keine kann ihm widerstehen. Nun, Mrs. Inchcliff, entschuldigt, daß ich Euch aufgehalten habe. Falls die arme Frau Euch über den Weg laufen sollte, sorgt bitte dafür, daß die örtlichen Behörden sich ihrer annehmen. Der Vormund des Kindes und der Vater der Frau halten sich beide in dieser Gegend auf und werden sie in ihre Obhut nehmen.«
Lieutenant Berrisford schloß den Schlag, und William begann zu brüllen. Cyn sah seinen Freund erneut erröten und eilends zu seinem Pferd laufen. Cyn reichte Verity das Baby, und als die Kutsche weiterrollte, winkte er den Soldaten neckisch zu.
Verity legte sich das Baby wieder an die Brust. Ihre Augen waren schreckgeweitet. »Vater und Henry sind beide in dieser Gegend! Lieber Himmel.«
»Diese Soldaten haben keinen Verdacht geschöpft«, beruhigte Charles sie.
»Aber wenn wir Vater oder Henry in einem Gasthaus begegnen? Wir dürfen nirgendwo mehr Halt machen!«
»Wir müssen Halt machen«, widersprach Cyn mit Nachdruck. »Zum einen kann Hoskins nicht den ganzen Tag ohne Pause kutschieren. Zum anderen müssen wir essen und schlafen. Ich werde schon auf Euch achtgeben. Und wenn Ihr Euch beunruhigt, fängt William wieder an zu weinen.« Er sah ihr in die Augen, bis sie sich ein wenig entspannte, dann lächelte er ihr zu. Sie lächelte zittrig zurück und kümmerte sich wieder um das Kind.
Cyn musterte Charles, die ausgesprochen merkwürdig

dreinblickte. Wahrscheinlich hatte es mit Tobys Bemerkung über Lord Cyns Wirkung auf Frauen zu tun. Ob diese sich in bezug auf seine bedrängte Maid wohl günstig oder eher nachteilig auswirkte? »Ich wollte, ich hätte Toby fragen können, wo Eure Verfolger ihr Hauptquartier aufgeschlagen haben.«

»Ihr kennt ihn also?« fragte Charles.

»Gut sogar, aber wir haben uns seit drei Jahren nicht gesehen. Keine Sorge. Er kommt uns nicht auf die Spur. Ich habe tatsächlich eine Cousine namens Sarah Inchcliff in der Nähe von Goole.«

Sie nickte und wandte sich wieder ihrer finsteren Betrachtung der vorbeifliegenden Landschaft zu.

Bald darauf fuhren sie in Salisbury ein, begrüßt von dem berühmten hohen Kirchturm. »Wir sollten hier Rast machen, sofern es sicher ist«, sagte Cyn. »Allerdings muß ich zugeben, daß ich, sollte ich vor der Frage stehen, wo ich mein Hauptquartier in dieser Gegend einrichte, mich für Salisbury entscheiden würde. Die Stadt liegt angenehm zentral, und jeder Reisende aus der Gegend von Shaftesbury kommt auf dem Weg nach London oder Maidenhead hindurch. Am besten ziehen wir zunächst Erkundigungen ein.«

Hoskins war in den Hof des *Black Horse* eingebogen, einer stark frequentierten Poststation, auf der allerdings keine Malloren-Pferde bereitgehalten wurden. Cyn rief ihm zu, daß sie hier vielleicht eine Pause einlegen würden, und lehnte sich dann aus der Kutsche, um einen Pferdeknecht auf sich aufmerksam zu machen. Durch einen Shilling ließ der drahtige Mann sich locken. »Ja, Euer Ladyschaft?«

»Das *Black Horse* scheint heute überfüllt zu sein«, bemerkte Cyn. »Ist es möglich, noch einen Privatsalon zu bekommen?«

»Überfüllt ist das Haus bestimmt nicht, Mylady«, antwortete er prahlerisch. »Und keine Angst, Privatzimmer gibt es noch genug.« Er streckte die Hand nach der Münze aus, doch Cyn zog sie zurück.

»Und steigen in diesem Gasthaus auch vornehme Leute ab?«

»Wir haben viel hochwohlgeborene Stammgäste, Mylady«, erklärte er stolz. »Der Herzog von Queensbury nimmt hier Quartier, und der Earl of Portsmouth. Tja, selbst der große Earl of Walgrave, den man den Unbestechlichen nennt, hat erst vergangene Nacht hier Zimmer gemietet. Er ist vor drei Stunden weitergereist.« Er blickte Cyn mit schlecht verhohlener Sensationslust ins Gesicht. »Er sucht nach seiner armen Tochter. Die junge Dame hat den Verstand verloren und läuft splitternackt im ganzen Land herum, ihr totes Baby in den Armen.«

»Dann dürfte sie ja nicht schwer zu finden sein«, bemerkte Cyn trocken und gab dem Mann die Münze. Kaum war dieser gegangen, wandte Cyn sich seinen verängstigten Reisegefährtinnen zu.

Ihr Vater war also der Earl of Walgrave, einer der großen Herren im Lande, bekannt für seinen Reichtum, seine Macht und seine nahezu puritanische Rechtschaffenheit.

Warum suchten die Schwestern nicht bei diesem Ausbund an Tugend Schutz und Hilfe?

Dieser neue Aspekt aber gestaltete das gesamte Unternehmen entschieden interessanter. Der Earl of Walgrave konnte problemlos die Behörden, einschließlich des Militärs, in die Suche nach seiner Tochter einschalten. Cyn kamen ernste Zweifel daran, daß Veritys Hochzeit mit ihrem Major das Problem aus der Welt schaffen würde. Ein Offizier konnte schon aus bedeutend geringfügigeren Gründen ruiniert werden. Cyns eigene Karriere geriet in Gefahr, wenn seine Rolle in diesem Schelmenstück bekannt wurde.

Da war aber noch etwas – irgend etwas, was mit Walgrave zu tun hatte –, aber Cyn konnte es nicht greifen.

Er zuckte mit den Schultern. Die Würfel waren gefallen, und er hatte noch nie aufgrund von drohender Gefahr von einem Unternehmen Abstand genommen. Er lächelte seinen Gefährtinnen zu. »Er ist immerhin schon fort. *En avant, mes enfants.*«

Der Pferdeknecht hatte recht gehabt. Zwar herrschte reger Betrieb in dem Gasthaus, doch es waren noch Zimmer frei. Cyn mietete einen Schlafraum und einen Salon.

Kaum waren sie allein, bemerkte Verity: »Wir hätten es Euch sagen müssen. Es tut mir leid.«

»Es hätte nichts an den Tatsachen geändert. Aber Ihr habt einen furchterregenden Gegner, wenn er denn Euer Gegner ist.«

»Ja, und ich fürchte, Vater ist jetzt auf dem Weg zu Nana und wird schon bald einen Teil der Wahrheit erfahren. Ich hoffe nur, daß es Nana gelingt, Euren Anteil an diesem Geheimnis zu bewahren, Mylord. Ich möchte nicht, daß Euch in meinem Vater ein Feind erwächst.«

Cyn warf Charles einen Blick zu. Sie sah bleich und sorgenvoll aus, und er brauchte sich nicht mehr zu fragen, vor wem sie solche Angst hatte. Wenn er doch nur ein wenig mehr gewußt hätte! Der Earl wäre gewiß nicht eben glücklich über eine Tochter, die als Mann verkleidet herumlief, aber war das alles, was sie auf dem Kerbholz hatte?

Cyn richtete eine unverblümte Frage an Verity. »Der Earl of Walgrave könnte doch Euch und William vor Henry dem Schrecklichen schützen. Warum flieht Ihr vor ihm?«

Verity biß sich auf die Lippe. »Das stimmt. Vielleicht sollte ich mich wirklich an ihn wenden ... Ich *kann* nicht riskieren, daß William ...«

»Unsinn«, fiel Charles ihr barsch ins Wort. »Vater fährt in die falsche Richtung, und wenn er kehrtmacht, weiß er noch immer nicht, nach wem oder wonach er sucht. Henry V ... Henry der Schreckliche weiß noch weniger. Wir bringen dich zu Nathaniel, bevor Vater sich einmischen kann.« Sie wandte sich an Cyn. »Vater hat schon einmal verhindert, daß Verity Nathaniel heiratet, und er würde es wieder tun.«

»Ah. Und statt dessen hat er eine Ehe für Euch arrangiert. Mit

wem?« Als sie zögerten, sagte er: »Wissen ist Macht, und ich denke, wir benötigen alles an solcher Macht, was wir nur kriegen können.«
»Mit Sir William Vernham«, sagte Verity. »Sein Bruder ist Henry Vernham.«
»Nie gehört«, tat Cyn die Namen mit der Arroganz des Hochadels ab – und mit beträchtlicher Verwunderung. »Wieso war Sir William als Gatte wünschenswerter als Euer Major?«
Die Schwestern wechselten einen Blick. »Das wissen wir nicht«, gestand Verity ein.
»War er reich?« fragte Cyn.
»Einigermaßen, aber ich glaube kaum, daß das für Vater von Bedeutung war. Sein eigener Reichtum ist unermeßlich. Er strebt nach politischem Einfluß. Er will Macht. Er denkt, er allein verfüge über die Fähigkeit, die Nation zum Ruhm zu führen.«
»Und Sir William verfügte über politischen Einfluß?«
»Nein.« Verity verlor ausnahmsweise einmal die Geduld. »Es ist sinnlos, mich so auszuquetschen, Mylord. Es liegt nicht daran, daß ich Euch keine Auskunft geben wollte. Meine Heirat war irgendwie wichtig für meinen Vater, aber für mich hat sie nie einen Sinn ergeben. Genausowenig wie ...«
Cyn fing den warnenden Blick auf, den die Schwestern wechselten, und wußte, daß sie etwas verheimlichten, etwas, das mit seiner Maid in Bedrängnis zu tun hatte. Er ließ das Thema fallen, wenngleich ihm noch viele Fragen unter den Nägeln brannten.
Er lächelte Verity ermutigend an und sagte: »Macht Euch keine Sorgen wegen Eures Vaters. Wie Charles schon richtig bemerkte, hat er sich erst einmal in die falsche Richtung gewandt. Ihr seid volljährig und habt das Recht zu heiraten, wen Ihr wollt. Zunächst einmal sind wir offenbar in Sicherheit, und Ihr könnt Euch beruhigt um den kleinen William kümmern.«

Verity ließ sich beschwichtigen und zog sich in das Schlafzimmer zurück. Cyn entledigte sich seiner Haube und schenkte sich ein Glas Wein ein. »Für Euch auch, Sir?« fragte er Charles.

Sie stand am Fenster und blickte auf die Straße hinaus, doch auf seine Frage hin drehte sie sich um. »Nein, danke.«

Trotzdem goß er ein wenig Wein in ihr Glas. Als sie ihn fragend ansah, sagte er: »Ich beabsichtige, diese Flasche wenigstens zur Hälfte zu leeren, wenn nicht ganz. Es muß so aussehen, als hättet Ihr auch Euren Teil getrunken.«

»Ihr denkt an alles, wie?«

»Und Ihr findet das nicht bewundernswert? Lieber Charles, unter gewöhnlichen Umständen bin ich als Offizier für das Leben zahlreicher Männer verantwortlich. Da gestatte ich mir keine Nachlässigkeit.«

Unter der Zurechtweisung schob sie das Kinn vor, bevor sie sich umdrehte. »Ihr haltet mich für ein Kind.«

»Nein«, widersprach er sanft. »Ich halte Euch für sehr mutig in Anbetracht Eurer Situation. Ich wünschte mir nur, daß Ihr mir vertrauen und mich als Freund betrachten könntet.«

Sie sah ihn an, und er bemerkte eine winzige Spur von Weichheit in ihrem Blick. »Ihr wißt gar nichts über meine Situation.«

Er wußte nicht, was er dazu sagen sollte, doch es war ein äußerst bedeutsamer Augenblick. »Vermutlich versteht Ihr Euch nicht gut mit Eurem Vater.«

Sie lachte bitter. »Nein, wir verstehen uns nicht.«

Cyn setzte sich und gab sich den Anschein vollkommener Entspannung. »Ich habe mich mit meinem Vater auch nicht verstanden, aber ich habe ihn bewundert. Wie geht es Euch mit dem Earl?«

Er sah, wie sie sich verkrampfte. »Das geht Euch nichts an!«

Es war Angst. Er konnte es riechen. Er kannte die zahlreichen Gerüche der Angst nur zu gut. Was hatte Walgrave ihr angetan?

Bevor er sein Verhör fortsetzen konnte, brachten Diener das Mahl und deckten den Tisch. Als sie sich wieder entfernt hatten, kam Verity zurück in den Salon. Die Gelegenheit zur Entblößung der Seele seiner bedrängten Maid war vertan. Sie aßen, und Verity mußte mehrmals zum Zugreifen aufgefordert werden.

»Vater würde uns auf den ersten Blick erkennen«, sorgte sie sich und schob die Fleischstückchen auf ihrem Teller hin und her.

Cyn tätschelte ihre nervös zuckende Hand. »Die Menschen sehen gewöhnlich das, was sie sehen wollen. Schaut nur möglichst entspannt und dümmlich drein, dann wird Euch Euer Vater auch dann nicht erkennen, wenn Ihr ihm in Eurer Aufmachung auf der Straße begegnen solltet.«

Verity ließ sich nicht so leicht beruhigen. »Vielleicht sollten wir uns hier verstecken und Nathaniel einen Brief schreiben.«

»Lieber nicht«, sagte Cyn. »Wahrscheinlich werden die Gasthäuser in regelmäßigen Abständen kontrolliert, und Tobys Bericht war zu entnehmen, daß Euer Vater und Henry der Schreckliche sich eine nette Geschichte ausgedacht haben. Da der Earl über Major Frazer informiert ist, wird er ihm diese Geschichte ebenfalls erzählt haben. Womöglich glaubt Frazer sie sogar.«

»Nie im Leben!« rief Verity empört.

»Wir können das Risiko nicht eingehen. Sobald Euer Major Euch mit eigenen Augen sieht, kennt er die Wahrheit.«

»Aber«, gab Charles zu bedenken, »Vater wird Maidenhead und Nathaniel streng überwachen lassen.«

»Ja, aber damit werden wir fertig. In dieser Hinsicht«, erklärte Cyn lächelnd, »bin ich das As in Eurem Ärmel. Der Earl wird darauf warten, daß Verity sich in die Räume des Majors schleicht. Captain Lord Cynric Malloren aber kann sich Major Nathaniel Frazer völlig unverdächtig auf der Straße nähern. In Maidenhead werde ich mich wieder in Cyn Malloren zurückverwandeln. In meinem Gepäck befindet sich sogar auch meine Uniform, die meinem Vorgehen eine geschäftsmäßige Note verleihen wird.«

Die Schwestern waren sprachlos angesichts dieser einfachen Lösung. Cyn sah Verity an. »Wollt Ihr Euch nicht ein Stündchen hinlegen und ausruhen? Es wäre unsinnig, heute noch mit aller Gewalt bis Basingstoke kommen zu wollen. Also haben wir reichlich Zeit.«

Mit einem müden Lächeln zog sich Verity ins Nebenzimmer zurück.

Cyn betrachtete Charles und gestand sich ein, daß er mit ihr hatte allein sein wollen. Edle Absichten stritten mit fleischlichen Gelüsten. Er wollte die Wahrheit über sie erfahren, um ihr helfen zu können. Aber er wollte sie auch näher kennenlernen, an Leib und Seele. Er wollte ihre Vorbehalte ausräumen und sie lieben, bis alle Barrieren zwischen ihnen eingerissen waren. In solchen Momenten wünschte er sich, sie würde Röcke tragen und sich hinter den Regeln des Anstands verbergen können.

Verflixt! Plötzlich wurde ihm bewußt, daß der Gegenstand seiner wollüstigen Betrachtungen die Tochter eines der mächtigsten Männer im Lande war. Warum zum Teufel lebte die Tochter des Earls of Walgrave in einem Pächterhäuschen, warum trug sie Hosen?

Er schenkte ihr Weinglas voll, in der Hoffnung, daß der Alkohol ihr die Zunge löste. »Und womit wollen wir uns die Zeit vertreiben, Charles?« fragte er. »Mit Kartenspielen? Kriegsabenteuern? Bordellgeschichten?«

Sie reagierte großartig. »Wir Ihr wißt, teile ich nicht Euren Geschmack.«

»Nicht einmal in bezug aufs Kartenspielen?«

»Ich habe nie um mehr als Pennys gespielt.«

»Dann haben wir etwas gemeinsam. Ich spiele nur selten mit hohem Einsatz.«

Das ließ sie aufhorchen. »Tatsächlich? Aber das tun doch alle.«

»Mir macht es keinen Spaß. Ich überlasse mein Geld nicht gern anderen und nehme anderen nicht gern das ihre fort, schon gar nicht, wenn sie es sich nicht leisten können.«
Sie entspannte sich und trank ein Schlückchen. Das war wie ein Waffenstillstandsangebot, doch bevor er seinen Vorteil nutzen konnte, sagte sie: »Erzählt mir von Euren Abenteuern. Beim Militär«, fügte sie spitz hinzu. »Wo habt Ihr gedient?«
»Vorwiegend in Nordamerika. Gegen die Franzosen.«
Ihre Augen strahlten auf. »Habt Ihr General Wolfe kennengelernt?«
»Ja.« Er musterte sie belustigt. »Seid Ihr einer seiner Verehrer? Es war nicht leicht, mit ihm auszukommen, aber er war ein hervorragender Soldat.«
»Er hatte mit einer Krankheit zu kämpfen, glaube ich«, verteidigte sie ihn.
»Stimmt.«
»Wart Ihr in Quebec?«
»Ja, und in Louisbourg, einem der gottverlassensten Flecken auf der ganzen Erde. Vermutlich waren die Franzosen froh, die Stadt an uns zu verlieren.«
»Welche Schlacht war die schlimmste?«
»Keine von beiden.« Er grinste. »Wir haben beide gewonnen.«
»Aber so viele Menschen wurden verletzt und getötet.«
»Es gibt keinen unblutigen Krieg.«
»Ihr seid gern Soldat«, stellte sie überrascht fest.
»Sonst wäre ich nicht beim Militär.«
»Als Mann und als Malloren ...«
Er ließ den Wein in seinem Glas kreisen. »Ihr seid nicht von geringer Herkunft, und Ihr seid bald ein Mann. Vielleicht solltet Ihr auch zum Militär gehen.«
Chastity schoß durch den Kopf, wie merkwürdig dieses Gespräch mit einer täuschend echt aussehenden Dame war, die Unmengen Wein in sich hineinschüttete. Lord Cynric

Malloren hatte eine merkwürdige Art, sie in Verwirrung zu stürzen. Allerdings hätte diese groteske Situation auch jeden anderen zur Verzweiflung getrieben.
»Ich fürchte, ich verabscheue Blutvergießen«, sagte sie.
»Ihr würdet staunen, wozu ein Mensch in einer Notsituation fähig ist.«
»Es fällt mir schwer, Euch als gefährlich einzustufen.«
Er blickte sie unter seinen lächerlich langen Wimpern hervor an und lächelte. »Ihr könnt mich ja mal auf die Probe stellen.«
Der Wein begann Wirkung zu zeigen. Sie sah es in seinen Augen, und was sie dort erkannte, war erschreckend. Die Gefahr, die sie am Morgen geahnt hatte, sowohl von ihm ausgehend als auch in ihr selbst begründet, fiel wieder über sie her. Sie sprang auf. »Ich glaube, ich schau mich noch ein wenig in der Stadt um.«
Sie war fort, bevor Cyn sie aufhalten konnte. Er verfluchte sein durch den Alkoholgenuß beeinträchtigtes Reaktionsvermögen. Sie durfte sich nicht draußen herumtreiben. Sie hatte nicht einmal Perücke und Hut aufgesetzt, und ihr geschorener Kopf reichte allein schon aus, um Aufmerksamkeit zu wecken. Es war seine Schuld. Die Unterhaltung selbst war ja ziemlich unschuldig gewesen, aber in seinem Kopf hatten lüsterne Gedanken gekreist, wie immer, wenn er mit ihr zusammen war. Sie hatte es erkannt und war geflohen.
Alles würde nur noch schlimmer, wenn er überstürzt die Verfolgung aufnahm. Damit würden sie beide die Aufmerksamkeit auf sich ziehen. Er setzte die vermaledeite Haube und den Hut auf und sah nach Verity. Sie und das Kind schliefen fest. Dann griff er Charles' Perücke und Dreispitz, stopfte beides in den Muff und ging hinaus. Er ermahnte sich, kleine Schritte zu machen und den Kopf züchtig gesenkt zu halten. Zuerst war es neu und lustig gewesen, die Rolle einer Frau zu spielen, doch es wurde ihm zunehmend lästig.
In der Eingangshalle des Gasthauses tippte sich ein beleibter

Herr an den Hut und beäugte lüstern Cyns Busen. Cyn hätte ihm am liebsten einen Boxhieb ins Gesicht versetzt.
Die Hauptstraße von Salisbury war breit und übersichtlich, doch das Mädchen war nirgends zu sehen. Cyn blieb stehen und wandte sich an eine Frau, die geröstete Maronen verkaufte. »Ist hier ein junger Mann ohne Hut vorbeigegangen?«
Die Frau wies ihm mit dem Daumen die Richtung. »Ist zum Fluß runter gegangen, Herzchen.«
Cyn schlug den Weg in die bezeichnete Gasse ein. Er fand sich in einem Gewirr von Straßen und Sträßchen wieder, zwischen kleinen Häusern, Gärten und Ställen. Über drei schulterhohe Gartenmauern hinweg erblickte er Charles, und hinter ihr den Fluß Avon.
Er ging weiter in ihre Richtung, doch die Gassen bildeten ein regelrechtes Labyrinth und führten ihn immer wieder fort von seinem Ziel. Er ging und ging, entschlossen, Charles zurück ins Gasthaus zu schleppen, bevor sie auf jemanden stieß, der sie erkannte. Dann bemerkte er den befremdeten Blick eines Arbeiter in der Scheune eines Getreidehändlers und wurde sich bewußt, daß er mit ausgreifendem Schritt dahermarschierte. Mit einem leisen Fluch bemühte er sich erneut, kleine Schritte zu machen.
Wenig später führte sein Weg ihn an einigen Gärten entlang, und er konnte Charles deutlich am Flußufer stehen sehen. Er ließ trockene Blätter aufs Wasser herabschweben. Die Traurigkeit, die Einsamkeit in ihrer Haltung rührte an sein Herz, und er hatte keinen dringlicheren Wunsch, als sie zu trösten und zu beschützen. Sie schlenderte ein Stückchen weiter und entzog sich seinem Blick. Wenn sie ihm doch nur verraten würde, was sie so bedrückte ...
Zwei sich nähernde Stimme rissen ihn aus seinen Gedanken. »Ich sag dir, ich hab das Flittchen gesehen«, sagte eine vornehme Stimme gedehnt. Cyn schlüpfte rasch durch ein Gartentor und versteckte sich.

»Wir suchen aber nicht die Schwester, Sir.« Der zweite Sprecher war von niederer Herkunft und anscheinend Londoner.

»Zum Teufel, Mann, warum sollte die eine ohne die andere hier sein? Sie wird seit ihrer Schande quasi als Gefangene gehalten.« Cyn vermutete, daß dieser Mann Henry Vernham war.

Von welcher Schande redete er?

Die beiden Männer waren offenbar in der Nähe stehengeblieben.

»Aber wir haben erst vor ein paar Tagen dieses Pächterhäuschen kontrolliert, Sir, und keine Spur von Lady Verity gefunden.«

»Entweder haben sie gelogen, oder meine Schwägerin ist erst später eingetroffen.« Also tatsächlich Henry Vernham. »Das ist auch völlig gleichgültig. Ich habe die Kleine zum Fluß gehen sehen. Geh du dort entlang, ich nehme diesen Weg. Mit etwas Glück geht sie uns ohne Aufsehen ins Netz. Ich will kein Geschrei. Sobald wir sie haben, haben wir auch Lady Verity.«

Mit plötzlich so klarem Kopf, als stünde eine Schlacht bevor, erwog Cyn seine Möglichkeiten – blitzschnell, scharf wie ein Degen. Und gleichzeitig lauschte er auf den Fortgang des Gesprächs.

»Wie soll ich sie erkennen, Sir?« jammerte der Handlanger. »Sieht sie aus wie Lady Verity?«

»Ganz und gar nicht. Sie ist ein freches Gör. Und hochnäsig, früher zumindest.« Henry Vernham lachte hämisch. »Aber du erkennst sie auf Anhieb. Sie hat keine Haare.«

»Keine Haare, Sir?«

»Sagte ich doch. Ihr Vater hat sie kahlrasiert, nachdem er sie *in flagranti* erwischte.«

Cyn horchte auf.

Rasiert!

In flagranti?

Mit wem war sie erwischt worden? Und warum in Gottes

Namen hatte der Mann nicht zu ihr gestanden? Seine Hand fuhr an den nicht vorhandenen Schwertknauf. Das erinnerte ihn wieder an seine Verkleidung und an seine Aufgabe.

»... hab sie nur von der Brust aufwärts gesehen«, sagte Vernham. »Sie trug irgendwelche Männersachen. Aber ihr Haar ist unverkennbar. Sie sieht weiß Gott absonderlich aus. Walgrave meinte, auf die Art würde er sie genauso sicher gefangensetzen, als hätte er sie hinter Schloß und Riegel gesperrt. Keine Frau würde sich an die Öffentlichkeit wagen, wenn sie so aussieht.«

Cyn merkte, daß er die Hände zu Fäusten geballt hatte. Es drängte ihn, über die Mauer zu springen und Henry den Schrecklichen zu einem blutigen Brei zu schlagen.

Statt dessen raffte er, sobald die Männer weitergegangen waren, seine verdammten Röcke und stapfte durch die umgegrabenen Beete zur nächsten Gartenmauer.

Er fand kein Tor und mußte feststellen, daß es nicht leicht war, in schweren Röcken über eine Mauer zu steigen. Er hörte etwas reißen, dann war er auf der anderen Seite. Wie er gehofft hatte, führte ein Tor in der nächsten Mauer auf die Flußwiese hinaus. Er hatte es fast erreicht, als eine Frauenstimme rief: »Hey!«

Cyn drehte sich um und sah eine kräftige Hausfrau, die ihn böse anfunkelte. »Ach, bitte, Madam! Meine Brüder ...«

Die Frau starrte ihn mit offenem Mund an. Cyn drückte ihr rasch eine Münze in die Hand. »Gott segne Euch, gute Frau«, flüsterte er und rannte zum Tor hinaus. Mit einem raschen Blick vergewisserte er sich, daß die Verfolger nicht zu sehen waren. Er hob die Röcke und stürmte zu Charles hinunter. Ganz in der Nähe stand eine grob gehauene Bank.

Cyn packte das Mädchen und keuchte: »Henry der Schreckliche!«

Er zerrte sie zu der Bank, warf sich darauf und riß Chastity über sich.

Dann küßte er sie.

Er preßte lediglich die Lippen auf ihren Mund, doch sie machte sich steif wie ein Brett. Immerhin wehrte sie sich nicht. Cyn stülpte ihr die Perücke und den Dreispitz über den Kopf. Niemand würde sich wundern, wenn Haar und Hut in dieser Situation etwas verrutscht waren. Über Chastitys Schulter hinweg hielt Cyn Ausschau nach den Verfolgern.

Ein sehniger Mann mit teigigem Gesicht kam aus der einen Gasse, ein gutaussehender, modisch gekleideter aus der anderen. Sie schauten sich um und entdeckten Cyn.

Cyn konzentrierte sich völlig auf seine Maid in Bedrängnis. Er legte ihr den riesigen Muff hinter den Kopf, so daß dieser zum Teil verdeckt war, und widmete sich dann voll und ganz dem Kuß. Sein Gewissen schlug Alarm, doch er konnte es leicht zum Schweigen bringen. Immerhin war dies womöglich die einzige Chance, die sich ihm jemals bot.

Sie versuchte, ihre Lippen nicht weich werden zu lassen, doch unter seinem zärtlichen Kuß ließ es sich nicht vermeiden. So süß. Er gab sich Mühe, sanft zu sein, obwohl ihr Geschmack ihn aufputschte wie ein Aphrodisiakum.

Ihre Augen schlossen sich, und er spürte ihre Reaktion – die unwillkürlichen Bewegungen ihres Körpers an seinem, ihre Hände an seinen Schultern. Er drückte Chastity an sich und genoß es, ihr Lust zu bereiten.

Es drängte ihn, ihren Mund zu erforschen, doch er wußte, daß er auf Widerstand stoßen würde, nicht zuletzt, weil sie glaubte, daß er sie für einen Mann hielt. Sofern sie daran dachte. Sie gab einen leise wimmernden Laut von sich und verspannte sich. Das Lustgefühl fiel von Cyn ab, und er kam sich wie ein Schuft vor, weil er die Situation ausnutzte. Als sich jemand räusperte, war er sogar froh, den Kuß abbrechen zu können.

Henry der Schreckliche stand vor ihnen.

Cyn stieß einen spitzen Schrei aus und drückte Charles' Gesicht an seine Brust. »Adrian! Man hat uns entdeckt! Nein,

mein lieber Junge, bleib bei mir, in meinen Armen bist du sicher. Sie werden dir nichts tun.« Er fixierte Henry Vernham mit einem hoffentlich eindringlich-tragischen Blick und verkündete: »Einzig der Tod kann uns trennen, Sir!«
»Zum Teufel, Weib. Uns interessiert nicht, was Ihr mit Eurem Geliebten treibt. Habt Ihr eine junge Frau vorübergehen sehen? Eine junge Frau mit sehr kurzem Haar?«
Cyn musterte den Feind. Er war groß und dunkel und auf nichtssagende Weise attraktiv. Seine Augen waren schmal, aber nicht dumm. Cyn war versucht, ihn in die Irre zu leiten, doch statt dessen sagte er nur weinerlich: »Selbst wenn in den vergangenen Minuten der König persönlich vorübergekommen wäre, hätte ich ihn wohl nicht gesehen, Sir. Stimmt es, was Ihr sagt? Ihr seid nicht geschickt worden, um Adrian aus meinen Armen zu reißen?«
Henry Vernham antwortete lediglich mit einem angewiderten Lachen. Er drehte sich um und ging zurück in Richtung Stadt. Der andere Mann grinste das vermeintliche Liebespaar anzüglich an und folgte Vernham. Cyn hielt seine Maid fest, bis sie in sicherer Entfernung waren.
Er ließ zu, daß die Wonne, sie im Arm zu halten, sich ihm fest einprägte. Er wußte mit jeder Faser seines Körpers und seines Herzens, daß es wunderschön sein würde, mit dieser Frau zu schlafen. Es teilte sich ihm mit in der Berührung ihrer Körper, in dem Gefühl ihrer Formen unter seinen Händen, in der Erinnerung an ihren Geschmack auf seinen Lippen. Es lag in dem schwachen Duft ihres Körpers, einem Duft, der betörender war als das feinste französische Parfüm.
Er glaubte, das leise Schwellen ihrer flachgebundenen Brüste an seinem Oberkörper zu spüren, als sie Luft holte. Ihr Schenkel hatte sich zwischen seine geschoben und bereitete ihm süße Qual. Von Sehnsucht getrieben, schob er die Hand zwischen ihren Kopf und die Perücke, um ihr seidiges glattes Haar zu fühlen.
Sie schauderte.

Er erinnerte sich an Henrys Worte. Walgrave hatte ihr den Kopf geschoren und sie gezwungen, ein rauhes Büßergewand zu tragen, weil er sie im Bett eines Mannes ertappt hatte. Kein Wunder, daß sie es vorzog, Männerkleider zu tragen. Doch das bedeutete, daß sie keine Jungfrau war.

Das gefiel ihm nicht. Trotz seines Begehrens wollte er nicht, daß sie ein leichtes Mädchen war ...

»Sind sie fort?« fragte sie leise.

Cyn bemerkte, daß er zärtlich ihren Hinterkopf streichelte, tröstend, nicht etwa lustvoll. Sein Instinkt hatte sie zumindest für unschuldig befunden. Wahrscheinlich war sie bei ihrem allerersten Fehltritt ertappt worden, zweifellos hingerissen von Liebe.

Aber was war aus ihrem Liebhaber geworden?

Widerwillig, äußerst widerwillig ließ Cyn sie los. Reichlich benommen kam sie auf die Füße, sah ihn nicht an, sondern rückte nur ihre Perücke und den Hut zurecht.

»Was sollte das?« fragte sie.

»Ich habe belauscht, daß sie Euch auflauern wollten. Vernham hatte Euch gesehen. Ich dachte, in der Rolle meines jugendlichen Liebhabers Adrian hättet Ihr vielleicht eine Chance. Offenbar hat es geklappt.« Nicht zuletzt, weil sie nach einer Frau suchten, dachte er, doch er sprach es nicht aus. Es wurde allerdings allmählich wirklich Zeit, daß er der Maskerade ein Ende machte, bevor sie sie alle in Gefahr brachte.

»Wir sollten Verity holen und aufbrechen«, sagte sie.

»Ja, aber vorsichtig. Wie gut kennt Henry Euch?«

Ihr Gesicht verschloß sich. »Sehr gut.«

Beinahe hätte Cyn gefragt: Warst du mit ihm im Bett? »Dann wird er sich nicht zum Narren halten lassen, wenn er Euch ins Gesicht sieht.« Cyn zog ihren bescheidenen Kragen so hoch, wie es eben möglich war, und schob ihr den Dreispitz in die Stirn, der ihr Gesicht allerdings nur unzureichend verbarg.

»Arm in Arm, würde ich vorschlagen«, sagte Cyn, »und ins Gespräch vertieft. So könnt Ihr Euer Gesicht besser verbergen.«
Sie stellte sich ein wenig an, gehorchte dann aber. So schnell sie es wagten, gingen sie zurück zum Gasthaus, eng aneinandergeschmiegt, die Köpfe einander zugeneigt, als flüsterten sie sich Geheimnisse zu. Cyn entdeckte Henrys Handlanger, der sich auf der Hauptstraße herumtrieb, sah aber keine Spur von Henry selbst. Das war nicht unbedingt günstig. Womöglich durchsuchte der Mann bereits das Gasthaus.
Cyns Herz klopfte heftig, allerdings nicht vor Angst, sondern vor Aufregung. So etwas hatte er während der trüben Monate seiner Genesung schmerzlich vermißt. Die Gefahr, den Zwang zu handeln.
Sie kamen unbehelligt in ihrem Salon an, und er lachte vor Freude darüber.
»Hört auf!« sagte Charles. »Das ist kein Spiel. Es geht um das Leben meiner Schwester und meines Neffen!«
Er versuchte es, fand aber nicht so recht zum Ernst zurück. »Tu ich nicht alles, um sie zu schützen? Und wir säßen nicht in der Klemme«, betonte er, »wenn Ihr nicht so grundlos und überstürzt nach draußen gelaufen wärt.«
Sie hob das Kinn. »Schon gut. Ich nehme die Schuld auf mich. Jetzt müssen wir aufbrechen.«
»Mag sein.« Cyn trat ans Fenster und sah hinaus, aber der Anblick der Hauptstraße verriet ihm nicht viel. Im Hof würde er mehr in Erfahrung bringen können. »Vielleicht ist es besser zu warten, bis Henry abreist.«
»Es könnte sein, daß er in Salisbury sein Hauptquartier aufschlägt«, wandte Charles ein. »Und wenn er mich nicht findet, wird er das Gasthaus von oben bis unten durchsuchen.«
Cyn betrachtete sie mit neu erwachter Achtung. »Ich bin dankbar für einen Partner mit klarem Kopf. Weckt Verity.

Wir setzen unser Theaterspiel um Adrian und seine Geliebte fort und tun so, als ergriffen wir schuldbewußt die Flucht.«
Errötend ging sie zur Schlafzimmertür und blieb dort stehen, die Hand auf dem Türgriff. »Wie habt Ihr das fertiggebracht ...?« fragte sie steif und ohne ihn anzusehen. »Ein Mann, der einen anderen Mann küßt ...«
»Es war schließlich nur ein Kuß, mein Junge«, sagte Cyn unbekümmert. »Auf dem Kontinent küssen Männer einander entschieden häufiger als hier in England. Und habt Ihr nicht selbst die Erfahrung gemacht, daß in Knabeninternaten auch in dieser Hinsicht experimentiert wird? Keine Sorge. Ich habe schon lange festgestellt, daß Knabenliebe nicht nach meinem Geschmack ist.«
Ihre rosigen Wangen färbten sich purpurn, und sie flüchtete eilends ins Schlafzimmer.

Siebtes Kapitel

Chastity schloß leise die Tür und lehnte sich dagegen. Verity und das Baby schliefen, und sie mochte sie nur ungern wecken. Vielleicht benötigte sie aber auch nur einen Augenblick Ruhe zum Nachdenken.

Sie trat an den Frisiertisch, nahm Hut und Perücke ab und betrachtete sich im Spiegel. Neuerdings tat sie das nicht mehr oft, denn ihr Anblick erinnerte sie an die Vergangenheit und an das, was ihr Vater ihr angetan hatte.

Zuerst, als von ihrem Haar nichts weiter als Stoppeln übrig gewesen war, hatte sie einen großen Bogen um jeden Spiegel gemacht und freiwillig die häßlichen Hauben getragen. Dann fing es an ein wenig nachzuwachsen, und sie hatte sich mehr und mehr an ihr verändertes Aussehen gewöhnt. Das war ihr leichter gefallen, als sie auf die Idee gekommen war, die abgelegten Kleider ihres Bruders Viktor zu tragen. Als Junge sah sie recht hübsch aus.

Ihr Vater hatte sowohl ihre als auch Veritys gesamte Garderobe aus Walgrave Towers entfernen lassen, damit sie keine Gelegenheit fand, etwas davon anzuziehen, aber an Victors und Forts Kleidung hatte er nicht gedacht. Forts Sachen waren viel zu groß, denn ihr älterer Bruder, Lord Thornhill, war achtundzwanzig und von kräftiger Statur. Victor dagegen war ein schlanker Sechzehnjähriger. Seine abgelegten Sachen hatte sie nur geringfügig ändern müssen.

Doch sie haßte es, als Mann verkleidet aufzutreten.

Sie sehnte sich danach, endlich wieder lange Seidengewänder zu tragen, und Reifröcke und unpraktische hübsche Seidenschühchen. Sie wünschte sich lange, glänzende schulterlange Locken, ein Schönheitspflästerchen am Mund und einen Fächer. Sie griff nach Veritys Kamm und stellte sich vor, er wäre ein Fächer. Zugeklappt streckte sie ihn aus. *Liebt Ihr mich?* Sie tat so, als würde sie den Fächer öffnen und dann wieder schließen. *Ihr seid grausam.* Sie berührte ihre Lippen. *Ihr dürft mich küssen.* Sie strich langsam an ihrer Wange entlang. *Ich liebe Euch, Lord Cyn.*

Sie ließ den Kamm fallen. Nein, so nicht! Wie hatte es geschehen können, daß sie so etwas für Cyn Malloren empfand, obwohl sie doch glaubte, nie wieder einem Mann trauen zu können? Vielleicht war sein Gesichtsausdruck, als er William im Arm hielt, der Auslöser gewesen. Oder seine Freundlichkeit Verity gegenüber. Oder auch seine Freundlichkeit gegenüber dem mürrischen Charles.

Mag sein, daß sein spritziger Witz schuld war, die Begeisterung, mit der er sich dem Leben stellte, seine Freude an einer Herausforderung ...

Sie kehrte dem Spiegel den Rücken zu und wehrte sich gegen den Wahnsinn. In solchen Zeiten der Gefahr war kein Platz für die Phantasie, und außerdem brachten ihr solcherlei Gedanken nichts weiter als ein gebrochenes Herz. Sobald sie sich als Frau zu erkennen gab, war sie eine Absonderlichkeit mit kurz geschorenem Haar. Dann mußte sie ihm wahrscheinlich eingestehen, daß sie diese Hure, diese Chastity Ware war. Selbst wenn er sich für sie interessierte, dann doch wohl nur um eines raschen Abenteuers im nächsten Bett willen.

Himmel, sie mußte wohl tief im Inneren tatsächlich eine Hure sein, denn diese unmögliche Vorstellung weckte ein heißes Sehnen in ihr.

Das alles lag nur an diesem gespielten Kuß.

Küssen hatte ihr nie viel gegeben. Als Henry Vernham ihr einen Kuß aufgezwungen hatte, hatte sie würgen müssen.

Sie hatte es ihrem Vater erzählt und gehofft, daß er Vernham zur Rechenschaft ziehen würde, doch Walgrave hatte ihr nur geraten, sich ihrem künftigen Gatten gegenüber nicht so zu zieren. Als Vernham es noch einmal versucht hatte, hatte Chastity ihn mit ihrer Stickschere abgewehrt.

Die Erinnerung daran trieb ein finster-zufriedenes Lächeln auf ihre Lippen. Zur Strafe hatte sie einen der eiskalten Wutanfälle ihres Vaters über sich ergehen lassen müssen, doch danach war Vernham ihr nie wieder zu nahe getreten.

Allerdings mußte Chastity sich eingestehen, daß sie unter Cyn Mallorens Kuß keineswegs den Drang verspürt hatte, sich zu wehren. Ganz im Gegenteil. Sein Kuß hatte ihr ein warmes, weiches Gefühl vermittelt, und sie hätte ihn gern vertieft, ihn ausgiebiger gekostet.

Sie schlug die Hände vors Gesicht. Selbst wenn er wie durch ein Wunder etwas für sie empfinden sollte, auch dann noch, wenn er die Wahrheit kannte, durfte sie nicht an eine Beziehung denken, denn sie würde ihn vernichten. Inmitten von Hohn und Skandal würden sie niemals ihr Glück finden, und, was das Schlimmste war, er würde niemals dulden, daß man sie kränkte. Früher oder später würde es zu einem Duell kommen. Sie wäre sein Tod.

Chastity faßte einen finsteren Entschluß. Sie durfte keinerlei Gefühle zulassen und durfte sich nur auf ihr Ziel konzentrieren, nämlich Verity und William sicher nach Maidenhead zu bringen. Danach würde sie Cyn Malloren fröhlich und unbeschwert seiner Wege schicken.

Sanft weckte sie ihre Schwester und erklärte ihr die Sachlage. Sie beschwichtigte Veritys Ängste und half ihr, das Baby reisefertig zu machen. Ermutigend lächelte sie ihre Schwester an. »Bist du bereit? Keine Angst. Wir sind im Handumdrehen fort, und Henry wird sich sagen, daß er sich getäuscht hat, als er glaubte, mich zu sehen.«

Verity gab sich tapfer Mühe, das Lächeln zu erwidern, und so gingen sie nach nebenan zu Cyn.

»Fertig?« fragte er. Als beide nickten, fuhr er fort: »Die Kutsche wartet, und ich habe einer klatschsüchtigen Magd die Geschichte von meiner romantischen Flucht mit meinem jugendlichen Geliebten eingeflüstert.« Er klapperte mit den Wimpern. »Ich glaube, sie beneidet mich – ein altes Huhn mit einem so zarten Hähnchen. Also, senkt die Köpfe, und dann hinaus zur Kutsche!«

Sie liefen eilig die Treppe hinunter. Als sie durch die Eingangshalle zum Ausgang eilten, sagte Cyn. »Geht schon mal vor. Ich komme gleich nach.«

Chastity fragte sich voller Panik, was er nun wieder im Schilde führen mochte, doch jetzt war nicht der rechte Zeitpunkt für Einwände. Sie zog Verity mit sich zur bereitstehenden Kutsche. Drinnen warteten sie angstvoll auf Cyns Erscheinen.

Chastity drückte sich erschrocken in die Ecke, als sie Henry Vernham zum Gasthaus stapfen sah. Aus der Fensterecke sah sie Cyn kommen und hätte ihm am liebsten eine Warnung zugerufen. Er blieb stehen. Vernham ebenfalls.

Cyn spielte die erschrockene, schuldbewußte Frau bis zur Perfektion. Er wich zurück, verbarg sein Gesicht halb hinter der Zeitung in seiner Hand und huschte an Vernham vorbei zur Kutsche. Vernham blickte ihm höhnisch nach und betrat das Gasthaus.

Cyn nahm Platz, ein Stallbursche schloß den Schlag, Hoskins ließ die Peitsche knallen, und schon rumpelte die Kutsche auf die Hauptstraße hinaus.

Verity saß in eine Ecke gedrückt und preßte William viel zu fest an sich. »Hat er mich gesehen?«

»Natürlich nicht«, antwortete Cyn und warf die zerknitterte Zeitung auf Chastitys Sitz. »Und jetzt sind wir ja fort.«

»Aber er wird uns folgen!«

»Warum? Er glaubt, er hätte Charles gesehen, und daraus schließt er, daß auch Ihr in dieser Gegend sein müßt. Er wird in jedem einzelnen Gasthaus in Salisbury Erkundigungen einholen und Charles nicht finden, und auch niemanden, auf den Eure Beschreibung zutrifft.«

»Aber«, wandte Chastity ein, »was ist, wenn er nach einem Säugling fragt?«

»Gute Frage«, sagte Cyn mit einem bewundernden Blick. »Dann wird er rasch erfahren, daß die ungezogene Dame auf den Wiesen ein Kind im richtigen Alter bei sich hatte. Vielleicht zählt er dann zwei und zwei zusammen.« Er sah Verity an. »Wie klug ist dieser Mann?«

Sie biß sich auf die Lippe. »Er ist nicht dumm. Er ist ein egozentrischer Nichtsnutz, verfügt aber über einen scharfen Verstand, wenn er bereit ist, ihn zu nutzen.«

Cyn öffnete den Schlag. »Schneller, Hoskins.« Die Kutsche schaukelte und holperte, als die Pferde in Galopp verfielen.

Verity war kreidebleich. »Wir werden nicht entkommen! Falls sie uns einholen, Lord Cyn, versprecht mir, daß Ihr tut, was in Eurer Macht steht, um William in Sicherheit zu bringen.«

»Natürlich werden wir entkommen«, erwiderte er fest. »Aber ich verspreche Euch trotzdem, daß dem Kind nichts zustoßen wird.« Er legte seine Hand auf Veritys und sah ihr in die Augen. »Habt Vertrauen.«

Chastity spürte einen Schmerz in der Brust, einen wahren, körperlichen Schmerz. Wenn Cyn doch auch sie einmal so offen anblicken und ihr versprechen könnte, daß er sie beschützte. Oh, sie befand sich in einem traurigen Zustand.

Sie dachte an seine Schilderung seines Lebens als Offizier, daran, daß er verantwortlich war für das Leben zahlreicher Männer, und sie verstand, daß er diese Aufgabe gut meistern würde. Nach außen hin würde er sich unbeschwert geben und keine Trübsal aufkommen lassen, doch hinter dieser Fassade verbargen sich Tüchtigkeit und Mut.

Sie erinnerte sich ihres Entschlusses, doch das Bewußtsein ihrer Liebe war noch so neu, und sie ertappte sich dabei, daß sie Cyn anstarrte und sich jede Einzelheit seiner Erscheinung einprägte ...

Sie riß sich gewaltsam von seinem Anblick los und sah die Zeitung, die Cyn neben sie auf den Sitz geworfen hatte. Ihr Herz begann zu rasen. Cyn hatte die letzte Ausgabe der *Gazette* gekauft. Die erste Seite war zum Teil zurückgeschlagen, und Chastity las die Schlagzeile eines Artikels. *Gattin eines Barons samt Erben vermißt.*

Gütiger Himmel!

Die Namen würden, wie üblich, nur abgekürzt erscheinen, aber jeder, der etwas auf sich hielt, würde erkennen, wer gemeint war. Würde die Zeitung auch den kürzlichen Skandal in ihrer Familie aufgreifen? Höchstwahrscheinlich, dachte sie schaudernd. Welches Blatt konnte schon solch einem pikanten Gerücht widerstehen?

Cyn hatte den Earl of Walgrave nicht mit Chastity Ware in Verbindung gebracht, dachte sie sich. Als der Skandal in aller Munde war, hatte er krank im Bett gelegen. Und doch mußte ihm während seiner Monate in England dies und das zu Ohren gekommen sein. Sobald der Name Ware in diesem Zusammenhang auftauchte, würde er problemlos die Verbindung herstellen können.

Wenn Cyn die Zeitung las, würde er alles wissen! Er würde sie verachten – oder, schlimmer noch, er würde sie als Freiwild betrachten.

Die Zeitung war wie eine geladene Pistole, die bei der nächsten Unebenheit in der Straße losgehen konnte. Verzweifelt suchte Chastity nach einem plausiblen Grund, um sie aus dem Fenster werfen zu können ...

»Charles!«

Unter Cyns scharfer Stimme zuckte sie zusammen und vermutete, daß er vergebens versucht hatte, ihr etwas zu sagen.

»Ja?«

»Reißt Euch zusammen. Daß Verity sich Sorgen macht, ist nur verständlich, aber von Euch erwarte ich etwas anderes. Wir müssen Pläne machen.«

Das bedeutete zumindest, daß er nicht Zeitung lesen wollte.

Chastity verbarg sich hinter ihrer Männerrolle wie hinter einem Schild. »Gut«, sagte sie knapp. »Was wollen wir unternehmen?«
Cyn warf ihr einen scharfen Blick zu und nickte. »Meiner Einschätzung nach wird Vernham uns, sofern er uns überhaupt verfolgt, nicht vor dem späten Nachmittag einholen. Er wird an jedem Gasthaus anhalten und nach uns fragen müssen, und das raubt ihm Zeit. Wir können unser weiteres Vorgehen in aller Ruhe planen.«
»Und wenn er Hilfe hinzuzieht, das Militär zum Beispiel?«
»Die Gefahr besteht zwar, aber auch diese Verfolgung würde mit beträchtlicher Verzögerung einsetzen. Wir haben sicherlich einen guten Vorsprung, doch wenn Vernham Verdacht schöpft, können wir es nicht unbehelligt bis nach Maidenhead schaffen. Falls wir an dieser Strecke eine Übernachtungsmöglichkeit suchen, holt er uns ein, und in diesen mondlosen Nächten ist es zu dunkel zum Weiterreisen.«
»Was tun wir also?« fragte Verity, und ihre plötzliche Ruhe sprach Bände über Cyns Fähigkeit, Vertrauen zu wecken.
»Ich schlage vor, daß wir die Straße nach London verlassen und statt dessen nach Winchester fahren.«
Die Schwestern tauschten einen erstaunten Blick.
»Winchester?« wiederholte Verity. »Warum?«
Cyn lehnte sich zurück. »Weil niemand damit rechnet, daß Ihr Euch dahin wendet, und weil ich einen Freund dort habe, der Euch unterbringen kann. Gasthäuser stellen angesichts der umfassenden Verfolgungsmaßnahmen ein zu großes Risiko dar.«
»Stimmt«, sagte Verity, »aber wenn Henry ahnt, daß wir es sind, die er sucht, wird er uns Schritt für Schritt doch auf die Spur kommen.«
Ein leises Lächeln umspielte Cyns Lippen. »Schon, aber er sucht jetzt nach einer älteren Dame, einem jungen Mann und einer Amme mit einem Baby. Vielleicht errät er, daß Charles Adrian ist, aber er wird wohl nicht darauf kommen,

daß ich ein Mann bin. Deshalb meine ich, wir sollten unsere Rollen neu verteilen.«
Chastity hörte wie gebannt zu. O ja, er war schlau wie ein Fuchs. »Und wie?«
»Ein Offizier, der mit seiner Gattin reist.«
»Soll ich Eure Gattin sein?« fragte Chastity, und ihr Herz hüpfte verräterisch bei dem Gedanken.
Cyn zog die Brauen hoch. »Ihr, Sir? Warum wollt Ihr alles noch komplizierter machen?«
Chastity erinnerte sich schlagartig ihrer Täuschung.
»Verity kann die Rolle meiner Gattin spielen«, fuhr er fort. »Wir versuchen ja schließlich nicht, sie vor ihren Bekannten zu verbergen, sondern wollen lediglich unsere Spuren verwischen. Und wir müssen das Baby loswerden.«
»Was?« schrien Verity und Chastity gleichzeitig auf.
»Natürlich nicht wirklich«, sagte er lächelnd. »Doch wenn Sir William mitspielt, könnten wir ihn, sobald wir uns in der Öffentlichkeit zeigen, in meinem Portmanteau verstecken. Wenn das nicht möglich ist, wird es wohl auch niemanden übermäßig wundern, daß ein Offizier und seine Gattin mit Kind reisen.«
»Und was wird aus mir?« fragte Chastity, lächerlicherweise gekränkt durch die Vorstellung dieser glücklichen Familie, von der sie ausgeschlossen war.
»Ich finde, Ihr solltet wieder einmal der Pferdeknecht sein. Der zu dieser Rolle gehörige Hut tarnt Euch ausgezeichnet.«
»Soll ich auf dem Kutschbock fahren?«
Cyn runzelte die Stirn. »Nein. Nicht nur wegen Hoskins' Feindseligkeit, sondern auch, weil Ihr dort zu gut sichtbar wärt.«
Verity sah ihn fragend an. »Aber ich verstehe nicht, wie Ihr mich auf diese Weise zu Nathaniel bringen wollt. Dieses Ziel gebe ich nicht auf, Mylord.«
»Natürlich nicht, doch inzwischen steht fest, daß sich die Suche auf die Londoner Straßen und Maidenhead konzen-

triert. Falls wirklich so gründlich nach Euch gesucht wird, wie es den Anschein hat, bin ich nicht sicher, ob wir Euch, ganz gleich, in welcher Verkleidung, unbehelligt in die Nähe Eures Majors bringen könnten. Ich werde Frazer aufsuchen und ihm berichten, was vorgefallen ist, und dann wird er zu Euch nach Winchester kommen.«

Verity lachte. »Wunderbar. Ich glaube wirklich, so könnte es gehen.«

»Aber ganz sicher«, behauptete er mit unnachahmlicher Selbstsicherheit. »Also werde ich jetzt meine Uniform anziehen – mit größter Erleichterung, das kann ich Euch versichern. Ihr kleidet Euch in meine zweite Damengarnitur und seid meine Gattin, und Charles spielt den Pferdeknecht. Wir geben einfach keine Erklärung dazu ab, warum Ihr mit uns in der Kutsche reist, Charles.«

Chastity hatte diesen genialen Plan gründlich durchdacht und einen Haken gefunden. »Doch wie wollen wir diese Veränderungen herbeiführen, ohne daß jemand etwas bemerkt? Wenn eine Gruppe ein Gasthaus betritt und eine andere es wieder verläßt, wird es doch auffallen.«

Cyn zog die Augenbrauen hoch. »Mein lieber Charles, angesichts Eurer oft bewiesenen Weitsicht solltet Ihr wirklich eine Karriere beim Militär in Erwägung ziehen. Und wir können auch nicht anhalten«, überlegte er, »und uns am Straßenrand umkleiden, denn dann würden die Postillione alles mitbekommen …«

»Wir müssen es in der Kutsche tun«, sagte Chastity langsam und arbeitete im Kopf bereits die Einzelheiten aus. »An der nächsten Station holen wir die notwendigen Schachteln aus dem Gepäckfach. Dadurch erregen wir keinen Verdacht. Wir schließen die Vorhänge und müssen uns dann im Verlauf der nächsten zehn Meilen umziehen. Auch beim Pferdewechsel bleiben die Vorhänge geschlossen, und Hoskins gibt den neuen Postillionen zu verstehen, daß es sich bei seinen Fahrgästen um einen Offizier mit seiner Familie

handelt. Kurz darauf können wir die Vorhänge wieder öffnen.«
Cyn lachte. »Großartig! Die ungezogene Dame und ihr Adrian mit der verdächtigen Magd und dem Baby sind vom Erdboden verschwunden. Angesichts der Verkehrsdichte auf dieser Straße wird Henry der Schreckliche das Rätsel niemals lösen können, und mit etwas Glück vergeudet er drei Tage mit dem Versuch. Meine Hochachtung, Charles, aus ehrlichem Herzen. Falls Ihr Euch für eine Militärkarriere interessiert, nehme ich Euch gern jederzeit unter meine Fittiche.«
Lächerlich, dachte Chastity, daß dieses absolut sinnlose Angebot ihr so warm ums Herz werden ließ. Nur sehr langsam dämmerte ihr, daß auch ihr Plan einen Haken hatte. Sie würde sich vor Cyns Augen in der engen Kutsche umkleiden müssen.
Sie zuckte die Schultern. Sie würde die Kleider des Pferdeknechts einfach über die ihres Bruders streifen. Das hatte zudem noch den Vorteil, daß sie kräftiger aussehen würde.
Nachdem der Plan gefaßt war, wandte sie sich wieder der *Gazette* zu. Die Zeitung lag auf dem freien Platz neben ihr, und Chastity war versucht, sich einfach darauf zu setzen, doch das hätte unweigerlich Cyns Aufmerksamkeit erregt. Im Augenblick schien er sie ja vergessen zu haben.
In Norton hielten sie an einem Gasthof und nahmen ihren Plan in Angriff. Cyn klärte Hoskins auf, doch Chastity war es, die dem Mann beim Ausladen der benötigten Schachteln helfen mußte.
Der Kutscher sah sie böse an. »Ich weiß nicht, was für ein Spielchen du treibst, Bursche«, sagte Hoskins leise. »Aber wenn du Master Cyn in Schwierigkeiten bringst, dann dreh ich dir den Hals um.«
»Wieso glaubt Ihr, daß ich das Unternehmen anführe?« fragte Chastity. »Er hat das Kommando übernommen.«
»Aber wenn Ihr ihn nicht in Eure Angelegenheiten hineingezogen hättet, wäre er jetzt in der Abbey und in Sicherheit.«

»Er ist kein kleines Kind mehr.«
»Nein, aber im Sommer wäre er um ein Haar in die Kiste gesprungen, und wenn er einen Rückfall erleidet, dann habt Ihr sämtliche Mallorens auf dem Hals. Was nicht heißen soll, daß der Marquis nicht ohnehin schon nach ihm suchen läßt.«
Sie fanden Cyns Portmanteau und die Schachtel mit den übrigen Kleidungsstücken und luden sie ins Kutscheninnere. Mit einer letzten boshaften Warnung stieg Hoskins wieder auf den Kutschbock.
Chastity nahm ihren Platz in der Kutsche wieder ein und wußte nicht, was ihr die größte Sorge bereitete – Cyns Gesundheitszustand, die Zeitung oder der Umstand, daß der furchterregende Marquis of Rothgar vermutlich nach ihm suchte. Erst als die Kutsche anfuhr, wurde ihr klar, daß sie es versäumt hatte, die verflixte Zeitung verschwinden zu lassen.
»Hoskins meint, Rothgar sucht nach Euch«, sagte sie.
Cyn warf ihr einen undeutbaren Blick zu und setzte Hut und Haube ab. »Möglicherweise weiß er noch gar nicht, daß ich ausgeflogen bin.«
»Das klingt, als würde er Euch in Ketten halten.«
»Die Bande der Zuneigung können genauso stark sein wie Ketten.«
Chastity ahnte, daß sie sich auf gefährlichem Terrain bewegte, gab jedoch noch nicht auf. »Ich würde meinen, es könnte nicht das Schlechteste sein, wenn der Marquis uns schnappt. Seine Macht könnte uns helfen.«
»Wenn man sicher sein könnte, auf welcher Seite er steht.«
Das gab Chastity zu denken. Rothgar als Gegner zu haben, wäre eine Katastrophe.
»Wir sollten uns beeilen«, mischte sich Verity mit Nachdruck ein. »Schließ die Vorhänge, Chas, und übernimm bitte William.«
Chastity gehorchte, und im Dämmerlicht der Kutsche half Verity Cyn, die verflixten Verschnürungen zu lösen. Chastity

lächelte unter dem Eindruck der Erinnerung an ihr früheres Abenteuer mit diesem Kleid – eine Erinnerung, die sie immer schätzen würde ...

Hastig wandte sie sich dem Säugling zu. William war wach und wollte spielen. Sie gab ihm die Zeitung, in der Hoffnung, daß er sie restlos zerfetzen würde, doch das Spiel war ihm zu langweilig. Statt dessen zeigte er großes Interesse für Cyns Schwert in seiner Scheide in der Kutschenecke. Chastity hob es auf und ließ den Kleinen mit den bunten Bändern und dem vergoldeten Heft spielen.

Cyn warf einen Blick zu ihr hinüber. »Laß ihn nicht die Klinge berühren.« Daß William auf den Bändern kaute, schien ihn nicht sonderlich zu stören. Seine Nachsichtigkeit faszinierte Chastity. Er würde ein wundervoller Vater sein ... Hör auf, Chastity.

Cyn hatte bald Kleid, Hemd und Strümpfe abgestreift – letztere entlockten Verity ein Kichern – und saß nun in Unterhosen da. Diese zusätzliche Gefahr hatte Chastity nicht einkalkuliert – daß er sich ja auch vor ihren Augen entkleiden mußte.

Chastity erwischte sich dabei, daß sie Cyns Beine und Oberkörper betrachtete, und sie wandte rasch den Blick ab. Er zog seine Uniform aus dem Portmanteau und begann, die weißen Hosen überzustreifen. Dazu war es unumgänglich, daß er erst das eine, dann das andere bloße Bein an Chastity vorbei ausstreckte; anders ging es nicht. Damit William nicht getreten wurde, reichte sie ihn rasch zu Verity hinüber.

Dann quetschte sie sich in die Ecke – wobei sie nahezu zufällig auf der Zeitung zu sitzen kam –, aber sie konnte Cyns Beinen nicht ausweichen. Beim Anblick der harten, mit goldenen Härchen gesprenkelten Muskeln wurde ihr der Gaumen trocken.

Er beugte das Knie ein wenig, um an den Hosenaufschlag zu gelangen und ihn über die Ferse ziehen zu können. Verity schrie auf, als sein Ellbogen ihre Rippen traf.

»Himmel, tut mir leid. Das ist bedeutend schwieriger, als ich angenommen hatte. Charles, zieht mir das Ding bitte mal über die Ferse, ja?«

Chastity schluckte, gehorchte jedoch. Es ließ sich nicht umgehen, daß sie zunächst seine Wade und dann seinen warmen, bloßen Fuß anfaßte, was ihr Herzklopfen nicht eben minderte. Füße hatte sie nie beachtet, doch was sie nun in der Hand hielt, war ein schönes Exemplar. Zu ihrer eigenen Bestürzung überkam sie der unbändige Wunsch, diesen Fuß zu küssen.

Jetzt verlangte der zweite Fuß ihre Aufmerksamkeit. Sie schob das Hosenbein über die Ferse und seufzte vor Erleichterung, als die Arbeit erledigt war.

Cyn richtete sich halb auf und zog den Hosenbund bis zur Taille hinauf. »Danke. Vielleicht seid Ihr so gut und helft mir auch mit den Strümpfen?«

Chastity hob ruckartig den Kopf und sah die weißen Strümpfe, die er ihr entgegenstreckte. Rot vor Verlegenheit streifte sie die guten Stücke über seine langen Zehen, über den gebogenen Fußrücken und über die harten Waden.

»Streicht sie ein wenig glatt«, verlangte Cyn ziemlich barsch.

Chastity warf ihm einen empörten Blick zu, doch er war vollauf mit seinem Hemd beschäftigt. Sie ließ alle Vorsicht fahren. Wie oft würde sie noch Gelegenheit haben, seinen Körper zu berühren, wie es ihr beliebte? Sie hielt die Augen gesenkt und strich mit den Händen an seinen Waden hinauf, bügelte langsam und sorgfältig jedes Fältchen aus. Etwas Warmes preßte sich schwer gegen ihren Unterleib ...

Sie bemerkte, daß diese Wärme von seinem rechten Fuß herrührte, der unterhalb ihres Magens lagerte, während sie sich mit seinem linken beschäftigte. Seine Ferse schmiegte sich in ihren Schritt. Ganz in der Nähe dieser Ferse pochte etwas wie eine Wunde, und sie fühlte sich von dem überwältigenden Drang überfallen, die Schenkel zu spreizen und sich an seinen Fuß zu pressen.

Statt dessen verkrampfte sie sich und schob seinen Fuß weg.
»So«, sagte sie.
»Ich danke Euch«, bemerkte er gedehnt und zog seine eigenen Strumpfhalter an. »Lieber Charles, ich versichere Euch, eines Tages werde ich das gleiche für Euch tun.« Er stopfte das Hemd in den Hosenbund. »Ah, so fühle ich mich schon besser. Es ist, als könnte ich nach langer Zeit endlich wieder meine Beine gebrauchen.« Er schlüpfte in die lange weiße Weste, schloß die acht silbernen Knöpfe und band seine rote Schärpe um.
Als nächstes folgte der Uniformrock. Der war sehr elegant – scharlachrot mit braungelben Aufschlägen und glitzernden goldenen Kokarden an den Manschetten, den Taschen und den beidseitigen Reihen von Knopflöchern. Nach einigen aufwendigen Verrenkungen und leisen Flüchen saß das enge Kleidungsstück schließlich perfekt. Jetzt sah Cyn wahrhaftig aus wie ein Soldat.
Er band ein schwarzes Tuch um seinen Kragen und brachte die silbernen Kragenspiegel, sein Rangabzeichen, an. Er lächelte. »Ich muß schon sagen, endlich fühle ich mich wieder wie ich selbst. Allerdings ziehe ich die Stiefel lieber erst an, wenn wir aussteigen müssen. Sonst könnte ich einen von Euch bei dem Versuch, hineinzuschlüpfen, versehentlich ins Gesicht treten.« Er öffnete sein Frisieretui und rieb sich mit ein wenig Wasser aus einem kleinen Behälter das Rouge von den Wangen. Dann griff er zu Kamm, Spiegel und Haarband.
Er reichte Chastity den Spiegel. »Haltet ihn bitte für mich, mein Lieber, während ich mein Haar richte.«
Chastity sah zu, wie er seine hellbraunen Locken kämmte und dann säuberlich im Nacken zusammenfaßte. Sie hatte stets über junge Damen gelacht, die beim Anblick eines roten Rocks ganz aus dem Häuschen gerieten, doch nun war sie selbst von dieser Begeisterung befallen. Captain Cyn Malloren sah prächtig aus in seiner Uniform. Doch in

ihren Augen sah er immer prächtig aus, ganz gleich, was er trug.
Jetzt allerdings war diese täuschende Sanftheit von ihm abgefallen. Er wirkte gebieterisch, fähig, jede Notlage zu meistern, bereit zu gefährlichen Heldentaten. Chastity wurde allzu nachdrücklich daran erinnert, daß er Soldat war und daß gefährliche Heldentaten seinen Beruf ausmachten. Was hatte er gesagt: »Es gibt keinen Krieg ohne Blutvergießen ...«
In ein, zwei Tagen würden sie sich trennen. Er würde den reizbaren Jungen namens Charles bald vergessen haben, würde nie erfahren, daß er eine Frau war, eine Frau, die ... die warme Gefühle für ihn hegte.
Sie dagegen würde ihn wohl nie vergessen. Bis an ihr Lebensende würde sie die Kriegsberichte studieren, in der Hoffnung, etwas über ihn zu erfahren. Sie würde die Listen der Gefallenen absuchen und fürchten, daß eines Tages sein Name auftauchen könnte, daß sein fröhliches Lachen für immer grausam zum Verstummen gebracht worden war ...
Cyns Stimme riß sie aus ihren trüben Gedanken. »Und jetzt«, sagte er, »wollen wir Verity umkleiden.«
»Darum braucht Ihr Euch nicht zu kümmern«, erklärte Chastity. »Das wäre unanständig.«
Seine Lippen zuckten. »Ich glaube, Eure Schwester ist in dieser Hinsicht nicht ganz so empfindlich wie Ihr, Sir.«
»Ich ...«
»Friede!« rief Verity belustigt aus. »Ich ziehe mich nur bis aufs Hemd aus, und wenn das auch einigermaßen gewagt ist, werde ich doch wohl damit fertig. Allerdings sollte Lord Cyn solange William halten.« Sie reichte ihm das Baby, das sich unverzüglich an seinen goldenen Kokarden zu schaffen machte. »Ich glaube nicht, daß er Euch in Eurer Pracht naßmachen wird, aber ich übernehme keine Garantie, Mylord.«
Cyn schien die Möglichkeit nicht zu erschüttern. »Ich war

schon immer der Meinung, daß eine makellose Uniform irgendwie verdächtig aussieht. Rothgar aber hielt meine kriegsmüde Ausrüstung für eines Malloren unwürdig – zumal ich sie den praktischen Anforderungen eines Lebens in der Wildnis angepaßt hatte. Er bestand darauf, mir dieses gute Stück hier zu bestellen – es ist erst seit einigen Wochen in meinem Besitz und muß eingeweiht werden, sonst hält man mich für einen krassen Anfänger.«

Ohne sichtbare Skrupel befreite Verity sich aus den groben Kleidungsstücken und schlüpfte in Cyns zweite Garnitur – den grauen Unterrock und das preußischblaue Sackkleid. Sie kniete sich auf den Sitz, damit Chastity ihr das Mieder schnüren konnte, doch das weite Übergewand bewältigte sie allein.

Veritys üppiger Busen füllte das Mieder gut aus. Cyn stopfte die Wolle in seinen Portmanteau.

Was ihr eingefettetes Haar betraf, konnte Verity nichts anderes tun, als es zu einem straffen Knoten zusammenzunehmen. Mit Haube und Hut sah sie vornehm, aber streng aus. Gerade diese Strenge tarnte sie zwar, doch ein Verwandter würde sich nicht täuschen lassen.

»Haltet Euch im Verborgenen«, riet Cyn, »und geht in der Öffentlichkeit stets nur mit gesenktem Kopf. Vergeßt nicht, gesucht wird eine Frau auf der Flucht, nicht eine ehrwürdige Offiziersgattin, und gewöhnlich sehen die Menschen, was sie sehen wollen.« Er warf Chastity einen Blick zu. »Und nun zu Euch, Charles.«

Chastity legte ihren Samtrock ab und zog Hosen und Hemd über die Sachen ihres Bruders an. Sie löste ihre Halsbinde und knotete sich statt dessen das fleckige Halstuch um den Nacken. Den Hut mit der flachen Krempe zog sie sich fest über die Perücke. »So«, sagte sie.

Cyn lächelte schief. »Eines Tages wird Eure Schamhaftigkeit Euch noch in Schwierigkeiten bringen, Charles, mein Junge.«

Chastity war damit beschäftigt, die abgelegten Kleidungsstücke in der Schachtel zu verstauen.
Schweigen senkte sich über die Reisenden, und die Atmosphäre in der dämmerigen Kutsche wurde beunruhigend intim. Das Kind in Cyns Armen wurde müde. Beiden schien die Situation bemerkenswert angenehm zu sein.
Chastity lehnte sich in ihrem Sitz zurück und gab vor, ein wenig zu ruhen, während sie in Wirklichkeit unter ihren vergleichsweise kurzen, gesenkten Wimpern hervor Cyn Malloren betrachtete. Sie verabscheute seine üppigen Wimpern, hätte sie aber gern bei ihren eigenen Kindern gesehen.
Hör auf, Chastity.
Es nützte nichts. Sie trank Cyns Anblick in sich hinein und bewahrte ihn sich für ihre trübe Zukunft auf. Sein Gesicht war ihr abgewandt, so daß sie in aller Ruhe sein festes Profil studieren konnte. Zu ihrer Überraschung entdeckte sie eine Ähnlichkeit mit Rothgar. Ob Cyn in zehn Jahren oder so genauso furchterregend wirken würde? Sie bezweifelte es. Sie glaubte nicht, daß Rothgar jemals diese unbeschwerte, lebensfrohe Art an den Tag gelegt hatte, die Cyns Markenzeichen war und die sie so liebte.
Seine Hände waren ausgesprochen schön, und wenn sie das Baby hielten, wirkten sie noch hundertmal schöner. Wieso war ihr das nicht schon früher aufgefallen? Die Finger waren lang, sowohl kräftig als auch zärtlich. Sie erinnerte sich, wie diese Finger während jenes merkwürdigen Kusses ihren Kopf und ihren Nacken gestreichelt hatten, und sehnte sich danach, noch einmal von ihnen berührt zu werden. Bei dem bloßen Gedanken daran lief ihr ein verlangender Schauder über den Rücken.
Cyn fühlte Chastitys Blick auf sich wie eine heiße Berührung. Er hatte sich ein paarmal verstohlen vergewissert, daß sie ihn musterte wie ein Künstler, der sein Porträt malen wollte. Zu gern hätte er seinerseits die Möglichkeit einer so ausgiebigen Betrachtung ihres Gesichts wahrgenommen, doch die würde

gewiß noch kommen, und für den Augenblick gab er sich mit ihrem Interesse an seiner Person zufrieden.
Zumindest ein Teil von ihm war zufrieden – der ungezogene. Voller Begeisterung freute er sich auf die Zeit, wenn sie Gelegenheit haben würden, einander ausgiebig zu erforschen.
Seine edle Seite verlangte drängend, daß er ihr sein Wissen um ihr wahres Geschlecht eingestand, damit sie sich auf ihre jüngferliche Züchtigkeit besann.
Aber natürlich war sie keine Jungfrau.
Er hatte von Anfang an vermutet, daß sie nicht kalt oder unsinnlich wäre. Jetzt wußte er es genau. Vor wenigen Minuten hatte sie sein Bein berührt, wie ein verliebtes Mädchen es tun würde, und es war ihm nicht leichtgefallen, sich zu beherrschen. Wäre Verity nicht gewesen, hätte er seine bedrängte Maid gewiß in die Arme gezogen und verzehrend geküßt – mindestens.
Der nächste Pferdewechsel erfolgte problemlos, und Cyn und Verity verließen für ein Weilchen die Kutsche, damit der Captain und seine Lady einen bleibenden Eindruck hinterließen. Niemand stellte ihnen irgendwelche Fragen, doch Chastity entdeckte einen herumlungernden Mann mit bemerkenswert scharfen Augen. Allerdings schien er keinen Verdacht zu schöpfen.
Als sie weiterfuhren, fragte sie: »Habt Ihr gesehen, daß ...«
»Ja«, antwortete Cyn sachlich. »Es muß nicht unbedingt etwas zu bedeuten haben, und ich hatte gedacht, wir könnten die Verfolger abhängen, indem wir uns nach Süden wenden. Eines allerdings ist klar. Wir dürfen unterwegs nicht mehr haltmachen. In einem Gasthaus könnten wir das Baby nicht verheimlichen.«
»Aber es wird bereits dunkel«, sagte Verity, blaß vor Angst und Erschöpfung.
»Die Kutschenbeleuchtung dürfte ausreichen«, sagte Cyn. »Jetzt ist es nicht mehr weit. Wir müssen weiter. In Winche-

ster sind wir dann ein paar unter Tausenden, und wir haben eine private Unterkunft. Wenn wir aber unterwegs Rast machen, fallen wir überall auf.«
Er sprach erstaunlich nüchtern, im Gegensatz zu seiner sonstigen Art. Chastity wußte, daß er angesichts des engmaschigen Netzes der Verfolger ihre Besorgnis teilte. Man suchte nicht so sehr nach einer Vermißten, es war vielmehr die Jagd auf eine Flüchtige. Das Werk ihres Vaters, dessen war sie sicher.
Das Baby wachte auf und mußte gestillt werden, was Verity ein wenig von ihren Ängsten ablenkte. Chastity hätte ihrer Schwester, die um das Leben ihres Kindes fürchtete, gern ein paar ermutigende Worte gesagt. Doch ihr fiel nichts ein, abgesehen davon, daß sie ihr Bestes taten und eine Chance hatten. Was sie größtenteils Cyn verdankten. Ohne ihn wären sie bestimmt schon vor Stunden gestellt worden.
Cyn dachte über die Intensität der Suche nach und kam zu der Überzeugung, daß bedeutend mehr hinter dieser Eskapade steckte, als oberflächlich zu erahnen war. Er studierte die Schwestern und fragte sich, welche von beiden log, und wenn, worüber und warum.
Nach lauten, grollenden Verdauungsgeräuschen stellte sich heraus, daß Williams Windeln gewechselt werden mußten. Es ließ sich nicht mehr leugnen. Bisher hatten sie zu diesem Zweck stets angehalten, damit Verity die Angelegenheit im Freien erledigen konnte. Doch jetzt wurde die Zeit knapp, und die Postillione sollten ja nichts von dem Baby wissen, und so wickelte Verity das Kind äußerst umständlich bei geöffneten Fenstern in der Kutsche. Der Geruch erinnerte irgendwie an Käse, war jedoch unangenehm kräftig. Leider besaß Verity nur ein kleines Fläschchen Wasser für die Reinigung des Kindes.
Alles in allem, dachte Cyn und bemühte sich nach Kräften, nicht wie eine beleidigte alte Dame die Nase zu rümpfen,

waren Babys wohl doch nicht sonderlich romantisch. Ein Mann, der in den Krieg zog, mußte verrückt sein, wenn er auch nur erwog, eine Familie zu gründen.

Als Verity fertig war, betrachtete sie unschlüssig die schmutzigen Windeln. »Sie werden fürchterlich stinken«, erklärte sie entschuldigend.

»Werft sie aus dem Fenster«, schlug Cyn vor. »Die Postillione werden schon nichts merken.«

Als er sah, wie zögerlich sie die Ausführung seines Rats in Angriff nahm, seufzte er. »Gebt sie mir.« Er zielte genau und schleuderte das stinkende Bündel im Vorbeifahren über eine Hecke und weit hinaus auf den dahinter liegenden Acker. Dann aber wünschte er sich nichts dringender als eine Möglichkeit zum Händewaschen.

»Wenn er gleich fest schlafen soll«, sagte Verity, »müßten wir jetzt mit ihm spielen.«

Sie sang Liedchen und klatschte dazu im Takt mit Williams Händchen. Sie ließ ihn sanft auf ihrem Knie reiten. Sie legte ihn auf den Rücken und trieb alberne Spielchen mit seinen Fingern. William gurrte und gluckste auf höchste entzückt. Cyns Begeisterung für die Fortsetzung des Geschlechts lebte wieder auf. Er warf einen Blick auf seine bedrängte Maid. Sie schaute dem Spiel mit einem durch und durch weiblichen, sehr mütterlichen Lächeln zu. Sie wäre bestimmt eine gute Mutter.

Etwas in seinem Inneren zog sich zusammen.

Er wollte unter gar keinen Umständen, daß sie mit einem anderen Mann als mit ihm Kinder hatte. Teufel auch. Wie war er in diesen Schlamassel hineingeraten?

Er probte ein paar kleine Ansprachen in seinem Kopf. *Meine liebe Lady* ... ja, was denn? Charlotte? Wenn sie wirklich Charlotte hieß, würde er ihr verbieten, sich so zu nennen. *Meine liebe Lady Charles, ich fühle mich tief und äußerst wollüstig gedrängt, Euch zu heiraten und Euch auf meine Feldzüge mitzuschleifen. Ich fürchte, Ihr werdet einen Großteil Eurer Zeit von mir getrennt in Unterkünften in fremden Ländern verbringen müssen – hoffentlich seid Ihr in der Lage, möglichst schnell fremde Sprachen und Gebräuche zu erlernen –, aber ich werde Euch aufsuchen, sooft das Kampfgeschehen es gestattet. Natürlich könnt Ihr auch beim Regiment bleiben, wenn Euch Flöhe und Schmutz und die nicht enden wollende Behandlung von Verletzungen und Krankheiten nicht stören …*

Er seufzte. Ihre Begeisterung würde keine Grenzen kennen. Er könnte abdanken. Rothgar drängte ihn aufgrund des Anratens der dummen Ärzte sowieso dazu, aber Cyn hatte keine Lust, sich zu einem friedlichen Leben niederzulassen. Die Kameradschaft, die Ziele, die Herausforderungen, Aufregungen und die fremden Länder würde er bitter vermissen. In London herumzufaulenzen oder auf dem Land Rüben zu ziehen würde ihn zu Tode langweilen, was zweifellos zur Folge hätte, daß er sich auf Abenteuer einließ.

Schließlich hatte ihn die Langeweile auch zu diesem Unternehmen verführt.

Seine bedrängte Maid lachte das Baby an, und auf ihrem Gesicht spiegelte sich das Entzücken des Kindes wider. Nichts Hartes oder Kaltes war an ihr zu entdecken.

Teufel auch.

Cyn suchte Ablenkung und entdeckte die zerknitterte Zeitung. Es wurde bereits dunkel, und er zündete eine der Kerzen in ihrem Halter an. Dann streckte er die Hand aus und griff nach der *Gazette,* um sich über das aktuelle Kriegsgeschehen zu informieren.

Die Amerikaner verhielten sich ruhig, und wie es aussah, war die Macht der Franzosen dort gebrochen. In den neuen Kolonien breitete sich Unruhe aus wegen der neuen, zur Deckung der Kosten ihrer Verteidigung erhobenen Steuern. Das würde sich bald legen. Die meisten Nachrichten betrafen die skandalöse Zarin Katharina von Rußland und den Marsch der Preußen auf Österreich. Wer weiß, vielleicht wurde Cyn demnächst nach Hannover oder an einen ähnlichen Ort abkommandiert.

Nach der unberechenbaren Wildnis der Neuen Welt wäre ihm das, so fürchtete er, bestimmt entschieden zu zahm.

Nachdem er die Kriegsberichte gelesen hatte, sah er die Frauen an. »Soll ich Euch etwas vorlesen?«

»Ja, bitte«, antwortete Verity.

»Nein!« rief Charles.

Wie interessant, dachte Cyn. Sie zittert wegen einer Zeitung. Was um alles in der Welt hat sie denn verbrochen, daß die Presse Interesse an ihr zeigen sollte? Er begann, laut zu lesen. Er las einen Artikel über die Unruhen in Rußland und einen über die Verbesserungen in der Eisengießertechnik, hielt aber währenddessen die Augen offen für irgend etwas, das seine bedrängte Maid betreffen könnte.

Und er fand es.

Er übersprang den entscheidenden Artikel und las über einen Brand in Dover vor, und dann über einen Mörder, der offenbar seine halbe Familie vergiftet hatte, bevor man ihn dingfest machen konnte. Doch er las langsam und schaffte es, zur gleichen Zeit den Inhalt des Berichts aufzunehmen, der ihn so interessierte.

Er handelte von Veritys, nicht Charles', Verschwinden und widersprach nicht der Geschichte, die die Mädchen ihm erzählt hatten. Was war dann das Problem?

Laut Zeitungsbericht sorgte man sich allgemein um das Schicksal der Witwe und des Kindes eines Sir W.V. Es stünde zu befürchten, daß Lady V.V. durch den Tod ihres Gatten und die Geburt des Erben des verstorbenen Adligen den Verstand verloren habe. Der Vater sowie die Familie des Gatten boten großzügige Belohnungen für Informationen, die die kranke Dame zurück in die Obhut ihrer Lieben führen würden.

Der Rest des Berichts beschränkte sich auf die Familiengeschichte.

Lady V. war vor ihrer Eheschließung Lady V.W. gewesen, die Tochter des Earls of W. und Schwester der Lady C.W.

Cyn hörte auf zu lesen. Endlich gab ihm sein Gedächtnis doch den entscheidenden Hinweis, und er wußte, was die Abkürzungen bedeuteten.
Der Name seiner bedrängten Maid war Chastity Ware.
Die berüchtigte Chastity Ware.

Achtes Kapitel

Rasch las Cyn weiter vor – suchte willkürlich einen Artikel aus und geriet ausgerechnet an einen trockenen Essay über Weimans Shakespeare-Übersetzung ins Deutsche. Er selbst verstand kein Wort, denn er war viel zu sehr mit seiner neuen Erkenntnis beschäftigt. Als er ausgelesen hatte, bot er den Schwestern die Zeitung an. Beide lehnten ab, und er legte das Blatt zur Seite. Die Erleichterung auf dem Gesicht seiner Maid entging ihm nicht.

Auf Chastity Wares Gesicht.

Es würde dauern, bis er sich an diesen Namen anstelle von Charles gewöhnt hatte, doch er paßte zu ihr, trotz ihres Rufes. Was aber sollte er von diesem Ruf halten?

Er erinnerte sich an Henry Vernhams Worte, daß Walgrave ihr den Kopf kahlgeschoren hatte, nachdem er sie im Bett eines Mannes ertappt hatte. Das alles paßte zusammen, aber nur gewissermaßen. Es paßte nicht zu dem, was er über sie wußte. Seine bedrängte Maid konnte er sich nicht als schamloses Flittchen vorstellen, das von Bett zu Bett wanderte.

Die Welt jedoch glaubte genau das von ihr.

Während seiner Krankheit war sein Bruder Brand eines Tages mit einer Reihe von Witzblättern aus London zurückgekehrt, einschließlich einiger Karikaturen. Ein paar davon hatten sich mit dem neuesten Klatsch über Lord Bute und die Mutter des neuen Königs beschäftigt. In diesem Zusammenhang waren habgierige Schotten dargestellt worden, die England aussogen und mit den Stuarts liebäugelten. Eine

sehr witzige und freche Zeichnung hatte den abgesetzten russischen Zaren mit seiner Gattin Katharina dargestellt, mit der er, im Gegensatz zur restlichen Bevölkerung, angeblich nie geschlafen hatte.
Und dann war da noch eine Karikatur gewesen zum Skandal des Sommers, nämlich zu Lady Chastity Ware.
Vermutlich hatte der Earl of Walgrave, der Unbestechliche, Feinde, die ihn nur zu gern durch seine Tochter trafen. Die Karikatur zeigte ihn – häßlich und aufgedunsen –, wie er von einem Bett zurückwich, in dem seine üppig ausgestattete Tochter unter einem geifernden Liebhaber lag und sagte: *»Nein, Vater, ich will ihn nicht heiraten, ich will ihn nur f***en.«*
Cyn warf einen Blick auf die reinen Züge der jungen Frau ihm gegenüber. Sie hatte nicht die geringste Ähnlichkeit mit dem vollbusigen Weib der Karikatur. Der Zeichner hatte sie wahrscheinlich nie gesehen und machte sich keine Gedanken um ihre Person. Die Zeichnung diente nur zur Aufstachelung der Massen und als Schlag unter die Gürtellinie für den mächtigen Earl.
Cyn wußte, daß zu dem Thema unzählige Karikaturen öffentlich sichtbar ausgehängt waren, sie waren zu kaufen, in Schwarzweiß für einen Penny, in Farbe für zwei, und wurden belustigt von einer schmutzigen Hand zur anderen weitergereicht.
Ob sie solche Zeichnungen gesehen hatte? Hoffentlich nicht. Cyn hatte die Geschichte in allen lüsternen Einzelheiten von Brand erfahren. Offenbar hatte Walgrave seiner Tochter wegen irgendeiner Ungezogenheit die Teilnahme an seinem Ball verboten – die Lästerzungen wußten, daß es dabei um einen früheren Fehltritt ging. Die weichherzige Lady Trelyn, der Liebling der Gesellschaft, war so überzeugend für Chastity eingetreten, daß Walgrave schließlich mit einer Gruppe von Gästen zum Zimmer seiner Tochter hinaufgegangen war, um sie freizulassen.
Dort hatte er sie, wie Vernham es ausdrückte, *in flagranti*

erwischt. Da so viele Zeugen zugegen waren, konnte die Geschichte nicht vertuscht werden, wenngleich ihr Vater es versucht hatte. Der Skandal hätte zum Verstummen gebracht werden können, wenn Chastity einer überstürzten Hochzeit zugestimmt hätte, denn die meisten Zeugen waren bereit gewesen, das Gesehene für sich zu behalten, und außer Gerüchten wäre nichts an die Öffentlichkeit gedrungen. Doch Lady Chastity hatte sich vehement geweigert, den Mann zu heiraten. Natürlich war sie unverzüglich gebrandmarkt, nicht so sehr wegen ihrer Sünde, sondern weil sie die Regeln nicht einhielt, nachdem sie ertappt worden war.

Lord und Lady Trelyn – für ihren aufrechten Charakter bekannt – hatten ihr beigestanden, solange es möglich war, und die Geschichte zunächst nicht bestätigt. Am Ende hatten aber auch sie aufgegeben und dem verzweifelten Vater ihr aufrichtig empfundenes Beileid ausgesprochen.

Seine Erinnerung gab eine weitere Einzelheit frei. Der Liebhaber war ihr Schwager gewesen, Henry Vernham! Für solch einen Mann hatte seine bedrängte Maid alle Vorsicht außer Acht gelassen? Die einzige Erklärung dafür war die fieberhafte, besinnungslose Lust, die manche Frauen befiel, doch so etwas hatte er an Chastity Ware bisher nicht beobachten können.

Cyn sah sie noch einmal verstohlen an. Er hätte sie niemals für ein loses Mädchen gehalten. Und für dumm schon gar nicht. Wenn sie sich bei einem solchen Spielchen hatte erwischen lassen, wäre es nur vernünftig gewesen, den Mann zu heiraten. Ein loses Mädchen hätte die Ehe nicht als allzu schlimme Einengung betrachtet.

Und trotzdem gelang es ihm nicht, ein Flittchen in ihr zu sehen. Widersprüche und Verdächtigungen schlugen Purzelbäume in seinem Kopf.

Noch etwas fiel ihm ein. Rothgar hatte sich über die Karikatur geärgert, und dann war sie verschwunden, wahrscheinlich im nächsten Kaminfeuer. Rothgar und Chastity Ware mußten einander vor dem Debakel begegnet sein. Vielleicht wußte Rothgar, wie wenig die Zeichnung mit der Wirklichkeit zu tun hatte.

Ob Rothgar auch mit ihr im Bett gewesen war? Cyn hätte um ein Haar laut aufgestöhnt. Er wollte diese Gedanken nicht, doch wie Maden drängten sie sich in sein Gehirn.

Daß sie in irgendeinen Skandal verwickelt war, konnte er nicht abstreiten. Abgesehen davon, daß die Trelyns als Zeugen auftraten, hatte Cyn mit eigenen Ohren gehört, daß der wütende Earl Chastity die Haare kurz geschoren und sie im Büßergewand in das Häuschen ihrer Kinderfrau verbannt hatte, und das Ergebnis hatte er mit eigenen Augen gesehen.

Himmel, und sie umging die Strafe auf wahrhaft tollkühne Art! In den Kleidern ihres Bruders, als Mann. Verdammt schlau, aber auch verdammenswert frech.

Er mußte zugeben, daß er ein gewisses Maß an Mitleid für den geplagten Vater der Chastity Ware empfand. Aber nur dann, wenn sie wirklich so ein Flittchen war, wie es den Anschein hatte.

Chastity sah, wie Cyn die *Gazette* zur Seite warf, und beinahe hätte sie vor Erleichterung geweint. Während er las, hatte sie das Gefühl gehabt, das berühmte Damoklesschwert hinge über ihrem Kopf. Innerlich hatte sie sich schon gegen den Hohn, den Abscheu gewappnet, und von seiten dieses Offiziers wäre beides noch unerträglicher gewesen als von Mrs. Inchcliff.

Was Kleider doch ausmachten. Zwar ergab es keinen Sinn, aber sie hatte das Gefühl, daß Mrs. Inchcliff ihr Verständnis entgegengebracht hätte, während Captain Lord Cynric Malloren sie auf der Stelle in Grund und Boden verdammen würde.

Und dann würde ihr schlicht und einfach das Herz brechen.

Cyn beugte sich vor und klopfte ans Kutschendach. Hoskins hielt an.

»Ich setze mich ein Weilchen auf den Kutschbock, nachdem ich ja wieder zum Mann geworden bin«, erklärte er den Schwestern. »Ich löse Hoskins ab und schildere ihm unseren Plan. Mein roter Rock wird jedem, der uns begegnet, auffallen, und das dürfte unsere Verfolger von unserer Spur ablenken.« Er zog seine Stiefel an, sprang aus der Kutsche und schloß den Schlag.

»Du liebe Zeit«, sagte Verity, als die Kutsche wieder anfuhr. »Ist das nicht merkwürdig? Seit er seine Uniform trägt, ist er ein völlig anderer Mensch.«

Auch Chastity war sein barsches Auftreten aufgefallen. »Er ist bestimmt ein großartiger Offizier«, verteidigte sie ihn.

Schon empfand sie seine Abwesenheit wie eine große Leere. Sie sollte sich besser daran gewöhnen. Bald würde er für immer aus ihrem Leben verschwinden. Chastity griff nach der Zeitung. »Die verstecke ich lieber, bevor er zurückkommt. Ich habe Todesängste ausgestanden, Verity. Sieh mal!«

Verity las den Artikel und biß sich auf die Lippe. »Ach, Gott. Ganz England sucht inzwischen nach uns, und ich muß aufpassen, daß mich kein Bekannter sieht. Und natürlich mußten sie auch deinen Namen wieder in die Sache hineinziehen.« Sie streichelte Chastitys Hand. »Ich habe wirklich geglaubt, bald wäre Gras über alles gewachsen.«

»Das wird nie geschehen.« Chastity seufzte. »Eines ist sicher – nach dieser Erfahrung werde ich nie wieder Klatschgeschichten glauben, ohne sie zu überprüfen.«

Verity lagerte das Baby bequemer in ihre Armbeuge. »Es ist nicht nur Klatsch, meine Liebe, das mußt du akzeptieren. Du bist schließlich mit Henry im Bett gesehen worden, und zwar von einer Reihe von untadeligen Menschen. Was für ein Unglück, daß auch die Trelyns dabei waren. Deren Wort gilt als Gesetz.«

»Aber ich habe Vernham nicht in mein Bett eingeladen. Ich lag ja in tiefstem Schlaf.«

»In den Augen der Leute zählt das nicht.«
Chastity starrte ihre Schwester an. »Willst du damit sagen, daß ich Vernham hätte heiraten sollen?«
Verity seufzte. »Ich weiß es wirklich nicht, Liebste. Ich fürchte, ich hätte es getan, aber ich war ja auch schon immer soviel schwächer als du. Und ich fange gerade erst an zu begreifen, in welch scheußlicher Situation du steckst.« Sie warf ihrer Schwester einen verdeckten Blick zu. »Zum Teil auch wegen Lord Cyn.«
Chastity versteifte sich. »Was bitte hat er damit zu tun?«
»Streite nicht ab, daß da etwas zwischen euch ist. Ich spüre es. Zweifellos bringt es ihn völlig durcheinander, denn er hält dich ja für einen Mann. Sobald er erfährt, daß du eine Frau bist, wird er wohl sein Interesse offen zeigen. Eine Schande, daß daraus niemals etwas werden kann.«
»Daraus würde so oder so niemals etwas werden«, behauptete Chastity fest. »Und ich beabsichtige nicht, ihn jemals wissen zu lassen, daß ich eine Frau bin. Ich glaube, du hast tatsächlich den Verstand verloren, Verity.«
Es war schon fast fünf Uhr nachmittags und ziemlich dunkel, als sie von Norden her in die alte Stadt Winchester einfuhren. Es war kaum Verkehr, da die meisten Reisenden schon an ihrem Ziel angelangt waren, aber viele Fußgänger waren noch unterwegs.
Verity wie auch Chastity blieben unsichtbar. Cyn hob das Verdeck der Kutsche an und rief hinein: »Wir meiden die beliebteren Gasthäuser und suchen das *Three Bells* auf. Hoskins versichert, daß Euer Vater oder Vernham, sofern sie in der Stadt sind, niemals mit einem so kleinen Gasthaus vorliebnehmen würden, aber es soll trotzdem ganz anständig sein. Werdet aber nicht leichtsinnig. Vergeßt Eure Rollen nicht und versucht, das Baby in meinem Portmanteau zu verstecken.«
Chastity hielt den Portmanteau auf. Verity legte eine gefaltete Wolldecke über die ungesponnene Schafwolle und bettete

das schlafende Kind darauf. William seufzte und schlief weiter.
Sie deckte ein dünnes Baumwolltuch über ihn und schloß die Tasche halb.
Die Kutsche schwankte heftig. Begrüßungen wurden laut. Die Frauen spähten aus den Fenstern und sahen, daß sie sich im von Laternen beleuchteten Hof eines kleinen Gasthauses befanden. Es war ein uraltes, windschiefes Häuschen mit tiefgezogenem Dach, entzückend anzusehen, aber gewiß nicht die Art von Unterkunft, die der Hochadel bevorzugte.
Der Schlag wurde geöffnet, und Cyn gab ihnen zu verstehen, daß sie aussteigen sollten. Chastity verstand, daß es klug wäre, sich zu zeigen, damit die Postillione wußten, wer sich in der Kutsche befunden hatte. Sie ließen den Portmanteau auf dem Boden der Kutsche zurück und stiegen aus. Cyn reichte Verity höflich seinen Arm und beachtete Chastity überhaupt nicht. Chastity überlegte, ob sie beim Ausschirren der Pferde behilflich sein sollte, fürchtete jedoch, sich zu verraten, wenn sie es tat.
Während die Postillione mit den Pferden beschäftigt waren, kam der dicke Gastwirt aus dem Haus, um seine Gäste in Empfang zu nehmen. Cyn plauderte mit dem Mann, und Verity hielt sich mit züchtig gesenktem Kopf ein wenig abseits. Gelegentlich warf Cyn ihr eine Bemerkung zu, nannte sie meine Liebe und berührte sie mit zärtlicher Vertrautheit. Chastity stand, den Hut tief ins Gesicht gezogen, an ein Kutschenrad gelehnt und dachte traurig, daß die zwei ein sehr schönes Paar wären.
Sie sah einen gelangweilt aussehenden jungen Mann aus der Tür des Gasthauses lugen und zum selben Schluß kommen. Hatte ihr Vater in jedem Gasthaus in Südengland einen Spion postiert? Warum? Sorge um eine vermißte Tochter war schon verständlich, aber dies ging weit darüber hinaus. Sie betete, daß das Baby nicht aufwachen möge.
Cyn entlohnte die Postillione, und die Männer entfernten

sich. Dann traf er Vorkehrungen, um die Kutsche für ein paar Tage im Schuppen des Gasthauses unterzustellen und ein Reitpferd zu mieten, damit er die Gegend erforschen konnte. Er gab vor, ein Haus pachten zu wollen. Für sich und seinen Kutscher bestellte er Zimmer und ließ verlauten, daß seine Frau bei einer Freundin unterkäme.

Alles klappte reibungslos.

Binnen kürzester Zeit verließen sie zu Fuß den Gasthof. Cyn trug den Portmanteau, in dem das Kind noch immer ruhig schlummerte.

»Alles klar. Ich glaube, Mary Garnet wird uns keine Schwierigkeiten machen«, erklärte Cyn aufgeräumt. »Mit ihr konnte man schon immer Pferde stehlen. Eigentlich wollte sie gar nicht fort aus Kanada, doch als das zweite Kind kam, bestand Roger darauf, daß sie nach England zurückkehrte. Sie und die Kinder leben bei ihrem Vater, einem Gelehrten. Wollen wir hoffen, daß auch er keine Einwände hat.«

Alles kam so, wie Cyn es vorausgesagt hatte. Als sie das hübsche Backsteinhaus in einer stillen Straße erreicht hatten, zeigte Mary Garnet sich überaus erfreut über den weiblichen Gast, und auch der Vater gab sich gastfreundlich. Bald saßen sie in einem gemütlichen Salon beim Tee.

Mary war eine stämmige junge Frau mit Apfelbäckchen, die gern lachte. Ihre beiden Kinder – ein ähnlich stämmiges Mädchen von fünf Jahren und ein elfenhafter Junge, der noch keine Hosen trug – drückten sich eine Weile schüchtern in die Ecken. Doch dann ließ sich das Mädchen von dem Baby verlocken, und der Junge konnte Cyns Uniform nicht widerstehen.

»Wir bekommen auch bald ein neues Baby«, sagte die kleine Caroline.

Mit blitzenden Augen sah Cyn Mary Garnet an. »Das heißt doch wohl hoffentlich, daß Roger Heimaturlaub hatte?«

Die Frau schüttelte tadelnd den Kopf. »Aber natürlich, du Schlingel. Er hat dich nach Hause gebracht, wie du wohl wissen solltest.«

»Mich nach Hause gebracht?« wiederholte Cyn verständnislos.
»Weißt du das nicht mehr? Roger hatte den Eindruck, daß du zumindest gelegentlich bei klarem Verstand warst.«
Cyn schüttelte den Kopf. »Ich erinnere mich so gut wie gar nicht an die Reise. Aber ich verdanke Roger vermutlich mein Leben.«
»Ach, das weiß ich nicht, aber er wird sich freuen, wenn ich ihm schreibe, daß du wieder vollständig genesen bist. Er wollte dich besuchen, bevor er in See stach, doch man sagte ihm, du würdest es noch nicht verkraften.«
Die gute Laune fiel schlagartig von Cyn ab. »Was du nicht sagst! Ich wüßte gern, wie vielen von meinen Freunden mein fürsorglicher Bruder die Tür vor der Nase zugeschlagen hat!«
»Komm schon, Cyn«, sagte Mary. »Du warst todkrank. Roger sagte, bevor Rothgar auftauchte und dich übernahm, hätte kaum Hoffnung bestanden.«
Cyn furchte die Stirn. »Auftauchte? Wo? Das hört sich an wie eine verdammte Geistererscheinung!«
Chastity konnte nicht fassen, wie barsch er mit der Gattin seines Lebensretters sprach, aber Mary ließ sich nicht beeindrucken. »Weißt du das auch nicht mehr? Das beweist, wie krank du gewesen bist. Rothgar tauchte im Hafen auf, als das Schiff einlief. Roger sagte, es wäre richtig gespenstisch gewesen, ihn dort stehen zu sehen, als wäre deine Ankunft angekündigt worden.«
Cyn verzog leicht den Mund, doch sein Lächeln wirkte freudlos. »Ich kann dir versichern, daß mein Bruder nicht in einer Kristallkugel die Zukunft liest. Er hatte zweifellos nur genaue und schnelle Informanten. Also tauchte er auf und entriß mich den Klauen des Todes, ja? Ich schätze, ich sollte ihm auf Knien dafür danken. Wenn ich ihn das nächste Mal treffe, werde ich es nicht vergessen.«
Dann lächelte er und wandte sich Caroline zu, die sich an ihn drängte. Cyn ließ sie auf seinen Knien reiten, bis sie rosig und

erhitzt um Gnade flehte. »So, Schätzchen. Das reicht für heute. Ich habe noch etwas zu erledigen. Aber wir kommen bald wieder her, dann kannst du noch einmal reiten.«
Er verabschiedete sich. Das war das Ende. Plötzlich konnte Chastity es nicht mehr ertragen. Ihr Edelmut verlangte, daß sie ihn gehen ließ. Ihre Liebe jedoch dürstete nach jeder Minute, die sie zusammen verbringen konnten. Bisher hatte sie ihre Rolle gut gespielt. Ein paar Tage länger würde es ihr wohl noch gelingen.
Er war schon auf dem Weg zur Tür. Chastity folgte ihm in die Eingangshalle. »Ich denke, ich sollte Euch begleiten.«
Er sah sie merkwürdig an. »Warum?«
»Ich kann hier doch nicht bleiben. Das Haus ist zu klein. Man könnte mich erkennen. Vielleicht braucht Ihr meine Hilfe bei der Suche nach Nathaniel. Schließlich kennt Ihr ihn gar nicht. Außerdem braucht Ihr jemanden an Eurer Seite. Ich glaube, Ihr wißt nicht, wie skrupellos Vater sein kann.«
Verzweifelt erkannte Chastity, daß sie Unsinn plapperte, aber der letzte Punkt zumindest entsprach der Wahrheit. Sie glaubte nicht, daß Cyn den Earl of Walgrave ernst genug nahm.
»Ich bewundere die Gründlichkeit der Maßnahmen, die Euer Vater trifft«, sagte er versonnen, mit undeutbarem Tonfall. »Aber glaubt Ihr wirklich, es wäre klug, mich zu begleiten, Charles?«
Chastity holte tief Luft. »Ja.«
Er nickte. »Also gut. Sagt es Verity.«
Chastity nannte ihrer Schwester dieselben Gründe für ihre Begleitung Cyn Mallorens. Veritys Gesicht verschattete sich sorgenvoll, und auch sie fragte: »Bist du sicher, daß das klug ist, Liebste?«
»Nein«, antwortete Chastity schwach, »aber ich kann ihn nicht allein gehen lassen. Er weiß nicht Bescheid. Er nimmt die Sache immer noch zu leicht.«
Verity seufzte, zog Chastitys Hut tiefer in die Stirn und küßte

sie. »Geh mit Gott, Liebste. Gib auf dich acht.« In ihren Augen schimmerten Tränen.
Chastity schloß ihre Schwester wild in die Arme. »Wir kommen bald mit Nathaniel zurück, das verspreche ich dir.«
Wenig später schritt Chastity neben Cyn die dunkle Straße entlang. Sie hatte das Gefühl, endgültig mit ihrem früheren Leben gebrochen und sich auf eine geheimnisvolle, ziemlich angsterregende Zukunft eingelassen zu haben. Doch die Angst und das Rätselhafte betrafen mehr den Mann an ihrer Seite als die gefährliche Reise.
Sie warf ihm einen Blick zu. »Ihr mögt Kinder, nicht wahr?«
»Ihr nicht?«
Sie hatte wieder einmal vergessen, daß er sie für einen Mann hielt; von jungen Burschen erwartet niemand, daß sie Kinder mögen. Eines Tages würde sie sich durch einen dummen Fehler verraten, und das Schrecklichste war, daß sie es sich sogar wünschte. Sie wollte ihm ehrlich in die Augen sehen, als Frau, selbst wenn er dann erfahren würde, daß sie Chastity Ware war.
»Ich kenne mich nicht gut mit Kindern aus«, sagte sie wahrheitsgemäß. Sie kannte zwar ein paar, aber aufgrund ihrer Schande hatte sie Veritys Baby erst anläßlich ihres verzweifelten Besuchs kennengelernt.
»Ich auch nicht«, antwortete er. »Ich bin der Jüngste in meiner Familie. Vielleicht würde ich Kinder gar nicht so mögen, wenn ich täglich von einer ganzen Horde umringt wäre. So aber finde ich sie erfrischend.«
»Ja«, pflichtete Chastity ihm nachdenklich bei. »Erfrischend wie eine Sommerbrise oder ein Brunnen an einem heißen Tag. Auf dem Schlachtfeld wird Euch die Nähe von Kindern sicher bitter fehlen.«
»Wenn es nur so wäre. Oftmals ist das Kampfgebiet geradezu überschwemmt von halbverhungerten Zwergen aus der Hölle. Sie tun mir leid, aber ich muß gestehen, daß ich sie nicht unbedingt erfrischend finde. Und doch unterscheiden

sie sich gar nicht so grundsätzlich von Marys Lieblingen oder von dem Jungen dort, der die Straße fegt.«
Chastity betrachtete den Kleinen. Er hatte neben einer Laterne Posten bezogen. Sobald sich jemand näherte, sprang er vor und fegte Staub und Schmutz vor den Füßen seiner Kunden weg, um dann geschickt die Münzen aufzufangen, die man ihm zuwarf. Gewöhnlich bemerkte Chastity solche Kinder gar nicht, betrachtete sie eigentlich nicht einmal als Kinder. Der Junge mochte etwa acht Jahre alt sein – stämmig und schmutzig, aber mit huschendem, verschlagenem Blick.
»Zerreißt es Euch das Herz?« fragte Cyn trocken.
Sie sah, wie der Junge die Münze inspizierte, die ein wohlhabender Kirchenmann ihm zugeworfen hatte, und ihn hinter seinem Rücken mit einer obszönen Geste bedachte. »Nein. Aber dieser Pfaffe gefällt mir genausowenig.«
»Die Welt ist voller Kinder«, sagte Cyn und ging voran zu der Kreuzung, an der der Junge arbeitete.
»Geht's gut?« fragte er den Burschen im Vorbeigehen.
Der Kleine folgte ihnen zum Straßenrand, um seinen Lohn zu kassieren. »Geht so, Captain.«
Cyn warf ihm eine Münze zu. »Dafür, daß du meinen Rang erkannt hast oder aber gut raten kannst.«
Der Junge grinste angesichts der üppigen Belohnung. »Gott segne Euch, Mylord!«
Cyn lachte und warf ihm ein weiteres Geldstück zu. »Wieder richtig geraten!«
Er und Chastity ließen den Jungen stehen, der ihnen ekstatische Dankesworte nachrief.
»Die Versuchung, sich so zu verhalten, ist groß«, sagte Cyn. »Und es ist so leicht. Aber ist es edle Großzügigkeit oder einfach nur eine sparsame Methode, sich gottgleich zu fühlen?«
Chastity hob die Schultern. »Ich glaube, dem Kind ist es gleich. Er wird sich heute abend satt essen können.«

»Er sah nicht eben unterernährt aus. Wahrscheinlich gibt er das Geld für Gin aus.«
Chastity fragte sich, ob das ein Scherz sein sollte, fürchtete aber, daß es sein voller Ernst war.
Sie glaubte, sie würden auf direktem Wege zurück zum Gasthaus gehen, doch Cyn blieb stehen und klopfte an eine Tür. Das Schild darüber verriet, daß es sich um Darby's Bank handelte.
»Was habt Ihr vor?« fragte sie.
»Ich klopfe«, erwiderte er und klopfte erneut.
»Es ist geschlossen.«
»Aber da ist noch jemand im Haus.« Er klopfte zum dritten Mal.
Himmel, dachte Chastity, glaubt er denn, der Adel könne sich alles erlauben?
Ein verärgerter Angestellter stieß die Tür auf und wollte Cyn mit deutlichen Worten fortschicken. Cyn sagte nur: »Lord Cynric Malloren. Ist Darby im Hause?«
Binnen Sekunden waren sie drinnen, umgeben von kriecherischem Getue. Ein auffälliger Mann, groß und mit silbrigem Haar, verbeugte sich und führte Cyn dienernd in ein Arbeitszimmer. Das war zweifellos Mr. Darby höchstpersönlich. Anscheinend konnte der Adel sich tatsächlich alles erlauben, zumindest der männliche Part.
Chastity lehnte sich gegen die Wand und genoß die tadelnden Blicke der Angestellten, die dieses Benehmen ihr eintrug. Bald jedoch beugten sich alle wieder über ihre Zahlenreihen, um möglichst schnell fertig zu werden und heimgehen zu können.
Nach kurzer Zeit wurde Cyn unter Dienern und Verbeugungen wieder zur Tür geleitet. Gemeinsam schlugen sie nun den Weg zum *Three Bells* ein. Cyn wirkte ausgesprochen mißmutig.
»Was ist los?« fragte Chastity frech. »Haben sie Euch kein Geld gegeben?«

»Sie hätten mir sogar den verdammten Tresorschlüssel ausgehändigt«, sagte er barsch. »Manchmal hasse ich es, ein Malloren zu sein.«
»Aber Ihr habt Euren Namen benutzt, um hineinzukommen.«
Er bedachte sie mit einem kalten Blick. »Um Euretwillen.«
Chastity war verblüfft. »Ja, natürlich. Es tut mir leid.«
Er seufzte. »Ich sollte meine schlechte Laune nicht an Euch abreagieren.«
»Wie kommt es, daß sie Euren Namen kennen?«
»Daß sie meinen Namen kennen! Himmel, der alte Darby hat mich schon auf den Knien geschaukelt. Die Abbey ist keine zwanzig Meilen von hier entfernt, und mein verdammter Bruder sitzt im Vorstand.«
Chastity hätte gern noch eine Reihe von Fragen gestellt, doch sein Tonfall ließ sie wissen, daß es besser war zu schweigen. Die Fragen ließen ihr trotzdem keine Ruhe.
Warum verlor Cyn Malloren jedesmal, wenn der Name seines Bruders ins Spiel kam, seine Unbeschwertheit? Wäre es nicht einfacher gewesen, in der Abbey Unterschlupf zu suchen, wenn Rothgars Wohnsitz doch ganz in der Nähe lag? Nicht einmal der Earl of Walgrave würde es wagen, Rothgar herauszufordern. Glaubte Cyn etwa wirklich, sein Bruder würde sie und Verity ihrem Vater ausliefern?
Sie erreichten das Gasthaus, ohne daß diese Fragen gestellt, geschweige denn beantwortet wurden, doch Chastity beschloß, sich die Antworten noch zu holen, bevor sie sich von Cyn trennte. Die Unstimmigkeiten mit seinem Bruder schienen die einzige düstere Wolke in Cyn Mallorens Leben darzustellen, und da sie verliebt war, würde sie tun, was sie konnte, um diese Wolke zu vertreiben.
Der Wirt sprach mit dem jungen Mann, der ihre Ankunft beobachtet hatte. Der gute Mann lächelte freundlich und verbeugte sich, doch kaum war der Bursche gegangen, spuckte er verächtlich in den Kamin. »Bluthunde. Nichts als Ärger.«

»Auf der Jagd?« erkundigte sich Cyn. »Was für ein Verbrecher läuft denn frei herum?«
»Oh, kein Verbrecher, Mylord. Eine arme junge Frau, die den Verstand verloren hat und ziellos umherirrt. Der da lungert aber schon den ganzen Tag hier herum. Ob die denken, ich würde es ihnen nicht verraten, falls die Frau hier auftauchen sollte? Zum einen gibt es eine Belohnung, zum anderen wäre es ein Akt der Nächstenliebe, nicht wahr? Aber, Sir, Euer Zimmer ist bereit, und in Kürze steht auch ein schmackhaftes Mahl auf dem Tisch. Ich kann Euch versichern, meine Frau kocht ausgezeichnet.«
Er ging voran zur Treppe.
»Ich habe beschlossen, meinen Pferdeknecht auch hier unterzubringen«, sagte Cyn. »Habt Ihr noch ein Zimmer für ihn?«
Der Gastwirt nickte. »Über dem Stall, bei Eurem Kutscher, ist noch Platz, Sir.«
Cyn warf Chastity einen verstohlenen Blick zu. »Ich hätte ihn lieber in meiner Nähe. Er springt zur Not nämlich auch als Kammerdiener ein.«
»Gut, Sir. Unter Eurem Lager findet Ihr ein Rollbett.«
Wieder ein vielsagender Blick. Chastitys Miene verriet nichts. Diese Entwicklung hatte sie nicht vorausgesehen.
»Ich hätte doch lieber getrennte Räume«, sagte Cyn. »Er schnarcht.«
»Lord, Sir«, wand sich der Wirt bekümmert, »ich habe kein weiteres Zimmer mehr. Das Haus ist klein, und alle drei Räume sind belegt. Bleiben nur das Rollbett oder das Zimmer über dem Stall.«
Cyn sah Chastity an und ließ ihr Gelegenheit, sich zu entscheiden. Doch ihr Kopf war wie ausgehöhlt. Sie wußte, daß sie um nichts in der Welt das Zimmer mit einem Mann teilen durfte, schon gar nicht mit diesem Mann ...
Cyn wandte sich wieder dem Wirt zu und sagte: »Nein, dann nehme ich lieber das kleinere Übel in Kauf. Er kann auf dem

Rollbett schlafen. Und bringt bitte einen zweiten Teller. Charles kann dann auch gleich mit mir speisen.«
Wenige Minuten später saßen sie in dem kleinen Zimmer, das durch die Dachschräge noch winziger wirkte. »Versucht bitte, nicht zu schnarchen, Charles«, verlangte Cyn gedehnt, »denn wenn Ihr mich weckt, werde ich Euch meinerseits wecken.«
Chastity schaute sich in dem engen Raum um und wußte, daß sie so etwas hätte vermeiden müssen, wenn sie klug gewesen wäre, doch sie konnte trotzdem kein Bedauern aufbringen. Trotz der beengten Verhältnisse war das Zimmer hübsch und vom Kaminfeuer herrlich warm. Das massive Bett war sauber und frisch bezogen. Auf den Möbeln wie auf dem Fußboden war kein Staubkörnchen zu entdecken. Auf einem kleinen Tisch vor dem Fenster stand eine Vase mit Trockenblumen, und ein Riechtöpfchen würzte die Luft. Ein Waschtisch befand sich hinter einem Sichtschutz in der Ecke, und der Tisch war bereits gedeckt.
Wenn das Rollbett hervorgezogen war, blieb nicht mehr viel freier Platz im Zimmer, doch ansonsten war es entzückend. Chastity ertappte sich bei der Vorstellung, wie es wohl sein würde, wenn diese Nacht ihre Hochzeitsnacht, wenn dieses Zimmer ihr Brautgemach wäre. Es wäre wunderschön. Einfach hinreißend.
Doch wenn Lady Chastity Ware frisch vermählt mit Lord Cynric Malloren wäre, stünde ihnen ein bedeutend prachtvolleres Brautgemach zur Verfügung. Hier waren sie weiter nichts als Herr und Knecht, und das durfte sie unter keinen Umständen vergessen.
Der Wirt und eine Magd brachten das Essen. Cyn ließ sie wissen, daß sie sich selbst bedienen würden, und kurz darauf saßen er und Chastity vor einem königlichen Mahl, komplett mit Käse und Apfelküchlein. Chastity aß, um sich abzulenken, und stellte dann fest, daß sie einen Bärenhunger hatte.

Nach einer Weile bemerkte Cyn: »Der Wirt hat recht. Seine Frau ist eine großartige Köchin.«
»Ja, wirklich. Das Gasthaus ist überhaupt sehr gut geführt.«
»Ein Schmuckstück geradezu. Vielleicht sollte ich Rothgar davon erzählen. Er könnte es in Mode bringen.«
Chastity kaute an einem Bissen von dem zarten Hühnchen. »Warum klingt Eure Stimme immer so bitter, wenn Ihr von Rothgar sprecht? Man sagt, er wäre ein äußerst fürsorglicher Bruder.«
Sie rechnete mit einer scharfen Zurechtweisung, doch Cyn sagte nur tonlos: »Er ist ein extrem fürsorglicher Bruder.«
»Warum redet Ihr dann von ihm, als würdet Ihr ihn hassen?«
Sein Blick war scharf wie ein Dolch. »Ihr seid ein unverschämter Bengel. Ich hasse meinen Bruder nicht.«
Chastity spießte ein weiteres Stück Fleisch auf ihre Gabel. »Aber Ihr seid zornig auf ihn.«
Er ließ Messer und Gabel auf den Teller fallen, und im ersten Augenblick glaubte Chastity, er wollte sie tätlich angreifen. Statt dessen aber griff er nach seinem Weinglas und trank einen großen Schluck Burgunder. »Ich habe mich mit ihm überworfen, weil er nicht will, daß ich zurück zu meinem Regiment gehe. Das ist typisch für ihn; er mischt sich ständig ein, aber ich bin kein Kind mehr. Ich muß ihn lediglich davon überzeugen, daß ich wieder völlig gesund bin.«
Chastity hörte ebenfalls auf zu essen und griff nach ihrem Weinglas. Ihre Nerven waren zum Zerreißen gespannt, aber sie hielt es für angebracht, das Gespräch fortzusetzen, um ihm zu helfen. »Ich kann verstehen, daß er sich ängstigt, wenn Ihr tatsächlich so krank wart, wie Mrs. Garnet sagte.«
Er zuckte mit den Schultern. »Wahrscheinlich war ich wirklich todkrank. Ich erinnere mich kaum daran. Aber jetzt bin ich wieder völlig gesund. Die Armee ist mein Leben, und Rothgar wird es nicht gelingen, mich von meinem Regiment fernzuhalten.«
Chastity fühlte mit dem Marquis of Rothgar. Auch sie würde

Cyn lieber zu Hause in Sicherheit halten, wenn sie es könnte, aber sie wußte, daß er zu abenteuerlustig war, um sich jemals als Landwirt, Geistlicher oder Jurist niederzulassen.
»Sicher steht es nicht in seiner Macht, Euch von Eurem Regiment fernzuhalten, falls Ihr entschlossen seid, zurückzukehren.«
Er lachte auf. »Ihr kennt Rothgar nicht. Angesichts seiner Verbindung von Reichtum, Charme und Skrupellosigkeit ist kaum jemand in England willens, sich mit ihm anzulegen. Solange er der berittenen Garde einredet, ich wäre noch zu schwach, kann ich höchstens auf einen langweiligen Posten fernab vom Kriegsgeschehen hoffen. Damit gebe ich mich aber nicht zufrieden.«
»Wenn er sich tatsächlich so um Euch sorgt, wird er nach Euch suchen.«
Er füllte ihre Gläser noch einmal. »Ich hoffe, daß Hoskins' Begleitung seine Ängste beschwichtigt, aber Ihr habt zweifellos recht, verdammt noch mal.«
»Henry der Schreckliche, seine Handlanger, Vater und Rothgar. Mich wundert, daß wir noch nicht geschnappt worden sind.«
Plötzlich lächelte er und hob sein Glas. »Aber noch sind wir frei, und so soll es auch bleiben. Keine Angst, Charles. Wir schaffen es.«
Sie ließen ihre Gläser aneinander klingen und tranken, dann widmeten sie sich wieder der Mahlzeit. Doch Chastity war nachdenklich. Ein guter Teil von Cyns Bereitschaft, ihnen zu helfen, hatte seine Ursache in seinen verworrenen Gefühlen für seinen Bruder. Was würde wohl geschehen, wenn Rothgar sie stellte?
Cyn begann wieder zu reden, diesmal von seinem Soldatenleben – den angenehmeren Seiten des Soldatenlebens. Seine Geschichten vervollständigten das Bild, das sie sich von ihm machte, ohne es auch nur im geringsten zu verdüstern. Er prahlte nicht, aber sein Mut, sein Mitgefühl und sein Einfalls-

reichtum klangen in seinen Worten durch. Er brachte Chastity zum Lachen und einmal beinahe zum Weinen.
Dann wechselte er das Thema und berichtete von den Wundern der Neuen Welt. Er entführte Chastity in tiefe Wälder und an mächtige Flüsse, er beschrieb fremdartige Indianer und ein vielfältiges Tierleben.
Diese intime Atmosphäre war gefährlich, das wußte Chastity, doch sie konnte nicht widerstehen. Es weckte die wunderbare Illusion, daß sie ein Ehepaar und sehr vertraut wären, daß dies in der Tat ihre Hochzeitsnacht wäre.
Sie warf verstohlen einen sehnsüchtigen Blick auf das einladende Bett ...
Hör auf, Chastity.
Sie konnte nicht. Sie war bezaubert von seinen Händen am Besteck oder am Glas und berauschte sich an deren schlanker, sonnenbrauner Kraft. Zum ersten Mal bemerkte sie ein Grübchen in seiner linken Wange, wenn er lächelte, und daß seine Augenfarbe je nach Stimmung von Grün zu Golden wechseln konnte.
Ihr ganzer Körper wurde zunehmend empfindlich, selbst für die Reibung ihrer eigenen Kleider. Alles wirkte sich auf ihre Sinne aus: der Duft des brennenden Holzes im Kamin, das Rasseln von Rädern auf der Straße, der rauhe Gesang aus der Schankstube, Cyns tiefe, volltönende Stimme ...
Er unterbrach sich mitten im Satz. »Ihr eßt ja gar nicht, Charles. Seid Ihr schon gesättigt?«
Chastity senkte den Blick auf das Besteck in ihren erschlafften Händen und legte es zur Seite. »Ich glaube schon.«
»Wie, kein Nachtisch?« zog er sie auf und griff nach einem Törtchen. »Die könnt Ihr Euch nicht entgehen lassen. Sie sind vorzüglich.«
Er hielt ihr das Törtchen vors Gesicht. »Mund auf.«
Chastity fixierte es. Es war mit glänzendem, goldenem Guß überzogen und mit einem Kranz von Schlagsahne verziert. Sie leckte sich die Lippen und öffnete langsam den Mund.

Cyn schob ihr das Törtchen zwischen die Zähne und befahl: »Abbeißen.«
Über das Gebäck hinweg sah er ihr in die Augen. Sie erinnerte sich an den Kuchen in Shaftesbury ...
Sie grub die Zähne in die weiche, süße Frucht und die knusprige Kruste und genoß den Geschmack. Während sie kaute, leckte sie sich die Sahne von den Lippen. Benommen kaute sie weiter, immer noch gefangen von seinem wohlwollenden Blick. Zwischen Mann und Frau wäre diese Situation eindeutig hocherotisch gewesen ...
Nein, zwischen Mann und Frau wäre dies Verführung.
Versuchte er etwa, Charles zu verführen?
»Schmeckt gut«, bemerkte sie nervös.
»Ja?« fragte er leise und nahm einen Bissen von ihrer Seite des Törtchens. Er ließ sich den Geschmack auf der Zunge zergehen und schluckte. »Hm«, flüsterte er. »Ein Kunstwerk.« Langsam leckte er sich die goldenen Krümelchen von den Lippen. Er biß noch einmal ab und hielt ihr dann mit fragendem Blick das Törtchen hin.
Chastity dachte an Adam und Eva, an Äpfel, an das Paradies ...
Hastig schüttelte sie den Kopf. Sie stand auf, kehrte der Versuchung den Rücken zu und suchte Kühlung am Fenster.
»Das Essen ist hervorragend«, sagte sie mürrisch, »aber ich bin satt.«
»Es gibt Situationen, in denen man sich einfach einmal verwöhnen sollte, Charles. Vielleicht ist dies eine davon.« Vielerlei Bedeutungen schimmerten durch die schlichten Worte hindurch.
»Das wäre Sünde.«
»Sündigt Ihr nie?«
Seine Macht über sie wurde dadurch, daß sie ihn nicht sah, keineswegs gemindert. Ihr Herz hämmerte. Ihre Nerven schrien nach seiner Berührung. »Ich bemühe mich«, sagte sie heiser.

Cyn beobachtete sie, nahezu schwindlig vor Begehren. Als sie darauf bestanden hatte, ihn zu begleiten, hatte er skrupellos zugestimmt, das Zimmer mit ihr zu teilen, denn er war sicher gewesen, daß sie ein Flittchen wäre. Er war gern bereit, das Spielchen zu spielen, wenn sie es wünschte. Vielleicht würde ein kurzer, lustvoller Taumel ihn von seiner Verliebtheit heilen.

Es machte ihm Spaß, sich vorzustellen, wann und wie sie ihm gestehen würde, daß sie eine Frau war, und er hatte beschlossen, die Entscheidung voll und ganz in ihre erfahrenen Hände zu legen. Doch unter dem Einfluß von gutem Essen und gutem Wein sowie ihrem aufmerksamen Blick hatte er sich zu sehr gehen lassen. Schon hatte er ihr seine Seele entblößt und dann auch noch allzu offensichtlich seine Verführungskünste eingesetzt.

Und sie verwirrte ihn.

Er fürchtete, daß sein erster Eindruck ihn doch nicht getrogen hatte. Sie war ein Unschuldslamm, das sich lediglich einen katastrophalen Fehler hatte zuschulden kommen lassen. Aber wenn es so war, warum um alles in der Welt hatte sie ihn dann in dieses Zimmer begleitet? Vielleicht hatte ihre Unschuld ungeahnte Ausmaße?

Das Wissen um ihre Unschuld weckte ein nahezu brutales Begehren in ihm und befahl ihm gleichzeitig, sie nicht anzurühren. Seine Hände zitterten, als er nach dem Weinglas griff.

Über den Rand des Glases hinweg betrachtete er sie. Er konnte durch die Schichten ihrer Kleidung hindurchsehen, als wäre sie nackt. Sein Blick folgte der geraden Linie ihres Rückens über die festen runden Gesäßbacken bis zu den wohlgeformten langen Beinen. Er sehnte sich danach, sie langsam auszuziehen, zärtlich jedes Fleckchen Haut zu erforschen, ihr Salz zu schmecken und das würzige Parfüm ihrer intimsten Stelle zu atmen. Er sehnte sich danach zu sehen, wie ihre erschrockene Naivität dem Staunen wich.

Abrupt stand er auf. »Wir sollten am besten schlafen gehen, wenn wir morgen schon frühzeitig aufbrechen wollen. Ich gehe zum Abtritt im Hof.«
Chastity drehte sich um und sah, wie sich die Tür hinter ihm schloß. Sie blinzelte verwundert und seufzte dann aus tiefstem Herzen. Sie beide waren gerade noch mit knapper Not davongekommen, und sie hätte froh darüber sein sollen. Aber sie war nicht froh. Ihre Sehnsucht war so groß, daß es weh tat.
Sie straffte sich. Sie waren heil aus diesem Moment der Gefahr hervorgegangen, und sie mußte dafür sorgen, daß es der letzte war. Wenn sie nicht überzeugt war, ihn begleiten zu können, ohne ihre Rolle zu verpatzen, dann mußte sie gleich jetzt zu Mary Garnet zurückgehen.
Sie redete sich ein, daß alles gut gehen würde. Heute war die letzte Nacht ihrer Reise, denn am nächsten Tag würden sie Maidenhead erreichen.
Hastig zog sie sich hinter den Wandschirm zurück und benutzte den Nachttopf. Rasch schlüpfte sie aus ihren Stallknechtkleidern, entledigte sich jedoch nicht ihres guten Hemdes und der Hose. Dann zog sie das schmale Rollbett hervor, kuschelte sich unter die Decke und stellte sich schlafend.
Es dauerte lange, bis Cyn zurückkam. Schon machte sie sich Sorgen um seine Sicherheit, doch alles schien in Ordnung zu sein, als er schließlich wieder auftauchte. Unter halb geschlossenen Lidern hervor sah Chastity zu, wie er sich zur Nacht rüstete, wohl wissend, daß sie indiskret war, aber trotzdem ohne Skrupel. Zu ihrer Enttäuschung trat er hinter den Wandschirm, um sich zu waschen und auszukleiden, tauchte dann im Nachthemd wieder auf und schlüpfte ins Bett. Sie lag da und lauschte auf seine ruhigen Atemzüge.
Sie hatte oft mit Verity ein Bett geteilt und wußte, wie tröstlich es war, des Nachts einen warmen Körper neben sich zu spüren. Sie versuchte, sich vorzustellen, wie es wohl wäre,

neben Cyn im Bett zu liegen, ihn an sich zu spüren, von seinem Duft umgeben zu sein. Sie wehrte sich gegen solche Gedanken. Sie taten ihr nicht gut und halfen auch keineswegs beim Einschlafen …

Cyns sechster Sinn hatte ihm verraten, daß Chastity noch wach war, und deshalb ließ er Vorsicht walten, als er sich aufs Bett vorbereitete. Jetzt horchte er auf Geräusche, die seinen Verdacht bestätigen würden. Halb hoffte er, halb fürchtete er eine wie auch immer geartete Aufforderung. Immer noch stark erregt, trotz des langen Spaziergangs, wußte er, daß die leiseste Einladung reichen würde, ihn seine Skrupel vergessen zu lassen …

Chastity empfand die Atmosphäre im Raum als schwer und bedrückend. Sie hörte Cyns Atmen, spürte seine Nähe. Sie mußte sich zusammenreißen, um keine Dummheit zu begehen. Sie stellte sich vor, sie wäre wieder in Nanas Häuschen, hülfe bei der Hausarbeit, fütterte die Hühner, läse ein Buch, um sich die Zeit zu vertreiben. Sie hatte Reiseberichte entdeckt und lieben gelernt und flüchtete mit den Autoren in ferne Länder …

Cyn fand sich damit ab, daß keine Aufforderung erfolgen würde, und im Grunde war er froh darüber. Er wußte nicht, was aus dieser Situation noch werden sollte, aber von seiner Maid in Bedrängnis erwartete er mehr als einen Ausbruch ungezügelter Lust.

Wahrscheinlich schlief sie doch schon lange, und genau das sollte er jetzt auch tun. Darauf konzentrierte er sich. Während seiner Jahre in Feldlagern unter oftmals unbefriedigenden Schlafbedingungen hatte er die Fähigkeit entwickelt, auf Wunsch einzuschlafen.

Verträumte Ruhe breitete sich in dem Zimmer aus.

Neuntes Kapitel

Chastity erwachte im grauen Licht des frühen Morgens von den fernen Geräuschen aus dem Gasthof. Im ersten Moment fragte sie sich, wo sie war und warum sie in ihren Kleidern schlief. Dann kam die Erinnerung wieder.
Verity, Winchester, Cyn …
Sie öffnete die Augen einen kleinen Spalt und blickte zum Bett hinauf, doch von ihrem niedrigen Lager aus konnte sie den Darinliegenden nicht sehen. Behutsam schlüpfte sie unter der Decke hervor, darauf bedacht, ihre Toilette zu beenden, bevor Cyn aufwachte. Sie kam auf die bestrumpften Füße …
… und sah Cyn, die Füße aufs Sims gelegt, am Fenster sitzen und sie beobachten. »Ich wollte Euch gerade wecken, Junge«, sagte er unbefangen. »Das Frühstück ist schon bestellt. Wir müssen uns baldmöglichst auf den Weg machen.«
»Genau«, antwortete Chastity und huschte hinter den Wandschirm. Klang es, wenn eine Frau ihre Notdurft verrichtete, anders als bei einem Mann? Hoffentlich nicht.
Sie zog sich an, setzte Perücke und Hut auf und trat mutig wieder vor. Er musterte sie von Kopf bis Fuß und sah aus, als läge ihm eine Bemerkung auf den Lippen, doch bevor er etwas sagen konnte, brachten der Wirt und eine Magd ein herzhaftes Frühstück. Cyn zuckte mit den Schultern und wies auf den gedeckten Tisch.
Abenteuer machten offenbar hungrig. Chastity stellte fest, daß sie dem Schinken mit Eiern, den Nierchen und dem

gebratenen Brot zusprechen konnte wie der junge Mann, den sie darstellte.

»Wir dürften noch heute in Maidenhead ankommen, nicht wahr?« fragte sie, als die Mahlzeit beendet war.

»Wenn alles nach Plan läuft und das Wetter sich hält. Kommt, laßt uns aufbrechen.«

Binnen einer halben Stunde ritten sie aus Winchester hinaus. Ihre Mietpferde waren zwar keine Rassetiere, doch sie waren gesund und kräftig und offenbar auch ausdauernd. Das war gut so, denn sie mußten ihre Reiter an diesem Tag mehr als dreißig Meilen über Land tragen.

Die Luft war feucht, und Chastity war froh über ihre doppelte Kleidungsschicht und den schweren Mantel. Die Sonne verbarg sich hinter trüben Wolken und machte keinerlei Anstalten, die kahlen Bäume und Hecken sowie die dunkle gepflügte Erde ein wenig aufzuhellen. Chastity hoffte, daß der trübe Tag nicht als böses Omen für ihr Schicksal zu werten war.

Cyn dagegen war bester Laune. Konnte den Mann denn überhaupt nichts erschüttern? »Seid nicht so mürrisch«, sagte er. »Der Tag wird noch schön. Wir finden Frazer und setzen Veritys Problemen ein Ende. Dann kümmern wir uns um Eure.«

Chastity riß so heftig an den Zügeln, daß das Pferd scheute: »Wie bitte?«

»Vorsicht. Er hat zweifellos ein hartes Maul, aber das ist kein Grund, ihn unnötig zu quälen. Ich kann Euch doch kaum in Euer Gefängnis zurückschicken, ohne wenigstens versucht zu haben, Euch zu helfen. Ich bin ein fahrender Ritter aus Leidenschaft, habt Ihr das vergessen?«

»Aber ich bin keine Maid in Bedrängnis.«

Er blickte sie mit beinahe ernstem Ausdruck an. »Trotzdem möchte ich Euch helfen. Für welches Verbrechen wurdet Ihr überhaupt verbannt?«

»Ungehorsam«, antwortete Chastity ausdruckslos.

»Ihr habt einen verdammt strengen Vater.«
»Das mag wohl sein.«
»Und wie lange soll Eure Haft noch dauern?«
Chastity ertrug es nicht. Die Versuchung, ihm ihr kummervolles Herz auszuschütten, war zu groß. Sie sah ihn kalt an. »Meine Problemchen gehen Euch nichts an, Mylord. Laßt uns Veritys Angelegenheit klären, danach kehre ich zu Nana zurück, und Ihr seid uns beide los.«
Er nahm es widerspruchslos hin, doch der eindringliche Blick, den er ihr zuwarf, bevor er sein Pferd weitertrieb, behagte ihr nicht.
Ein flotter Trab wärmte ihr die Glieder, aber nicht das Herz. Sie näherten sich mit großer Geschwindigkeit dem Ende ihres Zusammenseins.
Energisch verbot sie sich die Gedanken an Vergangenheit und Zukunft und beschloß, die verbleibenden kurzen Stunden mit Cyn zu genießen. Das klang so gut, daß sie lachen mußte, und Cyn lachte mit. Der Tag sah schon bedeutend freundlicher aus.
Wieder stellte er seinen hervorragenden Orientierungssinn unter Beweis. Häufig verließen sie die bevölkerte Straße und folgten ländlichen Reitwegen, die immer nach Nordosten in Richtung London führten, aber irgendwann wieder die Hauptstraßen kreuzten, denn Maidenhead lag westlich der Hauptstadt.
Er trieb sie zwar nicht zur Eile an, aber Chastity war trotzdem dankbar für das ausgiebige Training während ihres Exils, denn sonst hätte sie kaum mithalten können. So aber konnte sie gegen Mittag, als sie Pause machten, um etwas zu essen und die Pferde zu füttern, in ziemlich authentischer Männerpose den Gasthof betreten.
Sie speisten im Schankraum und teilten den Tisch mit einem Fuhrmann, einem älteren Arzt und einem Angestellten mit teigigem Gesicht. Chastity fragte sich, warum Cyn das Risiko einging, in aller Öffentlichkeit zu essen, statt ein Privatzim-

mer zu mieten, aber es machte ihr Spaß. In solcher Gesellschaft hatte sie noch nie gespeist. Bald wurde ihr auch klar, warum Cyn sich für den Schankraum entschieden hatte. Wegen des Klatsches.

»Ziemlich viel Militär unterwegs«, bemerkte der rundliche Fuhrmann mit einem Blick auf Cyns Uniform. »Die Franzosen machen wohl Ärger, wie?«

»Nicht, daß ich wüßte«, antwortete Cyn. »Zwar wird befürchtet, daß der Krieg die Franzosen und die Jakobiten zu einem neuen Versuch ermutigen könnte, aber wohl kaum hier an der Südküste. Eher in Irland.«

»Unruhestifter«, sagte der Fuhrmann und spuckte aus, wobei nicht ganz klar wurde, ob er die Jakobiten oder die Iren meinte. »Aber den ganzen Weg von London bis hierher bin ich von Patrouillen aufgehalten worden. Da ist doch irgendwas faul.«

»Das kann ich Euch sagen«, sagte der mausgesichtige Arzt und tupfte sich die Lippen ab. »Eine arme Verrückte irrt ziellos in der Gegend umher. Die Witwe eines Gentleman, und den Erben des Mannes hat sie bei sich.«

Der Fuhrmann kaute stirnrunzelnd an einem mächtigen Brocken Rindfleisch. »So viele Rotröcke wegen eines einzigen Menschen. Nicht mal fünfundvierzig hab ich so viele Soldaten gesehen.«

»Ihr übertreibt«, sagte der Arzt. »In jenen schwarzen Zeiten konnten wir kaum einen Schritt tun, ohne verhört zu werden. Nicht, daß ich mich beschweren wollte. Wenn es nach mir ginge, würde jeder Stuart-Anhänger im ganzen Land zum Tode verurteilt. Es ärgert mich maßlos, daß noch immer Gefolgsleute von Charles Edward Stuart frei herumlaufen. Aber jetzt ist ein Schotte ja sogar schon zur rechten Hand des Königs aufgestiegen!«

Der Angestellte erhob sich und strich seine Hosen glatt. »Ihr solltet die Augen offenhalten, Captain. Für die vermißte Dame ist eine hübsche Belohnung ausgesetzt, und für sie wäre es nur gut, wenn sie bald gefunden würde.«

»Das mag wohl sein«, sagte der Fuhrmann. »Aber so gründlich, wie in der Gegend von London gesucht wird, müßte sie schon zaubern können, um bis hierher gelangt zu sein. Ich sag's nicht gern, aber wahrscheinlich wird sie eines schönen Tages mitsamt ihrem Baby aus irgendeinem Fluß gefischt.«
Er stapfte hinaus, um seine acht Gäule einzuspannen und seinen langen, beschwerlichen Weg nach Somerset fortzusetzen. Cyn und Chastity gingen ebenfalls hinaus und ließen sich ihre Pferde bringen.
Als sie die Straße nach Exeter in nördlicher Richtung kreuzten, ballten sich bedrohliche Regenwolken am Himmel zusammen. Im November wurde es früh dunkel, und an diesem Tag setzte die Dämmerung noch zeitiger ein.
»Das sieht nicht gut aus«, bemerkte Cyn nach einem Blick zum Himmel. Er trieb sein Pferd zu schnellerer Gangart an, und Chastity folgte seinem Beispiel.
Wenig später verlor sein Pferd ein Eisen.
Cyn fluchte ausdauernd in den verschiedensten Sprachen. »Ich muß ihn bis ins nächste Dorf am Zügel führen«, sagte er. »Hoffentlich finde ich dort einen Schmied. Da drüben sehe ich einen Kirchturm, der hoffen läßt. Kommt.«
Ein leichter Sprühregen setzte ein, und beide schlugen die Kapuzen ihrer Mäntel hoch.
»Ich glaube nicht, daß wir heute abend noch Maidenhead erreichen«, bemerkte Cyn ärgerlich. »Und angesichts des drohenden Unwetters sollten wir es nicht einmal versuchen.« Dann hob er die Schultern. »Im Grunde ist es auch nicht so schlimm. Wir verbringen die Nacht in irgendeinem abgelegenen Dorf und fallen so entschieden weniger auf, als wenn wir spätabends schmutzig in Maidenhead einträfen, wo das Netz gewiß am dichtesten gespannt ist.«
Er hob den Kopf, verwundert über Chastitys Schweigen.
»Ja, Ihr habt recht«, sagte sie. Noch eine Nacht in einem Gasthaus. O Gott.
Als sie schließlich das Dörfchen East Green erreichten, hatte

Chastity Kopfschmerzen vor Anspannung. Sie stiegen im *Angel* ab, einem schlichten rechteckigen Gebäude an der Hauptstraße mit einem kleinen Hof. Warmes Licht und freundliches Stimmengewirr empfing sie, als sie die Tür öffneten. Der Wirt versicherte, daß noch Zimmer zu haben waren und daß sich gleich unten an der Straße eine Schmiede befände. Sein Stallknecht würde das Pferd hinführen und beschlagen lassen.

Im Gasthaus bemerkten sie keinen Spion, wohl aber ein an einen Pfeiler genageltes Plakat.

VERMISST. BELOHNUNG. Und darunter Veritys Porträt, nach ihrem Hochzeitsbild gezeichnet. Es war ihr sehr ähnlich, stellte sie aber als große Dame dar, mit aufgestecktem Haar und weit ausgeschnittenem Mieder und Diamantschmuck. Wenn Verity in ihrer derzeitigen Verkleidung neben dieser Zeichnung gestanden hätte, wäre sie ganz gewiß nicht erkannt worden.

Cyn zwinkerte Chastity zu. Sie lächelte, erleichtert darüber, daß die Suche auf diese Weise erschwert wurde.

Und der Wirt hatte von Zimmern gesprochen. So würde sie nicht in Versuchung geraten.

Sie verhandelten gerade über Zimmer und eine Mahlzeit, als eine laute Stimme dröhnte: »Cyn Malloren! Ihr seid es tatsächlich! Bei Gott, Ihr tut meinen Augen wohl! Ich dachte, Ihr wärt abgekratzt!«

Sie fuhren herum und sahen einen Offizier aus dem Schankraum kommen. Er sah recht freundlich aus mit seinen runden Wangen und den großen blauen Augen, aber er war zudem von ausgesprochen mächtiger Statur. Als er Cyn umarmte, fürchtete Chastity, er würde den eher zierlichen Mann zerbrechen.

»Gresham!« rief Cyn sichtlich erfreut, trotz der Umarmung. »Was führt Euch in diese gottverlassene Gegend?«

»Oho!« rief Gresham. »Heute ist Euer Glückstag, mein Junge! Hier werden keine Zimmer benötigt«, wandte er sich dann

an den Wirt. »Captain Malloren kommt mit mir nach Rood House.«
»Rood House?« erkundigte sich Cyn. »Euer Wohnsitz?«
»Nein, Heathers.« Er legte den Arm um Cyns Schulter und schob ihn in Richtung Schankraum, wobei er über die Schulter zurückrief: »Mehr von dem Punsch, Wirt, und zwar dalli!«
Chastity verdrehte die Augen und folgte. War Cyn Malloren denn in ganz England bekannt und beliebt? Die beiden Offiziere setzten sich an einen Tisch beim Kamin und tranken den in der Schüssel verbliebenen Rest heißen Punsch. Chastity nahm auf einer Bank in der Nähe Platz. Abgesehen von einem flüchtigen Blick, um sich über ihren Verbleib zu orientieren, beachtete Cyn sie nicht weiter, während er und sein Freund Neuigkeiten austauschten.
Eine Handvoll Dorfbewohner saß beim Hausbräu des *Angel* im Schankraum. Sie beäugten die jungen Offiziere mit mildem, wohlwollendem Interesse und wandten sich dann wieder ihren Gesprächen und Spielen zu. Chastity entspannte sich ein wenig.
Der Wirt kam mit einer frischen randvollen Schüssel mit dampfendem Punsch. Chastity sah es mit Schrecken. Hatte dieser Riese bereits eine solche Schüssel allein geleert? Soweit sie es beurteilen konnte, bestand das Getränk vorwiegend aus Rum und Brandy. Innerhalb kürzester Zeit würden sie alle unter dem Tisch liegen.
Gresham zeigte keine Spur von Schwips, als er zwei Gläser mit dem Gebräu füllte. Zudem war er sehr aufmerksam. »Gehört der zu Euch?« fragte er mit einem Nicken in Chastitys Richtung. »Will er auch was davon?«
»Zweimal ja«, sagte Cyn, der lässig auf seinem Stuhl lümmelte. »Aber gebt ihm nicht zuviel. Er ist der Mutterbrust noch nicht so lange entwöhnt.«
Chastity verzog das Gesicht ob dieser Worte, genoß jedoch das heiße, würzige Getränk. Es wärmte und entkrampfte auf

wunderbare Weise. Sie lehnte den Kopf gegen die Wand und vergaß für den Augenblick all ihre Sorgen.

Gott, wie schön es wäre, Ruhe zu haben, und Freunde, ein ganz normales Leben ...

Sie lauschte der Unterhaltung mit halbem Ohr, hörte jedoch nur Berichte über den Krieg und Anekdoten über Unbekannte. Die beiden Männer lachten schallend über Dinge, die Chastity nicht im geringsten lustig fand.

Sie fühlte sich allmählich ausgestoßen, abgeschnitten von Cyns Welt und mußte sich die Tränen verbeißen. Daraufhin straffte sie sich ruckartig und musterte mißtrauisch den Inhalt ihres Glases. Du liebe Zeit, wurde sie etwa rührselig vor Trunkenheit?

In diesem Augenblick brachen zwei Männer in den Schankraum. »Fürchtet Euch nicht!« verkündete der eine theatralisch. »Wir kommen, um Euch von diesem langweiligen Ort nach Elysium zu führen!« Dieser dunkelhaarige Kavalier trug keine Uniform, sondern einen prachtvollen, wenn auch etwas derangierten Anzug aus reich besetzter grüner Seide. Wie sich herausstellte, war es Heather – Lord Heatherington –, der Eigentümer von Rood House. Sein Begleiter war Lieutenant Toby Berrisford.

Toby war es, der nun sagte: »Cyn! Ich hörte wohl, daß Ihr Euch erholt habt, freue mich aber maßlos, es mit eigenen Augen zu sehen.«

Lord Heatherington, unübersehbar betrunken, hatte Schwierigkeiten, Cyn klar zu erkennen. »Bei Gott, es ist der verrückte Malloren höchstpersönlich. Welch herrlicher Tag! Wir haben einen weiteren Grund zum Feiern!«

Die Situation eskalierte. Die Dorfbewohner lächelten über die jungen Männer, doch Chastity verzog finster das Gesicht. War Cyn Malloren nicht fähig, sich auf seine ernsteren Aufgaben zu konzentrieren, sobald Zerstreuung lockte? Vielleicht war es doch ganz gut, daß sie ihn begleitete.

Als schließlich alles geklärt war, schien es beschlossene Sache zu sein, daß Cyn die Nacht im Rood House verbrachte, um mit Lord Heatherington den Tod von dessen Großvater zu feiern, ein lang ersehntes Ereignis, durch das der Viscount, ein früherer Captain, endlich in den Besitz eines Vermögens gelangte.

Cyn nahm Chastity beiseite. »Wenn ich ablehnen würde, gäbe es noch mehr Gerede. Ihr bleibt am besten hier.«

»Nein!« sagte Chastity. Der Himmel allein wußte, wann und in welchem Zustand er dann wieder auftauchen würde.

»Hier seid Ihr in Sicherheit. Dieses Gasthaus liegt weit entfernt von den Hauptstraßen.«

»Ihr braucht jemand, der einen klaren Kopf behält.«

»So wie ich Heather kenne, wird es wild zugehen«, erklärte Cyn streng. »Ihr bleibt hier.«

Bevor Chastity sich dem Befehl widersetzen konnte, wurden sie unterbrochen. »Oho! Wen haben wir denn da?« fragte Lord Heatherington mit betrunkener Jovialität. »Euer Kammerdiener? Wo ist Jerome?«

»Ruht sich aus«, sagte Cyn. »Sein Bein macht wieder mal nicht mit. Der da ist bloß ein Dorfbursche, der den Pferdeknecht für mich spielt. Er kann hierbleiben.«

»Aber nein! Ich habe Platz für alle, und meine Dienerschaft feiert ebenfalls ein ausgelassenes Fest. Komm mit, Junge. Wir machen einen richtigen Mann aus dir.«

Chastity wurde mitgeschleift zu Lord Heatheringtons Kutsche. Sie warf Cyn einen erschrockenen Blick zu, doch der zuckte nur mit den Schultern, wenngleich er etwas gequält wirkte. Allerdings hatte er recht – Widerworte hätten nur Fragen aufgeworfen. Toby Berrisford zum Beispiel hätte den jungen Begleiter Mrs. Inchcliffs wiedererkennen können, was womöglich zu Fragen nach Mrs. Inchcliff und ihrem Baby geführt hätte.

Zu fünft saßen sie sehr gedrängt in der Kutsche, denn besonders Gresham und Heatherington waren kräftige Männer.

»Charles hätte besser auf dem Kutschbock mitfahren sollen«,

bemerkte Cyn und drückte Chastity auf den Boden herab, so daß ihr Gesicht an seinen Knien ruhte. »Bleib da unten, Junge, und komm uns nicht in die Quere.«
Chastity verzog das Gesicht, wußte aber wohl, daß sie Vorsicht walten lassen mußte. Berrisford war nicht dumm und offenbar auch nicht betrunken. Immerhin, so dachte sie stoisch, war der Kutschenboden mit einem dicken, luxuriösen Teppich ausgelegt und nicht mit Stroh, wie es bei den Mietwagen der Fall war.
Die Männer sangen zotige Lieder über glatte Schultern, runde Hintern und riesige Brüste. Chastity dachte traurig an ihre eigene bescheidene Ausstattung. Sie würden kaum jemals aus einer Männerhand überquellen.
Sie sangen ein Loblied auf üppiges, buschiges Haar zwischen den Beinen eines Mädchens. Auch das fehlte Chastity. Sie hatte nur ein paar spärliche braune Löckchen.
In der Öffentlichkeit schwärmten Männer von weichen Kirschenlippen und kornblumenblauen Augen. War es dies, was sie wirklich wollten? Wenn ja, was hatte sie dann schon zu bieten? Keine Brüste wie Melonen, kein üppig rundes Hinterteil, kein Dickicht zwischen den Schenkeln.
Jetzt sangen sie von Küssen auf einen rosigen Po. Das klang, als hätte jemand Hiebe bekommen.
Ah, und jetzt gingen sie endlich zu normaleren Dingen über – zu besagten Kirschenlippen. Aber Schamlippen, rot wie Kirschen …?
Sie wurde hochgezerrt und aus der Tür gestoßen, denn sie waren am Ziel. Cyn war's, der sie herausbefördert hatte, und er sah wieder sehr gequält aus, nein, vielmehr wütend.
»Tut mir leid«, sagte Chastity leise, »mir ist nichts eingefallen, wodurch ich mich hätte entziehen können.«
»Mir auch nicht«, gab er zu und zog sie dicht an sich heran. »Hört genau zu. Ich suche Euch ein sicheres Plätzchen, und dort bleibt Ihr dann um jeden Preis, oder, das verspreche ich Euch, Ihr bekommt den rosigsten Hintern, der je gesehen wurde.«

Sie starrte ihn an. »War das damit gemeint?«
Er verdrehte die Augen himmelwärts. »Macht einfach Augen und Ohren zu.« Er packte ihr Handgelenk und zog sie mit sich zum Haus.
Der Lärm, der ihnen entgegenscholl, war ohrenbetäubend, und vom Geruch im Hausinneren wurde Chastity schwindlig. Sie taumelte gegen Cyn, und er mußte sie stützen.
Berrisford und Gresham tauchten unverzüglich im Gedränge unter. Heatherington betrachtete mit wohlwollendem Lächeln seine ausgelassenen Gäste.
»Tolles Fest, wie? Euer Bursche kann unten mit den anderen Angestellten feiern.«
»Nein«, sagte Cyn, »ich behalte ihn lieber im Auge.«
Heatherington warf ihm einen ausgesprochen schrägen Blick zu und zuckte die Schultern. »Dann kommt. Kommt und schaut Euch unser Theater an.«
Cyn zauderte. »Heather, Ihr habt nicht gesagt, daß Ihr hier eine Orgie veranstaltet.«
»Jedes gute Fest ist eine Orgie.« Der Gastgeber sah ihn aus blutunterlaufenen Augen an. »Werdet Ihr prüde auf Eure alten Tage, Cyn?«
»Ich denke nur an meine Uniform«, erklärte Cyn. »Sie ist neu. Kann ich mich irgendwo umkleiden?«
»Müßte gehen ...«, antwortete Heatherington unbestimmt. Eine üppige Rothaarige hatte sich bei ihm eingehängt und schmiegte sich an seinen Körper. Ihr Busen war so gut wie nackt, doch das Gesicht hatte sie oberhalb der vollen roten Lippen hinter einer silbernen Maske verborgen. Ihre Aufmerksamkeiten lenkten den Gastgeber ab. »Das Haus ist groß ...«, bemerkte er. »Irgendwo wird es ein Zimmer geben ...«
Es war kein Wunder, daß der Mann keinen zusammenhängenden Satz herausbrachte, während die Rothaarige ihn umsorgte. Chastity verbiß sich ein nervöses Lachen. Wenn einer sie so anfassen würde, wäre ihre Tarnung dahin. Merk-

würdig, die Frau kam ihr irgendwie bekannt vor. Chastity schaute sich um. Etwa die Hälfte der anwesenden Frauen war maskiert. Das ließ vermuten, daß es sich um Damen der Gesellschaft handelte, die ein amouröses Abenteuer suchten, wie es zum Beispiel im *Hell-Fire-Club* gang und gäbe war.
»Nicht doch, Kätzchen«, sagte der Gastgeber zu seinem Quälgeist und schlug ihr auf die zudringliche Hand. »Momentchen mal.« Er wandte sich Cyn zu. »Geht nach oben und bedient Euch. Nehmt das Zimmer, das Euch am besten gefällt ... Bedient Euch nur ... Nehmt alles, was Ihr wollt ...«
Er schenkte seine Aufmerksamkeit wieder seiner ungehorsamen Gefährtin und beachtete Cyn und Chastity nicht weiter.
Chastity rückte näher heran und wollte versuchen, die Frau trotz Maske zu erkennen, doch Cyn zerrte sie fort. »Seid Ihr etwa ein Voyeur? Dann hab ich Euch wohl ins richtige Haus gebracht, wie?«
Energisch bahnte er sich einen Weg durch das betrunkene Gedränge, wobei er drei unsittliche Angebote erhielt, bevor er die Treppe erreicht hatte. Jedesmal nahm er sich die Zeit, die betreffende Dame freundlich auf später zu vertrösten.
»Meine Güte, Ihr werdet heute nacht aber alle Hände voll zu tun haben«, knirschte Chastity.
Er umfaßte ihren Arm so heftig, daß es schmerzte. »Das alles dient einem guten Zweck. Wir wollen doch nicht, daß jemand peinliche Fragen stellt, oder?«
Sie stiegen über ein umschlungenes Pärchen hinweg und die Treppe hinauf.
Eine junge unmaskierte Frau kam ihnen entgegen. Dicke Schminke und zahlreiche Schönheitspflästerchen konnten die Pockennarben auf ihrem Gesicht nicht vollends verbergen, doch ihre Figur war bewundernswert gerundet. Sie zog das Mieder tiefer, was kaum noch möglich erschien, und wiegte sich in den Hüften. »Ja, was haben wir denn da? Zwei hübsche Kavaliere für Sal. Hab ich ein Glück ...« Sie leckte sich die Lippen und musterte Cyn und Chastity mit Kenner-

miene, bevor sie sich gegen Chastity drängte. »Ich mag es jung«, flüsterte sie. »Die Jungen sind meine Spezialität. Komm, Süßer, laß dir von Sally zeigen, wie man's macht.« Sie streckte die Hand aus. Chastity entzog sich ihrem Zugriff und schmiegte sich an Cyn.

Er legte den Arm um ihre Schultern.

Die Hure schüttelte den Kopf. »Ach, so ist das? Schade drum. Euresgleichen vergnügt sich in der Bibliothek, Schätzchen.«

Cyn schleifte Chastity die Treppe hinauf. »Hoffentlich ist Euch klar, daß Ihr meinen Ruf zerstört«, knurrte er. »Jetzt muß ich jedes Weib im ganzen Hause vögeln, um zu beweisen, daß ich es nicht mit Knaben treibe.«

Chastity sah ihn böse an. »Nur durch Eure Schuld stecken wir in der Klemme! Warum habt Ihr auch solch unanständige Freunde!«

Er sah sie an, als wollte er sie erwürgen.

Der Lärm aus dem Untergeschoß ließ nach und mischte sich mit Rumpeln, Stöhnen und Kreischen aus den Zimmern in der Nähe. Manche Pärchen schienen es nicht bis in eines der Zimmer geschafft zu haben, denn überall lagen Kleidungsstücke verstreut. Zwei verschiedene Schuhe lagen auf dem Boden, ein Paar gestreifter Strümpfe zierte einen Bilderrahmen, ein Spitzentuch hing von einem Armleuchter. Auf einer Eichenkommode war ein Kelch umgefallen, und der verschüttete Wein bildete eine klebrige Pfütze.

»Wie lange wird hier schon gefeiert?« fragte Chastity.

Cyn fuhr sich mit gespreizten Fingern durchs Haar und blickte sich geistesabwesend um. »Das weiß der Kuckuck, aber es ist schon der zweite Anlauf ...« Lärm und ein kalter Luftzug ließen sie beide hinunter in die Halle blicken. Weitere Gäste drängten ins Haus. »Jedenfalls bekommen sie immer wieder frisches Blut«, fügte Cyn hinzu. »Die Nachricht von dieser Orgie hat sich bestimmt herumgesprochen. Das hat auch einen Vorteil«, bemerkte er mit einem schiefen Blick in Chastitys Richtung, »dieses Fest behindert die Suche ganz enorm. Toby zumindest denkt gar nicht mehr an seine Pflichten ...«

Chastity konnte nicht zuhören. Sie war starr vor Schrecken. Einer der Neuankömmlinge war ihr Bruder, Fortitude Harleigh Ware, Lord Thornhill. Sie zweifelte nicht daran, daß er sie im nächsten Augenblick erkennen würde, trotz ihrer Verkleidung. Schließlich hatte ihr Gesicht sich nicht verändert, und er hatte sie auch mit geschorenem Kopf gesehen.

»Was ist los?« fragte Cyn schneidend.

In diesem Augenblick mußten sie eng zusammenrücken, um nicht von einem Pärchen umgerannt zu werden – von einem schmutzigen, maskierten Mädchen, dem ein rotgesichtiger Mann folgte. Das Mädchen lachte und kreischte und lief auch nicht sehr schnell. Sie schlüpfte in ein Zimmer. Ihr Verfolger stürmte hinterher.

»Hab ich dich, du freches Biest!«

Die Frau, eindeutig mit den begehrten Brüsten in Melonengröße ausgestattet, was sie die ganze Welt freizügig wissen ließ, wedelte mit den Händen und klimperte mit den Wimpern. »Oh, Sir, ich fürchte, Ihr habt ...«

Der Mann knöpfte seine Hosen auf und sprang sie an.

Cyn schlug leise fluchend die Tür zu und hatte seine Frage schon vergessen.

Chastity war völlig benommen von den Szenen, die sich um sie herum abspielten, doch seit Forts Eintreffen war ihr schlecht vor Angst. Was um alles in der Welt würde ihr Bruder tun, wenn er sie hier entdeckte? Sie schlagen? Wahrscheinlich würde er sie umbringen. Er hatte geglaubt, daß sie Vernham in ihr Bett geholt hatte, er hatte vor Wut getobt, weil sie den Skandal nicht durch die Heirat mit dem Mann wieder wettmachte. Wenn er sie in diesem Haus fand, noch dazu in Männerkleidern ...

Und dann war da auch noch Cyn. Es würde zum Kampf kommen, und Cyn war Fort nicht gewachsen, der ein großer starker Mann und sehr geübt mit Pistole und Schwert war.

»Kommt schon!« fauchte Cyn. »Wir müssen ein Zimmer für Euch finden.«
Es war nicht nötig, Chastity zu zerren, aber er zerrte sie trotzdem mit sich. Skrupellos öffnete er jede Tür, die nicht verriegelt war. Und jedes Zimmer war besetzt. In den meisten sah Chastity eine sich auf und ab bewegende Bettdecke, in einem ragten mehr als vier Füße darunter hervor, das hätte sie schwören mögen, in einem anderen erhaschte sie einen Blick auf ein weißes, auf und ab hüpfendes Gesäß.
Sie lachte leise. Es sah so albern aus.
Endlich fanden sie doch noch ein freies Zimmer. Cyn stieß sie hinein, verschloß die Tür und lehnte sich dagegen. »Zum Teufel mit ihnen allen«, sagte er leise.
Belustigung oder auch Hysterie sprudelte in Chastity hoch, und sie ließ sich lachend auf das große, zerwühlte Bett fallen. Als sie sich wieder unter Kontrolle hatte, lehnte Cyn am Bettpfosten und lächelte höchst merkwürdig.
»Tut mir leid«, sagte sie, »aber es sah so lächerlich aus.«
»Ja, nicht wahr?« Er schaute sich im Zimmer um. »Wenn mich nicht alles täuscht, ist das hier Heathers eigenes Zimmer. Er sagte, wir sollten uns bedienen, und das tun wir hiermit.« Er stellte seinen Portmanteau ab und zog seinen blauen Anzug heraus, den er verbissen glattzustreichen versuchte. »Jerome würde in Ohnmacht fallen, wenn er mich in einem solchen Fetzen sähe, aber in dieser Gesellschaft achtet ohnehin keiner darauf.«
»Nein«, bestätigte Chastity, stolz auf ihren lässigen Tonfall. »Er wird Euch sowieso innerhalb von Minuten vom Leibe gerissen.«
Er warf ihr einen Blick zu, sagte aber nur: »Höchstwahrscheinlich. Die Harpyien wollen frisches Blut. Und Euch bekämen sie für ihr Leben gern in die Finger. Seid Ihr sicher, daß Ihr nicht doch die Gelegenheit nutzen und Eure Erziehung vervollständigen wollt?«
Chastity verschränkte die Hände hinterm Kopf. »Wohl kaum. Ich will mir schließlich keinen Tripper holen.«

»Doch nicht gar so naiv«, bemerkte Cyn. »Die Huren waren gewiß sauber, bevor sie herkamen, aber ob sie es noch sind, wenn sie wieder gehen ...«
Er zuckte mit den Schultern und zog sich bis auf Hemd und Unterhosen aus.
»Und die Damen?« fragte Chastity, entschlossen, sich durch seinen Körper nicht von ihrem Entschluß abbringen zu lassen.
»Was ist mit ihnen?«
»Die maskierten Frauen sind doch keine Huren, oder?«
»Das hängt davon ab, was Ihr unter einer Hure versteht.« Er schloß seine Samthosen und zog die Brokatweste an, knüpfte sich dann ein weiches Spitzentuch um den Hals und steckte es mit seiner Saphirnadel fest. Er nickte seinem Abbild im Spiegel zu. »So geht's wohl.«
Nachdem er noch hellen Puder aufgetragen hatte, um seinem Teint die modische Blässe zu verleihen, ließ er ein Döschen mit Schönheitspflästerchen aufschnappen und sah Chastity mit hochgezogenen Brauen an. »Was meint Ihr?«
Er verwandelte sich in ein völlig neues Wesen – nicht unbekümmerter Abenteurer, nicht Soldat, sondern Salonlöwe.
»Nicht, wenn Ihr Euer Haar nicht pudern wollt«, sagte Chastity kalt.
Er seufzte. »Ihr habt zweifellos recht, aber gepudertes Haar ist so unangenehm. Und so schwer auszukämmen.« Er schnupperte an Heatheringtons Parfüms, spritzte ein wenig von einer ihm zusagenden Duftnote auf ein Taschentuch und zog es durch ein Knopfloch. Dann zog er seine schwarzen Schuhe mit den hohen roten Absätzen an und verbeugte sich. »Kann ich mich so sehen lassen?«
Chastity schluckte. Er sah umwerfend aus. »Wird Euch überhaupt jemand anschauen, bevor sie Euch die Kleider vom Leib reißen?«
Er lächelte. »Wahrscheinlich nicht, aber man hat schließlich Prinzipien.«

Er schaute in das Nebenzimmer und verriegelte die Tür. »Im Grunde habe ich nicht vor, mich auf etwas einzulassen. Zum einen brauchen wir beide unseren Schlaf für das morgige Abenteuer. Zum anderen habe ich auch keine Lust, mir die Seuche zu holen. Aber ich muß mich für ein Weilchen blicken lassen. Ich versuche, Toby ein wenig nach unseren Verfolgern auszuhorchen. Dann komme ich so schnell wie möglich zurück.« An der Tür zum Flur blieb er noch einmal stehen. »Schließt die Tür ab und laßt niemanden herein, außer mir.« Er bedachte sie mit einem strengen Blick. »Ja?«

Chastity hob das Kinn. »Ja. Ich kann Euch versichern, daß ich nicht beabsichtige, dieses Bett mit jemandem zu teilen.«

»Aber hier gibt es leider nur eines, Charles. Ihr werdet es wohl mit mir teilen müssen.«

Das hatte Chastity bisher übersehen. »Dann schlafe ich eben auf dem Boden.«

Er lächelte träge. »Ihr kränkt mich, Bürschchen. Das Bett ist groß genug, und ich habe keine Läuse.«

»Es ist eine Angewohnheit, Lord Cyn. Ich schlafe allein.«

»Wir werden sehen.« Damit ging er.

Chastity flog zur Tür und verriegelte sie. Vielleicht würde sie nicht einmal ihm öffnen.

Allmählich wurde ihr ihre Lage bewußt, und sie preßte die Hände vors Gesicht. Wie zum Teufel hatte sie in diesen Sumpf geraten können?

Cyn wartete, bis er das Schloß klicken hörte. Immerhin hatte sie ihm bis hierher gehorcht, doch er mochte sich nicht darauf verlassen, daß sie es auch weiterhin tat. Lächelnd schüttelte er den Kopf. Herr Gott, Mut hatte sie, aber sie wurde wahrhaftig an ihre Grenzen getrieben. Würde sie zerbrechen, bevor er der Maskerade ein Ende machen und sie beschützen konnte, wie es sich gehörte?

Lautes Gebrüll von unten ließ auf ein großartiges Ereignis schließen. Was es war, interessierte Cyn nicht sonderlich.

Hätte er geahnt, was ihn hier erwartete, wäre er doch unter irgendeinem Vorwand im *Angel* geblieben.
Doch jetzt konnte er sich ein wenig entspannen, nachdem er seine bedrängte Maid in Sicherheit gebracht hatte. Es entspannte ihn auch zu wissen, daß sie, ganz gleich, was im Frühling vorgefallen sein mochte, unschuldig war. Ihre Reaktion auf dieses Fest hatte es ihm verraten.
Hätte er sie doch nicht allein lassen müssen. Keine der anwesenden Frauen, so schön sie auch sein mochte, konnte ihn so faszinieren wie seine Maid. Er wollte dieses Abenteuer nur noch schnellstens hinter sich bringen, damit er ihr die Wahrheit entringen und die gemeinsame Zukunft planen konnte. Voller Vorfreude auf den Moment, da er zu Chastity zurückkehren und dem Wahnsinn entkommen konnte, mischte er sich unter das ausgelassene Volk.

Chastity stapfte rastlos im Zimmer auf und ab. Sie konnte sich Cyn durchaus in den Armen einer dieser Harpyien vorstellen – wie er betastet, abgeschleckt und entkleidet wurde, um die Lust einer Hure zu befriedigen. Unwillkürlich ballte sie die Hände zu Fäusten. Es war nicht recht! Auch sie war einmal schön gewesen, und damals hätte er sie nicht so einfach verlassen.
Sie zog sich die Perücke vom Kopf und blickte in den Spiegel. Eine Außenseiterin. Eine Außenseiterin mit hartem Gesicht, in Hosen. Wild streifte sie die Männerkleidung ab und löste ihre flachgebundenen Brüste. Bald war sie nackt.
Sie schauderte und seufzte.
Sie strich mit der Hand über ihren Körper. Es war kein häßlicher Körper. Sie wußte wohl, daß sie keine Schönheitskönigin war wie Nerissa Trelyn, doch ihre Figur war trotzdem reizvoll. Aber Nerissa Trelyn hatte glänzende, blaßblonde Locken. Sie hatte große Augen und dichtere Wimpern als Cyn. Sie hatte Brüste wie Melonen, doch die Gesellschaft sprach von einem schönen Dekolleté …

Chastitys Hand hielt inne. Nerissa Trelyn, die Tochter des Bischofs von Peterborough, die Frau Lord Trelyns, Ausbund von Tugend und Anstand, Liebling und Mittelpunkt der Londoner Gesellschaft, eine der Personen, die Chastity mit Henry Vernham im Bett gesehen und sie verdammt hatten.

Nerissa Trelyn war die Frau, die Heatherington verführen wollte!

Chastity schaute sich ziellos im Zimmer um. Sie griff nach einem Morgenrock aus brauner Seide und schlüpfte hinein. So rollte sie sich in einem großen Lehnstuhl vor dem Feuer zusammen und schenkte sich ein Glas Wein aus der dort bereitstehenden Karaffe ein.

Konnte sie sich irren? Es war unglaublich, und doch war sie sicher, insbesondere aufgrund dieser unverkennbaren weichen Stimme. Sie trug eine rote Perücke über ihrem blonden Haar, aber sie war es. Die große Lady Trelyn spielte die Hure. War es möglich, daß sie Chastity erkannt hatte?

Nein, sie war mit Augen und Sinnen ganz eindeutig auf andere Dinge konzentriert gewesen.

Im Grunde wunderte es Chastity nicht übermäßig, daß Nerissa Trelyn sich Liebhaber hielt; alle Welt wußte ja, daß sie Lord Trelyn seines Geldes wegen geheiratet hatte, und er schien ein kalter, vertrockneter Mann zu sein.

Aber daß sie sich an einem solchen Ort aufhielt …

Und sie hatte es gewagt, Chastity Ware zu verdammen!

Wie viele waren außer ihr noch hier? Wie viele von diesen Heuchlern?

Chastity leerte ihr Glas und stand auf. Sie mußte raus aus diesem Zimmer. Sie begann, sich wieder anzukleiden, hielt dann aber inne. Ihr Bruder Fort. Wenn er ihr über den Weg lief, würde er sie erkennen.

Sie konnte nur maskiert auftreten. Aber nur die Frauen trugen Masken. Wenn sie sich als Frau kleidete, mit Perücke und Maske, würde sie gewiß niemand erkennen. Chastity

hatte Nerissa Trelyn nur an ihrer Stimme erkannt, und sie würde die ihre sorgsam verstellen.
Sie zögerte, verunsichert. Sie wäre verzweifelt gern in Sicherheit, in diesem Zimmer geblieben. Doch genauso verzweifelt wünschte sie die Bestätigung des Unfaßbaren – daß Nerissa Trelyn sich dort unten vergnügte –, denn wenn es so war, konnte sie ihr Wissen vielleicht zur Verbesserung ihrer eigenen Situation nutzen.
Ja, sie würde es tun. Nur einen vorsichtigen, kurzen Einblick wollte sie nehmen.
Chastity öffnete die Türen zu Lord Heatheringtons Kleiderschrank, fand dort jedoch lediglich Männerkleidung. Enttäuscht rang sie die Hände. Aus den Kleidungsstücken, die überall im Haus verstreut lagen, hätte sie sich gewiß ein Frauenkostüm zusammenstellen können, aber sie wagte nicht, sich auf die Suche zu machen.
Das Nebenzimmer. Es gehörte bestimmt einer Frau.
Im nächsten Moment hatte sie den Schlüssel gedreht und war eingetreten. Ja! Eindeutig das Zimmer einer Frau. Und würden deren Kleider ihr auch passen? Ein Blick in den Schrank beantwortete ihre Frage – sie würden passen, wenn auch vielleicht nicht perfekt.
Chastity war entzückt über die Auswahl, die sich ihr bot. Es war lange her, seit sie eine so hübsche Kollektion zur Verfügung gehabt hatte. Sie zog den Morgenrock aus und streifte ein weißes Seidenhemd mit doppelten Spitzenrüschen an den Ellbogen über. Als es an ihrem Körper herabglitt, schauderte sie vor Wonne.
Als nächstes wählte sie einen gefütterten Unterrock aus weißer, gelb abgesetzter Seide. Sie stieg hinein und band die Schleife in der Taille. Darüber trug man ein Mieder aus Brokat, das etwas über den Bund des Unterrocks hinausging. Es war nicht leicht, die Bänder im Rücken zu schnüren, doch sie konnte unmöglich einen Dienstboten zur Hilfe rufen und mußte es, so gut sie konnte, selbst erledigen. Sie lächelte

unter der Erinnerung daran, wie sie Cyn angekleidet hatte, und seufzte, als sie sich vorstellte, von ihm an- oder gar ausgekleidet zu werden.
Energisch verbot sie sich derartige Gedanken.
Sie betrachtete sich im Spiegel. Das Mieder bedeckte kaum ihre Brustspitzen und schob ihre vollen Brüste hoch, die nur von dem durchsichtigen Hemdchen bedeckt waren. Solch ein gewagtes Kleidungsstück hatte sie noch nie getragen, aber es gefiel ihr. Nach der langen Zeit in Männerkleidern war es wundervoll, wieder Frau zu sein.
Sie griff nach einem vorn offenen Gewand aus gelb und braun gestreifter Seide, zog es an und hakte es seitlich am Mieder fest. Rock und Oberteil öffneten sich und ließen den Unterrock wie auch das Mieder sehen. Unter den ellbogenlangen Ärmeln rieselten die Spitzenrüschen des Hemdes hervor.
Chastity drehte sich und freute sich über die hübschen Sachen, über die glatte, raschelnde Seide. Der Rock hing ein wenig schlaff und hätte über einem Reifen besser ausgesehen, doch falls die Dame, der diese Kleider gehörten, Reifen besaß, trug sie sie selbst. Der gefütterte Unterrock verlieh dem Rock eine gewisse Fülle, und Chastity mußte wohl ein wenig größer als die Besitzerin sein, denn die Röcke reichten nicht bis auf den Boden.
Ihr kam in den Sinn, daß dieses Zimmer womöglich Nerissa Trelyn gehörte. Sie suchte nach Anhaltspunkten, fand aber nichts, was ihren Verdacht bestätigt hätte. Trotz ihres schlechten Gewissens suchte sie gründlicher. Auch in den Schubladen fand sie nichts.
Dann entdeckte sie eine kleine Schachtel aus Elfenbein. Darin befanden sich zwei Briefe, zwei heiße Liebesbriefe. Chastity seufzte vor Enttäuschung. Sie stammten wahrscheinlich aus Lord Heatheringtons Feder, waren jedoch an eine gewisse Desirée gerichtet. Der Name hatte nichts zu sagen, denn die Mode verlangte, daß ein Mann seine Geliebte mit einem

phantasievollen Namen bedachte. Chastity selbst war für einen Galan Bella, für einen anderen Clorinda gewesen.
Doch dann fragte sie sich, ob Heatherington denn die an ihn gerichteten Briefe aufbewahrte.
Sie durchsuchte eilends sein Zimmer. Nach erfolglosem Kramen in Schachteln und Schubladen fand sie schließlich einen, den er nachlässig in eine Jackentasche gestopft hatte.
Der Stil der Dame war blumiger, aber nicht weniger schamlos. Chastity errötete, als sie diese wollüstige Korrespondenz las. Das Briefchen war an Herkules gerichtet und mit Desirée unterzeichnet, aber gewiß von der Verfasserin persönlich geschrieben. Diese Sorte Brief diktierte man kaum einer Sekretärin. Ob sich nachweisen ließe, daß es die Handschrift Lady Trelyns war?
Chastity verstaute den Brief sorgsam in der Westentasche ihres Anzugs. Jetzt war sie noch begieriger darauf, ihre Nachforschungen durchzuführen, Nerissa zu identifizieren und noch weitere Heuchler zu entdecken, die sich unten schamlos betätigten.
Doch sie benötigte eine Perücke, fand jedoch keine. Zunächst glaubte sie schon, auf das Abenteuer verzichten zu müssen, und spürte etwas wie schuldbewußte Erleichterung, doch dann erinnerte sie sich an die schwarze Perücke, die Cyn bei Mrs. Crupley gekauft hatte. Befand sie sich noch in seinem Portmanteau?
Sie fand sie. Es war ein billiges Ding aus schwarzem Roßhaar, doch für diesen Anlaß mußte sie reichen. Sie kämmte sie ein wenig in Form und bestäubte die Locken mit dem Puder, den sie im Damenzimmer fand – ein ziemlich unangenehmes Rosa mit Rosenduft. Chastity mußte husten.
Doch die Perücke erfüllte ihren Zweck. Als sie die Lockenmassen auf den Kopf stülpte, wirkte das unnatürliche Schwarz durch den Puder etwas milder, und der Gesamteindruck war nicht einmal schlecht.
Chastity bediente sich freizügig am Schminktisch der Dame.

Etwas Rouge färbte ihre Wangen, in einem Tiegel fand sie cremiges Lippenrot. Sie puderte ihr Gesicht weiß ab und klebte ein schwarzsamtenes Herzchen neben ihren Mund – eine Aufforderung zum Küssen.

Zufrieden musterte Chastity sich im Spiegel. Da stand eine hübsche Dame, aufgeputzt für einen Ball oder eine Einladung bei Hofe, wenn auch vielleicht ein bißchen zu stark geschminkt für letzteren Anlaß. Sie sah älter und gewagter aus als gewöhnlich. Toby Berrisford würde in ihr ganz bestimmt nicht einen gewissen jungen Mann, Fort nicht seine Schwester erkennen. Chastity Ware hatte sich immer züchtig gekleidet, wie es sich für eine wohlerzogene Dame auf der Suche nach einem Gatten gehörte.

Und sie sah gut aus. Ihre Taille war schmal, ihre Schultern waren weiß und glatt, ihre Brüste zwar nicht so üppig wie Melonen, aber sie kamen in dem tief ausgeschnittenen Mieder sehr vorteilhaft zur Geltung.

Sie ermahnte sich, daß sie ja nicht bewundert werden wollte. Tatsächlich brachte dieses Kostüm ihr vielleicht bedeutend mehr Bewunderung ein, als sie verkraften konnte. Andererseits wäre ein schlichtes Kleid in dieser Gesellschaft aufgefallen wie eine Kirsche unter lauter Erbsen. Sie schob das Mieder ein wenig höher, sagte sich, daß sie sich nur für einen kurzen Augenblick unter die Feiernden mischen wollte und zudem sehr, sehr vorsichtig sein würde.

Zuallerletzt griff sie noch nach einem kleinen Parfümfläschchen, schnupperte am Inhalt und verzog das Gesicht, als ihr ein schwerer, schwüler Duft in die Nase stieg.

Cyn hatte doch seinerzeit Parfüm gekauft. Was hatte er damit gemacht?

Sie kehrte noch einmal in Heatheringtons Zimmer zurück, schloß die Verbindungstür und wühlte in Cyns Gepäck. Sie fand das Kristallfläschchen, zog den Korken heraus und atmete entzückt die Mischung aus Blumenduft und Würze, vermischt mit Elementen, die von Lust flüsterten. Noch zögerte sie und überlegte, ob es an diesem Ort nicht gefährlich sein könnte, einen solchen Duft zu tragen, doch dann sagte sie sich, daß diese dezente Einladung zu Intimitäten ja unweigerlich in all den anderen Gerüchen untergehen mußte. Dieses Parfüm wollte sie nur für sich selbst tragen, denn es war wundervoll und gab ihr das Gefühl weiblicher Macht. Sie tupfte ein wenig an ihre Ellbogen und zwischen ihre Brüste.

Chastity war ehrlich zu sich selbst. Ihr verzweifelter Wunsch zu erfahren, wer an dieser Orgie teilnahm, ließ sich größtenteils auf die vage Hoffnung zurückführen, daß sie etwas in Erfahrung brachte, was zur Wiederherstellung ihres guten Namens beitrug. Dann nämlich würde sie Cyn offen in die Augen blicken können.

Sie schluckte die Tränen angesichts dieses hoffnungslosen Vorhabens hinunter. Sie hatte gelernt zu kämpfen, und die Waffe, die sich ihr heute bot, war vielleicht ihre einzige Chance.

Zehntes Kapitel

Trotzdem benötigte Chastity einen Kelch voll Rheinwein, bevor sie den Mut fand, sich aus dem Zimmer zu wagen. Nach einem letzten Blick auf die Fremde im Spiegel öffnete sie schließlich vorsichtig die Tür. Der Flur lag verlassen da, doch die meisten Zimmer waren offenbar immer noch belegt. Sie schloß die Tür ab und schob den Schlüssel in ihr Mieder. Das kühle Metall ließ sie frösteln.

Oder lag es an ihrer Nervosität?

Sie mußte sich unter die Gäste im Erdgeschoß mischen, doch sie fürchtete sich davor, die breite Treppe hinabzuschreiten, wo jeder, der zufällig den Blick hob, sie deutlich sehen würde. Am anderen Ende des Flurs fand sich bestimmt eine Dienstbotentreppe. Sie hatte recht, und auf dem Weg nach unten begegneten ihr dort nur ein paar gehetzte Diener. Unten angekommen, fand sie über einen kleinen Flur in die Eingangshalle.

Es war nicht mehr so laut wie bei ihrer Ankunft, und nur etwa ein halbes Dutzend müder oder betrunkener Gäste lungerte herum. Vorsichtig huschte sie an ihnen vorüber. Fünf von ihnen waren Männer. Die sechste Person war eine unmaskierte Frau, die in den Armen eines Mannes schnarchte, aber Chastity erkannte niemanden.

Vermutlich hatten sich die übrigen Gäste auf die diversen Zimmer verteilt. Gelächter, Stimmengewirr und Musik drangen von überallher auf sie ein, aber alles wurde von dem Gesang in einem Raum weiter hinten im Haus übertönt. Er wurde begleitet von Klatschen und Stampfen und gelegentlichem begeisterten Gebrüll.

Chastity hatte die Sangeskunst Lord Heatheringtons und seiner Freunde bereits genießen dürfen und spürte kein Verlangen nach mehr. Sie strebte der ihr nächstgelegenen Seite der Halle zu.

Wenn dieses Haus seit seiner Errichtung zur Zeit König Jakobs nicht umgebaut worden war, würden von drei Seiten der Halle aus ineinander übergehende Räume abzweigen. Sie begann ganz vorn.

In einem kleinen Speiseraum wälzte sich ein Pärchen auf dem Boden. Chastity konnte nicht erkennen, um wen es sich handelte, und sie hatte auch nicht die Nerven, näher heranzugehen und die zwei genauer in Augenschein zu nehmen. Sie hastete in den nächsten Raum, der entschieden besser besucht war.

Es war ein Spielsalon, in dem die Anspannung von Menschen zu spüren war, die sich lieber den Würfeln und den Karten als dem Sex hingaben. Männer und Frauen, sowohl maskierte als auch unmaskierte, schoben Vermögen auf den Tischen hin und her, beobachteten Würfel und Karten mit fiebrigem Glanz in den Augen. Chastity schauderte. Jede Art von Spiel war ihr schon immer suspekt gewesen.

Auf dem Weg ins nächste Zimmer wurde sie von einer Hand an der Schulter zurückgehalten. »Ganz allein, *cara?*« Ein Mann mittleren Alters zerrte sie auf seinen Schoß. »Komm, bring mir Glück.« Mit seinen dicken Fingern tätschelte er ihre Brust.

Chastity widerstand dem Drang, sich zu wehren. Dadurch hätte sie nur Mißtrauen erregt. Statt dessen ließ sie sich an seine Brust sinken und legte die Hände um seinen Nacken. Er lachte leise und wandte sich wieder dem Spiel zu. Chastity sah hinter ihrer Maske zu, und als sie an seinem gierigen Blick erkannte, daß das Spiel sich dem Höhepunkt näherte, wand sie sich provokativ auf seinem Schoß und gab ihm einen Kuß auf die Wange.

Wie erwartet, schob er sie von sich. »Teufel auch, Weib. Ich sehe meine eigenen Karten nicht!«
Schmollend ergriff sie die Flucht. Das war nicht schwer gewesen, und sie mußte sich eingestehen, daß die Sache anfing, ihr Spaß zu machen. In ihrer Verkleidung fühlte sie sich sicherer als je zuvor in ihrem Leben. Sie war nicht Lady Chastity Ware. Sie war keine ehrlose Frau. Sie war nicht einmal Charles. Sie war wie neugeboren.
Von lautem Gelächter aufgeschreckt, blieb sie stehen und schaute sich nach dem betreffenden Tisch um. Hier wurde nicht um Geld gespielt.
Eine schwarze Frau würfelte gegen alle, die an den Tisch traten. Männer griffen zu den Würfeln, aber eine ganze Reihe von Frauen schaute zu. Wenn ein Mann acht Augen oder weniger warf, fügte die schwarze Frau seine Guineen ihrem schon gesammelten Stapel hinzu. Wenn er mehr würfelte, behielt er sein Geld, während sie ihr Mieder ein wenig herabzog oder ihren Rock ein Stückchen anhob. Ihr Mieder aus roséfarbener Seide hing praktisch an ihren Brustspitzen und entblößte den Großteil eines prachtvollen, schokoladenfarbenen Busens. Ihr Rock war bis zur Hälfte der Oberschenkel hochgeschoben.
Man würfelte fieberhaft. Chastity wartete fasziniert darauf, daß das Mieder endgültig fiel. Drei Männer warfen und verloren. Die schwarze Frau lachte und zeigte ihre schönen blitzenden Zähne. »Wer will noch mal, meine Herren? Zehn Minuten bleiben noch. Wenn die Stunde schlägt, ordne ich meine Kleider, und das Spiel beginnt von neuem.«
Zwei Männer drängten sich vor und würfelten. Auch sie verloren.
Eine lange weiße Hand mit einem rubingeschmückten Wappenring griff nach den Würfeln. »Das Schicksal hat dich eingeholt, Sable.«
Chastity hielt den Atem an.
Es war der Marquis of Rothgar.

Offenbar war er gerade erst eingetroffen, denn er war makellos gekleidet in schwarz abgesetztem roten Brokat. Schneeweiße Spitze schäumte an seinem Hals und an seinen Handgelenken. Sein schwarzes Haar war nicht gepudert. Im flackernden Kerzenschein wirkten seine ebenmäßigen schönen Züge wie in Marmor gemeißelt.
Sable, die schwarze Frau, lächelte. »Ich gewinne so oder so, Mylord, denn wenn ich verliere, gewinnt Ihr mich.«
Rothgar schüttelte die Würfel. »Entzückend. Vielleicht benötige ich ja eine Haussklavin ...«
Das Lächeln der Frau glich dem Zähneblecken eines Raubtiers. »Nicht, wenn Euch Euer Leben lieb ist, Mylord.«
Rothgar lächelte kalt und würfelte. Zwei Sechsen wiesen ihn eindeutig als Sieger aus. Beifallsgebrüll ließ den Raum erzittern.
Sable stopfte ihren gesamten Gewinn in einen Beutel an ihrem Gürtel und stand auf. Sie wand sich geschmeidig, und die rosa Seide ihres Mieders glitt bis zur Taille herab, was den Männern ein kollektives Stöhnen entrang. Wahrhaftig, dunkle Melonen, dachte Chastity. Rothgar reagierte mit unbeeindruckter Höflichkeit.
Sable hob langsam ihren Rock, bis sie nackt bis zur Taille war, und stopfte den Saum in den Bund. Sie drehte sich vor den Zuschauern und zeigte das dunkle, buschige Haar zwischen ihren Schenkeln. Dann ging sie mit wiegenden Hüften zu Rothgar und ließ ihre Finger an seiner Brust bis zu seinem Kinn hinaufwandern. »Nun, Mylord, wollt Ihr das etwa fürs Fußbodenschrubben vergeuden? Sagte ich schon, daß Ihr mich nur für diese eine Nacht gewonnen habt?«
»Schade«, antwortete er und ließ eine goldene Tabaksdose aufschnappen. »Und diese Fußböden hier gehören mir nicht einmal. Deinen Fuß, Sklavin.«
Sable trat zurück, und in perfekter Balance streckte sie ihm ein Bein entgegen. Er legte einen Prise braunen Schnupfta-

bak auf ihren Spann und umfaßte ihre Ferse. Er sog den Tabak erst in das eine, dann in das andere Nasenloch.
Als er den Kopf wieder hob, ließ er Sables Ferse nicht los und zwang sie so, mit hochgerecktem Bein stehenzubleiben. Sable zeigte keinerlei Spur von Unbehagen, weder körperlicher noch schamhafter Art. Vielmehr lehnte sie sich, vielleicht auf ein Zeichen Rothgars, weit zurück, führte einen langsamen Handstand aus und kam ihm gegenüber wieder auf die Füße. Diese Übung bot den Zuschauern einen ungehinderten Blick auf ihren intimsten Körperteil, der, ob nun natürlich oder unnatürlich, jedenfalls scharlachrot war. Die kirschroten Lippen!
Chastity erinnerte sich daran, den Mund wieder zu schließen.
Rothgar applaudierte dezent. Er streckte die Hand aus und führte Sable, als wäre sie die vornehmste, völlig korrekt gekleidete Dame, aus dem Saal.
Chastity schöpfte tief Atem. So etwas hätte sie sich nie vorstellen können, und der Anblick hatte sie jeglicher Zuversicht beraubt. Dieser Gesellschaft war sie ganz und gar nicht gewachsen. Am liebsten wäre sie in ihr Zimmer geflüchtet und hätte sich bis zum Morgen unter der Bettdecke verkrochen.
Doch sie hatte noch etwas zu erledigen und zudem eine neue Sorge. Sie glaubte nicht, daß Rothgar sie erkennen würde, obwohl er als nahezu allwissend galt, aber Cyn durfte seinem Bruder hier nicht über den Weg laufen.
Allerdings konnte sie Cyn nicht warnen, ohne ihre Tarnung aufzugeben, und zwar vollständig.
Nachdem Sables Vorstellung beendet war, standen die Zuschauer in Grüppchen zusammen und kommentierten sie. Für den Moment schienen sie befriedigt zu sein. Chastity brauchte lediglich zwei anzügliche Einladungen auszuschlagen, bevor sie zu einem Schreibtisch in der Zimmerecke gelangte.

Er war nicht verschlossen, und sie fand Papier, Feder und Tinte. Die Feder mußte gespitzt werden, und die Tinte war zähflüssig, aber es gelang ihr dennoch, *Rothgar ist hier* zu kritzeln. Sie faltete das Blatt und schob es unter ihr Mieder. Sobald sich eine Gelegenheit ergab, wollte sie es Cyn zustecken.
Sie hastete in den nächsten Raum, der sich, wie sich herausstellte, als Galerie über die gesamte Rückseite des Hauses erstreckte. Er wurde als Ballsaal genutzt, wenn die hier stattfindende Veranstaltung denn als Ball bezeichnet werden konnte. Ein Trio gab sich alle Mühe, etwas wie Musik zu produzieren, aber alle drei waren sturzbetrunken und bevorzugten wilde Rhythmen. Entsprechend wild waren die Bewegungen der Tänzer.
Hier endlich konnte Chastity anfangen, ein paar Namen zu verzeichnen. Lady Jane Treese, du liebe Zeit – die boshafteste Klatschbase in ganz England. Meg Cordingly, Susan Fellows und Letty Proud. Die pummelige Rothaarige würde wohl nicht mehr gar so stolz auftreten, wenn bekannt würde, daß sie über den ganzen Raum hinweg von Hand zu Hand weitergereicht wurde, wobei ihre Röcke flogen, daß es eine Schande war.
In London hatte Chastity heimliche Spekulationen zu dem Thema gehört, ob Lettys Haar überall so flammend rot wäre. Jetzt wußte man es. Statt zu triumphieren, wurde Chastity traurig. Die hier gesammelten Namen würde sie nicht benutzen können, ohne großen Schmerz zu verursachen.
Außerdem beneidete sie die Enthemmten. Wenn ihr Benehmen auch schändlich und falsch war, waren sie für diesen kurzen Augenblick doch glücklich. Sie dagegen konnte sich kaum erinnern, was Glück eigentlich war.
Ein Mann packte sie und zog sie in einen ausgelassenen Tanz hinein. Mit Entsetzen erkannte sie Fort.
»Aber, aber, Süße, nicht so furchtsam. Sag mir, wie du heißt.«
Im Grunde sah er recht gut aus mit seinen blauen Augen,

seinem lockigen braunen Haar und den ebenmäßigen Zähnen. Er lächelte betörend. Wie lange hatte er sie nicht mehr so angelächelt? Es war noch gar nicht so lange her, doch ihr kam es vor wie ein ganzes Leben.

»Bist du inkognito hier?« fragte er. »Dann nenn mir einen falschen Namen, du Schöne. Mir soll es recht sein.«

»Chloe«, sagte sie in Gedanken an eine verknöcherte Tante, die älteste Schwester ihres Vaters.

Er lachte. »Das ist nicht unbedingt mein Lieblingsname, aber es macht nichts.« Er zog sie an sich und küßte sie.

Chastity erstarrte. Das war doch eine schreckliche Sünde!

Ärgerlich stieß Fort sie von sich. »Was ist los, Flittchen? Gefalle ich dir nicht?«

»Es tut mir leid, Sir«, hauchte sie erzitternd. »Ich ... ich fühle mich unwohl. Ich muß mich übergeben!«

»Teufel auch«, rief er lachend und führte sie zur Tür hinüber. »Geh diesen Flur entlang, dann findest du nach draußen. Und viel Glück.«

Damit wandte er sich wieder den Tanzenden zu. Chastity lächelte traurig. Das war die lässige Nettigkeit, die sie noch aus vergangenen Zeiten kannte. Fort war ein harter, aufbrausender Mann, aber nicht böse. Sie betrachtete die Situation von seinem Standpunkt aus. Er war einer von denen, die Vernham in ihrem Bett erwischt hatten, aber richtig wütend war er erst geworden, als sie sich geweigert hatte zu heiraten.

Chastity drückte sich in den Flur und beobachtete ihren Bruder. War er lediglich hier, um zu feiern, oder im Zusammenhang mit der Jagd auf Verity? Bestimmt sorgte er sich um Verity, aber es war auch typisch für ihn, sich zu amüsieren, wenn sich die Gelegenheit bot. Er griff sich eine andere Partnerin und verließ nach einer Weile mit ihr zusammen den Raum. Chastity nahm ihren Mut zusammen und trat wieder ein, um weitere Zeugen zu suchen.

Heatherington, seine Geliebte an der Seite, durchquerte den

Raum und applaudierte seinen Gästen. Chastity drängte sich näher an das Paar heran. Kein Zweifel, es war Nerissa. Der tänzelnde Gang und diese Angewohnheit, über ihren Hals zu streichen, als suchte sie Falten …

Ein Mann stellte sich Chastity in den Weg. »Allein? Aber gewiß nicht. Jetzt jedenfalls nicht mehr.« Er reichte ihr, zum Tanz einladend, die Hand. Es war der riesige Captain Gresham. Er hatte die Uniform nicht abgelegt, und inzwischen war sie ziemlich in Unordnung geraten. Die weiße Weste klaffte, das Halstuch fehlte, sein Hemd war am Hals geöffnet. Die Perücke hatte er auch verloren; sein geschorener, schwarzgestoppelter Schädel war unbedeckt.

Chastity ging zu ihm. Blieb sie allein, wäre sie ständigen Anzüglichkeiten ausgesetzt, und warum sollte sie nicht auch ein wenig Spaß haben?

Zunächst tanzten sie recht gemäßigt, doch dann griff er sie fester und wirbelte sie durch die Luft. Chastity schrie und fürchtete, sie könnte zuviel zeigen und ihre Perücke verlieren. Außerdem erschreckten sie seine Kraft und seine Größe; in seinen Armen fühlte sie sich wie ein Kind. Ihr wurde bewußt, daß sie bisher nie anders als im Schutz ihres Vaters, ihres Bruders oder Cyns in die Welt hinausgetreten war, und hier war niemand, der sie aus den Händen dieses Riesen retten konnte.

Er ließ sie langsam an seinem Körper hinunter zu Boden gleiten. Sie seufzte erleichtert, als sie wieder auf ihren eigenen Füßen stand, bis sie merkte, daß Greshams Manöver ihren Unterrock vorn hochgeschoben hatte, so daß ihre nackten Beine zu sehen waren.

Er knurrte und küßte sie.

Chastity war völlig hilflos. Ein mächtiger Arm hielt sie fest. Seine andere Hand umfaßte ihren Kopf, der in diese Pranke hineinpaßte wie eine Orange in ihre eigene Hand. Sein heißer Mund fiel über sie her, und als sie sich wehrte, glitt sein Daumen nach vorn, um ihre Lippen auseinander zu

zwingen. Seine dicke Zunge drang in sie ein. So etwas hatte sie noch nie erlebt.
Sie fühlte sich überfallen, überschwemmt und überwältigt, doch ihre Sinne schwammen, und ihr Mund wurde weich unter seinem gekonnten Kuß. Das macht ihr mehr angst als alles andere.
Langsam zog er sich zurück. »So ist's schon besser, meine Schöne. Was ist los mit dir? Hast du hier einen anderen?«
Chastity ergriff die Gelegenheit und sagte: »Ja.«
»Pech.« Seine Hand umfaßte und streichelte ihre Brust.
Zu heftig. Es tat weh. Der Anflug von Lust verging, wich dem Entsetzen. Sie würde vergewaltigt werden, hier, in diesem Raum. So war sie noch nie im Leben berührt worden, nicht einmal von Henry Vernham.
Sie wehrte sich gegen Greshams eisenharte Umklammerung, suchte verzweifelt nach einem Fluchtweg, doch er nutzte die Gelegenheit und biß ihr in den Nacken. »Wirklich, so ein Pech«, keuchte sie. »Aber ich habe ihn verlassen, weil er mir nichts zu essen gab. Allen Ernstes, Sir, ich komme um vor Hunger. Ich ... hm ... ich kann mich auf nichts anderes konzentrieren, solange ich Bauchweh vor Hunger habe.«
Er lachte und drückte leichte Küsse auf ihren Brustansatz. »Tja, jetzt, wo du es sagst, überkommt mich auch ein Bärenhunger, und dich sollte ich vielleicht doch nicht verschlingen, so köstlich du auch bist. Heather muß hier doch irgendwo was zu essen haben«, sagte er, »und wir beide müssen erst mal wieder zu Kräften kommen, nicht wahr?«
Schwindlig vor Erleichterung lächelte Chastity ihn an. »Ich ganz besonders, Sir«, sagte sie verhalten. »Denn Ihr seid so groß.«
»Unglaublich groß, Süße, das versprech ich dir.« Er ergriff ihre Hand und drückte sie auf seinen erigierten Penis.
Chastity war fassungslos. Das mußte eine Frau doch zerreißen!
Er lachte leise. »Bist du sicher, daß du erst was essen möch-

test? Bei mir kannst du dich ganz nach Belieben bedienen, und ich verspreche dir, daß ich dich gut fülle.«
Bei seinen Worten hätte sich ihr fast der Magen umgedreht. »O doch«, sagte sie hastig. »Ich bin ganz sicher.« Sie wollte ihn nur noch los werden, um dann schnellstens in ihr Zimmer zu flüchten, wo sie in Sicherheit wäre. Ein paar Namen hatte sie ja schon gesammelt, und allmählich ließen ihre Nerven sie im Stich.
Er führte sie in einen anderen Raum. Sein Arm schützte sie vor dem Gedränge, hielt sie aber gleichzeitig gefangen. Sich zu befreien war nahezu unmöglich, und wenn es ihr gelingen sollte, hätte er sie doch im nächsten Moment wieder geschnappt. Ob ein Hilfeschrei ihr etwas einbringen würde? Höchstens die Preisgabe ihrer Identität.
Bei dem Gedanken schwanden ihr vor Grauen fast die Sinne. Lieber ertrug sie eine Vergewaltigung.
Sie mußte Gresham überzeugen, daß sie genauso begierig war wie er, und auf eine Fluchtgelegenheit hoffen, vielleicht zu dem Zeitpunkt, da er ihr etwas zu essen besorgte.
Chastity achtete nicht sonderlich auf ihre Umgebung. Sie bemerkte lediglich, daß ein ungeheures Gedränge herrschte, bis in ihrer nächsten Umgebung plötzlich lautes Gebrüll erscholl. Sie fuhr zusammen. »Was ist los?« fragte sie.
»Hast du das Theater nicht gesehen, Süße?« erwiderte Gresham und hob sie auf seine Schultern, als wäre sie ein Kind.
Jetzt erkannte Chastity, daß sie in Heatheringtons »Theater« vorgedrungen waren. An einem Ende des Raums war ein Sockel errichtet; davor standen Stühle für die Zuschauer. Diese Art der Unterhaltung erfreute sich so großer Beliebtheit, daß alle Plätze besetzt waren und sich das Publikum im ganzen Raum drängte. Vermutlich war hier vorher auch gesungen worden, doch jetzt bestand die Vorstellung nicht in Musik, sondern im Geschlechtsakt.
Beide Beteiligten waren völlig nackt bis auf Masken, die das ganze Gesicht bedeckten. Grunzend verrenkten sie sich in

den ausgefallensten Positionen, die Chastity bisher nicht für menschenmöglich gehalten hätte.
Energisch verlangte sie, wieder zu Boden gelassen zu werden.
»Gefällt dir das nicht?« fragte Gresham verwundert.
»Äh ... es stimuliert zu sehr!« hauchte Chastity. »Ich muß mich wirklich zusammenreißen, bis ich etwas gegessen habe.«
Er lachte leise, lehnte sich mit dem Rücken gegen die Wand und zog Chastity an sich. »Bist ganz schön heiß, wie?« fragte er. »Verschwendung, es ungenutzt zu lassen ...« Er zog ihre Röcke hinten hoch und streichelte ihre Schenkel.
Chastity wand sich verzweifelt, doch das schien ihn nur zu ermutigen. Jemand rempelte sie von hinten an, so daß ihr der Atem stockte, aber gleichzeitig wurde auch Greshams Hand weggeschlagen.
»'tschuldigung«, murmelte der Betreffende. Chastity erstarrte, als sie Cyns Stimme erkannte. Einerseits wollte sie sich verstecken, andererseits aber um Hilfe rufen.
»Gresham«, sagte Cyn lässig. »Wie ich sehe, habt Ihr was Nettes gefunden.«
»Aber ja«, sagte Gresham und drehte Chastity in seinen Armen um. »Süße, darf ich dir Lord Cyn vorstellen?« Besitzergreifend legte er die Hände über ihre Brüste.
Chastity wäre am liebsten im Boden versunken. Cyn sah bemerkenswert gepflegt aus für jemanden, der sich seit über einer Stunde in diesem Chaos herumtrieb. Er hatte eindeutig nicht den geringsten Verdacht, was ihre Identität betraf. Mit beiläufiger Höflichkeit lächelte er und verbeugte sich leicht. »Ich bin entzückt, meine Liebe.«
Chastity wollte nicht, daß er sie erkannte, wollte aber auch nicht, daß er sie den Klauen dieses Riesen überließ. Wenn nötig, würde sie alles preisgeben. »Ganz meinerseits«, sagte sie mit verstellter Stimme. »Ich bin durchaus bereit, Euch beiden zu Gefallen zu sein.«

Greshams Hände griffen fester zu. »He, das dulde ich nicht.«
Cyn lächelte. »Ich fürchte, das entspricht auch nicht meinem Geschmack, du Schöne. Wenn du mich später noch privat sehen willst ...«
Und wie viele Verabredungen dieser Art hast du schon getroffen, dachte Chastity. Und wie viele hast du eingehalten?
Gresham lachte leise. »Später wird sie viel zu erschöpft sein, mein Freund. Ich an Eurer Stelle würde mir eine andere Partnerin suchen.«
Chastity zwang sich zu einem Lächeln. »Alles schön und gut, aber könnten wir nicht endlich einmal etwas zu essen besorgen?«
»Schon gut, schon gut«, sagte Gresham. »Das werden wir tun.« An Cyn gewandt, erklärte er leise: »Ein Mädchen mit wahrhaft unersättlichen Gelüsten.«
»Das wird sie auch brauchen«, sagte Cyn. »Ich weiß, wo es etwas zu essen gibt. Kommt, ich führe Euch hin.«
Der auf das Theater folgende Raum war nahezu menschenleer, und die wenigen dort Anwesenden schienen sich schlicht und einfach zu unterhalten. Unglücklicherweise befand sich Rothgar unter ihnen, der gerade keinen geringeren als dem Earl of Bute, dem Vertrauten und Berater des jungen Königs und angeblichen Geliebten der Mutter des Königs, eine Prise Schnupftabak anbot. Zeigte die Gesellschaft womöglich hier, auf diesem Fest, ihr wahres Gesicht? War der König selbst vielleicht auch anwesend?
Chastity warf einen Blick auf Cyn, doch der hatte seinen Bruder offenbar nicht bemerkt, und Rothgar kehrte ihm nun den Rücken zu. Wo, fragte sich Chastity, war die herrliche Sable?
Dann erreichten sie das nächste Zimmer, in dem sich zwei Tische unter reichhaltigen Speisen und Getränken nahezu bogen. Es gab keine kleinen Tische, so daß man im Stehen

essen mußte, was etwa ein Dutzend merkwürdig belustigte Gäste gerade tat.
Erst als Chastity mit ihren Begleitern an den Tischen ankam, verstand sie den Grund für die Heiterkeit der anderen. Lord Heatherington machte offenbar nicht einmal Halt davor, die Nahrungsaufnahme zu einer obszönen Handlung zu verzerren.
In der Mitte eines jeden Tisches waren Speisen in der Form eines Körpers angerichtet – auf dem einen präsentierte sich ein Frauen-, auf dem anderen ein Männerkörper. Das allgemeine Interesse konzentrierte sich freilich auf die weibliche Figur. Petersilie schmückte ihren Schritt, glasierte Kirschen stellten die Spitzen auf den halbierten Melonen ihrer Brüste dar. Die Männer beugten sich vor, um an diesen Kirschen zu knabbern und sie dann durch neue aus einer bereitgestellten Schüssel zu ersetzen.
Chastity blickte zum zweiten Tisch hinüber, wo die Kirsche erwartungsgemäß die Spitze einer Salatgurke zierte. Sie nahm sich ein wenig harmloses Brot und etwas Käse und glaubte, nie wieder Gurken verzehren zu können. Gresham rückte nach, um sich auch einmal an den Kirschen zu versuchen. Jetzt war die Gelegenheit gekommen, doch Cyn wich nicht von ihrer Seite.
Sie fragte sich, wie er wohl reagieren würde, wenn sie flüchtete – schließlich ging die Sache ihn ja nichts an. Andererseits war dies die einzige Chance, ihn von der Anwesenheit seines Bruders zu unterrichten.
Sie zögerte. Sie mußte fliehen, doch zuerst konnte sie ihn warnen. Er wandte sich dem Tisch zu und griff nach einer Hühnerkeule, während sie den Zettel aus ihrem Mieder zog. An seiner Seite beugte sie sich über den Tisch, drückte sich gegen Cyn und haschte nach den Weintrauben. Dabei ließ sie den Zettel in seine Tasche gleiten.
Er fuhr herum und blickte sie verdutzt an.
»Nun, was ist denn, Mylord?« fragte sie nervös.

»Nichts«, sagte er, doch dabei musterte er sie so eindringlich, als sähe er sie zum ersten Mal.
Chastity warf einen Blick zu Gresham hinüber, der ihr zulächelte und sich erneut vorbeugte, um eine Kirsche mit den Zähnen zu ergreifen. Gleich würde er zurückkommen. »Ich muß fort«, sagte Chastity. »Ich muß mir die Nase pudern.«
Auch Cyn sah sich nach Gresham um, dann packte er Chastitys Handgelenk. »Dann komm. Ich zeig dir, wo es ist.«
Er zerrte sie aus dem Raum. Gresham stieß ein wütendes Gebrüll aus. Cyn zog Chastity einen engen Flur entlang und dann hinaus in die kühle Nacht.
»Was soll das?« empörte sich Chastity und schnappte nach Luft, als der kalte Wind sie traf.
»Ich suche dir einen Ort, wo du dich erleichtern kannst, meine Schöne. Das wolltest du doch, oder? Oder war Gresham etwa zuviel für dich?« Er klang überhaupt nicht wie Cyn, sondern streng und wütend.
»Aber es ist so kalt!«
Er schlüpfte aus seiner Jacke und legte sie Chastity um die Schultern. Sie war darin gefangen, und er zog sie dicht an sich heran.
»Mylord ...!«
Seine Lippen brachten sie zum Schweigen. Sie waren hart und duldeten keine Gegenwehr, doch Chastity schmolz ohnehin. Sie sehnte sich schon so lange nach seinem Kuß. War es da wichtig, daß er nicht wußte, wer sie war? Sie würde diesen Augenblick genießen und stets in Erinnerung bewahren.
Kaum hatte sie sich ihm ergeben, war sie verloren. Sie schlang die Arme um seinen Körper. Sie schmiegte sich fest an ihn. Sie nahm seine Zunge, warm und würzig, in sich auf ...
Plötzlich riß er sich von ihren Lippen los, zerrte sie am Haus entlang bis hinter ein paar Büsche und gebot ihr zu schweigen. Er war außer Atem. Chastity war völlig benommen.

Dann hörte sie Gresham. »Wo zum Teufel ist sie? Ha! Malloren, du Schuft! Komm raus und gib mir mein Mädchen wieder!«
Nach einigen unflätigen Flüchen ging er zurück ins Haus und schlug heftig die Tür zu.
Cyn straffte sich und zog Chastity mit sich. »Willst du zurück zu ihm?«
Chastity schüttelte den Kopf. Sie wollte bis in alle Ewigkeit hier mit Cyn bleiben, warm und sicher in seiner Jacke, und die Welt mochte untergehen.
Mit den Fingerknöcheln hob er ihr Kinn an. »Was willst du dann?« Seine Stimme klang immer noch hart, doch eines war klar. Dieser Augenblick war ein Geschenk des Himmels. Es war die Gelegenheit, Cyn zu lieben, ohne ihn in Gefahr zu bringen.
»Ich will dich«, flüsterte sie.
Sein Atem stockte. »Ich wüßte gern, wieso ...«
Darauf gab es keine Antwort, und Chastity wartete. Er ließ seine Hand an ihrem Hals und ihrer Schulter herabgleiten, schob sie unter das steife Mieder und berührte ihre Brustspitze. Dieser Abend war zuviel für sie gewesen, ihre Sinne befanden sich in hellem Aufruhr. Sie ließ sich gegen die rauhe Backsteinmauer sinken und ließ Cyn gewähren.
Er rollte ihre Brustspitze zärtlich zwischen den Fingern, und Chastity schauderte beglückt. Er preßte sich mit den Hüften an sie, und willkürlich antwortete sie mit der gleichen Bewegung.
»So, du willst mich?« fragte er leise. »Nun, du süßes loses Mädchen, ich will dich auch.« Er zog seine Hand zurück und führte Chastity weiter am Haus entlang.
»Wohin gehen wir?« fragte Chastity, die entsetzlich fror.
»Wir nehmen einen Schleichweg durch die Küche. Ich will mich nicht unbedingt deinetwegen mit meinem Freund duellieren. Das bist du kaum wert, oder?«
Seine harten Worte weckten erneut ein leichtes Unbehagen.

Sie erinnerte sich, daß er ja nicht wußte, wer sie war; er hielt sie für eine Hure oder für eine wenig tugendhafte Dame. Wollte sie sich wirklich wie eine solche behandeln lassen? Doch so unvollkommen dieses Glück auch sein mochte, es war ihre einzige Chance. Sie ging mit ihm.

Elftes Kapitel

Sie betraten die Küche, und Chastity taumelte unter dem Anprall von Lärm und Hitze. Die Dienstboten waren sturzbetrunken, schafften es aber gerade noch, die Spieße zu drehen und Speisen und Getränke eine Etage höher zu transportieren. Einige allerdings hatten aufgegeben. Eine Lammkeule verschmorte, und eine betrunkene Frau lag mit offenem Mund schnarchend in einer Ecke.

Niemand bemerkte, daß Cyn sich einen Korb aneignete und etwas aufgeschnittenen Braten, Obsttörtchen und eine Schüssel Schlagsahne hineinpackte, bevor er Chastity hinausführte. Sie sah sich um und bemerkte einen Koch, der mit stieren Blicken nach seiner Sahne suchte.

Sie kamen an der Kammer des Butlers vorüber, in der sich, wie günstig, ein halbes Dutzend offener Weinflaschen befand. Eine Flasche und ein paar Gläser verschwanden im Korb. Chastity wagte es zu protestieren.

Cyn warf ihr einen Blick zu. »Du hast über Hunger geklagt, meine Süße. Ich beabsichtige, dich in jeder Hinsicht zufriedenzustellen.«

Er lächelte, doch noch immer ging eine gewisse Kälte von ihm aus. Irgendwie war es ihr recht. Sie wollte nicht, daß er dieser losen Zufallsbekanntschaft wärmere Gefühle entgegenbrachte.

Wieder einmal, so stellte sie fest, lebten sie in einer Lüge.

Er führte sie zu einer engen Dienstbotentreppe. Dort waren in einer Reihe Kerzen aufgestellt, die mit Hilfe einer bereit-

stehenden Laterne angezündet werden konnten. Cyn brannte eine an und reichte sie Chastity, bevor sie die Stufen hinaufstiegen.
Cyn hätte nicht so leicht erklären können, was er von dieser Entwicklung hielt. Sie war schließlich doch ein leichtes Mädchen. Er hatte sie in einem Zimmer in Sicherheit gebracht und sie als die Hure wiedergefunden, die sie nun einmal war. Für Chastity hatte kein Grund bestanden, sich dieser Gesellschaft anzuschließen, es sei denn, es gelüstete sie nach einem Mann.
Er hätte weinen mögen.
Andererseits würde sie sich ihm nun hingeben. Wenn sie glaubte, ihn wie Gresham hereinlegen zu können, täuschte sie sich gewaltig. Sie hatte ihre Bereitwilligkeit deutlich zum Ausdruck gebracht, sie war ihm widerspruchslos gefolgt, und bald würde er in der Lage sein, die Lust zu stillen, die ihn schon seit Tagen quälte. Der eine Kuß hatte ausgereicht, um seinen Körper in helle Flammen zu setzen.
Und, bei Gott, er wollte sicherstellen, daß sie ihn nie vergaß. Vielleicht hatte sie sich mit der Hälfte aller Männer Englands im Bett getummelt, aber Cyn Malloren würde ihr im Gedächtnis bleiben.
Er führte sie zwei Treppenfluchten hinauf und öffnete eine Tür zu einem stillen, staubigen Durchgang. »Dachte ich's mir. Der Kinderflügel. Und schon lange ungenutzt.«
Hier war es so still, als würde unten keineswegs eine Orgie toben. Doch es war kalt, und Chastity fröstelte trotz der Jacke. Cyn warf einen Blick in jeden der vier Räume und entschied sich dann. Dieses Zimmer hatte wahrscheinlich der Kinderfrau gehört, denn es enthielt ein schmales Bett, auf dem noch eine Daunendecke lag.
Cyn stellte den Korb auf den Boden und untersuchte den Kamin. »Hier liegt noch Zündholz, und in der Schütte sind sogar noch ein paar Kohlen. Vielleicht können wir ein Feuer machen.«
Chastity stellte die Kerze auf den Boden, deren Licht den

ziemlich kleinen Raum nur spärlich erleuchtete. In Cyns Jacke schlang sie die Arme um den Oberkörper und schwelgte in dem für Cyn so typischen Duft. Allmählich kamen ihr Zweifel. Was trieb Lady Chastity Ware in diesem staubigen Zimmer mit diesem Mann? Wie hatte ihr Leben sie in diese Situation führen können?

Auf einem Regal standen ein paar von Mäusen angenagte Bücher, und Cyn zerriß sie, um ein Feuer in Gang bringen zu können. Die Flammen leckten, und das Zündholz begann zu knistern. Instinktiv rückte Chastity näher ans Feuer.

Cyn hob den Blick. »Es wird wohl gut brennen, und der Schornstein scheint intakt zu sein. Bis es warm wird, dauert es allerdings noch ein Weilchen.«

»Immerhin ist es nicht mehr so dunkel.« Dank des Feuers wirkte das Zimmer schon viel gemütlicher.

Cyn riß die Matratze samt Laken und Daunendecke aus dem Bett und bereitete ein Lager auf dem Boden. Er verbeugte sich mit höfischer Eleganz. »Euer Sofa, Mylady.«

Chastity war sich bewußt, daß ihr Schicksal besiegelt war, sobald sie auf der Matratze Platz nahm. Inmitten von knisternden, parfümierten Röcken ließ sie sich nieder. Staub erhob sich.

Cyn holte den Korb heran, setzte sich neben Chastity und breitete die Daunendecke über ihrer beider Beine.

Sie zog sich seine Jacke fester um die Schultern. »Ist Euch nicht kalt, nur in Hemdsärmeln?«

Er sah sie von der Seite an. »Nicht im geringsten.«

Chastity wandte sich ab. Sein Gesichtsausdruck ließ auch ihre Körpertemperatur um einiges ansteigen.

Cyn schenkte Wein ein und reichte ihr ein Glas. Sie nippte daran, und Wärme breitete sich in ihr aus und stieg ihr unverzüglich bis in den Kopf. Jeden Augenblick rechnete sie damit, daß Cyn über sie herfiel, und sie wünschte sich, daß er es bald täte, bevor der Mut sie verließ. »Ich muß unbedingt etwas essen«, sagte sie schnell.

»Weil du sonst betrunken wirst?« flüsterte er. »Vielleicht will ich dich ja betrunken, Süße.«
Sie sah ihn durch die Augenschlitze der Maske forschend an und stellte das Glas ab. »Glaubt Ihr, Ihr müßtet mich betrunken machen, damit ich Euch zu Willen bin, Mylord?«
Seine Lippen zuckten. »Nein. Das wäre lächerlich, nicht wahr?« Er zeichnete mit einem Finger den Bogen ihrer Lippen nach, und die Berührung brannte wie Feuer. Seine Stimme klang verführerisch, als er sagte: »Hat dein Kindermädchen dir beigebracht, daß man mit dem Essen nicht spielt?« Er nahm eine Scheibe Rindfleisch und rollte sie auf. »Nun, woran erinnert dich das?«
Chastity überlegte lange. »An ein Bratenröllchen?«
Cyn betrachtete sein Werk. »Zu klein? Du hast zweifellos recht.« Er wickelte zwei weitere Scheiben um das Röllchen und zeigte ihr das Ergebnis. »Gefällt dir das besser?«
Er drückte ihr das Fleischröllchen in die linke Hand, ergriff ihre rechte und legte sie in seinen Schritt. »Was meinst du?«
Chastity versteifte sich. Wieder dieser Bezug zum Essen. Aber sie war seiner Meinung nach ja ein leichtes Mädchen und mußte sich auch so benehmen. Sie lächelte, so gut sie konnte. »Das dürfte ungefähr richtig sein«, erklärte sie mit erstickter Stimme. Aber eigentlich war es immer noch zu klein. Waren etwa alle Männer dort unten so mächtig bestückt?
»Dann iß«, befahl er sanft.
Chastity hätte ebensogern eine Schlange gegessen, doch ihr blieb keine Wahl. Sie leckte sich über die Lippen, führte das Bratenröllchen an den Mund und biß hinein. Die Wölbung unter ihrer rechten Hand bäumte sich auf, als hätte sie dort hineingebissen. Ingrimmig konzentrierte sie sich aufs Kauen. Wie würde eine Hure sich jetzt verhalten?
Sie versuchte, die rechte Hand zu bewegen, doch Cyn hielt sie fest. »Ich hätte gern einen Schluck Wein«, sagte sie.
Mit der freien Hand griff er nach ihrem Glas und hob es an

ihre Lippen. Als sie getrunken hatte, neigte er sich über sie, um den Geschmack von ihren Lippen zu saugen, und unter ihrer rechten Hand zuckte es wie etwas Lebendiges. Cyn nahm ebenfalls einen Schluck aus dem Glas.

»Iß«, befahl er leise. »Du wirst deine Kräfte brauchen.«

Chastity war völlig benommen. Sie hatte erwartet, daß er sie packen, küssen, streicheln und dann nehmen würde. Ob es ihr gefallen würde, hatte sie nicht gewußt, nur, daß sie es tun mußte. Aber sie hatte ganz gewiß nicht damit gerechnet, etwas anderes tun zu müssen, als sich ihm hinzugeben.

Er war eindeutig bereit, warum also zögerte er? Sie ließ die Hand mit dem Fleischröllchen sinken. »Ich glaube, es reicht mir.«

»Aber du bist doch eine Dame mit unersättlichen Gelüsten. Vielleicht steht dir der Sinn mehr nach etwas Süßem?« Er rückte etwas von ihr ab, um die Törtchen sowie die Sahne erreichen zu können, und dabei mußte er ihre Hand freigeben. Chastity wich ein Stückchen zur Seite, und der Schlüssel in ihrem Mieder stach ihr in die Rippen. Sehr bald schon würde dieser Schlüssel sie in Verlegenheit bringen, und deshalb zog sie ihn rasch hervor und schob ihn unter die Matratze.

Cyn betrachtete nachdenklich ein Obsttörtchen, und Chastity ahnte, was nun kommen mußte. Verführung via Speisen war offenbar seine bevorzugte Technik, noch dazu eine sehr wirkungsvolle. Aufgrund ihrer vorherigen Erlebnisse war sie dafür bereits sensibilisiert. Die durch ein Stückchen Kuchen und ein Apfeltörtchen geweckten wirren Begierden meldeten sich zurück und ließen die Sehnsucht, die sie jetzt empfand, mächtig anschwellen.

Cyn biß in das Törtchen, und roter Saft quoll daraus hervor auf seine Hand. »Kirsch«, sagte er lächelnd. »Wie passend.«

Er nahm das Törtchen in die andere Hand und streckte Chastity die saftbesudelte hin. Sie gehorchte dem stummen Befehl und leckte den Saft ab. Er war süß und klebrig und mischte sich mit dem Salzgeschmack seiner Haut. Chastity spürte das glatte Fleisch seiner Hand an ihrer Zunge und begann, mit den Lippen zu saugen.

Sanft befreite er seine Hand und reichte ihr das Törtchen. »Iß.«

Chastity nahm einen Bissen. Wieder tropfte der Saft. Cyn kippte das Törtchen, und der Saft floß auf Chastitys Brüste. Sie schrie auf und hob die Hände, um ihr Kleid zu schützen, doch er packte sie und drückte Chastity rücklings auf die Matratze.

Mit der Zunge beseitigte er auch die letzte Spur von Saft.

Chastity lag da, umfangen von einem seltsamen Sehnen.

Geschickte Finger hakten ihr Kleid auf, lösten die Bänder des Mieders und warfen es zur Seite. Chastity lag in ihrem durchsichtigen weißen Hemd und dem Unterrock, mit geöffnetem Kleid, unter ihm und fragte sich, ob er etwas an ihr zu bemängeln hätte.

Sein Gesichtsausdruck verriet ihr, daß es nicht so war. Seine Wangen waren gerötet, seine Augen dunkel und verhangen, als seine Finger die Rundungen ihrer Brüste nachzeichneten. Ein hinreißendes Gefühl der Macht quoll in ihr auf. »Gefalle ich Euch, Mylord?« flüsterte sie.

»Du bist schön, und du weißt es auch.« Seine Stimme war kaum mehr als ein Flüstern.

Er griff nach den Bändern ihrer Maske, doch sie hielt seine Hand fest. »Nein! Die Maske bleibt.«

»Ist dein Ruf denn so wichtig?«

»Für mich, ja.«

Mit dem Daumen strich er an dem schwarzen Samt entlang über ihre Wange. »Vertraust du mir denn wenigstens deinen Namen an?«

»Nein«, flüsterte sie, »aber Ihr dürft mich Chloe nennen.«

Heiß berührten seine Lippen ihren Mund. Tränen traten ihr in die Augen, und sie war froh, daß die Maske sie verbarg.

Plötzlich ließ er sie allein. Sie richtete sich auf, voller Angst, ihn irgendwie verärgert zu haben, doch er hatte nur die Schüssel mit der Schlagsahne zu sich herangeholt. Mit einem Lächeln und einem Zucken seiner Augenbrauen strich er die Sahne auf ihren Brustansatz. Dann spürte sie, wie er ihr Hemd herabstreifte, und sie wußte, daß sie nun mit nacktem Oberkörper vor ihm lag. Mehr Sahne wurde aufgetragen. Atemlos wartete sie auf seinen Mund. Statt dessen aber fuhr ein Finger über ihre Brust und wurde ihr dargereicht. »Iß. Du hast doch Hunger.«

Chastity hatte vor Schreck vergessen, den Mund zu schließen. Mit der Zunge nahm sie ein wenig Sahne von seinem Finger. Sie schmeckte nach Orangenlikör. »Sie schmeckt ausgezeichnet«, flüsterte sie. »Wir sollten sie nicht so vergeuden.«

Er lächelte. »Wir werden sie nicht vergeuden.« Langsam leckte er den Rest Sahne von seinem Finger, tunkte diesen noch einmal ein und hielt ihn Chastity vor die Augen. »Nimm diesmal alles, süße Chloe. Alles.«

In seinem Blick gefangen, nahm Chastity seinen Finger in den Mund und schmeckte die kühle Sahne. Sie schluckte. Als sie seinen Finger loslassen wollte, sagte er: »Nein, behalte ihn. Saug daran. Schön langsam ...«

Er neigte den Kopf und leckte mit langen Strichen etwas Sahne von ihrer Brust. Wie im Traum sog Chastity an seinem Finger.

Sie spürte, wie seine Zunge zuerst eine, dann die andere Brustspitze umkreiste, und unter den süßesten Empfindungen hielt sie den Atem an. Seine Zunge kitzelte beide zarten Knospen. »Ach, ihr Schönen«, flüsterte er, »ihr beneidet meinen Finger, nicht wahr?«

Chastity hörte abrupt auf zu saugen.

Er beugte sich herab, nahm eine Brustspitze in den Mund und streichelte sie mit der Zunge. Erregung durchzuckte Chastity, und sie verfuhr genauso mit seinem Finger.

»So ist es recht, Süße«, sagte er leise. »Zeig mir, was du dir wünschst.«

Chastity wartete gespannt darauf, was er als nächstes tun würde. Er tat gar nichts. Dann verstand sie ihn. Versuchsweise saugte sie an seinem Finger. Er saugte an ihrer Brustspitze. Sie saugte heftiger. Er folgte ihrem Beispiel. Es war ein merkwürdiges Gefühl, so, als ob sie sich selbst Lust bereitete. Sie saugte fest und langsam und spürte ein Fieber in sich brennen.

Zwischen ihren Schenkeln setzte ein Pochen ein, und sie wand sich unruhig. Sie hörte wimmernde Laute und begriff, daß sie aus ihrem eigenen Mund kamen. Dabei waren sie beide noch nicht einmal vollständig ausgekleidet!

Cyn schob sich über sie und rieb seinen Körper an ihrem. Es half ein wenig, aber nicht genug. Voller Verzweiflung sog sie seinen Finger tief in ihren Mund, doch er lachte und befreite ihn.

»Lieber Himmel. Wenn es in dem Tempo weitergeht, wird bald einer von uns bluten. Komm, zieh mich aus.«

Zu Chastitys Verwunderung stand Cyn auf und schien tatsächlich zu erwarten, daß sie ihn entkleidete. Sie blieb noch einen Moment liegen, fiebernd vor Lust, und dachte, er müßte es sich doch noch anders überlegen. War er denn nicht genauso verzweifelt vor Begierde wie sie? Anscheinend nicht. Benommen kam sie auf die Füße. Sie blickte an sich herab. Das geöffnete Kleid hing ihr lose von den Schultern, und von der Taille aufwärts war ihre bloße Haut mit Milch und Sahne befleckt. Schnell zog sie das Hemd wieder hoch über ihre Brüste.

Mit unsicheren, ungeschickten Fingern begann sie, an den Knöpfen seiner langen Weste zu nesteln, und sie war sich seines Körpers siedend heiß bewußt. Auf halbem Wege gab sie auf, legte ihm mit gespreizten Fingern die Hände auf die Brust und blickte hilfesuchend auf in sein angespanntes Gesicht.

Um ihn zur Eile anzutreiben, straffte sie sich und küßte ihn. Seine Lippen spielten mit ihrem Mund und zogen sich dann zurück. »Je schneller du fertig bist, desto eher können wir weitermachen.«

Das Fieber ließ ein wenig nach, und Chastity hätte weinen mögen deswegen. Was für ein verrücktes Spiel war das? Allmählich fürchtete sie, daß Cyn sie nur quälen und sie niemals lieben wollte.
Hastig öffnete sie die restlichen Knöpfe. Als sie den untersten durchs Knopfloch schob, spürte sie Cyns pochende Härte. Das ermutigte sie ein wenig. Er brauchte eine Frau – er brauchte sie. Sie erinnerte sich an den Vorfall, als sie die Bänder seines Rocks entknotet hatte. Zögernd drückte sie sein Glied und streichelte es.
Er rang nach Luft. »Es kommt darauf an, ob du schnell oder langsam vorgehen möchtest, Chloe.«
Woher hätte Chastity das wissen sollen? Sie nahm ihre Hand fort.
»Ah«, sagte er und atmete lange aus. »*Une connaisseuse*. Etwas anderes habe ich auch nicht erwartet.«
Sein Tonfall schmerzte, aber warum sollte sein Verhalten sie überraschen, nachdem sich doch sowieso alles ganz anders entwickelte, als Chastity vermutet hatte? Sie zog das Hemd aus dem Hosenbund und schob es über seine Brust hinauf. Es war ein wunderbares Gefühl, mit den Händen seinen seidigen Muskeln zu folgen. Wie in Trance hielt sie inne, um sie eingehender zu betasten.
Er zog sich das Hemd schließlich selbst über den Kopf.
Chastity folgte mit dem Finger der roten Narbe auf seinem Oberkörper. »Woher habt Ihr diese Narbe?« Das fragte jede Frau.
»Von einem Säbel. In Quebec.«
»Das muß entsetzlich geblutet haben.«
»Wie ein aufgeschlitzter Weinschlauch. Meine beste Uniform war ruiniert.«
Bittersüße Erinnerungen fielen über Chastity her. So hätte es zwischen ihnen nicht sein sollen, aber auf mehr durfte sie nun einmal nicht hoffen.
Sie blickte auf ihre Brüste, ihre nackten, immer noch mit

Sahne bestrichenen Brüste herab. Sie sammelte die restliche Sahne in der Hand und strich sie sanft auf seine Narbe, um sie dann abzulecken. Dabei konnte sie sehen und spüren, wie tief er atmete, wenngleich er völlig reglos dastand.
Die Ausbuchtung in seiner Hose drängte gegen ihren Leib.
»Komm, Chloe«, sagte er scharf. »Langsames Vorgehen ist ja gut und schön, aber wenn du es noch länger herauszögerst, könnte es zu spät sein.«
Chastity zuckte unter seinem Tonfall zusammen und öffnete hastig die Knöpfe seiner Hosen und Unterhosen. Allen Mut zusammennehmend, zog sie beide herab. Sein befreiter Penis sprang ihr entgegen.
Sie nahm ihn in beide Hände.
In der nächsten Sekunde fragte sie sich, warum sie das tat. Vielleicht hatte sie das Ding unter Kontrolle bringen wollen, doch jetzt pochte es in ihren Händen, und sie hatte keine Ahnung, was sie damit anfangen sollte.
Unsicher und doch wie beiläufig sagte Cyn: »Küß ihn, dann ist er lieb zu dir.«
Sie betrachtete die feucht schimmernde Eichel und sah dann mit großen Augen Cyn an. Kopfschüttelnd löste er ihre Hände. Sie war froh und dankbar. Hastig streifte Cyn seine Unterwäsche und Strümpfe ab, bis er in herrlicher Nacktheit vor Chastity stand.
Chastity betrachtete ihn ausgiebig. Cyn Malloren schien ganz aus festen, schön geformten Muskeln zu bestehen, überzogen mit nur einem Hauch von Weichheit. Die Wirklichkeit trat zurück. Ihre Maskerade, ihre Verkleidung als Hure, ihre Vergangenheit und ihre Zukunft, alles wurde zu Schatten. Es gab nur noch sie selbst und Cyn und diesen Augenblick.
Sie rang nach Luft, als er ihr Kinn umfaßte und sie zwang, ihm in die Augen zu sehen. »Ich benötige Tatsachen, süße Chloe. Du bist in dieser Angelegenheit nicht ganz so erfahren, wie du vorgibst zu sein, nicht wahr?«
Chastity wollte lügen, aus Angst, er könnte sie hinauswerfen

und sich eine Frau wie Sable suchen, doch er verlangte ja die Wahrheit. »Nein«, sagte sie.
Er nickte und schöpfte tief Atem. »Was ich dich jetzt frage, ist überaus wichtig, und wenn du mich belügst – ich schwör's dir, dann schlage ich dich. Bist du Jungfrau?«
Chastity zögerte. Wenn sie bejahte, wäre wahrscheinlich alles zu Ende, und ihr grimmiger Hunger würde nicht gestillt. Andererseits war sie nicht mehr im Besitz ihres Jungfernhäutchens, also würde er gar nichts merken.
Nach dem Fiasko mit Vernham hatte Chastity ihren Arzt gerufen, damit er sie untersuchte und ihre Unberührtheit bestätigte. Ihr Vater hatte davon erfahren und eine Frau geholt – sie behauptete, Hebamme zu sein, doch Chastity hielt sie eher für eine Bordellbesitzerin. Lindle, der abscheuliche Handlanger ihres Vaters, hatte Chastity festgehalten, während die Frau ihr Jungfernhäutchen sprengte und ihr damit den schwachen Beweis ihrer Tugendhaftigkeit nahm. Als Dr. Marsden dann schließlich gekommen war, hatte sie versucht, ihn fortzuschicken, doch ihr Vater hatte sie gezwungen, sich von dem betrübten Arzt untersuchen zu lassen. Chastity war gewarnt worden, daß Dr. Marsden, falls sie jemals versuchen sollte, von den Geschehnissen zu erzählen, als Zeuge ihrer Verruchtheit auftreten würde.
»Nun?« fragte Cyn scharf. »Die Antwort dürfte nicht allzu schwerfallen.«
»Nein«, sagte Chastity. »Natürlich bin ich nicht mehr Jungfrau.«
Er forschte in ihren Augen. »Stimmt das auch? Was ich gesagt habe, ist mein Ernst. Ich schlage dich, wenn du gelogen hast, und ich werde es merken.«
Chastity schluckte, sah ihn aber fest an. »Ich werde nicht bluten, seid versichert, Mylord. Ich hatte schon einmal einen Mann in meinem Bett.« Beide Behauptungen entsprachen voll und ganz der Wahrheit.
Er ließ ihr Kinn los. »Also gut.« Er schob ihr das offene Kleid

von den Schultern, und es fiel zu Boden. Dann drehte er sie um und löste ihren Unterrock.
Seine Finger an ihrem Rücken ließen sie wohlig erschauern, und als der Unterrock fiel, strich er mit den Fingerknöcheln an ihrer Wirbelsäule hinauf und wieder hinunter; Knochen, Seide und Fleisch. Sie schwankte rücklings gegen ihn, und er knabberte zärtlich an ihrem Nacken.
Und nieste.
»Zum Teufel. Warum zum Teufel mußt du Puder tragen?« Sein Tonfall war allerdings eher belustigt, und er drehte sie wieder zu sich um.
»Tut mir leid. Wie Ihr schon bemerktet, bin ich nicht sehr erfahren in diesen Dingen.«
Seine Hände umfaßten ihre Brüste. »Ich glaube nicht, daß Erfahrung etwas damit zu tun hat. Ich kenne Frauen, denen überhaupt nichts mehr fremd ist und die offenbar doch nicht begreifen, daß Cremes und Haarkosmetik das Vergnügen mindern können.«
Mit den Daumen strich er durch die Seide hindurch sacht über ihre Brustspitzen. Das fiebrige Verlangen erwachte erneut in Chastitys Innerem, stärker noch, nachdem es zuvor nicht gestillt worden war. Sie schickte sich an, das Hemd auszuziehen. Er hielt sie zurück.
»Nein, Süße, laß das. Ich fürchte, ich bin deiner ganzen Pracht und Herrlichkeit noch nicht gewachsen.«
Er hob sie hoch und bettete sie wieder auf die Matratze.
»Ich bin bereit für Euch«, sagte Chastity.
»Wirklich? Mal sehen.«
Er kniete sich zwischen ihre Beine, legte die Hände auf ihre Knöchel und ließ sie langsam an ihren Beinen hinaufgleiten. Seine schwieligen Finger erzeugten eine köstliche Reibung an ihrer glatten Haut. Chastity wand sich unruhig und öffnete ihre Schenkel bereitwillig seiner Invasion, doch dann hielten seine Hände inne. Er preßte die Daumen in die seidige Haut.

Chastity warf den Kopf zurück. »Lieber Himmel, was tut Ihr mir an?«
Sie spürte seinen Kopf zwischen ihren Beinen, seine Lippen dort, wo vorher seine Daumen waren. Sie stützte sich auf die Ellbogen auf. »Was ...?«
Er biß sie zärtlich. »Frag nicht so viel. Ist es ein schönes Gefühl?«
Chastity zitterte. »Ich weiß nicht. Ich fühle mich ... verzweifelt.«
Sie spürte seine Finger in ihrem Schamhaar; sie glitten sanft über die feuchte Haut. »Tatsächlich, wie? Es fühlt sich an, als hätte ich dich auch hier mit Sahne bestrichen.«
Seine Finger drangen in sie ein. Chastity fiel mit einem kehligen Stöhnen zurück auf die Matratze. Sie kam seiner Hand entgegen, und er reagierte mit harten Stößen und rieb sie. Er glitt an ihr hinauf und nahm eine Brustspitze in den Mund, um sie im Rhythmus seiner Fingerbewegungen zu saugen.
Chastity war verloren. Der Teil ihres Hirns, der noch einigermaßen arbeitete, wußte, daß sie ihr verzweifeltes Sehnen nach Erfüllung herausschrie. Viel lieber wäre sie still und damenhaft gewesen, doch es war ihr unmöglich. Sie wollte sich entschuldigen, aber statt dessen streckte sie sich, um ihm noch effektiver entgegenkommen zu können.
Da bewegte er sich. Sein Mund und seine Hand ließen sie im Stich, und sie spürte ihn hart an ihrem Körper.
»Ja«, hauchte sie.
Er drang in sie ein, nahezu zögernd. Chastity wimmerte und wölbte ihr Becken vor, um ihn aufzunehmen. Er war groß, sie war eng, doch es war köstlich, so ausgefüllt zu sein.
Sie meinte, einen seltsamen Seufzer zu hören, als er in ihr war. Dann glitt er wieder hinaus.
Sie folgte seiner Bewegung, aus Angst, er könnte sie verlassen. Er stieß wieder vor, und sie schauderte vor Erleichterung.

»Keine Angst, Chloe«, sagte er sanft und streichelte zärtlich ihre Wange. »Ich laß dich nicht unbefriedigt zurück. Komm, suchen wir unser Ziel.«

Stoß folgte auf Stoß, zuerst langsam, als sie einander kennenlernten, sanft und behutsam. Doch dann gewann das Verlangen die Oberhand, und sie rasten einer Explosion entgegen, die Chastitys Sinne sprengte.

Aus der darauffolgenden Dunkelheit schwebte sie hinauf und füllte ihre leeren Lungen mit Luft, wissend, daß sie nie wieder dieselbe sein würde. Sie war reingewaschen, gleichzeitig erfüllt und leer, benommen und doch lebendig wie nie zuvor. Kühlere Luft strich über ihre feuchte Haut, und sie lachte vor Entzücken.

Cyn neigte sich über sie, die Augen dunkel und geheimnisvoll, doch er lächelte über ihre Wonne. »Eines steht fest, meine Chloe, bisher hattest du nur Trottel in deinem Bett. Warum verschwendest du all deine Pracht an sie?«

Sie hätte ihm so gern die Wahrheit gesagt, doch dadurch wäre der herrliche Augenblick zerstört worden. Und sie war gar nicht so sicher, ob er sie nicht tatsächlich wegen ihrer Lüge schlagen würde, obwohl sie die Wahrheit gesprochen hatte. »Ich war eine unwissende Närrin«, sagte sie.

Er senkte leicht die Lider und strich mit der Hand an ihrem Arm entlang. »Und jetzt?«

»Jetzt weiß ich es besser.«

»Und was wirst du mit deinem neuen Wissen anfangen?«

Da wußte sie, was sie zu tun hatte. Er glaubte nicht, daß er der erste war, wohl aber – mochte der Himmel wissen, woher –, daß er der erste war, der ihr solche Ekstase beschert hatte. Jetzt fühlte er sich verantwortlich, genauso, als hätte er sie entjungfert. Wieder diese Ritterlichkeit. Ob er jedem armen Irregeleiteten, der seinen Weg kreuzte, zu helfen versuchte? Er hatte sich schon Verity, William und Charles aufgebürdet, da brauchte er keine wollüstige Chloe mehr, um die er sich sorgen mußte.

Sie würde ihn aus seiner Pflicht entlassen.
Sie richtete sich zum Sitzen auf. »Jetzt kenne ich meinen Wert«, sagte sie offen. »In Zukunft werde ich meine Gunst nicht mehr leichtsinnig verschenken.«
Seine Hand ruhte auf ihrem Oberschenkel. »Ist das ein Versprechen?«
Sie nickte. Sie wünschte sich verzweifelt, frei nach ihrem Herzen reden zu können – daß sie ihn liebte und sich solche Intimitäten mit keinem anderen Mann vorstellen konnte, ganz gleich, wie meisterhaft er wäre. Sie sehnte sich nach einem Augenblick der Ehrlichkeit zwischen ihnen – nur ein einziges Mal.
Doch diese Nacht war alles, was ihnen je vergönnt war, und Ehrlichkeit würde sie zerstören.
Und diese Nacht war noch nicht vorüber.
Sie betrachtete versonnen seinen Penis, der schlaff an seinem Oberschenkel ruhte. Cyn lachte leise und sagte: »Bald, dessen bin ich sicher.«
Er richtete sich auf, zog ihr das beschmutzte und zerknitterte Hemd aus und deckte sich und sie dann mit dem Daunenbett zu. So mit ihm zu kuscheln war eine unverhoffte Seligkeit, vielleicht sogar mehr, als sie verkraften konnte. Auf jeden Fall mehr, als sie sich bereitwillig hätte entgehen lassen …
Er schenkte mehr Wein ein. »Erzähl mir von dir.«
Auf Gespräche war Chastity nicht vorbereitet. »Willst du mir etwa meine tiefsten Geheimnisse entreißen?«
»O ja. Ich möchte dich bis auf die Seele entblößen.«
Sie schauderte. »Warum erzählst du mir nicht zuerst deine Geheimnisse, Mylord?«
»Meine Geheimnisse …« Er starrte in das flackernde Feuer. »Ist es ein Geheimnis, daß ich vor einer Schlacht oft Angst habe? Für meine Kameraden ist es das nicht, denn wir alle teilen diese Schwäche. Nur ein Narr hat keine Angst. Vor dem Tod fürchte ich mich nicht, wohl aber vor Verstümmelung.«
Chastity umklammerte ihr Glas. Der Tod war das letzte,

worüber sie jetzt reden wollte. »Hast du nicht etwas weniger *militärische* Geheimnisse?«
Er warf ihr einen Blick zu. »Verlangst du eine Liste meiner Geliebten?«
Ganz bestimmt nicht. »Mehr Interessen hast du nicht? Nur Krieg und Liebe?«
»Vielleicht ist es so. Ich wüßte wirklich gern, wie lange es dauert, bis man jemanden kennt. Bis man sich verliebt.«
Chastity blickte nachdenklich in die geheimnisvolle Welt des Feuers. »Einen Augenblick oder eine Ewigkeit.«
»Wohl wahr. Und jetzt schuldest du mir ein Geheimnis.«
Sie schüttelte den Kopf. »Ich bestehe ganz und gar aus Geheimnissen, und wenn ich eines verrate, zerbreche ich.«
Es war wie eine Explosion, als er sie plötzlich auf die Füße zog, sie heftig vor einen kleinen, fleckigen Spiegel an der Wand führte und sie dort festhielt. Da sah sie sich und ihn, nackt, ein wenig verfremdet durch das unebene Glas und das flackernde Kerzenlicht. Er war Cyn, dem das wellige Haar bis auf die Schultern fiel; sie war ein Geheimnis, war sogar sich selbst ein Geheimnis.
»Sieh zu«, sagte er, »dann zeige ich dir deine Geheimnisse.«
Er begann sie mit meisterhafter Kunst zu berühren und sah die ganze Zeit zu, wie sie dieser merkwürdigen wollüstigen Frau im Spiegel zusah, die vor Begehren schmolz. Ihr Kopf fiel zurück an seine Schulter. Ihre Lippen öffneten sich. Ihr Busen hob und senkte sich unter tiefen, gierigen Atemzügen. Sie sah ihn im Spiegel an. Er war nicht von Lust überkommen, nur aufmerksam.
»Das gefällt mir nicht«, sagte sie.
»Lügnerin.«
»Ich mag es nicht, daß du nicht mitkommst. Begleite mich.«
Er biß zärtlich in ihre Schulter. »Ich kann alle Geheimnisse deines Körpers lüften und sie benutzen, um dich in Stücke zerfallen zu lassen, aber du wirst daran nicht zerbrechen. Du wirst dadurch nur noch stärker.«

Sie versuchte, sich seinen betörenden Berührungen zu entziehen. »Das ist nicht dasselbe.«
Er verstärkte den Druck seiner Hand zwischen ihren Schenkeln, und ein Schaudern siegte über ihre Willenskraft. »Es ist dasselbe«, sagte er. »Erzähl mir deine Geheimnisse.«
Ein weiterer Schauder des Verlangens erfaßte sie. Sie schloß die Augen. »Was willst du nur?«
»Ich will dich ganz. Vertrau mir.«
Sie spreizte die Beine. »Ich vertraue dir.«
Seine Hand hielt inne. »So doch nicht. Vertrau mir mit deinem ganzen Sein.«
Sie schüttelte den Kopf. »Ich habe nichts für dich, Cyn Malloren.« Sie riß sich los, lief davon und hob im Lauf ihre Kleider auf. Er warf sie auf die Matratze, drückte sie mit seinem Körper nieder und hielt ihre Handgelenke fest.
Seine Augen waren ganz dunkel. »Das war noch nicht alles.«
»Ich sagte doch, mehr habe ich nicht.«
»O doch. Ich will dich ganz. Ich will deine Geheimnisse.«
Chastity wand und wehrte sich. »Du bist wahnsinnig!«
»Das bin ich. Spürst du denn nicht, was in diesem Zimmer ist, verdammt? Kannst du nach dem, was wir eben erlebt haben, zu einem anderen Mann gehen?«
»Ich geh nicht zu einem anderen Mann!«
»Vertrau mir!« Er küßte sie leidenschaftlich. Chastity erwiderte den Kuß, aber sie weinte. Diesmal rannen die Tränen unter der Maske hervor, und Cyn trank sie von ihren Wangen. »Weine, weine um uns, Chloe. Was auch geschehen mag, das hier wirst du nie vergessen.«
Er liebte sie noch einmal, mit Mund und Händen, mit jeder Faser seines Körpers. Zuerst wehrte sie sich gegen die Leidenschaft, fürchtete die Wildheit, die Gewalt seiner Willenskraft, doch dann ergab sie sich.
Er würde es ihr nicht leichtmachen. Zweimal brachte er sie fast zum Höhepunkt und hörte dann trotz ihres Flehens auf,

kühlte sie mit Wein und Sahne, bis die Wirklichkeit wieder Einzug hielt, eine Wirklichkeit voller Sehnsucht.
Sie beschimpfte ihn, schlug nach ihm.
Er drehte sie zärtlich um und massierte ihren Rücken, wobei er die Sahne anstelle von Massageöl benutzte, bis Chastity müde und benommen wurde und ein wenig Frieden fand.
Dann zog er sie auf die Knie und berührte sie von hinten, bis sie erneut vor Begehren keuchte.
»Der Teufel soll dich holen, Cyn Malloren«, flüsterte sie, »wenn du mich jetzt wieder im Stich läßt.«
Er lachte, rollte sich unter sie und sah ihr ins Gesicht. »Benutz deine eigenen Flügel, Chloe. Reite mich.«
Sie setzte sich rittlings über ihn und umfing ihn mit drängender Gier, glitt auf ihm auf und nieder und erzeugte die süßeste Reibung der Welt. Sie sah zu, wie er sich dem Höhepunkt näherte, doch sie hatte ihre Lektion gut gelernt. Mit äußerster Willensanstrengung unterbrach sie ihren Ritt.
Er schlug die Augen auf und ballte die Hände zu Fäusten.
»Ach, du süße, wollüstige Harpyie aus der Hölle ... Soll ich betteln?«
»Ja«, sagte sie.
Seine Augen waren völlig verdunkelt. »Bitte«, flüsterte er.
Chastity ließ sich auf ihm nieder und brachte sich und ihn auf den Gipfel der Glückseligkeit.
Sie schliefen. Chastity erwachte, halb über Cyn liegend, nur unvollständig zugedeckt. Das Feuer war niedergebrannt, und das Licht, das durch das staubige Fenster fiel, ließ die frühe Morgendämmerung ahnen. Behutsam erhob sie sich und fröstelte in der kalten Luft, doch Cyn regte sich nicht.
Im grauen Licht konnte sie ihn kaum sehen und wollte es doch so verzweifelt. Sie streckte die Hand aus, um ihn zu berühren, hielt sich jedoch im letzten Moment zurück. Tränen erstickten sie bei dem Gedanken, daß dies das Ende war.
Nach dieser Nacht mußte sie fliehen.
Kaum atmend, schlüpfte sie in Hemd, Unterrock und Kleid.

Das Mieder trug sie unter dem Arm, denn es wäre zu mühselig gewesen, es zu schnüren. Um diese Stunde würde sie hoffentlich niemandem begegnen, und wenn doch, würde der Zustand ihrer Kleidung im Dämmerlicht kaum auffallen. Sie zog den Schlüssel unter der Matratze hervor, öffnete behutsam die Tür und verzog das Gesicht, als die Scharniere knarrten. Cyn rührte sich immer noch nicht. Sie schlüpfte hinaus, die enge Treppe hinunter und zurück in Richtung Lord Heatheringtons Zimmer.

Kaum war sie gegangen, schlug Cyn die Augen auf. Das war weiß Gott ein kaltes, ödes Nachspiel, das dieser heißesten Nacht seines Lebens folgte. Er schloß die Augen und ließ die Geschehnisse noch einmal Revue passieren, zwar nicht stolz auf sich, aber doch gewiß, daß es letztendlich gut so war.

Eines war sicher – er konnte nicht ohne sie leben, er konnte nicht zulassen, daß sie ohne ihn lebte.

Der Schmerz hatte ihn körperlich getroffen, als er das Parfüm erkannt hatte, das Greshams Hure trug. Ihm war, als wären alle Freuden des Lebens schal geworden, weil seine bedrängte Maid ein Flittchen war und kein verkannter Engel. Mehr mit Rache im Sinn als sein Vergnügen, hatte er sie seinem Freund gestohlen.

Er hatte damit gerechnet, sich von den Tricks einer Hure abgestoßen zu fühlen, und war dann von süßer Unschuld verführt worden. Im Grunde hatte er erwartet, daß sie eingestand, noch Jungfrau zu sein, und er war, selbst wenn es ihn um den Verstand gebracht hätte, bereit gewesen, sie in diesem Zustand zu belassen. Noch während er in sie eindrang, rechnete er mit dem Beweis für ihre Lüge.

Und war dann enttäuscht gewesen ob ihrer Aufrichtigkeit.

Aber schließlich gehörte nicht viel dazu, einem Mädchen die Unschuld zu rauben, und daß sie keine geübte Hure war, lag auf der Hand. Vielleicht hatte ja nur Vernham ...

Er schüttelte den Kopf und lächelte. Zweifellos verwandelte sie sich jetzt wieder in Charles. So schwer es ihm auch fiel, er würde ihr die Maskerade gestatten, bis er sich einen vernünftigen Plan zurechtgelegt hatte. Die Zukunft sah nicht eben rosig aus. Die Welt würde mit Fingern auf einen Malloren zeigen, der eine ruinierte Frau heiratete, und Rothgar würde nach Kräften versuchen, ihn daran zu hindern.

Aber trotz der Welt, trotz Rothgar, trotz allem würde er sie bekommen und behalten und sie Tag und Nacht vor Wonne singen machen. Es würde Schwierigkeiten geben, aber Schwierigkeiten vertrieben die Langeweile.

Er stand auf und reckte sich, fühlte sich wie der König über die ganze Welt. Pfeifend kleidete er sich an und räumte das heimliche Liebesnest auf.

Zwölftes Kapitel

Chastity kannte nur zwei Wege zurück zu Heatheringtons Zimmer. Einer führte sie nach draußen, der andere durch die Eingangshalle. Als sie die Tür nach draußen öffnete, waberte ihr dichter Nebel entgegen. Sie fröstelte, schlug die Tür zu und machte sich auf den Weg in die Halle. Mit einem Blick auf ihren nahezu blanken Busen fragte sie sich, ob sie doch besser das Mieder anziehen sollte, doch im Haus war alles still. So zog sie lediglich ihr Kleid vorn fest zusammen und eilte weiter.

Sie erstarrte, als sie leise Geräusche hörte – aus dem Spielsaal wahrscheinlich –, doch dann sagte sie sich, daß diese Süchtigen keine Gefahr darstellten, und schlüpfte in die Halle.

Dort brannte nur noch eine rauchende Lampe, und der scharfe Geruch von Schweiß und Alkohol hing in der Luft, doch der Raum war menschenleer. Ein paar Kleidungsstücke lagen verstreut umher, und ein großer Fleck auf polierter Eiche deutete auf etwas Nasses hin. Blut war es wohl nicht. Wenn jemand soviel Blut verloren hätte, wäre ein Aufruhr unvermeidlich gewesen.

Andererseits hätten Cyn und sie in der vergangenen Nacht wohl nicht einmal bemerkt, wenn ein Massaker stattgefunden hätte.

Trotz ihrer ausweglosen Situation lächelte sie unwillkürlich bei der Erinnerung an diese Nacht. Sie hätte sich niemals träumen lassen, daß es so schön sein könnte zu lieben; die Leidenschaft hatte sie schmelzen lassen wie Eisen in der

Schmiede. Sie hatten keine Zukunft, doch diese eine Nacht wog alle künftigen Schmerzen auf.

Aber nur, wenn Cyn niemals erfuhr, wer Chloe war. Sie mußte verschwinden, bevor er aufwachte. Sie raffte die Rökke und hastete zur Treppe. Ihr Fuß stieß gegen eine leere Flasche, die klirrend gegen einen Geländerpfosten rollte.

»Was haben wir denn da?«

Chastity wirbelte herum und sah den Marquis of Rothgar im Licht der Kerzen eines mehrarmigen Leuchters unter der Tür stehen. Er stellte den Leuchter auf einen Tisch und näherte sich Chastity.

Chastity fuhr herum und wollte die Treppe hinauflaufen, doch er folgte ihr erstaunlich geschwind und packte sie am Arm, nicht grob, aber doch heftig genug, um sie an der Flucht zu hindern.

»Bitte, Sir«, flehte sie mit ländlichem Akzent und abgewandtem Gesicht. »Laßt mich doch gehen.«

Er drehte ihr Gesicht zu sich herum. »Es ist ungeschickt, Euch als Mädchen vom Lande auszugeben, meine Liebe. Hier tragen nur die hochgeborenen Damen Masken.«

Chastity hielt ihr Kleid vorn zusammen und fühlte sich genauso halbnackt, wie sie war. »Vielleicht möchte ich gern für eine hochgeborene Dame gehalten werden, Sir.«

»Warum nur? Sie werden für ihre Gunst doch nicht einmal bezahlt.«

Irgendwie hatte er sich und sie so umgedreht, daß er jetzt zwischen ihr und der Treppe stand, eine furchterregende Barriere. Chastitys Herz hämmerte vor Angst.

Er betrachtete sie mit einem feinen Lächeln auf den schmalen Lippen, doch seine Augen waren verschattet, und sie konnte nicht wissen, ob in ihnen auch Belustigung zu lesen stand. Ihre Beine zitterten. Was um alles in der Welt wollte er von ihr?

Er sah noch genauso prachtvoll und makellos sauber aus wie vor Stunden und wirkte kein bißchen müde. War er überhaupt ein Mensch? War er nur zufällig nach Rood House gekommen, oder hatte er Cyn hier aufgespürt? Es war ausgeschlossen, daß er sie in Verbindung zu seinem Bruder brachte, selbst wenn er gewußt hätte, daß Cyn mit einem jungen Mann hergekommen war ...

Er zog einen Beutel aus seiner Tasche, öffnete ihn und schüttete sich einige Guineen in die Hand. »Ich habe mir die Zeit an den Spieltischen vertrieben«, sagte er. »Diesen Beutel bekommt Ihr für den Rest der Nacht.«

Chastity raffte ihr Kleid noch fester zusammen. »Es ist ... es wird schon bald Morgen.«

»Stimmt.«

Chastity schluckte und schüttelte den Kopf. »Ich bin viel zu müde, Sir.«

Er zog eine Augenbraue hoch. »Ein weiterer Fehler. Eine Hure ist niemals zu müde. Was seid Ihr also – Hure oder Dame?«

Verzweifelt versuchte Chastity, sich an ihm vorbeizudrängen, doch er stellte sich ihr lässig in den Weg.

»Ich schreie.«

»Glaubt Ihr wirklich, das würde Euch etwas nützen?«

Er war auf die unterste Treppenstufe gestiegen, wodurch er noch imposanter wirkte. Chastitys Nacken schmerzte, als sie zu ihm aufblickte. »Was wollt Ihr, Sir?«

»Mylord«, berichtigte er sie sanft. »Ich wüßte gern, wie Ihr die Nacht verbracht habt.«

Chastity sah ihm in die Augen. »Mit einem Liebhaber.«

»Das dachte ich mir, und noch dazu mit einem, der Euch ermüdet hat. Ob das eine Leistung ist?«

Chastity versuchte erneut, sich an ihm vorbeizudrücken, und wieder versperrte er ihr den Weg. Das war zuviel für sie. Gleich würde sie in Tränen ausbrechen.

Er zog eine Nadel aus seinem Halstuch – mit einer schwarzen, goldgefaßten Barockperle – und drehte sie vor Chastitys Augen zwischen den Fingern. »Diese Nadel gegen einen Kuß.«

Die sich drehende Nadel machte Chastity schwindeln.
»Und dann laßt Ihr mich gehen?«
»Das ist nicht sonderlich schmeichelhaft für mich, mein Kind. Aber ja, dann lasse ich Euch gehen. Wenn Ihr dann noch flüchten wollt.«
Inzwischen verstand Chastity schon etwas mehr vom Küssen, und die Aussicht auf seinen Kuß erschreckte sie. Aber schließlich ging es ja nur um einen Kuß, und Cyn konnte jeden Augenblick aufwachen und ihre Verfolgung aufnehmen. »Einverstanden, Mylord.«
Er legte die Hände um ihre Taille und hob sie mühelos eine Treppenstufe höher, so daß sie gerade noch einen halben Kopf kleiner war als er. Dabei glitt ihr der Kleiderstoff aus den Händen, und das Gewand klaffte weit offen. Sie griff nach ihrem Ausschnitt. Er war schneller. Er zog die beiden Hälften zusammen und steckte sie mit der Nadel fest.
Dann sah er sie an.
Chastity blieb ganz ruhig, entschlossen, ihr Lösegeld mit Würde zu bezahlen.
»Ihr hättet klären sollen, was unter einem Kuß zu verstehen ist, bevor Ihr Euch auf den Handel eingelassen habt«, sagte er leise.
Ihre Augen weiteten sich. »Ein Kuß ist ein Kuß.«
»Und was ist dann ein Kuß?« Er legte die Hände auf ihre Schultern und strich mit den Daumen über ihre Schlüsselbeinknochen. Das war nicht unangenehm, doch Chastitys Gedanken kreisten nur um die Gefahr, daß Cyn jeden Moment auftauchen konnte. Abgesehen davon, daß sein Bruder ihn dann entdeckt hätte und es zum Streit wegen der Umarmung kommen würde, wäre ihr auch die Gelegenheit zur Flucht genommen.
»Nur Euer Mund und meiner«, sagte sie knapp.
Er lachte. »Ein Armutszeugnis, meine Liebe. Nun gut, nur mein Mund und der Eure.«
Er nahm die Hände von ihren Schultern, neigte sich vor und

ließ seine Lippen an ihrem Mund spielen. Sie neckten und zupften, bis ihre Lippen weich wurden. Chastity spürte den merkwürdigen Drang, sich an Rothgar festzuhalten, um nicht zu stürzen, aber statt dessen preßte sie ihr Mieder an die Brust. Sie hätte den Kuß auch zeitlich begrenzen müssen. Seine Zunge zeichnete die Innenseite ihrer Lippen nach, und sie wurden noch weicher. Sie schloß die Augen und erkannte seine Meisterschaft, während sie gleichzeitig wünschte, er möge doch endlich zum Ende kommen. Sie lauschte angestrengt auf Cyns Schritte. Oder würde er von draußen her das Zimmer aufsuchen?

Womöglich war er längst in Heatheringtons Zimmer!

Rothgars Zunge drang in ihren weichen Mund ein. Instinktiv stieß Chastity sie zurück. Sie riß die Augen auf und fürchtete Rothgars Mißbilligung.

Er lächelte, wenn auch ein wenig schief. »Wirklich ein Armutszeugnis.« Er trat zurück. »Geh deines Weges, kleines Vögelchen.«

Chastity machte Anstalten, ihm die Nadel zurückzugeben, doch er hielt ihre Hand fest. »Behaltet sie. Ich fand unsere Begegnung außerordentlich informativ. Allerdings könntet Ihr mir eine Frage beantworten, wenn Ihr meint, den Klunker nicht verdient zu haben.«

Vorsichtig wich Chastity ein paar Stufen höher zurück. »Ja?«

»Haben die Küsse, die Ihr während der Nacht empfangen habt, Euch besser geschmeckt als meiner?«

»O ja«, sagte Chastity und ertappte sich dabei, daß sie lächelte, wahrscheinlich sogar errötete.

Er verbeugte sich elegant vor ihr. »Dann wünsche ich Euch mehr Küsse von derselben Sorte.«

Verwirrt drehte Chastity sich um und floh.

Vor der Tür zu Heatheringtons Tür blieb sie zögernd stehen. Cyn war möglicherweise schon zurück. Selbst, wenn es nicht so wäre, bestand doch die Gefahr, daß der Gastgeber sich entschlossen hatte, in seinem eigenen Bett zu schlafen, und

sich mit einem Ersatzschlüssel Zugang verschafft hatte. Sie drehte den Schlüssel und öffnete behutsam die Tür. Der Raum wirkte menschenleer.
Sie schlich zum Bett. Es war eindeutig leer. Sie tastete nach der Zündschachtel beim Bett und schlug Feuer, um eine Kerze anzünden zu können. Nichts deutete darauf hin, daß in ihrer Abwesenheit jemand im Zimmer gewesen wäre.
Sie sank aufs Bett, zitternd und dem Zusammenbruch nahe. Sie hätte sich am liebsten in ein Mauseloch verkrochen und würde lange brauchen, um die Scherben ihres zerbrochenen Egos wieder zusammenfügen zu können, um den Mut zu finden weiterzumachen. Aber sie hatte keine Zeit. Sie mußte sich wieder in Charles verwandeln und fliehen.
Sie bemühte sich, die Nadel von ihrem Kleid zu lösen. Es war nicht einfach. Rothgar hatte sie tief durch die dickste Stelle in der Seide getrieben. Chastity hob den Blick und sah sich im Spiegel. Du lieber Himmel, sie sah ja völlig heruntergekommen aus!
Ihre Perücke war verrutscht, und ihre Lippen sahen wundgeküßt aus. Der roséfarbene Puder war auf den schwarzen Samt der Maske und die Schultern ihres Kleides abgefärbt. Ihr Gewand war wohl kaum anständig zu nennen, und ohne das Mieder wirkten ihre Brüste allzu üppig.
Und das sollte den anspruchsvollen Rothgar verlockt haben? Nie im Leben.
Was hatte er nur gewollt? Während sie die Frauenkleider abstreifte, überlegte Chastity hin und her. Oh, wenn sie sein Angebot, ihm für ein paar Stunden ihren Körper zu verkaufen, angenommen hätte, würde er zweifellos nicht gezögert haben, doch eigentlich war der Vorschlag ja nicht ernst gemeint gewesen. Und trotzdem hatte er sie nicht gehen lassen wollen, und den Kuß hatte er teuer bezahlt.
Es machte ihr angst, daß sie seine Absichten nicht verstand. Als sie noch Chastity Ware war, damals in London, hatte Rothgar ihr keine Angst eingeflößt, er hatte sie nur in Aufre-

gung versetzt. Jetzt aber, als Flüchtige, die sich mit seinem Bruder eingelassen hatte – womit er nie im Leben einverstanden sein würde –, zitterte sie vor ihm. Sein Verhalten drängte sie nur noch eiliger zur Flucht.

Kaltes Wasser stand im Waschkrug bereit, und sie goß etwas davon in die Schüssel, um sich den Schweiß, die Sahne und die Schminke abzuwaschen. Errötend entfernte sie die Spuren der Liebesnacht von ihren Beinen. Ihre Hände hielten in der Bewegung inne. Wenn sie nun schwanger wäre?

Gott, was sollte sie dann tun? Sie mußte den Verstand verloren haben! Ihr Vater würde sie umbringen. Sie legte die Hände auf den Leib, als wäre bereits etwas zu spüren, dann riß sie sich zusammen. Dieser Katastrophe würde sie sich stellen, sobald sie eingetreten war. Und trotz allem empfand sie eine leise ziehende Sehnsucht bei dem Gedanken, Cyns Kind zu tragen, doch das war nur ein weiterer Grund für ihre Flucht.

Er hatte mit einer jungen, unverheirateten Dame geschlafen, ohne zu wissen, wer sie war, und selbst, wenn er nicht glaubte, daß sie noch Jungfrau gewesen war, würde Cyn Malloren sich verpflichtet fühlen, sie zu heiraten. Ein Kind würde sein Schicksal besiegeln. Mit diesem billigen Trick konnte sie ihn nicht einfangen, ihn nicht in eine Ehe zwingen, die seine Karriere zerstören und ihn seiner Familie auf ewig entfremden würde.

Hastig beseitigte sie alle Spuren ihrer Maskerade. Sie stopfte die Perücke wieder in den Portmanteau, doch dann fiel ihr ein, daß dieses Stück Cyn unverzüglich verraten würde, wer sie gewesen war. Sie zog das Haarteil wieder heraus und warf es in Heatheringtons Schrank. Hoffentlich hatte Cyn vergessen, daß es diese Perücke gab. Kleider und Maske warf sie ebenfalls in den Schrank.

Sie griff nach der Tuchnadel und überlegte, was sie damit tun sollte. Sie war versucht, sie einfach zurückzulassen, aber sie hatte das Gefühl, daß sie ein Geschenk aus ehrlichem Herzen war. Was hatte Rothgar mit seiner letzten Frage, die Küsse der vergangenen Nacht betreffend, wohl gemeint? Hätte ein anderer Mann sie gestellt, wäre wohl eine gewisse Gekränktheit darüber, daß er ihr keine Lust bereitet hatte, der Grund gewesen, aber doch nicht bei Rothgar.

Wieder empfand sie ihr Nicht-Verstehen als beängstigend. Sie stach die Nadel in ihren Jackenaufschlag. Wenn es zum Schlimmsten kam, würde sie ihr eines Tages vielleicht noch die eine oder andere Mahlzeit erkaufen können.

Sie stülpte sich ihre altgewohnte Perücke wieder auf den Kopf und setzte den Hut auf. Jetzt blickte ihr wieder Charles aus dem Spiegel entgegen. Ihr eigenes Gesicht der vergangenen Nacht, weich vor Leidenschaft, schob sich davor. Sie konnte sich beinahe vorstellen, daß Cyn hinter ihr stand, ihren Körper berührte ...

Sie riß sich von diesen Gedanken los und zwang sich zur Eile. In Cyns Uniformrock fand sie etwas Geld und nahm die Hälfte an sich.

Für einen Moment wurde sie schwach, preßte seinen roten Rock an sich und atmete tief seinen Duft ein. Lieber Himmel, wie könnte sie es anstellen, bei ihm zu bleiben?

Nach der letzten Nacht würde es unmöglich sein, ihre Maskerade aufrechtzuerhalten, und jetzt konnte sie ihn weniger denn je wissen lassen, wer sie war. Sonst würde sie ihn durch arglistige Täuschung an sich binden.

Vielleicht war es sogar noch schlimmer, vielleicht hatte er angefangen, die mysteriöse Frau, mit der er geschlafen hatte, zu lieben. Sie erinnerte sich an die grimmige Eindringlichkeit, mit der er nach ihren Geheimnissen gefragt hatte.

Vielleicht würde er heute nach Chloe suchen.

Nun, Chloe wie auch Charles würden verschwunden sein ...

Chastity versteifte sich.

Würde er zwei und zwei zusammenzählen, wenn beide verschwunden wären? Dazu gehörte bestimmt nicht viel. Sie barg das Gesicht in den zitternden Händen.

War ihr Bleiben für ihn gefährlicher als ihre Flucht?
Sie schritt im Zimmer auf und ab, und plötzlich wußte sie es. Sie mußte bleiben. Um Cyns willen mußte sie die Maskerade aufrechterhalten.
Chastity steckte das Geld zurück in die Tasche des Uniformrocks. Noch einmal betrachtete sie sich eingehend im Spiegel, um sich zu vergewissern, daß nichts mehr an Chloe erinnerte. Ihre Lippen wirkten heute voller und roter, aber das war alles.
Sie legte die Hand in ihren Schritt. In der vergangenen Nacht hatte sie erfahren, daß Männlichkeit durchaus sichtbar ist. Sie konnte sich glücklich schätzen, bisher nicht überführt worden zu sein, aber natürlich hatte ja niemand einen Verdacht gehabt, und die zwei übereinandergetragenen Hosen taten das Ihre. Doch für den Fall, daß Cyn mißtrauisch wurde, mußte sie sich etwas einfallen lassen.
Sie holte etwas von der Wolle, die seinerzeit Cyns Busen geformt hatte, aus seinem Portmanteau. Sie rollte sie zusammen und stellte sich Cyns Penis einmal hart, einmal schlaff vor, um die richtige Größe abschätzen zu können. Der schlaffe Zustand reichte aus. Es war nicht nötig, daß alle Welt glaubte, Charles wäre sexuell erregt.
Sie stand immer noch da, untätig, in Erinnerungen gefangen ... Es war nicht gerecht. Warum hatten sie keine Chance? Sie dachte an die Namen, die sie gesammelt hatte, und an den Brief. Vielleicht fand sich eine Möglichkeit, beides zu nutzen. Vielleicht konnte sie die Frau finden, die ihr Jungfernhäutchen gesprengt hatte. Vielleicht würde Henry Vernham gestehen.
Vielleicht, vielleicht, vielleicht.
Das waren lauter sehr schwache Möglichkeiten, und ein großer Teil der Welt würde ihr niemals glauben, aber sie wollte es versuchen. Sie wollte kämpfen.
Ihr Blick fiel auf die zusammengerollte graue Wolle, sie stopfte sie in ihre Hose und fügte noch einen kleinen Ball im Schritt hinzu. Dann musterte sie sich erneut im Spiegel und

nickte. Der Unterschied zu früher war kaum sichtbar, doch falls irgend jemand an ihrem Geschlecht zweifelte oder sie sogar anfaßte, würde er eines Besseren belehrt. Sie hoffte, daß das auch für Cyn galt.

Noch einmal durchsuchte sie das gesamte Zimmer nach Spuren von Chloe, dann zerwühlte sie das Bett, damit es aussah, als hätte jemand darin geschlafen, und stellte sich aufs Warten ein.

Wenig später klopfte es an der Tür. Chastity öffnete sie einen Spalt und ließ Cyn ein. Schaute er sie forschend an, oder bildete sie es sich aufgrund ihrer gereizten Nerven und ihrer Sehnsucht nach seiner Umarmung nur ein?

»Ich hoffe, Ihr hattet eine ruhige Nacht, Charles.«

»Es war erträglich«, antwortete Chastity spitz. »Ihr hattet wahrscheinlich keine.«

Er sah sie unter gesenkten Lidern hervor an. »Wie kommt Ihr darauf?«

»Weil Ihr nicht in dieses Zimmer zurückgekommen seid. Das läßt darauf schließen, daß Ihr ein anderes Bett gefunden habt, wenn auch nicht zum Schlafen.«

Cyn begann, seinen Anzug abzulegen, und zog dann seine Uniform wieder an. »Oh, ich habe schon ein wenig geschlafen, aber wenn ich während der Fahrt einnicke, hoffe ich doch, daß die tugendhaftere Hälfte unseres Gespanns mich sicher nach Maidenhead bringt.«

Chastity machte sich daran, seinen Anzug einzupacken. In der Jackentasche knisterte etwas. Hatte der Mann ihre Nachricht gar nicht gefunden? Was nun? Rothgar machte ihr Sorgen. Zwar konnte er sie wohl kaum gefangennehmen, doch wenn er ihnen in die Quere kam, würde er sie zumindest aufhalten.

»Braucht Ihr dieses Papier noch?« fragte sie und reichte ihm das zusammengefaltete Blatt.

Überrascht nahm er es entgegen und las die Nachricht. »Na, so was!«

»Was gibt's?«
Er sah sie merkwürdig an. »Rothgar ist hier.«
»Ist der Brief von ihm?«
»Wohl kaum. Jemand wollte mich warnen. Ich wüßte gern, wer.«
»Wird er uns aufhalten?«
»Nein«, sagte er fest. »Aber der einzige Grund, der ihn zur Teilnahme an einer solchen Orgie veranlassen könnte, wäre die Suche nach mir. Ich fürchte, er ist uns auf den Fersen.«
»Warum sollte er Euch verfolgen?«
»Ganz einfach, weil er sich in alles einmischt.« Er strich seine Uniform glatt, schaute sich im Zimmer um und schloß die Schnalle des Portmanteaus. Wieder einmal brachte die Erwähnung seines Bruders ihn in Rage. »Fertig?«
Chastity staunte, wie leicht es ihr fiel, wieder in die Rolle des Charles zu schlüpfen. Sie empfand sogar etwas wie Eifersucht auf die zügellose Chloe, die ihn während der Nacht beschäftigt hatte. Kopfschüttelnd folgte sie Cyn zur Tür hinaus.
Er ging voran zur Treppe, und sie hielt ihn, in Gedanken an Rothgar, am Ärmel zurück. »Es gibt ... es gibt an der Rückseite des Hauses doch gewiß eine Dienstbotentreppe.«
Er zog eine Braue hoch. »Wir sind nicht auf der Flucht. Wir waren hier eingeladen.«
»Und Euer Bruder?«
Er biß die Zähne zusammen. »Ich werde nicht so tief sinken, die Hintertreppe zu benutzen, um Rothgar aus dem Weg zu gehen.«
»Schön«, fuhr sie ihn an. »Fahrt zur Hölle, wie Ihr wollt.«
Er zögerte, doch dann kehrte er um. Am Fuß der Hintertreppe schlug er den Weg durch einen Flur zu den Kammern der Dienstboten ein.
Im grauen Morgenlicht wirkte das Haus wie ausgestorben. Die Küche war kalt und verlassen, abgesehen von drei erschöpften Dienern, die beim Feuer in Decken gewickelt schliefen.

Cyn schüttelte mit einem leisen Lächeln den Kopf. »Wenn Heather feiert, bekommt die ganze Welt Kopfschmerzen. Diese Orgie wird in die Geschichte eingehen.« Er fand die Speisekammer und versorgte sich mit einer halben kalten Fleischpastete, einem Bauernbrot, einem Stück Käse und ein paar Äpfeln. Er zapfte zwei Krüge Bier aus einem Faß und reichte Chastity einen.

Sie trank. »Werden wir nicht im Gasthaus frühstücken?«

»Wir gehen nicht ins Gasthaus. Wenn Rothgar hier ist, weiß er, daß unsere Pferde im Stall des *Angel* stehen, und läßt das Haus beobachten. Wir versuchen, uns ohne viel Aufsehen Pferde von Heather auszuleihen.«

Chastity konnte sich die Bemerkung nicht verbeißen. »Ich dachte, Ihr hättet keine Angst davor, Rothgar über den Weg zu laufen.«

Er warf ihr einen sehr unfreundlichen Blick zu. »Aber ich vermeide Streit, wo ich nur kann. Kommt jetzt.«

Draußen wurden sie von heftigem Regen und kalter, feuchter Luft in Empfang genommen. Chastity fröstelte und zog ihre Jacke fester um sich.

Es dauerte eine Weile, bis sie in dieser grauen Welt die Stallungen gefunden hatten, aber schließlich traten sie ins warme Innere und schauten sich die Pferde an. Der Stall allerdings war nicht völlig unbewacht. Ein alter Mann humpelte auf sie zu. »Ihr braucht Eure Pferde, Sir?« Er musterte beide mit gewohnheitsmäßigem Mißtrauen. »Hätte nicht gedacht, daß so früh am Morgen schon jemand auf den Beinen wäre.«

»Viele werden es auch nicht sein«, bemerkte Cyn lässig. »Ich bin Lord Cynric Malloren, unterwegs in Regierungsgeschäften. Lord Heatherington hat mir leihweise zwei Pferde versprochen.«

Der Mann sah ihn skeptisch an, wagte aber nicht, Cyns Autorität in Frage zu stellen, und sattelte zwei Vollblüter. Cyn reichte Chastity den Portmanteau und ging dem Mann zur Hand.

Als sie aufsaßen, bemerkte Cyn beiläufig: »Ich glaube, mein Bruder ist auch hier. Der Marquis of Rothgar. Er ist wohl noch nicht aufgestanden?«

»Außer Euch ist noch keiner wach, Mylord.«

»Ah, ja. Wenn Ihr ihn seht, sagt ihm, daß es mir leid tut, ihn nicht getroffen zu haben.«

Damit trieb er sein Pferd aus dem Hof und auf die Straße hinaus.

Chastity lenkte ihr Reittier neben seines. »Wäre es nicht klüger gewesen, den Mann zu bestechen, damit er schweigt?«

»Rothgar würde ihm kurzerhand noch mehr geben, damit er redet.«

»Deshalb hinterlaßt Ihr ihm eine Nachricht, die einer Herausforderung gleichkommt.«

Er lächelte mit blitzenden Zähnen. »Bis er aufgestanden ist und gefrühstückt hat, sind wir längst in Maidenhead, und dort kann er uns fangen, wenn er will.«

Er ritt voraus, und hinter seinem Rücken murmelte Chastity ein paar ausgesuchte Schimpfworte. Sein Unwille seinem Bruder gegenüber konnte in die Katastrophe führen, doch ohne ihr Geheimnis zu verraten, konnte sie ihn ja nicht wissen lassen, daß Rothgar längst wach und auf der Suche nach ihm war.

Sie ritten im Trab, bis sie zu einem Meilenstein kamen, der ihnen half, sich zu orientieren.

»Das Schlimme ist«, sagte Cyn, »daß ich während der Fahrt in der Kutsche nicht auf den Weg geachtet habe.«

»Die hübschen Lieder haben Euch zweifellos abgelenkt.«

»Wißt Ihr, Charles, allmählich entwickelt Ihr Euch zu einem widerlichen Langweiler. Ihr solltet lernen, ein wenig Spaß zu haben.«

»Seid versichert, daß ich unter den richtigen Bedingungen durchaus in der Lage bin, Spaß zu haben.«

»Tatsächlich? Ich glaube nicht, daß ich es je erleben werde.«

Chastity verbarg ihr Lächeln.
Cyn verbarg sein Lächeln ebenfalls. Ihre Schlagfertigkeit war ungebrochen.
Er betrachtete den dicht bewölkten Himmel, der ein wenig heller war, wo die Sonne durchzubrechen versuchte. »Eines ist sicher, wir müssen uns in nördliche Richtung halten. Dann werden wir irgendwann auf eine Straße nach London stoßen.«
Sie ritten schon seit einer Stunde, inzwischen hatte der Regen aufgehört, und auch der Nebel lichtete sich allmählich. Sie hielten an und teilten sich die Pastete. Cyn gähnte. Chastity mußte sich sehr bemühen, nicht auch zu gähnen. Wieviel Schlaf hatten sie in der vergangenen Nacht bekommen? Drei, vier Stunden, mehr nicht.
»Müde, Mylord?« fragte sie überfreundlich.
»Ein wenig. Und Ihr? Ihr kommt mir ein bißchen steif vor. Vielleicht seid Ihr an so ausgiebige ... Ritte nicht gewöhnt.«
Chastity senkte das rosig überhauchte Gesicht. Wenn er wüßte! Ihre Muskeln waren tatsächlich ein wenig steif vom gestrigen Ritt, aber es lag an der vergangenen Nacht, daß sie zwischen den Beinen so überempfindlich war.
»Macht Euch nichts draus«, sagte Cyn und versetzte ihr einen herzhaften Schlag auf den Rücken. »Uns stehen höchstens noch sechs Meilen bevor.«
Bald stießen sie auf die Straße nach Oxford, und an einer Poststation mit Namen *Five Rings* erfuhren sie, daß Maidenhead nur noch zwei Meilen entfernt in östlicher Richtung lag. Sie trabten die bevölkerte Straße entlang, überholten Fuhrleute, Viehtreiber und Fußgänger. Post- und Privatkutschen rumpelten vorüber.
Chastity schnappte plötzlich nach Luft und zügelte ihr Pferd.
»Was ist los?« fragte Cyn.
»Die Kutsche meines Vaters ist gerade vorübergefahren.«
»In welche Richtung?«

»Nach Osten. Nach Maidenhead.«
»Dann reitet langsam. Wir lassen ihm einen großen Vorsprung.« Er legte kurz seine Hand auf die ihre. »Keine Angst. Wir wußten ja, daß er hier in der Gegend ist. Und Henry Vernham ebenfalls, sofern er nicht immer noch weiter südlich nach Mrs. Inchcliff sucht. Nach uns suchen sie nicht, zumindest nicht nach mir.«
Der Anblick der väterlichen Kutsche hatte all ihre Ängste wieder wachgerufen, doch Chastity wußte, was sie zu tun hatte. »Cyn«, sagte sie.
»Ja?«
»Das Wichtigste ist, daß Major Frazer die Nachricht erhält. Falls mein Vater mich finden sollte, müßt Ihr unsere Mission zu Ende führen.«
Er runzelte die Stirn. »Und soll ich Euch seinem Zorn wegen Eures Ausreißens überlassen?«
Chastitys Magen verkrampfte sich bei dem Gedanken an den Zorn ihres Vaters, wenn er sie als Mann verkleidet erwischte, doch sie bemühte sich um einen frechen Tonfall. »Er wird mir eine Standpauke halten, weil ich nicht bei Nana geblieben bin, aber das ist halb so schlimm.«
»Verity jedoch scheint große Angst vor Eurem Vater zu haben. Warum sonst bittet sie den Earl nicht um Hilfe?«
»Nur, weil er verhindern wird, daß sie Nathaniel heiratet.«
»Ansonsten würde sie sich bei ihm sicher fühlen?«
Chastity wußte, daß sie ihn in Sicherheit wiegen mußte. »Ja. Wieso?«
»Ich wollte es nur wissen.«
»Er ist ein strenger Mann und glaubt, er hätte das Recht, über das Leben seiner Töchter zu bestimmen. Sonst nichts.«
»Und über das Leben seines Sohnes«, fügte er betont hinzu.
Cyn der Schutzengel. Chastity wollte, daß er sich ganz auf Veritys Problem konzentrierte. »Ich bin noch ein Schuljunge«, sagte sie. »Ich müßte eigentlich tun, was er verlangt.«
»Ich schätze, er wird Euch verprügeln.«

Sie zuckte die Schultern. »Wahrscheinlich. Davon werde ich nicht sterben.«
Cyn nickte, und sie setzten ihren Weg fort.
Chastity wußte nicht, was der Earl unternehmen würde, wenn er sie in die Hände bekam. In ihrem ganzen Leben hatte sie sich noch nie auf solch ein Abenteuer eingelassen. Schließlich wußte ihr Vater, daß sie Vernham nicht in ihr Bett eingeladen hatte. Die Schläge, die auf die niederträchtige Episode gefolgt waren, hatten dazu dienen sollen, ihre Zustimmung zur Heirat zu erzwingen, und der Earl hatte offenbar erwartet, daß sie schon unter relativ geringen Schmerzen zusammenbrechen würde.
Sie hatte festgestellt, daß er äußerst geschickt war im Einsatz der angsterregenden Bestrafung durch relativ geringe Schmerzen.
Es hatte kaum jemals die Gefahr bestanden, daß ihr Vater ihr dauerhaften Schaden zufügte oder daß Narben blieben – wenngleich ihr Trotz ihn bei einer Gelegenheit einmal doch zu mörderischem Zorn angestachelt hatte. Da hatte sie angefangen, seine geistige Gesundheit in Frage zu stellen, und sie hatte wahrhaftig um ihr Leben gefürchtet. Bevor es zum Schlimmsten kam, hatte er sich jedoch wieder unter Kontrolle gehabt.
Daß ihr Bruder Fort es war, der ihr den Hals umdrehte, war schon wahrscheinlicher. Er neigte zum Jähzorn, und er war der Meinung, sie hätte die Familienehre besudelt. Jetzt allerdings glaubte sie, Fort entgegentreten zu können, selbst wenn er ihr die Hände um den Hals legte. Doch bei dem Gedanken, vor ihrem Vater stehen zu müssen, wurden ihr die Knie weich.
»Wir sind gleich da«, sagte Cyn. »Haltet die Augen offen und den Kopf gesenkt.«
»Das dürfte schwierig sein.«
Er lächelte ihr flüchtig zu. »Ich habe nie behauptet, daß es leicht sein würde.«

»O doch.«
Er lachte.
Als die Kirchenglocken elf Uhr schlugen, erreichten sie die ersten Häuser von Maidenhead. Vom Earl hatten sie keine Spur mehr gesehen, aber wahrscheinlich hatte er in einem der zahlreichen Gasthäuser Logis gefunden. Maidenhead lag an der verkehrsreichen Straße nach Bath und wies mehrere Poststationen auf. Postkutschen und andere Wagen drängten sich auf der geschäftigen High Street, die Leute kamen und gingen.
Cyn schwang sich vom Pferd und bedeutete Chastity, ebenfalls abzusitzen. »Hier unten fallt Ihr nicht so auf. Jetzt müssen wir zunächst einmal eine sichere Unterkunft für Euch finden, dann suche ich Frazer auf. Hier gibt es keine Kaserne, also ist er sicher irgendwo einquartiert, aber eine Kommandantur dürfte vorhanden sein.«
Chastity wollte bei ihm bleiben, wußte aber, daß es töricht wäre. Sie war der Unsicherheitsfaktor. »Wenn wir nur wüßten, in welchem Gasthaus Vater wohnt ...«
Cyn hielt vor dem *Fleece Inn* an, wo ein Stallknecht wartete, um Gäste in Empfang zu nehmen. »Guten Tag«, sagte Cyn. »Wißt Ihr, ob der Earl of Walgrave hier wohnt?«
»Nein, Captain«, sagte der Mann. »Er ist im Bären.«
Cyn warf ihm ein Geldstück zu und ging weiter. »Also schlagen wir einen großen Bogen um den Bären. Zweifellos läßt er sämtliche Gasthäuser beobachten, aber er sucht ja nicht nach mir oder nach Euch.«
Sie blieben vor dem *Saracen's Head* stehen. Chastity zog sich die Hutkrempe tiefer ins Gesicht, bevor sie ihr Pferd in den Hof führte. Pferdeknechte kamen herbei, um die Tiere zu übernehmen, und bald fanden sich Cyn und Chastity in der Gaststube wieder. Cyn bestellte ein privates Schlafzimmer und einen Salon und verwickelte den Wirt in ein beiläufiges Gespräch, unter anderem über hochgestellte Persönlichkeiten, die zur Zeit in Maidenhead weilten, über die Militärprä-

senz und über den merkwürdigen Fall der verschwundenen Lady Vernham, deren Steckbrief überall aushing.
Als sie in ihr Zimmer kamen, wußten sie, daß der Earl of Walgrave auf der Suche nach seiner Tochter die Straße nach Bath auf und ab gefahren war, daß eine Kompanie Infanterie unter Major Nathaniel Frazer in der Stadt einquartiert war und sich auf die Überfahrt zum Kontinent vorbereitete, daß das Hauptquartier des Majors sich in Cross House unten am Fluß befand und daß befürchtet wurde, die arme Frau wäre tot. Man suchte bereits am Fluß nach ihrer Leiche und der ihres Säuglings.
Cyn richtete Chastity mit allem, was sie benötigte, in dem Zimmer ein. »Ihr bleibt hier.«
»Gut.« Sie konnte sich der Bitte nicht enthalten: »Versucht, nicht so lange fortzubleiben!«
»Es dürfte nicht lange dauern. Ihr könnt schon mal darüber nachdenken, was wir tun wollen, falls Frazer sich auf unseren Plan nicht einlassen will. Schließlich könnte es seine Karriere gefährden.«
Chastity hob das Kinn. »Er wird Verity nicht im Stich lassen. Wollt Ihr damit sagen, daß Euch Eure Karriere wichtiger wäre als Eure große Liebe?«
»Wer sagt, daß ich eine große Liebe habe? Aber nein«, gab er leise zu, »so denke ich nicht. Ich habe allerdings ein gewisses Einkommen außer meinem Sold und eine mächtige Familie als Rückendeckung. Wie steht's mit Frazer?«
»Er hat einen kleinen Landbesitz, aber seine Familie kann sich mit Eurer nicht vergleichen.«
»Nun, wir werden sehen, wie er reagiert.« Cyn schien nur sehr widerstrebend zu gehen. »Bleibt hier«, wiederholte er. »Verliert nicht die Geduld, und geht nicht hinaus. Und schließt die Tür ab. Niemand hat einen Anlaß, Euch zu stören.«
»Schön«, sagte sie gereizt. »Ich bin ja nicht dumm. Nun geht schon, um so schneller ist es erledigt.«

Als er fort war, drehte sie den Schlüssel im Schloß. Es erinnerte sie auf merkwürdige Weise an die vergangene Nacht, doch diesmal hatte sie keineswegs die Absicht, sich in welcher Verkleidung auch immer aus dem Zimmer zu schleichen. Sie setzte sich an das Fenster mit Blick auf die belebte Straße. Zwar schaute sie dem geschäftigen Treiben zu, doch ihre Gedanken beschäftigten sich mit Auswegen für ihre Zukunft.

Falls sie die Frau fand, die ihr die Jungfräulichkeit genommen hatte, konnte sie sie vielleicht zu einem Geständnis zwingen. Sie konnte damit drohen, Nerissa Trelyn bloßzustellen, sofern sie ihre Aussage nicht modifizierte, sie konnte andere Frauen, die an der Orgie teilgenommen hatten, um Unterstützung bitten. Das alles erschien ihr reichlich dünn. Wenn die Frauen ihre Aussage nicht bekräftigten, wer würde ihr dann glauben? Um ihre Geschichte erzählen zu können, würde sie ja schließlich zugeben müssen, daß sie selbst an der Orgie teilgenommen hatte.

Blieb ihr als einziges Beweisstück der Brief. Sie holte ihn hervor und las ihn. Er war gewiß skandalös genug, und nach ihrer Liebesnacht verstand Chastity schon ein wenig mehr.

... Ich träume von dir, mein Herkules, mein Atlas, wenn ich in meinem kalten Bett der Pflichterfüllung liege. Ich stelle mir dein mächtiges Glied in meiner seidenen Tasche vor, und T., der Schwächling, glaubt, ich stöhnte seinetwegen. Als wir uns vergangene Woche im Theater trafen, trug ich dein Taschentuch zwischen meinen Beinen. Wirst du hart bei dem Gedanken? Ich schwöre dir, deine monogrammbestickte Seide war bald naß von meinem Begehren. Ich werde es wieder tun, also denke daran, wenn wir uns das nächste Mal begegnen.

Tust du das gleiche für mich? Ich habe das Band von meinem Hemd beigelegt, das roséfarbene, an das du dich bestimmt erinnerst. Binde es um, wenn wir uns das nächste Mal treffen, aber nicht zu fest, mein edler Hengst, sonst, so fürchte ich, kannst du daran sterben. Oh, ich lechze nach dir, während ich diese Zeilen schreibe. Ich ertrage es nicht. Ich werde kommen. Ich verspreche es. Für dich wage ich alles ...

Beim ersten Lesen hatte der wollüstige Ton Chastity angewidert; sie war empört darüber, daß eine verheiratete Dame der Gesellschaft sich so gehen lassen konnte. Jetzt aber war sie in erster Linie neidisch. Die Handschrift gehörte zweifellos Lady Trelyn, und der Brief konnte sie ruinieren, doch Chastity bezweifelte, daß sie einer anderen Frau all das Leid zufügen könnte, das sie selbst erduldet hatte.

Was hatte Nerissa Trelyn schließlich getan, abgesehen davon, daß sie die Wahrheit sagte, nämlich, sie hätte Chastity Ware mit einem Mann im Bett ertappt? Chastity würde also eine Lüge von ihr verlangen.

Sie stützte den Kopf in ihre Hand. Es wäre besser, wenn sie sich jetzt überlegte, wo sie Schutz vor ihrem Vater würde suchen können. Ihre liebste Gouvernante hatte einen Pfarrer in Westmoreland geheiratet. Das wäre abgelegen genug ...

Sie zuckte zurück. Auf der anderen Straßenseite hatte sie einen Mann entdeckt, der sie anstarrte, und eben hatte er sich fortgeschlichen. Sie konnte kaum annehmen, daß er sie erkannt hatte, aber diese rattenähnlichen Bewegungen ...

Wie dumm, sich hier ans Fenster zu setzen!

Sie sprang auf die Füße. Was sollte sie tun?

Sie hatte Cyn versprochen, nicht fortzugehen, aber sie konnte auch nicht in diesem Zimmer hocken bleiben, wie ein Kaninchen in seinem Bau, das auf den Terrier wartete. Sie entnahm Cyns Taschen etwas Geld und rannte hinaus, die Treppe hinunter.

In der Eingangshalle hielt sich keine verdächtige Person auf. Mochte sein, daß jemand das Haus beobachtete, doch kein Mensch zeigte Interesse an ihrer Person. Sie schlüpfte einen Gang entlang zur Küche, öffnete eine Tür und sah den Gastwirt, der am Tisch saß und sein Abendbrot verzehrte.

Er stand auf, nicht eben erfreut. »Wünscht Ihr etwas, junger Herr? Ihr hättet klingeln können.«
Chastity wußte, daß sie ihrem Vater nicht in die Hände fallen durfte, aber sie mußte ebenso dringend auch vermeiden, daß irgendwer die Verbindung zwischen Cyn und ihr herstellte. Deshalb hatte sie sich eine Geschichte ausgedacht. Sie klang nicht sehr glaubwürdig; alles hing davon ab, ob der Gastwirt käuflich war.
Sie lächelte den Mann arglos an. »Ich fürchte, ich muß Euch etwas beichten, Sir. Versteht Ihr, ich bin von zu Hause weggelaufen. Ich will zum Militär, aber mein Vater erlaubt es nicht. Er sagt, ich sei zu jung. Captain Malloren war so freundlich, mir zu helfen, als ich in der Patsche steckte, und er will alles arrangieren, damit ich in sein Regiment aufgenommen werden kann. Aber jetzt habe ich meinen Vater auf der Straße gesehen, und ich habe Angst, daß er die Rolle des Captains in dieser Angelegenheit nicht versteht. Er ist ein bedeutender Mann und könnte großen Ärger machen. Deshalb will ich mich verstecken, bis der Captain zurückkommt. Bitte, seid Ihr so freundlich und verratet meinem Vater nicht, daß ich hier war?« Sie legte drei Guineen auf den Tisch.
Der Wirt warf einen Blick auf die Münzen und ließ sie dann in seiner Tasche verschwinden. »Ich muß schon sagen, junger Herr! Er will nicht, daß sein Sohn sich der Armee seiner Majestät anschließt! Wie weit ist es gekommen mit dieser Welt! Schleicht Euch am besten nach draußen und drückt Euch unauffällig bei den Pferden herum. Dort seid Ihr in Sicherheit, und ich sag dem Captain, wenn er zurückkommt, wo er Euch findet.«
Chastity schenkte ihm ein breites Lächeln und lief zur Tür hinaus. Im Hof stand eine Kutsche, im Begriff abzufahren, aber sie bedeutete keine Gefahr für sie. Chastity hüpfte zu den Stallungen hinüber.
Kaum war sie eingetreten, wurde sie von hinten gepackt.

Eine Hand legte sich über ihren Mund, eine andere griff ihr in den Schritt. Wie gestochen zuckte letztere zurück, und Chastity war frei. Am liebsten wäre sie weggelaufen, doch sie wußte, daß sie sich dem Angreifer stellen mußte.

»Was zum Teufel ...?« schrie sie und fuhr herum.

Zwei hagere Männer tauschten verlegene Blicke. Zum Glück waren ihr beide fremd.

»Tut uns leid, Junge. Wir suchen nach einer jungen Dame, die von zu Hause ausgerissen ist. Wir haben Euch für diese Frau gehalten.«

Chastity baute sich breitbeinig auf, stützte die Hände auf die Hüften und gab sich Mühe, wie ein dreister Stallknecht auszusehen. »Eine junge Dame? Zum Kuckuck, sehe ich aus wie eine junge Dame?«

»Nein, Junge. Und schreit doch nicht so. Sonst verscheucht Ihr die Kleine noch.«

Chastity musterte die zwei. »Ich habe den Verdacht, daß Ihr nichts Gutes im Schilde führt.« Sie entschied sich kurzerhand für eines der Pferde und tat geschäftig, indem sie ihm Heu vorwarf und seinen Wassereimer füllte. Ihr Herz raste vor Angst. Was für ein Glück, daß sie ihre Hosen ausgestopft hatte. Gestern noch wäre sie überführt gewesen. Es war so schwer, nicht überstürzt davonzulaufen. Irgendwann aber ging sie zurück und bedachte die beiden Männer im Vorübergehen mit einem mürrischen, mißtrauischen Blick, bevor sie in den bevölkerten Hof hinaustrat. Sie hatte keine Ahnung, was sie nun unternehmen sollte, wußte nur, daß sie Cyn aus dem Weg gehen mußte. Sie schlug die Richtung zur Straße ein.

Dort war es mittlerweile ein wenig ruhiger geworden, denn die meisten Leute saßen am Abendbrottisch. Chastity fühlte sich entsprechend ausgeliefert. Wohin sollte sie gehen? Die Kirche. Sie schritt auf den weithin sichtbaren Turm zu, versuchte sich dem Tempo der anderen Fußgänger anzupassen und blieb gelegentlich stehen, um ein Schaufenster

zu betrachten und nach Verfolgern Ausschau zu halten. Ohne etwas wahrzunehmen, heftete sie den Blick auf das Porzellan in einem Fenster, als jemand sie am Halstuch packte.
»Zur Hölle mit dir! Hat Vater doch recht gehabt!«
Im Fenster spiegelte sich Fort, Chastitys Bruder.

Dreizehntes Kapitel

Das Halstuch würgte sie so, daß Chastity kaum Luft bekam, doch Fort wollte augenscheinlich einen Skandal vermeiden und ließ sie los. Allerdings blieb ihr keine Gelegenheit zur Flucht, denn er packte brutal ihren Arm. »Komm.«

Chastity erwog, sich zu wehren, Vorübergehende um Hilfe anzurufen, wußte jedoch, daß es sinnlos wäre. Fort würde jedem, der sich einmischte, erzählen, sie wäre ein ausgerissener Schuljunge oder Dienstbote, und man würde ihm glauben.

Sie hielt Ausschau nach Cyn, zwang sich dann aber, sich diese Hoffnung aus dem Kopf zu schlagen. Um Veritys willen durfte ihre Familie nichts von dem Plan und Cyns Beteiligung daran erfahren. Wenngleich ihr übel wurde bei dem Gedanken, ihrem Vater gegenübertreten zu müssen, ließ sie sich von ihrem Bruder die High Street von Maidenhead entlangzerren.

Sie warf einen Blick auf Fort und fragte sich, ob es möglich wäre, ihn auf ihre Seite zu ziehen. Im Augenblick war er außer sich vor Wut, doch sie mußte sich eingestehen, daß jeder mit gesundem Verstand ausgestattete Bruder wütend sein würde, wenn er seine Schwester als Mann verkleidet irgendwo in England aufgreifen sollte. Bestand auch nur die geringste Möglichkeit, Fort davon zu überzeugen, daß die Pläne ihres Vaters, Verity betreffend, nicht gut waren?

Sie erinnerte sich an den gestrigen Abend, als Fort sich auf seine typische Weise freundlich gezeigt hatte, und an den

älteren Bruder, der sie eigentlich stets verwöhnt hatte. Sie wehrte sich nicht mehr gegen seinen Griff und beruhigte sich ein wenig.
Als sie in eine Seitenstraße einbogen, fragte sie: »Wohin bringst du mich?«
»Vater hat hier ein Haus gemietet.«
Das ließ sie zurückfahren, und beinahe wäre es ihr gelungen, sich loszureißen. Fort fluchte und packte sie fester.
»Fort, bitte, laß mich los!«
»Warum zum Teufel sollte ich? Damit du für irgendeinen Kerl die Hure spielst? Mir fällt kein anderer Grund ein, warum du dich in solch einer Verkleidung in der Gegend herumtreiben könntest.«
Chastity hätte um ein Haar beteuert, daß es nicht wahr wäre; sie war daran gewöhnt, daß die gegen sie erhobenen Vorwürfe nicht stimmten. Doch letzte Nacht hatte sie tatsächlich für einen Mann die Hure gespielt.
»Ich gehe auch sofort zurück zu Nana«, versprach sie in ihrer Verzweiflung.
»Ganz gewiß. Dafür wird Vater sorgen, es sei denn, er hat ein strengeres Gefängnis für dich vorgesehen.« Er zog sie weiter, und sie mußte ihm folgen.
»Fort, ich bin ruiniert! Was für einen Sinn hat es, mich bei euch zu behalten? Laßt mich doch auf meine eigene Weise untergehen!«
Er nahm sie bei den Schultern und schüttelte sie. »Du hast aus unserem Namen schon längst ein Schimpfwort gemacht. Soll ich zulassen, daß du es auf die Spitze treibst? Lieber würde ich dich tot sehen!«
Er schleifte sie eine weitere Straße entlang, durch einen Torbogen auf einen kleinen Platz. Vier Häuser umstanden diesen, alle wirkten irgendwie verlassen. Diese kleine Insel schien völlig abgeschieden von der restlichen Welt zu sein. Niemand würde Notiz davon nehmen, wenn hier etwas geschah.

Chastity schauderte und wich zurück. »Fort, nein. Du weißt ja nicht, wie Vater manchmal ist.«
»Das weiß ich nicht? Ich hoffe, bei Gott, daß er dich auspeitscht, und zwar gründlich!«
Fort stieß sie zu einer schwarzlackierten Tür und klopfte. Chastity ließ alle Hoffnung fahren, als George Lindle öffnete. Dieser Mann galt offiziell als Sekretär ihres Vaters, doch in Wirklichkeit erledigte ein stiller Angestellter seine Buchhaltung. Lindle war eher eine Art Handlanger, ein Henker, allerdings ein manierlicher, eleganter. Ein breites Lächeln stand auf seinem runden, glänzenden Gesicht. »Gott sei gelobt«, rief er aus. »Ein Schäfchen haben wir schon gerettet.« Chastity fiel auf, daß seine Augen wie immer kalt und ausdruckslos blieben. Bei seinem Anblick gaben ihre Knie nach. Lindle hatte sie festgehalten oder gefesselt, wenn sie Schläge bekam, und auch, als sie entjungfert wurde, und immer hatte er gelächelt. Allmählich glaubte sie, daß es eine Art Behinderung wäre, daß er vielleicht gar nicht anders konnte als zu lächeln.
Oder aber es machte ihm Freude, Menschen leiden zu sehen.
»Jawohl, Lindle«, sagte Fort, »ein Schäfchen ist gerettet, und das läßt hoffen, daß wir das zweite auch bald finden. Ich bringe sie nach oben. Gebt meinem Vater Bescheid.«
»Der Earl ist nach Slough gefahren, um mit dem Colonel der Miliz das weitere Vorgehen bei der Suche zu besprechen, Mylord. Ich schicke ihm unverzüglich eine Nachricht, aber es wird dennoch Stunden dauern, bis er zurückkommt.«
Chastity schickte ein inniges Dankgebet zum Himmel.
Lindle machte kehrt, drehte sich jedoch noch einmal um, ganz der bescheidene, devote Diener. »Sollten wir nicht selbst Schritte unternehmen, um Lady Verity und ihren Sohn in Sicherheit zu bringen, Mylord? Sie dürfen nicht zu Schaden kommen ...«
»Richtig«, sagte Fort. »Nun«, er wandte sich Chastity zu, »wo sind sie?«

»Warum fragst du mich?« Plötzlich hatte sie eine Eingebung. »Was glaubst du, warum ich hier bin? Ich suche sie.«
»Warum ausgerechnet hier?«
»Aus demselben Grund wie du – wegen Nathaniel.« Sie gab sich erschrocken. »Soll das heißen, ihr habt noch keine Spur von ihr gefunden? O Gott! Vielleicht ist sie tatsächlich ins Wasser gegangen. Aber warum? Warum? Ehrlich gesagt, mir kann niemand einreden, daß sie über Sir Williams Tod verzweifelt wäre!«
Sie hatte sie hinters Licht geführt oder doch zumindest verunsichert. Als die zwei Männer besorgte Blicke wechselten, mußte sie ihre Zufriedenheit verbergen.
»Ich bringe sie nach oben«, sagte Fort schließlich. »Schickt Ihr diese Nachricht ab.«
Er führte Chastity in ein leeres Zimmer. Unverzüglich gab sie alle Hoffnung auf eine Fluchtmöglichkeit auf. Der Raum war für eine Gefangene vorbereitet, und in solchen Dingen unterliefen ihrem Vater und Lindle keine Fehler.
Früher war es zweifellos ein Schlafzimmer gewesen, doch nun bestand es nur noch aus vier kahlen Wänden und enthielt nichts, was ein einfallsreicher Geist für seine Flucht hätte nutzen können.
Im Kamin brannte kein Feuer. Das war äußerst ungünstig, denn sie hätte nicht gezögert, das Haus niederzubrennen. Ob sie durch den Kamin klettern konnte? Sie bezweifelte es, doch sie würde es überprüfen. Sie war bereit, alles zu tun, um aus diesem Haus verschwunden zu sein, bevor ihr Vater zurückkam.
Ihre einzige Hoffnung bestand darin, Fort auf ihre Seite zu ziehen oder ihn wenigstens dazu zu bewegen, bei ihr zu bleiben. Vor den Augen seines Sohnes würde der Earl seiner Grausamkeit nicht freien Lauf lassen und sich bestimmt nicht einem seiner Anfälle von Jähzorn überlassen. Immerhin war der Earl of Walgrave ein Ausbund an Würde, Adel und Gerechtigkeit. Der Unbestechliche.

Chastity hatte ihn nie gemocht, doch sie hatte an seinen untadeligen Charakter geglaubt, bis sie eines Besseren belehrt wurde.

Fort blickte Chastity an und seufzte. »Ich weiß nicht, wie es so weit hat kommen können, Chastity. Ist es wahr, daß du nicht weißt, wo Verity sich aufhält?«

Angesichts seiner ehrlichen Sorge fiel es Chastity schwer zu lügen, doch sie überwand sich. »Ja. Ich hatte gehofft, sie wäre in Maidenhead, bei Nathaniel.«

»Zu Hause war sie in Sicherheit«, sagte Fort verbissen. »Ich begreife nicht, warum sie geflohen ist. Noch dazu zu einem Mann. Ist dir klar, wie man darüber reden wird?«

Chastity war sehr wohl klar, wie schnell man einen Ruf ruinierte. »Sie muß verzweifelt gewesen sein, Fort. Wahrscheinlich glaubte sie, in Gefahr zu schweben.«

»In diesem Fall hätte sie sich an ihre Familie gewandt. Bei Vater wäre sie mit ihrem Kind in Sicherheit gewesen.«

Sie bewegte sich auf gefährlichem Terrain. »Das könnte man annehmen. Freilich liebt sie Nathaniel schon immer, und vielleicht war er der erste, der ihr in ihrer Not in den Sinn kam ...«

Fort starrte sie an. »Um im Unterrock, im November, mit einem Säugling fortzulaufen, zu einem Mann, mit dem sie vor fünf Jahren mal geschäkert hatte? Nein, ich fürchte, sie ist verrückt geworden. Was ist das bloß für eine Welt!«

»Verstehst du denn nicht, Fort«, sagte Chastity ernst, »sie *muß* doch einen Grund haben. Was ist mit Henry Vernham? Er ist zum Vormund des Kindes bestimmt worden, nicht wahr? Vielleicht hat er sie zu dieser Tat getrieben.«

Sein Mund verzog sich höhnisch, als sie den Namen nannte. »Von dem Kerl könnte ich so ziemlich alles glauben, aber niemals, daß er einer Ware etwas zuleide tut. Die Vernhams sind ein widerlicher Haufen, aber nicht dumm.«

»Widerlich!« wiederholte Chastity. »Warum hast du dann nichts gegen Veritys Verheiratung mit William unternommen?«

»Warum, zum Teufel, hätte ich das tun sollen? Verity hat sich doch für ihn entschieden.«
»Entschieden? Unsinn. Vater hat entschieden.«
»Vater?« Fort schnaubte verächtlich. »Der Himmel weiß, was für eine Arbeit es für mich war, eine Frau zu finden, die seinen hochgestochenen Ansprüchen genügt. Warum sollte er eine Verbindung mit Leuten von Vernhams Sorte fördern?«
»Warum sollte Verity einen solchen Mann heiraten wollen? Fort, du weißt selbst, daß sie schon immer Nathaniel heiraten wollte.«
Er zuckte zynisch mit den Schultern. »Sie wäre nicht die erste Frau, die zu dem Schluß kommt, daß ein Titel, und sei er auch noch so lächerlich, und ein wie auch immer ergaunertes Vermögen mehr wert sind als ein hübsches Gesicht. Nathaniel Frazer besitzt so gut wie gar nichts.«
Chastity hätte ihn am liebsten geohrfeigt. Sah er denn nicht selbst, daß das Unsinn war? »Fort, glaub mir, Verity wollte Sir William nicht heiraten und wäre von Herzen gern mit nichts als dem Hemd auf ihrem Leib zu Nathaniel gegangen. Du kennst sie. Hat sie sich etwa je für Titel und Geld interessiert?«
Fort wirkte verunsichert, sagte jedoch: »Es macht noch viel weniger Sinn, daß Vater eine derartige Verbindung gewünscht haben soll.«
»Er wollte mich ja auch mit Henry Vernham verheiraten.«
Fort lachte bitter. »Erst nachdem das Wiesel nackt in deinem Bett entdeckt wurde.«
Chastity riß Mund und Augen auf. Glaubte er das wirklich? Offensichtlich. Die Aussichtslosigkeit eines Versuchs, seinen Irrtum richtigzustellen, drückte sie fast zu Boden. Es war, als wollte sie mit Hilfe eines Löffels einen Berg versetzen, zumal sie Fort zuerst davon hätte überzeugen müssen, daß ihr Vater keineswegs so edel war, wie man ihm nachsagte.

So widersprach sie nicht und dachte statt dessen über etwas nach, das Fort geäußert hatte. Einmal hatte sie geglaubt, daß das, was ihr widerfahren war, lediglich eine unglückliche Schicksalsfügung gewesen wäre, doch neuerdings war ihr klar, daß dem ein Muster zugrunde liegen mußte. Um ihren eigenen Ruf zu retten, war es wohl zu spät, doch wenn sie die Vorgänge richtig verstehen würde, könnte sie vielleicht noch Veritys bewahren.

»Was sagtest du über Sir Williams Vermögen?« fragte sie. »Du sagtest doch ›wie auch immer ergaunert‹. Was soll das heißen?«

Doch Fort betrachtete mit schmerzlicher Miene ihre Kleidung. »Wenn Vater dir nicht den Kopf abreißen soll, müssen wir etwas Anständiges zum Anziehen für dich finden.« Er ging zur Tür und rief nach Lindle, doch eine andere Stimme schrie zurück, daß Lindle nicht im Hause wäre.

»Laß nur, Fort«, sagte Chastity. »Es kommt nicht mehr darauf an. Was war nun mit Vernhams Vermögen?«

Fort schüttelte den Kopf. »Es ist ein offenes Geheimnis, daß er nach fünfundvierzig plötzlich zu viel Geld gekommen ist. Er war einer der Sonderkommissare, die die Anklagen gegen jakobitische Sympathisanten überprüfen mußten, und jedermann weiß, daß einige Stuart-Getreue viel Geld bezahlt haben, damit ihre Umtriebe nicht bekannt wurden.«

Chastity erinnerte sich, daß Verity etwas in der Richtung geäußert hatte, doch sie fand darin keine Erklärung für die Ereignisse. Sie trat ans Fenster und blickte über einen kleinen Garten hinweg, der durch hohe Bäume von den anderen Häusern abgeschirmt war. Im Garten stand ein Wachtposten und sah zu ihr hinauf. Hier bot sich also auch kein Fluchtweg. »Wieso bist du eigentlich hier?« fragte sie ihren Bruder.

»Wo sollte ich denn sonst sein? In einem Kaffeehaus vielleicht? Ich bin hier, weil ich Verity suche. Als wir feststellten,

daß du verschwunden warst, vermutete ich, sie wäre halbwegs in Sicherheit bei dir. Jetzt mache ich mir um so mehr Sorgen. Schwörst du, daß du nicht weißt, wo Verity sich aufhält, Chastity?«
Chastity sagte sich, daß sie ja wirklich nicht genau wußte, wo Verity sich aufhielt. Sie konnte in irgendeinem Zimmer in Mrs. Garnets Haus sein, oder im Garten, oder, sofern sie sich gut getarnt hatte, außerhalb des Grundstücks. »Ich schwöre es«, sagte sie fest.
Fort glaubte ihr. Er schritt rastlos im Zimmer auf und ab. »Und ich möchte wetten, daß Frazer die Wahrheit sagte, als wir ihn befragten.«
»Wie hat er reagiert?«
»Sehr besorgt. Er wollte sich selbst auf die Suche machen, doch wir konnten ihn überreden hierzubleiben, für den Fall, daß Verity bei ihm Hilfe sucht. Wenn ich auch einfach nicht verstehe, warum sie sich an ihn wenden sollte, statt an uns.« Er drehte sich um und sah Chastity böse an. »Ich verstehe auch nicht, warum du nicht geblieben bist, wo du hingehörst, oder warum du einen Wurm wie Henry Vernham in deinem Bett haben wolltest ...«
»Das wollte ich nicht!«
»Warum zum Teufel war er dann in deinem Bett?« brüllte Fort.
»Wie zum Teufel soll ich das wissen?« schrie sie zurück.
Er ohrfeigte sie. »Hüte deine Zunge, Hure.«
Chastity legte die Hand auf die brennende Wange. Tränen traten ihr in die Augen. Während der Zeit ihrer Maskerade hatte sie sich eine Sprache angewöhnt, die einer jungen Dame nicht zukam.
»Entschuldige«, sagte sie. »Ich bin selbst außer mir vor Sorge, Fort.« Dann sagte sie, so eindringlich sie konnte: »Ich habe Henry Vernham nicht in mein Bett eingeladen. Das schwöre ich. Ich verabscheue den Mann. Er hat versucht, mich zu vergewaltigen!«

Fort war unbeeindruckt. »Das hast du seinerzeit auch behauptet, aber es paßt nicht zusammen, Schwesterherz. Niemand hat dich schreien hören, bevor du ertappt wurdest.«

»Ich habe geschlafen, bevor ihr alle mein Zimmer stürmtet!«

»Und ich soll glauben, daß ein nackter Mann zu dir ins Bett gestiegen ist und dich halb ausgezogen hat, ohne daß du aufgewacht bist?«

»Ja, das sollst du glauben. Andere tun es vielleicht nicht, aber du solltest es glauben, Fort. Ich habe einen sehr tiefen Schlaf. Weißt du nicht mehr, wie du mich in tiefstem Schlaf in den Flur getragen und unter die Drachenfigur gelegt hast, so daß ich das ganze Haus zusammenschrie, als ich aufwachte und den geöffneten Rachen über mir sah?«

Ein Lächeln zuckte um seine Lippen. »Schon, aber damals warst du erst elf.«

»Es ist heute nicht anders.«

Fort dachte nach. »Aber das konnte Henry Vernham kaum wissen. Wenn du ihn nicht freiwillig in dein Bett lassen wolltest, mußte er damit rechnen, daß du schreist, und dann wäre er ein toter Mann gewesen. Hör mal, Chastity«, sagte er nahezu freundlich, »da ist dir zweifellos ein Irrtum unterlaufen. Dafür würde dich niemand unwiderruflich verdammen, und außerdem ist er ein schöner Mann, wenn einem dieser Typ gefällt. Aber du hättest ihn heiraten müssen. Dir blieb keine andere Wahl.«

»Auch dann, wenn er sich eben zu dem Zweck in mein Bett geschlichen hat?«

»Woher sollte er wissen, daß er erwischt werden würde oder daß Vater sich milde stimmen lassen und eine Heirat in Betracht ziehen würde?«

Weil Vater es arrangiert hat, wollte Chastity schreien, doch Fort hätte ihr nie im Leben geglaubt. »Er hatte um meine Hand angehalten, und Vater war einverstanden.«

»Weil du ihn wolltest. Du kannst dich nicht mal so, mal so verhalten, liebes Mädchen.«

»Wer sagt, daß ich ihn wollte?«
»Vater.«
»Vater war ...« Sie biß sich auf die Lippen. »Er hat sich geirrt. Ach, Fort, so glaub mir doch. *Warum* hätte ich Vernham heiraten sollen? Ich finde ihn nicht schön, und er verfügt nicht einmal über Reichtum und Titel, um einem die Ehe mit ihm schmackhaft zu machen.«
Er runzelte die Stirn, und Chastity glaubte, endlich zu ihm vorgedrungen zu sein. »Willst du behaupten, du wärst noch unberührt?«
Sie öffnete bereits den Mund, um ja zu sagen, schloß ihn jedoch wieder und schluckte. Sie hätte auf die vergangene Nacht verzichtet, um jetzt ja sagen zu können, aber ihre Unschuld war nun einmal dahin. »Nein«, flüsterte sie.
Sie sah die schmerzliche Enttäuschung in seinen Augen. »Aber Vernham war es nicht?« fragte er bitter. »Wie fleißig du warst. Wer hatte denn die Ehre, meine Schwester zu deflorieren? Sag mir den Namen, dann bringe ich den Mann um.«
»Das kann ich nicht.«
Er packte sie. »Den Namen!«
Sie blieb stumm. Er schüttelte sie und stieß sie zu Boden. »Hast du dich etwa mit einem Fremden in den Hecken gewälzt? Gott, du widerst mich an! Woher kommt es nur, daß du so bist?«
Drohend stand er über ihr, mit zornrotem Gesicht, die Hände zu Fäusten geballt, die ihr ohne weiteres die Knochen hätten brechen können. Sie glaubte, er würde sie schlagen. Doch dann drehte er sich um und schlug die Tür hinter sich zu. Sie hörte, wie der Schlüssel im Schloß gedreht wurde, und barg das Gesicht in den Händen.
Wenn ihr Vater sich nicht durch seine eigenen Worte verriet, würde weder Fort noch sonst jemand ihre Geschichte glauben. Sie war einfach zu unglaublich. Chastity zweifelte beinahe selbst daran, daß es so war.
Und jetzt kam noch die Sorge um Cyn hinzu. Falls seine Rolle

in diesem Schlamassel jemals bekannt wurde, würde Fort ihn in der Luft zerreißen.
Sie mußte fort. Sie glaubte nicht, daß sie sich noch einmal gegen ihren Vater würde behaupten können, doch Cyns Name durfte nicht über ihre Lippen kommen. Sie schaute in den Kamin hinauf. Wie erwartet, war er zu eng. Höchstens ein dünner kleiner Schornsteinfegerjunge paßte dort hindurch.
Ohne viel Hoffnung überprüfte sie die Tür. Ein Blick durchs Schlüsselloch verriet ihr, daß der Schlüssel steckte, doch das brachte sie auch nicht weiter. Um sich zu vergewissern, klopfte sie trotzdem an die Tür.
»Ja, Mylady«, meldete sich hochachtungsvoll ein Mann. Wie sie vermutet hatte, war sowohl vor der Tür als auch vor dem Fenster ein Wachtposten aufgestellt.
»Ich hätte gern etwas zu trinken«, sagte sie, um ihr Klopfen zu rechtfertigen.
»Gut«, antwortete der Mann, ging aber nicht fort. Sie hörte ihn rufen. »Hey, Jackie, Lady Chastity hätte gern etwas zu trinken.«
Binnen Minuten erhielt Chastity einen hölzernen Becher voll Wasser und ein paar Kekse. Keinen Teller. Man achtete streng darauf, daß sie nichts in die Finger bekam, was sie als Werkzeug hätte benutzen können.
Wieder allein, betrachtete Chastity voller Traurigkeit einen der kleinen Kuchen und verzehrte ihn langsam, Cyn Malloren zu Ehren. Das Gebäck war nicht halb so gut wie das ofenwarme, das sie in Shaftesbury gekauft hatten, aber die Erinnerungen waren süß.
Der Gedanke an Cyn weckte Zuversicht. Sie war nicht mehr das bestürzte kleine Mädchen aus der Zeit vor einigen Monaten, als sie schon einmal die Gefangene ihres Vaters gewesen war. Ihre Erfahrungen hatten sie stark gemacht, doch Cyn Malloren verdankte sie ihren Mut. Sie wußte jetzt, daß sie ein Recht hatte, stark zu sein, zornig zu sein.

Leider verhinderte dieses Wissen nicht, daß sie Angst hatte. Ihr Vater war ein gefürchteter Mann. Als sie ihm in puncto Heirat getrotzt hatte, war ihr noch nicht bewußt gewesen, wozu er fähig war, wie grausam er sein konnte. Nur aufgrund ihrer gewissermaßen bewußtlosen Schicksalsergebenheit hatte sie überlebt. Jetzt aber zitterte sie bei der Vorstellung, erneut in seine Hände zu geraten.
Das Warten war ihr verhaßt, und sie schritt erneut suchend im Zimmer umher, fand jedoch keinen Fluchtweg. Sie erinnerte sich an Forts Bemerkung über ihre Kleider und wußte, daß sie sich würde umkleiden müssen, wahrscheinlich in irgendein häßliches Bußgewand. Da fiel ihr Lady Trelyns Brief wieder ein. Er durfte auf gar keinen Fall bei ihr gefunden werden. Ihr Herz setzte einen Schlag aus, als sie an die Erklärungen dachte, die sie würde abgeben müssen.
Sie lauschte angestrengt auf sich nähernde Schritte und schaute sich nach einem Versteck in dem kahlen Zimmer um. Es gab keine lockeren Bodendielen, keinerlei Winkel und Nischen. Schon überlegte sie, ob sie den Brief aufessen sollte, doch dann bemerkte sie eine Ritze zwischen Kaminumrandung und Wand. Schaudernd vor Erleichterung, schob sie den Brief hinein.
Sobald es gefahrlos möglich war, würde sie ihn wieder an sich nehmen, andernfalls konnte er auch bleiben, wo er war, um in ein paar Jahren irgendeine Haushälterin zu inspirieren.
Ihr wurde nahezu schlecht vor Angst bei der Überlegung, ob Fort in ihr seine Tanzpartnerin vom Vorabend erkennen würde. Das wäre mit Sicherheit ihr Untergang. Wie sollte sie ihre Anwesenheit auf der wahrscheinlich berüchtigtsten Orgie des Jahrhunderts erklären?
Noch einmal durchsuchte sie all ihre Taschen, um sich zu vergewissern, daß deren Inhalt ihr Los nicht noch verschlimmern konnte. Wenigstens in dieser Hinsicht beruhigt, setzte sie sich und lehnte den Kopf an die Wand. Es war kalt im

Zimmer, und sie war froh darüber, daß sie die Kleider des Pferdeknechts über denen ihres Bruders Victor trug. Wenn sie doch nur auch ihren Mantel gehabt hätte. Es war unheimlich still. Chastity hätte gern gewußt, wie spät es war, und nach einiger Zeit hörte sie eine Uhr zweimal schlagen.

Mit etwas Glück waren Cyn und Nathaniel schon unterwegs, doch für den Fall, daß sie aufgehalten worden waren, mußte sie möglichst lange durchhalten. Den Vortag hatte sie größtenteils auf dem Pferderücken zugebracht, und in der vergangenen Nacht hatte sie kaum geschlafen. Trotz ihrer Angst nickte sie ein. Sie träumte von einem Schiffsunglück, wurde hin und her gerüttelt ...

»Zum Teufel mit dir, Chastity. Wach auf!«

Sie blinzelte und sah, daß Fort es war, der sie schüttelte, allerdings eher besorgt als wütend. Als sie die Augen aufschlug, ließ er sie los.

»Du hast tatsächlich einen festen Schlaf, wie?« Er musterte sie nachdenklich. Vielleicht glaubte er wenigstens diesen Teil ihrer Geschichte. Für solche Gedanken blieb ihr jetzt aber wenig Zeit. Ihr Vater war eingetroffen, und Lindle stand an seiner Seite. Hastig stand sie auf.

Der Earl of Walgrave hatte erst spät geheiratet und war bereits über sechzig, doch er war eine kräftige, imposante Erscheinung mit klugen blauen Augen, einer edlen Nase und fleischigen Wangen. Er trug einen schlichten Reiseanzug aus braunem, sparsam mit Gold abgesetztem Samt und eine graue Perücke, doch diese Schlichtheit minderte nicht seine überwältigende Präsenz. Er schien das ganze Zimmer auszufüllen. In der Hand hielt er einen kunstvoll gearbeiteten, leichten Bambusstock mit goldenem Knauf. Chastity kannte diesen Stock nur zu gut.

»Danke, Thornhill«, sagte der Earl kalt. »Du kannst gehen.«

Chastity warf Fort einen flehenden Blick zu.

Vielleicht hatte er ihn bemerkt. Er sah immer noch sehr nachdenklich aus. »Ich bleibe lieber, Sir. Wenn sie wirklich, wie du vermutest, weiß, wo Verity ist, möchte ich der erste sein, der es erfährt. Wer weiß, welchen Gefahren meine arme Schwester ausgesetzt ist.«

»Das kann sich ein erfahrener Mann wohl denken«, bemerkte der Earl mit seiner sanftesten Stimme. Er wirkte ruhig, doch Chastity sah wohl, daß ihm diese Entwicklung nicht behagte. Ihr Instinkt hatte sie richtig vermuten lassen. Trotz seiner Gewalttätigkeit und obwohl Fort sie für ein Flittchen hielt, bot er ihr Sicherheit in dieser Situation.

Majestätisch trat der Earl zwei Schritte vor und legte die Hand an den Knauf seines Stocks. »Du betrübst mich, Tochter. Ich muß zugeben, ich bin mit meinem Latein am Ende. Daß ich dich hier in diesen schamlosen Kleidern sehen muß, daß du die Sicherheit deines Vaterhauses verlassen hast … Und ich fürchte, jetzt hast du auch noch Verity mit deiner Schlechtigkeit angesteckt. Du bist nicht hergekommen, um deine Schwester zu suchen. In dem kläglichen Versuch, mich zu ärgern, hast du sie hierhergebracht.«

Chastity war zwar genauso verängstigt, wie sie erwartet hatte, stellte aber fest, daß ihr Vater ihr kein lähmendes Entsetzen mehr einflößte. Ihr Verstand arbeitete noch, und sie baute all ihre Hoffnung darauf, daß sie ihrem Vater ein paar Worte entlockte, die Fort die Wahrheit verrieten.

»Warum würde es dich ärgern, wenn ich Verity hierhergebracht hätte, Vater?«

Ein kaum merkliches Zusammenkneifen von Augen und Mund verriet, daß er Chastitys Veränderung zur Kenntnis nahm, doch das tat seiner Würde keinen Abbruch. »Daß meine geliebte Tochter bei einem anderen Menschen als mir Hilfe sucht, schmerzt mich. Ich kann mir schon vorstellen, daß Vernham etwas getan hat, was Verity zur Flucht veranlaßte, aber gewiß ist sie nach Walgrave Towers geflohen, um mich um Hilfe zu bitten. Du warst es, niederträchtige Kreatur, die sie zu diesem wahnwitzigen Unternehmen überredet hat. Was hast du dir davon versprochen?«

Um ein Haar wäre Chastity in diese schlaue Falle getappt und hätte ihren Plan zugegeben. »Ich bin nach Maidenhead gekommen«, entgegnete sie dann aber, »weil ich wußte, daß Verity, wenn sie nicht nach Walgrave Towers ging, hierherkommen würde, zu dem Mann, den sie liebt. Vielleicht fürchtete sie, du würdest sie ein zweites Mal daran hindern, ihn zu heiraten.«
»Daran hindern?« erkundigte sich der Earl erstaunt. »Es war ihre freie Entscheidung, Sir William zu heiraten.«
»Frei?« höhnte Chastity. »Du hast sie dazu gezwungen, du Heuchler, genauso, wie du versucht hast, mich in die Ehe mit seinem Bruder zu zwingen!«
Der Earl schüttelte betrübt den Kopf. »Komm her und reiche mir deine rechte Handfläche.«
Ein kalter Schauer lief Chastity über den Rücken. Sie spielte ihm in die Hände. Vor ihrer Maskerade als Mann, vor ihrer Zeit mit Cyn Malloren hätte sie unter gar keinen Umständen jemals so mit ihrem Vater gesprochen. Doch sie hatte ja gewußt, daß sie früher oder später den Stock zu spüren bekommen würde.
»Vater«, sagte Fort in ohnmächtigem Protest, obgleich Chastitys Worte auch ihn schockiert hatten.
»Mein lieber Junge«, sagte der Earl traurig, »sie ist zügellos, und es wird immer schlimmer mit ihr. Das kann ich nicht zulassen. Es schmerzt mich, sie schlagen zu müssen, aber du siehst doch selbst, daß mildere Maßnahmen nichts bewirken.«
Chastity gehorchte, wollte aber um nichts in der Welt zulassen, daß er so tat, als führte er diese Art von Strafe zum ersten Mal aus. »Schon gut, Vater«, sagte sie schnippisch. »Du hast mich die Regeln ja schon gelehrt, als du mich mit Schlägen in die Ehe mit deinem Freund Henry Vernham zwingen wolltest. Ich habe nichts vergessen.«
Sie trat vor und streckte die Hand aus, innerlich fluchend über ihr Zittern. Beim ersten Mal hatte ihre Hand nicht

gezittert. Da hatte sie noch nicht gewußt, wie sehr die Schläge schmerzten.
Der Stock fuhr herab, und ihre Handfläche brannte wie Feuer. Mit den Tränen kämpfend, preßte sie sie an die Brust.
»Wir wollen hoffen, daß keine weiteren Unverschämtheiten folgen«, sagte der Earl. »Niemals wirst du meine väterliche Rechtschaffenheit in Frage stellen. Niemals. Und jetzt wirst du mir sagen, wo Verity sich aufhält.«
»Ich weiß es nicht.«
Augenscheinlich erwog er, ihr zu glauben, doch er war ein listiger Fuchs. Mit dem Knauf seines Stocks hob er ihr Kinn und zwang sie, ihm in die Augen zu sehen. »Dann wirst du mir sagen, wo du sie zuletzt gesehen hast.«
Sie zögerte und erkannte sogleich ihren Fehler. »Ostern in Walgrave Towers.«
Der Earl wandte sich seinem Sohn zu. »Sie lügt.«
»Ja«, bestätigte Fort. »Um Gottes willen, Chastity, warum tust du das? Womöglich schwebt Verity in schrecklicher Gefahr, und ihr Kind erst recht. Sag es uns, damit wir sie schützen können.«
Chastity gab das Versteckspiel auf. »Nur, wenn Vater verspricht, daß er ihr die Heirat mit Nathaniel erlaubt.«
»Welch ein Unsinn«, sagte der Earl. »Bevor das Trauerjahr vorüber ist, kommt eine Heirat überhaupt nicht in Frage.«
Sie zwang sich, ihn anzusehen, ohne mit der Wimper zu zucken. »Versprich, daß du es dann erlaubst.«
Seine Wangen röteten sich – ein Warnsignal. »Ich verspreche überhaupt nichts. Willst du etwa mit mir handeln, unverschämte Dirne? Einzig und allein aufgrund deiner Gehorsamspflicht mir gegenüber wirst du mir sagen, wo deine Schwester steckt. Verlaß dich darauf, daß ich für ihr Wohlergehen sorge.«
»So wie damals, als du sie mit Vernham verheiratet hast?«
»Streck deine rechte Hand aus.«
Chastity gehorchte mit zitternden Lippen. Der Stock traf

genau auf den Striemen des vorherigen Schlags, und Chastity entfuhr ein Schmerzensschrei.
Der Earl schwieg. Chastity umklammerte ihre brennende Hand und wartete. Tränen strömten über ihre Wangen. Es konnte nur noch schlimmer werden. Die bisherigen Schläge waren nichts, doch was sie fühlte, war keineswegs nichts. Wie lange konnte sie noch durchhalten? Wieviel Vorsprung brauchten Cyn und Nathaniel? Sie blickte verstohlen in Forts Richtung und fragte sich, ob er ihr zu Hilfe kommen würde, aber sie hatte sein Erbarmen verspielt, als er erfuhr, daß sie Veritys Aufenthaltsort kannte.
Warum war ihr Vater so versessen darauf, Verity zu finden? Einfach nur aus dem Bedürfnis heraus, sie zu kontrollieren? Möglich war es, doch ihr Instinkt gab sich mit dieser Erklärung nicht zufrieden. Diese verzweifelte Suche war genauso rätselhaft wie Veritys erzwungene Ehe mit Sir William und die geplante Verbindung von Chastity und Henry Vernham. Irgend etwas Bedeutsames steckte dahinter.
So unwahrscheinlich es auch erscheinen mochte, mußte Vernham den Earl of Walgrave doch irgendwie in der Hand haben.
Wodurch? Wodurch?
Fort kam zu ihr und ergriff sanft ihre schmerzende Hand. Er zog sie ein wenig fort von ihrem Vater – ein gutes Zeichen. »Das tut höllisch weh, nicht wahr? Willst du behaupten, er hätte dich auf diese Weise zur Ehe mit Vernham zwingen wollen?«
»Unter anderem ...« Chastity blickte in die Richtung des Earls, der leise mit Lindle flüsterte. Das ließ nichts Gutes erwarten. »Fort«, flüsterte sie. »Hier stimmt etwas nicht, irgend etwas ergibt einfach keinen Sinn.«
»Mag sein«, gestand er ihr zu. »Das ändert aber nichts an der Tatsache, daß wir Verity finden müssen.«
»Sie ist in Sicherheit«, beteuerte sie. »Ehrlich. Sie wohnt bei einer hochanständigen netten Familie.«

Lindle verließ das Zimmer, und Walgrave trat zu Fort und Chastity. »Hat sie es dir gesagt?« fragte er. »Oftmals wirkt ein wenig Freundlichkeit nach grober Behandlung wahre Wunder.«

»Sie sagt, Verity sei bei einer anständigen Familie sicher untergebracht.«

Chastity warf Fort einen Blick zu, verstand aber, daß dieses Manöver, zumindest von seiner Seite aus, nicht geplant war.

»So, so«, sagte der Earl. »Das nimmt mir einen beträchtlichen Teil meiner väterlichen Sorge. Völlig befreit davon werde ich jedoch erst sein, wenn ich meine älteste Tochter und meinen einzigen Enkel in meine Arme schließen kann. Bitte die Adresse.«

Chastity schüttelte den Kopf.

»Und warum bist du so wild entschlossen, mir Verity vorzuenthalten?«

Chastity wußte, daß es unmöglich war, diese Frage zu beantworten, ohne seine väterliche Rechtschaffenheit zu verletzen. Obwohl es bedeutend mehr Mut erforderte, als sie zu besitzen glaubte, streckte sie ihre arme, verletzte Hand aus.

Der Earl hob den Stock, legte ihn dann jedoch nur unter ihre zitternde Hand und rieb leicht ihre Fingerknöchel. »Du bist, so fürchte ich, vom Teufel besessen, und ihn dir auszutreiben erfordert mehr Zeit, als uns zur Verfügung steht. Keine Angst, zu gegebener Zeit werde ich mich darum kümmern.« Er ließ diese Drohung wirken. »Aber meine kleine Verity? Aus welchem Grund mißtraut sie ihrem Vater? Hm?«

Chastity war fast besinnungslos vor Schmerzen und hätte die Züchtigung gern gleich hinter sich gebracht.

»Nun?« drängte der Earl. »Sag mir, auf welche Weise du Verity gegen mich aufgestachelt hast.«

»Sie brauchte nicht aufgestachelt zu werden«, sagte Chastity. »Sie ist nicht nach Walgrave Towers geflohen, sondern ins Pächterhäuschen. Sie wollte deine Hilfe nicht.«

Und der Schlag erfolgte noch immer nicht. Auch diesen Trick

kannte sie bereits. Dieses Warten, das fast noch schlimmer war als der Schmerz.

Einmal während jener schrecklichen Tage hatte der Earl ihr sein Vorgehen erläutert. Als er seiner Wut nachgegeben und sie ernstlich geprügelt hatte, war die Wirkung höchst merkwürdig gewesen. Es hatte ihr eine besondere Kraft verliehen, und das wußte er.

»Brutalität treibt manche Menschen zum Äußersten«, hatte er gesagt. »Außerdem hinterläßt sie Spuren, die Unannehmlichkeiten mit sich bringen können. Geringfügige Schmerzen dagegen können einen starken Mann zerbrechen, sofern sie richtig dosiert sind.«

Jetzt legte der Earl den Stock in ihre Handfläche und rieb. Sie biß die Zähne gegen den Schmerz zusammen. »Und warum wollte Verity meine Hilfe nicht?«

Verity hatte sich wegen seines Unrechts Chastity gegenüber von ihrem Vater abgewandt, nur in zweiter Linie, weil er ihr nicht erlaubt hatte, Nathaniel zu heiraten. Das hätte Chastity ihm sagen können, doch der eindringlich gespannte Blick des Earls verunsicherte sie. Warum war diese Frage so bedeutsam? Würde er etwas sagen, was ihn verriet?

Er tippte mit dem Stock auf ihre Hand, verlangte eine Antwort.

Beim dritten Mal verließ Chastity der Mut. »Wegen der Art, wie du mich behandelt hast.«

Er musterte sie ausgiebig, schob dann mit dem Stock ihre Hand fort und wandte sich ab. Beinahe hätten Chastitys Knie nachgegeben, doch sie blieb stehen, wohl wissend, daß es noch nicht vorüber war.

Das Haus lag so isoliert, daß von draußen kein Geräusch hereindrang, und es war, als hielte das Zimmer selbst den Atem an. Chastity begann zu zählen. Das war ihrer Erfahrung nach die einzige Möglichkeit, der von ihrem Vater durch kalkuliertes Schweigen bezweckten Verzweiflung vorzubeugen.

Sie war bei fünfundsechzig angelangt, als der Earl sich wieder umdrehte. »Ein hübscher Grund, um ihr Leben und das ihres Kindes aufs Spiel zu setzen. Das sieht Verity aber gar nicht ähnlich. Du mußt ihr ein gehöriges Lügenmärchen aufgetischt haben. Nun ja, das wird sich herausstellen, sobald wir sie gefunden haben.« Die Tür wurde geöffnet. »Und hier ist ja auch Lindle mit der dir angemessenen Kleidung. Wir verlassen dich jetzt, damit du dich umziehen kannst, Tochter. Sobald du angezogen bist, wie es dir zukommt, setzen wir unsere Unterhaltung fort.«

Chastity hatte nicht den geringsten Anhaltspunkt, wie Fort zu dieser Entwicklung stehen mochte, doch offenbar ließ er sie nur ungern allein. Er wurde nachdrücklich aus dem Raum gedrängt. Der Schlüssel drehte sich im Schloß, und sie war wieder allein. Sie ließ sich zu Boden sinken und blies in ihre schmerzende Hand.

Die Strafe war bisher milde gewesen. Sie hatte noch nicht einmal einen Versuch dargestellt, ihr die Wahrheit zu entreißen, sondern war nur, wie der Earl behauptet hatte, eine Reaktion auf ihren mangelnden Respekt ihm gegenüber. Doch darüber hinaus war sie auch als Vorbereitung auf das noch zu Erwartende zu verstehen, eine Erinnerung daran, wie es beim letzten Mal gewesen war, als ihre Hände von Blasen bedeckt gewesen waren und Lindle sie gehalten hatte, weil Chastity sie nicht mehr aus eigener Kraft hatte ausstrecken können. Als ihr Rücken, ihr Gesäß und ihre Schenkel von Striemen übersät gewesen waren.

Und diesmal würde es noch schlimmer sein. Schlimmer, weil der Earl noch skrupelloser, noch besessener war. Diesmal wäre es ihm einerlei, wenn sie Narben oder dauerhafte Schäden davontrug. Chastity wußte nicht, warum er so besessen war, aber sie spürte es. Und schon bald würde er zurückkommen.

Vierzehntes Kapitel

Chastity erhob sich mühsam. Das war es, was ihr Vater wollte: sie allein lassen in der zunehmenden Dunkelheit, mit ihrer Angst, die von Minute zu Minute größer wurde. Sie mußte etwas tun. Am besten zog sie sich zunächst einmal um. Sie hatte nichts dagegen einzuwenden, wieder eine Frau zu sein.

Während sie sich auszog, überlegte sie, wo Cyn jetzt sein mochte. Einen schwachen Moment lang betete sie, er möge in der Nähe sein und ihre Rettung planen. Dann aber schob sie den Gedanken weit von sich. Sie mußte wünschen, daß er auf dem Weg nach Winchester, zu Verity, war. Schließlich hatte sie ihn gebeten, im Falle ihrer Gefangennahme unverzüglich zu Verity zu eilen und ihr eine neue Unterkunft zu verschaffen.

Sie zog sich nackt aus und beeilte sich, die Frauenkleider anzuziehen – das seidene Hemd, den Taftunterrock, das Mieder mit Ärmeln. Es erstaunte sie, daß die einzelnen Stücke aus so feinem Material waren, aber wahrscheinlich war nicht einmal Lindle in der Lage gewesen, so kurzfristig Bettelkleider zu ergattern. Mochte der Himmel wissen, wo er diese Dinge aufgetrieben hatte, denn die Farben paßten ganz eindeutig nicht zusammen. Das Hemd war rosé, der Unterrock scharlachrot, das Mieder grün mit gelben Streifen.

Die Haken vorn am Mieder bereiteten ihr einige Schwierigkeiten. Es war nicht nur zu klein, sondern zudem unanstän-

dig weit ausgeschnitten. Ganz gleich, wie sie zupfte und zerrte, es bedeckte nur knapp ihre Brustspitzen, und bei der kleinsten Bewegung rutschten sie heraus, so daß sie nur noch von dem roséfarbenen Hemd bedeckt waren, und das war nahezu durchsichtig.
Voller Entsetzen blickte sie an sich hinunter. Die Farbzusammenstellung war geschmacklos, das Mieder schamlos, und der Unterrock reichte ihr nur bis an die Knöchel. Das alles war kein Zufall. Ihr Vater steckte sie absichtlich in die Kleider einer Hure.
Sie wäre gern wieder in ihren Männeranzug geschlüpft, doch das hätte lediglich dazu geführt, daß der verhaßte Lindle sie entkleidete. Sie zweifelte nicht daran, daß ihr Vater und sein Handlanger erst zurückkamen, wenn es ihnen gelungen war, Fort abzuschütteln.
Wie seltsam, daß ihr Bruder, den sie für ihren Feind gehalten hatte, jetzt ihren Schutz und Schirm darstellte.
In Ermangelung einer Alternative zog sie ihre Männerstrümpfe und -schuhe wieder an. Das sah lächerlich aus, aber sie waren warm und immerhin anständig. Um der Wärme und des Anstands willen legte sie sich auch ihren Mantel wieder um die Schultern und stach sich dabei in den Finger.
Rothgars Nadel! Himmel, noch ein Beweisstück gegen sie, und sie konnte es nicht in der Ritze am Kamin verstecken. Nach kurzem Überlegen befestigte sie sie an der Innenseite ihres Unterrocks. Selbst, wenn man sie auszog, bestand die Chance, daß die Nadel dort nicht entdeckt wurde. Wurde sie doch gefunden, konnte Chastity behaupten, sie hätte in dem Kleidungsstück gesteckt. Diese waren ja noch vor sehr kurzer Zeit getragen worden, wie der Geruch verriet.
Noch immer näherten sich keine Schritte.
Steh nicht wartend und verängstigt herum, ermahnte Chastity sich. Tu etwas! Sie schritt im Zimmer auf und ab und dachte über die Geschehnisse der letzten Zeit nach.

Vor Monaten, als Fort sie wegen ihres Benehmens zur Rede gestellt hatte, hatte sie ihn als Beteiligten an der Verschwörung betrachtet, die ihren Ruin herbeiführen sollte, doch jetzt wußte sie, daß auch er ein Opfer ihres Vaters war, wenngleich er es selbst nicht wußte. Konnte sie ihm die Augen öffnen?

Er hatte Grund, sie für unzüchtig zu halten, und jetzt hatte sie es bestätigt, was ihrer Sache nicht eben zuträglich war. Zweifellos würde er nicht einschreiten, wenn sie ausgepeitscht wurde. Aber sie glaubte nicht, daß er Walgraves berechnende Grausamkeit tatenlos mit ansehen würde. Leider würde der Earl es aber verstehen, ihn loszuwerden, bevor er zur Tat schritt.

Chastity konnte sich nur anhand des Schlagens einer fernen Uhr und der zunehmenden Dunkelheit über die fortschreitende Zeit orientieren. Viermal versteifte sie sich unwillkürlich, als sich Schritte näherten, doch niemand trat ein. Das war Teil der Folter. Sie riß sich zusammen, wollte nicht schwach werden.

Dann drehte sich der Schlüssel. Chastity wandte sich der Tür zu und nahm all ihre Kraft zusammen. Es wurde wieder abgeschlossen. Ein neuerlicher Trick. Da weinte sie, zwang sich aber aufzuhören, bevor jemand es bemerken konnte. Sie konzentrierte sich auf die Suche nach Lösungen, statt weiterhin auf Schritte zu lauschen.

Es war möglich, ihren Vater so weit zu bringen, daß er die Beherrschung verlor. Vielleicht würde er dann etwas verraten, doch Chastity dachte auch mit Schaudern daran, was er ihr in einem solchen Zustand antun würde. Sie betete, daß Fort sich nicht würde fortschicken lassen, wußte jedoch, daß es vergeblich war. Fort hatte ja noch nicht erkannt, daß der Earl der Feind war.

Es war völlig dunkel, und die Uhr hatte gerade acht geschlagen, als der Schlüssel wieder gedreht wurde. Diesmal öffnete sich die Tür. Ihr Vater trat ein, gefolgt von Lindle, der einen

Kerzenleuchter in die Zimmerecke stellte. Fort war nicht bei ihnen. Chastity wappnete sich.
»Dein Bruder überprüft Major Frazer«, erklärte der Earl mit tonloser Stimme. »Er wird in Kürze zurück sein.« Er musterte Chastity. »Dieser Mantel paßt nicht zu deinem Kleid. Zieh ihn aus.«
Es wäre sinnlos gewesen, sich gegen solche vergleichsweise kleinen Kränkungen zu wehren, und Chastity gehorchte.
Der Earl nickte. »Die Schuhe kannst du behalten. Du sollst dich schließlich nicht erkälten.« Er ließ seinen Blick an ihr herabwandern, und sie fühlte sich besudelt. »Das Kleid steht dir ausgezeichnet, meine Liebe. Lindle, laßt Euch gratulieren.«
»Danke, Mylord.«
»Ihr könnt diese unpassenden Kleidungsstücke jetzt wegräumen und beseitigen, Lindle.«
Chastity sah verzweifelt zu, als ihr Männeranzug aus dem Zimmer geschafft wurde. Wieder einmal versuchte sie, das gestreifte Mieder hochzuziehen, zwang sich dann aber, es zu unterlassen. Ihren Vater würde ihr Unbehagen höchstens befriedigen.
Der Earl beobachtete sie mit kaltem Blick. »Du kennst mich inzwischen, Tochter. Man widersetzt sich meinen Befehlen nicht.«
»Und doch habe ich es getan.«
Er kniff die Augen zusammen, was ihr verriet, daß ihre Worte ihn getroffen hatten. »Und jetzt glaubst du, du hättest gewonnen?«
»Nein. Aber du hast genausowenig gewonnen.«
Er hob den Stock, und sie fuhr zusammen, doch er berührte lediglich ihren Kopf. »Deine Frisur sieht schon fast wieder erträglich aus, wie? Ich fürchte, das müssen wir ändern, bevor wir Abschied nehmen.«
Chastity schloß die Augen und widerstand dem Wunsch, ihn anzuflehen. Ihr Haar hatte so häßlich ausgesehen, als es damals nur aus dunklen Stoppeln bestand.

»Aber du darfst nicht allzu schlecht von mir denken, meine Liebe«, schnurrte der Earl, was Chastity in Schrecken versetzte. »Siehst du?«

Sie schlug die Augen auf. Lindle war mit einer Perücke zurückgekehrt, mit einer reizenden honigbraunen Perücke, die ihrer natürlichen Haarfarbe sehr nahe kam. Sie sah ihren Vater scharf an.

»O ja. Sie ist aus deinem eigenen Haar gefertigt.« Der Earl hängte die Perücke auf den goldenen Knauf seines Stockes und reichte sie ihr. »Sag mir, wo Verity ist, dann darfst du sie haben. Komm, probier sie einmal. Lindle, einen Spiegel.«

Zärtlich setzte der Earl ihr die Perücke auf. Chastity schauderte unter seiner Berührung. Lindle erschien mit einem hohen Spiegel, den er gegen die Wand lehnte. Der Earl schob Chastity vor das Glas, und zum ersten Mal seit Monaten sah sie sich so, wie sie wirklich aussah. Dichte glänzende Locken rahmten ganz natürlich ihr Gesicht, als wäre das Entsetzliche nie geschehen ...

Die Perücke wurde ihr entrissen, und Chastity schrie auf. Sie war wieder eine Absonderlichkeit. Jetzt erkannte sie auch die Wirkung ihres Kostüms im vollen Ausmaß. Sie war eine Absonderlichkeit, noch dazu eine höchst schamlose! Mit den Händen bedeckte sie ihre Brust und wandte sich ab.

Ihr Vater zog ihr die Hände auf den Rücken, hielt sie fest und zwang sie, in den Spiegel zu schauen. Sie schloß die Augen. Der Earl bog sie zurück, so daß ihre Brustspitzen aus dem Mieder lugten. »Das Rouge, Lindle.«

Chastity wand sich, konnte sich jedoch nicht wehren, als ihr Hemd herabgezerrt und Rouge auf ihre Warzenhöfe gerieben wurde.

»Sieh nur«, sagte ihr Vater.

Als sie sich weigerte, verdrehte er ihr die Arme, bis sie gehorchte. Ihre Brustspitzen waren leuchtend rot, und trotz des Hemdes sah ihr Busen aus wie nackt.

»Wie kannst du nur!« schrie Chastity ihrem Vater ins Gesicht.

»Wie kannst du zulassen, daß diese ... diese Kreatur mich anfaßt!«
Er zeigte keinerlei Bedauern, ließ aber ihre schmerzenden Arme los. »Das hast du dir alles selbst zuzuschreiben«, sagte er und rückte von ihr ab. »Ich habe dir alles gegeben, was eine Tochter sich nur wünschen kann. Ich hätte für dein Wohlergehen gesorgt, aber du hast kein Vertrauen, kein Pflichtgefühl deiner Familie und mir, deinem Vater, gegenüber. Jetzt weißt du, wohin das führt. Das Rouge läßt sich übrigens nicht abwaschen. Aber du findest es sicherlich angemessen.«
Chastity drehte sich langsam zu ihm um. Sie erkannte, daß er im Begriff war, eine neue Art der Folter einzuführen.
Er zog seine goldene Taschenuhr hervor und ließ sie aufschnappen. »Jetzt ist es Viertel nach acht. Wenn du mir bis neun Uhr gesagt hast, wo Verity sich aufhält, bist du frei. Sträubst du dich aber weiterhin, wirst du in ein Bordell unten am Fluß gebracht. Die Madame freut sich schon auf einen solchen Leckerbissen und hat mir versichert, daß sie für dich nur die allerinteressantesten Kunden auswählen wird. Weißt du, was das bedeutet? Noch vor wenigen Monaten hätte ich diese Frage mir selbst mit nein beantwortet, aber jetzt bin ich nicht so sicher. Was für Abenteuer hast du gesucht, Tochter, seit ich dir unklugerweise soviel Freiheit gelassen habe ...?«
»Das kannst du nicht tun!« keuchte sie.
»O doch, ich kann. Du bist mir nicht mehr von Nutzen.«
Diese Eiseskälte verschlug Chastity die Sprache, aber im Grunde war sie erleichtert. Ihr Vater würde sein Wort halten – sein Wort hielt er immer –, er würde sie freilassen, wenn sie ihm sagte, wo Verity steckte. Das würde sie tun, aber erst kurz vor neun Uhr. Dann war sie frei, und wenn Walgrave und seine Helfershelfer schließlich in Winchester ankamen, wäre Verity längst über alle Berge. Dem Himmel sei Dank, daß der Earl nichts von der dritten beteiligten Person wußte.

Der Earl deutete auf die am Boden liegende Perücke. »Und als weiteren Anreiz verspreche ich dir das da als Lohn, falls du mir zu Willen bist.« Er drehte sich zur Tür um.

Chastity mußte sich sehr zusammenreißen, um sich die Erleichterung nicht anmerken zu lassen.

Er drehte den Türknauf.

Sie stieß langsam den angehaltenen Atem aus.

Er blieb stehen. »Was habe ich noch vergessen, Lindle?«

Der Diener antwortete nicht auf diese rhetorische Frage. Der Earl wandte sich wieder um. »Ach ja. Bleibt noch die Frage nach der Bestrafung meiner Tochter, nicht wahr?«

Angst überfiel Chastity wie körperlicher Schmerz. Sie hatte sich wieder einmal von ihm hinters Licht führen lassen.

Der Earl bemerkte es und lächelte. »Mal sehen.« Er begann, an seinen kräftigen, breiten Fingern abzuzählen. »Erstens: du hast ohne Erlaubnis dein Zuhause verlassen. Zweitens: du hast dich unanständig gekleidet. Drittens: du hast dich in ganz England herumgetrieben und hast sogar Geld eingenommen.« Er zog die Augenbrauen hoch. »Würdest du mir sagen, auf welche Weise? Nein? Auch gut. Viertens: du hast deine Schwester vom rechten Weg geführt und sie und ihr Kind in Gefahr gebracht. Fünftens: du warst mir gegenüber unverschämt und widerspenstig. Sechstens: du zeigst keine Reue. Knie dich auf den Boden.«

»Nein, und verdammt sollst du sein!« Chastity sah sich wild nach irgendeinem Gegenstand um, der zur Waffe taugte, doch da war nichts. Gar nichts.

»Siebtens: du bedienst dich der Gossensprache. Lindle!«

Der Sekretär trat vor, freundschaftlich-unversöhnlich. Diesmal wollte Chastity, ganz gleich, wie hoffnungslos ihre Lage war, sich nicht ergeben. Diese Strafe entsprang keineswegs väterlicher Sorge. Der Earl war lediglich getrieben von Rachedurst und Bosheit.

Chastity wehrte sich, schaffte es sogar, Lindle zu beißen, doch er überwältigte sie und riß ihr schmerzhaft die Arme

auf den Rücken. Von hinten legte er den Arm um ihren Kopf und drückte ihn nieder. Sie erstickte fast, trat aber dennoch nach ihm. Leider traf sie ihn nicht.
Er warf ihre Röcke hoch, und sie spürte die kühle Luft auf dem Gesäß und den Schenkeln. Der schrille Schrei, den sie ausstieß, war in erster Linie auf Wut zurückzuführen. Das konnten sie ihr nicht schon wieder antun!
Lindle spannte seinen Arm an und verhinderte so, daß sie etwas sagte. Der Stock zischte durch die Luft, und Chastitys Oberschenkel brannten wie Feuer.
»Du mußt lernen, du Teufelin«, fauchte ihr Vater und schlug erneut zu. »Du mußt es lernen! Niemand widersetzt sich mir. Niemand!«
Ein dritter Schlag zischte auf ihre Schenkel nieder, und sie stieß einen erstickten Schrei aus.
»Gütiger Gott, Vater! Was tust du da?« schrie Fort und stürzte ins Zimmer.
Chastity wurde losgelassen. Nach Luft ringend, brach sie zusammen.
»Disziplin!« bellte der Earl. »Willst du mir etwa auch mein Recht dazu absprechen?«
Fort war kreidebleich vor Schrecken. »Nein, natürlich nicht. Aber das hier ist weder anständig noch angemessen.«
Dem Earl stieg die Röte ins Gesicht, er war im Begriff, die Beherrschung zu verlieren. Chastity betete, daß Fort nun endlich sein wahres Gesicht erkennen möge. Doch Walgrave bezähmte sich. »Vielleicht hast du recht, mein Junge«, sagte er kleinlaut. »Aber dieses Mädchen strapaziert meine Geduld aufs Äußerste mit ihrem Trotz und ihrem Egoismus. Sie will uns immer noch nicht helfen, ihre Schwester zu finden.«
Fort kam näher und half Chastity behutsam auf die Füße. »Du mußt uns helfen«, sagte er. »Frazer hat seinen Posten verlassen. Er hat als Entschuldigung eine Geschichte über einen Notfall in der Familie erzählt, aber ich glaube ihm nicht.«

»Ich wußte es«, fauchte der Earl. »Verdammt sollst du sein ...«
Chastity sah, wie Forts Augen sich weiteten, als er ihre Kleider bemerkte, und sie versuchte nicht, ihre Blöße zu verbergen. »Wenn er zu Verity gegangen ist, Fort«, sagte sie, »dann ist sie in Sicherheit.«
Fort wandte sich dem wutschnaubenden Earl zu. »So wird es sein, Vater. Frazer wird für ihr Wohlergehen sorgen.«
Der Earl wurde blaurot im Gesicht. »Ist denn meine ganze Familie verrückt geworden? Soll ich tatenlos zusehen, wie meine älteste Tochter nur wenige Wochen, nachdem sie Witwe wurde, mit einem Offizier durchbrennt? Nun, nachdem diese Hure ...« Er versetzte Chastity mit seinem Stock einen schmerzhaften Hieb vor die Brust, so daß sie aufschrie. »Nachdem diese Hure unseren Namen in den Schmutz gezerrt hat, wer weiß, was man dazu sagt? Daß Verity ihren ersten Mann umgebracht hat, um frei für ihren Geliebten zu sein? Selbst Williams Vaterschaft wird in Zweifel gezogen werden.« Er spuckte vor Wut.
Fort hatte Chastity entsetzt an seine Seite gezogen, um sie zu schützen, doch jetzt riß sie sich los. Es fehlte nicht mehr viel, und ihr Vater würde sein wahres Wesen preisgeben. Sie selbst würde ihn dazu bringen. »Nein!« rief sie. »Mich hast du ruiniert, du erbärmlicher Heuchler, aber ich lasse nicht zu, daß du Verity vernichtest!«
Der Earl schlug mit dem Stock nach ihrem Gesicht, doch sie hob schützend den Arm. Sogleich wurde ein roter Striemen darauf sichtbar.
»Hör auf!« schrie Fort und packte den Stock. Er brach ihn entzwei und warf die Stücke fort.
»Lindle!« brüllte der Earl. »Schlag den Verräter nieder!«
Immer noch lächelnd, kam der stämmige Sekretär auf Fort zu, gedrängt von Walgrave, der jetzt kochte vor Zorn. In diesem Moment achtete niemand auf Chastity. Sie konnte Fort nicht helfen, vermutete aber, daß ihm nicht so große

Gefahr drohte wie ihr selbst. Sie ergriff die Gelegenheit, hob im Vorbeilaufen die Perücke auf und flüchtete.

»Haltet sie fest!« brüllte der Earl. Aber Chastity flog die Treppe hinunter und hinaus auf den Platz. Dort stand einer der Männer des Earls, doch er war nicht sonderlich kräftig. Sie überrumpelte ihn und stieß ihn zu Boden.

Sie hastete die schmale, verlassene Straße entlang, wobei sich ihr zu kurzer Rock jetzt als Vorteil erwies. Doch es war dunkel, und sie stolperte über ein Faß, das jemand neben seiner Tür abgestellt hatte.

Keuchend und zitternd stand sie auf und zwang sich, etwas langsamer zu gehen. Hinter ihr wurden Stimmen laut, doch die Verfolgung verlief noch reichlich planlos. Sie erwog, in einem der Häuser um Hilfe zu bitten, besann sich aber eines Besseren. So, wie sie aussah, würde kein ehrenwerter Mensch sie über seine Schwelle lassen, und außerdem würde so ziemlich jeder in England dem Earl of Walgrave seine verwirrte Tochter ausliefern.

Sie schob ihre roten Brustspitzen zurück in das Mieder und stürzte sich in eine dunkle Gasse, bog dann in eine andere und noch eine andere ab und hoffte, so ihre Verfolger abschütteln zu können. Sie hatte nicht die geringste Ahnung, wohin sie sich wenden, wen sie um Hilfe bitten sollte.

Ob Fort in der Lage wäre, ihr beizustehen?

Wenn doch nur Cyn in der Nähe wäre. Sie verbiß sich ein Schluchzen. Diese schönen Tage in seiner Gesellschaft schienen einer anderen Zeit anzugehören.

Sie floh durch eine enge Straße und schürfte sich den Ellbogen an einer Mauer auf. Nach Atem ringend, bog sie in eine andere Gasse ein. Lief sie im Kreis?

Plötzlich öffnete die Gasse sich zur Themse hin, zu den Docks. Kleine Schiffe lagen schaukelnd vor Anker, und Gesang erklang aus einer der Kneipen in der Nähe. Das fröhliche Lied tröstete sie im ersten Moment, doch dann dachte sie an ein gewisses Bordell unten am Fluß. Sie schauderte und drückte sich in den Schatten der Mauer, wohl wissend, daß sie hier nicht am rechten Ort war.

Sie verschnaufte ein wenig und versuchte, die Panik abzuschütteln, die ihre Gedanken verwirrte. Es gelang ihr nicht; zuviel war über sie hereingebrochen. Alles tat ihr weh. Sie hatte schreckliche Angst davor, daß ihr noch Schlimmeres drohte. Jetzt war sie ein gehetztes Wild und suchte nur noch nach einem Loch, in dem sie sich verkriechen konnte. Angestrengt lauschte sie auf die Schritte der Verfolger.

Was sollte sie tun? Sie hatte keinen anderen Wunsch mehr gehabt, als ihrem Vater zu entkommen, doch jetzt war sie allein in der dunklen Nacht, ohne Geld und so gut wie nackt in einer fremden Stadt. Im übelsten Stadtviertel, und so, wie sie aussah, durfte sie nicht auf Hilfe hoffen.

Da bemerkte sie, daß sie die Perücke noch in der Hand hielt, und setzte sie auf. So sah sie wenigstens ein bißchen weniger merkwürdig aus.

Stimmen näherten sich, und sie erstarrte, preßte sich noch enger an die Mauer in ihrem Rücken. Vier Männer schlenderten vorüber und klagten über die Tabakpreise. Als sie die Kneipe betraten, wurde der Gesang unvermittelt lauter, dann wieder leiser. Chastity löste sich vorsichtig aus dem Schatten.

Sie dankte dem Himmel, daß sie nicht sehen konnte, was die enge Gasse enthielt, fürchtete aber trotzdem, daß sie in irgend etwas hineintreten könnte. Sie erinnerte sich an die tote Katze in der Gasse in Shaftesbury. Dieser Durchgang roch, als enthielte er mehr als eine.

Doch dort lauerte nur eine lebendige. Chastity trat sie versehentlich, und das Tier zerkratzte ihr das Knie und flüchtete laut jaulend.

Lieber Himmel, dachte sie verzagt, gab es noch eine Stelle an ihrem Körper, die nicht zerkratzt und geschunden war?

Sie tastete sich weiter und glaubte, niemals wieder Licht zu sehen. Die seltsamen Geräusche, die sie plötzlich hörte, stammten, wie sie bald bemerkte, von ihr selbst. Sie verbiß sich das leise Wimmern.

Dann sah sie Licht weiter vorn. Es war nur ein schwacher goldener Schimmer, doch sie taumelte darauf zu, als wäre es die Pforte zum Paradies. Die Gasse öffnete sich auf eine etwas breitere Straße, über die sich schmalbrüstige dunkle Häuser neigten. Nur in einem einzigen Eingang brannte ein flackerndes Licht – das hatte sie von fern gesehen.

Es war, als hätte sie die Welt des Wahnsinns hinter sich gelassen.

Allerdings gab es hier kein Versteck. Keine Lücken zwischen den Häusern, keine Treppenaufgänge. Sie hastete zu einer größeren Straße, fort vom Fluß, hinein in die Anonymität.

Vor ihr waren Stimmen!

Sie blieb stehen wie vom Donner gerührt, sah sich nach links und rechts um, doch es war aussichtslos. Sie preßte sich an eine Mauer und betete, es möchten nicht ihre Verfolger sein, diese Männer möchten nicht in ihre Richtung kommen ...

Doch dann tauchten sie auf, ein Fackelträger, der zwei Offizieren im roten Rock leuchtete – einer war rundlich, der andere schlank. Die Offiziere waren betrunken und bester Laune, aber noch sicher auf den Beinen.

Chastity tastete sich zu einer Tür, in der Hoffnung, es würde aussehen, als wäre sie hier zu Hause, in der Hoffnung, die Männer würden vorübergehen. Vergebliche Hoffnung. Sie blieben stehen. Der Dünne hob ein Monokel ans Auge und lächelte. Beide tauschten einen lüsternen Blick und schlenderten auf Chastity zu.

»Nun, guten Abend, meine Schöne«, sagte der Dicke freundlich.

Chastity konnte nichts tun außer dem, was eine Dame tat, wenn sie grob angesprochen wurde. Sie blickte über seine Schulter hinweg. Harte Finger umfaßten ihr Kinn, und sie war gezwungen, den dünnen Mann anzusehen. Er sah nicht schlecht aus, doch seine Miene war haßerfüllt. »Kannst du dich nicht benehmen, Flittchen?« höhnte er.

Chastity hatte keine Kraft mehr. Alles tat ihr weh. Sie schwankte vor Erschöpfung. Tränen sprangen ihr in die Augen. »Bitte, meine Herren, ich bin nicht das, was Ihr denkt!« Sie sah, daß ihre vornehme Aussprache eine gewisse Wirkung erzielte, und dichtete sich verzweifelt eine Geschichte zusammen. Warum nicht gar ein bißchen von der Wahrheit? »Ich bin eine Dame aus gutem Hause, wurde entführt und in ein Bordell verkauft! Helft mir, bitte!«

Die Männer wechselten einen Blick und musterten sie erneut. Zwar hörten sie zu, aber Chastity hatte nicht den Eindruck, daß ihre Worte den gewünschten Effekt erzielten. Die Miene des Dünnen drückte nur noch mehr Abscheu aus. Chastity bedeckte ihre Brust mit der Hand.

Der Dicke wandte sich dem Fackelträger zu. »Was meinst du, he? Dame oder Hure?«

Der Junge glaubte wohl, er sollte an dem Spaß beteiligt werden. »Hure durch und durch, Captain.«

»Ganz meine Meinung.« Der Mann wandte sich an Chastity. »Deine Geschichte mag ja wahr sein, meine Hübsche, aber offensichtlich bist du schon eine ganze Weile im Geschäft. Was hast du gegen ein paar Guineen mehr einzuwenden? Zeig uns, was du kannst, und dann schicken wir dich heim zu Mama, ja?« Er lachte brüllend über seinen Scherz, und der Dünne kicherte.

»Ich bin unberührt!« flehte Chastity. »Oh, bitte, glaubt mir doch, meine Herren! Ich bin gerade eben erst in das Haus gebracht worden und gleich geflohen!«

»Nun denn«, sagte der Dünne gedehnt und mit glitzernden Augen, »da haben wir aber Glück gehabt, wie? Mrs. Kelly verlangt zehn Guineen für eine Jungfrau. Halt sie fest, Pog, damit ich die Münze werfen kann.«

»Mach das, Stu.« Der Dicke umfaßte Chastity mit seinen

fleischigen Armen. Chastity schrie, doch sofort legte der Mann ihr die nach Schnupftabak und Zwiebeln stinkende Hand über den Mund. Sie trat, doch er lachte nur.
Der dünne Captain zog eine Münze aus der Tasche, warf sie hoch und fing sie wieder auf. Er schlug sie auf den Rücken der anderen Hand und sah seinen Freund mit hochgezogenen Brauen an.
»Kopf«, sagte der, der Chastity festhielt.
Der Dünne deckte die Münze auf. »Verdammt, du hast gewonnen. Macht nichts, dann kannst du sie ja schon mal für mich schmieren.«
Der Dicke drehte Chastity um. »Komm, mein Schätzchen.« Er drückte seinen heißen, feuchten Mund auf ihren. Das war das Ende. Chastity biß ihn in die Zunge und trat nach ihm. Fluchend ließ er sie los. Sie zielte auf seine Augen.
Mit einem wilden Hieb gegen die Schläfe schlug er sie nieder. Einen Augenblick lang lag sie halb besinnungslos im Schmutz, dann sprang sie auf. Der Dicke wollte sie festhalten, der Dünne ebenfalls. Die beiden Männer gerieten einander ins Gehege und stürzten. Der Fackelträger lachte.
Chastity spie ihn an und rannte los, doch eine Hand packte unversehens ihren Rock, und sie stürzte aufs Pflaster. Die Hand zog sie zurück zu den Männern. Sie trat und schlug wild um sich. Beinahe hätte sie sich befreit, doch dann ergriff ein dritter Angreifer sie von hinten. Sie stieß mit dem Ellbogen zu und hörte ein Keuchen.
»Ist ja gut«, sagte eine belustigte Stimme offenbar unter Schmerzen. »Ich tu dir nichts.«
Chastity erstarrte, fuhr herum. »Cyn ...«, flüsterte sie.
Seine Augen weiteten sich ungläubig. Chastity warf sich ihm in die Arme.
Cyn war wie gelähmt vor Schreck. Diese schöne, geschundene, beschmutzte Hure war seine bedrängte Maid? Was zum Teufel ging hier vor? Seit Stunden suchte er die ganze Stadt nach ihr ab.

»Also wirklich, Ihr seid nicht an der Reihe. Sie gehört uns.« Die beiden Offiziere waren wieder auf die Füße gekommen und standen kampfbereit.
»Ein Leckerbissen, nicht wahr?« sagte der Dünne. »Hat genug für uns drei, aber wir haben eine Münze geworfen, und Pog hat gewonnen.«
Sie versteifte sich und wimmerte. Cyn hätte die beiden am liebsten umgebracht, doch das konnte er nicht riskieren. Womöglich kam ihr Name an die Öffentlichkeit. »Pech«, sagte Cyn und lächelte kalt, »Pog hat jetzt verloren.«
»Verdammt, das könnt Ihr nicht tun!«
»O doch. Komm, meine Liebe.«
Er hatte sich halb umgedreht, als ein Schwert zischend aus der Scheide gerissen wurde. Cyn fuhr herum, schob Chastity hinter sich und griff nach seinem Schwert. Für Höflichkeiten blieb keine Zeit. Es gelang ihm gerade noch, die Klinge des Dünnen von seinem Herzen abzulenken.
Dann fand er sein Gleichgewicht und stellte sich dem Gegner, schätzte ihn ein. Der Mann war höchstens Durchschnitt und zudem betrunken. Cyn hätte ihn ohne viel Federlesens durchbohren können, wagte es jedoch nicht. Schon wurden Vorhänge zurückgezogen und Türen geöffnet. Nicht lange, dann würde die Wache erscheinen. Cyn machte sich daran, seinen Gegner zu einem unblutigen Rückzug zu bewegen.
Zuerst stand Chastity benommen da und sah Cyns Klinge im trüben Licht blitzen. Dann bemerkte sie eine Bewegung und warf einen Blick zur Seite. Der andere Mann, Pog, näherte sich ihr, und sein lüsternes Grinsen verriet seine Absicht.
Chastity entriß dem Fackelträger seine Fackel und stieß damit nach dem Mann. »Bleib mir vom Leibe!« Fluchend taumelte er zurück.
»Zünde ihn nicht an«, sagte Cyn und tänzelte ein paar Schritte zurück, bis er wieder bei ihr war. Er warf ihr einen

ermutigenden, sogar belustigten Blick zu. Selbst diese Situation machte ihm Spaß, verdammt noch mal!

»Hört mal«, sagte er kein bißchen außer Atem zu seinem Gegner. »Ich bin besser und schneller als Ihr und außerdem nüchtern. Ich habe keine Lust, Euch zu verwunden, bin allerdings ziemlich in Eile. Was sagt Ihr?« Wie um seinen Worten Nachdruck zu verleihen, trennte er einen silbernen Knopf vom Uniformrock des Mannes ab und ließ ihn in die Gosse rollen.

»Verdammt!« fluchte der Dünne und wehrte Cyns Schwert ab.

Cyn trennte den zweiten Knopf ab.

»Ach, laß doch, Stu«, knurrte Pog. »Diese dünne Hure ist das doch gar nicht wert.«

Stu fauchte, doch er senkte sein Schwert und gab sich hochnäsig. »Verdammt, du hast recht, Pog. Wahrscheinlich ist sie ohnehin schon völlig abgenutzt.« Er schob sein Schwert in die Scheide und baute sich großspurig auf. »Komm, wir suchen uns eine bessere. Aber kommt mir nicht noch mal in die Quere, Sir«, sagte er drohend zu Cyn. »Ich werde diese Nacht nicht vergessen.«

Mitsamt dem Fackelträger stapften sie davon, und Sekunden später war Chastity allein mit Cyn. Es traf sie wie ein Schlag – daß sie eine Frau war, hatte ihn keineswegs überrascht. »Ihr wißt es!«

Er schob sein Schwert in die Scheide und lächelte sie ein wenig schief an. »Ja, aber hier ist nicht der Ort und nicht die Zeit, um darüber zu reden. Nichts wie weg hier.« Er legte den Arm um ihre Schultern und eilte die Straße entlang in Richtung High Street.

Chastity hätte tausenderlei Dinge sagen mögen, begriff aber, daß wahrscheinlich Eile geboten war.

Wie lange wußte er es schon?

Sie war nicht mehr allein.

Dann wußte er wohl auch, daß sie Chastity Ware war.

Vielleicht war das Schlimmste jetzt vorüber.
Hatte er es schon in der vergangenen Nacht gewußt? Hatte sie ihn nun doch in die Falle gelockt?
Diese Gedanken raubten ihr den letzten Rest ihrer Kraft. Ihre Beine gaben nach, vor ihren Augen drehte sich alles. Nur Cyns starker Arm verhinderte, daß sie zusammenbrach.

Fünfzehntes Kapitel

Cyn trug sie halb, als sie schließlich einen einfachen Stall erreichten, allerdings nicht den, der zum *Saracen's Head* gehörte. Er trug Chastity hinein und bettete sie auf Stroh. Hier stand nur ein halbes Dutzend Pferde, sämtlich Zugtiere, bis auf ihre eigenen. Vor der Tür hing eine trübe Laterne. Cyn holte sie herein und hängte sie an einen Haken.

»Ich habe die Pferde hierhergebracht, für den Fall, daß der *Saracen's Head* beschattet wird.« Er wandte sich Chastity zu und sah sie zum ersten Mal deutlich. Jede Spur von Heiterkeit wich aus seinem Gesicht, und er ließ sich vor ihr auf die Knie nieder. »Lieber Gott, was ist dir denn zugestoßen?«

Chastity versuchte, ihre leuchtend roten Brustspitzen zurück ins Mieder zu schieben. Ihre Hände zitterten, und es war ohnehin unmöglich. Sie begann zu weinen. Sie wurde in seinen noch körperwarmen Rock gehüllt, dann lag sie in seinen Armen. »Still, Liebste, still. Jetzt ist ja alles gut. Ich lasse nicht zu, daß jemand dir weh tut.«

Darüber lachte sie ein bißchen wild. Cyn knirschte einen Fluch, hielt ihr dann eine Flasche an die Lippen und ließ sie trinken. Scharfer Brandy brannte in ihrer Kehle und brachte sie wieder zu Verstand, aber sie konnte nicht aufhören zu weinen. Cyn hielt sie im Arm und tröstete sie, bis die Tränen versiegten.

Nach einer Weile bettete er sie so, daß er sie ansehen konnte, und wischte ihr zärtlich die Tränen ab. Sie rechnete mit Fragen und hatte auch selbst eine ganze Reihe parat, doch er sagte: »Wir müssen fort von hier. Kannst du reiten?«

Chastity wollte nur noch ausruhen, vielleicht sterben, aber sie nahm ihre letzte Kraft zusammen. Ihr Vater und ihr Bruder durften Cyn nicht in die Hände bekommen. »Ich glaube schon ...« Hilflos blickte sie an ihren Kleidern herunter.
Er bemerkte es. »Was ...? Ach, schon gut.« Er griff nach seinem Portmanteau. »Zieh meine Ersatzkleider an. Sie sind zu groß, aber immer noch besser als das da.«
Sie zog sich hinter eine Trennwand zurück und streifte die verhaßten Kleider ab. Am liebsten hätte sie sie verbrannt, aber statt dessen stopfte sie sie in den Portmanteau, um keinen Hinweis auf ihren und Cyns Aufenthalt zu hinterlassen.
Sie zog ein Paar von Cyns Unterhosen an, ein Hemd, seine blauen Hosen, seine Weste und seine Jacke. Das Hemd war schon einmal getragen, und Cyns Duft hing noch darin – seltsam betörend für ihre Sinne. Die Hosen waren in der Taille zu weit, wurden jedoch von einem Gürtel gehalten, die Hosenbeine reichten ihr bis über die Waden, doch ihre Stiefel machten das wett. Die Jacke war in den Schultern viel zu weit.
Sie band sich ein weiches Tuch um den Hals und merkte, daß sie immer noch die Perücke trug. Widerwillig nahm sie sie ab und stopfte sie in den Portmanteau. Sie hatte gedacht, inzwischen an ihr kurzes Haar gewöhnt zu sein, aber nachdem sie für kurze Zeit sie selbst gewesen war, erschien es ihr wieder unerträglich. Sie straffte die Schultern und trat vor.
Cyn lächelte. »Herzlich willkommen, Charles.« Angesichts seines zärtlichen Tons schloß sie verzweifelt die Augen, und zum ersten Mal wurde ihr bewußt, daß all ihre guten Absichten zu nichts geführt hatten.
Cyn hatte mittlerweile die Pferde gesattelt und führte das ihre jetzt heran. Er streckte die Hand aus und strich über ihr Haar. Sie zuckte zusammen, doch er ließ sie nicht fort. Er streichelte ihren Hinterkopf. »Das möchte ich schon so lange

tun ...« Er ließ die Zügel fallen. »Die Perücke ist hübsch, aber auch dein kurzes Haar ist sehr schön.«
»Das kann nicht dein Ernst sein.«
Seine Berührung war sanft und liebevoll, und die Wärme seiner Hand breitete sich über ihren Rücken aus. »O doch. Dein Gesicht benötigt keinen Schmuck, keine Ablenkung. Und das hier habe ich auch schon so lange tun wollen ...«
Zuerst waren seine Lippen sanft und weich, doch in keiner Weise zögerlich. Chastity wußte, daß sie sich hätte wehren müssen, doch es war ihr erster ehrlicher Kuß, und sie konnte ihn nicht zurückweisen. Sie erwiderte Cyns Kuß. Er vertiefte ihn, öffnete seinen warmen Mund, benutzte seine Hände, seinen ganzen Körper, um Chastity in eine Welt zu entführen, die nur von den Sinnen regiert wurde.
Sie schmeckte ihn, honigsüß, brandy-scharf, und dann wurde auch ihr Mund fordernd, begannen ihre Hände zu suchen.
Mit einem zittrigen Lachen zog er sich zurück. »Gütiger Himmel, Liebste, ich wollte, hier wäre der richtige Ort, die richtige Zeit ...« Er streichelte ihre Wange. »Schau mich nicht so bestürzt an. Alles wird wieder gut. Vertrau mir.«
»Ich bin Chastity Ware. Nichts wird jemals wieder gut.«
»Ich bin Cyn Malloren. Vertrau mir.«
Die Empörung, die über sie kam, war schon ein vertrautes Gefühl. »Nicht einmal ein Malloren kann die Welt verändern.«
Er lächelte dieses träge Lächeln, das ihr einen Schauer über den Rücken trieb. »Stell mich irgendwann einmal auf die Probe. Jetzt komm aber.« Er bot ihr die Hand, um ihr beim Aufsitzen behilflich zu sein.
Chastity ließ den sinnlosen Streit für den Augenblick ruhen. Er würde noch erfahren, daß einiges wirklich nicht wiedergutzumachen war, und wenn sie nicht zuließ, daß er sich ihr verpflichtete, wenn er nicht erfuhr, daß sie auch Chloe war, würde er des Spielchens sicher bald müde.

Erst als sie den Fuß in seine Hand stellte, wurde ihr klar, daß das Reiten äußerst schmerzhaft sein würde. Sie biß die Zähne zusammen und gab keinen Ton von sich, als sie im Sattel saß, doch Tränen traten ihr in die Augen. Dem Himmel sei Dank, daß ihr Vater nicht zu Schlägen aufs Gesäß vorgedrungen war. Die Schmerzen an den Oberschenkeln waren schon schlimm genug.

Cyn stieg jetzt selbst aufs Pferd, und ihr blieben ein paar Sekunden, um sich zu fangen. Wie weit würde sie reiten können?

Sie hatte keine Wahl. Wenn sie Cyn von ihren Verletzungen berichtete, würden sie beide hier in der Falle sitzenbleiben. Ihr Vater war schon unter gewöhnlichen Bedingungen ein schrecklicher Feind, und jetzt war sie nicht einmal mehr sicher, ob er bei gesundem Verstand war. Wenn er sich sogar gegen seinen Sohn und Erben stellte, wie würde er dann mit einem Fremden verfahren?

Sie nahm die Zügel in die linke Hand und hoffte, daß Cyn es nicht bemerkte. Seite an Seite ritten sie auf die dunkle Straße, und Cyn schlug den Weg zur Stadt hinaus ein.

»Ich habe mich hier schon umgesehen«, erklärte er. »Diese Straße führt von Maidenhead in das Dorf Woodlands Green. Ich glaube nicht, daß sie kontrolliert wird. Der Weg ist eben und verläuft zwischen Hecken. Wenn wir langsam reiten, dürften wir trotz der Dunkelheit keine Schwierigkeiten bekommen.«

Chastity war froh und dankbar, daß sie langsam reiten mußten. Jede schwankende Bewegung des Pferdes verursachte ihr höllische Schmerzen, doch im Schritt war es noch zu ertragen.

»Erzähl, was passiert ist«, forderte sie Cyn auf.

»Dasselbe könnte ich von dir verlangen«, sagte er, kam ihrem Wunsch jedoch nach. »Ich habe Frazer problemlos gefunden. Er war voll und ganz auf unserer Seite. Offenbar hat er keine besonders gute Meinung von deinem Vater, was nicht weiter verwunderlich ist, nachdem der Earl ihm Veritys Hand verweigert hat. Wie auch immer, er hat unter einem Vorwand Heimaturlaub genommen, aber natürlich ist er auf dem Weg nach Winchester. Falls er in der Dunkelheit reisen kann, wird er gegen Mitternacht eintreffen. Ich wünschte, wir hätten ein bißchen mehr Mondlicht.«

»Was wird er dann tun?«

»Er bringt Verity nach Long Knotwell, wo sein Bruder Tom Pfarrer ist. Durch eine glückliche Fügung des Schicksals hat Frazer gerade ein paar Monate dort verbracht, weil er sich von einer kleinen Verletzung erholen mußte. Dadurch gilt er dort noch als wohnhaft und kann sich ohne Schwierigkeiten trauen lassen.«

»Wo liegt Long Knotwell?«

»Nicht weit von der Fleet. Überstürzte Zeremonien sind heutzutage nicht mehr rechtsgültig. Da uns keine Zeit bleibt fürs Aufgebot, werden sie eine Genehmigung brauchen.«

»Himmel. Wie bekommt man so eine Genehmigung?«

»Von einem Bischof. In diesem Fall vom Bischof von London, weil Long Knotwell innerhalb seiner Diözese liegt. Gewöhnlich muß einer der Beteiligten vorstellig werden und die Rechtmäßigkeit der Verbindung beschwören, aber wir haben beschlossen, daß ich mit Hilfe von Frazers schriftlicher eidesstattlicher Erklärung versuchen werde, die Genehmigung zu erhalten, während er Verity nach Long Knotwell bringt. Reverend Frazer wird sie im Notfall ohnehin trauen. Auch solche Ehen sind normalerweise gültig, sofern kein rechtliches Hindernis vorliegt. Wie auch immer«, fügte er trocken hinzu, »ich hoffe, daß der Umstand, daß der Bischof der Onkel meiner Mutter ist, mir die Sache etwas erleichtert.«

»Wieder einmal die Macht der Mallorens. Aber solltest du dann nicht längst in London sein?«

Er wandte sich ihr zu. »Ich mußte dich erst in Sicherheit wissen.«

»Warum?« fragte sie gereizt. »Die Zeit drängt. Mein Vater ist versessen darauf, Verity in die Finger zu bekommen. Ich habe dir doch gesagt, daß du mich vergessen sollst, falls ich gefangen werde.«

»Du tust nie, was man dir sagt«, bemerkte er leichthin. »Warum sollte ich dann?«

Sie fauchte ihn an. »Wag es nicht, über diese Angelegenheit zu scherzen!«

Sie sah ihn lächeln – seine Zähne blitzten in der Dunkelheit. »Das ist nun mal meine Natur, Liebling ... Aber ich werde versuchen, ernst zu sein, wenn du es verlangst.« Mit kalt-autoritärer Stimme fügte er hinzu: »Laß uns damit beginnen, daß du mir deine Geschichte erzählst, angefangen damit, warum du das sichere Gasthaus verlassen hast.«

Mit einem hohlen Schrei und leisem Flügelrauschen strich eine Eule über sie hinweg. Es raschelte ein wenig in der Hecke, aber ansonsten war alles still. Cyn war ebenfalls still, und sein Schweigen forderte Antworten.

»Man hatte mich am Fenster gesehen«, erklärte Chastity widerwillig. »Ich wollte nicht in meinem Zimmer gefangen werden, weil dadurch die Verbindung zu dir herausgekommen wäre. Deshalb bin ich gegangen. Ich habe den Wirt bestochen, niemandem zu verraten, daß ich mit dir zusammen war. Als ich ihm sagte, ich wäre von zu Hause ausgerissen, um mich freiwillig zur Armee zu melden, überkam ihn die patriotische Begeisterung – im Gegenwert von drei Guineen, um genau zu sein.«

»Das dachte ich mir schon. Soweit ich es beurteilen kann, hat er auch wenigstens für drei Guineen geschwiegen. Und dann?«

»Ich wollte in den Stallungen auf dich warten, aber dort lauerten schon ein paar von Vaters Männern. Ich bin ihnen mit knapper Not entkommen, mußte aber auf die Straße hinaus. Fort hat mich geschnappt.«

»Dein Bruder? Er ist auf der Seite deines Vaters?«

»Jetzt nicht mehr. Ihm habe ich es zu verdanken, daß ich fliehen konnte.«

Dieses Gespräch im Dunkeln zu führen war unangenehm. Sie konnte Cyns Gesicht nicht sehen, und seine Stimme verriet nichts, doch sie spürte seine kraftvolle Ausstrahlung an ihrer Seite. Jetzt war er der Offizier, der sie verhörte.

»Von wo mußtest du fliehen?« fragte er.

Chastity überlegte rasend schnell, wieviel sie preisgeben sollte. »Mein Vater hat ein Haus gemietet; dahin brachte Fort mich. Ich wurde in ein Zimmer eingesperrt. Fort ließ sich überzeugen, daß ich nicht wüßte, wo Verity ist, daß ich nach Maidenhead gekommen wäre, um sie zu suchen. Dann kam Vater jedoch, und er ließ sich nicht hinters Licht führen. Er zwang mich, meine Männerkleidung abzulegen.« Chastity versuchte, das Folgende zu umgehen, doch es war nicht möglich. »Er drohte mir, mich in ein Bordell zu verkaufen, wenn ich ihm nicht alles sagte.«

Cyn fuhr scharf zu ihr herum. »Wie bitte?«

»Hat er nicht«, fügte sie schnell hinzu. »Ich meine, dazu ist es nicht gekommen. Er wußte ganz bestimmt, daß ich aufgeben würde, bevor es dazu kam.« Es lag ihr nicht so sehr daran, ihren Vater in Schutz zu nehmen, ihr ging es vielmehr um Cyns Sicherheit. Falls sie ihm die ganze Wahrheit sagte, war er imstande zurückzureiten, um mit dem Earl abzurechnen.

Das wäre sein Tod.

Beherrschter Zorn schwang in seiner Stimme mit, als er fragte: »Wie bist du entkommen?«

»Fort erhob Einwände.«

»Wie nett von ihm«, bemerkte Cyn zynisch.

Chastity fühlte sich ehrlich aufgerufen, ihren Bruder zu verteidigen. »Er konnte es nicht glauben, daß Vater so schlecht ist. Jedenfalls gerieten sie in Streit, und das gab mir Gelegenheit zur Flucht. Aber ich wußte nicht wohin.«

»Und du sahst aus wie eine Hafenhure. Lieber Gott. Was für ein Glück, daß ich dich rechtzeitig gefunden habe.«

»Amen«, sagte Chastity leise. »Aber trotzdem hättest du

schon früher nach London aufbrechen und die Genehmigung einholen sollen. Erledigen wir das jetzt?«

»Ich weiß nicht, ob du dazu in der Lage bist.«

Das wußte Chastity auch nicht, wohl aber, daß er sie nie im Stich lassen würde. Die Verantwortung für eine weitere Verzögerung mochte sie nicht auf sich nehmen. »Mir geht's gut«, behauptete sie aufgeräumt. »Ich habe am Nachmittag sogar ein Nickerchen gemacht.«

So ritten sie stetig weiter. Chastity nahm all ihre Kraft zusammen und dachte an die Qualen der Märtyrer. Im Vergleich dazu waren ihre Schmerzen nichtig, ihre Verletzungen nicht der Rede wert.

Trotzdem, bis London lagen bestimmt noch zwanzig Meilen vor ihnen, und dann noch einmal soviel bis Long Knotwell. Sie wußte nicht, ob sie durchhalten würde. Zwar verfügten manche Menschen in Extremsituationen über ungeheure Kraftreserven, doch ihre schienen aufgebraucht. Im Schritt zu reiten, hielt sie aus, wenn sie aber am nächsten Morgen in Trab verfallen sollte, fürchtete sie zu versagen.

Selbst bei diesem Schneckentempo rieb ja der Stoff der Unterhosen an den empfindlichen Striemen auf ihren Schenkeln. Trotz ihrer Entschlossenheit verlagerte Chastity immer wieder ihr Gewicht und suchte eine erträglichere Haltung. Das mußte aufhören. Der kleinste Hinweis auf Schmerzen würde Cyn aufmerken lassen, und das wäre das Ende.

Als die Uhr zehn schlug, hatten sie Woodlands Green erreicht, und sie ritten still durch das schlafende Dörfchen.

»Wohin reiten wir jetzt?«

»In südliche Richtung, hoffe ich.« Sein typischer leichtsinniger Humor färbte jetzt wieder seine Stimme. Das ärgerte Chastity ebensosehr, wie sie es mochte. Solange Cyn Malloren an ihrer Seite ritt, erschien es ihr unmöglich, daß ihr etwas Schreckliches zustoßen könnte.

»Warum nach Süden? Ich dachte, wir wollen nach London.«

»Ja, aber falls Wachen aufgestellt sind, dann bestimmt an der

Straße nach Bath, die durch Maidenhead führt. Wenn wir uns nach Süden wenden, stoßen wir irgendwann auf die Straße nach Southampton, und von da aus kommen wir zügig voran. Müde?«

»Ein bißchen«, gestand sie, da sie wußte, daß Leugnen nicht hingenommen werden würde. Sie fragte sich, um wie viele Meilen sich ihre Reise durch diesen Umweg verlängerte.

»Vielleicht sollte ich dich doch irgendwo zurücklassen ... Aber immer, wenn ich das tue, gerätst du in Schwierigkeiten.«

Chastity betrachtete seine schattenhafte Gestalt. Sollte das heißen, daß er Chloe erkannt hatte? Er würde doch gewiß etwas dazu zu sagen haben ... »Wie meinst du das?« fragte sie vorsichtig.

»Heute habe ich dich im Gasthaus zurückgelassen und mußte dich dann halbnackt in den Armen eines Mannes wiederfinden.«

Vor Erleichterung sank sie in sich zusammen. »Du brauchst nicht so zu reden, als hätte ich es absichtlich getan, und außerdem war es das erste Mal.«

»Aber vielleicht ist es unser Schicksal«, sagte er leichthin. »Wenn du schon für die Arme eines Mannes bestimmt bist, dann doch bitte für meine.«

Chastity hatte nicht die Kraft, das Thema weiterzuverfolgen. Was sollte sie tun, wenn sich herausstellte, daß er Chloe erkannt hatte? Bei dem Gedanken, wieder in seinen Armen zu liegen, schmolz sie dahin, doch schnell unterdrückte sie dieses egoistische Verlangen.

Cyn warf einen Blick auf ihren Umriß in der Dunkelheit. Hier stimmte so einiges nicht, und er wußte noch längst nicht alles. Chastity wirkte zerbrechlich wie gesprungenes Glas; bei der geringsten Erschütterung würde sie in Scherben zerfallen. Was hatte man ihr angetan? Sie hatte ihm nicht die ganze Wahrheit gesagt.

War sie tatsächlich dem Bordell entgangen?

War sie vergewaltigt worden?
Innerlich spürte er den unwiderstehlichen Drang, Verity und den Major zum Teufel zu schicken und Chastity an einen Ort zu bringen, wo er all ihre Verletzungen heilen konnte. Er würde sich nicht wohl fühlen, wenn er sie jetzt irgendwo zurückließ, und sei es in der schwer bewaffneten Festung eines Freundes. In ihm brannte der verrückte Wunsch, sie vor sich aufs Pferd zu ziehen und sie in den Armen zu halten, während sie weiterritten. Das war ausgeschlossen. Sie würde ihn für wahnsinnig halten. Warum hatte er das Gefühl, daß sie weinte? Verfluchte Dunkelheit! »Ist alles in Ordnung?« fragte er noch einmal.
»Aber ja«, fuhr sie ihn an.
Er wehrte seine Sorgen ab. Er konnte ihr jetzt nicht helfen. »Die Straße ist uneben, und mir ist, als würden wir jeden Augenblick in den Sumpf der Verzweiflung hineingeraten. Ich denke, ich führe mein Pferd lieber am Zügel.« Er saß ab.
Mit zusammengebissenen Zähnen folgte Chastity seinem Beispiel.
»Du mußt nicht.«
»Ich möchte aber«, sagte sie wahrheitsgemäß. Auch das Gehen war nicht völlig schmerzlos, zumal ihre Striemen mittlerweile vom Reiten wund gerieben waren, aber es war immer noch besser, als auf dem Pferderücken zu sitzen.
Sie mußten vorsichtig einen Fuß vor den anderen setzen, denn die Straße wies tiefe Spurrinnen und Pfützen auf. Nicht immer gelang es ihnen auszuweichen. Chastity war froh, daß sie beide Stiefel trugen.
Sie kamen durch zwei stille Dörfer. Jedesmal betete Chastity, sie möchten doch haltmachen und eine Unterkunft suchen. Sie bekämpfte ihre Schwäche und trottete weiter. Eine Meile schaffte sie noch, eine Meile ...
Sie hatte den festen Entschluß gefaßt – vor langer Zeit, wie es ihr vorkam, und in einer anderen Welt –, Veritys und Williams Sicherheit zu gewährleisten. Jetzt war das Endstadium erreicht, und sie würde nicht versagen.

Sie stolperte, und Cyn ergriff ihre Hand. Sie schnappte nach Luft.
»Was ist denn?« Seine behutsam tastenden Finger fanden einen Striemen. »Du bist verletzt?«
»Nicht der Rede wert.«
»Was ist passiert?«
Sie entzog ihm ihre Hand. »Ich habe mir weh getan. Ein Kratzer.«
Sie stapfte weiter, und er folgte. Chastity hatte Tränen in den Augen, sowohl vor Müdigkeit als auch vor Schmerzen. Sie war froh über die Dunkelheit, die es verbarg, und betete, daß Cyn sie nicht zum Reden brachte.
Er blieb stehen. »Ich glaube, wenn ich auch weiß Gott nicht sicher bin, daß da drüben rechts eine Scheune steht, so weit entfernt von einem Bauernhof, daß wohl kaum Vieh darin untergebracht sein kann. Wir brauchen eine Pause.«
Die Versuchung war zu groß. Aber würde sie sich je wieder bewegen können, wenn sie jetzt haltmachten? »Mir geht's gut. Wir sind in Eile.«
»Wir kommen ohnehin kaum voran. Ich wollte möglichst weit fort von Maidenhead, und das sind wir ganz bestimmt. Da ist es bedeutend sinnvoller, jetzt auszuruhen und auch unseren Pferden eine Pause zu gönnen, damit wir später schneller reiten können, als uns bis zur Erschöpfung weiterzuschleppen. Wir laufen sogar Gefahr, uns zu verletzen. Komm. Dort in der Hecke ist eine Lücke.«
Chastity mußte ihm folgen, und im Grunde sehnte sie sich auch nach einer Verschnaufpause.
Die Scheune erwies sich als ziemlich heruntergekommenes Bauwerk. Aber sie enthielt Heu, und damit versorgte Cyn die Pferde. Den Rest legte er auf einem Haufen zusammen und deckte seinen Uniformrock darüber. »Komm, Kamerad. Kampfpause.«
Chastity ließ sich nieder und spürte schmerzhaft ihre geschundenen Glieder, doch sie überließ sich gern und erleich-

tert der Ruhe. Cyn setzte sich neben sie ins raschelnde Heu. Sie konnte ihn kaum sehen, doch sie spürte seine warme, geliebte Nähe. Fürsorglich deckte er ihren Mantel über sich und sie.

Er legte sich zurück und berührte sie sanft an der Schulter. »Lehn dich an mich. Dann hast du's etwas bequemer.«

»Und du?«

»Ich kann mir nichts Schöneres vorstellen.«

Chastity wollte gern mit ihm schlafen, hatte aber gleichzeitig Angst davor. Sie war zu müde. Wahrscheinlich würde er ihre Verletzungen entdecken. Sie war jedoch entschlossen, es nicht dazu kommen zu lassen.

»Ich versuche nicht, dich zu verführen«, sagte er ruhig. »Darauf gebe ich dir mein Wort. Wir brauchen beide Ruhe.« Wenn er mit so fester Stimme sprach, konnte sie ihm nicht mißtrauen. Vorsichtig lehnte Chastity sich rücklings an seine Schulter. Sie schien geschaffen dafür, ihren Kopf zu stützen. Er legte schützend den Arm um sie, und die Wärme seines Körpers begann, sie ganz einzuhüllen. Erschöpfung machte ihre Lider schwer und benebelte ihr Hirn. »Ist es nicht zu gefährlich, wenn wir beide schlafen?«

»Wieso? Wenn dein Vater uns hier findet, muß er ein Zauberer sein. Schlaf jetzt, Lady Chastity.«

»Macht es dir nichts aus?« fragte sie leise.

»Was?«

»Daß ich Chastity Ware bin.«

»Um deinetwillen macht es mir sogar sehr viel aus, Liebste.« Sie wollte widersprechen, war jedoch zu müde. »Du kannst mich nicht lieben.«

»Ich kann tun und lassen, was immer ich will. Schlaf jetzt.«

Das nächste, was Chastity wahrnahm, war Cyns Hand auf ihrem Gesicht.

Sie schlug die Augen auf und sah, daß blasses Morgenlicht durch die Ritzen der Holzwände fiel. Sie hatte das Gefühl,

Sand in den Augen zu haben, und ihr Kopf schmerzte. Alles schmerzte. Die wenigen Stunden Schlaf hatten nicht geholfen.
»Der Hundesohn hat dich geschlagen«, sagte Cyn. »Ich hätte ihn umbringen sollen.«
»Gegen ihn hast du ja nicht gekämpft.«
»Ich hätte sie beide umbringen sollen.«
Sie lächelte matt. »Wenn du anfängst, mich zu verteidigen, Cyn Malloren, dann mußt du es mit der ganzen Welt aufnehmen.«
»Warum nicht?« fragte er unbekümmert. »Ich verlange vom Leben doch nichts weiter als Herausforderungen.«
Sie schloß verzweifelt die Augen, zwang sich aber, sie gleich wieder zu öffnen. Sonst wäre sie eingeschlafen.
Cyn küßte sie sanft auf den Mund. »Das erste Mal, daß ich dich am frühen Morgen küsse. Mögen noch viele Male folgen.«
Ihr Herz erbebte, doch sie sagte: »Das ist höchst unwahrscheinlich.«
Zärtlich berührte er ihr Kinn. »Und warum?«
»Sobald wir die Sondergenehmigung haben und Verity verheiratet ist, kannst du dein eigenes Leben fortsetzen.«
»Hm«, sagte er und betrachtete sie mit trägem Blick. Sie glaubte, diesen Blick zu erkennen, und versuchte, vor ihm zurückzuweichen.
Er hielt sie mit einer Hand zurück. »Ich habe versprochen, dich nicht zu verführen, Chastity.«
»Ja.«
»Ich halte stets mein Wort. Glaubst du mir?«
Sie konnte es nicht verneinen. »Ja.«
»Dann glaub mir auch, daß dieser Kuß nur ein Kuß ist und nicht das Vorspiel zu etwas anderem.« Seine Hand strich zärtlich, kaum merklich über ihre Wange. »Vergiß die Vergangenheit. Vergiß alles. Du bist eine junge Dame von hohem Stand, die mit einem Schurken Obdach in einer Scheu-

ne sucht, mit einem Schurken, so betört von ihrem Charme, daß er einen Kuß stiehlt, doch sie kann ihm vertrauen, daß er ihr nicht mehr stiehlt. Entspann dich und genieße. Selbst, wenn du dich später gezwungen siehst, diesen Schurken zu ohrfeigen ...«

Er neigte sich über sie und küßte sie sehr zart. Zuerst waren seine Lippen so sanft wie ihr eigener Atem, doch dann nahmen sie ihren Mund mit trägem, betäubendem Geschick in Besitz, bis warme Wonne sie durchrieselte. Das lenkte sie für den Augenblick ab von der kalten Wirklichkeit.

Als er sich von ihr löste, lächelte sie unwillkürlich. »Wenn du häufiger junge Damen so zu küssen pflegst, Mylord, wirst du der Ehefessel nicht entkommen.«

»Vielleicht will ich das gar nicht.« Er hob ihre Hand und drückte einen Kuß in die Innenfläche. Und erstarrte. »Was zum Teufel ...?« Er sah sie scharf an. »Das ist kein Kratzer.«

Sie wollte ihm ihre Hand entziehen, doch er hielt sie fest. »Wer hat dich geschlagen? Dein Vater?« Bevor sie antworten konnte, packte er ihre andere Hand, untersuchte sie und ließ sie wieder los. »Warum?« fragte er. Sie hätte nie gedacht, daß sein Blick so gefährlich funkeln könnte.

Sie beeilte sich, seinen Zorn zu beschwichtigen. »Ich war unverschämt. Er hatte zweifellos das Recht, mich zu bestrafen.« Sie lächelte schief unter der Erinnerung. »Unter anderem habe ich ihn einen erbärmlichen Heuchler genannt.«

Er beruhigte sich ein wenig, schüttelte den Kopf und hauchte einen federzarten Kuß auf ihre Verletzungen. »Ein strenger Patriarch fürwahr. Wie alt bist du?«

Merkwürdig, daß er das nicht wußte. »Neunzehn.«

»Du bist viel zu tapfer und zu kühn für eine Neunzehnjährige, aber deswegen würde ich dich niemals schlagen. Weiß er denn nicht, daß er eine Kostbarkeit besitzt?«

Ihr wurde klar, daß Cyn nichts über ihren Vater wußte. Chastity selbst verstand ja nicht, wie ihr Vater zu dem geworden war, was er nun darstellte, aber vielleicht würde sie es

begreifen, wenn sie Zeit hatte, die verschiedenen Puzzleteile zusammenzufügen.
Cyn erklärte sie: »Er betrachtet eine kühne Frau nicht als Kostbarkeit. Er will mich sanft und lieb wie Verity. Und jetzt sollten wir aufbrechen.«
Sie sagte es widerstrebend, und er reagierte genauso. Beide wollten dieses Stückchen Himmel, das sie gefunden hatten, nicht verlassen, aber die Pflicht rief. Cyn zog Chastity an der linken Hand hoch. Nur mit übermenschlicher Beherrschung gelang es Chastity, nicht aufzuschreien, als ein sengender Schmerz durch ihre Beine fuhr. Doch Cyn bemerkte es.
»Was hast du?« fragte er.
»Ich bin nur etwas steif«, sagte sie schnell. »Ich habe überall blaue Flecken von meinem Sturz aufs Pflaster. Aber ich habe schrecklichen Hunger. Ich glaube, ich habe seit gestern morgen nichts mehr gegessen.«
»Himmel, wirklich nicht? Ich habe herrlich mit Frazer zu Abend gespeist. Also los, machen wir uns auf den Weg, und als erstes werden wir dir etwas zu essen besorgen.«

Sechzehntes Kapitel

Chastity glaubte nicht, daß es ihr gelingen würde, aufs Pferd zu steigen, doch Cyn gab sich mit ihrer Geschichte von Steifheit und blauen Flecken zufrieden und half ihr in den Sattel. Während Blutergüsse, abgeschürfte Haut und im Heilungsprozeß befindliche Wunden so schmerzten, daß sie hätte schreien mögen, tröstete sie sich mit der Hoffnung, es würde besser, sobald sich ihre Muskeln lockerten. Doch sie glaubte es nicht wirklich.

Langsam ritten sie in ein Dorf namens Wickford ein und machten Halt im Gasthaus *Brown Cow*. Es war ein schlichtes Haus mit tiefgezogenem Dach, keine Poststation, aber der Wirt war bereit, ihnen im Schankraum ein Frühstück zu servieren. So früh am Tag hielten sich dort noch keine Gäste auf, doch im Kamin prasselte ein gemütliches Feuer. Chastity ließ sich erleichtert auf einer Bank nieder und streckte ihre Hände der angenehmen Wärme entgegen.

Cyn stand an der anderen Seite des Kamins und betrachtete sie nachdenklich. »Du bist wirklich am Ende deiner Kraft, nicht wahr?«

»Wenn ich gegessen habe, geht es mir bestimmt besser«, log sie. Was sonst hätte sie sagen sollen? Er würde sie nicht zurücklassen. Cyn sagte nichts, aber Chastity wußte, daß er ihr nicht glaubte, und zwar aus gutem Grund. Beherrscht richtete sie sich straffer auf. »Wir dürfen doch jetzt nicht aufgeben.«

»Nein, das dürfen wir wohl nicht.« Er war ungewöhnlich sachlich und schien über trübe Aussichten zu grübeln.

Eine Magd trat ein und deckte den Tisch. Kurz darauf kam sie mit einem Laib ofenwarmen Brots, mit Butter und einem Topf Kaffee zurück. Chastitys Magen knurrte.
Cyn lachte. »Nun komm schon. Fangen wir hiermit schon mal an, bis der Rest aufgetischt wird.«
Er rückte ihren Stuhl zurecht und schnitt eine dicke Scheibe von dem Laib ab, die er großzügig mit Butter bestrich. Chastity biß hinein, und er schenkte ihr Kaffee ein. »Sahne? Zucker?«
Sie nickte mit vollem Mund. Kaum hatte sie den Bissen heruntergeschluckt, spülte sie mit Kaffee nach. Wie flüssiger Trost floß er durch ihre Kehle, weckte ihre Lebensgeister und schmeckte ihr zudem bedeutend besser als Brandy. Sie spürte, wie sie wieder zum Leben erwachte, und lächelte Cyn an. Er erwiderte ihr Lächeln.
Wie primitiv ein Mensch werden konnte. In diesem Augenblick war das Geschenk einer Mahlzeit ein entschieden deutlicherer Liebesbeweis als Schmuck oder Blumen.
Der Gedanke an Liebe wirkte ernüchternd. Nachdenklich biß Chastity von dem Brot in ihrer Hand ab. Sie fürchtete zu wissen, über welche unangenehme Pflicht Cyn nachdachte – nämlich die, diese junge Dame heiraten zu müssen, die er ungewollt kompromittiert hatte, indem er drei Nächte mit ihr verbracht hatte. Und noch wußte er nicht einmal, daß sie außerdem auch noch Chloe war. Es rührte sie, daß seine Ehrenhaftigkeit ihn dazu trieb, selbst der berüchtigten Chastity Ware die Ehe anzubieten, doch dieses Opfer würde sie nicht annehmen.
»So ist's recht.«
Sie warf ihm einen Blick zu. Er saß da und musterte sie, das Kinn auf die gefalteten Hände gestützt. Seine Augen waren halb geschlossen, doch sie ahnte etwas Tiefgründiges hinter seinen Wimpern.
Chastity senkte den Blick, verwirrter denn je. Verzweifelt wünschte sie sich die Zeit zurück, als sie einfach nur Cyn und Charles waren.

Wieder war es, als hätte er ihre Gedanken gelesen. »Ich bin froh, daß wir endlich ehrlich zueinander sein können«, sagte er leise.
Sie hob den Blick nicht von ihrem Brot. »Wie lange weißt du es schon?«
Nach kurzer Pause antwortete er: »Ich wußte es von Anfang an.«
Ihr Kopf fuhr hoch. »Wie bitte?«
Seine Miene war kleinlaut und zurückhaltend. »Du hast deine Rolle zwar sehr gut gespielt, aber mir fiel das Fehlen männlicher Attribute auf.«
Chastity spürte, daß ihr die Glut in die Wangen stieg, doch in diesem Moment kamen die Magd und der Wirt in den Raum, beladen mit Tabletts voll Rührei, Würstchen, Schinken und Rindfleisch. Sie boten den Gästen Bier oder Apfelwein an, doch sie lehnten ab. Als sie wieder fort waren, wußte Chastity noch immer nichts zu sagen.
Sie häufte sich den Teller voll, sah die Speisen dann aber trotz ihres Hungers nur an. »Warum hast du nichts gesagt?« fragte sie. Dabei hätte sie am liebsten gefragt: *Weißt du auch über Chloe Bescheid?*, doch dadurch hätte sie vielleicht mehr verraten, als notwendig war.
Cyn schnitt sich ein Stück Schinken ab und legte dann Messer und Gabel zur Seite. Auch er mochte jetzt nicht essen. »Ich ahnte, daß du die Verkleidung brauchtest, Liebste, lange bevor ich von deinen Problemen wußte. Ich wußte nicht, was geschehen würde, wenn ich dich zwang, die Wahrheit einzugestehen, vermutete jedoch nichts Gutes. Zumindest von meinem Standpunkt aus betrachtet.«
Sie blickte scharf auf. »Wie meinst du das?«
Ein Lächeln zuckte in seinen Mundwinkeln, doch sein Blick war sehr wachsam. »Ich wollte – mußte – dich besser kennenlernen. Was hättest du getan, wenn ich dich schon am ersten Tag mit meinem Wissen konfrontiert hätte?«
Chastity überlegte. »Ich weiß nicht. Wahrscheinlich hätte ich dich auf dem Bett gefesselt zurückgelassen.«

Jetzt lächelte er offen. »Wußte ich doch, daß mein Selbsterhaltungstrieb mich richtig beraten hat. Und du wärst geschnappt worden, bevor der Tag zu Ende gewesen wäre.«
»Ja.« Der Hunger wurde übermächtig, und Chastity begann zu essen, doch im Geiste ließ sie die Entwicklung ihrer Beziehung zu Cyn Revue passieren. Lieber Himmel, kannten sie sich erst seit fünf Tagen? Sie gestand sich ein, daß er vor einem Problem gestanden hatte. Doch dann fiel ihr ein, wie er sie in Verlegenheit gebracht hatte – die Strumpfbänder, der Kuchen, seine Neckereien dem armen naiven Charles gegenüber. Diese verflixten Schnürbänder. Sie starrte ihn an. Er verzog das Gesicht, doch seine Lippen zuckten.
»Du Teufel«, sagte sie leise, aber mit großem Nachdruck. »Du ... du ...« Aus dem Zucken wurde ein Grinsen. Er lachte sie aus, verdammt noch mal!
Chastity ergriff das Schälchen mit weicher Butter und warf es nach ihm. Die Butter landete auf seiner goldbesetzten Uniform und glitt langsam abwärts. Während er noch wie vom Donner gerührt saß, folgten das Brot und der Inhalt des Milchkrugs.
Triefend von Milch, sprang Cyn auf. »Zum Teufel mit dir, Weib!« Als sie sich nach weiterer Munition umsah, zog er sie vom Tisch fort.
»Du hinterhältiges Schwein!« schrie sie ihn an.
»Schlange.«
Chastity vergaß, den Mund zu schließen. »Was?«
»Schweine sind nicht hinterhältig, aber Schlangen.« Er lachte sie schon wieder aus.
»Ich fasse es nicht! Du hast mich belogen, mich gequält, mich in die schrecklichsten Situationen gebracht!« Jeden Punkt betonte sie mit einem Stich ihres Fingers in seine schmutzige Weste. »Und jetzt berichtigst du auch noch meine Sprache!«
Er ließ sich von ihr zurück an den Tisch drängen, zeigte aber keine Spur von Reue. »Du hast mich entführt, mich bestohlen, mich gefesselt und bedroht. Und was das Quälen betrifft,

meine süße, leichtsinnige Harpyie aus der Hölle, kann ich noch etwas von dir lernen.«

Chastity spürte, wie alles Blut aus ihrem Kopf wich, doch alles, was sie hervorbrachte, war ein sehr unpassendes: »Ach du ...«

Cyn trat vor, und nun war es an ihr zurückzuweichen. »Das war doch hoffentlich freundlich gemeint.« Er packte sie bei den Schultern. »Wir sind aus gleichem Holz geschnitzt, Chastity Ware. Wenn ich Chloe nicht mit dem Verstand erkannt hätte, mein Körper hätte es auf Anhieb getan.«

Sie versuchte, sich loszureißen, doch er schloß sie in die Arme. »Tut mir leid, wenn ich dich gekränkt haben sollte.« Er hob zärtlich ihr Kinn an. »Aber Teufel auch«, fuhr er fort und grinste schon wieder, »die Sache war es wert.«

Sie versuchte, ihn böse anzufunkeln, doch die Heiterkeit in seinem Blick brachte sie zum Lachen. »Kannst du denn niemals ernst sein?«

»Nicht, wenn es nicht notwendig ist.« Er gab ihr einen Kuß auf die Nasenspitze. Dann aber wurde er zu ihrer Beunruhigung vollkommen ernst. »Aber ich bin kein Idiot und auch kein leichtfertiger Mensch, Chastity. Ich bin ein Mann, ein Soldat. Ich habe Dinge gesehen, die du hoffentlich niemals sehen mußt.«

Er zögerte nachdenklich. Chastity verstand nicht, was in ihm vorging, doch sie hatte das Verlangen, ihn zu beschwichtigen. Sie drückte ihn ein wenig fester an sich und hoffte, daß er es richtig verstand. Offensichtlich tat er das, denn er erwiderte die Umarmung.

»Ich erinnere mich an eine Schlacht«, begann er nüchtern. »Es war scheußliches Wetter. Eisregen. Solange man in Bewegung war, konnte man es ertragen, aber als es Nacht wurde, befanden wir uns ohne Schutz auf freiem Feld.« Er blickte auf Chastity herab, beobachtete sie. »Wir haben Unterstände aus Leichen gebaut, aus ihren und unseren, und ganz eng beieinander geschlafen ...«

Chastity schluckte und versuchte, ihr Entsetzen zu verbergen.
Er sah ihr in die Augen. »So sieht mein Leben aus. Könntest du es teilen?«
»Unter Leichen schlafen?« Es klang ziemlich kleinmütig.
Cyn lachte kurz auf. »Im Grunde sind sie viel friedlicher als Ratten oder Flöhe ... Aber nein, ich glaube nicht, daß es so weit käme. Aber versprechen kann ich es dir nicht.« Er legte die Hand unter ihr Kinn, um zu verhindern, daß sie den Blick senkte. »Ich bitte dich, mich zu heiraten.«
»Du kannst doch Chastity Ware nicht heiraten.«
»Darüber haben wir schon einmal geredet. Niemand kann mich daran hindern zu tun, was ich will.«
»Und Rothgar?«
»Nicht einmal der. Ich bin volljährig, und mein Einkommen, so spärlich es auch sein mag, unterliegt nicht seiner Kontrolle.«
»Soll das heißen, du bist arm?«
Seine Augen blitzten belustigt. »Ein verarmter Malloren. Da sei Gott vor! Wir haben reichlich für ein vornehmes, angenehmes Leben, sofern der Krieg uns gestattet, es zu genießen. Heirate mich, Liebste.«
»Du mußt mich nicht heiraten«, wehrte sie ab. »Ich war schon ruiniert, bevor ich dich kennenlernte. Ich sehe schrecklich aus ...«
Seine Lippen brachten sie zum Schweigen, zuerst noch sanft, dann hitziger und gierig. Sie reagierte heftig und, zu ihrem Erschrecken, sogar unbeherrscht.
Er gab ihre Lippen frei, und sein Atem ging genauso unregelmäßig wie der ihre. »Du siehst nicht schrecklich aus, Chastity Ware, sondern einzigartig. Wenn es dein Haar ist, was dich stört – das wird nachwachsen. Ich mag es so, wie es ist, aber du hast ja zur Not die Perücke.« Er legte die Hand um ihre Wange. »Ich halte nicht aus Pflichtgefühl um deine Hand an. Du bist wunderschön. Für mich bist du, auch ohne Schmuck,

schöner als jede andere Frau. Du bist mutig. Du bist klug und hast eine flinke Zunge. Du bist die einzige Frau, die mir in puncto Unternehmungslust gewachsen ist.« Er nahm ihre Hand und legte sie auf seine Erektion. »Du weckst mein Verlangen auf eine Weise, die gleichzeitig erschreckend und schön ist. Erinnerst du dich an jenen ersten Tag?«

Das Gefühl seiner Härte unter ihren Fingern überschwemmte Chastity mit einer Vielzahl von Erinnerungen; ihr wurde heiß vor Begehren, doch sie stellte ihn sich vor, wie er mit gespreizten Gliedmaßen ans Bett gefesselt war. Sie nickte.

»Schon damals«, sagte er, »wußte mein Körper Bescheid.«

Gedankenverloren streichelte sie ihn. Er schauderte. Sie zog die Hand weg und löste sich aus seinen Armen.

»Das ist nur Lust«, sagte sie. »Es wird vergehen.«

»Nur Lust, das gibt es gar nicht. Lust ist ein schmutziges Wort für Begehren. Vermutlich wird mit der Zeit alles Mögliche vergehen, aber mein Begehren nach dir wird bleiben.«

»Weißt du eigentlich, wie kurz wir uns erst kennen?« wollte sie wissen. Sie kämpfte gegen sich selbst und gegen ihn.

»Mein ganzes Leben lang«, erklärte er.

»Fünf Tage«, betonte sie finster.

Er zog die Augenbrauen hoch. »An dem Tag, als ich dich kennenlernte, wurde ich neu geboren.«

»Wirst du wohl ernst sein!«

»Nein«, sagte er mit einer lässigen Handbewegung. »Auf die ernste Art habe ich es schon versucht. Anscheinend muß ich dich mit Scherzen zur Heirat verlocken.«

Sie brachte die Kraft auf. »Ich heirate dich nicht.«

Er hob lediglich die Schultern. »Wir werden sehen.«

Am liebsten hätte sie ihm erneut irgend etwas an den Kopf geworfen.

Er sah ihren Blick auf den Marmeladentopf und verstellte ihr lachend den Weg. »Wollen wir sowohl unsere Streitigkeiten als auch den Liebesakt unter Zuhilfenahme von Nahrungsmitteln austragen? Dazu fallen mir zahllose Variationen ein.

Honig zum Beispiel ist noch besser als Butter. So klebrig. Ihn abzulecken würde endlos lange dauern ...«

Einerseits hätte Chastity ihm am liebsten den Schürhaken über den Schädel gezogen. Andererseits aber hätte sie sich liebend gern für den Rest ihres Lebens dieser herrlichen Verrücktheit hingegeben.

»Du bist auch schmutzig«, bemerkte Cyn.

Chastity blickte an sich herab und stellte fest, daß ihre Kleidung mit Butter befleckt war. »Aber nicht naß«, entgegnete sie.

Er betastete seinen durchfeuchteten Uniformrock. »Stimmt. Dann sollte ich jetzt lieber deinen Anzug anziehen. Es ist Zeit, daß du wieder zur Frau wirst.«

»Ich ziehe diese unanständigen Kleider nicht an.«

»Natürlich nicht, aber die Unterwäsche dürfte akzeptabel sein. Wir können dir sicher ein Kleid kaufen.«

Er zog ihr den Boden unter den unsicheren Füßen weg. »Aber ich spiele doch die Rolle eines Mannes.«

»Das ist nicht mehr notwendig.« Er lächelte erschreckend liebevoll. »Ich möchte mit dir als Frau reisen, Liebste. Wenn du mir wirklich den Laufpaß geben willst, kannst du mir wenigstens noch ein paar Momente der Wahrheit gewähren, bevor wir uns trennen.«

Ein paar Momente der Wahrheit, bevor wir uns trennen. Die Aussicht war so süß, daß Chastity nachgab. »Wie soll ich reiten?«

»Rittlings, wenn du magst, wie eine Dame vom Lande. Wir können aber auch versuchen, einen Damensattel zu erstehen.«

Chastity überlegte, ob sie in Kleidern vielleicht ihre Verletzungen besser würde ertragen können. Dann sah sie sein Gesicht und erkannte, daß er schon wieder ihre Gedanken erriet.

Er nahm ihre rechte Hand und betrachtete sie ausgiebig. Der Striemen war ein wenig abgeschwollen, aber immer noch rot und wund. »Es ist Zeit, daß du mir alles erzählst, was dir widerfahren ist, Chastity.«

Sie wollte sich losreißen, doch Cyn ließ es nicht zu. »Es ist nicht wichtig«, sagte sie. »Wir sollten jetzt aufbrechen. Verity und Nathaniel warten sicher schon.«

»Es ist doch wichtig. Das Reiten ist schmerzhaft für dich, nicht wahr?«

»Ich bin es einfach nicht gewohnt, so ausdauernd zu reiten.«

»Oder zu … lieben. Ist es das?«

Sie wurde schon wieder rot und wand sich in seinem Griff. »Warum quälst du mich so?« schimpfte sie. »Ich kann reiten.«

Dann ließ er sie frei. Sie ging zur Tür.

Er stellte sich ihr in den Weg. »Du belügst mich.«

Chastity verfluchte die Tatsache, daß sie ihn offenbar niemals täuschen konnte. »Wenn ich dich belügen will, Cyn Malloren, dann tu ich das.«

»Aber nicht in dieser Angelegenheit.«

Jetzt war er so ernst, wie ein Mensch nur sein konnte, und dazu auch furchteinflößend. Chastity wandte sich ab und weigerte sich, etwas zu sagen. Sie wollte sich nicht daran erinnern, wie Lindle sie angefaßt hatte, wie sie wie ein Kind geschlagen worden war. Sie wollte nicht darüber sprechen.

Cyn legte ihr die Hände auf die Schultern, ganz sanft und liebevoll. Wie konnten völlig bewegungslose Hände so viele wunderbare Dinge zum Ausdruck bringen? »Du mußt es mir sagen«, verlangte er leise. »Alles wird gut, Chastity. Ich verspreche es dir. Vertrau mir.«

Dieser Bitte konnte sie nicht widerstehen. »Er hat mich mit dem Stock geschlagen … auf meine Schenkel. Nicht viel, aber es tut weh … Inzwischen dürfte es ein bißchen besser sein …«

Seine Hände griffen fester zu und lockerten sich dann wieder. Er drehte sie zu sich um und forschte in ihrem Gesicht. »Ist das die Wahrheit?«

»Augenscheinlich kann ich dich nicht gut belügen.« Er lachte,

und sie hörte seine Erleichterung. »Was hast du denn gedacht?« fragte sie.
Er schüttelte den Kopf. »Es ist nicht wichtig.«
Er wandte sich ab, doch diesmal war sie es, die sich ihm in den Weg stellte. »O nein, so kommst du nicht davon. Du hast mir die Wahrheit entlockt, Cyn Malloren, und jetzt bezahlst du dafür. Was hast du gedacht?«
Er sah ihr in die Augen. »Ich dachte, du wärst dem Bordell vielleicht doch nicht entkommen.«
Chastity starrte ihn an. »Aber ...«
»Aber was?«
Sie wollte den Satz nicht zu Ende sprechen, wußte aber, daß er sie doch wieder dazu bringen würde. »Aber gestern war ich doch gar nicht so wund. Warum dachtest du dann ...?«
Er schüttelte den Kopf, mit zärtlichem Blick. »Du bist so unschuldig, mein Liebling. Das gefällt mir, und ich möchte lieber, daß du so bleibst.«
Er wollte zurück zum Tisch gehen, doch sie hielt ihn am Uniformrock fest. »O nein. Erkläre es mir.«
Es blitzte in seinen grüngoldenen Augen auf. »Ja, das werde ich tun. Zu gegebener Zeit.«
Chastity ließ nicht locker. »Sag's mir.«
Er gab nach. »Falls du im Bordell mißbraucht oder sonst vergewaltigt worden wärst, hättest du Schmerzen, wärst vielleicht sogar gerissen.«
»Gerissen«, sagte sie verständnislos.
»Verstehst du jetzt, daß ich dich in dieser grausamen Welt nicht ohne Schutz lassen kann, Liebste? Du bist viel zu unschuldig.« Sein Kuß sprach von Angst und von dem Wunsch, sie zu beschützen. Die Knöpfe ihrer Weste ergaben sich seinen Fingern. Ihre Brüste spürten die zärtliche Verehrung ...
Ein erstickter Ton ließ Chastity zurückprallen.
Sie drehten sich um und sahen den Wirt an der Tür stehen.
Chastity warf Cyn einen entsetzten Blick zu, doch er grinste

und wirkte nicht im geringsten verlegen. »Ah, wir sind überführt. Ja, es ist so, wie Ihr vermutet, guter Mann, wir sind ein Liebespaar auf der Flucht. Darf ich hoffen, daß Ihr uns Opfern Amors freundlich gesonnen seid?« Für diese Hoffnung wechselte eine Guinee den Besitzer.

Das Geldstück verschwand, und der Wirt nickte, immer noch mit großen Augen.

Cyn lächelte Chastity zu. »Meine Dame benötigt diese Verkleidung, um ihrem tyrannischen Vater zu entkommen, aber in einem Kleid würde sie sich bedeutend wohler fühlen. Ist es möglich, hier am Ort eines zu kaufen?« Er hielt eine zweite Guinee hoch.

Der Wirt nickte. »Ja, Mylord. Ich kann eines besorgen, Mylord.«

»Und ein Zimmer, in dem wir uns umkleiden können. Wie Ihr seht, ist mir ein kleines Mißgeschick zugestoßen.«

Der Mann erkannte Butter und Milch und riß die Augen noch weiter auf. »Aber natürlich, Mylord.«

»Und für den unwahrscheinlichen Fall, daß jemand nach uns fragt, sei es jetzt oder später, habt Ihr und Eure Leute uns natürlich nie gesehen.« Diese Feststellung ging nicht mit Geld einher. Der Ton reichte aus, ganz Malloren, und besagte deutlich, daß er wie ein Racheengel zurückkommen würde, falls der Mann ihm Schwierigkeiten machte.

Bald fanden sich Cyn und Chastity in einem Schlafzimmer wieder, hatten warmes Wasser zum Waschen und ein geschlossenes blaues Kleid für Chastity. Es war wahrscheinlich das beste Stück der Magd, denn es wies sogar ein paar Rüschen und grobe Stickereien auf, wirkte aber im ganzen abgetragen und fadenscheinig.

Cyn hielt es Chastity an. »Es dürfte passen. Aber eines Tages in naher Zukunft, Liebste, will ich dich in deinen eigenen feinen Kleidern sehen.« Er lächelte träge. »Und dann will ich sie dir ausziehen, Stückchen für seidenes Stückchen.«

Chastity errötete, konnte sich eines verräterischen Blicks in Richtung Bett aber nicht enthalten.
»Ja«, sagte er leise und fing an, sich auszuziehen.
Einen Augenblick lang glaubte Chastity, ihn mißverstanden zu haben, doch als er sich seiner Unterhosen entledigte, wußte sie es besser.
Er nahm vor ihr Aufstellung, die Hände in die Hüften gestemmt. »Nun?«
»Was nun?« fragte sie und hielt das Kleid wie schützend vor sich.
»Ich möchte mit dir schlafen, ehrlich, aufrichtig, am hellichten Tag. Ohne Maske, ohne Verkleidung.«
Sein Verlangen war offenkundig, doch er machte keinen Schritt auf Chastity zu. Wenn sie sich jetzt verweigerte, würde er sie gehen lassen.
Aber Chastity wußte auch, daß dies ihre einzige Chance für einen ehrlichen Liebesakt sein konnte, und da er ja über Chloe Bescheid wußte ...
Es war Schwäche, aber sie brachte es nicht fertig, ihm zu widerstehen. Seine Heiratspläne waren natürlich unmöglich, und sie glaubte nicht, daß sie mit einem Mann würde in Sünde leben können. Morgen würden sie sich für immer trennen, und jetzt – ah, jetzt wollte sie ihn mit Körper und Seele ...
Mit zitternden Händen streifte sie ihre Kleider ab, alles bis auf das letzte Stück, seine Unterhosen. Sie konnte ihm nicht in die Augen sehen.
Sie hörte, wie er verhalten den Atem ausstieß. »Weißt du, du hast so überhaupt nichts Jungenhaftes an dir«, sagte er ehrfurchtsvoll.
Chastity spürte die Wärme, die ihren gesamten Körper erfaßte. Sie wußte nicht, was sie tun sollte.
»Komm zu mir, aus freien Stücken.«
Da sah sie ihn an, und die zärtliche Liebe in seinem Blick besiegte ihre Angst. Mit einem verlegenen Schluchzer warf

sie sich ihm in die Arme. Er drückte sie an sich, und sie spürte, wie er unter dem Ansturm der Gefühle schauderte.
»Liebste«, flüsterte er. »Süße. Geliebtes Herz. Wein doch nicht ...«
Chastity blickte zu ihm auf. »Es tut zu weh!«
Er lachte, aber ein Zittern war in seiner Stimme. »Ich glaube, wir können die Schmerzen zum Teil umgehen.«
»Cyn!« fuhr sie auf.
Er brachte sie mit einem Kuß zum Schweigen und trug sie zum Bett. Doch als er sie niederlegte, fand sie sich bäuchlings wieder, und als sie sich umdrehen wollte, hielt er sie zurück. Angesichts seines Schweigens biß sie sich auf die Lippe, dann strichen seine Hände und sein Mund über ihre Schwielen.
»Was für ein Mensch ist dein Vater?« fragte er ruhig.
»Ein gefährlicher Mensch. Du darfst ihn nicht erzürnen, Cyn.«
»Ich werde ihn umbringen, falls sich die Gelegenheit ergibt.«
Diesmal ließ er zu, daß sie sich umdrehte, und sie starrte ihn an. »Diese Gelegenheit erhältst du nicht.« Aber sie war nicht sicher. So wie jetzt hatte sie ihn noch nie erlebt. Selbst angesichts der Tölpel, die sich um sie gestritten hatten, war er nicht so gewesen.
»Ich werde die Gelegenheit herbeiführen.«
Sie packte seinen starren Arm. »Nein. Laß es. Er hat das Recht, mich zu züchtigen.«
»Er hat kein Recht, dich zu tyrannisieren.«
Chastity holte tief Luft. »Cyn, gib mir dein Wort, daß du meinem Vater in keiner Weise nachstellst.« Sie sah kein Zeichen des Nachgebens in seiner Miene und drängte noch nachdrücklicher. »Oder ich verlasse dieses Bett und kleide mich an.«
Er rückte ein wenig von ihr ab. »Dann geh.«
Chastity fühlte sich kalt und im Stich gelassen.
Er stand auf. Ließ sie allein. »Ich kann mein Begehren beherrschen. Dein Vater hat den Tod verdient, und zwar nicht nur

dafür, daß er dich geschlagen und dir Hurenkleider gegeben und mit dem Verkauf in ein Bordell gedroht hat. Es steckt noch mehr dahinter, nicht wahr?«

Die scharfe Frage überrumpelte sie, und sie wußte, daß sie sie bereits ohne Worte beantwortet hatte. Seine Entschlossenheit machte ihr Angst, und sie fürchtete sich vor dem, was geschehen würde, wenn er sich mit ihrem Vater einließ, aber am schmerzhaftesten war doch, daß er sie allein ließ. Sein Verlangen nach ihr war wohl doch nicht so groß wie das ihre nach ihm.

Wieder erriet er ihre Gedanken. Er hatte seine Unterhosen aufgehoben. Jetzt ließ er sie fallen, kam zurück zum Bett, beugte sich zu Chastity herab und küßte sie. »Ich sehne mich schmerzlich nach dir.« Dann war er fort.

Sie sprang auf und umschlang seine Taille. »Dann liebe mich. Bitte.«

Er drehte sich langsam um, sah sie an und ließ mit einem Schaudern seine Beherrschung fahren. Sein Kuß war so innig, daß sie, als sie sich auf dem Bett wiederfand, nicht mehr wußte, wie sie dorthin gekommen war.

Diesmal war es ein regelrechter Tumult, aber ein zärtlicher. Er liebkoste jede einzelne ihrer Verletzungen, dosierte seine Bewegungen mit äußerster Behutsamkeit.

»Es ist schon gut«, flüsterte sie. »Es ist gut. Du tust mir nicht weh. Komm zu mir. Komm.«

Sie betete seinen Körper mit ihrem eigenen an, umschlang ihn geschmeidig wie eine Ranke, wußte nicht, wo ihre Zärtlichkeiten aufhörten und seine begannen. Seine Hände und sein Mund waren überall, und ihre Hände und Lippen taten es ihm gleich. Ihr Verschmelzen war süß wie die des passenden Schlüssels in einem komplizierten Schloß, und es öffnete die Tore zu einem Himmel jenseits von Skandalen, Pflichterfüllung und Schmerz …

Doch dann erfolgte der unvermeidliche Sturz zurück in die Wirklichkeit, verbunden mit dem Wissen, daß dies nur ein

Moment sein würde in einem Leben ohne Cyn. Sie warf den Arm über die Augen und kämpfte mit den Tränen.

Cyns rechte Hand hörte nicht auf, sie zu streicheln. »Chastity.«

Sie mußte den Arm fortnehmen und ihm in die Augen sehen – in seine dunklen, ernsten Augen.

»Ich muß es wissen«, sagte er. »Du warst keine Jungfrau mehr neulich nachts. Wer war es? Wo? Und wie?«

»Wie viele?« fragte sie bitter.

Seine Hand beschwichtigte sie. »Nein, Chastity. Es ist kein Vorwurf. Ich muß es nur wissen. Ich muß alles über dich wissen.«

»Darf ich überhaupt keine Geheimnisse haben?«

Sein Gesichtsausdruck wurde ganz weich. »Darüber haben wir schon einmal gesprochen, nicht wahr? Ich will nicht, daß wir Geheimnisse voreinander haben. Ich verrate dir alle meine Geliebten, wenn du mir deine nennst.«

Chastity trug ein Nachhutgefecht gegen seine Hartnäckigkeit aus. »Erstaunlich, daß du dich an alle erinnerst.«

Er küßte sie. »Zieh keine voreiligen Schlüsse. Ich habe nie leichtfertig mit einer Frau geschlafen, und ich halte nichts von Soldatenhuren. Wie auch immer, ich vermute, deine Geschichte ist von Bedeutung, falls wir all diese Rätsel lösen wollen. Erzähl mir, was dir passiert ist.«

Chastity wollte nicht; sie war verzweifelt. Es würde seinen Zorn auf ihren Vater nur noch anheizen, und sie konnte sich auch nicht vorstellen, wie er darauf reagieren würde, daß Chloe Jungfrau gewesen war. Er hatte ihr ja ganz im Ernst versprochen, daß er sie schlagen würde.

Er runzelte die Stirn ob ihres Schweigens. »Vertraust du mir nicht? Ich gebe dir mein Wort, daß nichts, was du mir erzählst, meiner Liebe zu dir Abbruch tun könnte. Und wenn ein ganzes Regiment dich genommen haben sollte, würde ich dich deshalb nicht weniger verehren. Vertrau mir, Chastity. Bitte.«

»Du kämpfst mit unfairen Mitteln«, sagte sie leise, aber sie erzählte ihm alles – von Henry Vernhams Antrag, von dem auf sie ausgeübten Druck, ihn zu heiraten, von der Bettgeschichte, den Schlägen und dem Durchstoßen ihres Jungfernhäutchens.

Ihre Stimme versagte angesichts seiner zunehmend zornigen Miene.

»Er wird sterben«, sagte er. »Vernham auch.«

»Nein!« Sie griff nach ihm. »Laß es, Cyn. Dadurch wird nichts wieder gut.«

»Ich finde einen Weg, um alles wiedergutzumachen, und ich werde Rache nehmen.« Doch dann beherrschte er seinen Zorn und zerzauste zärtlich Chastitys feuchtes Haar. »Aber für dich, Chastity. Nicht für mich. Ich liebe dich, und meine Liebe wird noch größer, nachdem ich weiß, was du durchgemacht hast.«

Angesichts seiner Zärtlichkeit brachen sich ihre Tränen schließlich doch Bahn.

Er drückte Chastity an sich. »Wein doch nicht, Liebste, bitte. Es ist vorüber. Du sollst nie wieder Angst haben, nie wieder allein sein. Das verspreche ich dir, und ich pflege mein Wort zu halten.«

Sie hätte ihm so gern geglaubt, doch sie hatte ihre grausame Lektion gründlich gelernt. Sie rückte von ihm ab. »Wie?« fragte sie. »Du bist ein wunderbarer Mann, aber eben doch nur ein Mann allein. Du kannst die Welt nicht verändern, und mein Vater wird dich vernichten.«

Heiterkeit funkelte in seinen Augen und wuchs sich zu einem Grinsen aus. »Liebste, hast du vergessen, daß ich ein Malloren bin?«

Sie starrte ihn an. Er sprang vom Bett und zog sie auf die Füße. »Zieh dich an, Weib«, sagte er und versetzte ihr einen leichten, aber brennenden Klaps aufs Hinterteil. Als sie wütend zu ihm herumfuhr, sagte er: »Das ist für die Lüge über deine Jungfräulichkeit. Und«, fügte er zärtlich hinzu, »als Beweis, daß ich mein Wort zu halten pflege.«

Er begann, sich anzukleiden, und sie folgte benommen seinem Beispiel. Sie schlüpfte in das schmutzige roséfarbene Hemd, in den grellen Unterrock und zog dann das blaue Kleid darüber. Ohne auf ihre Bitte zu warten, kam Cyn zu ihr und half ihr, die Häkchen zu schließen. Süße, beiläufige Intimität.
Chastity trat vor den kleinen Spiegel und setzte ihre Perücke auf. Das Kleid war einfacher als jedes, das sie jemals als Lady Chastity Ware getragen hatte, aber es war anständig und stand ihr trotz der Schlichtheit recht gut. Ihre Perücke aus ihrem Haar, ihren eigenen welligen, honigbraunen Locken, schien die vergangenen Monate auszuwischen. Chastity lächelte schief. Als ob das möglich wäre.
Cyn trat hinter sie, legte die Hände an ihre Taille und strich über ihre Seiten. »Kein Fischbein«, sagte er erfreut.
»Ich besitze kein Korsett, sonst würde ich es tragen.«
»Soll ich dir versprechen, daß ich dich ausziehe, falls ich dich je in einem Korsett erwische?«
Sie drehte sich um. Der unverbesserliche Schelm war zurück.
»Idiot. Wie soll ich ein modernes Kleid ohne Korsett oder Mieder tragen?«
»Ah«, bemerkte er triumphierend, »also spielst du schon wieder mit dem Gedanken an das gesellschaftliche Leben.«
»Nein. Das ist ausgeschlossen!«
»Nichts ist ausgeschlossen.«
Chastity gab es auf, weiter zu widersprechen. Er würde es früh genug selbst merken. Sobald sie jemandem aus der vornehmen Gesellschaft gegenübertraten, oder wenn Rothgar Wind von ihrer Beziehung bekam, würde sich ganz klar herausstellen, daß die Gesellschaft Chastity Ware nie wieder akzeptieren wollte. »Wir müssen aufbrechen«, sagte sie. »Wir haben ohnehin schon viel zuviel Zeit verstreichen lassen.«
Er zog seine Uhr. »Zwanzig Minuten nach meiner Rechnung.«
Chastity starrte ihn an. »Mehr nicht?«

»Was glaubst du denn, wie lange so etwas dauert?« zog er sie auf. »Natürlich stehen uns noch viele Nächte voll ausgedehnter, ausführlicher Liebe bevor, aber denk auch an all die lustigen zwanzig Minuten, die wir haben werden. Oder noch weniger als zwanzig Minuten.« Sie sah die Veränderung, die in seiner Miene vonstatten ging, und ein Warnsignal schrillte in ihrem Kopf.

Er ließ seine Uhr noch einmal aufschnappen, dann zog er Chastity zum Bett. Er drückte sie nieder. Bevor sie reagieren konnte, öffnete er seine Hosen, warf ihre Röcke hoch und drang in sie ein.

Ihr Körper zuckte vor Schreck und Wonne. »Cyn!«

»Köstlich!« sagte er, und seine Augen blitzten schelmisch. Er bewegte sich langsam in ihr und strich mit den Daumen über ihre Brustspitzen. Dann schob er eine Hand zwischen seinen und ihren Körper und streichelte mit kreisenden Bewegungen. Chastity rang nach Luft und schloß die Augen, als das Fieber sie packte. Verschwommen hörte sie ihre eigenen Schreie und Cyns Keuchen.

Danach stellte er sie wieder auf die Füße und sah auf seine Taschenuhr. »Vier Minuten. Siehst du, uns bieten sich unerschöpfliche Möglichkeiten.«

Sie legte haltsuchend die Hand auf seinen Arm. »Du bist verrückt.«

»Verrückt nach dir, du Sahne meines Lebens.« Er legte ihr den Mantel um die Schultern. »Auf geht's!«

Chastity war schon auf dem Weg nach unten, bevor sie wieder bei klarem Verstand war.

Cyn ließ sich die Pferde bringen und beglich die Rechnung. Chastity bemühte sich, die neugierigen Blicke des Dienstpersonals nicht zu beachten, die sich offenbar alle unter irgendeinem Vorwand in der Eingangshalle zu schaffen machten.

Ein paar weitere Guineen verschwanden in den Taschen des Wirts. »Für Eure Hilfe«, sagte Cyn und fügte freundlich hinzu: »Vergeßt nicht, daß ich nicht viel für Menschen übrig habe, die mich verärgern.« Er wandte sich zu Chastity um und bot ihr die Hand, doch dann sah er den Wirt noch einmal an. »Übrigens, mein Name ist Malloren.« Wie er das sagte, stand er Rothgar in nichts nach, und Chastity sah, wie sich die Augen des Wirts weiteten.

Beim Hinausgehen fragte sie: »Ruft der Name Malloren denn im ganzen Lande diese Furcht hervor?«

»Das bezweifle ich, aber hier tut er seine Wirkung.«

»Wieso?«

»Rothgar Abbey liegt nur zehn Meilen entfernt.« Er musterte das Pferd und den Sattel. »Schaffst du es wirklich?«

Die Zeit der Ehrlichkeit war angebrochen, und sie hatte nichts mehr zu verbergen. »Ich kann reiten, weiß aber nicht, wie lange.« Sie benutzte die Aufsitzhilfe, um in den Sattel zu gelangen, und strich ihre Röcke glatt.

»Du brauchst nicht allzulange zu reiten. Ich bringe dich zu Rothgar.«

»Wie bitte? Wir haben keine Zeit für Umwege, Cyn, und was willst du bei Rothgar? Du gehst ihm doch seit Tagen aus dem Weg.«

»Ich muß gestehen«, sagte er, während er aufsaß, »daß ich hoffe, er ist nicht zu Hause. Ich meine, in Rothgar Abbey. Dort bist du in Sicherheit. Ich brauche dich nicht, um die Genehmigung zu bekommen, und du würdest mich ohnehin nur aufhalten.«

Was hätte sie dagegen einwenden sollen? Trotzdem schauderte ihr bei dem Gedanken, seiner Familie überantwortet zu werden, und zwar nicht nur als Chastity Ware, sondern jetzt auch noch als Cyns Geliebte. Das würde wahrscheinlich so augenfällig sein, als trüge sie ein Brandmal.

Ihre Angst steigerte sich noch, als sie feststellte, daß Cyn auch nicht glücklich war mit diesem Plan. Als sie die Dorfstraße entlangritten, war seine Anspannung geradezu körperlich spürbar. »Du mußt mich nicht zu dir nach Hause bringen. Laß mich einfach hier.«

»Nein. In Rothgar Abbey bist du in Sicherheit.« Er sprach wie ein Mann, der einen unumstößlichen Entschluß gefaßt hat. Chastity seufzte und konzentrierte sich darauf, ihr Pferd durch eine Herde Gänse zu lenken.
Als die Straße wieder frei war, bemerkte sie: »Wenn du bereit bist, mich in Rothgar Abbey einzuführen, hättest du auch Verity dort unterbringen können.«
»Ja, das hätte ich tun sollen.«
»Warum hast du es nicht getan?«
Er warf ihr einen wachsamen Blick zu. Ein Muskel zuckte in seiner Wange. »Weil es mir den Spaß verdorben hätte, verdammt!«
Chastity biß sich auf die Lippe, um nicht zu lächeln. Das Eingeständnis hatte ihn große Überwindung gekostet. »Warum verdirbst du dir jetzt den Spaß?« fragte sie leichthin. »Laß mich doch hier.«
Er zügelte sein Pferd und nahm Chastitys Hand. »Nein, Chastity. Die Zeit für Dummheiten ist vorbei.«
»Mittlerweile habe ich Gefallen an Dummheiten gefunden.«
Ihr scherzhafter Ton munterte ihn nicht auf. »Bitte, Cyn«, sagte sie ernst. »Ich glaube, im Augenblick kann ich keine Wirklichkeit mehr verkraften.«
»Wie meinst du das?«
War der Mann dumm? »Ich bin Chastity Ware, deine Hure. Ich kann nicht zu deiner Familie gehen.«
Er zog ihren Kopf zu sich herum, so daß sie ihn ansehen mußte. »Du bist Chastity Ware, meine zukünftige Frau. Wenn meine Familie dich nicht mit offenen Armen aufnimmt, sage ich mich für immer von ihnen los.«
»Cyn, nein!«
»Reite weiter«, fuhr er sie an und gab ihrem Pferd einen Klaps aufs Hinterteil. Chastity murmelte ein paar fürchterliche Wahrheiten über Männer, doch er beachtete sie nicht.
Das Reiten in diesem stetigen Tempo bereitete ihr keine großen Schwierigkeiten. Die Striemen hatten zu heilen be-

gonnen, und ihre Röcke schützten sie zudem einigermaßen vor schmerzhafter Reibung. Doch nichts konnte Chastity die Angst vor dem Bevorstehenden nehmen. Sie überlegte angestrengt, wie sie diese neuerliche Katastrophe würde abwenden können – daß sie der Grund dafür sein sollte, wenn Cyn mit seiner Familie brach.

Allzubald lenkte er sein Pferd auf eine Hecke zu und öffnete ein darin befindliches Tor. Chastity folgte ihm, geplagt von bösen Vorahnungen, doch das Tor führte lediglich auf eine Wiese hinaus.

»Das ist schon unser Land«, sagte Cyn und bestätigte ihre Vermutung. »Aber wir müssen noch ein paar Meilen reiten. Wie geht es dir?«

»Gut. Aber Cyn«, sagte sie, bevor er wieder vorausreiten konnte, »könntest du mich denn nicht in irgendein Pächterhaus bringen oder so?«

»Nein«, sagte er knapp und ritt im Trab davon.

Chastity hielt ihr Pferd zurück und wartete. Cyn zügelte seines und kehrte um, mit strengem Mund, angespannt wie ein Bogen. »Wenn nötig, verschnüre ich dich wie ein Paket und trage dich hin, Chastity. Das wäre doch ein hübscher Anblick.«

Seiner Laune nach zu urteilen, war er dazu fähig.

»Cyn, ich komme ja, aber nur unter einer Bedingung.«

»Welche?«

»Daß du mir versprichst, deiner Familie nicht die Schuld zu geben für das, was dann geschieht.«

»Wieso bist du so sicher, daß sie dich ablehnen werden? Teufel auch, keiner von uns ist fleckenlos rein – ausgenommen vielleicht meine Schwester.«

»Deine Schwester ist ganz gewiß tugendhaft. Falls sie zu Hause ist, muß sie mir den Rücken kehren. Ansonsten würde sie genauso tief sinken wie ich.«

»Verdammt noch mal, hör auf, so zu reden!«

»Es ist die Wahrheit, und du kannst nichts daran ändern!«

»Ich kann tun und lassen, was ich will, zur Hölle! Wenn ich dich meiner Familie als tugendhafte Dame vorstelle, haben sie dich auch als solche zu behandeln!«
»Tugendhaft! Ich bin deine Geliebte!«
Er schloß kurz die Augen. »Ich hätte dich niemals berühren sollen, wie? Ich hätte dich nicht so behandeln dürfen wie heute morgen, nicht einmal aus Spaß. Ich habe dir deine Selbstachtung genommen.«
»Cyn, nein!«
Er senkte mit bitterer Miene den Blick auf die Zügel in seinen Händen. »Vor der Nacht in Rood House wußtest du, was auch immer die Welt behaupten mochte, daß du unschuldig warst. Das gab dir die Kraft, die ich von Anfang an so bewundert habe. Ich habe sie dir genommen.«
»Willst du damit sagen, ich wäre jetzt schwach?« Sie formulierte es als Herausforderung, in der Hoffnung, ihn so aus seiner Verbitterung zu reißen, doch sie wußte, daß er in gewisser Weise recht hatte.
Er sah ihr in die Augen. »Schwächer als zuvor.«
»Danke«, sagte sie mit tonloser Stimme.
»Es ist die Wahrheit. Ich habe dir die Ehre geraubt.«
»Gar nichts hast du geraubt. Ich habe es gegeben, freiwillig und mit Freuden.«
»Aber ich hätte bis nach der Hochzeit warten müssen.«
»Dann hättest du bis in alle Ewigkeit warten müssen.«
»Aber nein«, erwiderte er ruhig. »Ich beabsichtige, nicht nur für Verity, sondern auch für uns eine Sondergenehmigung einzuholen.«
»Das darfst du nicht«, sagte Chastity mit Nachdruck und einer gewissen Genugtuung. »Ich bin nicht volljährig, und Vater wird nie im Leben sein Einverständnis geben.«
Unter einer plötzlichen Bewegung begann sein Pferd zu tänzeln. »Teufel auch, das hatte ich vergessen. Wir werden einen Weg finden.« Er zuckte mit den Schultern. »Wenn nicht, warten wir, bis du mündig bist. Wann wird das sein?«

»Im April nächsten Jahres.«
»Eine lange Wartezeit«, bemerkte er, »aber durchaus keine Ewigkeit. Du wirst sie bei meiner Familie verbringen.«
»Ach, Cyn!« lehnte sie sich auf. »Jetzt soll ich ihnen nicht nur vorgestellt werden, sondern gleich bei ihnen wohnen?«
»Ja.« Er berührte ihre Hand. »Chastity, ich weiß, daß es dir aufgrund deiner Erfahrungen schwerfällt, aber ich möchte, daß du mir vertraust, und sei es nur dieses eine Mal.«
»Ich vertraue dir, aber ...«
»Meine Familie wird dich nicht abweisen, dessen bin ich sicher.«
»Nicht einmal deine Schwester?«
»Nicht einmal Elf. Sie wird erschrecken und fürchten, du könntest nicht gut genug für mich sein. Aber das fürchtet sie im Hinblick auf jede Frau im ganzen Land.«
»Und Rothgar?«
»Der auch.«
Chastity glaubte kein einziges Wort. »Warum bist du dann so kampfbereit?«
Seine Augen weiteten sich erstaunt, doch dann lachte er. »Ich habe dir einmal ein Geheimnis anvertraut – daß alle Soldaten vor der Schlacht Angst haben. Ich bin nicht kampfbereit, Liebste, ich habe nur Angst.«
»Wovor?« fragte sie verwundert.
Er hob voller Unbehagen die Schultern. »Vielleicht ist Angst nicht ganz das richtige Wort ... Es ist ein natürlicher Widerwillen gegen das Nachgebenmüssen. Ich habe Rothgar einmal ins Gesicht gesagt, daß ich niemals irgend etwas von ihm annehmen würde und daß ich meinen Weg im Leben aus eigener Kraft gehen werde. Und jetzt muß ich das zurücknehmen.«
Es war schlicht gesagt, aber sie wußte durch die Art, wie er stets so gereizt auf seinen Bruder reagierte, daß es ihm nicht leichtfiel. Daß dies ein großer Liebesbeweis war. »Weil du ihn bitten mußt, mich aufzunehmen?« fragte sie sanft.

»Nein«, antwortete er erstaunt. »Daß er dich aufnimmt, steht außer Frage. Aber die Welt der Gesellschaft ist nicht meine Welt. Wenn wir deine Situation klären wollen, benötigen wir Rothgars Hilfe.«
»Wie bitte? Cyn, nicht einmal Rothgar kann mich wieder reinwaschen.«
Ein schon vertrautes Lächeln hellte seine Züge auf. »Aber er ist ein Malloren. Wie ich liebt er nichts so sehr wie eine Herausforderung. Nun komm.«
Sie zauderte immer noch. »Du hast mir das Versprechen nicht gegeben. Wenn deine Familie mich nicht akzeptiert, darfst du es ihnen nicht nachtragen.«
Er schüttelte den Kopf. »Nun gut, ich verspreche es, aber es ist überflüssig. Vertrau mir.«

Siebzehntes Kapitel

Sie näherten sich dem Haus von der Seite her und ritten direkt zu den Stallungen. Rothgar Abbey war, von diesem Standpunkt aus betrachtet, ein solides elisabethanisches Bauwerk, doch Chastity sah wohl, daß die Frontseite eher palladianisch war. Auch der Garten war nicht einheitlich, abgezirkelte Bereiche mit sorgsam geschnittenen Bäumen waren in Hausnähe; dahinter aber erstreckte sich eine hügelige Parklandschaft. Pfauen stolzierten durch die Gärten, Rotwild graste auf den Wiesen, durch einen versenkten Grenzgraben von den Gärten ferngehalten.

Eine Aura von Ordnung und Wohlhabenheit umgab die Abbey, was Chastity stark an ihr eigenes Zuhause erinnerte. So hatte sie sich den Wohnsitz des als Frauenhelden bekannten Marquis nicht vorgestellt.

Sie überließen die Pferde einem aufgeschreckten Knecht, und Cyn führte Chastity zu einem Seiteneingang. Er war sichtlich angespannt, und Chastity war ein Nervenbündel. Sie hätte das, was ihr bevorstand, gern vermieden, und wenn es denn sein mußte, hätte sie doch wenigstens gern etwas anderes getragen als diese Mischung aus Huren- und Dienstmädchenkleidung.

Cyn spürte ihr Unbehagen und blieb stehen, um sie zu küssen. »Vertrau mir, Chastity.«

Was sollte sie dazu sagen? Sie baute ihr angeschlagenes Selbstvertrauen mit dem Gedanken daran auf, daß sie nun zumindest Haare auf dem Kopf hatte.

Der Seiteneingang führte in einen schlichten Durchgang zwischen Vorratskammern, und sie waren schon ein gutes Stück gegangen, bevor ihnen jemand begegnete. Es war eine Magd, die erschrocken stehenblieb und knickste. »Willkommen daheim, Mylord«, sagte sie und machte ihnen den Weg frei. Selbst bei dieser unverhofften Begegnung stellte sie ihre gute Erziehung unter Beweis und gestattete sich nur den flüchtigsten aller verstohlenen Blicke in Chastitys Richtung.

»Danke«, sagte Cyn. »Wer ist im Hause?«

»Die ganze Familie, Mylord.«

Auf sein Nicken hin lief die Magd hastig weiter.

Also auch seine Schwester, dachte Chastity, die entsetzt sein wird, wenn sie sich in der Gesellschaft der berüchtigten Chastity Ware wiederfindet. Und Rothgar, der – Himmel hilf! – womöglich die Hure aus Rood House wiedererkennt. Chastity verlor die Nerven.

»Ach, Cyn«, flüsterte sie. »Du mußt es wirklich nicht tun. Ich bringe sie alle in eine unmögliche Situation.« Sie nahm all ihren Mut zusammen. »Du brauchst Rothgars Hilfe gar nicht. Ich kann deine Geliebte sein, und mein Ruf ist dann völlig bedeutungslos.«

Er fuhr abrupt zu ihr herum. »Dein Ruf ist für dich von Bedeutung, und du wirst nicht meine Geliebte sein.« Er blickte ihr fest in die Augen. »Und hier und jetzt gebe ich dir mein Wort, Chastity: ich werde erst wieder mit dir schlafen, wenn du meine Frau geworden bist.« Bevor sie sich eine Entgegnung einfallen lassen konnte, packte er ihr Handgelenk. »Komm.«

Wenn sie nicht freiwillig mitkam, würde er sie mit sich schleifen.

Unversehens gelangten sie in eine prachtvolle Halle in Gold und Marmor. Dort standen zwei livrierte Diener bereit, und selbst diese überaus wohltrainierten Personen rissen die Augen auf, als das Pärchen plötzlich auftauchte.

»Der Marquis?« fragte Cyn.

»Im Gobelinzimmer, Mylord«, antwortete einer der Diener und eilte diensteifrig herbei, um eine Tür zu öffnen.
Zwei Personen hielten sich in dem kleinen, mit Wandteppichen geschmückten Zimmer auf – eine rothaarige Frau in feiner weißer Seide saß auf einer *Chaise*, und Rothgar, im dunklen Anzug, stand beim Kamin. Beide drehten sich um, als die Tür geöffnet wurde.
»Cyn!« schrie die Frau, sprang auf und lief ihm entgegen. »Wie gemein von dir, uns so in Angst und Schrecken zu versetzen!«
Cyn ließ Chastity los, um seine Schwester zu umarmen. Daß sie Bruder und Schwester waren, ließ sich unschwer erkennen, und jetzt fiel Chastity wieder ein, daß sie ja Zwillinge waren. Die Ähnlichkeit war jedoch nicht eben umwerfend, denn Lady Elf – gewiß nicht ihr richtiger Name, dachte Chastity – hatte rotes Haar und blaue Augen.
Cyn ließ von seiner Schwester ab und ergriff Chastitys Hand. »Elf, das ist Lady Chastity Ware. Sie wird eine Weile bei uns wohnen. Chastity, darf ich dir meine Schwester vorstellen, Lady Elfled. Innerhalb der Familie heißt sie Elf. Ich habe dir noch gar nicht erklärt, wieso wir alle so merkwürdige Namen haben, nicht wahr? Unser Vater war begeistert von den Angelsachsen. Es gelang ihm – zumindest zu seiner eigenen Zufriedenheit – zu beweisen, daß unser Stammbaum kaum normannisches Blut enthält. Deshalb taufte er uns nach angelsächsischen Helden und Heldinnen.«
Ein unfreundlicher Beobachter hätte jetzt behauptet, Cyn würde daherplappern, um den Augenblick der Wahrheit hinauszuzögern.
Chastity war nicht entgangen, daß die Augen seiner Schwester sich bei der Nennung ihres Namens geweitet hatten, doch Lady Elf fing sich rasch wieder. »Elfled war die Herrin über Mercia«, sagte sie. »Eine mächtige Persönlichkeit, jahrelang die wahre Herrscherin Englands. Cynric war lediglich ein einigermaßen bedeutungsloser König. Rothgar trägt

schwer an seinem Namen Beowulf. Dieser war, versteht sich, ein mythologischer Held.«
Auf diese Weise vermied Lady Elfled es, Chastity ausdrücklich willkommen zu heißen, und geschickt lenkte sie die Aufmerksamkeit auf Rothgar, der bisher keinen Schritt vorgetreten war und noch immer wartend am Feuer stand.
Chastity schluckte. Bereitete sich so die Zurückweisung vor? Und was würde Cyn dann tun?
Chastity begegnete über den Raum hinweg Rothgars Blick. Er musterte sie mit völlig undeutbarer Miene.
Alle bewegten sich nun auf Rothgar zu. Beowulf. Sie hatte sich nie Gedanken darüber gemacht, wie sein Vorname wohl lauten mochte, und war nicht sicher, ob Beowulf zu ihm paßte. Wolf wäre schon richtig gewesen. Chastity merkte, daß sie selbst – zumindest innerlich – auch daherplapperte.
Er trug einen schlichten braunen Rock und Wildlederhosen, wirkte deshalb jedoch um keinen Deut weniger eindrucksvoll als in Brokat und Spitze.
»Rothgar«, sprach Cyn ihn mit fester Stimme an. »Ich glaube, du kennst Lady Chastity bereits. Ich habe sie eingeladen, bei uns zu wohnen, denn sie ist meine zukünftige Frau.«
Lady Elfled schnappte nach Luft. Chastity zwang sich, den Kopf hoch erhoben zu tragen und in Rothgars kühle graue Augen zu blicken, während sie auf den Ausbruch wartete. Er erfolgte nicht. Er verneigte sich. »Dann ist es uns eine Ehre, Euch bei uns begrüßen zu dürfen, Lady Chastity. Möchtet Ihr nicht Platz nehmen? Oder wäre es Euch lieber, wenn Elf Euch gleich auf Euer Zimmer führt?«
War das ein Hinweis darauf, daß sie ihn und Cyn allein ihrem Streit überlassen sollte? Chastity setzte sich entschlossen auf eine *Chaise*.
»Vielleicht möchtet Ihr einen Tee, Lady Chastity«, bot Elfled nervös an. »Oder eine andere Erfrischung?«
»Nein, vielen Dank.« Chastity wußte, daß sie Cyns Schwester mehr Aufmerksamkeit hätte zukommen lassen müssen,

doch sie konzentrierte sich mit jeder Faser ihres Seins auf Rothgar und Cyn.

»Wir freuen uns, dich zu Hause zu sehen«, sagte der Marquis zu seinem Bruder. »Gesund?«

»Völlig gesund, danke.«

»Und – verzeih, daß ich es erwähne – meine Kutsche? Es gab Gerüchte über Straßenräuber ...?«

»Ein Dummejungenstreich. Die Kutsche wie auch Hoskins befinden sich in annehmbarem Zustand in Winchester.«

»Ah, das erleichtert mich. Winchester«, sagte er versonnen. »Ein plötzliches Interesse an Altertümern?«

»Ein plötzliches Ausweichen vor Schuften«, sagte Cyn unverblümt. »Ich war auf Abenteuerreise. Und das Abenteuer ist noch nicht bestanden, das heißt, ich muß mich schnellstens wieder auf den Weg machen. Ich benötige lediglich noch dein Ehrenwort, daß du Chastity mit der meiner zukünftigen Frau zustehenden Achtung behandelst und daß du sie unter gar keinen Umständen ihrem Vater auslieferst.«

Rothgar warf Chastity einen verschlüsselten Blick zu. »Walgrave? Keine Frage. Wir mögen einander nicht sonderlich.«

»Und der erste Teil meiner Bitte?« drang Cyn in ihn.

»Mein lieber Junge«, sagte Rothgar sanft, »als Gast in meinem Haus ist sie ohnehin der Hochachtung aller sicher, ganz gleich, was ihre Zukunft beinhaltet.«

Er wich aus, und Chastity bemerkte, daß Cyn es erkannte und die Lippen zusammenpreßte. Doch Rothgars Antwort enthielt das geforderte Versprechen. Cyn wandte sich Chastity zu. »Hier bist du in Sicherheit. Ich komme zurück, so schnell ich kann, vielleicht noch heute.« Er sah sie fest an. »Versprich mir, daß du nicht fortgehst, ganz gleich, was geschieht.«

Sie wollte nicht hier zurückgelassen werden, hätte gern noch einmal gefragt, ob sie ihn nicht begleiten könnte. »Wie kann ich dir das versprechen? Wenn nun das Haus niederbrennt?«

»Laß die Späße.«

»Das sagst ausgerechnet du?« rief sie aus. »Darf ich denn wenigstens im Garten spazierengehen?«
»Nur in Begleitung.«
»Cyn, wirklich ...«
Er neigte sich vor und hielt sie auf der *Chaise* gefangen. »Versprich es«, sagte er.
Sie begriff, daß es ihm todernst war. »Nun gut. Dann geh jetzt bitte und hole die Genehmigung für Verity ein.«
»Ah«, sagte Rothgar, »in der Sache hast du also auch deine Finger drin. Ich freue mich zu hören, daß Lady Verity und ihr Kind wohlauf sind. In Winchester vielleicht?«
»Nein«, antwortete Cyn kühl. »Ich hoffe, daß sie inzwischen in Long Knotwell sind, wo sie auf ihre Heiratsgenehmigung warten.«
Rothgar nahm es hin, ohne mit der Wimper zu zucken. »Benötigst du Hilfe, um die Genehmigung zu bekommen?«
»Nein, danke.« Doch dann zögerte Cyn und straffte sich.
Chastity spürte die angespannte Atmosphäre geradezu körperlich. Jetzt war nicht der richtige Zeitpunkt, Rothgar um Hilfe in ihrer verfahrenen Angelegenheit zu bitten. »Cyn, bitte, geh jetzt. Sobald Verity in Sicherheit ist, bleibt Zeit genug für andere Dinge.«
Er packte sie an den Schultern und zog sie an sich, um ihr einen schnellen, heißen, höchst unanständigen Kuß zu geben. Chastity blieb völlig aufgelöst zurück und war nicht in der Lage, ihrem Gastgeber in die Augen zu schauen.
Cyn war auf dem Weg zur Tür. Sie öffnete sich und ließ einen weiteren Mann ein, groß wie Rothgar, rothaarig wie Lady Elfled. Noch ein Malloren. Bryght oder Brand?
»Sei gegrüßt, kleiner Bruder! Endlich wieder wohlbehalten am heimischen Herd?«
»Nicht für lange«, sagte Cyn knapp, aber nicht grob.
Der Neuankömmling sah ihn verdutzt an. Rothgar sagte: »Ich denke, es wäre nicht unklug, wenn Brand dich begleiten würde, Cyn.« Für Rothgar war der Tonfall erstaunlich zögerlich.

Cyn fuhr herum. »Verdammt noch mal, ich finde mich auch ohne Kindermädchen in London zurecht!«
»Das hoffe ich. Aber jede Reise birgt Risiken, die Straßen sind bevölkert von Wegelagerern, und deine Mission scheint wichtig zu sein. Ein Begleiter wäre nützlich und würde dich nicht behindern.«
Lange Augenblicke lastete Schweigen, dann gab Cyn nach. »Gut. Wenn Brand mitkommen möchte.« Es klang, als willigte er in eine Amputation ein.
»Es gibt nichts, was ich lieber täte«, bemerkte Brand trocken. »Ich wollte ohnehin gerade ausreiten. So brauche ich mir nur noch meinen Mantel bringen zu lassen, dann kann es losgehen.«
Er ging hinaus. Cyn holte tief Luft und trat auf seinen Bruder zu. »Ich wende mich mit der eidesstattlichen Erklärung des Bräutigams an den Bischof von London. Ein Brief von dir würde Onkel Cuthbert sicherlich sehr beruhigen.«
Es war keine große Bitte, aber Cyn hatte sich nach seinen eigenen Worten geschworen, niemals Hilfe von Rothgar anzunehmen, und das entsprach wohl der Wahrheit. Chastity erkannte an Lady Elfleds und sogar an Rothgars Miene, daß dies ein bedeutsamer Augenblick war.
»Der Hochzeit steht nichts im Weg?« fragte Rothgar ruhig.
Cyn sah Chastity an. »Meines Wissens nicht.«
Chastity erklärte: »Überhaupt nichts, abgesehen davon, daß mein Vater nicht einverstanden ist. Da Verity mündig ist, bedeutet das kein Hindernis im juristischen Sinne.«
Rothgar trat an einen Schreibtisch, kritzelte ein paar Worte auf einen Bogen Papier, löschte mit Sand, faltete und versiegelte das Blatt. Dann reichte er es Cyn. »Du reitest mit dieser Genehmigung auf direktem Weg nach Long Knotwell?«
»Das wäre das beste.«
»Vielleicht sollten wir dich dann dort treffen. Lady Chastity möchte gewiß bei der Vermählung ihrer Schwester zugegen

sein, und vielleicht wäre es klug, einflußreiche Zeugen vorweisen zu können.«

Cyn warf einen besorgten Blick auf Chastity. »Sie ist erschöpft ...«

»Mir geht es gut«, fiel Chastity ihm hastig ins Wort. »Ich wäre gern dabei, um mich zu vergewissern, daß alles in Ordnung kommt.«

»Mit der Kutsche«, verlangte Cyn mit fester Stimme von seinem Bruder.

»Aber natürlich. Wir werden aber leider mit meiner zweitbesten vorliebnehmen müssen.«

Cyn lachte laut. »Das genügt. Und da ich Chastity so bald wie möglich zu heiraten gedenke, wäre ich dir sehr dankbar, wenn du dir Gedanken hinsichtlich der Wiederherstellung ihres Rufs machen und das Einverständnis ihres Vaters einholen könntest.«

Brand kam zurück, hörte Cyns Worte und sagte leise: »Teufel auch!«

Selbst Rothgar schien es die Sprache verschlagen zu haben, doch dann sagte er: »Mit dem größten Vergnügen.« Die schlichten Worte schienen eine Vielzahl von Bedeutungen zu beinhalten.

Cyn nickte nur, dann machten er und Brand sich auf den Weg.

Chastity blieb mit dem Marquis und Lady Elfled zurück.

Rothgar wandte sich wieder Chastity zu. Der Blick war nicht gerade unfreundlich, und doch wurde ihr unbehaglich. Cyn hatte recht. Dieser Augenblick wäre nicht halb so schwer, wenn sie im Herzen gewußt hätte, daß sie noch unberührt war.

»Wir haben viel zu tun«, sagte er schließlich. »Aber ich vermute, Ihr habt einiges durchgestanden, Lady Chastity. Warum laßt Ihr Euch nicht ein wenig von Elf verwöhnen, während ich ein paar Dinge ins Rollen bringe?«

»Das ist nicht nötig, Mylord«, sagte Chastity fest. »Ich weiß, daß diese Heirat unmöglich ist, und Cyn wird auch zur Einsicht kommen.«

Rothgar zog die Brauen hoch. »Meine Liebe! Für einen Malloren ist alles möglich.« Mit dieser arroganten Bemerkung verließ er den Raum.

»O weh«, sagte Lady Elfled.

Chastity schluckte. »Es tut mir leid. Ich habe das alles nicht gewollt.«

Im nächsten Moment saß Lady Elfled neben ihr auf der *Chaise.* »Bitte, grämt Euch nicht, Lady Chastity. Mein ›O weh‹ galt ja gar nicht Euch, sondern uns – den Mallorens. Es ist uns wohl einfach nicht gegeben, irgend etwas auf direktem Weg zu erreichen ... Aber Euch ist es zu verdanken, daß das Eis zwischen Rothgar und Cyn zu schmelzen beginnt. Ihr seid ein Segen für uns, nicht ein Fluch.«

Das war in Chastitys Augen nun doch ein wenig dick aufgetragen. »Gewiß hätten sie ihre Unstimmigkeiten auch ohne meine Hilfe ausräumen können.«

»Das möchte man meinen, aber in den vergangenen sechs Jahren ist es ihnen nicht gelungen.«

Chastity starrte sie an. »Sie liegen seit sechs Jahren in Fehde?«

Lady Elfled seufzte. »In Fehde ist nicht das richtige Wort. Cyn ist immer mal auf Heimaturlaub gekommen, wahrscheinlich, weil er sich nicht ganz von mir lösen kann, und böse Worte sind kaum jemals gefallen. Doch es gibt Barrieren. Cyn hat niemals Hilfe angenommen. Ich war damals nicht anwesend, aber soviel ich weiß, hat Rothgar seinerzeit, als er Cyn am Eintritt ins Militär hinderte, Zweifel daran laut werden lassen, daß Cyn ohne Hilfe überleben könnte.«

»Wie dumm«, bemerkte Chastity. »Von seiten des Marquis, meine ich. Cyn ist bemerkenswert tüchtig.«

»Ja, nicht wahr?« Lady Elfled strahlte vor Stolz. »Aber ehrlich gesagt, als er jünger war, hätte das niemand vermutet. Wir beide steckten unablässig in der Patsche. Rothgar hat die Wahrheit schon seit Jahren akzeptiert – er ist sehr stolz auf

Cyn. Aber Ihr kennt ja die Männer. Wenn es einmal soweit gekommen ist wie zwischen Rothgar und Cyn, stehen sie an entgegengesetzten Ufern einer Schlucht, über die keine Brücke führt. Ihr, meine Liebe, stellt diese dringend benötigte Brücke dar.«

Lady Elfled war reizend, und ihre freundliche Aufnahme Chastitys wirkte aufrichtig. Chastity schoß die Frage durch den Kopf, warum eine so hübsche, vornehme Frau mit vierundzwanzig Jahren noch nicht verheiratet war. Es entsprach zweifellos der Wahrheit, daß Cyn hübscher war – es lag wohl am Knochenbau –, doch mit ihrem rotgoldenen Haar und ihrem reinen Teint fehlte es Lady Elfled nicht an Schönheit, und außerdem war sie lebhaft und freundlich.

Chastity beschloß, die Dame zu beruhigen. »Ich stelle mit Freuden die Brücke dar, Mylady, und beabsichtige nicht, eine neuerliche Kluft aufzureißen. Was ich eben sagte, ist mein Ernst. Ich werde Cyn nicht heiraten.«

»Habt Ihr ihm das gesagt?«

»Ja.«

»Und was hat er gesagt?«

»Er hat es nicht ernst genommen, doch er wird es tun, sobald ihm klar wird, wie unmöglich diese Heirat ist.«

Lady Elfled lachte. »Meine Liebe, Ihr müßt noch viel über die Mallorens lernen. Rothgar kennt die Bedeutung des Wortes ›unmöglich‹ gar nicht, und Cyn hat noch nie von einem einmal gesteckten Ziel abgelassen. Das war es ja hauptsächlich, was zu ihrem Streit führte. Aber nun mußt du mich, da wir ja bald Schwestern sein werden, Elf nennen, wenn es dir nicht allzu lächerlich erscheint. Und ich nenne dich Chastity.«

Es erschien ihr sinnlos zu widersprechen, und so stimmte Chastity zu.

»Gut. Ich bin froh, daß du hier bist. Du hast ja keine Vorstellung, wie anstrengend es ist, allein unter Brüdern zu leben. Männer haben einfach keine Vernunft.«

Chastitys Miene mußte wohl Widerspruch ausgedrückt haben, denn Elfled lachte und sagte: »Willst du jetzt etwa behaupten, Cyn wäre der Inbegriff des vernunftbegabten Mannes? Dann muß es an der Macht der Liebe liegen, denn ich habe es bisher nicht feststellen können. Nun aber«, sagte sie aufgeräumt, »werde ich meine schwesterliche Liebe unter Beweis stellen und die Vermutung äußern, daß du dir nichts so sehr wünschst wie ein Bad und vernünftige Kleider.«
Chastity errötete bei dem Gedanken an ihr Aussehen und ihren Körpergeruch, doch das verlockende Angebot ließ nicht zu, daß sie sich beleidigt fühlte. »O ja.«
»Dann komm.«
Entsprechende Anordnungen wurden erteilt, und Chastity wurde nach oben in Lady Elfleds Zimmer geführt, in dem ein anheimelndes Feuer im Kamin brannte.
»Ich schätze, wir haben ungefähr die gleiche Größe«, sagte ihre Gastgeberin und deutetet auf mehrere Schränke. »Such dir was aus.« Ein Dienstmädchen kam ins Zimmer, und Elf befahl: »Ah, Chantal, du kannst Lady Chastity behilflich sein. Stört es dich, wenn ich bleibe?« wandte sie sich dann wieder an Chastity.
Chastity dachte an ihre Striemen, Blutergüsse und besonders an die rotgefärbten Brustspitzen. »Mir wäre es lieber, wenn ich allein baden dürfte.«
Das war eine ungewöhnliche Bitte von seiten einer Frau, die mit Dienstboten aufgewachsen war, und Chastity bemerkte wohl Elfs Verblüffung, doch sie sagte nichts.
Zwei weitere Dienstmädchen brachten ein Tablett mit Teegeschirr, dazu Teller mit kaltem Braten und Käse, Brot und Kuchen. Die beiden Damen speisten, während Chantal verschiedene Kleider vorstellte.
»Wenn du zur Hochzeit reist«, sagte Elf, »benötigst du etwas Elegantes, das wiederum nicht zu empfindlich ist. Welche Farben trägst du am liebsten?«
Trotz ihrer Entschlossenheit, Cyn nicht zu heiraten, weckte

der Anblick so vieler schöner Kleider den Wunsch in Chastity, ihm wenigstens einmal so, wie sie wirklich war, gegenüberzutreten – als die schöne Chastity Ware. »Altrosa kleidet mich eigentlich am besten«, sagte sie, »aber ich glaube nicht ...«

Elf klatschte in die Hände. »Chantal! *La langue de la reine!*«

Während das Mädchen zum Schrank ging, erklärte Elfled: »Das war *die* Farbe im letzten Jahr, aber wie sich herausstellte, paßte sie so gar nicht zu meinem Haar.«

Chantal breitete ein hinreißendes Kleid auf dem Bett aus. Es bestand aus satt himbeerfarbener, geblümter Seide. Die Säume des vorn offenen Kleides waren mit Rüschen abgesetzt. Aus einer Schublade tauchten ein Unterrock in Crème, himbeerfarben bestickt, und ein Mieder aus passendem Brokat und Zuchtperlen auf.

»Himmel«, seufzte Elf, »ich verliebe mich gleich aufs neue in dieses Kleid ... Aber«, fügte sie rasch hinzu, »nimm es. Du tust mir damit einen Gefallen. Und Chantal wird dir die Füße küssen!«

»Wirklich, Mylady«, erklärte Chantal kichernd. »Ein- oder zweimal pro Monat verlangt Mylady Elfled dieses Kleid, und ich sterbe tausend Tode, bis sie sich endlich doch dagegen entscheidet.«

Es lag auf der Hand, daß die Farbe des Kleides eine Katastrophe darstellte für Elfs helle Haut und ihr rotes Haar, und so konnte Chastity es voller Entzücken annehmen.

Seidene Unterwäsche wurde bereitgelegt, und dann wurde gemeldet, daß im Ankleidezimmer das Bad gerichtet war.

Chastity ergriff die Strümpfe und das Hemd und begab sich ins Nebenzimmer zum Baden, sich der Absonderlichkeit ihres Tuns deutlich bewußt.

Als sie sich entkleidet hatte, betrachtete sie ihren Körper in hellem Licht. Kein Wunder, daß Cyn die Wut gepackt hatte. Sie entdeckte Kratzer und Blutergüsse, von denen sie bisher nichts geahnt hatte. Die Striemen auf ihren Schenkeln waren dunkelrot. Die Arme wiesen dunkle Fingerabdrücke auf; an der Schläfe, wo Pog sie geschlagen hatte, war eine häßliche Beule entstanden.

Und dann ihre Brustwarzen. Was mochte es Cyn gekostet haben, sie nicht einmal darauf anzusprechen, als sie sich in dem Gasthaus geliebt hatten?

Einen Augenblick lang wäre sie am liebsten vor Scham im Boden versunken, doch dann erinnerte sie sich, daß Cyn sie noch niemals hübsch gekleidet gesehen hatte. Er sollte sie in ihrer vollen Schönheit sehen. Dieses eine Mal wenigstens.

Mit einem wohligen Seufzer sank sie in die bemalte Zinkwanne. Das Wasser hatte genau die richtige Temperatur und duftete nach kostbaren Ölen. Auf einem Tischchen neben der Wanne lagen Waschlappen und feine Seife bereit. Dies war das Leben, an das sie früher gewöhnt gewesen war.

Sie wusch sich von Kopf bis Fuß, nahm die Perücke ab und wusch auch ihr Haar. In dieser Hinsicht war ihre verunstaltete Frisur ein Vorteil. Sie trocknete das Haar mit dem Handtuch und lehnte sich im warmen Wasser zurück.

Sie zwang sich, an ihre trübe Zukunft zu denken. Selbst zu Nana gab es jetzt wohl kein Zurück. Ihr Vater würde sie endgültig verstoßen, und sie durfte sich nicht an Cyn klammern. Sie würde für sich selbst sorgen müssen.

Der Gedanke machte ihr Angst.

Vielleicht konnte sie Schauspielerin werden ... Aber sie hatte in dieser Hinsicht kein besonderes Talent, und die meisten Schauspielerinnen waren dem Hörensagen nach ja Huren. Wenn sie es nicht fertigbrachte, Cyns Hure zu sein, gelang es ihr gewiß nicht mit einem anderen Mann.

Sie dachte an Cyns Bitte an Rothgar – er möge ihren Ruf wiederherstellen und das Einverständnis ihres Vaters einholen. Wenn doch nur ... Aber die Reaktionen aller Anwesenden hatten ihr bestätigt, daß es ein unmöglicher Traum war.

Bevor ihr nun doch noch die Tränen kamen, stieg sie aus der Wanne, trocknete sich ab, kämmte die Perücke aus und setzte

sie auf. Sie schlüpfte in das weiße Seidenhemd, das leise raschelnd bis über ihre Waden herabglitt. Es war wunderbar abgesetzt mit weißer Stickerei am Saum und am Halsausschnitt, und an den Ellbogen schäumte kostbare Spitze.
Sie streifte die weißen, mit Rosenknospen bestickten Strümpfe über und befestigte die roséfarbenen Strumpfbänder. Mit einem traurigen Lächeln erinnerte sie sich an Cyns Einkauf in Shaftesbury. Vielleicht konnte sie jene Strumpfbänder, sofern Verity sie aufbewahrt hatte, noch retten und als Erinnerungsstücke für ihr einsames Alter aufbewahren.
Die nagende Angst meldete sich zurück. Wenn sie nun schwanger war? Doch dadurch würde sie sich in ihrem Entschluß nicht erschüttern lassen. Sie mußte eine Möglichkeit finden, Cyn freizugeben. Alle anderen Probleme würde sie in Angriff nehmen, wenn sie sich ergaben.
Als Chastity zurück ins Schlafzimmer kam, lächelte Lady Elfled ihr entgegen. »Zieh dich schnell an. Ich kann es kaum erwarten, dich in diesem Kleid zu sehen. Es wird perfekt für dich sein.«
Chantal half Chastity in den Reifrock, der die dünnen Röcke ohne Zuhilfenahme schwerer Unterröcke hielt. Der weiße Seidenunterrock, den sie darüber trug, war nahezu schwerelos. Das Brokatmieder gab ihr ein angenehm sicheres Gefühl an Oberkörper und Brüsten.
Chastity beobachtete ihre allmähliche Veränderung im Spiegel. Ihre Stimmung hob sich. Das Kleid war wie eine Rüstung – eine zarte, durchscheinende Rüstung, aber dennoch. Darin fühlte sie sich ganz als Frau und als solche mächtig.
»Du hast eine wundervolle Figur«, bemerkte Elfled unverblümt. »Deine Taille ist viel schmaler als meine. Wenn ich so aussehen wollte, würde ich keine Luft mehr bekommen.«
Als Chantal das Mieder geschnürt hatte, hielt sie das Überkleid hoch, und Chastity schob die Arme in die Ärmel. Das Mädchen hakte das Gewand vorn ein, und der Seidenrock legte sich raschelnd über die Unterkleider.

»*Parfait*«, hauchte Chantal.

»Wahrhaftig«, sagte Elf. »Das ist ganz eindeutig deine Farbe.«

Chastity lächelte ihr Spiegelbild an. Der dunkle Rosaton ließ ihre Wangen und Lippen schimmern, das wunderbar gearbeitete Mieder schob ihre Brüste hoch, ohne daß die Wirkung unanständig war, und der zart schwellende Ansatz wurde weich von durchscheinender Seide bedeckt.

Chastity ging ein paar Schritte und spürte die tanzende Bewegung der leichten Seidenröcke auf den Reifen. Sie drehte sich, sank in einen Hofknicks und lachte vor Freude darüber, wieder Frau zu sein.

Elf ergriff ihre Hände und hob sie hoch. »Oh«, sagte sie, »ich wollte, ich hätte das, was du besitzt.«

»Und was ist das?« fragte Chastity.

»Macht über Männer.«

Chastitys Wangen erglühten. »Ich habe keine ... Und wenn, dann hat sie mir nur Unheil gebracht.«

»Ach ja?« fragte Elfled traurig. »Aber Cyn ist bereit, für dich gegen Drachen zu kämpfen.«

Chastity verstand nicht, warum die andere Frau plötzlich so traurig-versonnen dreinblickte. Lady Elfled Malloren, mit ihrem hohen Rang, ihrer Mitgift, ihrem Aussehen und ihrem lieben Wesen, hatte doch gewiß schon die Aufmerksamkeit zahlreicher Männer auf sich gezogen. »Ich bin überzeugt, daß jeder Mann gern bereit wäre, für dich gegen Drachen zu kämpfen, Elf.«

»Mag sein«, seufzte Elf und rief dann munter, bevor Chastity noch etwas sagen konnte: »Komm, Chantal wird dich ein wenig schminken, damit dieser Bluterguß nicht so deutlich zu sehen ist, und dann wollen wir erfahren, was mein gestrenger Bruder plant.«

Chastity nahm gehorsam Platz und ließ sich von dem Mädchen behandeln. »Ich halte nichts von zuviel Schminke«, ließ sie Chantal wissen.

»*Bien sûr que non*«, antwortete das Mädchen. »Schließlich

befinden wir uns in ländlicher Gegend. Nur ein wenig Creme über der *meurtrissure*, etwas Rouge auf Wangen und Lippen ...«
Als die geschickte Zofe ihre Arbeit beendet hatte, war von dem Bluterguß kaum noch etwas zu sehen, und Chastitys Vorzüge wurden subtil hervorgehoben. Chastity lächelte. »Du bist genial, Chantal.«
»Bien entendu«, antwortete das Mädchen zufrieden. »Ich werde weitere Kleidungsstücke für Euch aussuchen, Mylady.« Sie zwinkerte und lächelte schelmisch. »Seid versichert, daß es lauter Kleider sind, die Mylady Elf nicht tragen sollte.«
»Abscheuliches Biest«, schimpfte Elf im Scherz. »Aber sie hat wohl recht. Du tust ein gutes Werk, wenn du diese Kleider entfernst. Chantal, schaffe diese Lumpen weg.«
Das Mädchen raffte Chastitys abgelegten Kleider zusammen und schrie verärgert auf. »Ich habe mich gestochen!«
Bevor Chastity etwas sagen konnte, hatte Chantal schon die Tuchnadel aus dem Stoff gezogen. »Gehört das Euch, Mylady?«
Chastity erwog zu leugnen, doch Elf hatte das Schmuckstück bereits erkannt und riß die Augen auf. »Ja«, sagte Chastity und nahm es an sich, der ständigen Lügen und Betrügereien gründlich müde. Sie befestigte die Nadel an ihrem Mieder und schaute Elf an, die erschreckend blaß geworden war. »Rothgar ist nicht mein Liebhaber«, sagte sie.
»Oh«, hauchte Elf. »Gut. Wirklich, ich weiß nicht, was geschehen würde, wenn zwei meiner Brüder um dieselbe Frau kämpften ... Wollen wir nach unten gehen?«
Chastity warf noch einen Blick in den Spiegel, und trotz ihrer ausgesprochen vorteilhaften Erscheinung zitterte sie bei dem Gedanken, Rothgar unter die Augen zu treten. Sie benötigte eine Waffe. »Ich glaube ... ich glaube wirklich, ich brauche einen Fächer.«
Im nächsten Augenblick hielt sie einen in der Hand. Sie ließ

ihn aufschnappen und schloß ihn wieder, dann schöpfte sie tief Atem. »Jetzt«, sagte sie, »bin ich bereit.«

Sie fanden Rothgar im Gobelinzimmer. Er blickte nachdenklich ins Feuer, wandte sich aber um, als die Damen eintraten. Chastity erkannte die aufrichtige Bewunderung in seinem Blick. Er verbeugte sich tief vor ihr.

»Lady Chastity, ich verstehe, wieso mein Bruder so *ensorcelé* ist.«

Chastity sank in einen tiefen Knicks. Sie öffnete den Fächer und musterte Rothgar in seinem Schutz. »Euer Bruder, Lord Rothgar, hat mich noch nie so gesehen.«

Er richtete sie auf. »Dann freue ich mich um so mehr für ihn.« Er entdeckte die Tuchnadel. Das Ausbleiben jeglicher Überraschung verriet Chastity, daß er in ihr die halbnackte Frau aus Rood House erkannt hatte. Aber seit wann wußte er es?

Elf ließ den Blick besorgt zwischen ihnen hin und her wandern, doch Rothgar lächelte seiner Schwester zu, und dieses Lächeln sagte in seiner herzlichen Wärme sehr viel über seine Gefühle den Geschwistern gegenüber aus. »Falls dieses Kleid aus deinen Beständen stammt, meine Liebe, bin ich Lady Chastity von Herzen dankbar dafür, daß sie dich davon befreit hat.«

»Abscheulicher Mann. Manche Rothaarige können diese Farbe tragen.«

»Manche vielleicht. Aber nicht du, nicht diesen Ton, fürchte ich.« Er bot beiden Damen Plätze an. »Vermutlich können wir davon ausgehen, daß Cyn noch heute die Genehmigung in Long Knotwell überreicht. In der Kutsche werden wir anderthalb Stunden bis dorthin brauchen. Vielleicht sollten wir in etwa einer Stunde aufbrechen. Falls wir übernachten müssen, werden wir zweifellos schon Möglichkeiten finden.«

»Komme ich auch mit?« fragte Elf.

»Aber sicher. Ich muß als Chastitys Begleiter reisen, du als unsere Anstandsdame.«

Elfs Blick huschte zu der Nadel. Rothgar seufzte. »Was für

niederträchtige Gedanken du doch hegst, meine Liebe. Für den Klunker hat Lady Chastity nichts Anstößiges getan.« Seine Augen blitzten spöttisch, als er, an Chastity gewandt, hinzufügte: »Ihr möchtet Euch aber vielleicht genau überlegen, ob Ihr das Cyn erklären wollt.«
»Ich habe genug von jeder Art von Heimlichkeiten«, sagte sie kühl.
»Ausgezeichnet.«
Wieder hörte Chastity eine Vielzahl von Bedeutungen aus dem einen Wort heraus.
»Elf, meine Liebe, vielleicht könntest du Lady Chastity mit allem ausstatten, was sie im Falle einer Übernachtung benötigt. Und falls Chastitys Schwester nicht über eine angemessene Garderobe verfügt, wäre sie bestimmt sehr dankbar für weitere Opfergaben aus deinem Schrank, insbesondere für ein Kleid, in dem sie Hochzeit feiern kann.«
Elf, die Großzügige, erhob sich sogleich. »Natürlich.« An der Tür blieb sie zögernd stehen und zog die Brauen hoch. »Ich dachte, ich sollte die Anstandsdame sein, lieber Bruder.«
Rothgar lächelte sie an. »Sei versichert, ich pflege die zukünftigen Bräute meiner Brüder nicht zu vergewaltigen.«
»Keiner unserer Brüder hatte bisher eine zukünftige Braut«, betonte sie.
»Trotzdem.«
Elf schüttelte den Kopf und entfernte sich.
Chastity zog die Nadel aus ihrem Mieder und reichte sie Rothgar. »Bitte, Mylord. Ihr solltet sie wieder an Euch nehmen. Nicht etwa Cyns wegen, sondern weil ich sie nicht will.«
Er machte keinerlei Anstalten, das Schmuckstück entgegenzunehmen. »Aber es sieht hübsch aus an Eurem Mieder, und Ihr habt sie Euch verdient.«
Als er die Nadel nicht annahm, ließ sie sie auf den Teppich fallen.
Rothgar schenkte dem kostbaren Stück keinerlei Beachtung

und sah Chastity an. »Wißt Ihr, ich hatte mich schon fast entschlossen, Euch zu heiraten«, sagte er, was sie so erschreckte, daß sie den Fächer wieder öffnete. »Wie ich sehe, hat mein Instinkt mich nicht betrogen.«

Chastitys Herz begann zu rasen. Lieber Gott, bitte, nicht noch mehr Komplikationen! Sie fächelte sich auf die hastige Art, die einem Gentleman verriet, daß das Gesprächsthema der Dame nicht behagte. »Wollt Ihr behaupten, daß Ihr mich liebt?«

»Aber nein«, sagte er ruhig und beobachtete sie mit diesen kühlen grauen Augen. »Würde ich Euch lieben, wäre dies alles niemals geschehen, oder? Aber Ihr interessiertet mich ...«

Chastity hatte das Gefühl, sich auf einen Kampf mit ihm eingelassen zu haben und ihm weit unterlegen zu sein. Sie schloß den Fächer und versuchte eine grobe, wegwerfende Bewegung damit. »Ich war mit Cyn in Rood House.«

»Aber freilich«, entgegnete er träge.

Sie vollführte einen noch wilderen Schlag. »Ich beabsichtige, ihn zu heiraten.«

»Aber freilich«, sagte er wieder, ein Fechtmeister, der mit einem Neuling spielte.

»Wieso freilich?« wollte sie wissen.

»Wenn Ihr es nicht tätet«, bemerkte er, »dann wärt Ihr die Hure, als die Ihr aufgetreten seid.«

Dieser Hieb traf ins Herz. Sie senkte den Blick auf den Fächer in ihrer Hand. »Vielleicht bin ich das«, flüsterte sie.

»Aber ich könnte meinem Bruder unmöglich erlauben, eine solche Frau zu heiraten.«

Chastity fühlte alle Hoffnung schwinden, die Hoffnung auf etwas, das sie sich selbst zu versagen entschlossen war, woran sie sich aber trotzdem geklammert hatte. Sie hob das Kinn und blickte Rothgar an. »Vielleicht könnt Ihr ihn nicht daran hindern.«

Sie erwartete, daß er höhnisch lachte über solch eine Herausforderung, doch er ließ den Kampf ruhen und schaute versonnen ins Feuer. »Ihr habt völlig recht. Und ich würde nicht einmal den Versuch wagen, Cyn noch einmal an etwas zu hindern.«

Das erschien ihr, so unglaublich es auch sein mochte, wie das Eingeständnis einer Niederlage. »Warum nicht?« fragte sie.

»Ich neige dazu, mich wie ein Tyrann aufzuführen«, sagte er sachlich. Ja, ein Wolf hat scharfe Zähne, dachte Chastity. »Als Cyn Soldat werden wollte, erschien es mir nicht richtig. Er war nicht einmal achtzehn und sah noch jünger aus. Falls ihm jemals vorher ein ernsthafter Gedanke durch den Kopf geschossen sein sollte, ist es mir entgangen. Ganz im Gegenteil, ich hatte ihm schon unzählige Male aus der Patsche geholfen, und die Folgen seiner Streiche hätten manchmal sehr schlimm werden können. Beim Militär werden drakonische Strafen verhängt, wenn jemand Unfug treibt, selbst wenn er Offizier ist ...«

Er sah sie offen an, und ihr Fächer bot ihr nicht den geringsten Schutz. »Ihr werdet natürlich noch nie dem Vollzug der Prügelstrafe beigewohnt haben.«

Chastity schüttelte den Kopf.

»Diese Strafe kann einen Mann schon treffen, wenn er nur ein Stück seiner Ausrüstung verlegt hat. Fünfzig Hiebe, vielleicht. Für schlimmere Vergehen geht es in die Hunderte. Offiziere sind von einer solchen Strafe gewöhnlich ausgenommen. Natürlich könnten sie erschossen werden. Sicher erinnert Ihr Euch an die Exekution des Admirals Byng, dessen Verbrechen darin bestand, daß er sich nicht genügend für die Entlastung Menorcas eingesetzt hatte. Er wurde erschossen *pour encourager les autres*, wie Monsieur Voltaire es so treffend formulierte.«

Chastity ließ den Fächer geschlossen in den Schoß sinken.

»Freilich hatte ich Cyn falsch eingeschätzt«, fuhr Rothgar versonnen fort. »Nur aus Langeweile hatte er soviel Unfug getrieben. Mittlerweile hat er unzählige Male die Prügelstrafe verhängt und auch beaufsichtigt, und außerdem mindestens zwei Hinrichtungen durch den Strang.« Er sah Chastity an. »Ich behaupte nicht, daß das genauso schwierig wäre wie das Ertragen einer solchen Strafe, aber ich weiß aus eigener Erfahrung, daß es nicht einfach ist.«

Chastity versuchte vergeblich, sich Cyn in seiner solchen Situation vorzustellen. Ihr liebenswerter, leichtherziger Geliebter sollte zu solcher Härte fähig sein? Dann erinnerte sie sich an die beiläufig erzählte Episode von dem Unterschlupf aus Leichen. Es war eine wohlüberlegte Warnung gewesen. Kannte sie ihn überhaupt? Wie konnte sie das nach weniger als einer Woche des Wahnsinns erwarten?

»Warum erzählt Ihr mir das?« fragte sie, und es klang eher, als wollte sie ihn bitten aufzuhören.

»Um Eure Frage zu beantworten. Ihr wolltet wissen, warum ich Cyn nie wieder an irgend etwas hindern werde. Als ich mich weigerte, den ordnungsgemäßen Eintritt in die Armee für ihn zu organisieren, brannte er durch und meldete sich freiwillig. Ich habe ihn natürlich ausgelöst und nach Hause geholt, doch dann wurde mir klar, daß ich ihn hätte in Ketten legen müssen, um ihn zurückzuhalten. Ich mußte nachgeben, aber die Folgeschäden meiner falschen Beurteilung waren ernst.«

»Wie meint Ihr das? Er ist doch anscheinend sehr zufrieden mit seinem Leben.«

»In gewisser Weise. Aber ich habe zwischen ihm und seiner Familie Barrieren errichtet, und allein durch meine Einmischung habe ich verhindert, daß er den einfacheren Weg einschlug. Ich habe ihn fast umgebracht.«

»Nein. Seine Krankheit war nicht Eure Schuld.«

»Nicht? Er wollte ihr nicht nachgeben.« Seine Lippen verzogen sich selbstironisch. »Ich habe meine Einmischungen nicht aufgegeben, und ich weiß, was er tut. Ein anderer Mann hätte hingenommen, daß er nun einmal krank war,

und er hätte Hilfe gesucht. Cyn jedoch ist besessen davon, unablässig seine Eigenständigkeit unter Beweis zu stellen.«
Chastity wußte nichts zu sagen. Sie fürchtete, daß Rothgar recht hatte. Und sie wußte auch, daß es den mächtigen Marquis große Selbstüberwindung gekostet hatte, so ehrlich zu ihr zu sein. Sie selbst mußte nun auch ehrlich sein.
»Ich habe nicht die Absicht, ihn zu heiraten«, sagte sie.
»Nicht? Aber ich muß darauf bestehen.«
Chastity starrte ihn an. »Wie bitte?«
»Ganz abgesehen von Cyns Wünschen, die mir am Herzen liegen, möchte ich an Rood House erinnern. Wenn Ihr ihn nicht heiratet, seid Ihr nicht besser als die Hure, die Ihr dort gespielt habt. Ich weigere mich zu akzeptieren, daß ich mich in meinem Urteil so geirrt haben könnte.«
Chastity sprang erregt auf. »Zur Hölle mit Eurem Urteil! Zählen meine Wünsche denn überhaupt nicht?«
Sie rechnete fast damit, daß er sie ohrfeigte, wie Fort es getan hatte, doch Rothgar zog nur eine Braue hoch. »Behauptet Ihr etwa, Ihr wollt ihn nicht heiraten?«
»Ja.«
»Daß die gegenseitige Leidenschaft nichts weiter war als niedrige Lust?«
Chastitys Wangen brannten. Sie wollte bejahen und ihm seinen Sieg verweigern, doch die Worte kamen nicht über ihre Lippen. Das war so gut wie ein Nein.
Er faßte sie bei den Schultern. Chastity zuckte zusammen, aber er sagte: »Frieden, meine Liebe. Meine Absichten sind ausnahmsweise einmal sowohl ehrenhaft als auch gütig. Ihr könnt Cyn das Recht, Euch zu heiraten, genausowenig verweigern, wie ich ihm das Recht streitig machen konnte, sein Leben selbst zu gestalten. Falls Ihr es versucht, könntet Ihr ihn ins Unglück stürzen, so, wie ich es beinahe getan hätte.«
»Für ihn kann es kein größeres Unglück geben als die Ehe mit mir.«

Ein Lächeln spielte um seine Lippen. »Möglicherweise doch, und wenn, dann findet er es.«
Geschlagen ließ Chastity sich gegen seine Schulter sinken. Zu ihrer Beschämung begann sie zu weinen, Tränen der Erschöpfung und der Verzweiflung. Abgesehen von Cyn, der gleichermaßen Belastung wie auch Stütze war, bot sich ihr hier zum ersten Mal seit dem Tag, als Henry Vernham sich in ihr Bett geschlichen hatte, eine starke Schulter. Rothgar sagte nichts, doch er hielt sie fest in seinen Armen, und selbst seine Distanziertheit wirkte tröstlich.
Als die Tränen versiegt waren, drückte er Chastity sanft auf die *Chaise* und reichte ihr ein Taschentuch.
»Lord Rothgar«, sagte Chastity und putzte sich die Nase, »es darf nicht sein. Selbst wenn er es erträgt, mit mir verheiratet zu sein, glaubt Ihr denn, ich möchte mich gezwungenermaßen in Kreisen bewegen, wo jeder mir den Rücken kehrt?«
»Natürlich nicht«, sagte er so lässig, als redeten sie übers Wetter. »Wir müssen diese unglücklichen Gerüchte eben entkräften.«
»Diese unglücklichen Gerüchte!« Sie begann sich zu fragen, ob er womöglich verrückt war. »Ich bin durch und durch ruiniert, Mylord. Nicht eine Dame von Rang in ganz England erträgt es, sich im selben Raum aufzuhalten wie ich.«
»Elf ist nicht geflüchtet. Stellt Ihr ihre hohe Geburt in Frage?«
»Natürlich nicht. Sie hat mich nur ihrem Bruder zuliebe akzeptiert.«
»Dann wollen wir hoffen, daß er überall so geliebt wird.«
»Ihr macht Euch lächerlich.« Sie staunte über ihre Unverfrorenheit, sah ihm aber trotzdem in die Augen. »Cyn würde zweifellos unehrenhaft aus seinem Regiment entlassen, wenn er mich heiraten sollte.«
Rothgar zog die eleganten schwarzen Brauen hoch. »Dann würde ich ihm ein anderes kaufen. Er sollte ohnehin längst Colonel sein.«

Chastity fand keine Worte mehr.
Er nahm ihr gegenüber Platz und streckte die langen Beine aus. »Und jetzt erzählt Ihr mir, warum Ihr mit Henry Vernham im Bett wart.«

Achtzehntes Kapitel

Chastity schüttelte den Kopf. Sie wollte das alles nicht noch einmal durchleben, wenn Rothgar doch nichts an den Tatsachen ändern konnte, sofern er ihr überhaupt glaubte.

»Ihr wollt diese Angelegenheit nicht aus der Welt schaffen?« fragte er.

»Es ist nicht möglich.«

»Wir sollten es wenigstens versuchen.«

Er war ihr an Willenskraft haushoch überlegen. Stockend erzählte sie ihre Geschichte und ließ auch die Rolle ihres Vaters nicht aus.

»Walgrave hat es getan, um Euch zu zwingen, jemanden wie Vernham zu heiraten?« fragte er.

»Ja.«

»Warum?«

»Ich weiß es nicht.« Wieder ließ sie sich auf ein Wortgefecht ein, aber die Tatsache, daß Rothgar sie herausforderte, bewies immerhin, daß er die Sache ernst nahm. Das gab ihr mehr Sicherheit, als sein Hohn es vermocht hätte.

»Erscheint es Euch in irgendeiner Weise vernünftig?« fragte er. »Würdet Ihr so etwas von Eurem Vater erwarten?«

Sie löste den Blick aus diesen unbezähmbaren grauen Augen. »Damals nicht. Und jetzt – ich weiß nicht. Ich glaube, er ist wahnsinnig.«

»Wie kommt Ihr darauf? Was hat er inzwischen getan?«

Chastity wollte nicht darüber reden. »Lord Rothgar, es ist sinnlos. Man kann nichts tun.«

»Man kann immer etwas tun, aber ich benötige sämtliche Tatsachen.« Als sie immer noch zögerte, sagte er: »Wollt Ihr nicht den Euch zustehenden Platz in der Gesellschaft wieder einnehmen, um Cyn heiraten zu können, ohne Flecken auf Eurem Namen, und um glücklich zu werden?«

Die Tränen traten ihr in die Augen. »Es ist unmöglich ...«

»Für einen Malloren«, wiederholte er, »ist nichts unmöglich. Nun?«

Chastity seufzte. »Wie Ihr schon sagtet, scheint zunächst einmal der Umstand, daß mein Vater mich in die Ehe mit Vernham zwingen wollte, völlig unsinnig. Dann fällt auf, wie besessen Vater Verity verfolgt. Er behauptet, es geschähe aus väterlicher Sorge, aber dahinter steckt etwas anderes. Allerdings weiß ich nicht, was das sein könnte.«

»Er behauptet? Wann war das?«

Chastity spielte nervös mit dem Fächer. »Er hat mich in Maidenhead aufgegriffen. Ich dachte, er wäre wütend, weil er mich in Männerkleidung sah ...« Ihr fiel ein, daß Rothgar ja nichts von ihrer Verkleidung wußte, und sie sah ihm trotzig ins Gesicht. »Ich hatte mich monatelang als Mann verkleidet.«

»Und das ist wohl die Ursache Eurer erfrischenden Forschheit. Gab es einen Grund?«

Auch darüber mochte Chastity nicht reden, doch nach kurzem Zögern zog sie sich die Perücke vom Kopf.

»Ah«, sagte Rothgar leise. »Euer Vater?«

Sie nickte und stülpte die Perücke wieder über.

»Eine nicht unangemessene Strafe für eine fehlgeleitete Tochter. Kam noch mehr hinzu?«

Sie sagte sich, daß die Schläge eher dazu hatten dienen sollen, sie vor den Traualtar zu zwingen, aber nicht unbedingt eine Bestrafung darstellten. Auf seinen auffordernden Blick hin sagte sie: »Ja, die Kleider, die er mir gab. Sie stammten aus der Erziehungsanstalt.«

»Und Ihr wolltet lieber etwas Angemesseneres. Hochachtung, meine Liebe. Euer Vater hat also nicht wegen Eurer unzüchtigen Kleidung getobt, aber ... warum dann?«

»Er glaubte, ich wüßte, wo Verity sich aufhielt, und er wollte sie finden. Augenscheinlich war er in erster Linie wütend auf mich, weil er vermutete, ich hätte sie ermutigt, vor ihm zu fliehen. Ich weiß, daß seine Töchter in seinen Augen nichts weiter sind als Schachfiguren in seinem Spiel – Bauernopfer, aber sein Wüten stand in keinem Verhältnis zur Lage der Dinge.«

Rothgar legte den Kopf in den Nacken und betrachtete das Deckengemälde. »Und warum ist Lady Verity geflüchtet?«

»Sie traut Henry Vernham nicht. Sie fürchtete, er würde dem kleinen William etwas zuleide tun, sobald er seine Pflichten als Vormund wahrnahm.«

Völlig hingerissen studierte Rothgar das Deckengemälde. Eine Uhr schlug die Viertelstunde; irgendwo im Haus hallte es dumpf nach. Im Kamin sprühten Funken. Endlich sprach Rothgar. »Warum hat Euer Vater Lady Verity mit Sir William verheiratet? Er war eine Unperson.«

Chastity ertrug es nicht mehr. »Ich weiß es nicht. Glaubt Ihr, wir hätten nicht selbst versucht, einen Sinn dahinter zu erkennen? Es gibt keinen, und was geschehen ist, ist geschehen. Wenn Verity in Sicherheit ist und glücklich wird, will ich zufrieden sein.«

Rothgar senkte den Blick. »Aber damit wäre Cyns Problem nicht gelöst, und ich fürchte, selbst das Glück Eurer Schwester wäre dann in Gefahr. Wenn er nicht daran gehindert wird, könnte Euer Vater dem frisch verheirateten Paar das Leben zur Hölle machen.«

Das war nur zu wahr. »Aber was soll ich tun?«

»Helft mir, herauszufinden, was hinter dieser Sache steckt. Es gibt da etwas, etwas, das wir benutzen können. Ich rieche es förmlich. Erzählt mir alles, auch die kleinste Nebensächlichkeit.«

Wäre es um sie selbst gegangen, hätte Chastity es nicht

leisten können, doch für Verity tat sie alles. Sie schilderte jede einzelne Konfrontation mit ihrem Vater, gab seine Worte so genau wieder, wie es ihr möglich war, beschrieb – die Augen auf den Fächer geheftet – seine kleineren und größeren Grausamkeiten. Besonders genau konnte sie auf das Zusammentreffen in Maidenhead eingehen, da es erst so kurz zurücklag.

Falls ihre Geschichte den Marquis erschütterte, zeigte er es nicht. »Also wollte Euer Vater unbedingt wissen, warum Verity sich nicht an ihn gewandt hatte.«

»Ja, und der Grund würde ihn in Erstaunen versetzen. Ich glaube, er hält sich trotz allem für einen guten Vater.«

»Welche Gründe für ihr Vorgehen könnten ihm Angst machen?«

»Angst machen?« wiederholte Chastity betroffen.

»O ja, Chastity. Der Mann, den du mir schilderst, ist außer sich vor Angst. Vermutlich glaubt er, Verity ginge ihm aus dem Weg, weil sie etwas weiß, das ihm zum Nachteil gereichen könnte.«

»Sie weiß, daß er mich mißhandelt hat.«

»Würde ihn das stören?«

Chastity schüttelte den Kopf.

»Ich denke«, sagte Rothgar, »Sir Williams Tod hat diese ganze Angelegenheit ausgelöst.«

Chastity furchte die Stirn. »Aber das kann nicht sein. Er ist an einem Herzschlag gestorben, und das geschah ohnehin erst, nachdem ich in Schwierigkeiten geraten war.«

»Beide Aspekte könnten den gleichen Hintergrund haben. Welche Verbindungen bestanden vor Veritys Hochzeit zwischen Sir William und Eurem Vater?«

»Überhaupt keine.«

»Denkt nach«, verlangte er scharf.

»Keine!« fuhr Chastity ihn an. »Sir William war ein Nichts, ein schlichter Landedelmann mit mehr Geld als Adel.«

»Er war reich?«

»An Euch oder an Vater gemessen nicht, aber reicher als die meisten seiner Art. Fort sagt, er hätte als Sonderkommissar nach fünfundvierzig ein Vermögen gemacht, indem er Wertsachen stahl oder Bestechungsgelder annahm, um Beweismaterial gegen Verräter zu unterdrücken. Verächtliche Kreatur.«

»Und doch wurde dieser verächtlichen Kreatur auf ihren Antrag hin Veritys Hand bewilligt«, überlegte Rothgar. »Er muß Euren Vater in der Hand gehabt haben. Könnt Ihr Euch vorstellen, wodurch?«

»Nein. Vater ist der Unbestechliche, vergeßt das nicht. Er spielt nicht, hält Maß beim Trinken, ich habe nie auch nur ein Gerücht über Frauengeschichten gehört ...«

»Und über Verrat?« Die Worte fielen schwer wie Steine.

»Wie bitte?«

»Würde Euer Vater seine Tochter, seine beiden Töchter, opfern, um seinen eigenen Kopf zu retten?«

»*Verrat? Vater?*«

Rothgar sprang auf die Füße und begann, auf und ab zu marschieren. Er erinnerte Chastity an ein Raubtier auf der Pirsch. »Verrat«, wiederholte er. »Ich rieche es. Ich rieche es deutlich. Der Ehrgeiz des Earls of Walgrave ist sprichwörtlich. Wenn er nun damals im Jahr fünfundvierzig die Nerven verloren und geglaubt hätte, Charles könnte siegen?«

»Aber er war immer strikt gegen die Jakobiten!«

»Worte sind billig. Seine Freundschaft mit Prinz Frederick verband ihn mit Hannover, aber als die Königliche Familie vor den anrückenden Jakobiten zur Flucht rüstete, sah er vielleicht seine Felle davonschwimmen. Noch erinnert man sich in diesem Land, wie es war, als die Stuarts 1660 zurückkamen und Charles II. seine Getreuen belohnte. Ein Diener des Commonwealth hatte da schlechte Karten, ganz gleich, wie würdig er war. Es würde kaum überraschen, wenn Euer Vater diskrete Kontakte zu den Jakobiten geknüpft hätte.«

Chastity verschlug es die Sprache.
Beinahe genüßlich fuhr der Marquis fort: »Und wenn dann irgendwelche Beweisstücke dem Sonderkommissar Sir William Vernham in die Hände gefallen wären, und wenn der Mann dann Verstand genug aufgebracht hätte, diese so zu verstecken, daß der Earl durch seine Ermordung nichts gewonnen hätte? Wißt Ihr, diese Sonderkommissare sind durch ihre unangenehme Arbeit nur in den seltensten Fällen reich geworden. Nur wenige Schuldige hatten etwas zu bieten, und hier im Süden England gab es sehr wenig zu holen. Doch der Earl of Walgrave ...« Er lächelte. »Vernham muß über fünfzehn Jahre lang sein Einkommen vom Earl bezogen haben.«
»Und Verity?« fragte Chastity.
»Vielleicht wollte Vernham seine Macht über den Earl noch ausweiten. Vielleicht hat er Eure Schwester auch ehrlich begehrt. Hinzu kommt noch Eure Mitgift. Vielleicht war es auch nur Machtmißbrauch, der Wunsch, den angeketteten Löwen zu ärgern. So etwas ist sehr gefährlich. Wer weiß, ob das nicht der Schlag war, der Eurem Vater den Verstand geraubt hat. Geld zählt für Männer unserer Sorte nicht viel, aber gezwungen zu sein, sein Blut mit dem eines solchen Schufts zu mischen ...« Rothgar war so aufgebracht, daß er nahezu fauchte.
»Und in meinem Fall wurde es erneut verlangt ... Aber warum hat er dann auf so grausame Weise versucht, mich zu zwingen?«
»Weil Sir William immer noch die Oberhand hatte.« Rothgar blickte ins Leere. »Vielleicht hat er sie immer noch, obwohl er tot ist.«
»Wie meint Ihr das?«
»Wenn es Beweise gibt, wo sind sie? Euer Vater muß verzweifelt sein, da er nun nicht mehr weiß, aus welcher Richtung der Angriff erfolgt.«
»Und was ist mit Henry Vernham?«

»Ich glaube nicht, daß er nach dem Kind gesucht hätte, wenn ihm eine viel ergiebigere Geldquelle zur Verfügung stünde.«
Chastity sog scharf den Atem ein. »Es sei denn, er sucht nach dieser Quelle ...«

Rothgar fuhr hastig zu ihr herum.

»Vielleicht sucht er das Kind gar nicht, um es umzubringen, sondern er sucht, was sich zuvor im Besitz seines Bruders befand. Sicher denkt er, Verity besäße den Schlüssel dazu ... Lord Rothgar!« entfuhr es Chastity. »Verity trägt ein solches Dokument mit sich herum. Sir William hat ihr eingeschärft, daß sie es im Falle seines Todes dem Oberrichter von London aushändigen solle. Da sie vermutete, es hinge mit ihrem Erbe zusammen, hat sie es mitgenommen, als sie floh ...«

Seine Augen leuchteten. »Wo befindet sich dieses Dokument jetzt?«

»Sie hat es. Aber Lord Rothgar«, wandte Chastity eindringlich ein, »selbst wenn Eure Vermutungen richtig sein sollten, können wir dieses Dokument nicht benutzen! Es würde nicht nur Vater, sondern uns alle vernichten. Der Besitz fiele an die Krone ... Fort ...«

»Dazu wird es nicht kommen«, versicherte er ihr. »Aber wenn das Dokument ihn belastet, stellt es eine mächtige Waffe dar. Mit seiner Hilfe erringen wir gewiß die Einwilligung Eures Vaters in Eure und in Veritys Heirat.«

»Und es wird verhindern, daß er Nathaniel vernichtet. Doch dann hat Vater einen neuen Feind. Ich fürchte, Ihr werdet es sein.«

»Ich bin genausogut in der Lage, mich abzusichern, wie Sir William, glaubt mir.« Er lächelte. »Das Schicksal ist eine listige Harpyie, wie? Sir William trifft Vorkehrungen, Euren Vater bloßzustellen, falls der Earl ihn tötet, zieht aber nicht in Erwägung, daß er frühzeitig und so plötzlich sterben könnte. Ein Herzschlag in den Armen seiner Geliebten, und es kommt zum Eklat. Euer Vater, der Verity für die Schlüsselfigur hält, sucht sie wie ein Besessener. Dann stellt er fest, daß Ihr ihm im Wege steht. Kein Wunder, daß er tobt vor Wut.«

Wie er es darstellte, paßte alles zusammen. »Lord Rothgar, ich muß darauf hinweisen, daß meine Heirat mit Cyn dadurch nicht einfacher wird. Der Widerstand meines Vaters spielt dabei nur eine untergeordnete Rolle. Was ich gesagt habe, ist mein Ernst. Ich will Cyn nicht ruinieren. Lieber bringe ich mich um.«

»Nun werdet nicht theatralisch. Glaubt Ihr etwa, der Grund für Euren Tod zu sein würde ihn nicht vernichten?«

Chastity rang nach Luft. »Ich sehe nirgends einen Ausweg!«

»Ich dagegen sehe Licht.« Er läutete eine Glocke, woraufhin ein Diener erschien. Rothgar schrieb ein paar Zeilen, faltete und versiegelte das Papier und reichte es dem Mann. »Ein Bote soll das Schreiben Henry Vernham überbringen. Er wurde zuletzt in Salisbury gesehen, sucht aber auch auf der Straße nach Southampton nach seiner Schwägerin und ihrem Kind.«

Der Diener entfernte sich.

Wieder starrte Chastity Rothgar an. Hielt er sich für Gott? »Kein Mensch weiß, wo er sich aufhält, und was steht überhaupt in Eurem Brief?«

»Meine Männer sind gut ausgebildet und tüchtig. Früher oder später wird Vernham gefunden. Der Brief enthält die Benachrichtigung über die Hochzeit seiner Schwägerin und eine Einladung zur Hochzeitsfeier in diesem Hause. Euren Bruder habe ich bereits eingeladen ...«

»Hierher?«

»Aber gewiß. Eine stille Feier wird bereits vorbereitet – still nur aus dem Grunde, weil Eure Schwester erst kürzlich Witwe geworden ist.«

Sie glaubte, in einen Strudel gerissen zu werden. »Aber wir dürfen Fort nicht vertrauen«, wandte sie ein. »Er könnte Vater alles verraten.«

»Das hoffe ich. Aber ich habe auch schon eine ähnliche Einladung an Euren Vater geschickt.«
»Wie bitte?« Sie sprang auf; ihr Instinkt riet ihr, unverzüglich die Flucht zu ergreifen.
Er ergriff ihre Hand, hielt sie fest und betrachtete die Striemen auf der Innenseite. »Er wird Euch nie wieder Schmerzen zufügen, meine Liebe.«
Sie entzog ihm ihre Hand. »Er wird Veritys Hochzeit verhindern!« fuhr sie ihn an. »Zweifellos kommt er mit Henry Vernham im Schlepptau, entschlossen, ihr das Kind zu entreißen. Ihr und Eure Malloren-Arroganz werdet alles zerstören!«
»Oh, das glaube ich nicht«, sagte er lächelnd, und seine Augen blitzten auf wohlbekannte Art vor Aufregung.
»O Gott«, stöhnte Chastity. »Es ist genauso, wie Cyn sagte. Ihr liebt die Herausforderung. Aber die beteiligten Menschen interessieren Euch nicht. Ich weiß nicht, wer von Euch beiden schlimmer ist!«
»Eindeutig ich«, sagte der Marquis und hob die Tuchnadel vom Boden auf. Er befestigte sie wieder an ihrem Mieder. »Der arme Junge ist ein blutiger Anfänger.«
Chastity senkte den Blick auf die Nadel. »Etwas Furchtbares wird geschehen«, sagte sie schaudernd. »Ich weiß es.«
»Viel Furchtbares ist bereits geschehen, nicht zuletzt Euch selbst. Dem machen wir jetzt ein Ende.« Er hob ihr Kinn an. »Ihr seid eine Kämpferin, Chastity Ware. Ihr werdet doch jetzt nicht umkehren und davonlaufen.«
Sie schluckte. »Ich habe Angst.«
»Die meisten Menschen haben Angst, bevor die Schlacht beginnt.«
»Das sagt Cyn auch.«
»Und Cyn weiß es ganz gewiß.«

In einer regelrechten Parade brachen sie nach Long Knotwell auf. Chastity, Elf und Chantal reisten in der Kutsche. Es war zwar nur die zweitbeste des Marquis', aber sie war vornehm genug, und die Wappen an den Seiten glänzten in makelloser Arroganz.

Rothgar sowie sein Bruder Bryght begleiteten sie zu Pferde.

»Arcenbryght«, flüsterte Elf, als Chastity dem jungen Mann vorgestellt wurde. »Angesichts eines solch pompösen Namens ist es eine Schande, daß er in letzter Zeit so trübsinnig ist.«

Bryght Malloren war genauso groß und kräftig wie sein älterer Bruder, doch da er eine braune Perücke trug, konnte Chastity seine natürliche Haarfarbe nicht erkennen. Seine Augen ähnelten Cyns grüngoldenen, ließen aber dessen Wärme vermissen. Er machte den Eindruck, als ob er viel lieber anderswo wäre.

»Stör dich nicht an Bryght«, sagte Elf, sobald sie in der Kutsche saßen. »Er ist neuerdings immer so. Sein Herz ist schwer verwundet worden. Ich erkläre es dir später.«

Einschließlich der zwei Brüder wurde die Kutsche von zwölf Männern eskortiert, sämtlich bewaffnet. Chastity erschien dieser Aufwand ein wenig übertrieben, und sie sagte es auch.

»Rothgar rechnet mit Ärger«, bemerkte Elf unbekümmert.

Chastity schauderte. »Es könnte in einen Krieg ausarten.«

»Ach, das glaube ich nicht. Die Tage der Fehden zwischen den Baronen sind längst vorüber. Wahrscheinlich will er nur sicherstellen, daß Euer Vater kein Blutbad anrichten kann.«

Sie verbrachten die Fahrt mit Geplauder über gesellschaftliche Themen, und Chastity war froh darüber. Sie fühlte sich wie auf einer Insel der Normalität inmitten der aufgewühlten See. Es war nur ein vorübergehender Genuß, doch er war ihr deshalb nicht minder willkommen.

Doch dann sagte Elf: »Da plappere ich unentwegt über Theatererlebnisse, während du derartige Abenteuer im wirklichen Leben bestehst. Wie ich dich beneide!«

»Meine Abenteuer waren nicht eben erfreulich.«

»Ja, sie müssen entsetzlich gewesen sein ...« Elf seufzte.

»Und ich beneide dich trotzdem. Wie soll ich jemals einem Drachentöter begegnen, wenn ich niemals auch nur in die Nähe eines Drachens gelange?«

Chastity fehlten die Worte, und sie ertappte sich bei einem vielsagenden Blickwechsel mit der Zofe. Obwohl Elf älter war als sie, wirkte sie oft wie ein unschuldiges Kind. »Du hast doch eine ältere Schwester«, sagte Chastity. »Und sie hat offenbar auch einen Mann gefunden, der ihr zusagt.«

»O ja, aber Hilda war schon immer so zahm. Sie hat sich einfach in aller Stille in Lord Steen verliebt und ihn dann in aller Stille geheiratet. Jetzt leben sie ruhig in Somerset und bekommen ruhige Kinder. Ich fürchte, mich gelüstet es eher nach stärkeren Männern, aber solche vertreiben meine Brüder schon aus Prinzip. Sie wollen, daß ich einen zweiten Lord Steen heirate.«

Chastitys Lippen zuckten. »Dabei möchtest du einen Rothgar ...«

Elf lachte. »Oder einen Brand oder Bryght oder Cyn. Einen Mann, der den Teufel nicht fürchtet. Schade, mein Schicksal ist es wohl, eine alte Jungfer zu werden.«

Am späten Nachmittag fuhren sie in Long Knotwell ein, was für gehörigen Aufruhr sorgte. Die Leute kamen aus den Häusern und starrten der Kavalkade nach. Kinder liefen neben der Kutsche her und versuchten, einen Blick ins Innere zu werfen. Chastity hörte ein kleines Mädchen rufen: »Ist das der König, Jimmy?«

Vor dem Pfarrhaus hielten sie an. Rothgar öffnete den Kutschenschlag und geleitete die Damen ins Haus.

Es war ein bescheidenes Domizil und bald erfüllt von Mallorens. Der Pfarrer, Reverend Thomas Frazer, trat hinzu. »Ha, Lady Chastity, ich freue mich, Euch zu sehen.« Er warf einen beunruhigten Blick auf die zwei großen Mallorens in seinem Salon. »Eure Schwester und mein Bruder sind oben. Wir warten nur noch auf die Genehmigung.«

Im nächsten Augenblick war Verity da und fiel Chastity um den Hals. »Wie hübsch du aussiehst! Ich hatte solche Angst, daß dir etwas Schreckliches zustößt, während ich es gemütlich hatte. Mary Garnet war so zuvorkommend, und dann kam Nathaniel und brachte uns hierher. Es gab überhaupt keine Zwischenfälle!«

Wie Verity es sagte, klang es fast ein wenig enttäuscht. Chastity beschloß, ihre Schwester nicht aufzuklären. »Mit Zwischenfällen kann ich auch nicht dienen«, sagte sie. »Cyn müßte jeden Moment mit deiner Genehmigung eintreffen. Komm, laß dich Lady Elfled Malloren, Cyns Zwillingsschwester, vorstellen. Sie borgt dir ein paar Kleider. Du mußt dir etwas Hübsches für die Hochzeit aussuchen.«

Verity lächelte unter Tränen und bedankte sich bei Elf. »Im Grunde ist es albern, auch nur einen Gedanken an Derartiges zu verschwenden, wenn es doch nur darauf ankommt, daß ich endlich Nathaniel heiraten kann. Aber ich habe mir tatsächlich ein besonderes Kleid für die Zeremonie gewünscht.«

Chastity wandte sich an Nathaniel, den alten Freund und Nachbarn, um ihn zu begrüßen. In einem Raum voller Mallorens wirkte er ziemlich unscheinbar trotz seiner ebenmäßigen Züge und klugen Augen. Doch es war nicht zu übersehen, daß er in Veritys Augen selbst den Marquis ausstach.

»Ich muß dir für deine Bemühungen um Verity danken, Chastity«, sagte der Major. »Daß du Kopf und Rückgrat dieses Unternehmens warst, liegt auf der Hand.«

»Also wirklich, Nathaniel. Wie sprichst du von deiner Braut?«

Er errötete. »Du weißt, daß ich sie anbete, aber kein Mensch kann behaupten, sie hätte den Mut, eine Kutsche zu überfallen.«

Chastity lächelte. »Vielleicht war das bloß Dummheit und hatte nichts mit Mut zu tun, aber ich hoffe, daß es uns letztendlich doch geholfen hat.« Sie zog ihn ein wenig beiseite. »Nathaniel, ich muß dich warnen: Rothgar plant, daß du nach der Zeremonie mit Verity nach Rothgar Abbey kommst. Er hat meinen Vater und meinen Bruder dorthin eingeladen. Er hat sie sogar wissen lassen, daß die Trauung hier stattfindet! Mit etwas Glück kommen sie zu spät, um noch Ärger machen zu können, aber ...«

Nathaniel schoß einen wütenden Blick auf den Marquis ab, der arrogant und furchterregend in grauem Samt dastand. »Was sagst du da? Was hat er vor?«

»Wer weiß, aber offenbar handelt er in guter Absicht. Ich dachte nur, ich sollte dich warnen. Allerdings ist es besser, wenn Verity nichts davon erfährt. Sie würde in Ohnmacht fallen.«

Nathaniel zog eine Braue hoch. »Wie sprichst du von deiner Schwester?«

Dann gingen Elf und Chastity mit Verity nach oben, um in den Kleidern zu stöbern, die Chantal aus den Schachteln packte. Das Mädchen musterte Verity und nickte. »Das blaue«, sagte sie. »Es kleidet auch Lady Elf sehr gut, aber es eignet sich für eine Hochzeit ...«

Elf brachte Veritys Einwände mit einer wegwerfenden Handbewegung zum Verstummen. »Ja, das blaue muß es sein. Glaubt mir, ich habe noch ein Dutzend mehr von der Sorte.«

Also ging Verity in Himmelblau gekleidet zu ihrer Hochzeit. Mit hochgestecktem Haar war sie jeder Zoll die große Dame. Da im Pfarrhaus kein Bodenspiegel vorhanden war, mußte Verity sich mit den Beteuerungen der übrigen Damen zufriedengeben, daß Nathaniel von ihrem Aussehen hingerissen sein würde.

Es klopfte, und das ältliche Dienstmädchen des Reverend trat ein. »Ich soll sagen, daß unten alles bereit ist, Myladys.«

Zitternde Erregung erfaßte Chastity. Das bedeutete, daß Cyn zurück war. Nervös zupfte sie an ihren altrosa Röcken.

Verity ergriff ihre Hand und drückte sie. »Du siehst auch

umwerfend aus, meine Liebe. Noch schöner, als du vorher warst. Im Frühling warst du ein hübsches Mädchen. Jetzt bist du eine bezaubernde Frau.«
Chastity sah sie sprachlos an und fragte sich, ob denn jeder sah, daß sie und Cyn ein Liebespaar waren.

Nachdem zwei weitere Mallorens hinzugekommen waren, schien der Salon des Pfarrhauses aus allen Nähten zu platzen. Cyn hob hastig den Kopf, als die Tür sich öffnete, und er starrte Chastity an, als wäre sie eine Fremde. Unwillkürlich ließ sie den Fächer aufschnappen, um ihr Gesicht vor seinem glutvollen Blick zu schützen.
Sie hörte Nathaniel bewundernde, liebevolle Worte zu Verity sagen.
Sie hörte Rothgar Einzelheiten mit dem Pfarrer klären.
Ihre Blicke ruhten auf Cyn.
Er kam zu ihr. »Wenn ich dich früher so gesehen hätte«, sagte er leise, »ich hätte, glaube ich, nicht gewagt, nach den Sternen zu greifen.«
Chastity war keines Wortes mächtig und tat mit Hilfe des heftig bewegten Fächers ihre Erregung und ihr Interesse kund.
»Wenn Rothgar alles geklärt hat«, sagte er ernst, »sollst du dich frei entscheiden. Du kannst etwas Besseres haben als einen groben Soldaten.« Plötzlich bemerkte er Rothgars Tuchnadel an ihrem Mieder, und seine Augen weiteten sich. »Vielleicht hast du es schon gefunden.«
Chastity hielt den Fächer still. »Cyn, wirklich ...!«
Doch dann scheuchte der Pfarrer alle Anwesenden in die Kirche. Cyn führte Chastity, doch es war, als stünde eine Mauer zwischen ihnen. Sie hätte froh sein sollen, von Herzen froh, aber sie war es nicht. Sie mußte etwas sagen, um diese Mauer einzureißen, doch jetzt war nicht der rechte Augenblick für Privatangelegenheiten. Chastity dachte an Rothgars merkwürdige Einladungen an ihren Vater, ihren Bruder und Henry Vernham und berichtete Cyn davon.

»Interessant«, sagte er, noch immer unterkühlt. »Er wird seine Gründe haben, und nachdem wir ihn um Hilfe gebeten haben, sollten wir uns nicht beklagen.«
Die Zeremonie näherte sich ohne Zwischenfall dem Ende. Chastity dachte an Veritys erste Hochzeit, als sie mit hölzerner Stimme und starr geradeaus gerichtetem Blick ihr Ehegelübde gesprochen hatte. Diesmal sprach sie die Worte voller Liebe und sah Nathaniel dabei in die Augen.
Chastity würgte die Tränen hinunter und nahm all ihre Willenskraft zusammen, um Cyn während der Trauung nicht anzuschauen.
Elf und Rothgar traten als Trauzeugen auf, wodurch sie die Hochzeit mit aller Macht der Mallorens bestätigten.
Als die Zeremonie vorüber war, sagte Rothgar: »Und jetzt müssen wir Euch alle nach Rothgar Abbey in Sicherheit bringen. Dort soll eine Feier stattfinden, und noch ist es hell genug für die Fahrt, wenn wir gleich aufbrechen.«
Angesichts der Tatsache, daß Walgrave jeden Moment auftauchen konnte, ließ sich niemand lange bitten. Selbst Reverend Frazer konnte zum Mitkommen überredet werden. Es hieß, daß er doch unbedingt an der Hochzeitsfeier seines Bruders teilnehmen müßte, doch jedermann wußte, daß er so vor der Wut des Earls of Walgrave geschützt werden sollte.
Verity gesellte sich mit dem Säugling zu den übrigen Damen in der Kutsche. Die Männer ritten zu Pferde. Nathaniel blieb stets in unmittelbarer Nähe der Kutsche, als könnte er es nicht ertragen, von Verity getrennt zu sein.
Elf seufzte. »Noch so ein Drachentöter.«
Verity warf Chastity einen verdutzten Blick zu.
Cyn ritt nicht neben der Kutsche, sondern schien sich mit Rothgar zu beraten, der ihn offenbar über seine Vermutungen aufklärte. Chastity überlegte, ob sie jetzt auch Verity informieren sollte, doch sie verschob es noch. Die Vorstellung, daß ihr Vater sich des Hochverrats schuldig gemacht

hatte, würde diesen glücklichen Moment trüben. Wenn sie in der Abbey eintrafen und ihnen Veritys Gepäck zur Verfügung stand, würde Chastity sie nach dem Dokument fragen. Ob es tatsächlich so bedeutsam war, wie sie vermuteten, oder würde es ihnen eine Enttäuschung bereiten? Würde es in irgendeiner Weise Einfluß auf Chastitys Zukunft nehmen? Bestand auch nur die geringste Chance, daß ihr Ruf wiederhergestellt werden konnte, so daß auch sie in der Lage wäre, Hochzeit zu feiern?

Sie durfte sich nicht gestatten, auf etwas so Unwahrscheinliches zu hoffen. Ebensogut hätte sie darauf hoffen können, wieder Jungfrau zu werden.

Bei Sonnenuntergang erreichten sie Rothgar Abbey, und bald konnten sie den eleganten Wohlstand des Hauses genießen. Für Chastity wie auch für Verity und Nathaniel waren bereits Zimmer vorbereitet. Ein Kindermädchen wartete darauf, den Säugling versorgen zu dürfen. Das Festessen konnte jederzeit aufgetragen werden.

Als Chastity daran dachte, Verity nach dem Dokument zu fragen, mußte sie feststellen, daß die Frischvermählten sich bereits in ihre Räume zurückgezogen hatten. Sie warf dem Marquis einen verstohlenen Blick zu, doch er zeigte keine Spur von Ungeduld.

Sie ertappte Cyn, der sie anstarrte. Er unternahm allerdings nicht einen einzigen Versuch, mit ihr zu reden.

Sie hätte froh sein sollen.

Doch ihr Herz tat weh.

Sie flüchtete sich in ihr Zimmer, entschlossen, nicht zu weinen. Immerhin würde Cyn sie in Ruhe lassen, wenn er glaubte, sie stünde unter Rothgars Schutz. Unruhig, um den Entschluß ringend, Cyn aufzugeben, schritt sie im Zimmer auf und ab, bis Verity klopfte und eintrat. Aus Veritys Augen strahlte das Glück.

»Ich kann es kaum fassen, Chastity!« rief Verity aus, während sie die Schwester umarmte. »Wir haben es geschafft! Und der

Marquis sagt, er könne dafür sorgen, daß Nathaniel nicht zu leiden hat.« Sie errötete vor Liebe. »Nathaniel wollte nichts von meinen Bedenken hören, Liebste. Er sagte, wenn es Probleme wegen der Hochzeit geben sollte, würde er mich ins Ausland entführen.«

Chastity gab ihr einen Kuß. »Ich freue mich so für dich, Verity. Hat der Marquis auch gesagt, wie er für Eure Sicherheit sorgen will?«

»Nein«, antwortete Verity ein wenig besorgt. »Zweifelst du an ihm?«

»Aber nein, nur ...« Chastity machte sich bereit, das Unfaßbare zu erklären. »Was ich jetzt sage, wird unglaublich klingen, Verity, aber wir glauben, daß alles, was vorgefallen ist, dadurch zu erklären wäre, daß Sir William Vater irgendwie in der Hand hat – und zwar, weil Vater 1745 Verrat begangen hat. Wir vermuten, daß Sir William im Besitz eines Dokuments ist, das Vater mit den Stuarts in Verbindung bringt.«

»Verrat? Vater?« staunte Verity, genauso, wie Chastity gestaunt hatte, doch dann nickte sie bedächtig. »Ich gebe zu, es muß schon etwas in dieser Größenordnung sein, um erklären zu können, was bisher alles geschehen ist.«

»Und wir denken«, fuhr Chastity wie beiläufig fort, »daß das Dokument, das du bei dir hast, kein offizielles ist, sondern das Beweisstück, das Vater belastet.«

»Lieber Himmel!« hauchte Verity.

»Wirst du es Rothgar aushändigen, damit wir erfahren, was es beinhaltet?«

»Natürlich«, sagte Verity, dann weiteten sich ihre Augen, und sie erbleichte. »O Gott!«

»Was denn?«

»Es steckte in der Tasche meines Dienstmädchenkleids.«

Chastity erinnerte sich, das Kleid eingepackt zu haben, als sie sich in der Kutsche umgezogen hatten. »Wo ist es? Du hast es doch nicht etwa weggeworfen?«

»Nein, ich habe es bei Mary Garnet zurückgelassen. In der

Aufregung, Nathaniel wiederzusehen, habe ich das Dokument völlig vergessen.« Verity schlug die Hand vor den Mund. »Ich habe ihr vorgeschlagen, die Kleider den Armen zu geben!«
Chastity raffte ihre Röcke und eilte die Treppe hinunter, um Rothgar zu suchen. Ein Diener ließ sie wissen, daß er sich in seinem Arbeitszimmer aufhielt, und sie stürzte förmlich hinein.
Rothgar hob den Blick. »Chastity. Was gibt es?«
Sie klärte ihn über den Verbleib des Beweisstücks auf.
»Ah«, sagte er aufmerkend. »Gut, daß Ihr Verity gefragt habt. Wir dürfen keine Zeit verlieren.«
»Was wollt Ihr unternehmen?«
»Ich schicke sofort nach dem Dokument. Am besten macht Cyn sich auf den Weg, da er die Leute kennt.«
»Er war jetzt zwei Tage lang im Sattel«, protestierte Chastity.
»Er ist Soldat und beteuert, daß es ihm gut geht.«
Rothgar trieb es ihrer Meinung nach zu weit mit seinen Bemühungen, den Bruder nicht mehr zu schützen, doch ein anderer Gedanke lenkte sie ab. »Mir ist noch etwas eingefallen.«
»Ja?«
Sie berichtete von den Frauen in Rood House, und erst jetzt fiel ihr ein, daß er, da er ja selbst anwesend gewesen war, zweifellos wußte, daß es dort von angeblich tugendhaften Damen gewimmelt hatte. Sie fuhr jedoch fort, entschlossen, gründlich vorzugehen, und informierte ihn auch über Nerissa Trelyns Brief. Dieser hatte nichts mit Verrat zu tun, doch sie hatte Rothgar ja versprochen, alles zu offenbaren.
Seine Augen glommen interessiert. »Ah. Ihr sagt, der Brief spreche eine sehr deutliche Sprache. Könnt Ihr Euch an den genauen Wortlaut erinnern?«
Chastity errötete schon bei dem bloßen Gedanken daran, doch sie kramte in ihrem Gedächtnis. »Sie nannte ihn ihren Herkules ... Und sie schrieb etwas von einem Taschentuch

zwischen ihren Beinen, als sie im Theater war, und von einer Schleife um seinen ...« Sie sah Rothgar an und schüttelte den Kopf. Ihre Wangen glühten. »Ich kann so etwas nicht aussprechen ...«

»Es reicht schon«, sagte er sanft. »Ich verstehe, worum es geht. Ich wollte mich nur überzeugen, daß dieser Brief deutlicher war als die üblichen Liebesbriefe.«

»Oh, das war er ganz gewiß.«

»Und Ihr habt den Brief hinter die Kaminumrandung geschoben? Erklärt mir noch einmal, wie dieses Haus zu finden ist.«

Sie beschrieb ihm die Gegend, so gut sie konnte, und Rothgar notierte sich alles. Binnen weniger Minuten war Bryght herbeigerufen und fortgeschickt, um das Beweisstück sicherzustellen. Er schien froh zu sein, der Feier zu entkommen.

»Ihr denkt, der Brief könnte nützlich sein?« fragte Chastity. »Ich habe nicht den Wunsch, Lady Trelyn zu schaden. Sie sprach ja die Wahrheit, als sie meine Schande bestätigte.«

»Ihr seid viel zu weichherzig. Nerissa Trelyn würde rücksichtslos jeden ruinieren, wenn es ihr dienlich wäre. Doch ich glaube, wir brauchen ihren makellosen Ruf nicht anzutasten. Die halbe Welt weiß, daß sie ein Flittchen ist, glaubt mir. Es macht ihnen Spaß, so zu tun, als wüßten sie es nicht. Die meisten wußten auch, daß Ihr ein unschuldiges Opfer wart – so etwas spürt man –, doch es machte ihnen Spaß, Euch herabzuwürdigen. Immer mal wieder brauchen wir ein Opferlamm auf dem Altar des Anstands. Das gibt uns die Sicherheit, daß noch etwas an Werten übriggeblieben ist. Schön ist das nicht.«

»Ihr gehört dazu«, betonte sie.

»Sehr sogar«, bekräftigte er freundlich. »Aber ich tu keinem Unschuldigen etwas zuleide.«

Er trat näher zu ihr heran und hob ihr Kinn, um ihr einen Kuß auf den Mund zu geben. »Fast beneide ich meinen Bruder ...«

Chastity ahnte mit ihrem sechsten Sinn, daß Cyn den Raum betreten hatte. Sie entwand sich Rothgars zartem Griff und drehte sich um.
»Willst du auf diese Weise deinen Namen reinwaschen?« fragte Cyn in einem Tonfall, so kalt, daß er Rothgar zur Ehre gereicht hätte. »Ganz recht. Niemand würde es wagen, die Tugendhaftigkeit der Braut Rothgars in Frage zu stellen.«
»Jedenfalls würde mir niemand etwas in der Art ins Gesicht sagen«, bemerkte Rothgar seelenruhig. »Aber uns beschäftigt eigentlich viel mehr, was hinter unserem Rücken geredet wird.«
Chastity fühlte sich wie ein Lamm zwischen zwei Wölfen.
Der Blick, mit dem Rothgar seinen Bruder bedachte, jagte Chastity einen kalten Schauer über den Rücken. »Falls du Lady Chastitys Tugendhaftigkeit wegen dieses Kusses auch nur einen Augenblick lang in Zweifel ziehst, Cyn, dann bist du ihrer nicht würdig. Ich habe einen Auftrag für dich, aber er kann noch ein paar Minuten warten.«
Die Tür fiel hinter ihm ins Schloß. Cyn und Chastity blieben allein zurück. »Was zum Teufel geht zwischen euch beiden vor?« verlangte Cyn zu wissen.
Chastity war bewußt, daß sie diesen Moment nutzen sollte, um Cyn freizugeben, doch das wäre nur möglich um den Preis der Entzweiung mit seinem Bruder. »Zwischen uns geht überhaupt nichts vor«, sagte sie.
»Warum trägst du dann diese Nadel?«
Sie hatte sie vergessen, und ihre Hand zuckte nervös zu dem Schmuckstück, als wollte sie es verbergen. »Er hat sie mir in Rood House geschenkt.«
»Warum?«
Chastity konnte seinen eisigen Tonfall nicht ertragen. Wenn es auch nicht richtig war, verlangte es sie doch nach seinem zärtlichen Schutz. »So etwas kannst du doch nicht wirklich glauben, Cyn«, protestierte sie und wollte sich in seine Arme schmiegen.

Er hielt sie zurück. »Warum?« fragte er streng.
Bestürzt berührte sie seine Wange.
Er wehrte ihre Hand ab. »Chastity, warum hat Rothgar dir diese Nadel gegeben?«
»Als Belohnung!« fuhr sie ihn an und wich zurück. »Du bist der dümmste aller Männer!«
»Das bin ich ganz sicher, aber mich erstaunt, daß du noch Zeit für ihn gefunden hast.«
»Cyn Malloren, du bist verrückt geworden! Er hat mir einen Kuß abgeschwatzt!«
Er packte sie am Arm und zog sie zu sich herab. »Und den hat er mit dieser Perle bezahlt«, höhnte er. »Für wie dumm hältst du mich?«
Sie schlug ihm hart mit dem Fächer auf die Finger. »Laßt mich los, Sir! Ich rede erst wieder mit dir, wenn du zu Verstand gekommen bist!«
Er ließ sie los, aber nur, um sie dann wieder in seine Arme zu ziehen. »Ich werde nie wieder zu Verstand kommen. Ach, Chastity, ich weiß nicht, was ich von dir als vornehmer Dame halten soll. Du machst mir Angst. Du wärst so eine wunderbare Marquise.« Er streichelte sanft ihre Wange. »Bitte laß dich nicht noch einmal von Rothgar küssen.«
Es war so süß, in seinen Armen zu liegen, aber bittersüß. »Glaubst du wirklich, er könnte mich interessieren?«
»Wie denn nicht? Was ich eben sagte, ist mein Ernst. Sobald dein guter Ruf wiederhergestellt ist, brauchst du mich nicht mehr. Viele bedeutend bessere Männer werden um deine Hand anhalten, Rothgar eingeschlossen. Ohne Grund küßt er niemals eine Frau.«
Es war schwer, so schwer, aber sie löste sich aus seiner Umarmung und zwang sich, die kalten Worte auszusprechen. »Sehr schön. Vielleicht heirate ich Rothgar doch.«
Er bedachte sie mit einem entsagenden Blick und nickte. »Gut. Falls dein Ruf jedoch nicht wiederhergestellt wird, müssen wir heiraten.«

Sie sah ihn scharf an. »Das Opfer werde ich nicht zulassen!«
»Ich habe mit dir geschlafen ...«
»Und ich war völlig damit einverstanden ...«
Er stöhnte auf und zog sie erneut an sich, um sie zu küssen. Dann erforschten seine Lippen die Rundung zunächst der einen, dann der anderen Brust, und ihre Entschlußkraft erlahmte. »Du siehst köstlich aus, wie Himbeeren mit Sahne ...«
»Cyn, schon wieder Nahrungsmittel ...?«
»Hm.«
Chastity versuchte, kühl dreinzuschauen, doch das Verlangen, angeheizt durch seine geschickten Zärtlichkeiten, überschwemmte sie. Mit einem verzweifelten Wimmern ergab sie sich ...
Ein kurzes Klopfen an der Tür ließ ihnen gerade noch genug Zeit, um sich voneinander zu lösen, bevor Rothgar eintrat. Er musterte das Pärchen kalt und sagte: »Ausgezeichnet. Cyn, in Winchester erwartet dich eine dringende Angelegenheit. Bist du bereit?«
Ein flackernder Blick verriet Chastity, daß Cyn sie nicht verlassen wollte, doch er unterwarf sich der Pflicht. »Mit einem frischen Pferd schaffe ich es.«
»Gut.« Rothgar erklärte ihm mit knappen Worten, worum es ging. »Ich gebe dir zwei Stallknechte mit, aber es wird am einfachsten sein, wenn du selbst mit der Frau deines Freundes sprichst. Und falls sie das Kleidungsstück bereits fortgegeben hat, wirst du es aufspüren und das Dokument retten müssen.«
»Teufel auch. Soll ich den ehrenwerten Armen auflauern und mich bei ihnen als Taschendieb betätigen?«
Rothgars Lippen zuckten. »Tu, was notwendig ist. Sobald die Papiere in deinem Besitz sind, kannst du dich ausruhen, solange du willst, vorausgesetzt, du findest einen sicheren Ort und die Stallknechte halten Wache.«
Chastity schauderte unter der Vorahnung drohender Gefah-

ren. Falls jemand erfuhr, daß Cyn das Dokument bei sich trug, wäre er die Hauptzielscheibe. Henry Vernham war bereit zu töten, um die Papiere zu bekommen, der Earl of Walgrave würde die halbe Welt vernichten, um das Dokument zu beseitigen. Jetzt war nicht der richtige Zeitpunkt für Zurückhaltung.

Sie ergriff Cyns Hand und küßte ihn. »Gib auf dich acht. Bitte.«

Neunzehntes Kapitel

Während des Hochzeitsmahls herrschte eine merkwürdige Stimmung. Verity und Nathaniel hatten nur Augen füreinander. Elf wirkte sehr versonnen. Brand und Rothgar unterhielten sich über politische Fragen. Chastity sorgte sich um Cyn. Zwar kannten sie einander erst seit kurzer Zeit, doch in diesen Tagen waren sie kaum jemals getrennt gewesen. Sie war es nicht gewöhnt, sich um ihn in seiner Abwesenheit zu sorgen. Rothgar und Brand sprachen, wie sie nebenbei hörte, über den Krieg. Das Thema interessierte sie auch, denn der Krieg hatte Einfluß auf Cyns Sicherheit. »Glaubt Ihr wirklich, daß der Krieg bald vorüber ist?« fragte sie.

»Ziemlich sicher«, antwortete Rothgar. »Seit dem Gewinn Kalkuttas und der Kapitulation Kanadas ist die französische Expansion blockiert. Nachdem König George Friedrich seine Unterstützung entzogen hat, muß Preußen verhandeln.« Er lächelte verständnisvoll. »In nächster Zukunft braucht Euch vielleicht gar nicht die Angst zu plagen, daß Cyn in den Kampf ziehen muß.«

»Vielleicht kann er eine Zeitlang in der Heimat stationiert werden«, bemerkte Elf hoffnungsvoll. »Ich habe ihn in den vergangenen Jahren so selten gesehen, und dich, meine neue Schwester, kenne ich ja erst seit heute.«

Chastity wußte, daß sie hätte widersprechen müssen, doch diese selbstverständliche Anerkennung als Cyns zukünftige Frau war so schön, daß sie den Traum noch nicht vollends abschütteln wollte.

Unter Trinksprüchen auf das frischvermählte Paar näherte sich das Festessen dem Ende. Elf erhob sich, um die Damen hinauszuführen, und Nathaniel stand ebenfalls auf. Sanft errötend, wie seine Braut, ließ er wissen, daß sie zur Ruhe gehen wollten. Mit bewundernswert neutraler Miene wünschte Rothgar ihnen eine gute Nacht.

Elf führte Chastity in ihr Boudoir, um eine Tasse Tee mit ihr zu trinken. »Bald bist du an der Reihe.«

»Ich träume gern davon«, sagte Chastity, »aber, ehrlich gesagt, ich glaube nicht, daß es Wirklichkeit werden wird.«

»Rothgar wird das regeln«, erklärte Elf zuversichtlich, »und Cyn wird sich durch die lächerliche Frage deines Rufs nicht abschrecken lassen. Trotzdem hoffe ich, daß sich das Übel beheben läßt, denn dann ginge es allen Beteiligten doch entschieden besser. Apropos, mir wird es auch gleich besser gehen, sobald ich dieses Mieder ausgezogen habe. Chantal hat mich wohl absichtlich besonders fest geschnürt, damit ich mit deiner schmalen Taille mithalten kann. Ich habe das Gefühl, als würde ich gleich platzen.«

In kürzester Zeit hatte das Mädchen beide Frauen in entzückende Negligés gehüllt, in weite Gewänder mit Spitzen und Schleifen, und sie machten es sich gemütlich, um beim Tee zu plaudern.

»Erzählst du mir mehr über deine Familie, Elf?« bat Chastity.

Elf goß kochendes Wasser in die Teekanne. »Gern, zumal du ja in Kürze dazugehörst. Wie du weißt, sind wir sechs und tragen sämtlich merkwürdige Namen. Rothgars Mutter hatte nichts dagegen einzuwenden, und so hat sich diese Sitte eingebürgert.«

»Ihr habt nicht dieselbe Mutter?«

»Das wußtest du nicht? Sie starb, als Rothgar fünf Jahre alt war. Vater hat bald darauf wieder geheiratet. An meine eigene Mutter erinnere ich mich kaum, denn sie und Vater starben, als ich gerade mal sieben war. Angeblich ist Cyn ihr von uns allen am ähnlichsten, dieser schreckliche Kerl.«

»Lord Rothgar muß noch sehr jung gewesen sein, als der Titel auf ihn überging.«
Elf goß den Tee in eine chinesische Porzellankanne. »Er war gerade erst neunzehn Jahre alt und trug die Verantwortung für fünf Geschwister, unter anderem zwei teuflische Zwillinge. Er nahm seine Aufgabe sehr ernst, und er war stets gut zu uns.«
»Man sieht, daß er seine Familie sehr liebt.«
»Ja. Eigentlich sollte er heiraten, und ich glaube, er nähert sich diesem Gedanken an. Aber das könnte jetzt anders werden.«
Chastity nippte an ihrem Tee. »Warum gerade jetzt?«
»Er hatte gehofft, einer der anderen würde heiraten und den Namen erhalten, aber Bryghts Pläne sind fehlgeschlagen. Dafür heiratet Cyn, und ich fürchte, Rothgar wird seine Pläne, auf Brautschau zu gehen, wieder fallenlassen.«
»Ich verstehe nicht, warum der Marquis von seinen Brüdern erwartet, daß sie seine Pflichten auf sich nehmen.«
»Ah«, sagte Elf und zögerte ein wenig. »Nun ja, es geht um einen Familienskandal, und du gehörst ja bald zur Familie. Aber du brauchst dir keine Sorgen zu machen. Es betrifft seine Mutter, verstehst du?«
»Rothgars Mutter?«
»Man könnte sagen, sie ist kein sehr angenehmer Mensch gewesen.«
»Aber erinnert er sich überhaupt an sie?«
»Ein bißchen. Nachhaltige Eindrücke bleiben im Gedächtnis haften. Sie hat noch ein zweites Kind geboren, eine Tochter. Sie hat den Säugling umgebracht.«
Chastity erschrak so, daß sie ein wenig Tee verschüttete. »Wie bitte?«
»Ja, es ist wahr. Das Kind war erst ein paar Tage alt, und die Mutter hat es erwürgt. Rothgar war anwesend, als es geschah, aber er war noch zu klein, um sie an der Tat hindern zu können. Er war ja erst vier, aber er erinnert sich noch

daran. Ich glaube, das ist auch der wahre Grund für seinen übertriebenen Wunsch, uns zu beschützen. Er versucht immer noch, seine kleine Schwester zu retten.«
Chastity stellte mit zitternden Händen die Teetasse ab, um nicht noch mehr zu verschütten. »Aber warum hat sie das getan?«
Elf schüttelte den Kopf. »Das weiß niemand, aber ich habe gehört, daß manche Frauen durch eine Geburt den Verstand verlieren. Danach wurde sie natürlich in eine Anstalt gesperrt und durfte nie mehr in die Nähe ihres Sohnes kommen. Dann wurde sie krank, siechte dahin und starb.«
»Das ist eine furchtbare Geschichte, aber was hat sie damit zu tun, daß der Marquis nicht heiraten will?«
Elf wirkte sehr betrübt. »Er hat Angst, daß er erblich belastet sein könnte. Schon immer achtet er sorgfältig darauf, nicht die Beherrschung zu verlieren.«
»Ich finde, er sollte sich von dieser Angst befreien. Wer weiß denn, wie unsere Kinder werden?«
»Aber einige Eigenschaften werden eben vererbt. Die Haar- und Augenfarbe zum Beispiel. Musikalisches oder darstellerisches Talent.« Elf lächelte ermutigend. »Laß dich in deinen Plänen dadurch nicht beirren, Chastity. So, und jetzt stelle mir doch bitte deine Familie vor. Hast du außer Verity noch Schwestern?«
»Nein, nur zwei Brüder. Fort – Fortitude heißt er mit vollem Namen, und Victor. Siehst du, nicht nur ihr tragt außergewöhnliche Namen. Fort ist der älteste, er ist Lord Thornhill. Victor ist erst sechzehn.«
»Wie sind sie?«
»Ach, Fort ist der typische Mann. Er reitet und schießt gern und treibt diesen neuen Sport, Boxen. Dazu zieht man gepolsterte Handschuhe an und schlägt aufeinander ein, bis einer zu Boden geht. Kannst du dir das vorstellen? Trotz dieser schauderhaften Vorlieben ist er im Grunde recht freundlich, wenn auch nicht eben einfühlsam.«

Elf lachte. »Wie du sagst, ein typischer Mann.«
»Was Victor betrifft: wir streiten uns, seit er geboren ist, deshalb kann ich ihn nicht objektiv beurteilen. Vielleicht bessert er sich mit zunehmendem Alter.« Sie gähnte verstohlen und errötete ob dieser Unhöflichkeit.
Elf stellte sofort ihre Teetasse nieder. »Wie rücksichtslos von mir. Du bist sicher völlig erschöpft.«
»Zugegeben, ich bin wirklich müde«, sagte Chastity. »Ich habe in den vergangenen zwei Nächten kaum geschlafen.«
Elf wurde hochrot im Gesicht. Um ein Haar hätte Chastity hastig Elfs augenscheinliche Vermutung berichtigt, daß sie besagte zwei Nächte mit Liebe zugebracht hätte, doch dann sah sie ein, daß die Annahme gar nicht so falsch war. Mit einem gezwungenen Lächeln wünschte sie Elf eine gute Nacht und suchte ihr Zimmer auf. Dort angekommen, seufzte sie abgrundtief.
Für Skandale war sie nicht geschaffen. Sie haßte dieses Gefühl, nicht tugendhaft zu sein. Cyn hatte den Nagel auf den Kopf getroffen mit seiner Behauptung, ihre Liebesnächte hätten sie geschwächt. Wenn sie nicht heiraten konnten, mußten sie sich trennen, denn so sehr ihr Körper auch nach ihm verlangte, ein Leben in Schande würde ihr Tod sein.
Am Morgen wurde Chastity mit einer Tasse köstlicher Schokolade geweckt – und mit der Nachricht, daß ihr Bruder eingetroffen sei und sie dringend zu sprechen wünschte.
Aufgeregt sprang sie aus dem Bett. Feige spielte sie mit dem Gedanken, Elf zu rufen, damit sie sie begleitete, aber sie blieb standhaft. Trotz der Freundlichkeit der Mallorens war sie allein auf der Welt und mußte sich entsprechend verhalten.
Sie entdeckte, daß ihr mittlerweile eine große Auswahl an Kleidern zur Verfügung stand, von denen die meisten nach Chantals Meinung nicht zu Lady Elf paßten. Mit Hilfe der Zofe zog sie ein bescheidenes Morgenkleid aus orangefarbener indischer Baumwolle mit gedrucktem braunen Muster an. Die Grundfarbe entsprach fast genau Elfs Haarfarbe, und

die Wirkung mußte geradezu erschreckend sein. Lady Elf kaufte augenscheinlich ein, ohne lange zu nachzudenken. Doch das Kleid stand Chastity gut, und die schlichten, wenn auch kostbaren Stickereien an Mieder und Ellbogen erzeugten die gewünschte bescheidene Wirkung.

Ob Fort noch auf ihrer Seite war?

Sie fand ihren Bruder im Gobelinzimmer, wo er rastlos auf und ab schritt.

»Guten Morgen, Fort«, sagte sie mit so viel Würde und Haltung, wie sie aufbringen konnte.

Er fuhr herum, und Chastity sah, daß er ein blaues Auge und eine aufgeplatzte Lippe hatte. »Oh, Fort! Hat Vater das getan?«

»Genauer gesagt, war es Lindle.« Er grinste unter Schmerzen. »Zu meiner Freude kann ich aber berichten, daß er noch schlimmer zugerichtet ist. Ich habe ihm das Nasenbein gebrochen.«

Chastity lachte. »Danke, danke, danke!«

Sein Blick war freundlich, als er sie betrachtete. »Du siehst entschieden besser aus heute, Chastity.«

»Das verdanke ich dir. Tut mir leid, daß ich dich im Stich gelassen habe ...«

»Teufel auch. Ich bin froh, daß du so viel Verstand hattest. Aber nachdem ich Lindle zusammengeschlagen hatte und Vaters Klauen entkommen war, habe ich die ganze Stadt nach dir abgesucht. Ich befürchtete schon das Schlimmste und habe sogar ein paar Bordelle auseinandergenommen.«

Chastity ging zu ihm und küßte ihn zärtlich. »Danke. Aber Cyn hat das gleiche getan.«

»Cyn?« fragte er verwundert, und Chastity verstand, daß er nichts von Cyn Malloren wußte. Wie aber sollte sie ihm nun ihre Anwesenheit in Rothgar Abbey erklären? Wenn sie früher an diese Notwendigkeit gedacht hätte, würde sie sich eine Geschichte zurechtgelegt haben.

»Cyn?« wiederholte er schon deutlich kühler.

»Lord Cynric Malloren«, erklärte Chastity und fuhr sich nervös mit der Zunge über die Lippen. Sollte sie vielleicht doch Hilfe holen? »Er hat ... er hat Verity und mich nach Winchester begleitet.«
»Ein Malloren«, fauchte Fort. »Ich habe mich schon gefragt, wie du ausgerechnet hierhergeraten konntest. Und wieso war er auch in Maidenhead?«
»Er hat mir natürlich geholfen, Nathaniel zu finden«, sagte Chastity aufgeräumt. »Das verstehst du doch sicher.«
»Allein?« Zorn blitzte in seinen Augen. »Ihr wart über Nacht allein unterwegs?« Seine Hand fuhr an sein Schwert. »Wo ist er?«
»Hier nicht«, erklärte sie rasch. »Und, Fort, du darfst ihm nichts tun.«
»So, darf ich das nicht?«
»Er will mich heiraten!«
»Ha! Er will Chastity Ware heiraten? Du bist ja noch dümmer, als ich glaubte!«
Sie versetzte ihm einen Stoß vor die Brust. »Ich dachte, du glaubst an mich!«
Er hob die Faust, beherrschte sich jedoch und sog scharf den Atem ein. »Du sagtest, du wärst keine Jungfrau mehr.«
»Ja«, erwiderte sie und sah ihn fest an. »Aber vorher war ich unberührt.«
»Dann ist er ein Schurke.«
»Nein.«
Er holte tief Luft. »Schwester, offenbar verstehst du überhaupt nichts von diesen Dingen.«
»Ich verstehe sie voll und ganz. Ich bin nicht verführt worden, Fort. Ich bin bereitwillig zu ihm gegangen, denn ich liebe ihn.«
»Er ist ein Schuft, der deine Unerfahrenheit ausgenutzt hat.«
»Er wußte nicht, daß ich noch Jungfrau war, Fort. Versprich mir, daß du ihn nicht zum Kampf forderst.«
»Ich verspreche überhaupt nichts.« Er wandte sich ab und

fuhr sich mit der Hand durchs Haar. »Ich hole dich und Verity aus diesem Höllenloch. Kein Mensch vertraut einem Malloren, schon gar nicht, wenn es um eine Frau geht. Zweifellos wirst du von einem zum anderen gereicht.«

»Fort, hör auf!«

Er hörte auf, aber nur, um sie fassungslos anzustarren. »Cyn Malloren! Wußte ich doch, daß ich den Namen kenne. Er war in ...« Er unterbrach sich und sagte dann: »In einem gewissen Haus.«

Er meinte Rood House.

»Hast du schon gefrühstückt, Fort?« fragte Chastity hastig.

»Ich habe gehört, daß Cyn Malloren sich wegen eines Weibs geschlagen hat«, höhnte er. »Wie gefällt dir das, Schwesterchen? Erst vor drei Tagen hat sich dein ehrenwerter Verführer nachts um eine Hure geschlagen.«

Dann begann er zu zählen. Sie erkannte es in seinen Augen.

»Das war die Nacht, die du mit ihm unterwegs nach Maidenhead verbracht hast ...« Sein verwundertes Stirnrunzeln machte einem Ausdruck des Entsetzens Platz. »Lieber Gott im Himmel ...« Chastity trat den strategischen Rückzug hinter ein Sofa an und erwog die Möglichkeit, die Tür zu erreichen.

»Ja, diese freche Chloe kam mir bekannt vor!« Seine Stimme schwoll zu einem Brüllen an. »Du schmutziges kleines Flittchen!«

»Du warst selbst auch in Rood House!« schrie sie ihn an.

Er stürzte auf sie zu, und das Sofa stellte plötzlich keine ausreichende Barriere mehr dar. Chastity schaute sich nach einer Waffe um und ergriff das erste, was ihr ins Auge fiel – eine große chinesische Vase.

Fort hielt inne.

Er hielt inne, weil er plötzlich einen blitzenden Degen an der Kehle spürte. Wie durch Zauberei war Rothgar plötzlich da.

»Ah«, sagte Fort. »Noch ein Malloren. Ist sie schon die Hure der ganzen Familie?«

»Mein lieber Thornhill«, sagte Rothgar leise, »sie gehört quasi zur Familie. Wenn Ihr sie beleidigt, sehe ich mich gezwungen, es persönlich zu nehmen ...«

Selbst Fort blieb nicht unbeeindruckt von der eindringlichen Drohung in der Stimme des Marquis'.

»Sie streitet nicht ab, daß Euer Bruder sie ruiniert hat«, bemerkte Fort. »Ich werde Satisfaktion von ihm verlangen.«

»Das geht nur Euch und ihn an. Doch es war Euer Vater, der sie ruinierte. Auf wessen Seite steht Ihr?« Der Degen an Forts Kehle enthielt ein tödliches Versprechen.

Fort beachtete es nicht und blickte Chastity fest an. Sie flehte stumm. Er seufzte. »Auf ihrer.«

Rothgar senkte den Degen. Erst jetzt bemerkte Chastity, daß Brand und Elf sich auch im Raum aufhielten.

»Dann stehen wir alle auf derselben Seite«, bemerkte Rothgar freundlich, als wäre überhaupt nicht mit Gewaltanwendung gedroht worden. »Laßt Euch über Euren Vater berichten ...«

Die Zeit lastete schwer über der Abbey, während alle darauf warteten, daß Rothgars Pläne Ergebnisse brachten. Niemand außer dem Marquis selbst wußte so recht, welche Hebel er in Bewegung gesetzt hatte, und das einzige deutliche Zeichen, das er gab, bestand darin, daß er beiläufig Vorbereitungen für einen großen Maskenball in fünf Tagen anordnete.

»In fünf Tagen«, sagte Elf ruhig. »Und wer soll daran teilnehmen?«

»Alle, die ich eingeladen habe«, erwiderte er geheimnisvoll.

Wie sich herausstellte, hatte Rothgar den gesamten ortsansässigen Adel und einen Großteil der Aristokratie eingeladen.

»Wird man es nicht sonderbar finden, so kurzfristig zu einem großen Ball eingeladen zu werden?« fragte Chastity.

»O nein.« Elf winkte ab. »Rothgar ist bekannt für derlei Launen. Wenn ihm danach ist, veranstaltet er eben einen Ball. Man ist daran gewöhnt.«

»Nun, vermutlich ist man dann an bescheiden ausgestattete Bälle gewöhnt. Mein Vater hat zwei Wochen gebraucht, um einen Frühlingsball zu planen.«

»Bescheiden ...«, sagte Elf mit typischer Malloren-Arroganz. »Aber natürlich nicht.«

Chastity ging völlig in den wirbelsturmähnlichen Aktivitäten zur Organisation des Balls auf. In großen Scharen strömten zusätzliche Dienstboten aus London herbei. Per Boten wurde von Rothgars übrigen Besitzungen Proviant geordert. Ohne Rücksicht auf die Kosten wurde alles, Dienstboten wie Lebensmittel, auf dem schnellsten Weg herbeigeschafft. Ein Dutzend Kisten voller Gänse kam mit der Postkutsche.

Fort blieb in Rothgar Abbey. Er schien sich mit der Wahrscheinlichkeit der Schuld seines Vaters abzufinden, stand den Mallorens aber nicht eben freundlicher gegenüber. Er zog sich weitgehend zurück, während man auf Cyns Rückkehr wartete. Auf Cyn und das Dokument, das die ganze Familie Ware in den Untergang stürzen konnte. Auf Cyn, den Mann, der Forts Schwester verführt hatte.

Fort sah aus, als hätte er liebend gern jemanden umgebracht.

»Welch ein abscheulicher Bruder«, sagte Elf, die das Umstellen der Möbel überwachte. »Ihm scheint überhaupt nichts an dir zu liegen.«

»Vielleicht liegt ihm zuviel an mir«, entgegnete Chastity. »Was würde Rothgar tun, wenn er dich mit einem Mann im Bett ertappte?«

Bei der Vorstellung weiteten sich Elfs Augen, doch sie sagte: »Er würde sich nicht gegen mich wenden.«

Chastity widersprach nicht, hielt Elf jedoch für allzu optimistisch und hoffte, daß der neuen Freundin niemals diese Illusionen geraubt würden.

Am Abend des nächsten Tages kam Bryght aus Maidenhead zurück und brachte den Brief. Chastity und Elf leisteten Rothgar Gesellschaft, als Bryght das Gobelinzimmer betrat und seinem Bruder das verfängliche Schreiben überreichte.

»Das Haus stand leer, und Walgrave hält sich nicht mehr in Maidenhead auf.« Ziemlich finster fügte er hinzu: »Du hast mir nicht gesagt, von wem der Brief stammt.«

»Ich habe auch nicht gesagt, daß du ihn lesen sollst«, bemerkte Rothgar unverkennbar amüsiert. Wenn Rothgar sich amüsierte, war gewöhnlich Wachsamkeit gefordert.

Chastity sah, daß in Bryghts Wange vor unterdrücktem Zorn ein Muskel zuckte. Er hatte sich an diesem Tag nicht rasiert und wirkte dadurch noch mürrischer und finsterer als gewöhnlich. »Sollte ich mir den Hintern wund reiten, um das verdammte Ding zu holen, ohne zu prüfen, ob es sich nicht vielleicht nur um die Wäscheliste handelte?«

Rothgar überflog den parfümierten Brief und zog die Brauen hoch. »Ein einziger Blick hätte dir verraten, daß es keine Wäscheliste ist.«

»Ein einziger Blick hat mir verraten, wer ihn geschrieben hat. Ich habe die Schrift und das Parfüm erkannt.«

»Ah«, sagte Rothgar mit einem regelrecht glückseligen Lächeln – das Erschreckendste, was Chastity je gesehen hatte.

Bryght biß die Zähne zusammen und ballte die Hände zu Fäusten. »Du hast mich absichtlich losgeschickt.«

Rothgar stritt es nicht ab. »Du wolltest nicht glauben, daß diese Frau alles andere als perfekt ist.«

»Ich weiß auch jetzt nicht, was ich glauben soll. Wäre sie so tief gesunken, wenn sie mich geheiratet hätte?«

Mit Entsetzen verstand Chastity, daß es sich bei Bryghts unglücklicher Liebe um Nerissa Trelyn handelte.

»Sie hat sich aus freien Stücken für Trelyn entschieden«, hielt Rothgar dagegen.

Bryght machte auf dem Absatz kehrt, verließ das Zimmer und schlug heftig die Tür hinter sich zu.

»Wie Ihr seht«, wandte Rothgar sich an Chastity, »habe ich auch noch ein Hühnchen mit Nerissa Trelyn zu rupfen. Trotzdem werde ich sie nicht vernichten, es sei denn, sie besteht darauf.«

Chastity tauschte einen entsetzten Blick mit Elf, doch diese zuckte nur die Schultern, als gehörten derart dramatische Vorgänge zu ihrem alltäglichen Leben. Himmel, das Zusammenleben mit den Mallorens war wie das Leben in der Höhle eines Drachens, und Fort war wie ein Adler, der dort eingedrungen war.

Als ein zweiter Tag verging, ohne daß Cyn zurückkam, begann Chastity sich um sein Wohlergehen zu sorgen. Dreimal war sie im Begriff gewesen, Rothgar zu einer Suchaktion zu bewegen, doch das würde Cyn maßlos ärgern. Außerdem strahlte Rothgar eine so überwältigende Zuversicht aus, daß sie fürchtete, ihn mit Zweifeln am Gelingen seines Plans tödlich zu verletzen.

Sie vertrieb ihre Sorgen durch ihre Mitarbeit bei der Organisation des Balls. Elf hatte alle Einzelheiten bereits geregelt, bis auf eine.

»Wir benötigen ein Motto«, sagte sie. »Für einen Maskenball brauchen wir ein Motto.«

»Blumen?« schlug Chastity vor.

»Nicht im November«, antwortete Elf lächelnd. »Noch nicht einmal bei den Mallorens. Mittelalter?« überlegte sie. »Nein, denn die Gäste würden sich kostümieren wollen, und dafür bleibt nicht genug Zeit. Venedig? Furchtbar abgegriffen … Ah«, sagte sie plötzlich. »China!«

»China?« wiederholte Chastity und folgte ihrer Gastgeberin in die unterirdischen Gewölbe des Hauses.

»Warum ist mir das nicht früher eingefallen?« plapperte Elf glücklich. »Komm mit, du wirst schon sehen.«

Was Chastity dann sah, war ein Stapel in Sackleinen gewickelte Ballen. Als ein Diener sie auspackte, kamen Rollen von unbezahlbarer, handbemalter chinesischer Seide zum Vorschein.

Sie berührte den Stoff ehrfürchtig und fuhr empört zu Elf herum. »Das kannst du nicht tun!«

»Ich will den Ballsaal damit drapieren.«

»Elf, das kannst du nicht tun!« jammerte Chastity. »Die Seide ist viel zu kostbar.«
»Ach«, sagte Elf, »nicht für die Mallorens.«
Dann bemerkte Chastity, daß Elfs Lippen zuckten. Sie schaute sich die Seide genauer an. Zweifellos war sie überaus kostbar. Behutsam wickelte sie ein wenig von dem Stoff ab und erkannte, daß es sich um schlau ausgedachte Fälschungen handelte. In dem Ballen befand sich nur grobgelackte Baumwolle, die im selben Muster bemalt war. »Schurkin«, schimpfte sie. »Woher kommt das alles?«
»Rothgar hat es bei einem seiner geheimnisvollen Geschäfte erstanden. Ich überlege schon lange, was ich mit der echten Seide anstellen könnte, aber für ein Kleid ist sie zu exotisch ...« Sie musterte Chastity. »Für mich jedenfalls.«
»Ich gehe nicht in einem Kleid auf den Ball, das aussieht, als wäre es aus dem gleichen Stoff genäht wie die Draperien«, wehrte Chastity energisch ab.
Elf lachte. »Natürlich nicht. Aber vielleicht taugt ein Kleid aus dieser Seide für irgendeine andere Gelegenheit. Inzwischen lassen wir die Baumwolle auspacken und aufhängen.« Sie erteilte entsprechende Befehle und rauschte von dannen. »Wir würden eine prachtvolle Wirkung erzielen, wenn wir das Holz im Ballsaal schwarz lackierten«, überlegte sie.
»Eine etwas zu dauerhafte Lösung«, wandte Chastity ein und fragte sich, ob sich ein Malloren daran stören würde. »Statt dessen könntest du Wandschirme herstellen und im Saal aufstellen lassen.« Kaum hatte sie es ausgesprochen, begriff Chastity auch schon, daß sie sich jetzt schon von der Lebensart der Malloren anstecken ließ.
»Natürlich«, stimmte Elf begeistert zu und gab noch ein paar Befehle aus.
Chastity überwachte das Anbringen der falschen Seide, als Cyn zurückkehrte. Er trat in den Ballsaal und blieb abrupt stehen. »Zum Teufel, ist das wirklich ...?«
Chastity wirbelte herum. »Cyn!« Ohne zu überlegen warf sie

sich vor den diskreten, aber faszinierten Blicken der Diener in seine Arme.
Der Kuß dauerte, und als er beendet war, ließen sie einander doch noch nicht los.
»Himmel, ich habe dich so vermißt«, stöhnte Cyn an ihrer Wange.
»Ich dich auch. Ich hatte solche Angst ...«
Er rückte ein wenig von ihr ab. »Wir dürfen das nicht. Dein Ruf ...«
»... ist mir gleichgültig.«
»Mir aber nicht.« Er holte tief Luft und löste sich endgültig von ihr. »Führe mich nicht ständig in Versuchung, Weib!«
»Ha!« fuhr sie auf. »Jetzt soll ich also die Rolle der Eva spielen, wie?« Doch sie lächelte vor Freude über seine Heimkehr. »Komm, schau dir den Ballsaal an.«
Er ließ sich von ihr weiter in den Raum hineinziehen und betrachtete die Wände. »Ich habe es schon bewundert. Nicht einmal Rothgar würde ...«
»Es sieht überzeugend echt aus, nicht wahr?«
Er durchquerte den Raum und betrachtete einen der Wandschirme. Erleichtert stieß er den Atem aus. »Aus einiger Entfernung, noch dazu bei Kerzenlicht, ist die Wirkung bemerkenswert ... Das wird den Ruf der Mallorens, das Unmögliche möglich machen zu können, erheblich fördern.«
»Ganz abgesehen von dem, was auf dem Ball stattfinden wird.« Wie ein kalter Regenschauer fiel der Zweck des Balls über sie her. »Hast du das Dokument gefunden?«
»Ja«, antwortete Cyn und verdrehte die Augen. »Aber nur durch Zufall. Mary hatte die Kleider ihrem Dienstmädchen geschenkt, diese hat sie an ihre Mutter weitergegeben. Als ich im Haus der Dame eintraf, hatte sie gerade alles in ein Faß voll heißen Seifenwassers gesteckt.«
Als könnte er einfach nicht widerstehen, ergriff er ihre Hand. »O Gott! Hat die Tinte es überstanden?« Der Hautkontakt verwirrte ihre Sinne.

Er grinste. »Sie hatte die Papiere aus der Tasche genommen, in der Absicht, sie Mary zurückzugeben. Sie lagen auf dem Tisch neben einem Stück Bratenfleisch und sind jetzt ein wenig blutverschmiert.«

»In gewisser Weise sehr passend«, bemerkte Chastity und verflocht ihre Finger mit den seinen.

»Weiß Gott. Unglücklicherweise verwechselte das Schoßhündchen der Dame besagtes Dokument dann mit einem appetitlichen Leckerbissen.«

Chastity schloß die Augen. »Ich will es gar nicht wissen.«

»Es ist nur ein wenig zerkaut.«

Sie schlug die Augen auf und lächelte ihn an, gleichermaßen in Entzücken über seine Nähe wie auch über seine Neuigkeiten. »Du hast die Papiere Rothgar ausgehändigt?«

»Ich habe sie Verity gegeben, denn ihr gehören sie schließlich. Vermutlich überbringt sie sie jetzt gerade Rothgar.« Er hob ihre Hand und küßte sie.

Verlangend sah sie ihn an und sagte: »Dann komm. Ich brenne darauf zu erfahren, was sie beinhalten. Und wenn sich herausstellt, daß es lediglich ein paar sorgfältig überlegte letzte Ratschläge sind, dann falle ich in Ohnmacht.«

Cyn ließ sich von ihr mitziehen. »Das möchte ich erleben!«

Der böse Blick, den sie ihm zuwarf, löste sich in Lachen auf.

Erst vor der Tür zu Rothgars Arbeitszimmer wehrte Cyn sich gegen Chastitys Griff und drückte sie gegen die Wand. »Du wirkst so glücklich«, bemerkte er versonnen.

Voller Staunen wurde Chastity sich bewußt, daß sie tatsächlich glücklich war. Schon seit Tagen. Sie war glücklich, wieder eine Frau zu sein, in einem richtigen Haus zu leben, eine Familie zu haben. Die schrecklichen Monate hatte sie verdrängt, die trübe Zukunft wollte sie nicht sehen. »Stört es dich?«

Er schüttelte den Kopf. »Warum sollte es mich stören, Liebste? Das ist es doch, was ich dir wünsche. Was ich dir geben will. Falls sich das Dokument als nutzlos erweisen sollte, finden wir einen anderen Weg.«

»Ach, Cyn«, seufzte Chastity. »Ich hoffe, daß du recht hast.«
»Natürlich habe ich recht. Die Mallorens stehen geschlossen auf deiner Seite.«
Chastity schüttelte den Kopf und sagte. »Ich möchte dir dafür danken, daß du mich hergebracht hast, Cyn. Und dafür, daß du Rothgar eingeschaltet hast. Ich weiß, daß es dir nicht leichtgefallen ist.«
Er lachte laut. »Rothgar eingeschaltet! Das soll ich getan haben? Wunderbar!«
Und dann zog Cyn die völlig verwirrte Chastity in Rothgars Arbeitszimmer.
Dort waren Rothgar, Verity und Nathaniel versammelt – die beiden letzteren sehr ernst. Rothgar reichte das fleckige, zerkaute Dokument an Cyn und Chastity weiter.
»Himmel«, sagte Chastity, während sie las.
Es war ein ausgesprochen belastendes Dokument, wenngleich es lediglich mit Mr. Ware unterzeichnet war. Der Empfänger, wer immer er sein mochte, hatte eindeutige Beweise dafür verlangt, mit wem er es zu tun hatte. Als Antwort darauf folgten einige Einzelheiten, die eindeutig, zumindest für jemanden, der den Mann kannte, auf Lord Walgrave hinwiesen.
Mr. Ware versprach, seinen Einfluß bei gewissen hochgestellten Persönlichkeiten geltend zu machen – gemeint waren der Prince und die Princess of Wales –, um die Königliche Familie zur Flucht zu bewegen, sobald die jakobitische Armee binnen dreißig Meilen von London auftauchte. Er brachte seine unerschütterliche Treue Jakob III. gegenüber zum Ausdruck und sprach von einem Treffen mit dem »König« im Jahr 1717.
»Könnte das Treffen tatsächlich stattgefunden haben?« fragte Chastity. »Vielleicht kann ich mir noch vorstellen, daß Vater sich von seinem Ehrgeiz beherrschen ließ und diesen Schritt unternahm, weil er glaubte, die Stuarts würden triumphieren. Aber schon damals, in jungen Jahren, und so kurz nach dem Aufstand von 1715?«

Rothgar antwortete ihr: »Das ist im Grunde der am wenigsten belastende Umstand. Ein junger Mann kann in die Irre gehen oder schlecht beraten sein. In jener Zeit war es meines Wissens sogar Mode, seinen Mut zu beweisen, indem man Kontakt zu den Stuarts aufnahm. Der Rest allerdings reicht aus, um die Position Eures Vaters massiv zu gefährden. Seinen Beinamen ›der Unbestechliche‹ wird er ganz gewiß nicht mehr führen können.«
Verity sah Rothgar an. »Fort muß informiert werden. Er wird ein Wörtchen mitreden müssen.«
»Natürlich.« Rothgar ließ Lord Thornhill holen.
Fort trat voller Mißtrauen ins Zimmer und demonstrierte Distanz zu diesen unwillkommenen Verbündeten. Cyn bedachte er mit einem flammenden Blick. Rothgar reichte ihm die Papiere.
Fort las und ließ sich auf einen Stuhl sinken. »Ich hätte nie geglaubt, daß ... Er muß verrückt gewesen sein!«
»Es waren merkwürdige Zeiten«, bemerkte Rothgar. »Ihr stecktet noch in den Kinderschuhen und erinnert Euch wohl nicht mehr. Ich war ein junger Mann, zu jung, um richtig in den Sog der Ereignisse zu geraten, aber ich weiß noch, daß es ein paar Tage lang so aussah, als sollte das Undenkbare Wirklichkeit werden. Überall herrschten Gerüchte und Chaos. Die königlichen Hannoveraner hatten ihre Sachen gepackt und waren im Begriff, in ihr kleines deutsches Kurfürstentum zurückzukehren. Viele glaubten, daß versteckte jakobitische Sympathisanten jeden Moment aus ihren Schlupflöchern kriechen würden ... Euer Vater verlor die Nerven.«
»Aber ein Jakobit! Ich hätte jeden Eid geschworen, daß er nie etwas für die Jakobiten übrig hatte. Teufel auch! In diesen Dingen ist er päpstlicher als der Papst. Deshalb haben wir ja auch solche Namen bekommen.«
»Aber in erster Linie ist er ehrgeizig. 1745 stand er in der Blüte seines Lebens, vergeßt das nicht. Er war genauso alt wie sein Freund, der Prince of Wales, also achtunddreißig. Zwei ehr-

geizige Männer, die abseits warteten und nach Macht hungerten. Der große Walpole war wenige Jahre zuvor gefallen, und England war ohne eine feste Hand am Ruder. Alles war bereit, nur der König mußte noch sterben.« Rothgar lächelte spöttisch. »Keiner von ihnen hat sich wohl träumen lassen, daß König George II. noch bis 1760 leben würde, länger als sein habgieriger Sohn ... Ironie des Schicksals. Doch bevor das Blatt sich wendete, kam ein anderer böser Schicksalsschlag. Walgrave stand bereit, um England in seine Macht zu bringen, sobald Frederick König wurde. Sollte er sie sich von den Jakobiten entreißen lassen? Er bekämpfte sie, doch als es so aussah, als würden sie tatsächlich obsiegen, schwankte er, konnte nicht ertragen, daß seine Träume zu Staub zerfielen. Vielleicht sind sie auf ihn zugekommen, haben ihn in Versuchung geführt ... Frederick war, wie Ihr wißt, keine Persönlichkeit, auf der man eine großartige neue Ordnung aufbauen konnte. Er war ein Trunkenbold, führte ein ausschweifendes Leben ...«

Plötzlich hob er die Schultern. »Verzeiht mir diese Spekulationen. Vielleicht klärt uns der edle Earl selbst auf, wenn er hier eintrifft.«

»Wenn er hier eintrifft?« fragte Fort bestürzt.

»Hat Chastity Euch nicht informiert? Ich habe ihn zum Ball eingeladen.«

Fort stand da, die Papiere in der Hand. »Ich könnte sie ins Feuer werfen.«

»Vielleicht«, sagte Rothgar.

»Jetzt habt Ihr endlich Oberwasser, nicht wahr, Rothgar?« höhnte Fort. »Wie müßt Ihr diese Situation genießen. Was habt Ihr jetzt vor?«

»Ich?« fragte Rothgar milde. »Ich werde sicherstellen, daß mein Bruder in aller Ruhe Eure Schwester heiraten kann. Das ist das einzige, was mich an dieser Angelegenheit interessiert. Das Dokument spielt dabei nur eine nebensächliche Rolle, es dient nur dazu, Euren Vater ein wenig unter Druck

zu setzen. Alles übrige überlasse ich Euch, aber ich an Eurer Stelle würde den Earl nicht wissen lassen, daß Ihr im Besitz der Papiere seid, wenn Ihr nicht sehr gut abgesichert seid.«
Alle schwiegen, während Fort überlegte, ob sein Vater ihn wirklich töten würde, um das Dokument an sich zu bringen. Er drückte Rothgar die Papiere in die Hand. »Behaltet sie. Ich gebe Euch Bescheid, wenn ich weiß, wie ich verfahren will.« Damit verließ er hocherhobenen Hauptes den Raum.
Verity stellte sich auf die Zehenspitzen und flüsterte Nathaniel etwas zu. Dann sah sie Chastity an. Chastity und Verity folgten ihrem Bruder.
Sie fanden ihn in seinem Zimmer, wo er sich mit einer Flasche Brandy tröstete. Gemeinsam entwanden sie sie ihm.
»Jetzt nicht, Fort!« sagte Verity.
»Das alles ist nur eure Schuld!« fauchte er.
»Also, wirklich!« brauste Chastity auf. »Das ist ja wohl der Gipfel der Ungerechtigkeit! Verity und ich haben schrecklich leiden müssen, aber ganz gewiß nicht durch eigene Schuld!«
Er fuhr zu ihr herum. »Wenn du dich nicht von einem verdammten Malloren hättest schänden lassen, hätte der verfluchte Rothgar unsere Familie jetzt nicht in der Hand!«
Chastity stemmte die Hände in die Hüften und neigte sich vor. »Wenn Vater nicht Verrat begangen hätte, wäre nichts von all dem passiert! Oder hast du das vergessen?«
Stöhnend barg er das Gesicht in den Händen. »Wenn es an die Öffentlichkeit kommt, sind wir alle ruiniert.«
Chastity und Verity setzten sich links und rechts von ihm. »Fort, du hast gehört, was Rothgar sagte. Es wird nicht an die Öffentlichkeit kommen.«
Er hob den Kopf. »Du vertraust Rothgar?«
»Ja«, antwortete Chastity. »Du nicht?«
»Er haßt die Wares.«
»Warum denn, Fort?«
»Das hängt in erster Linie mit einem Mann namens Russell zusammen, einem Anhänger der Pitts, den Vater verab-

scheut. Inzwischen verstehe ich – glaube ich zu erkennen –, daß Vater alles und jeden verabscheut, der sich ihm in seinem Machtstreben in den Weg stellt. Russell war Generalkommissar beim Militär. Er wurde wegen Bestechlichkeit vor Gericht gestellt, doch Rothgar stand treu zu seinem Freund. Man sagte natürlich, sie hätten die Beute geteilt. Vater brüstete sich damit, seinen Teil dazu beigetragen zu haben, daß Russell vor Gericht gestellt und den Skandalen ein Ende gemacht wurde, aufgrund derer unsere tapferen Soldaten in zerschlissenen Uniformen und mit mangelhaften Waffen kämpfen mußten ...« Erneut stützte er den Kopf in die Hände. »Jetzt weiß ich nicht mehr, was ich glauben soll.«

Verity sagte: »Jetzt glaubst du, daß Rothgar sich womöglich rächen will?«

»Er ist nicht der Typ, der ein Unrecht einfach vergißt.«

Chastity sagte leise, aber mit fester Stimme: »Ich glaube es nicht.« Als Fort sie ansah, fügte sie hinzu: »Ich weiß wohl, daß du denkst, ich wäre blind vor Liebe oder vor Lust, doch Rothgars Liebe zu seiner Familie übertrifft alle anderen Gefühle, die ihn treiben könnten. Indem er Vater bloßstellte, würde er meine Situation nur verschlimmern, und das wird er Cyn nicht antun.«

Forts Miene erhellte sich ein wenig. »Ich bete, daß du recht haben mögest. Doch wenn dies alles vorüber ist, besitzt er immer noch das Dokument oder zumindest das Wissen ... Ich traue ihm nicht.«

Chastity legte ihre Hand auf die ihres Bruders. »Ich lasse mir von Rothgar das Versprechen geben, das Dokument zurückzuerstatten und Schweigen zu bewahren. Er wird sein Wort halten.«

Fort schüttelte ihre Hand ab. »Ich lasse nicht zu, daß du vor den Mallorens kriechst und um einen Gefallen bettelst. Ich wüßte gern«, höhnte er, »welchen Preis er verlangen würde.«

Verity schrie erschrocken: »Fort!«

Chastity schrie gleichzeitig: »Narr!«

Chastity stand auf und sah ihn an. »Zu deiner Information: Der Marquis ist für mich wie ein Bruder, und in diesen vergangenen Tagen war er mir weiß Gott ein besserer Bruder, als mein leiblicher es je gewesen ist!« Sie drehte sich auf dem Absatz um und schlug die Tür hinter sich zu.
Fort fluchte. »Das Mädchen ist zügellos. Am liebsten würde ich ihr eine Tracht Prügel verabreichen.«
»O nein«, sagte Verity streng.
Er seufzte. »Ich fühle mich wie in einem Strudel. Chastity läßt sich von diesen Mallorens völlig umkrempeln. Sie glaubt ihnen jedes Wort.« Er blickte Verity an. »Ich bin froh darüber, daß du mit Frazer verheiratet bist, doch das bietet Stoff für einen neuerlichen Skandal, besonders, wenn Vernham euch beide vor Gericht stellt. Und dann ist da noch Vater.«
»Und deine Weste ist wahrscheinlich weiß wie Schnee.«
»Nein«, gab er kleinlaut zu, »aber in der Gesellschaft, mit der ich mich umgebe, sehe ich wahrhaftig aus wie ein Unschuldslamm.«
Verity lächelte ihn an. »Auch ich habe Vertrauen zu Rothgar. Nathaniel ebenfalls.«
»Ihr seid alle verrückt«, sagte Fort.

Zwanzigstes Kapitel

»Ihr seid alle verrückt«, sagte Fort später am Nachmittag zu den im Gobelinzimmer Versammelten. Lediglich die Nicht-Mallorens schienen seiner Meinung zu sein.

»Das glaube ich nicht«, sagte Rothgar. »Ein gewisses Maß an aufgestauter Wut benötigt ein Ventil. Cyn will Euch umbringen, weil Ihr Eure Schwester im Stich gelassen habt. Ihr wollt Eure Schwester schützen. Ein Duell ist vonnöten.«

»Aber ich will nicht, daß einer von ihnen ums Leben kommt!« protestierte Chastity.

»Ihr seid eine Frau«, tat Rothgar ihren Einwand lässig ab. »Ihr versteht nichts von diesen Dingen.« Doch sie nahm die Belustigung hinter seinen Worten wahr, die sie beruhigte, wenngleich Rothgars Heiterkeit selten harmlosen Ursprungs war.

»Dann solltet Ihr vor derart unwissenden Frauen nicht von diesen Dingen sprechen, oder?« fragte sie schnippisch.

»Es tut mir leid«, antwortete er mit einer leichten Verbeugung. »Es war ungeschickt von mir, aber findet Ihr es denn nicht aufregend, *mignon,* wenn zwei Männer Euretwegen kämpfen?«

»Nein«, sagte Chastity, obwohl sie tief im Inneren wußte, daß sie log.

»Sagt mir, Lord Thornhill«, fuhr Rothgar fort, »wie gut seid Ihr mit dem Degen?«

»Sehr gut«, fuhr Fort ihn an. »Aber ich habe nicht die Absicht, Lord Cynric zu töten. Ich fürchte, ich würde mich dadurch bei meiner Familie unbeliebt machen.«

»Ihr würdet Euch bei Eurem Vater beliebt machen«, hob Rothgar freundlich hervor. »Aber wenn Ihr tatsächlich sehr gut seid, könntet Ihr und Cyn *au naturel* kämpfen – ohne die Gefahr, dauerhafte Schäden davonzutragen.«
»Mit bloßem Degen!« rief Nathaniel erschrocken. »Damit will ich nichts zu tun haben!«
Doch Cyn war bereits aufgesprungen, und seine Augen blitzten. »Ich finde, das ist eine großartige Idee. Es ist an der Zeit, daß Lord Thornhill auch einmal ein paar Verletzungen davonträgt.«
Auch Chastity sprang auf. »Er leidet immer noch an den Verletzungen, die er sich zuzog, als er mich verteidigte, Cyn. Du bist ungerecht.«
»Er hat zu lange gezögert, bevor er seiner Pflicht nachkam.« Er sah Fort herausfordernd an. »Nicht wahr?«
»Und Ihr seid den Euren reichlich überstürzt nachgekommen«, höhnte Fort. »Nicht wahr?«
Sie standen bereits an der Tür.
Chastity wandte sich Rothgar zu. »Wenn einer von ihnen verwundet wird, gebe ich Euch die Schuld.«
»Ich zittere«, erwiderte er und versetzte ihr einen spielerischen Hieb unters Kinn. »Ich hatte erwogen, sie zu einem Faustkampf zu überreden, doch daraus wären beide blutig und zerschlagen hervorgegangen. Beide bersten vor Wut, meine Liebe, und ich will, daß sie morgen einen klaren Kopf haben, wenn der Spaß beginnt.«
»Welcher Spaß?« fragte Chastity, doch Rothgar folgte bereits ihrem Bruder zur Tür hinaus.
Chastity zischte einen leisen Fluch und ging ebenfalls hinaus.
Das Duell sollte offenbar in der Halle stattfinden. Cyn und Fort zogen sich bis auf Hemd und Strümpfe aus und prüften ihre leichten Duelldegen. Die Waffen wirkten nahezu zerbrechlich und waren von gespenstischer Eleganz, konnten ohne geschützte Spitzen jedoch tödlich wirken.

Stühle wurden für die Zuschauer herbeigeschafft, doch Chastity wandte sich noch einmal an Rothgar. »Bitte, laßt es nicht zu. Es könnte ein Unglück geschehen ...«

Er blickte auf sie herab. »Hat Euer Bruder nur geprahlt, als er behauptete, er wäre sehr gut?«

»Ich glaube nicht.«

»Cyn ist ebenfalls sehr gut, vielleicht sogar besser als Fort. Es müßte schon mit dem Teufel zugehen, wenn eine Klinge dort trifft, wo der, der sie führt, sie nicht haben will. Unfälle können überall und zu jeder Zeit geschehen. Nur ein Langweiler weicht einem Abenteuer aus, weil er einen Unfall fürchtet.«

Chastity schimpfte leise über die Männer im allgemeinen und die Mallorens im besonderen, stapfte davon und setzte sich neben Elf. »Deine ganze Familie ist verrückt«, sagte sie.

»Deine auch«, entgegnete Elf, deren Augen vor Aufregung strahlten.

»Bist du denn überhaupt nicht nervös?« wollte Chastity wissen.

Elf sah sie verwundert an. »Aber nein. Cyn ist wirklich sehr gut. Ich glaube nicht, daß er schon jemals geschlagen wurde, nicht einmal von Rothgar. Rothgar behauptet, sein Alter würde ihn behindern, aber in seiner Jugend hätte er ihn besiegen können. Allerdings glaube ich nicht, daß er es ernst meint.«

Chastity musterte Cyn wieder einmal voller Verwunderung. Warum versetzte er sie unablässig in Erstaunen? Sie hatte ihn fechten sehen, als er sie in Maidenhead gerettet hatte, hatte gesehen, wie er mit seinem Gegner spielte. Da hatte sie erkannt, daß er gut war. Aber sehr gut?

Kaum hatte das Duell begonnen, da wußte sie es. Sie hatte schon früher Fechtkämpfe gesehen und kannte in etwa die Regeln. Sie beobachtete das leichtfertige Tänzeln, die geschmeidigen Bewegungen, die Kraft in den Handgelenken. Sie sah noch viel mehr. Fort war ein guter Fechter, geriet nie

aus dem Gleichgewicht und teilte kraftvoll Stöße aus. Da er ein wenig größer war als Cyn, war er im Vorteil, was ihm jedoch nicht viel einbrachte.
Cyns quecksilbrige Klinge wehrte Forts mühelos und elegant ab. Ganz gleich, welchen Fechthieb Fort auch unternahm, Cyn begegnete ihm flink, und der gefährliche Kampf wirkte wie ein Tanz voll süßer Harmonie.
An Forts zunehmend angespannter Miene erkannte Chastity, daß nicht nach seiner Musik getanzt wurde. Er durchbrach das Muster und bewegte sich heftiger, weniger anmutig, aber um so bedrohlicher – und zielte auf Cyns Herz. Chastity schnappte nach Luft, doch Cyn konterte und kontrollierte den Kampf genauso wie zuvor.
Fort trat grinsend zurück und senkte seinen Degen. »Verdammt, Ihr seid gut.«
Auch Cyn senkte den Degen. »Ihr seid auch sehr geschickt.«
Fort lachte spöttisch, schien aber nicht verärgert zu sein. »Ihr könntet mich entwaffnen, nicht wahr?«
»Vielleicht«, sagte Cyn und senkte die Wimpern.
»Zeigt es mir«, verlangte Fort. »Dann setze ich mich dafür ein, daß Ihr meine Schwester heiraten könnt.«
Cyn lächelte und hob salutierend den Degen.
Mit blitzendem Stahl traten sie erneut zum Kampf an. »Ihr habt eine Verletzung verdient«, sagte Cyn und berührte Fort völlig lässig mit der Degenspitze an der Wange. Eine Reihe roter Tropfen wurde sichtbar.
Fort fluchte und wich zurück.
Die Entwaffnung erfolgte nicht sofort. Cyn wartete, bis Fort wieder im Takt war, und dann schlug er mit drei nahezu trägen Finten, die Fort erkannte und abzuwehren suchte, seinem Gegner die Klinge aus der Hand.
»Lieber Himmel«, sagte Fort. »Wo habt Ihr gelernt?«
»Hier und dort«, antwortete Cyn, »aber in erster Linie bei Rothgar. Er ist ein bedeutend strengerer Lehrmeister als die meisten, die man bezahlt. Oft genug hat er mich angekratzt,

um mich zur Wachsamkeit zu erziehen, und damals war ich noch ein kleiner Junge.«

»Ich hatte nicht die geringste Lust«, erklärte Rothgar mit kühler Stimme, »einen Bruder durch Nachlässigkeit an die Klinge eines Prahlhanses zu verlieren.« Er legte seinen Rock ab. »Kleiner Bruder, ich würde gern meine Fähigkeiten testen. Vielleicht kann ich dich noch einmal zeichnen.«

Er ergriff den am Boden liegenden Degen und stellte sich Cyn gegenüber.

»Vielleicht kann ich dich zeichnen«, sagte Cyn mit blitzenden Augen.

Rothgar lachte, wahrhaftig, er lachte. »Versuch's nur.«

Die Klingen schlugen klirrend aneinander, doch diesmal war die Ähnlichkeit des Fechtstils nicht zu übersehen. Es wurde auch sehr deutlich, daß Cyn sein Äußerstes geben mußte, Rothgar aber ebenfalls. Oft genug wäre es um Haaresbreite zu einer Verletzung gekommen. Einmal bedrohte Rothgars Degenspitze Cyns Gesicht und konnte nur mit knapper Not abgewehrt werden. Chastity schlug die Hände vor den Mund.

Im nächsten Moment zuckte Rothgars Degen schon wieder auf Cyns Gesicht zu, ganz so, als wollte er ihm allen Ernstes ein Auge ausstechen. Diesmal aber wurde der Vorstoß problemlos abgewehrt.

»Schön, daß du das endlich beherzigt hast, Cyn.« Dann aber schnappte der Marquis nach Luft, als Cyns Klinge ihm über dem Herzen das Hemd aufriß und wieder zurückfuhr. Lächelnd trat Rothgar zurück und salutierte mit seinem Degen. »Ich vergesse meine eigenen Lektionen. Nimm dir nie die Zeit, dich zu freuen.«

Die Brüder umarmten einander, Brand und Bryght gesellten sich zu ihnen, um ihr Urteil abzugeben, und bald waren selbst Fort und Nathaniel in die muntere Männergesellschaft einbezogen, die Finten besprach und neue Methoden lernte. Elf, Chastity und Verity tauschten Blicke und verließen den

Raum, um sich ausführlich über die Verrücktheiten der männlichen Spezies zu ereifern.

Der Plan des Marquis war anscheinend aufgegangen. Fort war immer noch mißtrauisch, aber bereit, mit den Mallorens zusammenzuarbeiten. Außerdem hielt er sich an sein Gelöbnis, Chastitys Verheiratung mit Cyn voranzutreiben.

Später sagte er zu Chastity: »Ich habe keine Einwände mehr gegen die Hochzeit, aber was Rothgar betrifft, bin ich mir nach wie vor nicht sicher. Ich stelle nicht so sehr seine Ehrenhaftigkeit in Frage als vielmehr seine Motive. Seine Pläne könnten sich nicht unbedingt nur zu unserem Vorteil auswirken. Halte die Augen auf, meine Liebe. Wenn die Fronten geklärt sind, erwarte ich, daß du auf der Seite der Wares stehst.«

Der Tag des Balls war klar und sonnig, wenn auch kalt. Gutes Reisewetter, und zudem war der Mond beinahe voll, so daß die Gäste auch sicher würden heimreisen können.

Chastity wußte wohl, daß Rothgar fest mit dem Erscheinen ihres Vaters rechnete, aber nicht, wieso er sich dessen so sicher war. Der Earl würde doch gewiß Verdacht schöpfen. Sie persönlich hoffte inbrünstig, daß ihr Vater nicht kam. Sie wollte ihn nicht schon wieder sehen. Es würde doch gewiß auch reichen, ihm mitzuteilen, daß Beweise gegen ihn vorlagen, die ihn in den Ruin stürzen konnten.

Auch ohne zusätzliche Schrecknisse hatte sie mehr als genug Angst vor diesem ersten gesellschaftlichen Ereignis seit ihrer Schande. Freilich bot ihr der Umstand, daß es sich um einen Maskenball handelte, ein gewisses Maß an Sicherheit, aber trotzdem schauderte Chastity unter der Vorstellung, sich unter Menschen bewegen zu müssen, die sie, sofern sie sie erkannten, keines Blickes würdigen würden.

Sie wußte auch, daß dieser Ball den Wendepunkt mit sich brachte. Über Rothgars Pläne war sie sich nicht sicher, doch ihre friedvolle Verschnaufpause war vorüber. Nach dem Ball

war sie entweder in Gnaden wieder aufgenommen – so unwahrscheinlich ihr das auch erschien –, oder sie war gezwungen zu überlegen, wie sie den Rest ihres ruinierten Lebens gestalten wollte.
Sie war Cyn aus dem Weg gegangen. Er schien sein Gelöbnis, nicht mehr mit ihr zu schlafen, ernst zu nehmen, und dadurch empfand sie seine Nähe um so qualvoller. Sein Anblick, schon die kleinste Berührung raubten ihr vor Sehnsucht den Atem. Doch die Vernunft verlangte, daß sie sich bald trennten. Darauf mußte sie vorbereitet sein.
Und das fand sie schrecklich.
Sie hatte ihre Sehnsucht in den Ballvorbereitungen erstickt, doch jetzt war alles fertig. Leuchtende Papierlaternen waren aus London geliefert worden und erhellten den Ballsaal, ohne die exotische Atmosphäre zu beeinträchtigen. Eine geschickt beleuchtete Pagode war dort errichtet worden, um die herum mechanisch betriebene Mandarine flanierten.
Eine Gruppe von Jungen war mit dem Aufziehen des Uhrwerks betraut worden, und trotzdem dachte Chastity manchmal an Zauberei. Die Abbey strahlte an diesem Abend etwas Märchenhaftes aus; es war, als könnten tatsächlich Wunder geschehen. Oder aber die kommenden Ereignisse liefen ab wie mechanisches Spielzeug, dessen Uhrwerk Rothgar konstruiert hatte.
Zerrissen von Angst und Hoffnung, hüllte Chastity sich in ein Pelzcape und entfloh den letzten Vorbereitungen, um von der Westterrasse aus den Sonnenuntergang zu betrachten. Cyn kam zu ihr. Jetzt hätte sie gehen und Sicherheit bei den anderen suchen sollen, doch sie brachte es nicht fertig, sich von ihm zu lösen, da das Ende so kurz bevorstand. Sie fröstelte, allerdings nicht vor Kälte. »Ich spüre, daß sich etwas zusammenbraut.«
»Das ist die Aufregung vor dem Ball.« Cyns Stimme reichte schon, um sie innerlich dahinschmelzen zu lassen.
»Nein«, sagte sie. »Alle sind so angespannt.« Sie sehnte sich

inbrünstig danach, Schutz in den Armen des Geliebten zu suchen. Sie wandte sich ihm zu. »Glaubst du, daß mein Vater kommt, Cyn?«
»Wenn Rothgar die Einladung richtig abgefaßt hat.« Sein Blick verriet ihr, daß sein Verlangen dem ihren in nichts nachstand. Es sogar noch übertraf.
»Wie müßte diese Einladung lauten?«
»Ich weiß es nicht, aber Rothgar wird die richtigen Worte gefunden haben.« Plötzlich lächelte er sie an. »Was wirst du heute abend tragen?«
»Einen Domino und eine Maske.«
»Wie alle anderen auch. Gib mir einen Hinweis.«
Sie zwang sich zu schweigen.
»Schon recht«, sagte Cyn leise. »Wenn ich dich nicht erkenne, Chloe, dann habe ich dich nicht verdient.« Er ergriff ihre Hand, und als er sie bei diesem intimen Namen nannte, war es um ihre Entschlossenheit geschehen.
Während sie über die Terrasse schlenderten, konzentrierte Chastity sich mit Herz und Seele nur auf die Berührung der Hand dieses eleganten Degenfechters. Sie verschränkte ihre Finger mit den seinen. »Warum hast du mir nie verraten, daß du so gut fechten kannst?«
Er streifte sie mit einem Blick, und seine Finger reagierten auf ihr Spiel. »Es ist kaum das richtige Thema für eine beiläufige Bemerkung. ›Übrigens, zufällig bin ich ein sehr begabter Duellist.‹«
»Zufällig?« wiederholte sie. »Geschicklichkeit, wie du sie besitzt, bedarf harter Arbeit.«
Sein Daumen streichelte zärtlich ihre Hand. »Es macht mir Spaß. Oft genug finde ich keinen Gegner, der mich herausfordern kann, aber in Kanada nahm ich einen Franzosen gefangen, der mir gewachsen war. Er hat mich weiter ausgebildet.«
Sie blieb stehen und sah ihn betroffen an. »Du hast dich mit einem Gefangenen duelliert?«

Er hob ihre Hand an die Lippen und küßte sie lange. »Nur zur Übung, mein Herz.«
Chastity schauderte unter der sinnlichen Macht, die dieser Mann über sie ausübte.
»Es wird sowieso mehr und mehr zu einem Modesport«, sagte er ruhig, wenngleich sein Blick alles andere als ruhig war. »Was Rothgar sagt, stimmt schon: es ist nützlich, geschickt fechten zu können, damit dir nicht irgendein Raufbold wegen nichts ans Leben geht, aber wenn bis auf den Tod gekämpft wird, ist eine Pistole sicherer.«
Tod, nein, bitte rede nicht vom Tod.
Er rieb ihre Fingerknöchel zärtlich über seine Lippen.
Chastity schwankte unter dem Bedürfnis, beschützt zu werden und ihn vor aller Gefahr zu beschützen. »Warum nur müssen Männer immer kämpfen?« fragte sie schwach.
Seine Zähne streiften ihre Haut, und heißes Verlangen durchzuckte sie. »Manchmal tun Männer auch andere Dinge«, erinnerte er sie leise.
»Cyn, nicht«, flüsterte sie, aber ohne Überzeugung. Wenn er sie wollte, hier, jetzt, auf den kalten Steinen, gehörte sie ihm.
Er holte tief Luft und sammelte sich. »Vielleicht sollte ich dich im Fechten unterrichten«, sagte er leichthin, »für den Fall, daß du dich wieder einmal verkleiden willst.«
»Ich hoffe, daß das nie wieder nötig sein wird.«
»Hat es dir denn überhaupt keinen Spaß gemacht?« Die Frage schien nicht sonderlich ernst gemeint zu sein.
»Ein bißchen schon«, gab sie zu. »Die Aufregung hat mir gefallen, nicht aber die Täuschung. Und ganz gewiß nicht die Schande …« Sie drehte ihre Hände um, so daß sie nun die seinen hielt. »Aber ich fand es schön, einen Freund zu haben, einen Freund namens Cyn.«
Wie ziehende Wolken am Himmel verwandelte sich der Ausdruck beherrschten Begehrens auf seinem Gesicht in düsteres Bedauern. »Bis ich alles verdorben habe, indem ich dich verführte.«

Chastity errötete. »Ich würde nicht sagen, daß du es verdorben hast ...«
»Ach nein?«
Sie schloß die Augen. Warum bestand er nur immer auf der Wahrheit? »Alles verändert sich, Cyn. Alles wäre perfekt, wenn wir heiraten könnten ...«
»Wir *werden* heiraten«, sagte er rauh. »Ich nehme mein Wort zurück. Ich werde dich niemals einem anderen Mann überlassen.« Er schob die Hand unter ihr Cape und drückte sie fest an sich. »Ich kann ohne dich nicht leben, Chastity. Das habe ich in den letzten paar Tagen erfahren. Aber es ist nicht einmal dein Körper, den ich am dringendsten brauche. Wenn du es wünschst, können wir auch unser Leben lang wie Bruder und Schwester zusammen leben.«
»Warum um alles in der Welt sollte ich mir das wünschen ...?« fragte sie, und unwillkürlich bewegten sich ihre Hüften an seinen. Doch dann schreckte ein Geräusch sie auf und holte sie zurück in die Wirklichkeit mitsamt all ihren Ängsten. »Da kommt eine Kutsche!«
Sie wollte sich aus seinen Armen lösen, doch er lockerte seinen Griff nicht. »Ganz ruhig, Liebste. Das kann Gott weiß wer sein.«
Sie schüttelte den Kopf. »Ein Gast wird es nicht sein, nicht so früh, Cyn. Vielleicht ist es Vater.« Sie zitterte vor Angst.
Er ergriff ihre Hand ganz fest. »Du bist frei von ihm. Er wird dir nie wieder etwas zuleide tun.« Als sie ruhiger wurde, behielt er ihre Hand in der seinen und führte sie zum Haus zurück. »Komm mit, Liebste. Und wenn es der Teufel selbst ist, wir wollen ihm mutig entgegentreten.«
Sie betraten die marmorne Halle und hörten Henry Vernhams gedehnte Stimme, der sein Mündel verlangte.
Cyn fluchte leise mit zusammengebissenen Zähnen und stürmte vorwärts. Chastity folgte ihm hastig, um zu verhindern, daß er den Mann, der schuldig war an ihrem Ruin, umbrachte, doch Rothgar kam ihm zuvor.

»Ah, Vernham. Euer Mündel?« sagte er und stellte sich zwischen Cyn und sein Opfer. »Ihr meint den kleinen Sir William. Zweifellos wollt Ihr Euch seines Wohlergehens vergewissern, aber Ihr wünscht doch gewiß nicht, ihn aus der Obhut seiner Mutter zu reißen, solange er noch gestillt wird.«

Vernham blickte voller Unbehagen von einem der versammelten Mallorens zum anderen. Brand und Elf waren Rothgar in die Halle gefolgt, und jetzt tauchte auch Bryght aus der Bibliothek auf. Vernham schwante sicherlich Böses, doch er wußte nicht, daß sie über seine Vormundschaft über William hinaus etwas von ihm wußten.

Er nahm eine Prise Schnupftabak. »Lady Vernham ist herzlich willkommen, ihr Kind zu begleiten.«

»Aber Verity ist mittlerweile Lady Verity Frazer, und die Wünsche ihres Gatten dürfen nicht außer acht gelassen werden. Nun, Sir«, sagte Rothgar mit einer Jovialität, die jeden, der ihn kannte, das Grausen gelehrt hätte, »nehmt eine Erfrischung zu Euch. Falls Ihr auf meinen Brief hin gekommen seid, wißt Ihr, daß für heute abend ein wenig Unterhaltung anberaumt ist. Ihr müßt bleiben.«

Trotz seiner Proteste wurde Vernham in das Gobelinzimmer gedrängt, wo ihm ein Platz und eine Tasse Tee angeboten wurden. »Ich verlange mein Mündel zu sehen!« tobte er, dann sah er Chastity. Er erbleichte.

Sie lächelte ihn an.

Bis jetzt hatte sie noch nie gesehen, daß Augen tatsächlich aus den Höhlen treten konnten.

»Aber natürlich sollt Ihr Euer Mündel sehen«, sagte Rothgar und schickte nach Verity und dem Kind.

Als sie, begleitet von einem entschlossen dreinblickenden Major Frazer, schließlich kam, sprang Vernham auf und musterte verunsichert seine Umgebung. Für den Säugling erübrigte er kaum einen Blick. »Gut, dann kommst du jetzt mit mir.«

»Aber nein«, widersprach Verity mit fester Stimme. »Und du wirst auch William nicht mitnehmen, Henry. Du wirst vor Gericht gehen müssen, und die Verhandlungen könnten sich sehr lange hinziehen.«

Vernhams schmale Augen sahen sich flackernd im Raum um. Sämtliche Mallorens lächelten, selbst Cyn, doch das empfand Henry offenbar nicht als tröstlich, was Veritys Einschätzung, er sei ein schlauer Fuchs, letztendlich bestätigte.

»Das mag zutreffen«, sagte er bemüht lässig. »Wenn es dem Kleinen gut geht, dann kann ich an diesem Punkt wohl wirklich nichts ausrichten. Ich will Eure Zeit nicht länger in Anspruch nehmen. Falls ich dir Kummer bereitet habe, Verity, entschuldige ich mich, aber ich war außer mir vor Sorge um dich. Es war nicht recht von dir, keine Nachricht, keinen Hinweis auf deinen Verbleib zu hinterlassen.«

»Ich bin schließlich vor dir geflüchtet«, sagte Verity schlicht.

Das warf ihn um. »Warum, um Gottes willen?«

Nathaniel mischte sich ein, um zu verhindern, daß Verity in ihrem Zorn zuviel preisgab. »Selbst, wenn ihre Gründe auf Irrtümern beruht haben sollten, Vernham, wollen wir doch froh sein, daß alles gutgegangen ist. Ich beabsichtige, mich um die Vormundschaft für das Kind zu bewerben, was Ihr doch gewiß als richtig anerkennt, und somit werde ich auch den Besitz verwalten.«

Vernham bedachte ihn mit einem haßerfüllten Blick, lächelte jedoch. »Ich werde dagegen halten, wie Ihr es gewiß nicht anders erwartet. Die Gerichte werden den Letzten Willen meines Bruders ehren.« Er streifte seine Handschuhe über und sah sich immer noch unsicher um, als rechnete er damit, daß jemand ihn am Gehen hindern könnte. »Dabei fällt mir ein«, fügte er angestrengt beiläufig hinzu. »Ein Dokument ist abhanden gekommen, Lady Verity, eines, das mein Bruder in Gewahrsam hatte. Hast du es zufällig an dich genommen? Es enthält einen Zusatz zum Testament, glaube ich, und sollte den Notaren ausgehändigt werden.«

Chastity hielt den Atem an und mußte sich sehr beherrschen, um nichts zu verraten.

»Ach, das«, antwortete Verity desinteressiert. »Ja, ich habe es in meinen Gewahrsam genommen. Wenn ich nur wüßte, wo ich es hingelegt habe. Wahrscheinlich steckt es in irgendeiner Kleidertasche.«

Chastity ahnte, wie Henry Vernham trotz seines Lächelns innerlich mit den Zähnen knirschte. Doch sie bemerkte auch die Erheiterung in Veritys Blick und fürchtete, ihre Schwester könnte sich durch unkontrolliertes Kichern verraten. Sie hatte nie gut lügen können.

»Könntest du vielleicht einmal nachsehen?« fragte Vernham gepreßt.

Fort, der ungestüm das Zimmer betrat, lenkte vom Thema ab. »Man sagte mir ... Ihr seid es wirklich. Ich habe eine Rechnung mit Euch zu begleichen, niederträchtiger Schuft!«

Er ging Vernham an die Kehle, und es erforderte die vereinten Kräfte von drei Mallorens, ihn zurückzuhalten. Mindestens ein Malloren zeigte sich dabei nicht sonderlich menschenfreundlich. »Ihr müßt warten, bis Ihr an der Reihe seid, Thornhill«, sagte Cyn. »Er gehört mir.«

»Das soll der Kampf entscheiden«, fauchte Fort.

Cyn zog nur eine Braue hoch, und Fort fluchte.

Vernham umklammerte seinen schmerzenden Hals. »Ich wollte die Schlampe heiraten!«

Fort schlug ihn nieder.

»Welche Roheit«, sagte Rothgar leise. Er läutete. Ein Diener kam und erhielt den Befehl, den bewußtlosen Herrn fortzuschaffen und sich um ihn zu kümmern.

Als Vernham entfernt war, sagte Rothgar: »Ich muß allerdings gestehen, daß ich ein wenig ratlos war, wie ich ihn zum Verbleiben in der Höhle des Löwen überreden sollte. Ihr alle hättet doch nur nach seinem Blut gedürstet. Gratulation, Thornhill.«

»Zum Teufel mit Eurer Gratulation«, sagte Fort. »Ich will Hackfleisch aus ihm machen.«
»Später«, vertröstete Rothgar ihn. »Zunächst wünsche ich eine Konfrontation zwischen ihm und Walgrave, vorzugsweise vor Zeugen.«

Gegen Abend trafen die ersten Gäste ein, einfache Leute aus dem Ort, die sich über die Einladung nach Rothgar Abbey freuten. Einige kamen bereits maskiert – vorrangig die jüngeren Gäste; andere schlüpften in ihre Kostüme, nachdem sie Jacken und Mäntel abgelegt hatten. Bei einigen bestand die Verkleidung lediglich in einer Gesichtsmaske, doch die meisten trugen außerdem auch den weiten seidenen Kapuzenmantel, Domino genannt. Größtenteils gab man sich keine große Mühe, seine Identität zu verbergen, und die Begrüßungen nahmen kein Ende.
Chastity dagegen hatte alles darangesetzt, in ihrem Kostüm nicht erkannt zu werden. Ein roséfarbener Seidendomino und eine perlenschimmernde Halbmaske verbargen ihre Identität einigermaßen, darüber hinaus hatte sie ihre Perücke auch noch silbergrau gepudert.
Als sie in ihrem Zimmer in den Spiegel sah, war sie überzeugt, daß Cyn sie niemals erkennen würde. Sie dachte an seine Worte. Würde er mit den Augen der Liebe diese Maskerade durchschauen?
Während sie die Szene beobachtete, in erster Linie, um das Eintreffen ihres Vaters nicht zu versäumen, ließ Chastity das Geplauder der Leute vom Ort auf sich wirken. Sie redeten über die Kinder und über die Ernte und – eher belustigt als leidenschaftlich – über die neueste Mode. Ihre Lippen begannen zu zittern, als ihr bewußt wurde, wie sehr sie sich nach einem solchen Leben sehnte. Nach einem ganz gewöhnlichen Leben, erfüllt von außerordentlich wichtigen Beschäftigungen. Diese Menschen interessierten sich für Politik, würden aber nicht um der Macht willen morden, sie interessier-

ten sich für Mode, würden sich deswegen aber nicht in den finanziellen Ruin stürzen.

Sie hörte zwei gesetzte Herren über Lord Bute und den Zuzug habgieriger Schotten nach England murren, doch nicht einmal dieses Thema erhitzte die Gemüter. Whitehall konnte zum Teufel gehen, solange die Landedelmänner in Ruhe ihre Äcker bestellen konnten.

Dann stellte sie fest, daß das Gesprächsthema aufgrund der Anwesenheit des Besprochenen aufgekommen war. Lord Butes schmale Maske konnte – und sollte – den zu den schönsten Männern Englands zählenden Lord nicht unkenntlich machen. Er wurde begleitet von einer Frau mit Gesichtsmaske und rotem Domino. Eine weitere abenteuerdurstige Dame der Gesellschaft?

Noch immer hielt Chastity unter den eintreffenden Gästen Ausschau nach ihrem Vater. Sie würde ihn doch sicherlich erkennen. Ob er sich überhaupt herabließ, eine Maske zu tragen? Das war nicht sein Stil.

Ein Herr, der sich vor ihr verneigte, lenkte sie ab. »Süße Rose, geht Ihr ein wenig mit mir spazieren?«

Die Stimme und der blaue Samt rührten an etwas in ihrer Erinnerung. »Vielleicht warte ich ja auf jemanden, Sir«, antwortete sie.

»Dann wartet nicht länger, entzückende Knospe. Er ist da.«

Jetzt wußte sie es. Lord Heatherington! Was wollte er hier? Sie schlug ihm sacht mit dem Fächer aufs Handgelenk. »Gemeiner Betrüger. Er ist nicht so groß wie Ihr.«

»Dann wollt Ihr ihn auch nicht. Gebt mir doch bitte Gelegenheit, Euch von meinem Charme zu überzeugen.«

Er war kein unattraktiver Mann, aber da sie ihn einzuschätzen wußte, würde sie sich nicht für alles Geld der Welt mit ihm von den anderen absondern. »Lieber nicht, Sir«, sagte sie. »Sucht Euch eine andere Blüte.«

Er nahm den Korb mit guter Miene hin, verbeugte sich und ging.

Inzwischen war eine Reihe von weiteren Gästen angekommen, die sie nicht hatte in Augenschein nehmen können. Ein maskierter Herr in goldener Seide schritt vorbei, blieb stehen, drehte sich um und musterte sie. »Mein hübsches Chamäleon«, flüsterte Cyn. »Wie ich sehe, bist du vor Kummer ergraut.«

»Wie hast du mich erkannt?«

»Wie sollte ich nicht? Komm«, sagte er und reichte ihr die Hand. »Ich muß Rothgar suchen.«

»Warum?« fragte Chastity, plötzlich nervös.

»Nur, um ihm mitzuteilen, daß Brand Vernham überredet hat, an unserem Fest teilzunehmen.«

Chastity konnte nicht widerstehen. Sie nahm seine Hand und begab sich mit Cyn auf die Suche nach Rothgar. »Wie um alles in der Welt hat Brand das zustande gebracht?«

»Indem er ihn wissen ließ, daß er sonst nichts zu essen und zu trinken bekäme. Und Vernham trinkt nun mal sehr gern. Seit er wieder zu sich gekommen ist, schreit er nach Brandy.«

»Hat Rothgar dich in seine Pläne eingeweiht?«

»Nein. Keine Sorge. Ich lasse nicht zu, daß dich irgend jemand verletzt.« Es war, als wüßte er um ihre Ängste.

Rothgar hielt sich nicht in der Halle auf, und deshalb suchten sie sich einen Weg zum Empfangssaal. Im plötzlichen Gedränge vor der Tür bemerkte Chastity, daß Cyn sein Schwert trug. »Wird es denn zu Gewaltakten kommen?« flüsterte sie besorgt.

Er lächelte, ganz Malloren. »Das will ich doch hoffen.«

Die Fröhlichkeit zufriedener Menschen, die nichts im Kopf hatten als ihre Ernte und ihre Kinder, wirkte nahezu makaber auf Chastity, wenn sie an die bevorstehenden Schrecken dachte.

Sie fanden Rothgar in dem Raum, der für die Karten- und Würfelspiele ausgerüstet war, wo er Lord Bute einen Platz anbot. Butes maskierter Partnerin gegenüber verhielt er sich besonders aufmerksam. Chastity wurde bewußt, daß sie Au-

guste, die Princess of Wales, sein mußte, die Mutter König Georges.
Die Kehle wurde ihr eng. War es nur Zufall, oder spielte Rothgar mit unglaublich hohem Einsatz? War die Erzfeindschaft zwischen Prinzessin Auguste und dem Earl of Walgrave Bestandteil des Netzes, an dem er wob? Auguste war immer eifersüchtig auf die enge Freundschaft zwischen Walgrave und ihrem Gatten, dem Prince of Wales, gewesen. Als Prinz Frederick starb, hatte sie ihren Sohn – den derzeitigen König – gegen den Earl aufgestachelt.
Cyn berichtete Rothgar, daß Vernham sich unter die Gäste gemischt hatte, und Rothgar nickte. Sein Haar war weiß gepudert, und er trug ein leichtes Make-up, das seine Listigkeit betonte, doch abgesehen von einer schmalen schwarzen Maske war er nicht verkleidet. Jedermann konnte ihn erkennen und sehen, daß er gefährlich war. Chastity war an sein Verhalten innerhalb der Familie gewöhnt, entspannt und in ländlicher Kleidung. Jetzt aber, da er wie für einen Empfang bei Hofe in tiefblauer Seide und Silber auftrat, fürchtete sie ihn wieder.
Ob Fort doch recht hatte? Würde Rothgar die Chance wahrnehmen und seinen Feind vernichten, koste es, was es wolle?
Vielleicht hatte er ihre Gedanken erraten. Er lächelte, fing ihre Hand ein und küßte sie. »Fangt schon mal an, Eure Hochzeit zu planen, *mignon*.«
»Ihr könnt nicht sicher sein …«
Er zog die Brauen hoch. »Alles läuft wie am Schnürchen.«
Da wußte Chastity, daß sie recht hatte. Alle handelten auf sein Kommando. Sie warf einen erschrockenen Blick auf die Königin. »Ich werde mich nicht demaskieren«, sagte sie fest.
»Du wirst tun, was man dir sagt. Cyn, bleib bei ihr und kontrolliere sie, wie es sich für einen guten Ehemann gehört.«

»Wir sind noch nicht verheiratet«, sagte Cyn nüchtern, »und selbst, wenn wir verheiratet wären, würde ich sie nicht zwingen, die Maske abzunehmen.«
Das schien Rothgar nicht sonderlich zu berühren. »Dann bleib wenigstens bei ihr.«
»Das entspricht voll und ganz meinen eigenen Wünschen.« Cyn führte Chastity fort.
»Ich sterbe vor Angst«, flüsterte sie. »Ich war so glücklich, und nun wird alles zerbrechen.«
»Die Türen zu noch größerem Glück werden sich öffnen. Ich habe noch nie erlebt, daß Rothgar so zuversichtlich war und dann sein Ziel nicht erreicht hätte.« Er zog sie in einen stillen Raum und drehte sie zu sich um. »Er hat zugestimmt, daß ich gesund genug bin, um meinen Dienst wieder aufnehmen zu können. Er wird sich mir nicht in den Weg stellen.«
Chastity hatte das Gefühl, als hätte sich ihre Welt in eine taube Nuß verwandelt. »Wann gehst du?« fragte sie in dem Versuch, tapfer zu sein.
»Nach unserer Hochzeit. Oder vielleicht gar nicht.« Er drückte sie sanft an die Wand. »Ich weiß nicht recht, ob dir das Leben einer Soldatenfrau gefällt.«
Im Aufruhr ihrer Gefühle antwortete Chastity: »Cyn, du darfst wegen mir nicht deine Karriere aufgeben!«
»Aber ich kann auch dich nicht wegen meiner Karriere aufgeben.« Er strich mit den Fingern an ihrer Maske entlang. »Es gibt auch noch etwas anderes«, erinnerte er sie, und unverzüglich reagierte ihr Körper.
»Du liebst das Soldatenleben.« Chastity war stolz auf die Festigkeit in ihrer Stimme, obwohl sein Körper an ihrem heißes Verlangen in ihr weckte.
»Ich habe darüber nachgedacht, Chastity«, sagte er leise, während seine Hand, scheinbar absichtslos, an ihrem Hals entlangwanderte, ihren Umhang löste und ihn weit öffnete. »Ich weiß nicht, ob es stimmt. Aber ich liebe Reisen und

Abenteuer.« Seine Finger glitten über ihren Brustansatz unter dem seidenen Hemd.
»Ich liebe es, etwas Sinnvolles zu tun«, und seine Handwurzel fand ihre empfindlich aufgerichtete Brustspitze unter dem Mieder. Er spielte mit ihr, bis Chastity der Atem stockte. Unter gesenkten Lidern verfolgte er versonnen ihre Reaktionen.
»Aber es gibt auch noch etwas anderes«, flüsterte er. »Wenn der Krieg zu Ende geht, wird das Soldatenleben langweilig, doch in Kanada warten interessante Aufgaben – der Aufbau einer Regierung, Erforschung und Kartierung. Was kann ein Mann mehr verlangen, als ein so schönes, geheimnisvolles Land zu erforschen?« Seine Hand erforschte unterdessen das Tal zwischen ihren Brüsten.
Chastity lehnte den Kopf hilflos an seine Schulter. »Du bringst mich in Verwirrung. Eigentlich willst du das alles gar nicht.«
Seine Finger schlüpften unter ihr Mieder. »Es entzückt mich, dich zu verwirren, und es gibt keine Worte, die das Ausmaß meines Verlangens zum Ausdruck bringen könnten.« Er ertastete ihre empfindliche Brust und umfaßte sie.
»Ah!« Chastity entfuhr ein Schrei des Begehrens, und Cyn fing ihn in einem Kuß auf. Seine Zunge versprach nachhaltig andere Wonnen, und unter ihren Stößen schauderte Chastity und schmolz dahin. Die biegsamen Reifen ihres Rocks wurden flachgedrückt, als sein Schenkel sich zwischen ihre schob, um gleichermaßen zu beschwichtigen und zu quälen.
Chastitys Beine wollten sie nicht mehr tragen, und sie klammerte sich an Cyn. Ihr Herzschlag dröhnte in ihren Ohren. Glühende Hitze umfing sie und raubte ihr den Verstand.
Sein Mund gab ihre Lippen frei, und sie blickte zu ihm auf, sterbend vor einem Begehren, das er gewiß nicht stillen würde.

Da zog er die Hand aus ihrem Mieder zurück und schob sie unter ihre Röcke, um ihr hitziges Sehnen zu suchen und sie dort zu streicheln, bis ihr Körper sich aufbäumte und die Lust sie in ungeahnte Höhen hob.
»Cyn!« keuchte sie und klammerte sich an ihn. »Lieber Gott! Lieber Gott!«
»Schmilz für mich, Chastity«, flüsterte er. »Hier und jetzt.«
Sie hatte gar keine Wahl. Sie hielt sich an ihm fest, während die Schauer sie ergriffen, und erstickte ihre Wonneschreie an seiner samtenen Schulter. Dann kam Ruhe über sie.
Chastity fühlte sich benommen und feucht, und ihre Beine waren kaum fähig, sie zu tragen. Während ihr Puls sich beruhigte, vermittelte Cyns Mund an ihrem Nacken ihr eine ebenso besänftigende Botschaft.
Sie sog tief den Atem ein. »Warum?«
Er rückte ein wenig von ihr ab und lächelte, und sie erkannte die Leidenschaft in seinen Augen. »Weil ich dich bis zum Wahnsinn begehre.«
»Aber ...«
»Aber ich habe ein Gelübde getan, und ich gedenke es zu halten. Hoffentlich«, fügte er hinzu und lehnte seinen Kopf an den ihren, »muß ich es nicht mehr allzulange halten.«
»Ach, Cyn ...« Sie streichelte zärtlich über sein Haar. »Das war nicht nötig. Wirklich nicht.«
»Für mich schon.« Er schob sie ein wenig von sich und lächelte. »Hältst du mich etwa für einen edlen Märtyrer? Süße Chastity, auf der ganzen Welt gibt es nur ein Vergnügen, das größer ist als das, dich in Ekstase zu versetzen.«
Sie mußte an die Ehrlichkeit seiner Worte glauben. »Ich wußte ja nicht ...« Und in diesem abgebrochenen Satz kam ihre ganze Unschuld zum Ausdruck.
»Wir werden das alles gemeinsam erforschen, genauso wie das neue Land. Möchtest du, Geliebte?«
Sie forschte in seinem maskierten Gesicht. »Du willst tatsächlich dein Soldatenleben aufgeben?«

»Ja.«
Sie ergab sich diesem Traum. »Und was soll ich tun?«
»Mit mir zusammen Neues erforschen ... sowohl im Bett als auch außerhalb.« Er begann, mit geschickten Griffen ihre Kleidung zu ordnen. »Wir könnten uns ein Zuhause schaffen, vielleicht in Montreal. Und zur Zeit wird eine vielversprechende Stadt namens Halifax aufgebaut. Sie liegt an der Ostküste in Akadien. Dort könntest du bleiben, wenn es sein muß, und ansonsten begleitest du mich auf meinen Reisen.«
Sie nahm seinen Kopf zwischen beide Hände und küßte seinen Mund. »Das klingt wunderbar. Weißt du, das Leben in den Salons hat mir nie viel gegeben.« Sie fragte sich, was wohl geschehen würde, wenn sie sein Gelübde auf die Probe stellte.
»Ja, das weiß ich. Ich habe schon beim ersten Zusammentreffen erkannt, daß wir verwandte Seelen sind.« Er löste sich aus ihren Armen. »Du bist ein verflixt kühnes Weib.«
»Wahrscheinlich haben die Pistolen dich zu diesem Schluß verleitet«, flüsterte sie und rückte näher an ihn heran.
Er schüttelte den Kopf. »Zweifellos. Gib mir deine linke Hand, du Herzensdiebin.«
Chastity hielt inne und streckte ihm ihre Hand entgegen. Er schob einen Ring auf ihren Finger, einen goldenen Ring in der Form von zwei ineinander verschränkten Händen. Sie starrte ihn an. »Oh, Cyn ...«
Er schob einen zweiten Ring vor den ersten, einen diamantenbesetzten Reifen. »Das nennt man einen Schutzring«, erklärte er. »König George hat ihn in Mode gebracht, als er seiner neuen Braut einen Schutzring schenkte. Man schiebt ihn vor den Ehering, um diesen wie auch die Beziehung vor allen Gefahren zu schützen. Weißt du, daß der Diamant der allerhärteste Stein ist?«
Chastity berührte die wunderschönen Ringe, und unter ihrer Maske quollen Tränen hervor und rollten über ihre Wangen.

»Ach, Cyn, ich habe solche Angst. Ich habe zuviel Angst, um Hoffnung zu schöpfen. Ich bin immer noch die berüchtigte Chastity Ware.«

Er küßte ihre Tränen fort. »Komm und tanz mit mir, meine berüchtigte Lady. Ich werde deine Angst vertreiben.«

Chastity verlor sich völlig an den Tanz – ihren ersten Tanz mit Cyn –, bis sie Lady Nerissa Trelyn entdeckte.

Dies war die andere Nerissa Trelyn, der Liebling der vornehmen Gesellschaft, und sie hatte sich keinerlei Mühe gegeben, um unerkannt zu bleiben. Ihr schönes blondes Haar war ungepudert, und die kleine gefiederte Maske verbarg kaum etwas von ihrem Gesicht. Anstelle eines Dominos trug sie ein weites, fließendes Gewand aus reinweißer Seide.

Chastity dachte bitter, daß Nerissa geradezu jungfräulich aussehen würde, wenn nicht der tiefe weite Ausschnitt gewesen wäre, der ihre herrliche Figur wunderbar zur Geltung brachte. Und für den Fall, daß trotzdem noch jemand über ihre Identität im Zweifel sein sollte, trug sie die prachtvollen Trelyn-Diamanten, die ihr sie anbetender Gatte ihr geschenkt hatte.

Mit nahezu königlicher Würde tanzte sie, die Königin der Gesellschaft, mit ihrem Gatten. Lord Trelyn war kein alter Mann – er durfte etwa in Rothgars Alter sein –, doch er benahm sich wie ein Sechzigjähriger, während er gleichzeitig mit dem Besitz dieses herrlichen Geschöpfes prahlte.

Chastity empfand etwas wie Mitgefühl für Nerissa, bis sie sich entsann, daß die Dame ihn freiwillig geheiratet, dafür offenbar Bryght Malloren abgewiesen hatte und nun die Geliebte Lord Heatheringtons war.

Wieder suchte Chastity unter den Gästen nach ihrem Vater, doch im Dämmerlicht des chinesisch dekorierten Ballsaals war es unmöglich, jemanden zu finden. Hier wurden sogar Gewürze verbrannt – Weihrauch oder ähnliches –, und zudem vernebelte der silbrige Rauch der Kerzen die Luft.

Als der Tanz zu Ende war, begleitete sie Cyn in den Erfrischungsraum und trank ein wenig Wein. »Es ist ein prachtvolles Fest, wenngleich es in solcher Eile vorbereitet werden mußte.«
»Dieser Haushalt ist an Derartiges gewöhnt und bewerkstelligt so etwas im Handumdrehen.«
»Und unter riesigem Arbeitsaufwand«, betonte Chastity.
»Natürlich. Rothgar ist unermeßlich reich. Er betrachtet es als seine Pflicht, Menschen Arbeit zu geben.«
»Ich glaube, mein Vater ist sogar noch reicher. Aber er zählt die Kerzen und überprüft das Essen, das den Dienstboten gereicht wird.«
»Nun, hab doch Mitleid«, sagte Cyn mit belustigtem Blitzen in den Augen, »er mußte jahrelang die gierigen Vernhams bezahlen.«
Mit aller Macht drängte sich das eigentliche Problem wieder in Chastitys Bewußtsein. »Wann ist mit der Konfrontation zu rechnen?«
»Wenn der richtige Zeitpunkt gekommen ist. Wollen wir ein wenig beim Kartenspielen zusehen?«
»Ich dachte, du hältst nicht viel vom Spielen?«
Er führte sie aus dem Zimmer. »Ich sagte, ich spiele nicht gern um Geld. Der Anblick von Dummköpfen, die es sich leisten können, ihr Geld zum Fenster hinauszuwerfen, ist allerdings sehr entspannend.«
Sie sahen zu, wie Bute in aller Gemütsruhe Tausende verlor und dann einen Teil zurückgewann, wie Prinzessin Auguste ein Armband verlor, das bedeutend mehr wert war. Es überraschte Chastity nicht, die alte Lady Fanshaw wie einen Geier über ihren Karten hocken zu sehen. Zweifellos gehörte sie zu den Eingeladenen, und wenn nicht, wäre sie trotzdem gekommen, angelockt von dem Gerücht, daß gespielt werden würde, wie ein Aasfresser vom Gestank eines verwesenden Körpers.
Ein Diener überreichte Cyn eine Nachricht. Er las sie und

schob das Papier in seine Tasche. »Im Gartenzimmer«, sagte er.
Chastitys Herz begann wie wild zu hämmern, als er sie aus dem Zimmer führte. »Vater?« flüsterte sie.
»Davon stand nichts in dem Brief.« In einer verschwiegenen Ecke blieb er stehen und küßte sie. »Sei tapfer, Chastity. Diesmal bist du nicht allein.«

Einundzwanzigstes Kapitel

Das Gartenzimmer war weiter nichts als ein kleiner Salon mit Tapeten, auf denen Spaliere mit blühenden Ranken abgebildet waren. Durch breite Glastüren gelangte man in den Wintergarten, welcher wiederum auf eine Terrasse und in einen Garten hinausführte. In dieser kühlen Jahreszeit war ein Vorhang vor die Glastüren gezogen, und ein Feuer im Kamin erwärmte den Raum.

Cyn und Chastity betraten das kleine Zimmer und sahen Henry Vernham, der, bewacht von Brand Malloren, in einem Sessel saß.

Cyn beachtete ihn gar nicht, bot Chastity einen Platz auf dem Sofa an und setzte sich neben sie. »Mr. Vernham«, sagte er dann freundlich. »Ich hoffe, Ihr werdet gut versorgt. Habt Ihr alles, was Ihr braucht?«

»Ich glaube schon.« Trotz des verräterischen Glitzerns in seinen Augen sprach der Mann durchaus noch korrekt. Rothgar hatte, wie immer, recht gehabt: Vernham war ein hartgesottener Trinker. »Mich wundert allerdings, daß Ihr danach fragt«, bemerkte Vernham höhnisch. »Euer großer Bruder hat Euch an die Kandare genommen, wie?«

Cyn lächelte. »Dem verurteilten Gefangenen sollte stets eine herzhafte Mahlzeit serviert werden.«

Vernham erbleichte und versuchte aufzustehen, doch Brand drückte ihn zurück in den Sessel. Bevor es zum Streit kommen konnte, wurde die Tür geöffnet, und der Earl of Walgrave, begleitet von Lindle und zwei bulligen Handlangern, trat ein. Rothgar und Fort folgten ihnen auf dem Fuß.

Trotz Cyns schützender Nähe begann Chastitys Herz zu hämmern.

Das kleine Zimmer war gedrängt voll, doch ihr Vater stand, als wäre es sein angeborenes Recht, inmitten eines freien Raumes. Chastity bemerkte, daß er einen neuen Stock besaß, Ebenholz mit goldenen Verzierungen, der etwas massiver war als seine früheren. Er zeigte keine Spur von Nervosität. Sein Blick ging über Chastity hinweg, als wäre sie eine Fremde. Herausfordernd nahm sie die Maske ab und schob die Kapuze ihres Dominos zurück.

»Nun, Rothgar?« begann Walgrave. »Darf ich den Grund dieses Auftritts erfahren? Ich bin ungehalten, sehr ungehalten darüber, daß Ihr Euch in meine Familienangelegenheiten einmischt.«

Rothgar blieb beim Kaminfeuer stehen. »Aber unsere Familien werden eine glückliche Verbindung eingehen.«

Der Earl durchbohrte Chastity mit seinen Blicken. »Die schamlose Hure da? Ihr könnt sie gern haben, aber sie ist nicht mein Kind.«

Cyn drückte tröstend Chastitys Hand, und sie blickte ihrem Vater in die hohnvollen Augen. Er wandte sich ab – Henry Vernham zu.

Nacktes Entsetzen stand in dessen Zügen. Chastity wurde klar, daß Vernham, ohne belastendes Beweismaterial in den Händen zu haben, der Bosheit ihres Vaters hilflos ausgeliefert war. Außerdem aber bemerkte sie etwas Verhaltenes im Blick ihres Vaters, als er Vernham musterte. Vielleicht war der Earl nicht restlos sicher, daß Henry Vernham hilflos war.

»So sei es denn«, sagte Rothgar gleichmütig. »Ich beabsichtigte lediglich, Euch um der Familie willen einen Gefallen zu tun.« Nachdenklich nahm er eine Prise Schnupftabak. »Tatsächlich, ich bestehe darauf. Manchmal wundere ich mich selbst über meine Großmütigkeit. Ich glaube, Mr. Vernham besitzt etwas, das Ihr gern hättet.«

»Das glaube ich auch«, sagte Walgrave mit einem bösartigen Lächeln. »Verstehe ich Euch richtig: Ihr gestattet mir, es an mich zu nehmen?«

Rothgar vollführte eine einladende Handbewegung. »Bitte schön.«

»Verdammt!« schrie Vernham und versuchte erneut, auf die Füße zu kommen. »Ich habe nichts. Überhaupt nichts!«

Der Earl hatte sich jedoch schon wieder Rothgar zugewandt. »Vielleicht sollte ich Vorsicht walten lassen, wenn ein Malloren mir ein Geschenk anbietet.«

Chastity wurde plötzlich klar, daß ihre Familie zahlenmäßig im Vorteil war. Im Raum befanden sich drei Malloren und, einschließlich der Handlanger, vier Menschen, die zu ihrem Vater gehörten. Fort war auch noch da, aber sie konnte nicht sicher sein, auf welcher Seite er stehen würde, wenn die Zukunft der Grafenwürde auf dem Spiel stand. Vernham stand allein da.

Wenn es zum Äußersten kommen sollte, würde sie, Chastity, ihren Beitrag leisten, doch sie fürchtete, in dieser Gesellschaft nicht viel ausrichten zu können.

Rothgar nahm mit anmutigen Bewegungen noch eine Prise Schnupftabak und wischte ein paar Krümel fort. »Vorsicht ist immer angebracht, Walgrave. Im vorliegenden Fall aber habe ich Gründe für meine Großzügigkeit. Ich kann nicht zulassen, daß mit Eurer Tochter ein Makel über meine Familie kommt.«

Der Earl lachte meckernd. »Du liebe Zeit, Mann, Ihr holt Euch die Gosse ins Haus!«

»Vater!« fuhr Fort auf. Cyn sprang auf die Füße.

Walgrave wandte sich seinem Sohn zu. »Bist du auf ihrer Seite, Junge? Dann bist du ein Narr. Wenn das Gör nicht von Vernham geschändet wurde, dann aber allemal von Malloren.«

Cyns Degen fuhr zischend aus der Scheide, doch Rothgar hob die Hand. Cyn erstarrte in der Bewegung, den Blick kalt auf Walgrave geheftet.
Rothgar drehte sich zu Vernham um. »Sir, mein Lieber, seid Ihr letztendlich gar doch unschuldig? Habt Ihr Euch nicht lasterhaft mit Lady Chastity vergnügt?«
Vernham war eindeutig außer sich vor Angst. Er blickte starr auf Cyns gezogenen Degen, obwohl dieser gar nicht auf ihn gerichtet war. »Nein, natürlich nicht! Ich hab sie kaum angerührt!«
»Dann war es wohl ein verpatzter Bubenstreich. Und Ihr habt edelmütig um ihre Hand angehalten, um den Schaden abzuwenden, den Ihr ungewollt angerichtet hattet.«
»Ja, ja. Falls sie zu dem Zeitpunkt, als ich in ihr Bett stieg, noch Jungfrau war, dann war sie es auch noch, als ich es wieder verließ.«
»Falls?« fragte Cyn, und jetzt richtete sich seine Degenspitze doch auf Vernham, zitterte kaum eine Spanne vor seinen angsterfüllten Augen.
»Sie war Jungfrau, ja doch!« stammelte er. »Er hat ihr Hymen sprengen lassen, damit sie ihre Unschuld nicht beweisen konnte. Aber das geschah erst später!«
Alle Blicke richteten sich auf Walgrave.
Er wirkte völlig unbeeindruckt. »Quatsch. Falls Ihr das Mädchen auf diese Weise reinwaschen wollt, Rothgar, dann seid Ihr auf dem Holzweg.« Er blickte Vernham verächtlich an. »Gib mir die Papiere, Schurke, dann lasse ich dich am Leben.«
Vernham fuhr zurück. »Ich habe sie nicht, das sagte ich doch schon!«
»Dann nehmen wir dich Stück für Stück auseinander, um sicherzugehen ...«
Die Tür öffnete sich.
Alle im Raum starrten auf die Frau, die nun eintrat. Cyn senkte seinen Degen. Es war eine Fremde. Nein, keine Frem-

de, dachte Chastity. Vor Entsetzen rang sie nach Luft, als sie die Frau erkannte, die ihr den Beweis ihrer Unschuld genommen hatte.
Sie war groß und schön, wenn man von dem harten Zug um ihren Mund und von den kalten Augen absah. Und sie war so kostbar gekleidet wie die Gäste des Hauses.
»Ah, Mirabelle«, sagte Rothgar. »Seid willkommen.«
Mit unendlichem Hohn im Blick schaute sich Mirabelle im Zimmer um. »Der Earl of Walgrave hat mich bezahlt«, sagte sie laut und deutlich, »damit ich das Jungfernhäutchen seiner Tochter, Lady Chastity, sprengte. Sie war ganz eindeutig noch nie von einem Mann berührt worden.« Ein kleines Lächeln spielte um ihre Lippen. »Mein Geschäft besteht gewöhnlich eher darin zu reparieren, was unpassenderweise beschädigt wurde ...«
»Hat das Gerede etwas zu sagen?« fragte der Earl. »Eine Frau wie diese kauft man für ein paar Guineen.«
»Im Gegenteil, Mylord«, sagte Mirabelle. »Für weniger als zwanzig Guineen würde ich einem Gentleman nicht einmal die Nase putzen.« Damit nickte sie Rothgar zu und rauschte hinaus.
Rothgar wandte sich Vernham zu. »Da Eure Unschuld bewiesen ist, könntet Ihr dem Earl doch jetzt das Dokument aushändigen und gehen.«
»Ich habe es nicht, das sagte ich doch!« schrie Vernham. »Verity hat es in irgendeiner verdammten Kleidertasche!«
»Dann sollten wir jetzt vielleicht Lady Verity mit dem Brief holen lassen. Lord Thornhill, hättet Ihr die Freundlichkeit?«
Chastity bemerkte die Reaktion ihres Vaters auf das Wort ›Brief‹, dem er entnahm, daß Rothgar den Inhalt des Dokuments kannte. Höhnisch fuhr er zu seinem Sohn herum. »Dann spiel doch Rothgars Laufburschen, Sohn. Zu mehr bist du nicht nütze.«
Fort preßte die Lippen aufeinander und ging.
»Während wir warten«, sagte Rothgar, »könntet Ihr, Mr. Vernham, uns doch berichten, wie Ihr ohne Lady Chastitys

Zustimmung in deren Bett geraten seid, und warum sie nicht einmal geschrien hat. Dieses Tricks würde ich mich selbst gern bei Gelegenheit bedienen.«

Vernham war augenscheinlich zu betrunken und zu verängstigt, um noch klar denken zu können, und so bemerkte er nicht, daß das Gespräch eine recht merkwürdige Wendung genommen hatte. Er lachte. »Sie schläft wie eine Tote. Eine ganze Armee könnte zu ihr ins Bett steigen, ohne daß sie etwas merkt. Ich mußte sie kneifen, damit sie aufwachte, als die Zeugen kamen.«

»Aber Ihr habt Euch nicht darauf verlassen können, daß sie schlief, oder?« fragte Rothgar milde.

»Walgrave hatte es mir versichert«, sagte Vernham und schickte einen nervösen Blick zu dem Mann hinüber.

Der Earl sah ihn mordlustig an, sagte aber nichts. Falls Rothgar darauf hoffte, ihm eine belastende Äußerung zu entlocken, konnte er lange warten.

Chastity überlegte, ob sie ihren Vater noch einmal so weit würde reizen können, daß er die Beherrschung verlor.

Sie stand auf und wich Cyns Hand aus, als er sie zurückhalten wollte. »Und ich war meinem Vater völlig gleichgültig, nicht wahr, du Ungeheuer?« Herausfordernd baute sie sich vor Walgrave auf und lachte ihm ins Gesicht. »Du hast wohl gedacht, es würde ein Kinderspiel sein, aber ich habe dich in allen Punkten geschlagen!«

Sein Lächeln war wie ein Zähnefletschen.

»Wenn ich Henry Vernham geheiratet hätte, wäre dies alles nicht passiert, stimmt's? Aber ich habe dir ins Gesicht gelacht! Und deshalb wolltest du mich zwingen. Du hast diesem Mann den Schlüssel zu meinem Zimmer gegeben und dann die Elite der vornehmen Gesellschaft als Zeugen hineingeführt. Du hast damit nur Schande über dich selbst gebracht, du stinkender Heuchler!«

Sie rechnete damit, daß er den Stock benutzte, und sprang geschickt zur Seite. Cyn trat mit gezücktem Degen vor.

Der Earl drehte seinen Stock um und zog eine Klinge heraus. Er warf sie seinem Henker zu. »Lindle!«
Cyn lächelte beglückt. »Ah, Ihr seid also Lindle. Wißt Ihr, Ihr solltet Euch lieber nicht auf dieses Spielchen einlassen.«
Lindle trat ihm entgegen. Cyn tänzelte zurück. »Ihr seid ganz gefährlich im Nachteil«, sagte Cyn, »und habt keine Chance auf einen Sieg. Ist es Euren Tod wert, diesem Mann da zu Diensten zu sein?«
Lindles Gesichtsausdruck blieb unverändert. Er trug immer noch dieses merkwürdige Lächeln auf den Lippen. »Kräht nicht so laut, kämpft lieber.«
Die Degen klirrten nur kurz gegeneinander, dann schlitzte Cyn – beinahe nachlässig – Lindles Wange auf. Der Mann stieß einen Schrei aus und preßte die Hand auf die Wunde. Blut quoll zwischen seinen Fingern hervor.
Cyns Degenspitze berührte nun Lindles Hals. »Ich fürchte, Euer Lächeln wird nie wieder dasselbe sein.« Er schob den Mann mit der Degenspitze bis an die Wand zurück, so daß er nicht mehr ausweichen konnte. »Nun«, sagte Cyn, »hat Mistress Mirabelle auf den Befehl des Earls hin Lady Chastitys Hymen gesprengt?«
Lindles Lächeln war offenbar tatsächlich auf irgendeine Deformation zurückzuführen, denn es schwand nicht, während er seinem Herrn einen verzweifelten Blick zuwarf.
Der Earl ignorierte ihn, als ginge er ihn überhaupt nichts an.
»Ja«, krächzte Lindle.
»Ihr wart dabei?« fragte Cyn.
»Ja.« Immer noch floß das Blut zwischen seinen Fingern hindurch. Der lässige Hieb hatte ihn tief getroffen, und der Mann sah aus, als würde er im nächsten Moment zusammenbrechen.
»Und hat der Earl es so eingerichtet, daß Mr. Vernham von den Zeugen in Lady Chastitys Bett angetroffen wurde?«
»Ja!« keuchte Lindle. »Auf Befehl des Earls habe ich Vernham ins Zimmer gelassen und ihm Mut zugesprochen. Der Feig-

ling glaubte nicht, daß es gelingen würde. Doch als er dann sah, wie tief und fest sie schlief, hat er sie mit größtem Vergnügen abgetastet.«

Chastity wurde übel. Cyn fluchte zwischen zusammengebissenen Zähnen, und für einen Augenblick sah es so aus, als wollte er den Mann durchbohren, doch statt dessen trat er zurück und senkte den Degen. Er verneigte sich leicht zu seinem Bruder hin. »Entschuldige, daß ich das Gespräch unterbrochen habe.«

»Keine Ursache«, sagte Rothgar. »Walgrave? Warum gebt Ihr es nicht zu? Ihr hattet doch zweifellos Eure Gründe.«

Doch Walgrave schwankte nicht. »Ich streite alles ab. Ich hätte gedacht, Lindle wäre mutiger und würde nicht auf Befehl Lügen ausspucken. Nun, ich habe mich in ihm getäuscht.«

Verity kam mit Fort und Nathaniel ins Gartenzimmer. Sie wurde blaß, als sie ihren Vater sah, und beim Anblick des blutüberströmten Lindle rang sie nach Luft.

»Lady Verity«, sagte Rothgar, »habt Ihr das betreffende Dokument gefunden?«

»Ja«, antwortete Verity, zog das gefaltete und versiegelte Papier hervor und trat zu Rothgar, um es ihm auszuhändigen.

Walgrave entriß es ihr, warf es ins Feuer und zückte gleichzeitig eine Pistole. »Zurück!« schrie er. »Keiner wagt es, das Papier aufzuheben!«

Alle sahen zu, wie das Papier schwarz wurde, Feuer fing und verbrannte.

Walgrave fing an zu lachen. »Endlich! Frei! Ha, Rothgar, trotz all Eurer schlauen Tricks habt Ihr mir letztendlich doch den Weg frei geräumt. Ihr könnt meine verdammte Familie haben, jeden verfluchten einzelnen von ihnen! Mögen sie Euch das Leben genauso zur Hölle machen wie mir!«

»Die Hölle ist wohl eher in Eurer Gesellschaft anzusiedeln«, sagte Rothgar und blickte nachdenklich auf die Asche des

Beweisstücks. »Es sieht allerdings so aus, als hättet Ihr gewonnen. Vielleicht stimmt Euer Sieg Euch aber edel genug, um einzugestehen, daß Eure Tochter ihr Hymen nicht durch einen Mann verloren hat.«

Der Earl war wie berauscht von seiner Freiheit. »Aber gern«, erklärte er. »Wenn ich mir auch nicht vorstellen kann, was Ihr davon habt.«

»Schriftlich am besten«, sagte Rothgar und wies auf einen Schreibtisch, auf dem Papier und Tinte bereitgestellt waren.

Der Earl zögerte, doch er grinste noch immer wie ein Wahnsinniger. Es war, als hätte der Erfolg erreicht, was Drohungen nicht bewirken konnten: als hätte er den Verstand verloren. »Warum nicht? Aber ich werde schreiben, daß ich es nur tat, um sie in eine unbedingt notwendige Ehe zu zwingen. Es ändert ja nichts an der Tatsache, daß Vernham in ihrem Bett war, und ich streite ab, daran beteiligt gewesen zu sein.«

Der Gefühl des Versagens drückte Chastity nieder. Rothgar machte das Beste aus der verfahrenen Situation, aber ohne den Beweis für Walgraves Verrat konnte nichts mehr erreicht werden. Bald schon mochte Nathaniel Angriffen ausgesetzt sein, und nichts, was hier geschah, würde ihr selbst auch nur den geringsten Nutzen bringen.

»Wie?« schrie Vernham und sprang auf. »Du wirst mir nicht die Schuld zuschieben, du Teufel! Es war einzig und allein dein Plan, bis in die winzigste Kleinigkeit, nur um zu verhindern, daß mein Bruder Gebrauch von diesem Brief machte. Er mag verbrannt sein, aber ich kenne den Inhalt auswendig. Ich kann noch immer der ganzen Welt berichten ...«

Walgrave drehte sich um und schoß ihn nieder.

Der Schuß hallte in dem kleinen Raum mächtig nach, und Chastity hielt sich die Ohren zu. Vernham fiel mit erstauntem Blick in seinen Sessel zurück, und auf seiner Brust breitete sich ein Blutfleck aus. Er versuchte, etwas zu sagen, verzog dann im Todeskampf das Gesicht und starb.

Cyn ließ den Degen fallen und zog Chastity in seine Arme,

während Nathaniel Verity an seine Brust nahm. Chastity klammerte sich an Cyn, doch dann schob sie ihn von sich und sah ihren Vater an. »Das war kaltblütiger Mord.« Sie blickte reihum alle Männer im Raum an. »Ihr könnt ihn nicht mit einem kaltblütigen Mord davonkommen lassen.«

Ihr Vater stäubte feinen Sand über sein Blatt Papier, klopfte es behutsam sauber und streckte es ihr entgegen. »Hier, Mädchen. Nimm das und halte den Mund. Lerne endlich, dich aus Männerangelegenheiten herauszuhalten.«

Chastity nahm das Papier und warf es zur Seite. »Männerangelegenheiten? Männerangelegenheiten haben mich ruiniert!«

»Ich freue mich, daß du wenigstens die Endgültigkeit dieser Tatsache anerkennst.«

»Und dir ist es einerlei. Dir, meinem Vater, ist es völlig gleichgültig, daß ich zu Unrecht geächtet werde. Wie glaubst du eigentlich, England nützen zu können, wenn du nicht einmal eine Familie versorgen kannst?«

»Meine Familie ist da, um mich zu versorgen«, sagte er und stand auf. Er stieß sie lässig zur Seite.

Sie packte Lindles Degen, der am Boden lag, und stürzte sich ungeachtet des allgemeinen Aufschreis auf ihren Vater. Er wehrte die Klinge mit seiner Pistole ab, doch die Spitze zerriß seinen Ärmel und ritzte seinen Arm. Walgrave fauchte und hieb mit der Pistole mit aller Macht nach Chastitys Kopf. Chastity spürte, wie die Waffe ihre Schläfe streifte, während Cyn sie zu Boden riß.

»... in dem vornehmen Hause Stuart erkennen wir Tapferkeit und Wahrheit, begleitet von edler Keuschheit, sämtlich Tugenden, die England zu größtem Nutzen gereichen.«

Alle erstarrten. Schweigen senkte sich über den Raum, während alle Anwesenden sich Rothgar zuwandten, der aus einem Dokument vorlas. Aus einem blutverschmierten, zerkauten Dokument.

»Nein«, keuchte Walgrave.

Lindle kicherte.
»Ihr hättet den Brief lesen sollen, bevor Ihr ihn dem Feuer übergabt, nicht wahr?« fragte Rothgar milde.
»Nein!« heulte der Earl auf. Er hob die Pistole und feuerte, doch da er bereits einen Schuß abgegeben hatte, klickte es nur. Er schleuderte die Waffe auf Rothgar, verfehlte ihn jedoch.
»Tötet ihn!« schrie er seinen beiden Handlangern zu. Immer noch am Boden liegend, halb unter Cyn begraben, sah Chastity, daß der Earl nun wirklich den Verstand verloren hatte, aber würde er sie nun alle in den Tod schicken?
Seine beiden Männer waren bisher nur Zuschauer dieses Aufruhrs gewesen. Jetzt tauschten sie einen Blick, unternahmen aber nichts.
»Tötet ihn oder ich lasse euch hängen! Ich vernichte euch! Ich vernichte eure Familien ...«
Die Männer sahen hilfesuchend zu Rothgar.
Rothgar lächelte. »Von jetzt an, Mylord«, sagte er zu dem Earl, dessen Gesicht blau anlief, »tanzt Ihr nach meiner Pfeife statt nach Vernhams. Ob Euch das ein wenig besser gefällt?«
»Niemals«, fauchte Walgrave. Er fuhr mit der Hand in die Tasche des am nächsten stehenden Mannes und zog eine Pistole heraus. Der Mann, entsetzt über den unsäglichen Tumult, stand wie erstarrt da und rührte keinen Finger.
Als Walgrave jedoch die Waffe hob und schießen wollte, hatten Brand und Rothgar bereits ihre Pistolen auf ihn gerichtet.
»Eine interessante Situation, nicht wahr?« fragte Rothgar. »Ihr könntet mich umbringen, würdet allerdings ganz sicher sterben. Seid Ihr bereit, vor Euren Schöpfer zu treten?«
Walgraves Mund zuckte vor Haß. »Lieber sterbe ich, als Euch den Sieg zu überlassen, Rothgar. Ihr seid mir schon viel zu lange ein Dorn im Auge.«
»Es freut mich, das zu hören.«
»Gebt mir das Dokument, und niemand braucht zu sterben.«

»Nein«, antwortete Rothgar. »Aber ich gebe Euch mein Wort, keinen Gebrauch davon zu machen, solange Ihr ein ruhiges Leben in Walgrave Tower führt, Euch nicht in Regierungsgeschäfte einmischt und Eure Nachkommen unbehelligt laßt.«
»*Was?*« schrie Walgrave. »Soll ich für den Rest meines Lebens nach Eurer Pfeife tanzen? Niemals, Ihr Satan!« Er fuchtelte wild mit seiner Pistole herum.
Würde er Rothgar erschießen?
Brand?
Fort?
Sie, Chastity?
Mit einem meckernden Lachen wahnsinniger Belustigung wich Walgrave rücklings zur Tür zurück. »Versucht nicht, mich aufzuhalten!«
»Ihr könnt gehen«, sagte Rothgar ruhig. »Aber vergeßt nicht meine Bedingungen. Im Gegensatz zu Vernham habe ich nichts zu verlieren, wenn ich mit diesem Brief an die Öffentlichkeit gehe.«
»An die Öffentlichkeit!« krähte Walgrave. »O ja, die Öffentlichkeit ...« Er öffnete die Tür und lief mit schweren Schritten in die Halle hinaus.
Cyn sprang auf. »Er ist wahnsinnig. Er wird jemanden verletzen.« Er lief ihm nach.
Chastity erhob sich ebenfalls, behindert durch ihre Röcke und den Domino, und folgte ihm gemeinsam mit den anderen.
Sie hörte Walgrave etwas über Verrat und Rothgar heulen. Er versuchte, Rothgar zu beschuldigen ...
Sie stürzte hinaus in die marmorne Halle und sah ihren Vater, der seine Pistole schwang und wie ein verrückter Prediger über Verräter und Ehebrecher wetterte. Gäste duckten sich hinter Sessel und Säulen. Chastity sah von der gegenüberliegenden Seite her Fort kommen, der rasch zu Walgrave eilte und versuchte, ihn unter Kontrolle zu bringen.

Es geschah rasend schnell.
Der Blick des aufgebrachten Earls blieb auf einer Person im Spielsaal haften. »Ihr ...!« fauchte er. »Ihr! Die Urheberin all meines Leides ...!«
Fort hielt plötzlich eine Pistole in der Hand. »Vater, nicht!«
Der Earl zielte.
Fort schoß auf ihn.
Der Arm des Earls zuckte, und die Kugel aus seiner Waffe prallte harmlos an einer Marmorsäule ab. Er brach ungraziös zusammen. Chastity schoß merkwürdigerweise als erstes der Gedanke durch den Kopf, daß ihr Vater es hassen würde, in so unwürdiger Haltung gesehen zu werden.
Sie lief zu ihm, doch ihr Vater war tot. Ins Herz geschossen. Sie hob den Blick und sah Prinzessin Auguste, die wenig elegant bewußtlos in ihrem Sessel lag. Die Karten waren ihr aus der Hand gefallen. Auf sie hatte der Earl gezielt, und sie hatte vor Entsetzen das Bewußtsein verloren.
Chastity sah zu Fort auf, der bleich und wie erstarrt dastand, den entsetzten Blick auf sein Opfer gerichtet. Dann waren Verity und Nathaniel an seiner Seite.
Aufgeregtes Stimmengewirr, durchsetzt mit Weinen, war um sie herum zu hören. Cyn zog Chastity in seine Arme und führte sie fort von der Leiche.
Brands und Rothgars Pistolen waren verschwunden. Rothgar beruhigte die aufgebrachten Gäste, doch Chastity bemerkte, daß er nichts tat, um sie am Betreten der Halle zu hindern. Elf erschien und lief zur Prinzessin, um sie in ihre Obhut zu nehmen. Sie löste Augustes Maske und reichte ihr Riechsalz.
Sofort verbreitete sich die Nachricht, wer die geheimnisvolle Dame war, was den Adel entschieden mehr erregte als die Leiche.
Im Vorübergehen gab Rothgar Cyn leise Anweisung, Chastity aus dem Zentrum des Aufruhrs zu entfernen. Sie drängten sich durch die Menge zurück. Was nun? Wie viele von

diesen Ereignissen mochten vom Drahtzieher beabsichtigt sein? Sicher hätte doch nicht einmal Rothgar geplant, daß ein Sohn seinen Vater erschießen sollte.
Oder doch?
Chastity sah sich um, doch Fort war verschwunden.
»Cyn«, sagte sie, »ich muß zu Fort. Wahrscheinlich ist ihm ganz furchtbar zumute.«
Doch Cyn hielt sie am Arm zurück. »Noch nicht. Verity ist bei ihm.« Am Gedränge vorbei führte er sie an eine Stelle, von der aus sie sehen und hören konnten, was im Spielsalon vor sich ging.
Auguste war wieder zu sich gekommen und wurde behutsam auf eine *Chaise* gebettet. Rothgar neigte sich besorgt über sie und vergewisserte sich über ihren Gesundheitszustand.
Die Prinzessin drückte sich eine kühlende Kompresse an die Stirn. »Dieser Mann. Walgrave«, sagte sie mit ihrem unüberhörbar deutschen Akzent. »Ich mochte ihn noch nie. Er übte einen schlechten Einfluß auf meinen lieben Frederick aus.«
»Ich fürchte, er hat den Verstand verloren, Euer Hoheit«, erklärte Rothgar.
Auguste hob die Kompresse leicht an und fand offenbar vollends in die Wirklichkeit zurück. »Er schrie etwas von Verrat. Ich glaube, er hat Euch des Verrats bezichtigt, Mylord Marquis.«
»Er sagte, Ihr wart im Jahr fünfundvierzig ein Jakobit«, fügte Lady Fanshaw hinzu. »Völlig verrückt, der Mann. Zu jener Zeit wart Ihr ja kaum den Kinderschuhen entwachsen.«
»Stimmt«, sagte die Prinzessin. »Und Ihr seid ja so loyal, Ihr Mallorens.« Chastity sah Augustes flüchtigen Blick auf Lord Bute, der sich taktvoll etwas zurückgezogen hatte. Der reichlich konventionelle ortsansässige Adel mußte nicht unbedingt wissen, daß die Mutter des Königs, abgesehen von dem Mann, der als ihr Liebhaber galt, ohne Begleitung zu diesem Fest erschienen war.
»Treu ergeben«, sagte Rothgar und schenkte ihr ein wenig

Wein ein. »Ich kann gar nicht sagen, wie bestürzt ich bin, daß Ihr als Gast in meinem Haus so etwas habt erleben müssen, Euer Hoheit. Wir müssen Eure Hofdame finden.« Er schaute sich um. »Wo ist Lady Trelyn?«

Nerissa Trelyn war in der Tat eine Hofdame, doch Chastity wußte wohl, daß sie an diesem Abend nicht zusammen mit der Prinzessin Auguste gekommen war. Rothgars Bemerkung allerdings stellte auf subtile Weise Sitte und Anstand wieder her. Aber wie wollte Rothgar es zuwege bringen, daß die Trelyns nach seiner Pfeife tanzten?

Die Prinzessin entspannte sich und trank von ihrem Wein. »Ich bin überzeugt, daß Ihr nicht die geringste Schuld an diesem Fiasko tragt, Mylord. Ich wüßte gern, was den armen Earl in den Wahnsinn getrieben hat.«

»Ich fürchte, er war Opfer seines schlechten Gewissens, Euer Hoheit.«

»Seines schlechten Gewissens?«

»Ja, Hoheit. Seht Ihr, auf diesem Fest traf er auf den Schurken, der zu Anfang des Jahres seine Tochter in den Ruin gestürzt hat. Der Mann war betrunken, und der Earl erkannte, daß sein armes Kind völlig unschuldig an allem war, was ihr zum Vorwurf gemacht wurde.«

»Ihr sprecht von Chastity Ware?« fragte Auguste erstaunt.

»Ja. Augenscheinlich hat Henry Vernham sich in den Besitz des Schlüssels zu ihren Räumen gebracht und ist in ihr Bett geschlüpft. Aus familieninternen Klatschgeschichten wußte er von Lady Chastitys sprichwörtlichem tiefen Schlaf. Er hat absichtlich Schande über Lady Chastity gebracht, um sie heiraten zu können und in den Besitz ihrer großzügigen Mitgift zu kommen.«

»So ein Schuft«, sagte jemand in der Gästeschar. »Er sollte ausgepeitscht werden.«

»Ich fürchte«, sagte Rothgar, »das ist unmöglich. Der Earl hat den Mann in seinem übergroßen Schmerz erschossen.«

Ein zustimmendes Gemurmel ging durch die Menge.

Die Prinzessin wirkte ein wenig skeptisch. »Das ist eine merkwürdige Geschichte, Mylord.«
»Wirklich sehr merkwürdig«, pflichtete Rothgar ihr bei. »Aber der Earl bestand darauf, einen überaus wichtigen Aspekt der Wahrheit schriftlich festzuhalten.«
Die Prinzessin griff nach dem Blatt Papier, das Rothgar ihr reichte. »Unglaublich«, bemerkte sie. »Daraus geht klar und deutlich hervor, daß Lady Chastity entschieden tugendhafter war, als es den Anschein hatte. Wir haben uns offenbar alle in ihr getäuscht.«
»Und ich möchte gern noch etwas hinzufügen«, meldete sich eine Stimme. Nerissa Trelyn trat vor. Chastity fiel auf, daß Bryght, der sich gerade unauffällig zurückzog, sie offenbar hergeleitet hatte, und ausnahmsweise einmal machte er einen amüsierten Eindruck.
Nerissa war gefaßt, doch sie war weiß wie ihr jungfräuliches Gewand. Vor der Prinzessin versank sie in einem tiefen Knicks. »Ich bitte um Verzeihung, daß ich während dieser entsetzlichen Vorfälle nicht an Eurer Seite war, Hoheit.«
Auch Auguste verstand es, ihre Rolle zu spielen. Sie winkte großzügig ab. »Ich selbst hatte Euch ja erlaubt, Euch zu entfernen. Aber was wolltet Ihr sagen, Lady Trelyn? Wart Ihr nicht auch Zeugin von Lady Chastitys Schande?«
»Ja, Hoheit«, sagte Nerissa bescheiden, »und deshalb ist es um so wichtiger, daß ich nun das Unrecht wiedergutmache. Lord Trelyn und ich ...« Die Schöne richtete den Blick ihrer Rehaugen auf ihren sie anbetenden Gatten, und er eilte flugs an ihre Seite, »... wir hatten gezögert, die Geschichte zu bestätigen, denn wir kennen Lady Chastity und hielten sie für tugendhaft. Wir waren der Meinung, daß sie sich höchstenfalls einer Indiskretion schuldig gemacht hatte. Erst als sie anscheinend keine Spur von Reue zeigte, sahen wir uns gezwungen, die Stimme zu erheben.«
»Und jetzt wißt Ihr es besser?« fragte Auguste.
»O ja.« Nerissa war der Inbegriff der schönen, tugendhaften

Frau. »Nachdem Hoheit mir so freundlich gestattet hatten, mit meinem Gatten zu tanzen, wurde mir schwach von der Hitze und dem Parfümduft im Saal.« Sie senkte bescheiden den Kopf. »Hoheit werden verstehen. Ich bin in anderen Umständen ...«

»Ah«, sagte Auguste, »natürlich.«

»Ich zog mich in den kühlen Wintergarten zurück. Während ich mich dort aufhielt, strömten Menschen in den kleinen Nebenraum, und ich war gezwungen zu bleiben, wo ich war, es sei denn, ich wäre nach draußen gegangen. Eine Erkältung allerdings durfte ich nicht riskieren. So hörte ich alles, was gesprochen wurde. Mr. Vernham hat seinen gemeinen Plan gestanden, und auch, daß er nicht mit ..., daß er Lady Chastity nicht entehrt hat. Der Earl war tief bekümmert darüber, daß er seine Tochter so ungerecht beurteilt hatte, und ich bin es ebenfalls.«

Auguste war nicht dumm, und Chastity sah ihr an, daß sie Lunte roch, doch sie hatte nichts zu gewinnen, wenn sie Zweifel anmeldete, und sie riskierte einen Skandal, wenn ihre Anwesenheit in Lord Butes Begleitung ruchbar wurde.

»Eine traurige Geschichte«, sagte sie. »Ich wüßte gern, was aus dem unglücklichen Mädchen geworden ist. Vielleicht ist es möglich, sie aufzuspüren, damit wir etwas unternehmen können, um ihren guten Namen wiederherzustellen. Eine respektable Verheiratung wäre gut.«

Rothgars Blick fand Chastity. Sie stand wie vom Donner gerührt, und ihr graute davor, sich vor dieser Menge, die sich aufführte wie ein Theaterpublikum, demaskieren zu müssen.

Doch Cyns Hand schob sie energisch nach vorn. Mit wild klopfendem Herzen und zitternden Knien ging sie zu Rothgar. »Hier ist sie, Hoheit. Darf ich Euch Lady Chastity Ware vorstellen?«

Es war ein bedeutsamer Augenblick, denn die Präsentation vor einem Mitglied der Königlichen Familie war das *sine qua non* der Respektabilität.

Auguste musterte Chastity lange. Dann lächelte sie, wenn auch ein wenig dünn, und reichte Chastity die Hand. Chastity sank in einen tiefen Hofknicks und küßte die Hand der Prinzessin.

»Euch ist offenbar übel mitgespielt worden, meine Liebe«, sagte die Prinzessin. »Wollt Ihr nun vor Zeugen schwören, daß Ihr rein seid?«

Chastity erhob sich mit glühenden Wangen. Sie hoffte, daß man es auf ihre Verlegenheit zurückführen möge und suchte nach Worten, die der Wahrheit entsprachen. »Ich schwöre vor Gott, daß ich Jungfrau war, als Henry Vernham sich in mein Bett stahl, Hoheit, und daß ich ihn nicht zu mir gebeten habe. Der göttlichen Vorsehung sei Dank, daß er keine Gelegenheit fand, mich zu schänden, bevor die Rettung kam.« Sie wandte sich Nerissa Trelyn zu. »Ihr könnt nicht ermessen, wie froh und dankbar ich war, daß Ihr zum richtigen Zeitpunkt kamt, Mylady. Ich verstehe durchaus, daß es Euch schwerfiel, an meine Tugendhaftigkeit zu glauben.«

Es gelang Nerissa, echte Tränen aus ihren großen Augen zu pressen, und sie umarmte Chastity in einer Wolke ihres vertrauten Rosenparfüms. »Armes liebes unschuldiges Kind!« Sie drehte sich zu Auguste um und sank theatralisch in die Knie. »Euer Hoheit. Wir müssen tun, was in unserer Macht steht, um dieses Unrecht wiedergutzumachen, sonst wird mein Gewissen mir keinen Frieden mehr lassen.«

»Natürlich müssen wir das«, sagte die Prinzessin, wenn auch ein wenig ungehalten. Sie dachte nach und sagte dann: »All diese Ereignisse haben meine Nerven ungebührlich strapaziert. Ich werde mich hier ein paar Tage erholen, Lord Rothgar, sofern es möglich ist.«

»Es ist eine Ehre für Rothgar Abbey, Euer Hoheit.«

»Und da Lady Trelyn sich in besonderen Umständen befindet, benötige ich zusätzliche Hofdamen. Vielleicht können Lady Chastity und Lady Elfled diese Stellung vorübergehend ausfüllen.«

Beide Damen knicksten tief. »Es ist eine große Ehre, Euer Hoheit«, sagte Elf.
»Informationen über diese Enthüllungen müssen an die Zeitungen weitergeleitet werden, die vormals so in den skurrilen Verleumdungen geschwelgt haben.« Auguste blickte Chastity an, und ihre Miene schien etwas weicher zu werden. »Lady Chastity, Eure Erlebnisse waren gewiß erschreckend, doch eine Heirat wäre jetzt angebracht, und zwar eine Heirat, die Euch für einige Zeit aus London entfernt.«
Chastity wäre froh gewesen, wenn sie ihren Text in diesem Drama gekannt hätte. Sie knickste erneut. »Ich bin bereit, mich von Euch leiten zu lassen, Euer Hoheit.« Auguste zog die Brauen hoch, und Chastity wurde klar, daß sie ihre Ringe bemerkt hatte. O Gott.
Rothgar trat vor. »Meines Wissens ist mein Bruder, Captain Lord Cynric Malloren, bereit, Lady Chastity zu ehelichen. Er hat England als Soldat hervorragend gedient und würde Selbiges nun gern in der Regierung Kanadas fortsetzen.«
»Kanada«, bemerkte Auguste trocken, während Cyn nach vorn trat. »Eine ausgezeichnete Idee, und so passend, Mylords. Man könnte meinen, es sei geplant worden.«
Chastity wäre am liebsten im Erdboden versunken. Cyn ergriff ihre Hand und drückte sie fest.
»Da die Dame einen Todesfall zu beklagen hat«, erklärte Auguste, »wäre es angebracht, die Eheschließung im engsten Kreise, und zwar bald, vorzunehmen. Das läßt sich vermutlich problemlos arrangieren.«
»Es soll geschehen, wie Ihr befehlt«, erklärte Rothgar mit bewunderungswürdig neutraler Miene. Er und Auguste tauschten einen sprühenden Blick.
Die Lippen der Prinzessin zuckten in ehrlicher Belustigung. »Schurke«, sagte sie tadelnd. »Vermutlich wünscht Ihr, daß ich dem Ganzen die Krone aufsetze, indem ich als Trauzeugin auftrete. Warum nicht? Gewiß läßt sich auch mein Sohn zur Teilnahme an der Zeremonie bewegen.«

Chastity starrte die Prinzessin erschrocken an. Nun auch noch der König. Rothgar ließ sich durch nichts aus der Ruhe bringen. »Hoheit sind, wie immer, ausgesprochen großmütig.«

»O ja«, bemerkte Auguste. »Vergeßt es nie, Mylord. Doch nach diesen dramatischen Ereignissen benötige ich jetzt einen Raum, um mich auszuruhen.«

Sie segelte zur Tür, blieb bei der in einen Mantel gehüllten Leiche aber noch einmal stehen und blickte ins Leere. Flink wurde der Tote zur Seite geräumt und ein kleiner Teppich über die Blutlache gelegt. Gefolgt von Elf und Chastity, setzte die Prinzessin ihren Weg fort.

»Schön«, sagte Lady Fanshaw. »Können wir jetzt das verdammte Spiel fortsetzen?«

Später, viel später versammelten sich die Mallorens, die Frazers und die Wares, um zu feiern und ein Resümee zu ziehen. Alle, bis auf Fort. Fort – sehr schweigsam und in tiefer Seelenpein – blieb bei der Leiche seines Vaters.

»Mylord«, wollte Chastity von Rothgar wissen, »wieviel von alldem war geplant?«

Er lächelte flüchtig. »Soll ich behaupten, alles wäre geplant gewesen, und ich besäße übernatürliche Kräfte? Nein, das Geheimnis besteht allein darin, jede Gelegenheit beim Schopfe zu packen. Ich muß gestehen, daß ich Euren Vater eigentlich zu belastenderen Eingeständnissen reizen wollte, allerdings hatte ich nicht die Absicht, ihn in den Wahnsinn und zur Gewalttätigkeit zu treiben. Das tut mir leid.«

»Mir nicht, abgesehen von Forts Anteil an dem Unglück.« Chastity blickte in schockierte Gesichter. »Nicht aufgrund dessen, was er mir angetan hat, sondern aufgrund der Schandtaten, zu denen er fähig war. Ich wußte, daß er wahnsinnig war, doch er konnte es so gut verbergen. Ganz gleich, welches Unheil ihm drohte, er hätte niemals aufgehört, Intrigen zu spinnen, und seine Mitmenschen waren ihm herzlich gleichgültig. Stellt euch nur vor, er hätte Macht über England in die Hände bekommen.«

»Ich fürchte, Ihr habt recht«, sagte Rothgar. »Die Sache mit

dem falschen Brief freilich war so geplant. Ich hoffte, das würde ihn, falls alles andere fehlschlug, aus der Ruhe bringen. Und so geschah es ja auch.«
»Und Henry Vernham?« fragte Verity.
Rothgar schüttelte den Kopf. »Ein habgieriger Narr, doch ein solches Ende hatte ich nicht vorgesehen. Ich muß gestehen, daß ich in dem betreffenden Augenblick Chastity recht geben mußte. Der Earl hat ihn abgeschossen wie einen tollen Hund. Ein solcher Mann ist gefährlich und darf nicht auf die Welt losgelassen werden.«
»Und Fort hat Vater erschossen«, sagte Chastity. »Es bricht ihm das Herz.«
Cyn nahm ihre Hand. »Es mußte sein, Liebste, und er war der einzige, der die Möglichkeit hatte zu schießen.«
Chastity war sich dessen nicht so sicher, doch sie sagte nichts weiter dazu. »Was ist mit der Prinzessin?« fragte sie. »Warum habt Ihr sie eingeladen?«
»Daß Ihr vom Königshaus akzeptiert werdet, war ein bedeutsamer Bestandteil meines Plans«, erklärte Rothgar. »Zugegeben, die erbitterte Feindschaft zwischen der Prinzessin und Walgrave habe ich dabei nicht vergessen. Ich hoffte, sie würde uns unterstützen, wenn sie sah, daß sie ihn dadurch empfindlich treffen konnte. Versteht Ihr, ich habe nicht damit gerechnet, daß er umkommen würde.«
Chastity schüttelte voller Bewunderung den Kopf. »Nun sagt mir aber eines, Mylord. Wie habt Ihr Nerissa dazu gebracht, ihre Rolle zu spielen? Mit Hilfe des Briefes?«
»Das ist Bryghts Geschichte.«
Bryght Malloren lächelte schief. »Die liebe Nerissa war entzückt, mich im Wintergarten verführen zu können. Ich brauchte weiter nichts zu tun, als mich zurückzulehnen und zu genießen. Und dann hockten wir, wie geplant, in der Falle. Sie geriet in große Sorge, denn ich bin der einzige Mann, auf den ihr dummer Gatte eifersüchtig ist. Wir lauschten, doch sie verspürte keineswegs den Drang, Chastitys Ruf

zu retten, bevor ich ihr den Brief zeigte. Ich fürchte, Nerissa ist auf keinen von uns sonderlich gut zu sprechen.«

»Die Prinzessin wohl auch nicht«, bemerkte Verity.

»Mag sein, aber im allgemeinen ist sie eine vernünftige Frau«, sagte Rothgar. »Sie ist verärgert, weil sie in die Affäre hineingezogen wurde, andererseits aber auch einigermaßen dankbar, weil ich das Mäntelchen von Sitte und Anstand über ihre kleine Eskapade gedeckt habe.« Er sah Chastity mit hochgezogener Braue an. »Meines Wissens besteht Cyn, nachdem Euer Ruf wieder makellos ist, nicht auf der Eheschließung, doch jetzt haben wir Euch leider doch unter Druck gesetzt.«

Chastity betrachtete ihre Ringe. »Mylord, er hat ausnahmsweise einmal ein Versprechen gebrochen.«

»Ja«, sagte Rothgar ziemlich streng, »und diese Ringe hätten alles verderben können. Künftig werdet Ihr Euch bitte nicht in meine Ränkespiele einmischen.«

Cyn küßte Chastitys Hand, an der sie die Ringe trug. »Künftig sind wir hoffentlich frei von deinen Ränkespielen.«

»So etwas nennt man wohl Dankbarkeit«, schimpfte Rothgar, doch er lächelte dabei.

Bald waren Chastity und Cyn allein in einem Haus, das sich von all der Aufregung erholte. Die meisten der öffentlich zugänglichen Räume wurden noch von den Erinnerungen an den Ball gesäubert, und alle zusätzlichen Schlafräume waren belegt mit Gästen, die zu bleiben gedachten. So endeten sie schließlich in Cyns Schlafgemach und ruhten nun, einander umarmend, auf dem Bett.

»Aber keine Frivolitäten, bevor wir verheiratet sind«, mahnte Cyn.

»In zwei Tagen«, sagte Chastity staunend.

»Sofern dein Bruder Wort hält und seine Einwilligung gibt.«

»Warum sollte er nicht?«

Cyns Stimme klang entnervt. »Weil die Mallorens mal wieder mit den Wares in Fehde liegen. Er glaubt, Rothgar hätte ihn gezwungen zu schießen.«

»Wie kommt er darauf? Kein Mensch konnte ahnen, daß mein Vater versuchen würde, die Prinzessin zu erschießen.«
»Nein, aber Rothgar hatte Fort in die Halle beordert, für den Fall, daß dein Vater dort Ärger machte. Als der Augenblick kam, hätten Rothgar oder Brand feuern können, doch indem sie es unterließen, zwangen sie Fort dazu.«
»Ich habe gesehen, daß Rothgar Brand zurückgehalten hat«, sagte Chastity. »Das hat mich schon gewundert.«
Sie erkannte, daß Cyn ebenfalls besorgt war. »Ich glaube, es mußte so sein, weil niemand Fort böse Absichten unterstellt hätte, wogegen die Feindschaft zwischen Rothgar und Walgrave in aller Munde ist.«
Chastity schauderte. »Ich mag Rothgar im Grunde gern, aber manchmal läßt er mir das Blut in den Adern gefrieren. Der arme Fort.«
»Es geht uns allen nicht besser. Ich hoffe nur, daß es nicht eine Fortsetzung der Bitterkeit zur Folge hat, aber wenn dein Bruder und mein Bruder die Zähne zeigen wollen, sind wir zumindest – Gott sei Dank – weit fort. Akadien wird dir gefallen, Liebste.«
Mit einem zufriedenen Seufzer lehnte Chastity sich zurück. »Ganz gewiß. Vielleicht sollte es Arkadien heißen – der perfekte Ort.« Sie rollte sich zu Cyn hinüber und hob den Kopf, um einen Kuß zu erbitten. »Unser ganz privater Himmel.«
Cyn küßte sie, bemerkte aber trocken: »Habe ich dich in die Irre geführt? Es ist ein schönes Land, aber wild und rauh.«
Der nächste Kuß entwickelte sich gefährlich, doch Cyn fand die Kraft, ihn zu beenden und aufzustehen. »Komm. Geh in dein Zimmer. Nachdem wir soviel erreicht haben, wollen wir nicht riskieren, daß du in einer kompromittierenden Situation ertappt wirst.«
»Ah«, sagte Chastity schelmisch, während er sie zur Tür drängte, »aber dann würde ich mich immerhin überreden lassen, dich zu heiraten ...«

Zweiundzwanzigstes Kapitel

Die Hochzeit wurde mit aufwendiger Pracht gefeiert. Nach dem dramatischen Ball waren zahlreiche Gäste geblieben, andere wurden ausdrücklich zur Hochzeit eingeladen – gesellschaftliche Größen und das eine oder andere notorische Klatschmaul.

Von Prinzessin Auguste gedrängt, nahmen auch der König und seine Braut teil. George kam unter dem naheliegenden Vorwand, sich vergewissern zu wollen, daß seine geliebte Mutter sich von den Strapazen erholt hatte, doch er und seine unauffällige deutsche Frau freuten sich ganz offensichtlich, das Ereignis des Jahres miterleben zu können.

Nach sorgfältiger Überlegung – denn er war zwar ziemlich schwerfällig, aber überaus gewissenhaft – war George bereit, sich die berüchtigte Chastity Ware vorstellen zu lassen, um dann mit bemühter Schlagfertigkeit festzustellen, daß sie gewiß aufgrund ihrer Schönheit und Tugend berüchtigt sei. Seine schüchterne Frau äußerte sich zustimmend und ließ eine Bemerkung über den Schutzring fallen, der dem ihren so ähnlich war.

Chastitys Hochzeitskleid war eine reinweiße Wolke. Sie hatte gezögert, doch Rothgar hatte nachdrücklich darauf bestanden. Aufgrund der kurzen Frist mußte das Gewand auf aufwendige Stickereien verzichten, doch da es aus den kostbarsten Seiden- und Spitzenstoffen gefertigt und mit Perlen und Diamanten bestückt war, fiel das kaum ins Gewicht.

Rothgar hatte es bestellt. Fort hatte es bezahlt, was weitere

Feindseligkeit nach sich ziehen konnte. Eine weniger wohlhabende Familie hätte sich durch das Kleid ruiniert. Fort war – in strengstem Schwarz – zurückgekehrt, um seine Schwester dem Bräutigam zu übergeben. Sämtlichen Mallorens gegenüber zeigte er sich sehr unterkühlt. Im Vergleich zu ihm wirkte Bryght Malloren geradezu jovial, denn er schien sich endlich aus Nerissa Trelyns Bann zu befreien.
Elf und Verity waren Chastitys Brautjungfern, doch die Mutter und die Gattin des Königs bestanden darauf, dem Ankleiden der Braut beizuwohnen. Chastity hatte das Gefühl, daß Prinzessin Auguste auf irgendwelche Anzeichen von loser Moral hoffte, und sie war immens erleichtert, daß die rote Farbe sich endlich hatte von ihren Brustwarzen entfernen lassen.
Chastitys unübersehbare Sorge, ihre Furcht, daß die Seifenblase jeden Augenblick platzen und sie wiederum nackt und bloß einer boshaften Welt ausliefern würde, überzeugten Auguste schließlich davon, daß sie so aufgeregt war, wie es sich für eine Braut gehörte.
Auguste tätschelte Chastitys Wange, als sie ging. »Vielleicht fühlt Ihr Euch überstürzt in diese Ehe gedrängt, meine Liebe, aber es ist besser so. Ein Teil des Schadens ist behoben, aber als gut verheiratete Frau seid Ihr geschützter, insbesondere, wenn Ihr zur Familie Malloren gehört. Nur die wenigsten würden es wagen, in deren Richtung eine Beleidigung auszusprechen. Und im Ausland habt Ihr dann Zeit, Euch an Euren neuen Status zu gewöhnen. Mein Sohn hat Euren Gatten General Lawrence, dem Gouverneur von Akadien, als Assistenten zugewiesen. Ich habe seinen Anweisungen einen Brief beigelegt, der die Gattin des Gouverneurs in jeder Hinsicht beruhigen wird, für den Fall, daß unvorteilhafte Gerüchte bis dorthin vorgedrungen sein sollten.«
Die junge Königin nahm die Ehrerbietung aller Damen entgegen, bevor sie sich erhob, um abzureisen. Sie hob Chastity aus dem Knicks und neigte sich ihr zu. »Wirklich«, sagte sie

mit starkem deutschen Akzent, »Ihr braucht Euch nicht zu fürchten.« Sie errötete sanft. »Es ist ... im Grunde ist das alles ganz schön!« Dann eilte sie davon.

Chastity tauschte einen höchst erheiterten Blick mit ihrer Schwester, doch eigentlich rührte sie dieser Versuch der Königin, ihre Ängste zu beschwichtigen. Wenn nur jemand auch ihre wahren Ängste hätte beschwichtigen können ...

Nämlich, daß alles, was geschehen war, sich letztendlich als Traum erweisen würde.

Daß ihr Vater wieder auftauchen könnte, um sie zu quälen.

Daß bei der Zeremonie jemand auftrat, um sie zu denunzieren.

Daß jemand ihr die Frage stellte: *Hast du schon einmal mit einem Mann geschlafen?* Dann würde sie nicht überzeugend lügen können.

Sie zitterte ein wenig, als Fort sie zur Kapelle von Rothgar Abbey führte.

Er spürte ihre Anspannung und blieb mit finsterer Miene stehen. »Willst du es nicht, Chastity? Gott weiß, dem Recht nach mußt du ihn heiraten, aber ich habe dich einmal im Stich gelassen und will es nicht ein zweites Mal tun. Wenn du es wünschst, werde ich die Hochzeit verhindern, und Rothgar und alle Mallorens soll der Teufel holen.«

Chastity wußte, daß er nach einem Kampf lechzte. Sie brachte ein beruhigendes Lächeln zustande. »Ich wünsche es aber, Fort. Ehrlichen Herzens. Ich habe nur rasende Angst, daß irgend etwas dazwischenkommen könnte.«

Er erwiderte ihr Lächeln, wenn auch nicht eben herzlich. »Dann komm. Bringen wir es hinter uns.«

Cyn trug goldenen Samt mit glitzernden Kokarden. Sein Haar war nicht gepudert. Bei Chastitys Anblick schien die goldene Farbe in seine Augen überzugehen, und es war, als hätte auch er gefürchtet, dieses Ereignis könnte nie stattfinden.

In den vergangenen Tagen war viel zu tun gewesen, und sie

hatten einander allzuwenig gesehen. Das hatte in gewisser Hinsicht auch Vorteile, denn so wurde ihre Willenskraft nicht so sehr auf die Probe gestellt.

Fort zögerte, als er Chastity Cyn übergab. »Tut Ihr ihr etwas zuleide, Malloren«, sagte er leise, »dann vernichte ich Euch.«

Cyn zog lediglich die Augenbrauen hoch. »Der Bruder als Beschützer? Ein ganz neuer Zug.«

Chastity schob hastig ihre Hand in Cyns und stellte sich zwischen ihn und ihren Bruder. Er lächelte zu ihr herab und küßte ihre Hand. »Hallo, Charles.«

Chastity spürte ihr Erröten und richtete ihre ungeteilte Aufmerksamkeit auf den Kaplan von Rothgar Abbey.

Sie konnte der Zeremonie kaum folgen, weil sie mit zum Zerreißen angespannten Nerven auf das erste Zeichen einer Störung wartete, einer Störung, die dazu führte, daß jemand der Verehelichung Einhalt gebot. Sie sprach, ohne nachzudenken, als sie darauf hingewiesen wurde, und sah sich plötzlich Cyn, ihrem Gatten, gegenüber.

»Oh«, sagte sie. »Ich habe es nicht richtig gemacht. Können wir es wiederholen?«

Leises Gelächter tönte durch die Kapelle. Cyns Lippen zuckten. »Warum nicht?«

So sprachen sie ihr Ehegelübde ein zweites Mal, und diesmal sahen sie einander dabei in die Augen und gelobten sich in feierlichem Ernst Liebe und Treue. Dann küßten sie sich, doch ihre Lippen berührten sich nur ganz zart und flüchtig.

Hand in Hand mischten sie sich unter die Gäste, die Wein tranken und Kuchen aßen. Chastity bemerkte einige forschende, ja sogar zynische Blicke – besonders auf ihre Taille, aber angesichts der rückhaltlosen Wiederaufnahme in die Gesellschaft, sogar von seiten des Königshauses, kehrte ihr kein einziger den Rücken.

Sie wußte, daß die Geschichte der armen Chastity Ware, in den Zeitungen noch zurückhaltend, in Briefen und im Klatsch dagegen unverblümt, sich bereits im Lande verbreitete und durch den skandalösen Tod Henry Vernhams und des Earls of Walgrave noch zusätzliche Würze gewann.

Dann zog Cyn sie mit sich in die Eingangshalle. Obwohl es noch Nachmittag und taghell war, wanderte Chastitys Blick zur Treppe.

»Nein«, sagte Cyn. »Ich habe etwas anderes im Sinn. Deine Portmanteaus sind bereits in der Kutsche.« Er hielt einen wunderschönen weißen Samtumhang mit Hermelinfutter bereit. »Kommst du bitte, liebe Gemahlin?«

»Wohin du willst«, sagte sie, während er sie in den Mantel hüllte.

Sie stiegen in die schöne Kutsche, an die sie sich sehr gut erinnerte. Die Wappen auf den Seiten erstrahlten in neuem Glanz, und auf dem Kutschbock saßen Hoskins und ein Stallbursche.

Eine schlichte Kutsche folgte ihnen.

»Jerome und deine neue Zofe«, erklärte Cyn. »Wir sind ein respektables verheiratetes Ehepaar und müssen uns auch entsprechend benehmen.«

»Respektabel?« neckte sie. »Das klingt langweilig.«

Er lächelte. »Oh, du Kleingläubige.«

Sie verbrachten die Reise mit Erinnerungen an ihre Abenteuer, an Schmerz und Freude und bestätigten einander immer wieder, daß der Traum wahr geworden war. Chastity achtete kaum auf den Weg, bis sie in eine betriebsame Stadt einfuhren. Da blickte sie aus dem Fenster. »Aber das ist ja ...« Sie sah Cyn an. »Winchester?«

Sie fuhren in den Hof des *Three Bells*.

Chastity strahlte Cyn an. »Dasselbe Zimmer?«

Er nickte.

»Als wir dort waren, dachte ich ... da wünschte ich mir, es wäre unsere Hochzeitsnacht.«

»Ich auch.«

Er half ihr beim Aussteigen und führte sie in das Gasthaus. Der Wirt verneigte sich tief, und bald schon stellte sich

heraus, daß Lord Cynric Malloren das gesamte Gasthaus gemietet hatte. Sie ließen sich hinauf in das vertraute kleine, wunderschöne Zimmer führen. Jemand hatte doch wahrhaftig frische Rosen aufgetrieben, und sie standen in einer Vase vor dem Fenster und verströmten ihren süßen Duft.
Die Diener brachten ihr Gepäck und wurden entlassen. Ein kalter Imbiß und Wein standen auf dem Tisch bereit. Im Kamin prasselte ein behagliches Feuer.
Cyn legte seinen Mantel ab, Chastity ihren Umhang. Sie streichelte den Pelz. »Dieser Umhang ist hinreißend. Er muß ein Vermögen gekostet haben.«
»Rothgars Hochzeitsgeschenk für dich. Ich hätte ihn mir nicht leisten können. Stört es dich, den ärmeren Teil der Familie geheiratet zu haben?«
Sie bemerkte das Glitzern in seinen Augen und seufzte. »Ach, Sir, ich hatte ja keine Wahl.«
Er streckte die Hand aus, und sie legte vertrauensvoll die ihre hinein. Er küßte ihre Handfläche, die mittlerweile keine Striemen mehr aufwies, und zog sie dann, indem er die Hände um ihre Taille legte, näher zu sich heran, um ihren Mund zu küssen.
»Fischbein und Reifen«, bemerkte er. »Ich habe dich gewarnt. Zieh's aus!«
»Aber Sir«, protestierte sie, »du hast gedroht ... hm, versprochen, mich eigenhändig auszukleiden.«
Er betrachtete forschend ihr kostbares Gewand und stellte fest, daß es aus einem Stück gefertigt und im Rücken geschlossen war. Bald schon lag es in einem nachlässigen Häufchen auf dem Boden. Er lächelte über ihren Reifrock. »Diese Dinger sehen ohne Kleid verdammt albern aus.« Dann war auch der Reifrock entfernt, und das geschnürte Korsett folgte.
Chastity drehte sich zu ihm um, nur noch in Seidenhemd und Strümpfen. Sie schob den Rock von seinen Schultern und knöpfte die Brokatweste auf. Diesmal erledigten ihre

Finger die Arbeit fehlerfrei. Es gelang ihr sogar, sein Halstuch zu lösen und es langsam von seinem Nacken zu ziehen.

Bald trug er nur noch seine goldenen Samthosen und sein am Halse offenes Hemd. Chastity wartete, und ihr Gaumen war trocken vor Vorfreude.

Cyn blickte zum Tisch hinüber. »Essen«, sagte er.

»Cyn!«

Er nahm ihre Hand, zog Chastity zum Tisch, setzte sich und hob sie auf seinen Schoß. Seine geschickten Finger fanden ihre Strumpfbänder und knüpften sie auf. Er betrachtete sie und lächelte. »Weißt du noch ...?« fragte er.

Zitternd barg sie das Gesicht an seiner Schulter. »Ja.«

Er streifte ihr die seidenen Strümpfe von den Beinen und ließ dann die Hand an der Außenseite hinaufwandern bis zu ihrer Hüfte. Sie wand sich, doch er weigerte sich, sie dort zu berühren, wo sie es wünschte.

Statt dessen schlüpfte seine Hand unter ihrem Hemd hervor und griff nach einem Törtchen, nach einem goldenen Apfeltörtchen mit Sahnegarnitur.

»Weißt du noch?« fragte er.

Sie lachte. »Natürlich! Lieber Himmel, Cyn, wollen wir unsere gemeinsame Zeit noch einmal durchleben, jeden einzelnen Moment, jede einzelne Mahlzeit?«

»Eine wunderhübsche Idee«, sagte er. »Ich wüßte gern, woher ich jetzt eine bestimmte Sorte kleiner Kuchen bekommen könnte ...«

Chastity griff nach dem Törtchen und nahm einen großen Bissen.

»Ein Mädchen mit wahrhaft unersättlichen Gelüsten«, sagte er und leckte Krümel und Sahne von ihren Lippen. Als sie den Bissen hinuntergeschluckt hatte, küßte er sie ausgiebig und gründlich. »Mmh«, sagte er. »Köstlich.«

»Du liebst mich nur wegen meiner Äpfel.«

Er lachte entzückt auf und legte die Lippen zuerst um die

eine, dann um die andere Brustspitze. »Und wegen deiner Kirschen«, flüsterte er.
Seine Hand glitt federleicht über ihr Hemd, und mit jeder Berührung steigerte sich Chastitys Erregung. Er zog ein Fläschchen hervor, das sie auf Anhieb erkannte, und benetzte zärtlich geheime Körperstellen.
»Ich hatte mich schon gefragt, wo es geblieben sein mochte«, flüsterte sie.
»Als ich es kaufte, hatte ich diesen Augenblick im Sinn, wenn ich es damals vielleicht auch noch nicht wußte ...«
Chastity bemächtigte sich des Fläschchens und benetzte ihn ihrerseits. Nach viel Gelächter und zärtlichem Kampf brachte Cyn das Fläschchen wieder an sich. Der erotische Duft hüllte sie ein. Als Chastitys Hand an seinem Körper entlangglitt, fand sie etwas. »Gurke!« behauptete sie, und sie wollten sich schier ausschütten vor Lachen.
Dann wand er sich unter ihr hervor, so daß sie schließlich allein auf dem Stuhl saß. Er drückte ihr den Rest des Törtchens in die Hand und streifte mit langsamen Bewegungen die letzten Kleidungsstücke ab, ohne den Blick von Chastity zu lösen.
Chastity war in atemlosem Entzücken erstarrt und nahm das Törtchen in ihrer Hand gar nicht mehr wahr. Er war so schön, ihr Gatte, daß ihr die Tränen kamen.
»Ich dachte, du hättest Hunger«, sagte Cyn.
Sie sah das Törtchen an und warf es nach ihm. Er stand ganz still da, während die goldene Frucht und Saft und Sahne langsam an seinem Oberkörper herabglitten, auf seinem Penis innehielten und nach kurzem Verweilen zu Boden fielen, nicht ohne reichlich Spuren auf seinem Körper zu hinterlassen.
Cyn blickte an sich herab und grinste. »Ich glaube, das Mahl ist angerichtet, Mylady.«
Chastity hatte irgendwie das Gefühl, daß ein anständiges frischvermähltes Paar sich nicht so verhalten würde, doch sie

stand auf und näherte sich ihm beutegierig. Er wich zurück, bis er rücklings aufs Bett fiel. »Ich ergebe mich!« erklärte er. »Mach mit mir, was du willst, du ungezogenes Mädchen!«

Chastity war wie hypnotisiert von einem großen Klecks Sahne auf der Spitze seines Penis. Sie neigte sich über ihn und leckte sie ab. Er bäumte sich auf. »Teufel auch!«

Doch als Chastity den Blick hob, war ihr klar, daß er nicht böse war. Langsam und zärtlich reinigte sie ihn mit der Zunge. Seine Brust hob und senkte sich unter mächtigen Atemzügen; sie hörte sein Atmen, spürte die Schauer, die ihn erfaßten. Sie glitt über ihn und nahm ihn in sich auf.

»Nein!« keuchte er, doch dann wälzte er sie unter sich, ergab sich und liebte sie mit fieberhafter Inbrunst. Chastity glühte vor Freude, ihn so erregen zu können, so etwas mit ihm zu erleben. Sie standen in hellen Flammen.

Sie waren feucht von süß duftendem Schweiß, als Cyn sich von ihr löste und sie nachdenklich ansah. »Ich hatte nicht gewollt, daß es beim ersten Mal so wäre.«

Chastitys Mut sank. Hatte sie nicht gewußt, daß anständige Brautleute sich nicht so benahmen? »Es tut mir leid ...«

Er brachte sie mit einem Kuß zum Schweigen, mit einem langen, atemraubenden Kuß. »Mir nicht«, versicherte er. »Ich wollte nur, daß es beim ersten Mal perfekt für dich wäre.«

»Es war perfekt, aber es tut mir leid ...«

Er legte ihr sanft die Hand über den Mund. »Nicht doch. Du kannst mich jederzeit vergewaltigen. Aber jetzt, geliebtes Weib, bin erst einmal ich an der Reihe ...«

Durch Seide hindurch, dann unter der Seide, entfachte er ihre erogenen Zonen zu wildem Feuer, bis sie sich unter seinen Händen und Lippen wand und nach Erlösung lechzte. Dann drang er unendlich, quälend langsam in sie ein und befreite sie.

Am nächsten Tag schlenderten Cyn und Chastity, gefangen in ihrem Glück, durch die alten Straßen Winchesters. Nach

einiger Zeit stießen sie auf einen gewissen Straßenkehrerjungen.
»Euch kenne ich, Captain«, sagte der Bursche grinsend und fügte hastig hinzu: »Mylord.«
Cyn lachte und warf ihm eine goldene Guinee zu. »Das ist für dein gutes Gedächtnis, und weil ich frisch verheiratet bin.«
Der Junge stieß einen Jubelschrei aus und erinnerte sich rasch noch daran, sich zu verbeugen. »Und meine besten Wünsche Euch beiden.«
Als sie weitergingen, schwand Chastitys Lächeln, und sie zog ihren Pelzumhang fester um sich. »Die Menschen vergessen nicht so schnell, wie?«
Cyn warf ihr einen Blick zu und führte sie auf ein vertrautes Gebäude zu – Darby's Bank.
Sie traten ein und wurden beide unverzüglich in Mr. Darbys privates Heiligtum geführt und mit Sherry versorgt.
»Und was kann ich für Euch tun, Lord Cynric?« fragte der Bankier.
»Ich bin gekommen, um finanzielle Regelungen für meine Frau zu treffen, Darby«, erklärte Cyn. Er wandte sich Chastity zu. »Meine Liebe, laß dir Mr. Darby vorstellen. Ich werde es so einrichten, daß du jederzeit hier Geld abheben kannst, solange wir noch in England sind.«
Mr. Darby verneigte sich und küßte ihre Hand. »Lady Cynric, es ist mir eine Ehre. Bitte nehmt meine herzlichsten Glückwünsche entgegen ...«
Bald darauf traten sie wieder hinaus in die kühle Luft, und Cyn lächelte Chastity an. »Siehst du? Der Ruf der berüchtigten Chastity Ware ist wieder hergestellt, aber zudem gibt es sie gar nicht mehr. Von nun an bist du Lady Cynric Malloren, und dadurch, das versichere ich dir, bist du geschützt vor jeder Ungemach.«
Chastity sah ihn mit strahlendem Lächeln an. »Seit dem Tag, da ich dich kennenlernte, bin ich wie neugeboren ... Ach, Cyn! Jetzt wird wahrhaftig alles gut, wie?«

Auf offener Straße zog er sie in die Arme. »Ja, und so wird es bleiben, meine Geliebte. Aber ich finde, wir sollten zusammen nicht aufs Berüchtigtsein verzichten. Laß uns berüchtigt werden für unsere unmoderne Zufriedenheit und Treue. Und für den großen Anteil privat zugebrachter Zeit in unserem Leben. Wenn ich mich recht erinnere«, sagte er, und schon wurden seine Augen dunkel vor Begehren, »erwartet uns doch ein entzückendes privates Zimmer ...«

Chastitys glückliches Lachen hallte noch nach, als sie sich eilig auf den Rückweg in die süße Intimität ihres Zimmers im *Three Bells* begaben.